Die Purpurlinie

Wolfram Fleischhauer

Die Purpurlinie

Roman

Weltbild

Besuchen Sie uns im Internet:
www.weltbild.de

Genehmigte Lizenzausgabe für Verlagsgruppe Weltbild GmbH,
Steinerne Furt, 86167 Augsburg
Copyright © 2002 bei Schneekluth Verlag GmbH, München,
ein Unternehmen der Verlagsgruppe Droemer Weltbild
Die Verse auf Seite 165 und 166 sind aus: Ovid, *Metamorphosen*
Hrsg. von E. Rösch, © Artemis Verlag, Zürich
Umschlaggestaltung: Studio Höpfner-Thoma, München
Umschlagmotiv: Artothek, Weilheim
Gesamtherstellung: Oldenbourg Taschenbuch GmbH,
Hürderstraße 4, 85551 Kirchheim
Printed in Germany
ISBN 3-8289-7102-4

2005 2004 2003 2002
Die letzte Jahreszahl gibt die aktuelle Lizenzausgabe an.

Die Purpurlinie

Prolog

Gestern sah ich wieder ihr Bild.
Im Halbdunkel, matt ausgeleuchtet vom gedämpften Licht des Museums, blickt sie an mir vorbei in den Raum, der sich hinter mir ausbreitet.

Zu meiner Rechten steht sie, scheint regloser noch als das Bild selbst zu sein, aus dem alle Bewegung gewichen ist. Sie hält den Kopf hoch erhoben über ihrem entblößten, von starkem Seitenlicht angestrahlten kreideweißen Körper. Unter dem perückenhaft hochfrisierten Haar drückt ihr Gesicht Erstaunen aus, und man hat den Eindruck, als wäre dort im nächsten Augenblick eine Empfindung zu lesen gewesen. Aber der Maler hat sie uns nicht zeigen wollen.

Der kleine, wie zum Kuß geformte Mund – aber auch dies ist nur ein Wunsch, den unser Blick suchend ergänzt – ist vom gleichen Rot wie die schweren, in wuchtige Falten gelegten Vorhänge am Bildrand, die den Eindruck einer soeben geöffneten Theaterbühne erwecken. Eine tränenförmige Perle schmückt den goldenen Ring in ihrem Ohr, und von dort führt ein langgezogener Schatten über die Schulter und den Arm bis zur linken Hand hinab. Der Unterarm, angewinkelt in Höhe des Bauchnabels, ruht auf der verhüllten Umrandung einer steinernen Wanne, in der die Frau steht. Davor schwebt ihre linke Hand, nur scheinbar abwehrend, denn die Hand zeigt uns etwas: Zwischen Daumen und Zeigefinger ist ein goldener Ring zu sehen, in den ein Saphir eingefaßt ist. Doch wie sie ihn hält? Kaum von den Fingerkuppen berührt, scheint der Ring nur behutsam von den Fingernägeln gehalten zu werden, als sei das Gold zu heiß oder der Saphir vergiftet. Wir suchen eine Erklärung, vielleicht in der rechten Hand, aber diese hängt schlaff über den Wannenrand herunter, der kleine Finger seltsam abgespreizt. Direkt über den Fingern, die den Ring halten, sehen wir die nußfarbene Brustspitze der Dame im Bade. Nun glauben wir auch ihren sphinxhaften Gesichtsausdruck zu verstehen, eine erste Ahnung huscht durch unsere Seele, denn Daumen und Zeigefinger einer anderen Hand greifen nach dieser Brustspitze, wie um einen Stachel zu ziehen. Lang und

feingliedrig sind diese Finger, jedoch in bräunlichem Rot gehalten, einem ungleich wärmeren Ton als die kaltweißen Glieder der Dame, die den Ring hält. Da ist sie wieder, jene Ahnung, die uns beschleicht wie ein Gedanke, der vor Worten flieht. Oder ist es Einbildung?
Zwei Frauen stehen da. Denkt man sich die Köpfe weg, so gleichen sich die beiden Gestalten vollkommen, zwei nackte Oberkörper, in einer Wanne stehend, verbunden durch das Spiel der Hände, die rechten auf dem Wannenrand ruhend, während die linken mit spitzen Fingern Ring und Brustknospe gefaßt halten. Doch das Gesicht der Dame zur Linken blickt triumphierend, verschlagen. Ein Hauch von lebendigem Rot ist über ihre Haut gelegt.
Allmählich öffnet sich nun der Innenraum, der beredte Hintergrund des Gemäldes, und gibt zwischen den nur halb zurückgezogenen dunkelroten Vorhängen den Blick frei auf eine weitere Frau, eine Kammerfrau vielleicht, die dort hinten neben einem Kamin sitzt. Sie ist über eine Handarbeit gebeugt, eine weiße Schärpe, die zu beiden Seiten über ihren Schoß herabfällt. An der Wand hinter ihr hängt ein Spiegel, der nicht silbern, sondern schwarz in seinem goldenen Rahmen glänzt. Neben ihr, in der eigentlichen Bildmitte, schwebend über dem Rätselspiel der Hände, ragt ein mit dunkelgrünem Samt verhängter Tisch in den Raum. Wir sehen die länglichen Falten auf dem grünen Stoff, der – man spürt es geradezu – soeben erst über den Tisch geworfen wurde. Hier werden wir plötzlich an die Zeitlichkeit herangeführt. Das allmähliche Glätten des Stoffes auf dem Tisch, der vielleicht ein Katafalk ist, und der schwache Schimmer eines niedergehenden Feuers im Kamin dahinter lassen die Kammerfrau zur Parze werden, die die Schicksalsfäden wirkt und löst unter dem schwarzen Spiegel, darin der Tod wohnt. Doch warum? Warum so früh? Weiß vielleicht jener Mann eine Antwort, dessen kaum verhüllten Unterleib wir über dem Kamin gerade noch erkennen können? Aber auch er ist ja nur ein Bild, ein Bild im Bild, das aus dem eigentlichen Gemälde hinaus in die Wirklichkeit zu wachsen scheint. Wir wissen nicht, wer er ist. Der Maler gab ihm kein Gesicht. Er sitzt dort, wie von einer Liebesnacht erschöpft, auf dem Boden, in prachtvollen purpurroten Stoff gehüllt, der seine Lenden umfließt. Der unbekannte Mann thront über der ganzen Szenerie, über dem nieder-

gehenden Feuer, dem grün verhängten Tisch, der Parze, den beiden Damen im Vordergrund und ihren geheimnisvollen Gesten.

Doch jetzt ahnen wir, daß der Blick der Dame zur Rechten keine Welt mehr sieht. Wir spüren förmlich das kleine Holzgerüst, das sie in ihrer Wanne aufrecht hält, um den Schein des Lebendigen zu erwecken. Erloschen das Licht ihrer Augen, leblos der Körper unter der wächsernen Haut, starr die Gesten ihrer Hände, ihrer Finger, zwischen die jemand wie zum Hohn einen Ring gesteckt hat.

Listig, triumphierend sieht die zweite Dame uns an. In ihren Händen pulsiert noch das Blut, in ihr lebt noch ein Wille, während in jener anderen nur noch ein letzter Schimmer der Welt glimmt, ein winziger weißer Lichtpunkt auf der tränenförmigen Perle, die ihr Ohr schmückt – der einzige Ausgang, so scheint es, um in die Welt *vor* dem Bild zu gelangen, zu den Kerzen, die dort brennen im Atelier, einem jämmerlichen Schuppen, worin sich der Gestank rußender Kerzen mit dem scharfen Geruch von Firnis vermischt, in einer lautlosen Nacht des Jahres 1600.

Und fast glaubt man, das leise, sanft kratzende Geräusch eines Pinsels vernehmen zu können, der behutsam die letzten Striche an den Gestalten ausführt, um das Geheimnis ihrer Geschichte auf immer zu verschließen.

Erster Teil
Die Hand der Schwester

Eins

Natürlich ahnte ich damals noch nicht, daß Koszinskis Entdeckung den Schlüssel zu dem Gemälde barg. Er selbst hatte die wirkliche Bedeutung seines Fundes ebensowenig erkannt, andernfalls seine Stimme am Telefon sicherlich nicht so ruhig gewesen wäre. Die wie beiläufig erwähnte Mitteilung, er habe, falls ich ihm vor meiner Abreise noch einen Besuch abstatten wolle, vielleicht eine interessante Neuigkeit für mich, ging unter in seiner Wegbeschreibung und der Bitte, ihm einige englischsprachige Zeitungen mitzubringen, die er dort oben in seinem Hotel nicht bekommen konnte.
Unsere letzte Zusammenkunft lag mehr als drei Jahre zurück. Doch unsere Bekanntschaft wurde durch die längeren Zeiträume, in denen wir nur brieflich Kontakt hatten, nicht beeinträchtigt. Andere Arten von Freundschaften zu unterhalten wäre mir auch kaum möglich gewesen. Als Privatdozent für amerikanische Literatur führte ich ein recht nomadenhaftes Leben und hatte einen großen Teil der letzten fünfzehn Jahre in Kanada und den Vereinigten Staaten verbracht, wo ich seit neuestem sogar die vollen Bürgerrechte genoß, ein Umstand, der sich äußerlich nur in meinem Reisepaß und dem von Andreas zu Andrew Michelis geänderten Namen niedergeschlagen hatte. Anfang der achtziger Jahre hatte mich ein Promotionsstipendium nach Chicago geführt. Dort war ich schon bald den verlockenden Möglichkeiten des amerikanischen Forschungs- und Lehrbetriebes erlegen, so daß aus einem Forschungsjahr ein achtjähriger Aufenthalt geworden war. An eine Rückkehr nach Deutschland war danach nicht mehr zu denken. Der hiesige undifferenzierte Lehrbetrieb wäre mir auf Dauer unerträglich gewesen, ganz abgesehen davon, daß nach derart langer Abwesenheit die unverzichtbaren akademischen Kontakte längst abgerissen waren. Während der seltener werdenden Lehraufträge, die mich bisweilen nach Deutschland führten,

machte ich außerdem die Erfahrung, daß ich mit den Jahren ein Besucher im eigenen Land geworden war. Die gemeinsame Vergangenheit, die mich mit meinen Freunden von früher verband, war aufgezehrt, und die Gegenwart war so disparat geworden, daß es Mühe kostete, die weit auseinanderliegenden Lebensläufe noch miteinander zu verknüpfen.

Nicolas Koszinski bildete hier eine Ausnahme. Zwar war er, im Gegensatz zu mir, ein seßhafter Mensch und lebte seit vielen Jahren in Stuttgart, wo er als Archivar in der Landesbibliothek arbeitete. Doch innerlich war auch er von der nomadenhaften Art, ein rast- und ruheloser Bewohner gedruckter Universen, mit einem seltsamen Hang zur Förmlichkeit, der dazu geführt hatte, daß wir uns trotz unserer jahrealten Bekanntschaft noch immer siezten.

Den Lehrauftrag in Freiburg hatte ich in einem meiner letzten Briefe erwähnt. Überraschend an Koszinskis Anruf war daher eigentlich nur, daß er sich erst so spät gemeldet hatte. Seine Einladung war mir eine willkommene Abwechslung vor meiner Abreise zu meinem nächsten provisorischen Domizil, und so sagte ich ohne zu zögern zu. Freilich hätte ich den Sommer auch damit verbringen können, Kontakte in Europa aufzufrischen. Eine Konferenz in Amsterdam klang interessant, und auch beim Amerikanistentag in Zürich rechnete man wohl mit mir, obwohl ich mich bisher noch nicht einmal angemeldet hatte. Vielleicht hatte ich instinktiv gehofft, von dergleichen Verpflichtungen entbunden zu werden? Ja, fast sträube ich mich gegen die Einsicht, aber die Anzeichen waren so deutlich, daß ich es mir längst hätte eingestehen müssen: Der Zauber der Literatur war seit langem in mir erloschen. Nicht nur, daß ich Fachkonferenzen zu meiden begonnen hatte; auch meine Seminare waren mit den Jahren technischer, abstrakter geworden. Meine Studenten hatte ich zu akribischen formalistischen Untersuchungen gezwungen, mich selbst in die damals wild wuchernden Theoriediskussionen gestürzt. Endlich dämmerte mir, daß ich wohl nur gehofft hatte, durch all diese mikroskopischen Analysen einen letzten Schimmer des Geheimnisses zu entdecken, das mich einst dazu verlockt hatte, die Literaturwissenschaft zu meinem Beruf zu machen. Doch in dem Moment, als ich dies erkannte, war mir jene interessante Textmaschinerie, deren Mechanismen ich auswendig zu kennen glaubte, längst fremd, ja gleichgültig geworden. Mechanisch lehrte ich die neuesten Erkenntnisse meines Faches, absorbierte sie und gab sie routiniert weiter, gleich einem Arzt, der neue Medikamente verabreicht. Ich vermochte alles zu behandeln. Zu staunen aber verstand ich schon lange nicht mehr.

Hatte ich auch deshalb jenen unbeirrbaren Ehrgeiz vermissen lassen, der meist mit einer Professur belohnt wird? Zu früh war ich abgeschweift, hatte mich mit Musik beschäftigt, deren Gesetze mir allerdings fremd blieben. Eine Zeitlang war ich dann vor den Büchern zur Malerei geflohen, aber auch das blieb ein Zwischenspiel, denn die Themen der Malerei schienen dem, was ich hinter mir zu lassen suchte, allzu verwandt zu sein. Ich studierte die alten Meister und traf auf die vertrauten Stoffe und Motive – antike Legenden, historische Darstellungen, die notorischen Höhepunkte aus der christlichen Überlieferung. Mein Blick glitt über diese, wie mir schien, allzu bekannte Welt hinweg, und nur einmal blieb er an einem Gemälde hängen, dessen verstörende Fremdheit sich nicht in mein teilnahmsloses Schauen fügen wollte und dessen Faszinationskraft lebendig werden ließ, was ich verloren zu haben glaubte.

Ich weiß nicht mehr, wo ich die beiden Damen im Bade zuerst gesehen habe. Mit den Jahren wurde mir ihr Anblick in Kunstbüchern, Katalogen, auf Buchdeckeln, selbst als Studiodekoration in einer Fernsehsendung, so vertraut, daß sie mir wie ein fester, gleichsam ursprungsloser Bestandteil der Bilderflut meiner Zeit erschienen. Mehrfach, wenn ich wieder auf das Gemälde gestoßen war, versuchte ich, etwas über die Hintergründe des Bildes zu erfahren. Wer hatte es gemalt, und was hatte einen Maler im sechzehnten Jahrhundert dazu veranlaßt, zwei Edeldamen in einer Badewanne zur Schau zu stellen? Immerhin war das Gemälde relativ bekannt, doch meine Ausflüge in die Kunstgeschichte ergaben nur, daß es in den vierhundert Jahren seiner Existenz niemandem gelungen war, das Bild kunstgeschichtlich zu deuten.

Das Gemälde war um 1590 im Umkreis der Schule von Fontainebleau entstanden, und bei einer der Damen handelte es sich um eine Geliebte Heinrichs IV. von Frankreich – mehr war nicht bekannt. Weder war es gelungen, den Maler zu identifizieren, noch konnten die Forscher das seltsame Gestenspiel der beiden Damen in ihrer Wanne überzeugend erklären. Im Griff an die Brustspitze der einen Dame, die immerhin

Herzogin war, vermeinte man eine preziöse, wohl sinnbildlich auf eine Schwangerschaft verweisende Geste zu erkennen, die dem Zeitgeschmack des Manierismus durchaus entspreche und in ähnlicher Form auch auf anderen Gemälden zu finden sei. Für das Einzigartige, ja Mysteriös-Unanständige dieses Griffs an die Brustspitze war in der sinnbildlichen Deutung freilich kein Platz. Immerhin machte es einen großen Unterschied, ob jemand auf einem Gemälde einen Ring, eine Nelke oder ein paar Augengläser zwischen spitzen Fingern vor sich hielt oder ob eine Edeldame die Brustspitze einer anderen Edeldame auf solche Weise berührte. Doch auf Fragen wie diese konnte mir die kunstgeschichtliche Gelehrsamkeit keine Antwort geben. In Ermangelung einer eindeutigen Quelle, hieß es, werde das Gemälde wohl für immer sein Geheimnis wahren.

War es mir deshalb aufgefallen? Hatte mich an der eigentümlichen Komposition etwas berührt, das ich in meinen beruflichen Studien mehr und mehr vermißte? Ich erzählte Freunden davon und trug eine Zeitlang eine kleine Reproduktion des Gemäldes mit mir herum, da ich hoffte, vielleicht eines Tages jemandem zu begegnen, der mehr über das Bild wußte. Auch Koszinski gegenüber hatte ich das Bild wohl einmal erwahnt, vor Jahren allerdings, und von ihm die gleiche Bemerkung gehört wie von so vielen anderen. Ja, er kenne das Bild, eigenartig sei es wohl, wie so viele Gemälde aus jener Zeit.

Ich blieb noch zwei Tage in Freiburg, beschäftigt mit der Auflösung meiner Wohnung im Gastdozentenhaus. In der Julihitze wurde das Pakken zur Qual, und ich war froh, als die Spedition meine Habseligkeiten aufgeladen hatte und der grüne Lieferwagen auf dem Weg nach Brüssel war, wo ich durch Vermittlung eines Kollegen im Herbst ein Seminar und eine Gastvorlesung halten sollte. Man erwartete mich Mitte September, und die verpflichtungsfreien zwei Monate, die vor mir lagen, erschienen mir wie ein Geschenk des Himmels. Pläne hatte ich, wie gesagt, nicht. Ein Aufsatz für einen Sammelband über den amerikanischen Naturalismus lag druckfertig auf meinem leergeräumten Schreibtisch und war nur im Anmerkungsteil noch korrekturbedürftig. Nach kurzem Zögern ließ ich das Manuskript in die Segeltuchtasche gleiten, die ich über das Wochenende beim Pförtner deponieren wollte. Während meines Besuches bei Koszinski würde ich ohnehin zu nichts kommen. Wie recht ich mit dieser Vermutung haben sollte, ahnte ich zu diesem Zeitpunkt noch nicht ...

Koszinskis Hotel lag etwa eine Autostunde von Freiburg entfernt in einem Hochtal. Auf dem Beifahrersitz des Fiat, den ich für das Wochenende gemietet hatte, lagen der neueste *Economist*, die *Financial Times* vom Vortag und eine Ausgabe des *Scientific American* mit einem Artikel über Hieroglyphen, der Koszinski interessieren würde. Die Sonne stand schon ein wenig schräg, als ich den Wagen auf den Parkplatz des Hotels lenkte. An der Rezeption des stattlichen, der gefälligen Landschaft jedoch geschmackvoll angepaßten Hauses wurde mir mitgeteilt, Herr Koszinski habe sich erlaubt, mir ein Zimmer zu reservieren, und erwarte mich gegen sechzehn Uhr dreißig auf der Terrasse, wo er sich nach einer unaufschiebbaren Kuranwendung einzufinden gedenke.
Ich bezog mein Zimmer, duschte, zog einen leichten Sommeranzug an und begab mich, mit Koszinskis Journalen ausgerüstet, auf die Terrasse. Es war viel Betrieb, doch ich fand einen freien Tisch und ließ mich auf einem der von der Sonne gewärmten Korbstühle nieder. Vor mir lag eine Landschaft, in der jeder nur vorstellbare Grünton zu bewundern war. Der helle Rasen fiel sanft hangabwärts, umfloß dunkler werdend die ersten Tannen und Fichten, die sich mit der Entfernung mehr und mehr zusammenschlossen und wellenartig in stets neuer Schattierung auf den Horizont zutrieben. Dort hatte der heranrückende Abend bereits einen feinen Dunst über den Wald gelegt und das satte Grün in zartes, kühles Blau gelöst, so daß der Wald friedlich in die dunkler werdenden Wolken hinaufzuwachsen schien. Es war jener Moment, da der Nachmittag in den Abend umzuschlagen beginnt, jene geringfügige, jedoch unübersehbare Veränderung des Lichtes, in der die Gegenstände von einem Moment zum anderen wie aufgeschreckt erscheinen. Weiche Rundungen wurden hart und kalt, ein leichtes Frösteln überlief dort die Welt, und ein gewaltiger Sog ging schon jetzt von jenem Punkt am Horizont aus, wo in wenigen Stunden die große rote Scheibe versinken würde.
»Ein prächtiger Anblick, nicht wahr?« Plötzlich saß er mir gegenüber,

mit hochrotem Kopf und den offensichtlichen Nachwirkungen eines Moorbades.

Ich erhob mich. Die Umarmung war herzlich. Sein kleines, rundes Gesicht war sympathisch wie eh und je. Ob mir mein Zimmer gefalle? Ob ich lieber Kaffee oder Tee trinken würde? Beim Blick auf die Zeitschriften hellte sich sein Blick auf.

Ich berichtete kurz von den wichtigsten Stationen der letzten Jahre. Als ich Brüssel erwähnte, verzog er das Gesicht.

»Scheußliche Stadt. Wissen Sie, was dort das beliebteste Schimpfwort der Taxifahrer ist?«

Ich schüttelte amüsiert den Kopf.

»Architekt! Das sagt Ihnen alles. Die Stadt ist völlig verhunzt.«

Er tupfte sich die Stirn und winkte die Serviererin heran. Während er mit ihr sprach, konnte ich nicht umhin, einige Papiere, die er vor sich auf dem Tisch abgelegt hatte, mit einem neugierigen Blick zu streifen. Die Papierbögen sahen alt und vergilbt aus. Auf dem obersten Blatt waren Wasserflecken zu sehen, und in der Mitte des Bogens befand sich eine viereckige Stanzspur, die jedoch vom Mahagoni-Anhänger seines Zimmerschlüssels zur Hälfte verdeckt war.

Als er die Bestellung aufgegeben hatte und sich mir wieder zuwandte, bemerkte er meinen neugierigen Blick. »Eigentlich wollte ich Ihnen erst morgen davon erzählen, aber ich war doch zu gespannt auf Ihre Reaktion.«

Er steckte umständlich sein Taschentuch ein. Ich sah ihn erwartungsvoll an.

»Soso, alte Dokumente?« fragte ich schließlich, nicht ohne eine Spur von Spott.

Er legte die Stirn in Falten, als überlege er, ob es sich überhaupt lohne, mich in sein Geheimnis einzuweihen. Ich lehnte die Zigarette ab, die er mir anbot, und gab ihm statt dessen Feuer.

»Wie man's nimmt. Eigentlich eher eine Familienangelegenheit.«

Sein Blick folgte der glitzernden Spur eines Flugzeugs, das weit über uns in westlicher Richtung vorüberzog und einen silbernen Strich in den Himmel radierte. Er musterte die Menschen, die um uns herum auf der Terrasse saßen und den sonnigen Spätnachmittag genossen. Dann verdunkelte sich sein Gesicht, und er schien durch mich hindurchzusehen, um entfernte Zeiträume zu betrachten. Ich wartete höflich, bis er seinen Ausflug in unbegreifliche Vorzeit beendet hätte. Aber eigentlich verhielt es sich umgekehrt. Bei Koszinski hatte ich manchmal den Eindruck, als sei ihm nicht so sehr die Vergangenheit, sondern vielmehr die Gegenwart ein undurchdringliches Pandämonium, in das er sich überhaupt nur in touristischer Absicht begab. Ein Wanderer zwischen den Welten, eine alte, verstörte Seele.

Zwei Stunden später hatte sich die Menge der Gäste auf der Terrasse merklich gelichtet. Vor uns auf dem Tisch standen einige leere Kaffeetassen sowie zwei soeben servierte Gläser Traubensaft, und mein Gesprächspartner hatte eine jener längeren Gedankenpausen eingelegt, mit denen er seine Ausführungen zu unterbrechen pflegte.
Ich rekapitulierte noch einmal die Stationen, die er erwähnt hatte. Er war in London gewesen, bei einer Versteigerung von Inkunabeln. Die feierliche, zugleich unanständige Atmosphäre einer öffentlichen Auktion, so hatte er bemerkt, komme fast einer Hinrichtung gleich. Er und sein Kollege von der Landesbibliothek hatten nichts ersteigert. Wie üblich waren ihnen die Japaner zuvorgekommen. Er vermutete, daß selbst die Bieter aus der Schweiz nur Mittelsmänner irgendeines Konsortiums in Kyoto waren. Aber eigentlich könne man froh sein, wenn die wertvollen mittelalterlichen Handschriften ins zivilisierte Ausland gelangten, denn in Europa sei man in der Vergangenheit nicht immer sorgsam mit ihnen umgegangen. Dann hatten sie in Paris zu tun gehabt: Verhandlungen mit der Bibliothèque Nationale wegen einer Reihe Faksimile-Drucke.
Keine besonders aufregende Geschichte, die sie aber dennoch vier Tage in der Stadt festhielt. Auf dem Rückweg nach Stuttgart sei er über Kehl gefahren, um Verwandten einen Besuch abzustatten. Ob ich Kehl kenne? Ich hatte verneint, dann aber hinzugefügt, daß ich einige Male durchgefahren sei, doch tatsächlich besucht hatte ich es nie. Er mache regelmäßig in Kehl Station, wenn er aus Paris zurückkomme, was etwa alle zwei Jahre geschehe. Entfernte Verwandte betrieben dort einen Verlag, und da man sozusagen mit der gleichen Sache zu tun hatte, war

es für ihn zu einer Art Gewohnheit geworden, auf Rückreisen aus Paris in Kehl Station zu machen.

Auch diesmal sei er herzlich empfangen worden, trotz des allgemeinen Durcheinanders. Man war nämlich mit Umziehen beschäftigt. Überall Kisten. Mürrische Packer in blauen Anzügen. Staub. Telefone, die unter Papierhaufen begraben waren und verloren vor sich hin klingelten. Das genaue Gegenteil der klimatisierten Räume staatlicher Bibliotheken, worin er seine Jahre verbrachte und wo seit neuestem das Rauschen der Computer das strenge Klicken der Seismographen übertönte. Man könne sich keinen größeren Gegensatz vorstellen – hier das hektische Treiben in einem Verlag, das sich ausnehme wie die nervöse Geschäftigkeit in einem Kreißsaal, dort die kühle, konservierende Wissenschaftlichkeit und eifersüchtige Mumifizierung längst vergessener Gedanken in sterilen Archiven.

Seine Verwandten hatten den Umzug völlig unterschätzt. Das Sichten der alten Bestände nahm Monate in Anspruch. Schließlich existierte das Verlagshaus seit der Jahrhundertwende und hatte außerdem eine Vorgeschichte, die angeblich bis in die Zeit der Hugenottenvertreibung zurückreichte. Freilich verlor sich die Spur des Nachprüfbaren um 1800 herum und zerfloß nach allen Seiten hin ins Legendäre. Vermutlich stammten die ursprünglichen Gründer von Hugenotten ab, die sich nach dem Fall von La Rochelle 1628 dem Exodus zahlloser Andersgläubiger gen Osten angeschlossen hatten und nach Süddeutschland geflohen waren. Doch Einzelheiten waren nicht überliefert.

Anstatt sorgsam zu ordnen, hatte man am Ende alles nur notdürftig sortiert, und nun standen in den Kellern die Kisten herum und warteten auf den Abtransport. Er hatte nicht widerstehen können und seinen Cousin gefragt, ob er noch einen Blick auf die aussortierten Bestände werfen könne. Man wäre ihm sogar dankbar dafür, lautete die Antwort. Er solle aber nicht zuviel erwarten, denn es handle sich fast nur um wertlose Restauflagen und alte Korrespondenz.

Er war durch die Kellerräume spaziert, an den nun nackten Wänden entlang, auf denen sich noch der Abdruck der verschwundenen Regalreihen abzeichnete. Trotz der Warnung des Cousins blieb er mehrere Stunden, obwohl sich nur bestätigte, was man ihm gesagt hatte. Rechnungsbücher, Almanache, Kalender für ordentliche Frauenzimmer, Bibeln von beklagenswert miserabler Druckqualität, Kochbücher, Bilanzen, Gesangbücher, nie wieder aufgelegte Romane, Poesiebüchlein mit herzerweichendem Vierfarbenaufdruck, einige Jahrgänge Tageszeitungen, in wohl ehemals grünen Wachskarton gebunden, eine Partitur des Fliegenden Holländers, ein *Reiseführer Elsaß*, ein spanisch-deutsches Wörterbuch, bergeweise Geschäftspost; kurzum: nichts. Er hatte nur wenig Neigung verspürt, sich durch weitere Kartons durchzuarbeiten und Restauflagen von Handbüchern, Ratgebern und Vereinsalmanachen in ihrem dämmrigen Moderschlaf zu stören. Auch in den anderen Räumen bot sich das gleiche Bild: das geometrische Geäst der verschwundenen Regale an den Wänden und davor die Kartons, mit einem blauen oder roten Kreuz versehen, je nachdem, welche Form der Beseitigung für sie vorgesehen war.

Er habe ein seltsames Gefühl in der Magengegend gespürt, den Schauer des Überlebenden. Ganz gleich, was sich in diesen Kisten befand, wie wertlos, unsinnig, belanglos die Schriftstücke auch waren, es berühre ihn stets auf eine angenehm traurige Weise. Er sei nun einmal von dieser Art. Nein, kein Sammler. Dazu fehle ihm die Disziplin, die Gier. Vielmehr sei er ein Betrachter, eine Art Geologe der Gedanken, der Freude empfindet, wenn er sieht, wie sie Schicht um Schicht übereinanderliegen, sich durchdringen, voneinander scheiden, abrupt enden wie an einer Ader harten Gesteins, um dann an anderer Stelle wieder aufzutauchen, völlig unerwartet. Er habe dabei überhaupt keine Methode und sei sich natürlich darüber im klaren, daß dies eine zutiefst subjektive und wohl auch irrige Tätigkeit sei. Doch sei dies seine Art, er ein Mensch der Mythen, nicht der Märchen.

Zerrissene Tageszeitungen und zerknülltes Packpapier lagen verstreut auf dem Boden herum. Sonnenstrahlen suchten ihren Weg durch das Oberlicht und verklumpten im Milchglas zu einer kraftlosen weißlichen Masse. Das Geräusch eines anfahrenden Diesels ließ die Mauern vibrieren. Ein Weberknecht huschte schneezart die Kellerdecke entlang und suchte empört das Weite.

Neben einer der Kisten auf dem Boden fand Koszinski dann ein Stückchen Karton mit einer seltsamen Zeichnung darauf. Zunächst habe ihn nicht so sehr das Ornament erstaunt als vielmehr die Beschaffenheit des Materials. Erst bei genauerem Hinsehen habe er erkannt, daß es sich nicht um gewöhnlichen, halbverrotteten Karton handelte, sondern um ein Stück Leinwand, was freilich durch die starke Verschmutzung nicht sofort ins Auge fiel. Er hielt das streichholzschachtelgroße Stück gegen das Licht und stellte mit einigem Erstaunen fest, daß es keine maschinengewebte Leinwand war. Selbst ein Laie vermöge mit etwas Übung handgewebte von maschinengewebten Stoffen zu unterscheiden, und er, der schließlich von Berufs wegen tagein, tagaus Pergamente zu durchleuchten gewohnt sei, habe sofort die feinfädige, aber doch grobe Struktur der Leinwand erkannt. Natürlich wisse jedes Kind, daß der Webstuhl 1745 in Frankreich erfunden wurde. Vierzig Jahre später erprobte Cartwright in England erstmals erfolgreich ein mechanisches Webverfahren. Bis dieses Leinen als Handelsware auf den Markt kam, vergingen freilich noch einmal fast sechzig Jahre. In Deutschland wurde der erste mechanische Webstuhl bekanntlich 1845 von Schönherr in Chemnitz aufgestellt. Um diese Zeit dürfte auch maschinengewebtes Maltuch aufgekommen sein.

Während er sprach, schüttete Koszinski Zucker auf seinen Teller, strich ihn glatt und zeichnete mit der Spitze eines Zahnstochers einige Linien hinein. Als er fertig war, drehte er den Teller vorsichtig zu mir herum, und ich erkannte ein geschwungenes S, das von unten nach oben von einem Pfeil durchbohrt war. Ich betrachtete die Zeichnung eine Weile, zuckte dann mit den Schultern.

»Sie sprechen französisch?« fragte er.

»Leidlich.«

»Wie würden Sie das übersetzen: *ein S, das von einem Pfeil durchbohrt ist?*«

»*Un S percé d'un trait?*« riet ich.

Am Nebentisch erhob sich eine Gruppe Besucher. Jacken wurden von Stuhllehnen gezogen, Schuhe knirschten auf dem Kies. Das schläfrige Gesicht eines Kindes auf der Schulter seines Vaters, der stumm den Kopf schüttelte, als seine Frau ihm mit fragendem Gesichtsausdruck die Jacke hinhielt.

Koszinski betrachtete den schlafenden kleinen Jungen. Dann sagte er: »Das Zeichen ist ein typischer Rebus. Man kehrt vom abstrakten Sinn der Symbole zum lautmalerischen, ursprünglichen Klang der Buchstaben oder Zeichen zurück. Kinder entschlüsseln so etwas im Handumdrehen.«

Er hatte die Kisten zur Seite gerückt, neben denen das Stück Leinwand gelegen hatte. Sie trugen alle ein blaues Kreuz, waren also für den Reißwolf vorgesehen, so daß er keine Hemmungen zu haben brauchte, sie kurzerhand auszuleeren. Vermutlich habe es sich um ausgemusterte Reste aus einer Bibliothek gehandelt, die auf wer weiß welchem Wege in den Verlagskeller gelangt seien. Vielleicht die Überbleibsel eines Wasserschadens. Überall waren Wasserflecke zu sehen.

Wahllos hatte er in den Kisten herumgestochert. Der Geruch von altem Papier stieg ihm in die Nase. Er durchblätterte ziellos einige alte Ordner und Kladden und entdeckte nichts, was mit der seltsamen Zeichnung auch nur im fernsten Zusammenhang zu stehen schien. Trotzdem suchte er weiter, denn er fand es erstaunlich, daß so ein altes Stückchen Stoff mir nichts, dir nichts in einem Verlagsarchiv auf dem Boden auftauchte.

Die ersten fünf oder sechs Kisten enthielten gebundene Jahrgänge alter Zeitschriften, die um die Jahrhundertwende erschienen waren, jedoch keinerlei bibliophilen Wert besaßen. Verständlich, daß man die Wald- und Wiesenheftchen einstampfen lassen wollte, ebenso wie den Inhalt der folgenden Kartons, die ausnahmslos Geschäftspost enthielten. Ein findiger Philatelist hätte vielleicht hier und da noch einen interessanten Fang gemacht, doch er, Koszinski, habe zu Briefmarken ein ähnlich gleichgültiges Verhältnis wie zu Neuigkeiten aus unerforschten Ecken der Milchstraße.

Und dann lag der Packen plötzlich auf seinem Schoß. Es handelte sich um einen dunkelbraunen Umschlag aus gewachstem Papier. Auf der Rückseite waren vier lederne Knöpfe angebracht. Ein weißroter Zwirn lief in Form einer Acht mehrmals um jeweils zwei gegenüberliegende Knöpfe herum und hielt den Packen auf diese Weise verschlossen. Die Ränder waren zum Teil aufgerissen und ließen übereinandergeschichtete Papierbögen erkennen.

Er drehte einen der geleerten Kartons um und legte das Paket auf dieses provisorische Tischchen. Dann entfernte er die Fäden, was sich als nicht besonders schwierig erwies, da der Zwirn im Lauf der Zeit brüchig geworden war. Als er die Knoten lösen wollte, zerfielen sie zwischen seinen Fingern wie die Lamellen eines verlassenen Wespennestes. Vorsichtig klappte er die gewachsten Bögen auseinander und schaute befriedigt auf das erste Blatt, das sich seinem Blick darbot. Ja, es gab keinen Zweifel. Das Blatt war zwar leer, aber in seiner Mitte waren deutlich Stanzspuren zu erkennen. Er nahm das kleine Leinwandstück mit der seltsamen Zeichnung zur Hand und legte es auf das Blatt. Das Bildchen schmiegte sich fugenlos in das alte Papier. Die bräunliche Verfärbung auf der Leinwand ging nahtlos in die feingeäderten Wasserflecken auf dem Pergament über.

»Und es waren die Papiere, die hier vor Ihnen liegen?«

Er nickte. »Ich habe nur die Niederschrift der Verhöre dabei. Die Zeichnung und die anderen Texte sind oben in meinem Zimmer.«

»Verhöre?«

»Ja. Das hier zum Beispiel.« Er reichte mir einige Bögen. »Die Befragung eines Bürgers von Paris, datiert vom 12. April 1599. Es geht darin um ein Feuer in der Rue de Deux Portes, das anscheinend in der Nacht vom 10. zum 11. April 1599 in Paris ein Haus teilweise zerstörte. Man fand eine Leiche in den Trümmern. Wenn Sie mich fragen, eine pure Erfindung, aber nicht schlecht gemacht.«

Ich nahm einen der Bögen zur Hand. »*Der Zeuge heißt Gaston Bartholomé. Er ist siebenunddreißig Jahre alt, von Beruf Holzhändler, ansässig in der Rue de Deux Portes zu Paris.*« Die Handschrift war geschwungen, aber relativ leicht zu lesen. Die Bögen waren beidseitig beschrieben und in der linken oberen Ecke paginiert.

»Erfindung?«

»Ja. Das ganze Konvolut ist eine Mischung aus historischen Fakten und offensichtlichen Phantastereien. Der ganze Stapel umfaßt vielleicht zweihundert eng beschriebene Blätter, die sicherlich das Ergebnis langjähriger Schreibarbeit sind. Vermutlich die Reinschrift einer Reihe von Romankapiteln oder etwas dieser Art. Nirgends sind Korrekturzeichen oder Streichungen zu sehen. Die einzelnen Teile sind recht unzusammenhängend. Später, als ich mich länger mit der Geschichte beschäftigt hatte, erkannte ich allmählich, worauf das Ganze vermutlich

hinauslaufen sollte. Mein erster Eindruck war aber, daß ich auf Scherben gestoßen war, oder vielleicht sollte ich besser sagen: auf Skizzen.«
Ich gab ihm die Papiere zurück. »Und warum wollte man die Dokumente nicht aufbewahren? So etwas wirft man doch nicht weg.«
»Das dachte ich auch. Ich nahm die Papiere mit nach oben und zeigte den Fund meinem Cousin. Er war zwar erstaunt über das, was ich da zutage gefördert hatte, aber nicht sonderlich daran interessiert. Ich fragte ihn, ob seines Wissens einer seiner verstorbenen Verwandten geschriftstellert habe, und er erwiderte nur, es gebe wohl keinen in seiner Zunft, bei dem nicht etwas in den Schubladen liege. Mein Cousin warf einen flüchtigen Blick auf die Papiere und hielt mit spitzen Fingern das Leinenstückchen mit der Zeichnung gegen das Licht. Dann kamen plötzlich wieder die Packer herein und schleppten armeweise luftgepolsterte Plastikfolie hinter sich her, mit der sie die Kopiermaschinen zu umwickeln gedachten. Damit war der Fall für meinen Cousin erledigt. Er schob mir die Papiere über den Tisch zu und sagte, falls ich etwas Interessantes darin entdecke, könne ich ihm das ja mitteilen. Ich zog mich aus dem allgemeinen Durcheinander in die Kaffeeküche zurück und blätterte in den Papieren herum. Ich wollte feststellen, ob es sich überhaupt lohnte, die Blätter mit nach Stuttgart zu nehmen. Da fiel mein Blick auf einen Namen, und plötzlich verstand ich, was dieser Rebus auf dem Titelblatt verloren hatte.«
Koszinski betrachtete versonnen die Linien, die er vor mir auf den zuckerbestreuten Teller gemalt hatte.
Dann schaute er mich an, als erwarte er eine Reaktion auf seine seltsamen Ausführungen, doch meine Verständnislosigkeit stand mir wohl ins Gesicht geschrieben.
»Verstehen Sie nicht?« fragte er.
Ich zuckte mit den Schultern. »Was verstehen?«
Er lächelte geheimnisvoll. »Ohne Sie und den Hinweis aus dem Manuskript wäre ich auch nicht darauf gekommen.«
»Ohne mich?«
»Ja. Schauen Sie sich den Rebus an. *Un S percé d'un trait.*«
»Ja, und?«
»Jetzt lassen Sie alles Überflüssige weg. Die wesentlichen Elemente sind

das S und der Pfeil.« Er nahm den Zahnstocher zur Hand, schüttelte den Zucker auf der Untertasse glatt und schrieb ESS.
»Und jetzt?«
»Jetzt kommt der zweite Teil dazu.« Er machte noch ein paar Striche und drehte die Untertasse dann wieder zu mir um.
»*ESS ... trait?*«
Er zwinkerte mir zu wie einem Schuljungen, den nur noch eine Sekunde von einer großen mathematischen Einsicht trennt.
Ich konnte mir beim besten Willen nicht erklären, worauf er hinauswollte. »*Estrait ...*«, sagte ich unsicher.
Nun schaute er mich an wie jemanden, dem man erklären muß, daß die Erde rund ist.
Und plötzlich durchfuhr es mich. »Sagen Sie bloß ...?«
Seine Augen blitzten vor Vergnügen. »Ja doch. Die Herzogin von Beaufort. Geliebte Heinrichs IV. Der wohl rätselhafteste Todesfall des sechzehnten Jahrhunderts. Ihre Dame im Bade. Gabrielle. Gabrielle *d'Estrées.*«
Aus dem Haupthaus erklang die Glocke zum Abendessen.

Zwei

Am nächsten Morgen trafen wir uns am Brunnen im Park. Der Himmel war bewölkt, und die wenigen Spaziergänger, die sich im Park eingefunden hatten, trugen Schirme und leichte Sommermäntel mit sich herum. Koszinski schien indessen mehr über das Wetter zu wissen als die anderen Kurgäste, denn er war ebenso sommerlich gekleidet wie am Vortag.
Wir gingen die Auffahrt hinunter, die zur Straße führte, bogen dann auf einen schmalen Pfad in den Wald ab und folgten den Markierungen in Richtung des Höhenwegs.
»Wir haben Glück. Die paar Wolken werden die meisten Besucher davon abhalten, weite Spaziergänge zu unternehmen. Dabei kommt in spätestens zwei Stunden die Sonne durch. So haben wir die schöne Gegend für uns.«
Es war Koszinski gewesen, der nach dem Abendessen den Vorschlag gemacht hatte, am Morgen einen Spaziergang zu unternehmen. Ich hatte natürlich darauf gebrannt, gleich mehr über die Dokumente und die seltsame Zeichnung zu erfahren, die er mir auf der Terrasse gezeigt hatte, doch Koszinskis Kurprogramm schrieb ihm frühe Bettruhe vor. Außerdem meinte er auf meine drängenden Fragen, die Geschichte sei zu ausladend und zu kompliziert, und er würde es vorziehen, sie mir am nächsten Tag an einem Stück zu erzählen. Um das Gespräch endlich darauf zu lenken, sagte ich nach einer Weile: »Ihre gestrige Erzählung über Gabrielle d'Estrées hat mich neugierig gemacht. Nach dem Abendessen habe ich im Lesesaal in den Lexika nachgeschaut.«
»Und? Was haben Sie gefunden?«
»*Estragon* und *Estremadura*.«
Er schüttelte den Kopf. »Lieber gar nicht erwähnt werden, als auf ein Gewürz zu folgen.«

Er zog eine kleine Schatulle aus der Innentasche seiner Jacke und holte daraus das Stück Leinwand hervor, das er mir am Vortag beschrieben hatte. Es war fachgerecht konserviert, denn es steckte zwischen zwei handgroßen Glasscheiben, deren Ränder mit schwarzem Gazeband umklebt waren.

»Halten Sie es gegen das Licht, und Sie erkennen die unregelmäßige Struktur des Stoffes. Ich habe es einem befreundeten Restaurator gezeigt. Nach seiner Schätzung müßte es um 1800 gewebt worden sein. Genaueres könne man allerdings nur durch eine chemische Analyse ermitteln. Aber das ist eine recht aufwendige Geschichte. Jedenfalls ist das Bildchen um einiges älter als der Verfasser der Papiere, die ich gefunden habe. Entweder hat er den Rebus irgendwo gefunden, und dieser stammt tatsächlich aus dem späten achtzehnten oder frühen neunzehnten Jahrhundert, oder der Verfasser ist selbst nach Fontainebleau gefahren und hat das Emblem dort abgemalt und dabei altes Leintuch als Malgrund benutzt. Kennen Sie Schloß Fontainebleau?«

Ich verneinte.

»Der Rebus ist auf die Wandtäfelung im königlichen Kabinett gemalt. Im heutigen *Salon Louis XIII*. In der Mitte ein großes M, umrahmt von Lilien, und links und rechts davon dieses von einem Pfeil durchbohrte S, das nach oben und unten gleichermaßen in eine Lilie übergeht, genau so, wie Sie es auf der Zeichnung sehen können. Die weißen Banner der Bourbonen waren stets mit drei Schwertlilien geschmückt. Daher steht das M vermutlich für Seine Majestät, den König von Frankreich, der sich dieses Zeichenspiel ausgedacht hat.«

Ich betrachtete die Zeichnung. Das S war geschwungen und lief an seinen Enden mondsichelförmig aus. Durch den Pfeil, der schräg durch den Buchstaben gelegt war, gemahnte das Bildchen aus der Entfernung fast an das amerikanische Dollarsymbol. Die Lilien waren nur grob angedeutet, aber leicht als solche zu erkennen.

»Und das Manuskript?« fragte ich. »Ich fürchte, ich verstehe den Zusammenhang nicht.«

Er nahm das Ornament wieder an sich und verwahrte es sorgfältig in seiner Schatulle. »Ja. Der Zusammenhang. Das ist ja das Eigenartige, daß anscheinend noch niemand diesen Zusammenhang gesehen hat. Das

Porträt der beiden Damen in der Wanne ist schon seltsam genug. Aber nicht minder mysteriös ist das Schicksal der Dargestellten, dieser Gabrielle d'Estrées. Ihr plötzlicher Tod, wenige Tage vor ihrer Eheschliessung mit Heinrich IV., ist niemals aufgeklärt worden. Man sollte annehmen, die Historiker oder die Kunstgeschichtler hätten sich damit beschäftigt. Ich wäre von selber sicher auch nie auf den Gedanken gekommen, zwischen der Lebensgeschichte jener Gabrielle d'Estrées und diesem Gemälde eine Verbindung herzustellen. Liest man die Ereignisse von damals nach, so wird die ganze Geschichte äusserst rätselhaft. Sehen Sie, ein entfernter Verwandter von mir war von jenem Bild ebenso beeindruckt wie Sie und hat einige Notizen darüber hinterlassen, und ich kann gut verstehen, dass der alte Herr nicht von der Sache lassen konnte. Genausogut verstehe ich allerdings auch, dass er nicht damit fertig wurde.«
»Alter Herr?«
Er schüttelte entschuldigend den Kopf. »Sie haben recht. Ich sollte vielleicht lieber der Reihe nach erzählen, denn die Geschichte an sich ist bereits verwirrend genug. Nachdem ich die Handschrift zu Hause durchgelesen hatte, rief ich in Kehl an und fragte nach, ob denn nicht herauszufinden sei, wer diese Blätter verfasst hatte. Ich verschwieg natürlich, dass ich den Eindruck hatte, einen immerhin bemerkenswerten Fund gemacht zu haben. Mein Cousin hätte vielleicht aus lauter Angst, dass ihm ein Geschäft entgehen könnte, die Papiere zurückgefordert, um sie gleich darauf im neuen Archiv abzulegen und dann über hunderterlei anderen Projekten zu vergessen. Ich log also, es handle sich um eine Art Essay über die Religionskriege in Frankreich, was recht besehen gar nicht einmal falsch war. Es habe da wohl jemand einen historischen Roman schreiben wollen und verständlicherweise auf halber Strecke aufgegeben. Mein Verwandter am anderen Ende der Leitung vermutete, dass es sich dann wahrscheinlich um Aufzeichnungen für Vorträge handle, die sein seliger Urgrossvater seinerzeit in Basel zu halten pflegte. Jonathan Morstadt habe er geheissen. Man wisse nicht mehr viel über ihn. Morstadt sei 1912 gestorben. Die beiden Weltkriege hätten nicht nur in der Nachkommenschaft gewütet, sondern auch das Stammhaus der Familie in Schutt und Asche gelegt und darunter alles begraben, was aus

dieser Zeit an Dokumenten und Fotografien noch existierte. Nur ein paar Kisten hätten die Luftangriffe überdauert.

Mein Cousin erinnerte sich, daß in den späten fünfziger Jahren einmal eine Anfrage von einem Baseler Doktoranden gekommen war. Der Wissenschaftler promovierte über historische Gesellschaften und wollte wissen, ob die Nachfahren von Jonathan Morstadt noch Material über ihn hätten und ob er dieses einsehen dürfe. Bedauernd wurde dem Doktoranden mitgeteilt, daß die gesamte Hinterlassenschaft zerstört worden sei, weshalb man umgekehrt ihm sehr dankbar wäre, wenn er angeben könne, was er über den lieben Verwandten herausgefunden habe. Daraufhin kam die ebenso bedauerliche Antwort, außer der Tatsache, daß sein Name in den Protokollen der ordentlichen Sitzungen der ›Freunde der Geschichte des Protestantismus‹ erwähnt werde, sei nichts über ihn bekannt. Der Doktorand bedankte sich höflich, und man hörte nie wieder von ihm. Soweit mein Cousin.«

Während wir weiter durch den Wald gingen, versank Koszinski wieder in Schweigen. Ich wartete ungeduldig.

»Damit hatte ich nun zwar nicht besonders viel herausgefunden«, fuhr er endlich fort, »aber immerhin verfügte ich schon einmal über einen Namen für den mutmaßlichen Verfasser des Manuskriptes. Meines Wissens hat er nie etwas veröffentlicht. Ich fand nach einigem Suchen die Jahrbücher dieser historischen Gesellschaft zu Basel, die sich zwischen 1889 und 1906 mit der Geschichte des Protestantismus beschäftigt hatte, bevor sie aus Geldmangel – oder weil ihre Mitglieder einer nach dem anderen gestorben waren – aufgelöst wurde. Ich fand aber keine Artikel oder Miszellen, die meinen entfernten Verwandten als Verfasser auswiesen. Aber was sollte ich in den Bibliotheken herumsuchen, während ich den interessantesten Fund auf dem Tisch neben mir liegen hatte: die gesammelten, unveröffentlichten Schriften von Jonathan Morstadt, ehemals Verleger zu Kehl am Rhein und Privatgelehrter der Geschichte des französischen Protestantismus. Je länger ich jedoch in den Manuskriptblättern las, desto mehr drängte sich mir der Eindruck auf, daß ich es nur in zweiter Linie mit einem Historiker zu tun hatte. Da es sich bei dem Papierkonvolut um die Reinschrift von Teilen eines unvollendeten Buches handelte, versuchte ich natürlich zunächst, die Ordnung der einzelnen Kapitel zu rekonstruieren. Ich vermutete, daß sich der alte Morstadt noch nicht darüber klargeworden war, wo er noch Lücken auffüllen mußte und welche Kapitelteile er später aneinanderfügen würde. Auch die Paginierung der Blätter war immer nur für die einzelnen Abteilungen des Manuskriptes fortlaufend und fing stets wieder bei eins an, wenn ein Abschnitt beendet war. Nach der ersten Lektüre erstellte ich ein Inhaltsverzeichnis und versah die Kapitel mit Überschriften, soweit keine vorhanden waren. Morstadt hatte vier Textsorten benutzt. Da waren einmal die Verhöre oder Befragungen, von denen Sie ja gestern schon ein Exemplar gesehen haben. Dann gab es eine Reihe von Briefabschriften, die zum Teil aus dem Medici-Archiv in Florenz zu stammen scheinen und durchaus authentisch sein könnten. Jedenfalls tragen sie echte Archivnummern und als Quellenangabe die Bezeichnung *Mediceo Filza*. Einige Kapitel sind aus dem Blickwinkel eines allwissenden Erzählers geschildert. Schließlich enthielt das Manuskript noch Teile des Tagebuchs eines Malers, der im Jahre 1598 nach Paris ging, um Hofmaler zu werden.«

»Es handelt sich also, wenn ich Sie recht verstehe, um mehrere Geschichten?«

»Ja, wenn man so will. Obwohl eine davon sich tatsächlich so abgespielt hat, wie der Verfasser des Manuskriptes es an manchen Stellen erzählt, und daher die Bezeichnung ›Geschichte‹ nicht ganz zutreffend ist. Allerdings muß ich Ihnen gestehen, daß ich nach allem, was ich über die damaligen Ereignisse gelesen habe, selbst nicht mehr zu sagen weiß, was historisch verbürgt und was erfunden ist. Weiß der Himmel, was sich im Frühjahr 1599 in Paris abgespielt hat! Wer sich länger mit diesem Fall beschäftigt, stößt unweigerlich auf das Problem, daß sogar viele der sogenannten offiziellen historischen Dokumente zum Teil nachweislich Fälschungen sind. Man denke nur an die Memoiren des Marquis de Rosny, des späteren Herzog von Sully, in denen Briefe zitiert werden, die mit an Sicherheit grenzender Wahrscheinlichkeit erfunden sind. Der Fall dieser Estrées ist im übrigen auch heute noch nicht geklärt, und ich bezweifle, daß die Wahrheit jemals ans Licht kommen wird. Morstadt scheint aber in dem Bild etwas entdeckt zu haben. Es sieht so aus, als habe der Maler in dem seltsamen Gemälde eine Spur gelegt. Aber ich

greife schon wieder vor und hatte mir doch vorgenommen, der Reihe nach zu erzählen.«
Wieder stockte seine Rede, doch diesmal nur für einen Augenblick. Koszinski schien seine Gedanken zu ordnen. Ich machte mich auf einen kurzen Bericht gefaßt. Statt dessen begann er plötzlich, ein historisches Tableau zu entwerfen.

Drei

Wir schreiben das Jahr 1590. Frankreich ist nach dreißig Jahren Religionskrieg fast völlig zerstört. Heinrich IV. von Navarra ist seit einem Jahr König. Doch was für ein König – in seiner Hauptstadt sitzen die Spanier und die katholische Liga, für die Navarra nichts anderes ist als ein protestantischer Ketzer, der bedauerlicherweise die Bartholomäusnacht überlebt hat. Kein Tag vergeht, an dem er nicht irgendwo im Reich *in effigie* verbrannt wird. Überall tobt der Bürgerkrieg, angeheizt durch das Eingreifen der anderen europäischen Mächte. Die katholische Übermacht ist erdrückend. Im Osten Lothringen mit den verhaßten Guisen, den Anführern der katholischen Liga, die sich in Paris eingenistet haben und Karl von Bourbon zum König ausrufen wollen, der jedoch im gleichen Jahr stirbt. Im Nordosten die Niederlande, die von den Spaniern besetzt sind. Schließlich Spanien selbst an der Südgrenze des Reiches, das Zentrum der Gegenreformation. Philipp II. von Spanien läßt keine Gelegenheit ungenutzt, durch militärische Operationen die innere Spaltung Frankreichs weiter zu vertiefen. Heinrich, zu seinem ursprünglichen, protestantischen Glauben zurückgekehrt, ist exkommuniziert, kann also von Rechts wegen nicht König sein. Insgesamt fünfmal wechselt er im Lauf seines Lebens den Glauben. Politik und Religion sind kaum voneinander zu trennen. Montaigne schreibt, er habe einstmals mit Navarra zusammen am Meer gestanden und den Sonnenuntergang betrachtet. Auf seine Frage, welche die rechte Religion sei, habe der König lange geschwiegen und aufs Meer hinausgestarrt. Schließlich habe er sich abgewandt mit den berühmt gewordenen Worten: *Was weiß ich?* Ein Skeptiker, wie die meisten intelligenten Menschen.

Am 9. November 1590 kampiert das königliche Heer in Soissons. Heinrich von Navarra ist siebenunddreißig Jahre alt, besitzt ein Hemd, eine

Hose, keine Unterwäsche und ein Königreich, das ihm die halbe Welt streitig macht. Er ist *de jure* verheiratet mit einer Frau, die mehrmals Truppen gegen ihn aufgestellt hat und die er schließlich auf Usson, in der Nähe des heutigen Clermont-Ferrand, interniert hat. Sie kennen sie bestimmt. Margarete, die Tochter Catherinas de Medici. *La Reine Margot*, wie die Franzosen sie nennen. Es ist nie leicht, sich ein einigermaßen realistisches Bild von den Personen dieser Zeit zu machen. Bei manchen scheint es gar gänzlich unmöglich zu sein. Margaretes Person ist von den Skandalen, die ihr zugeschrieben werden, völlig zugeschüttet, der unersättlichste Schoß der Weltgeschichte.

Paris bleibt uneinnehmbar. Bei der letzten Belagerung im Herbst sind fünfzigtausend Menschen verhungert, und dennoch fällt die Stadt nicht. Als Mayenne, der Heerführer der Liga, Unterstützung vom Herzog von Parma bekommt, muß Heinrich die Belagerung abbrechen. Er zieht sich nach Soissons zurück und verbringt dort den Winter.

Unter Heinrichs Begleitern befindet sich Roger de Saint-Larry, Herzog von Bellegarde, siebenundzwanzig Jahre alt und einer der umworbensten Edelleute der Zeit. Während der Jagd beginnt er, dem König von seiner neuesten Eroberung vorzuschwärmen. Heinrich wird neugierig und will sich die Schöne selbst ansehen. So reiten sie am 10. November die fünfzehn Kilometer nach Schloß Cœuvres.

Cœuvres, denkt der König, dann ist sie eine Estrées. Ein Sproß der sieben Todsünden. Feine Familie. Der Schloßherr trägt Hörner auf dem Kopf wie ein kapitaler Hirsch, die ihm seine Frau aufgesetzt hat, als sie vor Jahren mit dem Marquis d'Allègre nach Issoire davonlief. Doch der gehörnte Antoine d'Estrées war gar nicht anwesend, als sie auf Cœuvres ankamen. Aus der Entfernung sahen sie die Schieferdächer der Schloßtürme feucht glänzen. Bellegarde pries heiter die Vorzüge seiner schönen Geliebten, während sie auf die Zugbrücke zuritten, und machte den Livrierten energisch ein Zeichen, als sie das Schloßtor passiert hatten. Die Diener brachen sich fast den Rücken, hin- und hergerissen zwischen Unterwürfigkeit und der Neugier, einen Blick auf den König zu werfen. Bellegarde ließ den König in der Halle warten und kehrte kurz darauf mit Diane, der älteren Schwester, zurück. Gabrielle war noch nicht zu sehen, und sonst war niemand im Schloß.

Dianes Verbeugung war gekonnt, unterwürfig, jedoch ohne eine Spur von Selbsterniedrigung. Von unten blitzten dem König ihre hübschen, schmalen Augen entgegen, die wußten: Dies ist kein Kniefall, sondern der nachsichtige Dank an ein berauschtes Publikum. Heinrich ließ ihr den Triumph und belohnte sich dafür mit einem langen Blick auf die weitgerühmten Reichtümer der Familie, die sie ihm darbot in ihrem tief ausgeschnittenen gelben Kleid.

Dann wurde er abgelenkt durch die Gestalt, die oben auf der Treppe erschienen war. Armer Bellegarde. Der mußte nicht zweimal hinsehen, um zu wissen, daß er einen unverzeihlichen Fehler begangen hatte. Der König sah aus, als sei er einem Geist begegnet. Diane, jetzt ein Aschenputtel, lächelte wissend und lief auf die Treppe zu, um ihre Schwester zu empfangen.

Mein Gott, denkt der König und sucht schon nach Worten für Briefe, die er ihr schreiben wird. Sind aber nur leere, stumpfe Vokabeln, die ihm in den Sinn kommen, einfältige Vergleiche wie Marmor und Lilien und Rosen und Purpur. Er wendet sich ab und läßt Bellegarde den Vortritt. Während dieser Gabrielle begrüßt, durchschreitet der König den Innenhof. Er geht ein paar Schritte und läßt seinen Blick über das Anwesen gleiten. Hinter ihm flüstern die Verliebten, während der König um seine Fassung ringt. Dabei ist er schon viel weiter in seinen Gedanken. Hat die anderen Figuren ins Visier genommen, die zu berücksichtigen sind. Da ist zunächst der Vater, Antoine d'Estrées, einer von der Sorte derer, die viel wollen und nichts vermögen. Dann die Tante, Madame de Sourdis, Schwester der durchgebrannten Mutter. Ihr Mann, Monsieur de Sourdis, war früher Gouverneur von Chartres, das jetzt in den Händen der Liga ist. Ihr Bett hingegen teilt sie mit dem abgesetzten Kanzler Monsieur de Chiverny. Lauter Habenichtse, ein Faß ohne Boden. Heinrich sieht schon das strenge, bleiche Gesicht seines Schatzmeisters Rosny, der ihm vorrechnet, was ihn diese Liebschaft kosten wird. Na und? Er ist der König. Nicht wahr? Punktum.

Er wendet sich um, geht auf das Paar zu und schickt Bellegarde auf einen Spaziergang. Gabrielles Verbeugung ist ungleich weniger kunstvoll als die ihrer Schwester. Dafür ist sie wahrhaftig, fast naiv. Sie weiß ja auch nicht, daß der da vor ihr lichterloh brennt und keine Ruhe mehr geben

wird, bis er sie sein eigen nennen kann. Sie nimmt artig die standesgemäßen Huldigungen entgegen und erwidert sie, wie es sich gehört. Das Kaninchen plaudert mit der Schlange über das Wetter, denkt die Schwester amüsiert und freut sich schon auf das Gesicht, das die Tante machen wird, wenn sie's erfährt.
Der König hat mittlerweile wieder sehen gelernt und betrachtet mit einem leichten Schauder die vollendete Schönheit seiner Gabrielle. Denn sein wird sie, das steht für ihn längst fest, und während galante Worte ihre Aufmerksamkeit ablenken, huschen seine Blicke wie flinke Diebe über sie hinweg, stehlen hier ein Lächeln, dort einen Schimmer Licht auf schwanenweißer Haut, da den sanften Schwung weichgezeichneter Lippen.
Dies war vielleicht der einzige Augenblick, da sie sich offen begegnet sind. Beide waren ein Nichts. Sie eine siebzehnjährige Schönheit aus einer Familie mit unmöglichem Ruf; er ein vom päpstlichen Bannstrahl gezeichneter König ohne Reich und ohne Hauptstadt. Wäre in diesen Jahren eines der vielen Messer, die gegen ihn im Umlauf waren, erfolgreich gewesen, wir wüßten heute kaum noch seinen Namen. Und Gabrielle wäre vielleicht gerade einmal zwanzig geworden, bevor sie ein eifersüchtiger Ehemann erwürgt hätte. Dieser König da, mit schlechten Zähnen und ungewaschenem Hals, nimmt sich nicht sehr stattlich aus neben ihrem eleganten Liebhaber, der schon die dritte Runde um den Brunnen dreht und bisweilen herüberschielt. Wenn sie zu entscheiden hätte, wäre das Spielchen jetzt vorüber. Doch als der König sich verabschiedet, hört sie ihn wie durch einen Nebel sagen: »Ich komme wieder.«
Das mag ja sein, ihr ist es gleich. Doch die Tante wird es um so mehr interessieren. Madame de Sourdis' Imagination gebärt von nun an stündlich neue, großangelegte Pläne, die durch diese unerhörte Neuigkeit plötzlich möglich werden. Sie wird es ihrer Nichte mit einigen scharfen Worten bedeutet haben, daß man, um einen Apfel zu essen, nicht gleich den ganzen Baum fällen muß, daß es jedoch eine unverzeihliche Dummheit wäre, den König von Frankreich von der Bettkante zu stoßen. Gabrielle protestiert. Doch der strenge Blick der Tante macht die Schöne schweigen. Dann hört sie die Befehle. Kein Gunsterweis, bis er

glüht vor Verlangen. Das wird ihr nicht schwerfallen. Sie denkt an das bärtige, durchfurchte Gesicht des fast Vierzigjährigen und an seinen Soldatengeruch. Dann nennt Madame de Sourdis den Preis. Stellen für ihren Mann, ebenso für Chiverny, ihren Liebhaber, und natürlich für den alten Estrées. Und wenn man schon eine Stadt nehmen will im Frühjahr, warum nicht Chartres, da wäre dann schon einmal der Gouverneursposten für ihren Mann frei.
Gabrielle hört kaum richtig zu und denkt zurück an einen Abend im September, als Bellegarde die Treppe zu ihr heraufkam im Turm und sich neben sie legte. Sie war nur mit Mondlicht bekleidet und gab sich dem zärtlichen und wohlgestalteten Mann hin wie frisch gefallener Schnee. Den liebe ich, denkt sie, werde ihn immer lieben. Vielleicht lerne ich's, den andern glücklich zu machen, zum Wohle der Familie. Doch mein Herz kauft mir keiner ab. Lebt wohl, Roger de Saint-Larry. Verlaßt mich nicht, König meines Herzens. Jetzt beginnt das häßliche Leben.

Im Frühjahr 1591 lagen sie vor Chartres, das nicht fallen wollte. Heinrich war dennoch voller Energie und Zuversicht. Tagsüber trieb er in den Gräben und auf den Wällen die Belagerung voran. Abends widmete er sich einer anderen Eroberung, die man ihm ins Lager gebracht hatte. Gabrielles Familienrat konnte sich schon sicher sein. Sobald die Stadt fiel, würde er bezahlen.
Die Katholiken, die noch zu Navarra hielten, machten keinen Hehl daraus, wie sehr ihnen diese leicht durchschaubaren Umtriebe mißfielen. Auch die Protestanten reagierten mit Ablehnung und verhaltenem Zorn. Dieser Gabrielle und ihrem Clan hatten sie es schließlich zu verdanken, daß das unwichtige Chartres bestürmt wurde, während das viel wichtigere Rouen unbehelligt blieb.
Als Chartres jedoch am 20. April 1591 fiel, zeigte es sich, daß die Rechnung von Madame de Sourdis aufgegangen war. Heinrich setzte Monsieur de Sourdis als Gouverneur ein und machte Chiverny zum Kanzler. Doch anstatt nun endlich Rouen anzugreifen, vergeudete man zunächst vor Noyon wertvolle Zeit. Schließlich war der alte Estrées noch ohne Amt, und auf den wartete der Gouverneursposten im widerspenstigen Noyon. So macht man sich Feinde.

Gabrielle hielt unterdessen Gefühle und Geschäfte getrennt. Sobald die Umstände es gestatteten, entwich sie nach Cœuvres, wo Bellegarde in der Dämmerung wartete. Heinrich, so geht das Gerücht, ertappte die Unfolgsame bei einem ihrer nächtlichen Ausflüge. Der andere war gerade noch rechtzeitig unters Bett entkommen. Der König, kein Unmensch, ließ von dem Konfekt, das er nach den Umarmungen mit seiner Schönen zusammen verspeiste, einige Stückchen zu Boden fallen, damit der da unten auch etwas davon habe und sich vor allem seiner aussichtslosen Lage bewußt werde. Der begriff's auch und zog sich alsbald zurück, um dem Fräulein Guise nebst Mutter den Hof zu machen.

Gabrielles Vater wurde es allmählich zu bunt ob der Geschichten, die über seine Familie kursierten. Antoine d'Estrées, vielleicht bestärkt durch den Umstand, daß seine ehebrecherische Frau mittlerweile ihre gerechte Strafe gefunden hatte und mit durchschnittener Kehle neben dem nesträuberischen Marquis d'Allègre in Issoire bei den Abfällen lag, verheiratete Gabrielle kurzentschlossen mit dem Witwer Nicolas d'Amerval, Monsieur de Liancourt.

Dem war die Geschichte nicht geheuer, doch er willigte ein, auch wenn er sich, wie sich bald herausstellte, dabei zuviel zugetraut hatte. Wohl von der Furcht beseelt, widerrechtlich königliche Güter zu berühren, versagte dem Vater von vierzehn Kindern in der Hochzeitsnacht die Männlichkeit. So verkündete er jedenfalls untertänigst, nachdem der verstimmte Heinrich von Navarra ihm einen Besuch abgestattet hatte. Ein Huftritt, so war anschließend zu erfahren, habe ihn seiner geschlechtlichen Fähigkeiten beraubt, weshalb er auch nur widerstrebend und unter Vorbehalten dem Drängen des Schwiegervaters nachgegeben und besagte Estrées geehelicht habe. Die Ehe war nicht vollzogen, Gabrielle verließ einige Monate darauf für immer Schloß Liancourt, um sich endgültig Heinrich anzuschließen.

Gabrielle brachte Heinrich Glück. Er hatte es nötig. Die Zeiten waren gespannt. Als Protestant würde er seinen Thron niemals bekommen. Die Liga war zu mächtig. Sein Paris, er hätte es aushungern können bis auf den letzten Mann. Doch was wäre gewonnen? Endlose Gemetzel, eine Stadt voller Toter. Die andere Seite, die Ständeversammlung der Liga in Paris, war genauso ratlos und konnte sich auf keinen Gegenkandidaten einigen. Wäre Navarra katholisch, morgen würden sie ihn krönen. Doch der Schritt war riskant. Seine Hugenotten würden sich im Stich gelassen fühlen. Und konnte er es wagen, England zu verprellen, den einzigen Verbündeten weit und breit? Elisabeth sähe es lieber, wenn er seine Hauptstadt in die Knie zwänge, als vor der Kurie zu Kreuze zu kriechen. Sie war jedoch zu sehr Politikerin, um den Vorteil zu verkennen, den der Übertritt bringen würde. Heinrich kaufte lieber mit Gold als mit Blut, war überhaupt ein wenig gewalttätiger Herrscher, der seinen Söldnern das Recht auf Plünderung von drei Tagen auf einen reduzierte.

Philipp von Spanien, der Weltbeherrscher, verstand indessen die Welt nicht mehr. Er, der allerchristlichste König, mußte tatenlos zusehen, wie das Pendel langsam und stetig zugunsten des französischen Ketzers auszuschlagen begann. Eiskalt berührten ihn die Depeschen, die ihn aus Paris in seinem gewaltigen Mausoleum El Escorial erreichten. Seine Botschafter konnten nur berichten, daß sein Plan, die Infantin auf den französischen Thron zu setzen, niemals die Unterstützung des Parlaments finden würde. Kein ausländischer Prinz und keine ausländische Prinzessin konnten den französischen Thron besetzen, da dies gegen das salische Gesetz und damit gegen das Fundament der französischen Monarchie verstoßen würde. Wechsle Navarra hingegen den Glauben, so stehe zu befürchten, daß Paris sich ihm öffnen werde.

Der Sommer 1593 rückte heran. Während sich die Ständeversammlung in Paris von Sitzung zu Sitzung uneiniger wurde, durchdachte Navarra die Folgen seines Glaubenswechsels, des Todessprunges, wie er es nannte. Er konferierte mit den Prälaten über das Fegefeuer, den Ablaß, die Hierarchie der Engel. Seine Kampfgefährten blickten bang in die Zukunft, doch er beruhigte sie mit einem klaren Wort: Er, König der Franzosen, Katholiken und Protestanten gleichermaßen, lasse sich nicht halbieren, und wer anderes glaube, werde ihn ganz kennenlernen. Sein Verstand sagte ihm, was zu tun war. Die Tatsachen diktierten den Weg. Die Katholiken, die noch zu ihm hielten, weil ihnen das Reich über den Glauben ging, würden nicht ewig einem exkommunizierten Ketzer die Treue halten. Sobald die Versammlung in Paris sich auf einen König einigen würde, wäre er verloren. Um sein Herz schließlich kümmerte sich Gabrielle. Die Tante, so sagte man, habe es ihr zugeflüstert: Nur Seine Heiligkeit selbst konnte den König scheiden. Zwischen ihr und dem Thron standen der Papst und Heinrichs falscher Glaube. Verweigert Euch, flüsterte die Schlaue der schönen Nichte ins Ohr. Tränen und Flehen werden ein übriges tun.

Am 25. Juli 1593 trat Navarra durch die Pforte von St. Denis vor den Altar, und umringt vom neugierigen Volk empfing ihn der Erzbischof von Bourges.

»Wer seid Ihr?«

»Ich bin der König.«

»Was begehrt Ihr?«

»Ich begehre, in den Schoß der katholischen, apostolischen, römischen Kirche aufgenommen zu werden.«

Dann sprach er das verabredete Glaubensbekenntnis.

Der Streich glückte. Der Krönung stand nichts mehr im Wege. Da Reims in den Händen der Liga war, wich man nach Chartres aus. Besorgte auch von irgendwoher ein Öl, das für die Salbung recht war. Das waren kleine Unstimmigkeiten, verglichen mit den Gerüchten, die aus Spanien herauftrieben. Philipp, so hieß es, sei angesteckt. Peinliche Schmach, die den Spaniern, die noch in Paris festsaßen und Zeter und Mordio schrien, den Wind aus den Segeln nahm. Langsam und stetig breitete sich die Ansicht aus, daß ein konvertierter König aus dem eigenen Land immer noch besser sei als der Sproß eines syphilitischen fremden Fanatikers.

Im März 1594 schließlich war es soweit. Der Einmarsch in Paris war von langer Hand vorbereitet. Im Morgengrauen drang der König durch die Porte Neuve in seine Stadt ein. Die Überraschung war so groß, daß sich kaum Widerstand regte. Ein paar Landsknechte wurden niedergemacht, widerspenstige Wachen kurzerhand ins Wasser geworfen. Der Herzog von Feria erhielt Order, binnen des Vormittags seine Truppen zu sammeln und um fünfzehn Uhr spätestens die Stadt zu verlassen, andernfalls man ihn mit Gewalt vertreiben werde. Die demoralisierte spanische Besatzungsarmee leistete jedoch keinen Widerstand. Pünktlich zum vereinbarten Zeitpunkt zog sie in strömendem Regen durch das Tor

St. Denis ab. Navarra stand oben auf dem Torbogen und schaute ihnen nach. Kein Schuß fiel. Das Geräusch von Stiefeln im Matsch und das Knarren von Wagenrädern bildeten die alleinige Geräuschkulisse des Abzugs. Ein Weltreich schlich von dannen.

Spanien war geschlagen. Aber der Weg zum Frieden war noch weit. Die Liga war gespalten, aber nicht zerstört. Der König war endlich Herr in seiner Stadt, aber noch fehlte die Absolution des Papstes. Kurz darauf wendete sich das Kriegsglück zu Heinrichs Gunsten. Lyon wurde erfolgreich zur Kapitulation gezwungen. Es folgten Poitiers, Quimper, Cambrai, Amiens. Wenig später ergaben sich Beauvais, Péronne, Doullens und Saint Malo. Heinrich hielt den Zeitpunkt für gekommen, nun auch offiziell und feierlich als Souverän von seiner Hauptstadt Besitz zu ergreifen. Am Abend des 15. September 1594 zog er unter Fackelschein in seine Stadt ein. Zahlreiche Edelleute, Offiziere und königliche Beamte sowie einige Truppen und eine freudig bewegte Masse Schaulustiger begleiteten ihn.

Allerdings galt das Spektakel mindestens ebenso seiner Geliebten, die in einer prächtigen Sänfte vorneweg getragen wurde. Gabrielle trug ihre Lieblingsfarbe: ein dunkelgrünes Kleid aus Samt, das über und über mit Perlen und Edelsteinen bestickt war, in denen sich der Schein der Fackeln spiegelte. Was mag in ihr vorgegangen sein, während sie über den Morast hinweg in die Hauptstadt hineingetragen wurde? Nicht einmal vier Jahre war es her, da saß sie, siebzehnjährig, auf Schloß Cœuvres im Schoß einer zwar berüchtigten, aber unbedeutenden, ja unfähigen Familie und ließ sich von ihren Dienern die Fliegen verjagen, die ihr um den schönen Kopf schwirrten. Und heute führte sie den Triumphzug des Königs an, der seine Hauptstadt zurückgewonnen und Spanien gedemütigt hatte.

Die Zuschauer rieben sich verwundert die Augen. Wer war diese Frau, die wie eine Königin in ihre Stadt einzog? Doch, schön war sie, zweifelsohne. Aber entsprach es den Sitten eines katholischen Herrschers, bei seinem Amtsantritt seine Mätresse vorneweg zu schicken wie eine ausstaffierte teure Puppe? Die Spione des Papstes, die in der Menge standen, betrachteten aufmerksam das Spektakel. Einer von ihnen, Bonciani mit Namen, drängelte sich an den Bäckern und Marktfrauen vorbei nach vorne, um einen besseren Blick zu haben. Als er seinen dürren Diplomatenkörper endlich durch die Reihe der massigen Körper geästelt hatte, war sie schon vorüber, und er sah nur noch den prächtig frisierten Hinterkopf der hohen Dame über dem grünen Samt aufragen. Während er in die Menge zurücktrat, legte er sich bereits ein paar Sätze für die Depesche zurecht, die er am Abend nach Rom zu schicken gedachte, wo man mit einigem Interesse die Vorgänge in Paris verfolgte.

Clemens VIII. indessen, seit 1592 Papst, kümmerte der König zu dieser Zeit noch mehr als die Mätresse. Er steckte in einer Zwickmühle. Natürlich durchschaute er die Politik, die Spanien und die Liga betrieben. Allein Frankreich war ein ernst zu nehmendes Gegengewicht gegen die Krake Habsburg. Hätte Rom in Navarra einen katholischen Verbündeten gegen den übermächtigen Philipp, so wäre dessen Würgegriff abgeschüttelt. Um Clemens herum spien die Gesandten Philipps Gift und Galle auf den französischen König. Einige Jahre zuvor, Clemens erinnerte sich nur zu gut, hatte sich sein Vorgänger Sextus Quintus in der französischen Frage für neutral erklärt. Philipp schickte den Grafen Olivarez nach Rom, und wunderbarerweise lag Sextus Quintus wenige Tage nach dieser heftigen Unterredung krank darnieder und starb kurz darauf. Jetzt, fünf Jahre später, war die Lage Spaniens und der Liga ungleich ungünstiger, und Clemens hütete sich, bei schwierigen Unterredungen die aufgetragenen Speisen zu berühren.

Doch ebenso mißtraute er diesem Konvertiten, der die Religion wechselte wie das Hemd. Um Paris zu gewinnen, hatte er abgeschworen. Aber sein Glaube war so unecht wie die Haarpracht seiner Diener. Heinrich von Navarra die Absolution zu erteilen hieße, dem Antichristen das Abendmahl zu reichen. Doch war Spanien zu trauen? Ähnlich dachten auch Florenz und Venedig. Ohne Frankreich war die gesamte Christenheit auf Gedeih und Verderb Habsburg ausgeliefert. Und was würde geschehen, wenn der exkommunizierte Heinrich eine französische Staatskirche ausriefe? Würde Rom ein zweites Schisma überleben? Der Schatten eines anderen Heinrich tauchte bedrohlich am Horizont auf.

Da begab es sich, daß ein junger Jesuit einen Anschlag auf das Leben des Königs Heinrich verübte. Während eines Empfangs im Louvre stürzte er plötzlich mit einem Dolch aus der Menge nach vorne, verfehlte nur knapp den Hals des Königs und spaltete ihm die Lippe. Drei Tage später richtete man den Attentäter und verwies zugleich den Jesuitenorden des Landes. Die Zeichen standen auf Sturm, und zum erstenmal seit Jahren empfing Rom einen Gesandten des französischen Königs.

Der Wendepunkt war erreicht. Während Philipps Heere ihre letzten Schläge führten, erreichten Heinrichs Unterhändler in Rom die Absolution ihres Königs. Einer nach dem anderen gaben die Heerführer der Liga ihren Widerstand auf. Gabrielle, mittlerweile Marquise von Monceaux, empfing dort im Januar 1596 den mächtigen Heerführer Mayenne. Man speiste im Freien und vergnügte sich mit Hirtenspielen, die die Gastgeberin zur allgemeinen Erbauung aufführen ließ. Einer weniger, der mir Mörder auf den Hals schickt, mag Heinrich gedacht haben, während er dem dicken Mayenne im geschmückten Garten zuprostete. Nur noch zwei Jahre trennten ihn damals vom Frieden. Daß er ihn würde erzwingen müssen, daran bestand kein Zweifel. Doch im Grunde war bereits alles entschieden. König war er, katholisch zudem und legitimer Herrscher im Schoß der katholischen Kirche. Kein spanischer Soldat hatte mehr das Recht, unter dem Vorwand, die Christenheit gegen die Ketzer zu schützen, in seinem Land Städte zu schleifen und Bauern zu schlachten. Und daß dies nur ein Vorwand war, wußte ohnehin jeder. Trotzdem sollte noch viel Blut fließen, bis endlich Friede herrschte.

Manche jedoch dachten bereits weiter. Einer von ihnen war Maximilien de Béthune, Marquis von Rosny und später Herzog von Sully. Kaum einer hatte dem König seit seinen Jugendtagen so treu gedient und war dafür so reichhaltig belohnt worden. Kam ihm doch keiner gleich an Intelligenz und Fähigkeiten. Während sich die verschiedenen Truppen noch gegenseitig die Städte abjagten, lagen in Rosnys Schubladen bereits die Pläne für die Verwaltung des Reiches. Dort stand geschrieben, wie vorzugehen sein würde, um den bankrotten Staat zu sanieren, an dem korrupte Beamte und ein opportunistischer Adel wie die Maden hingen. Denn ohne Geld keine reparierten Straßen und Brücken. Ohne Verkehrswege kein Handel. Und ohne Handel keine Steuern. Die

Salzsteuer war verpachtet. Die Steuerpächter, wenn sie die Steuer überhaupt erhoben, führten einen bestimmten Anteil nach Florenz ab, da dem Großherzog Ferdinand de Medici als Gegenleistung für Kriegskredite das Recht eingeräumt worden war, sich aus dieser Steuer zu bedienen. Nachdem der Pächter auch noch seinen Anteil abgezweigt hatte, floß nur noch ein kümmerlicher Rest in die Staatskasse. Rosny hatte genau erfaßt in seinen Zahlenreihen, welche Unsummen dem Staat so unkontrolliert abhanden kamen. Den Beamten im Finanzrat graute schon vor diesem unerbittlichen Mann, Hugenott bis ins Mark und unmenschlich steif und blaß vor Pflicht- und Ehrgefühl.

Rosny verschwendete keinen Gedanken an die fettgefressenen, korrupten Staatsdiener. Schwarz auf weiß hatte er alles gegen sie gesammelt. Der König brauchte nur zu addieren, schon waren sie erledigt: nüchtern, unbestechlich, elegant, wie ein arithmetischer Beweis.

Was dem Marquis de Rosny mehr Kopfzerbrechen bereitete, war das unkalkulierbare Herz seines Souveräns. Acht Jahre ging das nun schon mit dieser Gabrielle, die mit jeder Niederkunft einen neuen Titel auf die alten häufte. Sie hatte sich ihm angebiedert, von Anfang an, wohl auf Anraten der Sourdis, die ohnehin hinter der schönen Fassade die Fäden zog. Er erinnerte sich wohl daran, wie Gabrielle dem König geraten hatte, ihn, Rosny, in den Finanzrat zu berufen. Nicht schlecht, hatte er bei sich gedacht. Doch ich bin nicht zu kaufen. In den Rat komme ich sowieso, auch ohne Euer Geflöte. Doch Ihr werdet nicht Königin werden. Vergebliche Mühe.

Der Regen, der die Stadt Paris seit Allerheiligen in eine einzige feuchtkalte Schlammwüste verwandelt hatte, riß auch in den letzten Tagen des Jahres 1598 nicht ab. Masern und Windpocken wüteten in den meisten Vierteln, und stündlich wurden Kindersärge durch die trostlosen Gassen getragen. Kaum ein Bewohner, der nicht an Husten oder Fieber litt. Die schlechten Ernten und die dadurch in die Höhe schnellenden Getreidepreise taten ein übriges, und wer geglaubt hatte, mit Krieg und Belagerung das Schlimmste überstanden zu haben, starrte resigniert auf diesen neuen, unsichtbaren Feind, der unerbittlich eine Seele nach der anderen holte. Ununterbrochen wurde gebetet. Allerorten wurden Messen zelebriert, und die einzigen, die auf ihre Kosten kamen, waren die Ärzte, die ein weites Betätigungsfeld für ihre immer neuen und fast immer wirkungslosen Mixturen fanden.

Am 13. Dezember 1598 wurde in St. Germain der jüngste Sohn des Königs auf den Namen Alexander getauft. Trotz des schlechten Wetters war der Menschenandrang gewaltig, und es schien, als erhofften sich die Menschen von diesem freudigen Ereignis Linderung ihrer eigenen Not. Und war um diesen König nicht die gnädige Hand Gottes spürbar? Eine schwere Krankheit, die ihn noch vor wenigen Wochen an den Rand des Grabes zu führen drohte, hatte ihn nicht dahingerafft, und jetzt schritten er und Gabrielle, nun Herzogin von Beaufort, umringt von den illustren Taufpaten Diane de France und der Herzogin von Angoulême sowie dem Grafen von Soissons, auf den Kardinal zu, um für ihren Sohn das Sakrament der heiligen römischen Kirche zu erbitten.

Der König selbst habe kein derart aufwendiges Fest gewünscht, wurde geflüstert, denn schließlich handelte es sich hier nicht um ein Kind Frankreichs. Auch ging das Gerücht, der Marquis de Rosny, seit kurzem oberster Finanzrat, habe sich geweigert, den Musikanten den für eine Taufe der Krone üblichen Lohn zu bezahlen – mit der Begründung, es gebe kein Kind Frankreichs und daher auch keine solche Taufe.

Als der König davon erfuhr, so sprach man, habe er den Marquis vorsorglich zur Herzogin geschickt, um sich mit ihr auszusöhnen. Diese sei jedoch längst von den Musikanten unterrichtet gewesen und habe dem Mann das Wort abgeschnitten und ihn aus dem Haus geworfen. Daraufhin sei der König selbst bei ihr erschienen, um sie, wie man sagte, in ihre Schranken zu weisen, was jedoch nur zur Folge hatte, daß die zu Tode beleidigte Herzogin in Tränen ausbrach und rief, es sei besser zu sterben, als diese Schmach ertragen zu müssen. Der König möge sich überlegen, ob er zu ihr stehe, die von allen wohlgelitten sei, oder zu seinem Marquis de Rosny, über den das halbe Reich sich beklage, worauf der König, so wurde geflüstert, gesagt haben soll, er trenne sich leichter von zehn Mätressen ihres Schlages als von einem Diener wie dem Marquis de Rosny. Da soll, so hieß es, die Herzogin ein Messer gezogen und verkündet haben, so sei denn für sie kein Platz an der Seite des Königs. Die Klinge möge in ihr Herz dringen, darin der König stets nur sein Bild gewahre und dergleichen mehr. Wie die Sache jedoch ausgegangen war, wußte keiner so recht zu sagen.

Auch der friedliche, feierliche Eindruck, den das prächtige Ballett der fünf Nationen erwecken sollte, das am Nachmittag aufgeführt wurde, war nur äußerlich. Im Innern nagte nach wie vor die Spaltung an den Gemütern.

Die von Hunger und Krankheit gezeichneten Bürger ließen sich keine Gelegenheit entgehen, den heftigen Rededuellen über das Toleranzedikt von Nantes beizuwohnen, die fast ständig auf den Plätzen im Gange waren. Unter dem beifälligen oder empörten Geschrei der Menge lieferten sich die Theologen endlose Dispute und gaben so den ausgemergelten Gestalten, wenn sie schon sonst nichts zu kauen hatten, wenigstens prall klingende Wörter und Reden zu schlucken.

Selbst am Weihnachtstag, als nach vier Messen noch so viel Volk vor den Kirchen stand, daß man gezwungen war, drei weitere Tage lang Messen und Abendmahle abzuhalten, wich die Spannung nicht. Vielleicht war es daher ein Glück, daß Regen und Kälte die Bewohner in die Häuser trieben, wo sie sich um die Kamine scharten, wenn es dort etwas zu verbrennen gab.

So verschwamm auch der letzte Tag dieses ereignisreichen Jahres, das endlich den Frieden gebracht hatte, hinter einem Schleier aus dünnem, unablässigem Regen. Vereinzelt wurden Feste gefeiert, doch der Fackelschein in den wie ausgestorben daliegenden Straßen und Gassen gemahnte eher an den ernsten Schimmer von Trauerkapellen, und in den meisten Häusern betete man zu anderen Heiligen als zu denen des Kalenders.

Die Januartage zogen bleich und grau herauf. Eine Ritterschlagszeremonie, die des andauernden Regens wegen schon viermal verschoben worden war, wurde schließlich am dritten Tag des neuen Jahres bei den Augustinern abgehalten. Als die Zeremonie vorüber war, ergriff der König die günstige Gelegenheit und teilte der überraschten Versammlung mit, daß sich Madame Catherine, die Schwester des Königs, Ende des Monats mit dem Herzog von Bar, dem Marquis du Pont, vermählen werde. Man nahm es erstaunt zur Kenntnis. Es war überhaupt viel von Eheschließungen die Rede. Niemand war sich im unklaren darüber, was durch diese Heiratspolitik bezweckt werden sollte. Oder was war sonst davon zu halten, daß eine protestantische Prinzessin von Geblüt mit einem katholischen, lothringischen Prinzen vor den Altar trat? Es konnte doch nur bedeuten, daß von lothringischer Seite die Feindseligkeiten gegenüber Heinrich beendet waren. Der ehemalige Erzfeind wurde weggeheiratet. Daß man Rom damit vor den Kopf stieß, war offensichtlich. Wie konnte der König diese verbotene Mischehe zulassen? Dumm, sehr dumm, meinten die einfachen Geister. Mächtige Feinde muß man bisweilen beeindrucken, sonst zertreten sie einen – so die Meinung der Schlauen. Die simple Wahrheit war, daß es Heinrich immer zuerst um das Reich ging und erst in zweiter Linie um die Religion. Und wenn er Lothringen so billig bekommen konnte, dann war die Formfrage unerheblich. Lieber eine illegale Ehe als ein legaler Religionskrieg.

Während sich durch diese Allianzen die Wogen der letzten Jahrzehnte wenigstens äußerlich glätteten, schlugen sie im Klerus und im Parlament dafür um so höher. Nach wie vor weigerte sich das Parlament in Paris, das Edikt von Nantes zu ratifizieren. Täglich wurden religiös verhetzte Verschwörer aufgegriffen, die den König ermorden wollten. Ketzerei und Häresie griffen um sich, und für jeden, den man mit durchbohrter Zunge und abgeschnittenen Lippen aus der Stadt jagte, tauchten zehn Neue auf, die Feuer und Schwefel auf das Edikt und das Haupt des Königs predigten.

Heinrich ignorierte die Aufhetzer, soweit er konnte. Sollten sie doch herumschreien und sich die Haare raufen. Wer zuviel Wahnsinn gesehen hat, fällt ihm anheim oder wird gegen ihn immun. Waren dreißig Jahre Krieg nicht genug? Was für ein Irrsinn spukte nur in diesen Köpfen? Es sei besser, die ganze Stadt Paris mit all ihren Einwohnern gehe in Flammen auf, als daß auch nur ein Ketzer am Leben bliebe? Er schüttelte den Kopf, trat ans Fenster seines Gemaches im Schloß Louvre und blickte auf die Stadt hinunter. Niemals würde er es zulassen, daß Hetzer und Spalter in seinem geschundenen Volk erneut selbstzerstörerische Zwietracht säten. Das Edikt mußte unter allen Umständen ratifiziert und respektiert werden. Wenn da nur einer wäre, auf den man sich verlassen könnte! Selbst seine engsten Berater waren gespalten. Von allen Seiten flogen Gerüchte heran über Intrige und Verrat, jeder beschuldigte jeden, und hätte er jedem Vorwurf Glauben geschenkt, so stünde er längst allein vor einem Haufen gerichteter Hochverräter.

Im Herbst des Vorjahres, als er wund auf Monceaux lag, umlagert von Ärzten, die um sein Leben kämpften, da hatte ihm plötzlich klar vor Augen gestanden, was nach seinem Tode geschehen würde. Alles wäre umsonst gewesen. Allein die Möglichkeit seines Ablebens hatte im ganzen Reich zu Unruhe und teilweise zu Aufständen geführt. Nun hatte es Gott gefallen, ihn von seiner Krankheit zu heilen. Dabei war es dem Herrn sicher nicht um ihn gegangen, schlechter Diener, der er war, geplagt von Zweifeln und ungewiß der richtigen Lehre. Aber das Reich durfte nicht verlorengehen, und nur deshalb, so glaubte er, hatte Gott seine schützende Hand über ihn gehalten. Doch wenn dem so war, mußte er dann nicht alles tun, um den Bestand der Herrschaft zu sichern? War dies nicht seine allererste Pflicht?

Wie als Antwort auf eine ungestellte Frage trat Gabrielle mit den Kindern ins Zimmer. Den kleinen Alexander trug sie auf dem Arm, Caesar und Catherine-Henriette gingen an ihrer Seite. Er eilte auf sie zu, küßte die Kinder überschwenglich und nahm ihr das kleine, warme Bündel aus den Händen.

Er spürte, wie sie innerlich bebte vor Erregung.

»Langlois ist zurückgekehrt«, sagte sie. »Margarete hat der Scheidung zugestimmt. Die Prokuration liegt vor.«

Der König wußte es längst.

Mit einem verliebten Blick auf ihr vor unterdrückter Freude leicht gerötetes Gesicht nahm er sie bei der Hand und führte sie an das große Fenster, von dem aus man die Stadt und die umliegenden Felder überblicken konnte.

»Dort am Tor St. Denis habe ich das spanische Heer an mir vorüberziehen sehen. Erinnert Ihr Euch? Es regnete wie heute und ist mir doch in der Erinnerung zumute, als sei es der schönste Tag meines Lebens gewesen. Fast fünf Jahre ist es her.«

»Und der sie geschickt hatte, ist nicht mehr am Leben.«

Heinrich nickte zufrieden. Philipp, sein großer Widersacher, war im Herbst gestorben. Als die Nachricht eintraf, hatte niemand daran ge-

glaubt. Wie oft war Philipp nicht schon totgesagt worden in diesen letzten Jahren. »Lassen wir die Toten von den Toten reden.«
Sie legte ihren Kopf an seine Schulter und liess ihre Hand in das weiche Haar des kleinen Mädchens gleiten, das sich müde an ihr Bein lehnte.
Heinrich fuhr leise fort: »Sillery ist seit drei Wochen auf dem Weg nach Rom. Das Schriftstück wird ihm die Sache erleichtern. Ich will gleich einen Boten schicken.«
Gabrielle schwieg und schaute versonnen durch die grünlichen Scheiben. Sie lauschte auf den schweren Atem des Mannes neben ihr, spürte seine feste Hand auf ihrer Schulter. Ständen sie immer nur hier am Fenster, weit über den Dingen, die sich dort zu ihren Füssen abspielten, sie fühlte sich sicher und geborgen an seiner Seite. Doch sie erriet seine Gedanken, und was sie nicht erriet, hinterbrachte ihr die Tante, die die täglichen Neuigkeiten wie eine Folge unappetitlicher Speisen vor ihr aufreihte.
So kam angeblich wenige Tage später ein weiterer Brief der Königin aus Usson im Louvre an, worin sie ihre Einwilligung in die Scheidung widerrief. Sie habe, so schrieb sie, das grossmütige Angebot des Königs, aus dem Exil zurückkehren zu dürfen, mit grosser Dankbarkeit empfangen und nach langen Gesprächen mit ihren Beratern den daran geknüpften Bedingungen zugestimmt. Sie habe wohl eingesehen, wie wichtig es für den König sei, eine neue Ehe einzugehen, um auf diesem Wege zu erreichen, was Gott ihr versagt habe, nämlich der Krone und dem Reich legitime Erben zu schenken. Nun jedoch müsse sie bei einer solchen Vereinbarung um das Heil des Reiches und ihrer Seele fürchten, denn ihr sei zu Ohren gekommen, dass der König offensichtlich beabsichtige, in der Folge seine Mätresse Gabrielle d'Estrées zu heiraten. Wenn eine Frau von so geringer Herkunft, über deren schmutzigen und üblen Lebenswandel mannigfaltige Gerüchte im Umlauf seien, an ihre Stelle treten solle, so werde sie niemals ihren Platz für solch eine schändliche Verbindung räumen, und es sei alles zu tun, um diese gewaltige Schmach für den König, sie selbst und ganz Frankreich zu verhindern.

Die Verhandlungen gingen desungeachtet ihren Gang. Sillery würde bald in Rom eintreffen. Der Papst wäre natürlich längst instruiert und würde den Gesandten barsch anfahren, ob der König von Frankreich glaube, ihn zum Narren halten zu können.

Der Gesandte Sillery, dem diese Szene in seiner Kutsche bereits vor Augen stand, als er noch nicht einmal die Alpen erreicht hatte, wartete, bis der erste Zornesausbruch Seiner Heiligkeit verraucht war, und sprach dann mit gemessenen Worten:

»Mein Herr und König versichert Euch in allem seiner untertänigsten Dienste. Ich weiß nicht, was Euch auf verschiedenen Wegen zu Ohren gekommen sein mag, doch aus der Ferne scheint vieles bedrohlich und verzerrt, was sich aus der Nähe betrachtet plötzlich vertraut und einfach ausnimmt. Vor allem jedoch drängt die Zeit. Gott hat ein Wunder gewirkt und den König von schwerer Krankheit erlöst, da er nicht zulassen wollte, daß ein so schwer errungener Friede vor Zeiten den inneren Machtkämpfen zum Opfer fällt.«

»Ich freue mich, daß Ihr die himmlischen Ratschlüsse so trefflich zu deuten versteht.«

Sillery ließ sich nicht beirren. »Frankreich hat einen großen König, doch es hat keine Erben. Es ist Euch kein Geheimnis, daß aus der von Katherina gestifteten Ehe des Königs mit Margarete in nun bald siebenundzwanzig Jahren kein Kind hervorging. Zudem hat sich die Königin des Hochverrates an der Krone und des Ehebruchs schuldig gemacht. Das allein wären schon Gründe genug, käme nicht auch noch die ungesetzliche Blutsverwandtschaft hinzu, die zwischen den beiden Eheleuten besteht. Daher bittet Euch der König inständig, die Ehe für ungültig zu erklären. Solange keine neue Königin dem König von Frankreich legitime Erben schenkt, drohen Zwietracht, Unheil und erneuter Bürgerkrieg. So ist die Lage, die mir aufgetragen ist, Euch zu bedenken zu geben.«

»Ich weiß wohl, wie es um das Haus Bourbon bestellt ist. Meint Ihr, ich flehte nicht täglich den Schöpfer um eine Lösung an? Doch was verlangt Ihr von mir? Soll ich der Blutschande halber zulassen, daß sich in Schloß Louvre ein Bastard- und Hurennest einrichtet?«

Sillery schaute betreten zu Boden. Mit solch einem direkten Angriff hatte er nicht gerechnet. Wie ratlos mußte Aldobrandini sein, daß er sich einer derart krassen Sprache bedienen mußte. Je stärker die Sprache, desto schwächer das Argument.

»Der König hat Euch nie getäuscht. Ihr habt in ihm einen Eurer treuesten Verbündeten. Doch er kann sich erst auf Euch zubewegen, wenn die Ketten von ihm genommen sind.«
»So wie in Nantes?«
»Seit Nantes herrscht in Frankreich Friede. Das Land blüht auf. Der schwarze Schatten des Krieges ist gewichen. Das Edikt scheint ein geringer Preis für eine solche Erlösung zu sein.«
Der Papst atmete laut aus und drehte dem Gesandten schroff den Rücken zu. Welch eine Anmaßung! Mit dem Antichristen schließt man keine Verträge. Man vernichtet ihn oder wird von ihm vernichtet, wenn es der unfaßliche Ratschluß Gottes vorgesehen hat. Welch zersetzender Kompromißgeist wehte ihm dort aus dem Mund des Gesandten entgegen.
»Ich will Euch etwas sagen, Herr de Sillery ...«
Doch der hörte schon nicht mehr zu und vertrieb die unangenehme Vision, indem er aus seiner Kutsche nach draußen auf die vorüberziehende Landschaft blickte. Aussichtslos war es ohnehin, und es wurde dem Gesandten mit jeder Stunde enger ums Herz angesichts der unlösbaren Aufgabe, die ihm aufgetragen war. Eingehüllt in schwere Decken, den Kopf tief zwischen die Schultern gezogen, blickte er gedankenversunken auf die verlassenen, von Rauhreif überzuckerten Felder und lauschte dem monotonen Klopfen der Hufe und dem frostigen Geklirre des Vierspänners; ein vielbeiniger, doch behäbiger Käfer, der langsam auf die Alpen zukroch.

Vier

Koszinski unterbrach seine Ausführungen und ließ sich im Gras nieder. Ich brauchte einen Augenblick, um wieder in die Gegenwart zurückzufinden. Wir waren auf einem Hochplateau angekommen, von dem aus man die Rheinebene überblicken konnte. Tief unter uns lag Freiburg. Der Turm des Münsters ragte weithin sichtbar aus der Dunstglocke hervor, die über der Stadt schwebte. Am Horizont zeichneten sich schemenhaft die Umrisse der Vogesen ab, und ich konnte mir unschwer vorstellen, wie vor vierhundert Jahren irgendwo in der Ebene dahinter ein Vierspänner über holprige Wege nach Süden gerumpelt war.
Koszinski verschränkte die Arme auf den angewinkelten Knien und nahm das Panorama in sich auf. Ich tat es ihm gleich, und so saßen wir eine Weile still da und schauten die Gegend an. Mir schwirrte der Kopf von den vielen Namen, die er genannt hatte.
Ich fragte ihn, ob er das alles in diesem Manuskript gelesen habe.
»Nein, nein. Die ganzen Hintergründe hat der Verfasser selbstverständlich vorausgesetzt. Er war schließlich Mitglied einer historischen Gesellschaft und hatte Gesprächspartner, die die Artikel des Edikts von Nantes vermutlich auswendig kannten. Es gibt zahlreiche Bücher über die Regierungszeit Heinrichs IV. Seine Liebe zu Gabrielle d'Estrées hat mächtige Wellen geschlagen, vor allem durch das seltsame Ende, das die unglückliche Herzogin wenige Tage vor ihrer geplanten Vermählung mit dem König ereilte. Die wichtigsten historischen Untersuchungen zum Fall Gabrielle d'Estrées waren in den achtziger Jahren des letzten Jahrhunderts schon veröffentlicht.«
»Der König wollte Gabrielle heiraten, und Rom wollte es nicht zulassen?«
»Ja. So lautet die offizielle Meinung.«

»Und warum?«

»Warum Rom gegen diese Heirat war?«

»Ja.«

»Dafür gibt es viele Gründe. Papst Clemens paktierte nur widerstrebend mit Heinrich von Navarra. Er mißtraute dem Glauben dieses Königs. Das Edikt von Nantes war mehr als eine Ohrfeige für den Heiligen Stuhl. Politisch zwar verständlich, aus heutiger Sicht sogar eine diplomatische Großleistung, aber damals dachte man anders. Das Heil der Christenheit stand auf dem Spiel. Man kann sich kaum noch eine Vorstellung davon machen, welche Bedeutung die wahre Lehre in den Köpfen der Zeitgenossen hatte. Als das Edikt von Nantes unterzeichnet wurde, war Descartes zwei Jahre alt, und in Rom lief der Prozeß gegen Giordano Bruno. Natürlich ging es auch um Politik. Frankreich sollte als Bollwerk gegen Habsburg dienen. Eine starke Allianz zwischen Paris und Rom hätte Philipps Würgegriff gelockert und seine Suprematie geschwächt. Heinrich mußte von Margarete geschieden werden und eine neue Ehe eingehen, darüber waren sich alle einig. Um diese Zeit, 1599 also, hätte Heinrichs Tod sofort die Diadochenkämpfe zwischen den Prinzen von Geblüt neu entfacht. Die anderen Adelshäuser hätten ihren Thronanspruch geltend gemacht. Die Glaubensfrage hätte wie Öl in der Kriegsmaschine gewirkt und ausländische Mächte auf den Plan gerufen. Alles wäre wieder von vorne losgegangen, und Frankreich wäre vermutlich von der Landkarte verschwunden oder hätte ein ähnliches Schicksal wie Deutschland erlitten. Je nach Glaubensrichtung hätten die Fürstentümer sich selbständig gemacht und alle Andersgläubigen aus dem Land gejagt oder ermordet. Das mußte um jeden Preis verhindert werden. Legitime Erben mußten her, historisch gesprochen: eine Mutter für Ludwig XIII. Eine Kandidatin hatte man auch schon, Maria de Medici, die Nichte Ferdinands de Medici, des Großherzogs der Toskana. Aber der König war Gabrielle völlig verfallen.«

»Sie stand also der großen Politik im Weg?« fragte ich.

»So einfach ist das nicht. Fest steht nur, daß Gabrielle wenige Tage vor ihrer geplanten Vermählung mit Heinrich IV. von Navarra an einer rätselhaften Krankheit starb. Der König schickte sie über die Osterfeiertage nach Paris, während er selbst auf Fontainebleau zurückblieb. Angeblich wollte er so kurz vor der Vermählung keinen Skandal riskieren. Gabrielle war damals im sechsten Monat schwanger und den Umständen entsprechend geschwächt. Außerdem plagten sie üble Vorahnungen und die pessimistischen Prognosen ihrer Astrologen. Was jedoch im einzelnen passiert ist, läßt sich nicht mehr mit Sicherheit feststellen. Die Zeugnisse widersprechen sich. Nach einem Mittagessen in einem italienischen Hôtel in Paris brach die Herzogin zusammen und verfiel in schreckliche Krämpfe, von denen sie sich bis zu ihrem Tod am Ostersamstag nicht mehr erholen sollte. Der Schock dieses Ereignisses muß für die Personen in ihrer engsten Umgebung so groß gewesen sein, daß keiner der Anwesenden einen inhaltlich logischen Bericht der Vorkommnisse zwischen dem Mittwoch vor Ostern und dem Tag ihres Todes am Ostersamstag zustande gebracht hat. Gabrielle starb unter entsetzlichen Qualen am Morgen des 10. April 1599, nur wenige Tage vor der geplanten Vermählung mit dem König. Heinrich hat sie nicht wiedergesehen. Gabrielle rief ständig nach ihm und schrieb ihm während ihrer Agonie noch einige Briefe. Als sie am Karfreitag ins Koma gefallen war, verließ der König Fontainebleau und machte sich auf den Weg nach Paris, um ihr in ihren letzten Stunden beizustehen. Doch er wurde vor der Stadt abgefangen. Man täuschte ihm vor, die Herzogin sei bereits gestorben, und er kehrte um.«

Koszinski schwieg vielsagend. Ich schaute ihn neugierig an.

»Ja, ich weiß, was Sie denken werden. Es sieht so aus, als habe bei Gabrielles plötzlichem Tod jemand nachgeholfen. Die diesbezüglichen Spekulationen sind niemals abgerissen. Ein Jahr später heiratete Heinrich IV. Maria de Medici. Die Nichte des Großherzogs der Toskana gelangte auf den französischen Thron. Das sind die Fakten.«

Nach einer kurzen Pause fügte er hinzu: »Was die ganze Sache allerdings so seltsam macht, sind diese Bilder.«

»Das Gemälde, von dem ich Ihnen einmal erzählt habe?«

»Ja. Das heißt, eigentlich nein. Im Manuskript ist von acht anderen Gemälden die Rede, die irgendwie mit diesem Bild der beiden Damen im Bade, das Sie mir einmal gezeigt haben, in Zusammenhang zu stehen scheinen. Haben Sie sich eigentlich weiter damit beschäftigt?«

Ich schüttelte den Kopf. »Ich habe mehrmals versucht, etwas darüber herauszufinden, aber es sieht nicht so aus, als ob etwas Gesichertes über das Gemälde bekannt sei. Das Original hängt im Louvre, aber laut Katalog weiß man nicht viel darüber.«

»Seltsam, nicht wahr?« Koszinski bereitete es sichtlich Vergnügen, mich auf die Folter zu spannen.

»Nun?« fragte ich.

»Lassen Sie uns doch weitergehen, im Sitzen erzählt es sich so schlecht.« Wir erhoben uns und setzten unseren Weg fort.

»Als ich all das nachgelesen hatte, was ich Ihnen soeben in aller Kürze skizziert habe, konnte ich mir schon eher erklären, wovon in dem Manuskript die Rede war. Ich sagte wohl bereits, daß sich ein nicht unerheblicher Teil der Blätter mit der Lebensgeschichte eines Malers befaßt. An verschiedenen Stellen war von einer Reihe von Gemälden die Rede, die mit den rätselhaften Vorgängen um den Tod der Herzogin zusammenzuhängen schienen. Ich schrieb die entsprechenden Passagen ab und gab sie einem befreundeten Kunsthistoriker zur Lektüre. Er rief mich noch am selben Abend an und teilte mir mit, daß die Bilder leicht zu identifizieren seien. Einige davon gehörten in den Umkreis der Schule von Fontainebleau. Insbesondere handle es sich bei den beschriebenen Bildern um verschiedene Versionen eines im Louvre befindlichen Porträts, das, obwohl anonymer Herkunft, einen beträchtlichen Bekanntheitsgrad besitze. Die unterschiedlichen Versionen seien über halb Europa verstreut – Montpellier, Florenz, Schloß Chantilly. In Basel hänge auch ein Exemplar. Diese letzte Auskunft erstaunte mich am allerwenigsten.«

»Das Gemälde aus dem Louvre wird also in den Dokumenten nicht erwähnt?« fragte ich.

»Wie ich schon sagte: ja und nein. Die Erzählung scheint darauf hinzuführen, aber das Manuskript bricht plötzlich ab. Die Geschichte ist irgendwie unvollständig. Aber hören Sie! Mehrere Monate später hielt ich mich einige Tage in Paris auf und nutzte die Gelegenheit, mir das Louvre-Porträt einmal im Original anzusehen. Der Umbau des Louvre war damals noch nicht erfolgt, die Pyramide im Innenhof existierte noch nicht, und man betrat das Museum durch den heute geschlossenen Eingang gegenüber der Kirche St. Germain-l'Auxerrois. Ich reihte mich in die Schlange der Besucher ein, löste eine Karte und ging an den gewaltigen ägyptischen Steinkolossen vorbei auf die Treppe zu, die in die Gemäldesammlung führt.

Es war wenig Betrieb. Einige Schulklassen waren da. Paare schlenderten untergehakt durch die weitläufigen Bildersäle. Touristen studierten ihre mehrsprachigen Reiseführer oder lauschten andachtsvoll den Erklärungen, die eine Frauenstimme vom Band einer Kassette sprach. Als ich den Saal gefunden hatte, stach mir das Gemälde sogleich ins Auge. Ich habe später oft darüber nachgedacht, warum es mir früher nie aufgefallen war. Schließlich war ich nicht das erste Mal hier. Wahrscheinlich hatte mich das Bild früher einfach nicht interessiert. Wie sagt doch das Sprichwort: *Das Auge schläft, bis es der Geist mit einer Frage weckt.* Mit Büchern geht es einem ja ebenso. Man liest eines an, stellt es verständnislos ins Regal zurück, bis man es eines Tages wieder hervornimmt und nicht mehr davon lassen kann.

Anfangs beobachtete ich aus einiger Entfernung, wie die anderen Besucher auf das Bild reagierten. Die meisten schienen befremdet, blieben kurz vor dem Gemälde stehen, um einen mißtrauischen Blick auf das Exponat zu werfen. Manche drehten sich um, als fürchteten sie, beim Betrachten des Bildes ertappt zu werden. Aber niemand schien große Lust zu verspüren, sich länger davor aufzuhalten. Schulterzucken, amüsiertes Lächeln, Kopfschütteln. Ungleich den anderen Bildern scheint dieses Gemälde eine seltsame Kraft auszustrahlen, die Neugierige anzieht, jedoch nur, um sie unmittelbar darauf mit der gleichen, plötzlich in ihr Gegenteil verkehrten Kraft weiterzudrängen. Ich weiß bis heute nicht, wie diese Wirkung zustande kommt.«

Wieder legte er eine Pause ein. Schweigend spazierten wir durch den Wald, während Koszinski in Gedanken zu versinken schien, die anscheinend nicht für mich bestimmt waren. Endlich sagte er:

»Unsere Sehgewohnheiten sind kümmerlich. Wir werden schlechterdings zum Nichtsehen erzogen. Andernfalls könnten wir kaum eine belebte Einkaufsstraße entlanggehen, ohne angesichts der Fülle optischer Reize den Verstand zu verlieren. Deshalb genießen wir wohl auch die schlichte Ordnung der alten Gemälde, auch wenn wir im Grunde nichts über sie wissen. Sie kommen uns relativ überschaubar vor, verglichen mit unserer Welt. Vielleicht entspringt gerade diesem Unwissen das Wohlgefallen, das wir beim Betrachten empfinden? Die Bilder wollen uns keine Waren verkaufen oder uns über schlimme Zustände in unserer Umgebung oder in einem fernen Land aufklären. Ihr religiöser Gehalt berührt uns nicht wirklich. Welcher König als Jupiter, welche Herzogin als Diana dargestellt ist, das ist nicht mehr von Bedeutung. Die Landschaften, die wir sehen, sind keine Allegorien der Zerstörung oder fein berechnete optische Fallen für unsere touristischen Sehnsüchte. Nein, die Jagdgesellschaft ist günstigstenfalls durch eine Erzählung Ovids überlagert. Wir müssen kein Urteil über sie fällen, nicht über sie abstimmen oder unser Verhalten ändern. Wir brauchen die Erzählung nicht einmal zu kennen. Man teilt sie uns freundlich mit, wir lesen sie nach, nicken, schauen befriedigt ein letztes Mal auf die prächtige Leinwand und gehen von dannen. Uns reichen die wenigen Erläuterungen, die die Kunsthistoriker für uns zusammengetragen haben, denn wir sind zuversichtlich, daß die Menschen damals schon gewußt haben werden, was auf ihren Bildern zu sehen ist. Bacchus, Ceres, Proteus, Circe, Daphne... wir lesen, schauen. Sibylle von Tibur. David schlägt Goliath. Raub der Proserpina. Eine Grablegung. Der Brand von Troja. Mehr als diese Titel brauchen wir nicht. Dabei sind sie so nichtssagend wie Grabinschriften ...«

»Oder Katalogeintragungen.«

»Ja, nicht wahr? Ich trat an das Gemälde heran. *Schule von Fontainebleau. Anonymes Gemälde. Gabrielle d'Estrées und eine ihrer Schwestern.* Um 1600. Es ist wirklich das eigenartigste Bild, das ich je gesehen habe. Sie kennen es ja. Zwei Damen posieren nackt in einer steinernen Wanne, über deren Rand ein Tuch geworfen ist. Die Dame rechts im Bild, vom Standpunkt des Betrachters aus gesehen, sollte Gabrielle darstellen. In ihrer linken Hand hält sie mit spitzen Fingern einen Ring, während ihre rechte schlaff vom Wannenrand herabhängt. Ihre Schwester neben ihr hat die Rechte ebenso auf dem Wannenrand liegen, während Daumen und Zeigefinger ihrer linken Hand die rechte Brustspitze Gabrielles umfaßt halten.«

»Und der Bildrand ist von prächtigen purpurroten Vorhängen gesäumt. Man meint, eine Bühne vor sich zu haben, und die beiden Damen haben einen Gesichtsausdruck, als müßten sie den Blicken eines großen Publikums standhalten.«

Koszinski nickte. »Ja. Doch jetzt, da ich das Original vor mir hatte, entdeckte ich noch weitere Einzelheiten, die ich damals, als Sie mir die kleine Reproduktion zeigten, gar nicht bemerkt hatte. Es gab nämlich noch mehr Seltsames zu beobachten.«

»Sie meinen die Frau im Hintergrund?«

»Nicht nur das. Im Mittelgrund ragt ein Tisch oder eine Truhe, mit einem grünen Tuch verhängt, in den Raum hinein. Dieser Gegenstand verdeckt einen Kamin, der den hinteren Abschluß des Raumes bildet. Ein niedergehendes Feuer wirft einen schwachen Lichtschein auf das dunkelgrüne Tuch. Neben dem Kamin sitzt eine Frau, die mit einer Handarbeit beschäftigt ist. Zwischen ihr und dem Kamin hängt ein schwarzer Spiegel an der Wand. Erinnern Sie sich noch an die Stelle über dem Kamin?«

Die Frage überraschte mich. Ich hatte das Bild unzählige Male betrachtet, wußte jedoch nicht gleich eine Antwort.

Doch Koszinski sprach schon weiter. »Ein Detail, das man leicht übersieht und auch nur auf dem Original gut erkennen kann. Über dem Kamin ist ein weiteres Gemälde sichtbar, ein Bild im Bild, wenn man so will. Es zeigt den nackten Unterleib eines Mannes. Ein rotes Tuch ist um seine Lenden geworfen, als sei er soeben erschöpft aus dem Bett zu Boden geglitten.«

»Ja, doch, jetzt erinnere ich mich. Ich habe es für einen unbedeutenden Wandschmuck gehalten. Einen Ausschnitt aus einer mythologischen Szene vielleicht.«

»Möglich ist alles. Aber warum hätte sich die Herzogin auf solche Weise porträtieren lassen sollen? Und was bedeuten diese eigenartigen Gesten? Wer ist die Frau, die sich im Hintergrund über eine Handarbeit beugt? Eine Kammerfrau? Was soll man von den anderen Objekten halten? Ein schwarzer Spiegel. Ein Tisch oder eine Truhe, über die ein dunkelgrünes Tuch geworfen ist. Ein niedergebranntes Feuer und darüber die Hälfte eines weiteren Bildes, das den kaum verhüllten Unterleib eines nackten Mannes zeigt?«

Koszinskis Schilderungen wirkten ansteckend, und ich spürte die Faszi-

nation wieder aufflammen, die mich vor Jahren angesichts der seltsamen Szene ergriffen hatte.
»Aber das größte Rätsel«, sagte ich, »ist doch wohl das Spiel der Hände der beiden Damen. Was soll dieser Griff an die Brustspitze?«
»Das habe ich mich natürlich auch gefragt. Vielleicht soll mit dieser Geste allegorisch auf eine Schwangerschaft hingewiesen werden, und die Finger deuten sinnbildlich auf die Zeit nach der Niederkunft hin, indem sie der Brustknospe einen imaginären Tropfen Milch zu entlocken versuchen. Freilich kann eine solche Interpretation nicht darüber hinwegtäuschen, daß der Geste etwas Unerhörtes, ja, fast etwas Perverses anhaftet.«
Ich wußte, daß sich die Kunsthistoriker in Ermangelung anderer Deutungsmöglichkeiten für diese zwar nicht ganz zufriedenstellende, aber zumindest dem Anschein nach plausible Interpretation entschieden hatten. »Ich habe gelesen«, sagte ich, »die Herzogin sei zum mutmaßlichen Entstehungszeitpunkt des Porträts schwanger gewesen. Die Geste ihrer Schwester verweist wahrscheinlich auf die anstehende Geburt des Kindes. Damit wäre auch erklärt, was die Kammerfrau im Hintergrund tut. Sie näht das Taufkleidchen für das erwartete Kind.«
»Und das Bild, das über dem Kamin in das Gemälde hineinragt und den Unterleib eines Mannes zeigt, weist dann vermutlich den Vater des Kindes aus.«
Ich stutzte. Diese Möglichkeit hatte ich noch gar nicht bedacht. »Ja, warum eigentlich nicht?«
»Schon, aber weshalb dürfen wir sein Gesicht nicht sehen? Die Herzogin konnte schwerlich ein Interesse daran haben, Ungewißheit über den Vater ihres Kindes zu verbreiten. Schließlich war sie die offizielle Geliebte des Königs von Frankreich, eine *maîtresse en titre* mit Aussicht auf die Krone. Und warum ist die Atmosphäre im Mittelgrund so bedrückend, der grün verhängte Tisch, das niedergehende Feuer dahinter, die zusammengesunken dasitzende Kammerfrau?«
Die schwermütige, dunkle Starrheit des Gemäldes war mir gut in Erinnerung. Aber eine weitere Einzelheit hatte Koszinski noch gar nicht erwähnt, und er nickte zustimmend, als ich die Rede darauf brachte:
»Völlig unerklärlich ist aber doch auch der Ring, den die Herzogin mit

spitzen Fingern hält wie ein Stück heißes Metall. Sie hält ihn zwischen Daumen und Zeigefinger der linken Hand, so wie man einen aus der Haut gezogenen Dorn hält. Fast hat man den Eindruck, als halte sie ihn gar nicht wirklich.«
»In der Tat«, warf Koszinski ein, »man könnte glauben, er sei erst später in das Gemälde eingefügt worden.«
»Was?« Ich blieb unwillkürlich stehen. »Wie kommen Sie denn darauf?«
»Nur so eine Vermutung. Aber ich kann Ihre Verwunderung verstehen. Ich war genauso überrascht wie Sie jetzt, als ich ein halbes Jahr später in Florenz im Palazzo Vecchio die beiden Damen in einem ähnlichen Gemälde wiederentdeckte. Es war die gleiche Szene, zwei Damen im Bade. Der Hintergrund war allerdings verschwunden, die roten Vorhänge waren zugezogen. Das gleiche Paar in der Wanne, Gabrielle und ihre Schwester, verbunden durch das Rätselspiel ihrer Hände, jedoch mit einem kleinen Unterschied: Die Dame zur Linken griff jetzt nicht nach der Brustspitze der Herzogin, sondern hielt dieser den Ringfinger ihrer linken Hand entgegen. Die Herzogin indessen führte eine Bewegung aus, als stecke sie ihrer Schwester einen Ring auf den Finger, den diese ihr wie zur Vermählung entgegenstreckte. Aber Sie werden es schon erraten haben. Die Stelle, wo die Fingerkuppen der Herzogin den Ring umfaßt hielten, war leer. Es war kein Ring zu sehen.«
Ich schaute ihn ungläubig an. »Das gleiche Bild, sagen Sie?«
»Es ist exakt dem Gemälde des Louvre nachempfunden. Die Komposition ist ein wenig anders, aber es stammt zweifellos vom selben Maler.«
»Und wer ist der Maler?«
»Unbekannt. Wie der Maler des Gemäldes im Louvre.«
»Beide Gemälde anonym?«
»Ja, wie sich herausstellte, wußte man über das Bild in Florenz genauso wenig wie über sein Pendant im Louvre. Doch wenigstens die jüngste Geschichte der florentinischen Version war besser dokumentiert. Kein Geringerer als Göring war sein letzter Besitzer. Der Reichsmarschall hat seine bei jüdischen Sammlern in Frankreich erbeuteten Impressionisten 1941 über einen Strohmann nach Italien geschleust, sie dort gegen italienische Meister eingetauscht und sich so in den Besitz dieses Gemäldes gebracht.«

Noch bevor ich diese Angaben verarbeitet hatte, öffnete Koszinski in seinem erstaunlichen Gedächtnis die nächste Archivkammer und gab weitere Namen und Daten preis.

»Man hat das Gemälde erst 1948 wiederentdeckt und schließlich nach Florenz zurückgebracht. Das Gemälde im Louvre wird übrigens zuerst in einer Anekdote aus der ersten Hälfte des neunzehnten Jahrhunderts erwähnt. Ein Gemälde, das der Beschreibung nach mit dem Bild im Louvre identisch ist, befand sich lange Jahre in der Polizeipräfektur in der Rue Jerusalem. Nach mündlich überlieferten Berichten beanstandete jedoch Louis-Philippe bei einer Inspektion der Präfektur das Bild und ordnete an, daß es verhüllt werden müsse. Als man einige Jahre später die Hülle entfernte, war das Bild verschwunden. Ein halbes Jahrhundert später tauchte es wieder auf, genauer gesagt am 29. März 1897 anläßlich der Versteigerung der Sammlung eines gewissen Barons Jerôme Pichon in Paris. Ich vermute, daß der Verfasser des Manuskriptes das Gemälde dort zum erstenmal gesehen hat. Laut Katalog wurde es von einer Madame Guibert de Guestre erworben, zumindest verkaufte sie es 1937 an den Louvre. Seitdem ist das Gemälde im Besitz des Museums.«

»Und Sie glauben, Ihr verstorbener Verwandter, dieser Morstadt, hat die Gemälde gesehen und ein Buch über sie schreiben wollen?«

»Ob er ein Buch oder eine Abhandlung schreiben wollte, weiß ich nicht. Bei den Aufzeichnungen, die ich gefunden habe, handelt es sich um ein ziemliches Sammelsurium von Texten. Aber nachdem ich die Gemälde gesehen hatte, begann ich allmählich zu begreifen, was den alten Morstadt an ihnen so fasziniert haben muß. Nun forschte ich etwas gezielter nach. Doch was ich dabei entdeckte, steigerte meine Verwirrung nur. Ich entdeckte weitere Versionen des Bildes. Eine ganze Reihe von Malern schien sich damals und in den darauffolgenden Jahrhunderten an diesem eigenartigen Motiv versucht zu haben. Doch sosehr die Szene die Phantasie der Maler beflügelt zu haben schien, so kümmerlich war das Wissen um die Herkunft und den Sinn der Bilder. Ich ließ mir Auktionskataloge kommen. Im Jahre 1917 wurde ein weiterer Teil der Sammlung Pichon versteigert. Im Auktionskatalog stieß ich auf die Reproduktion eines Gemäldes, das auf die ohnehin schon zahlreichen Rätsel der beiden ersten Bilder nur noch weitere häuft.

Im Vordergrund sind wie üblich die beiden Damen in einer Wanne zu sehen. Links die Schwester, rechts die Herzogin, die nun eine Perlenkette um den Hals trägt. Ihre linke Hand spielt mit den Perlen, ansonsten vollführen die Hände der beiden Damen diesmal keine eigentümlichen Gesten. Zwischen den beiden Damen, im Mittelgrund, ist eine Amme dargestellt, die ein Kind stillt. Im Hintergrund schließlich ist eine Magd zu sehen, die gerade einen Krug auf einem Tisch abstellt. Im Unterschied zu den beiden anderen Gemälden sind auf diesem Bild die beiden Hauptpersonen mit großen goldenen Lettern bezeichnet. Das war sehr aufschlußreich, konnte ich doch auf diese Weise zum erstenmal feststellen, wen der Maler damals vor sich zu haben glaubte. Ich sage absichtlich ›glaubte‹, denn das Bild wurde mit einiger Sicherheit erst etliche Jahre nach dem Tod von Gabrielle d'Estrées gemalt. Das läßt sich unter anderem daran ablesen, daß die Dame zur Linken als *Duchesse de Villars* bezeichnet wird.«

»Das verstehe ich nicht.«

»Also, rechts steht die Herzogin, Gabrielle d'Estrées. Links von ihr angeblich ihre Schwester Juliette-Hyppolite. Auf dem Gemälde wird sie als Herzogin von Villars bezeichnet. Gabrielle starb im April 1599. Zu diesem Zeitpunkt kann ihre Schwester aber noch nicht Herzogin gewesen sein, weil Villars damals nur eine Markgrafschaft war. Villars wurde erst 1627 zum Herzogtum erhoben.«

»Vielleicht stammt das Bild aber doch aus der Zeit Gabrielles und die Bezeichnungen wurden erst nach 1627 eingefügt?«

»Das ist natürlich auch möglich. Aber der Malstil ist völlig unterschiedlich. Wenn Sie die Gemälde nebeneinander betrachten, scheint die Fassung von 1917 nur eine ungelenke Kopie der Louvre-Fassung zu sein. Aber ich sehe schon, daß ich Ihre Phantasie über alle Maßen strapaziere. Sie werden wohl die ganzen Bilder, die ich Ihnen hier mit ein paar kümmerlichen Worten skizziere, kaum noch auseinanderhalten können. Doch ich darf Ihnen versichern, daß es mir nicht viel anders erging. Mittlerweile lagen zwar allerlei Reproduktionen neben mir auf dem Tisch, doch die seltsamen Veränderungen, die in den verschiedenen Versionen auftauchen, überlagern einander so sehr, daß ich kaum mehr ein einzelnes Bild betrachten konnte, ohne sogleich an alle anderen

denken zu müssen. Und wenn Sie nun glauben, daß es damit sein Ende gefunden hätte, so muß ich Sie enttäuschen.«
Koszinski kostete für einen Augenblick meine gespannte Erwartung aus, ehe er fortfuhr:
»Als sei ein böser Zauber am Werke, stieß ich am dritten Tag auf die Reproduktion eines weiteren Gemäldes aus dem Musée de Fabre in Montpellier. Es glich dem eben genannten bis aufs Haar, doch eine unbekannte Hand hatte nicht nur die goldenen Lettern entfernt, sondern außerdem die beiden Damen schamhaft mit einem durchsichtigen weißen Schleier verhüllt. Handelte es sich vielleicht um jenes dritte Bild, dessen Reproduktion ich in einem der Auktionskataloge von 1917 gefunden hatte? War es dem prüden Zeitgeschmack zuliebe übermalt worden, und hatte man dabei zugleich die störenden goldenen Lettern entfernt? Zwei Bilder hatten mich in die Bibliothek geführt, das Bild aus dem Louvre und das Bild aus Florenz. Als ich sie wieder verließ, trug ich die Reproduktionen von drei weiteren in der Tasche mit mir hinaus, ohne jedoch das geringste über ihre Herkunft oder ihren Sinn erfahren zu haben.«
»Aber die Dokumente Ihres Verwandten geben doch wohl Aufschluß darüber?«
»Wenn Morstadt recht hat mit seiner Geschichte, dann hängen die Gemälde unmittelbar mit dem rätselhaften Tod der Herzogin zusammen. Es sieht so aus, als sei der Maler dieser Bilder irgendwie in eine Intrige gegen das Leben Gabrielles verwickelt worden. Freilich sind die Bilder selbst schon eigenartig genug. In jedem Fall handelt es sich um aufwendige Ölgemälde, zweifellos Auftragsarbeiten. Doch wer hat sie in Auftrag gegeben? Und warum? Was in den Dokumenten mitgeteilt wird, macht die Sache nicht gerade klar. Aber schließlich ist das Manuskript ein Fragment geblieben. Morstadt wurde nicht fertig mit der Geschichte. Trotzdem kommt es mir manchmal so vor, als sei ihr Ende in Aussicht gestellt. Doch um dies zu beurteilen, müßten Sie sich natürlich erst mit ihrem Anfang vertraut machen, mit einem Maler namens Vignac, der 1598 nach Paris ging, um Hofmaler zu werden, und dessen Lebensgeschichte sich auf so unvorhersehbare Weise mit dem Schicksal der Gabrielle d'Estrées verknüpfen sollte.«

»Vignac, sagten Sie?«
»Ja, so soll der Maler geheißen haben.«
Wir waren wieder in der Nähe des Kurhotels angelangt. Ein leichter Wind war aufgekommen und ließ die mächtigen Tannenwipfel über uns majestätisch schwanken. Koszinskis Bericht hatte mich in eine innere Anspannung versetzt, die mir die Wochen und Monate in Erinnerung rief, während derer mich das eigenartige Gemälde in seinen Bann gezogen hatte.
»Sie kennen jetzt die Hintergründe«, sagte er schließlich. »Wenn Sie wollen, überlasse ich Ihnen bis morgen die Papiere. Aber ich muß Sie warnen. Das Manuskript ist lückenhaft und erschließt sich nicht so ohne weiteres. Versprechen Sie sich nicht zuviel davon. Ich habe natürlich meine Theorie über die ganze Geschichte, deshalb interessiert mich Ihre Meinung dazu. Und eigentlich ist es ja *Ihr* Bild, nicht wahr?«
»Mein Bild?«
Er schaute mich freundlich an und sagte nur: »Ich habe Sie noch nie mit ähnlicher Begeisterung von etwas erzählen hören. Das Bild hatte Sie damals richtig verzaubert.«
Verzaubert. Ja, das war das richtige Wort dafür. Ich hatte ein Geheimnis gespürt, es mit mir herumgetragen und schließlich wieder vergessen. Nun meldete es sich wieder zu Wort, aber anders: drängender, fordernder.

Am Abend, als ich vom Schwimmen zurückkam und meinen Zimmerschlüssel holte, reichte mir der Portier an der Rezeption einen wattierten Umschlag.
In meinem Zimmer angekommen, öffnete ich ihn und legte die Dokumente auf dem Bett ab. Das Deckblatt mit der Stanzspur war leer. Auf der zweiten Seite fand ich ein von Koszinski verfaßtes Inhaltsverzeichnis. Ich überflog die achtzehn Kapitelüberschriften. Dann legte ich die Dokumente auf dem Schreibtisch ab, blätterte vorsichtig einige Seiten um und betrachtete die Bögen. Die Handschrift war bewundernswert klar und einheitlich. Die schwarzen Schriftzüge auf dem vergilbten Papier ließen keinerlei Kompositionsarbeit erkennen. Nirgends gab es ein Korrekturzeichen oder eine Streichung. Ich las den ersten Absatz des

ersten Kapitels und spürte, wie mein Herz schneller zu schlagen begann. Es war, als habe jemand ein Fenster in ein verborgenes Zimmer aufgestoßen. Von unruhiger Neugier getrieben, blätterte ich weiter und überflog einige Passagen der nachfolgenden Kapitel. Es gab keine Überleitungen zwischen den einzelnen Teilen. Koszinski hatte es ja gesagt: ein Sammelsurium von Beschreibungen, Briefen und Verhören. Die Tagebuchaufzeichnungen des Malers datierten gar von 1628, also lange nach den Ereignissen, die im Anfangskapitel mitgeteilt wurden. Und was hatte Koszinski noch hinzugefügt? Das Ende der Geschichte sei in Aussicht gestellt?

Ich nahm einen Stift zur Hand und griff nach dem Briefpapier, das auf der Kommode neben dem Fernsehgerät lag. Der wattierte Umschlag lag noch auf dem Bett. Ich fuhr mit der Hand hinein, doch es befand sich nichts mehr darin. Als ich ihn auf der Kommode ablegte, entdeckte ich die Aufschrift auf der Rückseite. DAS KEHLER MANUSKRIPT stand dort, mit schwarzem Filzstift in Großbuchstaben. Darunter prangte ein großes S, das von einem Pfeil durchbohrt war.

Ich löschte die Deckenbeleuchtung, nahm den ersten Manuskriptteil zur Hand, zog die Schreibtischlampe näher heran und begann zu lesen.

Zweiter Teil
Die Hand Gottes

Eins
Manus Dei

Im Morgengrauen des 10. April 1599 betritt der Leibarzt des Königs das Zimmer. La Rivière schiebt die Schaulustigen zur Seite, tritt an das Bett und betrachtet den Körper darin. Die Augen der Toten sind völlig nach hinten verdreht, Hände und Füße noch an den Bettpfosten festgebunden mit schmierigen, eilig zerrissenen Lakenfetzen. Das Gesicht ist schwarz gefärbt, durchfurcht von den Spuren der entsetzlichen Krämpfe. Am Boden liegen durchgebissene Holzstücke und ausgebrochene Zähne. Uringestank und der scharfe Geruch von Erbrochenem erfüllen den Raum. Das außergewöhnlich heiße Frühjahr entläßt ein Meer von Fliegen, die durch die schlecht schließenden Fenster im Laufe der letzten zweiundsiebzig Stunden ins Zimmer gelangt sind, den unablässig bewegten Fächern zum Trotz. Und wie die Fliegen sind auch die Schaulustigen, die Neugierigen, die man – unbegreiflich für den Arzt – vorgelassen hat, um am sterbenden Leib dieser Armseligen vorbeizudefilieren. Dutzende sind es, und La Rivière spürt, wie jede seiner Bewegungen und die feinsten Veränderungen seiner Miene von der Menge beobachtet werden. Er weiß um die vielen Augen und Ohren um ihn herum, die auf sein Diktum warten, gespannt, argwöhnisch, furchtsam. Er spürt die Schwere des Augenblicks, das Ungeheuerliche des Vorfalls. Im Hintergrund bemüht man sich um das ohnmächtige Fräulein von Guise und um die gleichfalls zu Boden gesunkene Madame de Sourdis. La Rivières Blick gleitet nervös über die Gesichter der Umstehenden, auf denen Ungläubigkeit und Entsetzen, Mitleid und Schadenfreude, Trauer und Verzweiflung spielen.
Von draußen dringt gedämpft der Lärm des anbrechenden Tages ins Zimmer. Geräusche von Karren und Kutschen auf grobem Pflaster,

Geschrei von Händlern, bisweilen das Bellen eines Hundes oder das Wiehern eines Pferdes. Wie aus endloser Ferne läßt sich der einsame Ruf einer Glocke vernehmen. Und doch ist es endlich still in diesem Raum, von dem man vorher noch glauben mochte, alle Teufel des Reiches hätten sich hier eingefunden, um im Körper der kaum sechsundzwanzigjährigen Herzogin Gabrielle d'Estrées – diesem geliebtesten Körper des Reiches – ein Fest der Zerstörung zu feiern.

La Rivière überdenkt den Krankheitsverlauf zum hundertstenmal und findet keine Erklärung, keine Parallele. Man hat ihm von ihrer Abreise aus Fontainebleau berichtet, vom gereizten Zustand der Herzogin. Nur noch wenige Tage, und Rom würde den König scheiden, den Weg freigeben für eine neue Heirat. Ostern vorbei, und Gabrielles drei Kinder verlören ihr Bastardzeichen, würden zu königlichen erhoben. Das vierte, sie trägt es schon im Leib, sollte jedoch, wie die Wahrsager übereinstimmend behaupten, ihre großen Pläne durchkreuzen. So schläft sie unruhig, je näher das Datum rückt. Träumt von großen Feuern, die sie verzehren, und ruft sich gleichzeitig die tröstenden Bilder vom karmesinroten Hochzeitsgewand ins Gedächtnis, das schon seit Wochen in Paris ausgestellt ist. Sie weicht nicht von der Seite des Königs Heinrich von Navarra, der sie auf Fontainebleau behalten will über die Osterfeiertage hinweg, in Erwartung der Nachrichten aus Rom. Dort weiß sich Gabrielle in guten Händen, hat sie doch Heinrichs Unterhändler, Brulart de Sillery, das Siegel versprochen, und der wird für die Aussicht auf diese Ehre nichts unversucht lassen, den Heiligen Stuhl gnädig zu stimmen und für die Auflösung der Ehe des Königs zu gewinnen. Nach Quasimodo wird der König sie heiraten. Zur Not findet sich in Frankreich ein Bischof, den König zu scheiden, und wenn nicht, so werden der Aufmarsch der Türken in Ungarn und das freche Auftreten der Spanier Papst Clemens daran erinnern, wie wenig er auf den französischen König verzichten kann.

Wenn nur diese Prophezeiungen nicht wären. Der Gedanke daran schnürt ihr die Luft ab, wie erst vor wenigen Wochen, in ihrem Haus in der Rue Froidmenteau in Paris, als die Kartenleger einer nach dem anderen finster vor sich hin blickten und kein königliches Zeichen auf ihren Handflächen entdecken wollten. Und dieser Bizacasser, oder Rizacazza,

wie andere ihn nannten, sollte noch im Januar prophezeit haben, sie würde Ostern nicht erleben. Die Ephemeriden kündigten den Tod einer grossen Dame an. Wenig Trost spendete hierbei der skeptische König: Die Geisterseher, behauptet Heinrich, lögen so lange, bis alle daran glaubten, um aus der Lüge eine zusammengelogene Wahrheit zu machen. Und wer sollte es wagen? Ostern wird sie mit dem König verbringen, der alle entlassen hat, damit sie sich um ihr Seelenheil kümmern.
Doch da kommt Benoit, der Beichtvater des Königs, und fragt diesen, wie er selbst es denn halten wolle mit den Gesetzen der Kirche. Es sei nicht gottgefällig, die Ostertage in Sünde mit seiner Geliebten zu verbringen. Sie solle, um ein gutes Beispiel abzugeben, ihre religiösen Verrichtungen fern von ihm in Paris abhalten. So sehe das Volk es gern und werde Sitte und Brauch entsprochen zum Ruhm des katholischen Königs.
Als man ihr dies hinterbringt, bricht sie zusammen, weint und fleht und weiss doch, daß kein Widerspruch hilft. Man hat dem Arzt berichtet, was die Lauscher an der Tür gehört haben wollen in der Nacht vom Sonntag auf den Montag, der vorletzten, die die beiden zusammen hatten. Beklagenswert sei es, doch die religiöse Pflicht gebiete es, und in das Schluchzen der Herzogin mischt sich immer eindringlicher der zärtlich beruhigende Tonfall des Königs, bis sich ihre innere Aufgewühltheit am Schlummer erschöpft hat.
Am Morgen ist sie gefaßt, als sich der Troß in Richtung des Flusses in Bewegung setzt. Der König weicht nicht von ihrer Seite, und so erreicht der Zug Melun, wo sie zu Abend essen, und später Savigny, wo sie die Nacht verbringen, die still verläuft. Als der König in ihr Gemach tritt, blicken sie sich an, doch außer dem Zwitschern der Vögel und dem Rauschen des Windes stört kein Laut diese letzten Momente; begegnet sind sie sich nicht mehr, der König und Gabrielle, die sich abwendet.
Erst am nächsten Morgen, als sie am Fluß stehen, wo das Boot bereits wartet, bricht es aus ihr hervor. Sie klammert sich an ihn. Nie wieder würden sie einander sehen, kommt es stoßweise aus ihr hervor. Leichenblaß ist das schöne Gesicht, und die Sonne findet den Weg nur auf die Gesichter der Umstehenden, als sei jene schon ausgespart und nicht mehr der Mühe wert. Fast hätte er nachgegeben, drückt sie fest an sich und sieht sich schon wieder in Fontainebleau mit ihr, wie er ihre Hände

gegen seine Lippen drückt, ihre köstliche Haut mit Küssen bedeckt, millionenfach, wie jeder seiner Briefe schließt. Singt jemand ihr Lied? *Cruelle départie, malheureux jour! Que ne suis-je sans vie ou sans amour!* Das schöne Bild zerfliegt, und sie geht zwischen Bassompierre und dem Herzog von Montbazon davon zum Boot, spürt noch auf ihren Gelenken den sanften Druck der Hände des Königs. Dann wirft sie den Kopf herum und empfiehlt ihm ihre Kinder. Immer wieder, als die Pferde das Boot schon den Fluß hinabziehen, eilen ihre Wünsche über das Wasser zu der Gestalt dort am Ufer, die ihr nachschaut und winkt und schließlich zerfließt hinter einem Schleier aus Tränen.

Beim Arsenal ging sie an Land. Sie wurde erwartet von ihrem Schwager, dem Marschall Baligny, und ihrer Schwester Diane, die in der Nähe wohnte. Ihr Bruder, der Marquis von Cœuvres, half ihr von Bord, und sogleich umringten sie die Damen von Guise und Retz und deren Töchter. Kaum war sie im Haus der Schwester angekommen, lief es wie ein Feuer durch die Straßen und Gassen, die Herzogin sei in der Stadt, und man strömte herbei, die zukünftige Königin zu sehen. Die zog es vor, sich vor den vielen Besuchern zurückzuziehen, und es war La Varaine, der vorschlug, im wohlabgeschirmten Hôtel des italienischen Finanzmannes Zamet zu speisen. Dorthin brachte man die Herzogin, die sich erleichtert in ihre Gemächer zurückzog, während sich unten bereits die Edelfräulein um die Ehre balgten, ihr beim Souper auflegen zu dürfen.

Der Dienstag verlief noch ruhig. Nur die Frau des Herrn Marquis de Rosny wurde zu ihr durchgelassen und von der Herzogin mit der hohen Ehre bedacht, künftig bei ihrem Aufstehen und Zubettgehen anwesend sein zu dürfen. Die strenge Rachel de Cochefilet nickte unterwürfig und biß sich vor Wut auf die Lippen, die dafür gerade breit genug waren. Dann eilte sie nach Hause, ihrem Mann vorzuklagen, entweder habe die Hure des Königs den Verstand verloren oder, falls dem nicht so sei, laufe sie selbst Gefahr, des ihrigen alsbald verlustig zu gehen. Davon erwähnte der Herr Marquis de Rosny natürlich nichts, als er Gabrielle seinerseits seine Aufwartung machte, bevor er noch am gleichen Abend mit seiner Gemahlin aufs Land fuhr. Er sagte nur, man werde schon sehen, ob das Seil nicht noch reißen werde. Man wird sich an diese Bemerkung erinnern.

Indessen trug man bei Zamet die Suppe auf. Die Herzogin speiste normal. Eine Zitrone, Birne oder Orange, so hieß es später, sei ihr angeblich nicht bekommen. Doch keiner der Anwesenden bemerkte etwas Außergewöhnliches.

Am Mittwoch begann sie mit den religiösen Verrichtungen, derentwegen sie nach Paris gekommen war. So begab sie sich am Morgen zur Beichte und dann in die Kirche zum kleinen Sankt Antonins, wohin sie auch am Nachmittag zurückkehrte. Man feierte das Tenebrae, und viel Volk lief zusammen, die schöne Musik zu hören und die ebenso schöne Herzogin zu sehen. Sie wurde auf einer Sänfte herangetragen, Montbazon neben ihr hergehend und hinter ihr die lothringischen Prinzessinnen und weitere Damen in ihren Kutschen. Der Frühling war schon sehr weit gediehen, und am Wegesrand blühte der Wein. Alles Unheil schien sich zerstreut zu haben an diesem herrlichen Tag.

Die außergewöhnliche Hitze war in der Kirche noch größer. Für die Herzogin hatte man eine Tribüne errichtet, und obwohl sie so von der Masse der Menschen abgeschirmt war, dauerte es doch nicht lange, bis sie über Unwohlsein zu klagen begann. Das Fräulein Guise, das sie begleitete, zeigte ihr Briefe günstigen Inhalts aus Rom, womit sie wohl nicht nur die Herzogin, sondern auch sich selbst zu erheben gedachte. Doch schon kurz nach Beginn des Gottesdienstes begannen beider Sterne zu sinken, da Gabrielle über heftige Kopfschmerzen klagte.

Man brachte sie zurück ins Haus von Zamet. Beim Spazierengehen im Garten überkam sie eine Unpäßlichkeit. Ein heftiger Krampf durchfuhr sie und ließ sie auf der Stelle niedersinken. Als sie sich erholt hatte, verlangte sie, umgehend ins Haus ihrer Tante Sourdis gebracht zu werden, die allerdings nicht in Paris weilte. Ein Bote, der sogleich losgeschickt wurde, irrte die halbe Nacht durch die Grafschaft Chartres und fand Madame de Sourdis schließlich in Alluye. Ein Aufstand in Chartres hielt sie einige Tage auf, so daß sie erst am Samstag nach Paris gelangte.

Man beeilte sich, die Herzogin ins Haus der Tante zu bringen. Das Fräulein Guise bemerkte zuerst die eigenartige Blässe auf ihrem Gesicht. La Rivière hört noch die aufgeregte Stimme des Fräulein Guise, wie sie ihm unter dem Schock, den der erste Anfall in ihr ausgelöst hatte, vom Zustand der Herzogin berichtete:

»Wir mußten die Kirche noch vor Ende der Messe verlassen, da die Herzogin über Kopfschmerzen und Atemnot klagte. Wir kehrten zu Zamet zurück. Dort machte sie einige Schritte im Garten und brach plötzlich zusammen. Als sie wieder zu sich kam, beschwor sie Herrn de la Varaine, er möge sie umgehend ins Haus ihrer Tante bringen. So trugen wir sie ins Dekanat. Wir waren gerade dort angelangt und hatten sie zu Bett gelegt, da wurde plötzlich ihr ganzer Körper von einer unbekannten, gewaltigen Kraft nach oben gebogen. Sie verharrte so einige Sekunden und brach dann unter einem schrecklichen Aufschrei in sich zusammen, nur um sofort wieder in einen lähmenden Krampf zu verfallen, der wiederum einige Sekunden dauerte. Im Nu war ihr ganzer Körper von kaltem Schweiß bedeckt. War der Krampf aus dem Körper gewichen, so stellte er sich unmittelbar auf dem Gesicht ein, das zur Fratze entstellt war. Ich hörte die Zähne aufeinanderkrachen, so schwer schlug ihr Kinn auf die Brust auf. Bei jedem neuen Anfall entfuhr ihr stoßweise die Luft wie unter schweren Faustschlägen, und schon bald trat ihr Schaum vor den Mund. Mit Mühe und Not gelang es uns, die Unglückliche im Bett zu halten, und kalte Umschläge verschafften ihr schließlich Linderung.«
Doch war dies nur der Auftakt. Am Donnerstag morgen sah man sie noch bei der Kommunion in Saint Germain-l'Auxerrois, nur wenige Schritte vom Louvre entfernt, wo schon alles vorbereitet war, um demnächst ihre Möbel aufzustellen. Der Priester, der ihr die Beichte abnahm, mag ihr bekümmert hinterhergesehen und sich seinen Teil gedacht haben, wie sie die wenigen Schritte aus der Kirche zurück ins Haus der Tante tat. Es waren ihre letzten. Hatte sie es gespürt und daher schon jetzt einen ersten Brief an den König geschickt mit der Bitte, nach Fontainebleau zurückkehren zu dürfen? Diesen Brief schickte man ihm noch. Die anderen beiden, geschrieben unter schier unmenschlicher Anstrengung, sollte er nie bekommen. Sie war auch schon zu schwach, nochmals ins Haus des Italieners zu gehen, wo vorgesehen war, ihr noch eine Mahlzeit zu verabreichen. Es war auch so genug.
Gegen zwei Uhr ging sie zu Bett. Wenig später war es soweit. Der Anfall war so schwer, daß das Hauspersonal von Grauen ergriffen das Weite suchte. La Varaine, der den Kopf nicht verlieren durfte, weil er mit dem seinen für die Gesundheit der Herzogin zu bürgen hatte, schickte nach

der Hebamme, Madame Dupuy, und schrie außerdem dem Pagen hinterher, auch gleich nach dem Arzt des Königs zu schicken. La Rivière fand die Botschaft gegen halb vier, als er nach Hause kam, und begab sich unverzüglich ins Dekanat.

Schon als er ins Haus trat, war er nicht sicher, ob er zu Lebenden oder zu Toten unterwegs war, so leer und verlassen erschien das Anwesen. Im Erdgeschoß lief er an den Möbeln der Herzogin vorbei, die dort auf ihren Transport in den Louvre warteten. Auf halber Treppe traf sein Ohr ein gellender Schrei, der ihn die letzten Stufen im Sprung nehmen ließ, und ehe er sich versah, wand sich eine Wahnsinnige in seinen Händen, die auch unter der Anstrengung von nun zwei Personen nicht zur Ruhe kommen wollte. »Holt warme Milch«, zischte er dem Fräulein Guise ins Gesicht, das vor Entsetzen starr den Arzt anblickte.

Indessen flog der Kopf der Kranken krachend gegen den Bettpfosten und fiel zurück in die Kissen, die sich rot färbten. Dann rasten ihre Hände zum Unterleib, der von den Krämpfen hart wie Stein war. Doch da sie dort nichts ausrichten konnten, ballten sie sich zu Fäusten und flogen zum Gesicht empor, um dort die Quelle der Schmerzen zu erhaschen. Dann prasselten sie wieder auf die Bauchdecke nieder, als suchte die Leidende mit bloßen Händen in ihre Eingeweide vorzustoßen, um dort den Schmerz herauszureißen. Das Gesicht war schon keines mehr. Von den Augen war nur das Weiße zu sehen, und mit jedem Zucken des Kopfes fuhren die Zähne tief in die bereits völlig zerbissenen Lippen. Mit katzenartiger Schnelligkeit ergriff der Arzt einen Zipfel des Kissens und preßte ihn der Frau in den Mund. Gerade rechtzeitig, denn beim nächsten Aufeinanderschlagen der Zähne wäre die Zunge dazwischengeblieben.

Als das Fräulein Guise mit der Milch kommt, schaut er nicht einmal hoch. Nur wenige Minuten dieser Krankheit haben die Kraft eines gesunden, ausgewachsenen Mannes erschöpft. Keuchend spricht er einige Befehle. Man bindet die Kranke am Bett fest. Der Körper zittert, wartet, als bereite er sich vor, sammle Kräfte. Der Puls ist nicht fühlbar, nur ein Vibrieren. Das erste Aussetzen der Krämpfe erlaubt es, die Vene des rechten Armes zu öffnen. Während sich Schale um Schale mit Blut füllt, wird der Atem ruhiger, erschlaffen die Muskeln.

La Varaine, der ins Zimmer tritt, traut seinen Augen nicht. Was will der Arzt mit der Milch? Gerade so, als habe sie nur auf sein Erscheinen gewartet, schlägt die, die eben noch halbtot schien, die Augen auf und schaut La Varaine an. Der dreht sich schnell um, schlägt ein Kreuz, aber so, daß es keiner sieht. Auch der Arzt ist fassungslos. Er hat schon viele zwischen Sein und Nichtsein schweben sehen, aber noch keinen, der so übergangslos zwischen den Welten hin und her wandelte. »Besorgen Sie mir Feder und Papier«, sagt sie schwach, und erst nach einigen Momenten geht den Umstehenden der Sinn der Worte auf, die mühsam über die geschwollenen Lippen kommen. Man bindet sie wieder los, und La Varaine treibt es die Stufen hinunter, das Verlangte zu holen. Als er zurückkommt, sitzt sie aufrecht im Bett, den Blick in weite Ferne gerichtet. Das Fräulein Guise spricht behutsam auf sie ein, doch man wird den Eindruck nicht los, als ginge es ihr in ihrer Rede mehr darum, sich selbst zu trösten und nicht jene dort, die der Welt zusehends abhanden kommt.

Als sie den Brief fertig hat, ist es halb sechs, und draußen dämmert es mild. Ihn zu falten und zu versiegeln, hat sie nicht die Kraft, und La Varaine, der ihn zum Boten bringt, überfliegt die eindringlichen Zeilen, der König möge ihr erlauben, nach Fontainebleau zurückzukehren, sie fürchte um ihr Leben. Da treibt es La Varaine den Schweiß auf die Stirn, und in seiner Verzweiflung, oder getäuscht durch die kurze Erholung, fügt er hinzu, so sehr eile es nicht.

Als er bei seiner Rückkehr eines Besseren belehrt wird, reitet der Bote schon. Doch diesmal hat man Gabrielle gleich angebunden, und der ganze Zorn des Körpers entlädt sich gegen die Gelenke, die unter der Gewalt der Krämpfe knacken wie trockene Zweige. Sekundenlang wird der Rumpf nach oben gebogen, als sei ein wildes Tier darin gefangen. Dann wieder verdreht sich der Kopf nach hinten, als suchten die Zähne das Übel aus dem Rücken zu reißen. Dergleichen hat der Arzt noch nicht gesehen, aber das darf er natürlich nicht denken. Es sei denn, hier wären keine üblen Säfte, sondern ein übler Geist am Werke, und dafür ist er nicht zuständig. Er wird sich am Ende aber doch für den bösen Geist entscheiden, man kann ja nie wissen, und bis dahin versucht er, wenn er die Krankheit schon nicht heilen kann, wenigstens der Natur in ihrem natürlichen Verlaufe nicht im Wege zu stehen. Ein normaler Kranker wäre längst bewußtlos und stemmte sich nicht länger mit verstockter Wachheit gegen das Unvermeidliche. Doch sie harrt jedes neuen Anfalls, wirft sich ihm entgegen mit einer unerklärlichen Kraft und ringt ihn nieder, Stunde um Stunde, bis sich das wilde Tier an ihr erschöpft hat. Das war um acht, und kurz darauf schlief sie ein.

In ihren Träumen lief sie durch endlose Gänge an unzähligen geschlossenen Türen vorbei. Als sie am Ende der Gänge angekommen war, ragte auch dort eine Tür vor ihr auf, die aufsprang und dabei in tausend Stücke zerfiel. Dahinter war es schwarz, und hinter diesem Schwarz war noch größere Dunkelheit, worin irgendwo der König herumirrte. Sie konnte ihn aber nirgends ausmachen, obschon sie wußte, daß er da war, eingewoben in die Falten der Nacht, die sie umgab. Dann zerfaserte das Dunkel und gab den Blick frei auf ein leeres Zimmer, worin das erste Morgenlicht zaghaft die Gegenstände umspielte.

So fand sie das Fräulein Dupuy, das am Freitag morgen eintraf. Mittlerweile sprach ganz Paris von dem unerhörten Ereignis, und im Verlauf des Tages drängte sich die halbe Stadt vor dem Dekanat. Wie üblich spürte das Volk früher als die, die es eigentlich hätten wissen müssen, was die Stunde geschlagen hatte. Die zukünftige Königin liegt im Sterben, und der König sitzt in Fontainebleau und wägt unschlüssig die Depeschen in der Hand? Er kam doch sonst auch auf jeden Fingerzeig herangeritten und ließ für seine Liebste, wer immer das gerade war, auch Schlachten halbgewonnen hinter sich, um einen Rockschoß zu jagen. Und wo hatte man das hohe Fräulein einquartiert? Bei Zamet, in diesem Adelsbordell? Und dabei hieß es doch, sie solle der Vermeidung eines Skandals halber die Ostertage fern von Fontainebleau verbringen. Die Nachricht geht von Mund zu Mund und wird im Verlauf des Tages in schneidende Reime gegossen, die in den Straßen unter dem Fenster der Sterbenden widerhallen. Man verkennt auch nicht die Bedeutsamkeit des Zeitpunktes. Holt doch der Teufel mit Vorliebe die Frauen im Kindbett am Freitag, und wenn es der Karfreitag ist, um so besser. Da wundert es keinen, und auch die Gewissen sind beruhigt. Daß es sich hier um kein gewöhnliches Übel handelt, hatten schon die Domestiken entschieden, die am Vortag nach den ersten Anfällen das Haus panikartig

verlassen hatten. Und was eilt schneller als ein Gerücht? In den Schenken lauscht man gespannt und furchtsam den Berichten der Diener und Pagen, und man findet es nur verständlich, daß keiner am Ort verbleiben will, wo der Teufel sein finsteres Geschäft verrichtet. Man könnte sich ja anstecken, und wer kann schon sicher sein, daß er nicht auch schon auf der Liste des schwarzen Fürsten steht? Da sind Entfernung und Gebete die besten Ratgeber. Und was will die Hebamme dort oben noch ausrichten? Der Arzt hat warme Milch verabreicht. Jeder Barbier und Apotheker in der Stadt weiß, was das zu bedeuten hat.
Im Dekanat tat man indessen alles, um der Anfälle Herr zu werden. Die Krämpfe hatten nachgelassen, und man hoffte, ihre Rückkehr mit einem warmen Bad aufhalten zu können. Als man die Herzogin jedoch in die Wanne legte, färbte sich das Wasser plötzlich dunkelrot und schließlich braun. Gabrielle stöhnte, atmete flach und war kaum bei Bewußtsein. Als man sie zurück ins Bett gebracht hatte, begannen die Krämpfe erneut. Man ließ sie zur Ader, verabreichte ihr drei Einläufe und vier Zäpfchen aus gepreßten Kräutern, die den Körper dazu bewegen sollten, eine Frucht abzustoßen, die noch gar nicht reif war. Als dies nicht geschah, erwog man, sie mit Gewalt zu holen, doch angesichts des wild zuckenden Körpers war jeder Eingriff ausgeschlossen. Man band die Herzogin wieder an den Bettpfosten fest und bemühte sich, durch Einflößen von allerlei Flüssigkeiten das Übel wenigstens für den Augenblick zu lindern. Dies getan, war die ärztliche Kunst erschöpft. La Rivière wies alle weitere Verantwortung von sich, denn ein Körper, der den Mitteln und Wegen der Medizin so starrsinnig widerstand, gehörte einer anderen Ordnung an. Am Abend brach ihre Sehkraft. Die Ohren versagten den Dienst. Die Krämpfe verliefen nunmehr mechanisch, als tobe sich die Krankheit nur noch um ihrer selbst willen aus.
In diesem Zustand sahen sie die Neugierigen, die ungehindert ins Dekanat gelangen konnten. Hunderte waren es, die im Haus herumliefen, und Dutzende, die bis ins Sterbezimmer vordrangen. Marie Hermant, die rothaarige Hausvorsteherin der Sterbenden, stürzte mit großem Geschrei vor dem Bett zu Boden, umarmte dann unter lauter Wehklage die Bewußtlose, um bittere Tränen an ihrem Hals zu weinen. So gewaltig war ihre Trauer, daß sie der Herzogin vor lauter Bekümmernis den

Schmuck von Hals und Ohren löste. Ihr Mann, der Gardekapitän de Mainville, trat dann hinzu, nahm seine bestürzte Frau tröstend in die Arme und ließ den Schmuck in seine Tasche gleiten. Unterdessen traf Madame de Martigues an Ort und Stelle ein und sank ebenso tief erschüttert an der Bettkante hin, um die teuren Hände der Sterbenden zu küssen. Ihre Ringe fand man später in ihren Rosenkranz eingeflochten.

Wo der König blieb, konnte sich keiner erklären. Einer wäre dazu vielleicht in der Lage gewesen, aber dem schnitt die Aufregung die Luft ab. Dabei war Fouquet de la Varaine aus keinem dünnen Holz geschnitzt. Er hatte sich sogar während des Krieges gegen die Liga als Geheimagent an den spanischen Hof gewagt, als eine Botschaft der Liga an den spanischen König abgefangen worden war und ein Spion der Protestanten die Botschaft überbringen sollte, um die Antwort der Spanier auszuhorchen. Er hatte sich das nicht nur ausgedacht, sondern auch ins Werk gesetzt, reiste nach Madrid, wurde von Philipp empfangen und gelangte nur wenige Stunden, bevor seine Verhaftung angeordnet wurde, wieder über die Grenze nach Frankreich.

Doch die Ereignisse heute in Paris lehrten ihn das Fürchten. Hatte der König ihm nicht gesagt, er – La Varaine – bürge mit seinem Kopf für die Sicherheit der Herzogin? Warum hatte er sie überhaupt in die Hauptstadt geschickt, aus der sich der ganze Hof entfernt hatte? Und bei Zamet sollte er sie einquartieren? Ausgerechnet bei Zamet, dieser Kreatur der Medici, dem Schuhmacher aus Lucca, diesem Brückenkopf der Italiener in der Hauptstadt? Jeder wußte, wie sehr den Italienern der Tod seiner Liebsten gelegen käme, vor allem dem Großherzog Ferdinand, der seine Nichte auf den französischen Thron setzen wollte. Doch La Varaine wischte den Gedanken beiseite. Gerade weil alle dies wußten, schloß es sich von selbst aus, der Konkurrentin in einem italienischen Lokal eine schlechte Suppe vorzusetzen. Und Zamet selbst würde doch nicht jemanden ums Leben bringen, der ihm siebzigtausend Taler schuldete, denn diese Summe hatte der Geldverleiher der Herzogin geliehen, damit sie Beaufort kaufen konnte. Und jetzt lag sie da oben, würgte sich das Leben aus dem Leib, und er, La Varaine, sollte wissen, was zu tun war? Was wollte der König? Was war in seinem Interesse? La Varaine kannte seine Schwächen, hatte doch alle seine Liebesabenteuer organisiert, vom Aufspüren neuer Schönheiten bis zum Bestechen der Lakaien. Die Liste war endlos. Der hier hatte er die Ehe versprochen, das war nichts Neues. Hatte es vorher schon getan, um eine Nacht dafür zu gewinnen, und hatte es dann nicht gehalten. Danach würden andere kommen. Das war kein Mensch, der liebte. Konnte nur den Frauen nicht widerstehen, und das war gefährlich für den Staat.

All dies ging La Varaine im Kopf herum, während seine Schutzbefohlene von Anfall zu Anfall weniger wurde und die Pariser Bürger sich wie die Fliegen um ihr Bett scharten. Nachdem er am Vorabend den Boten abgeschickt und der Verschlimmerung des Zustandes der Herzogin beigewohnt hatte, war er selbst dem Boten hinterhergeritten, um dem König persönlich Bericht zu erstatten. Der konnte es nicht glauben und wollte abwarten. La Varaine spürte jedoch, daß der König zauderte. Er wird nach Paris reiten, dachte er, er wird die Herzogin sehen in ihrem bemitleidenswerten Zustand, und er wird weich werden und sie auf ihr Flehen hin *in extremis* ehelichen. La Varaine ritt noch in der gleichen Nacht zurück nach Paris an das Bett der Sterbenden, die nicht sterben wollte, ohne den König gesehen zu haben. Sie hatte sogar noch die übermenschliche Kraft aufgebracht, zwei Briefe an den König zu schreiben, die man aber nicht mehr beförderte.

La Varaine hatte sich nicht getäuscht. Der König schickte im Morgengrauen einen Boten voraus, der ihm an den Tuilerien eine Fähre besorgen sollte, damit er unerkannt nach Paris hineinkäme. Aber der Bote hatte es nicht eilig gehabt, so daß der König ihn noch vor Paris einholte und ihn anfuhr, warum er so getrödelt habe.

Unter dem Entscheidungsdruck verlor La Varaine indessen fast den Verstand. Schließlich verfaßte er die Nachricht, die ihn vielleicht den Kopf kosten würde. Während Gabrielle vor seinen Augen die Anfälle abwehrte in der Erwartung des Königs, schrieb er ein kurzes Billett: »Die Herzogin ist tot. Sire, kommen Sie nicht.« Schrieb's nieder und ließ die Nachricht den Herren Bassompierre und Marschall d'Ornano überbringen, die sofort losritten, um den König vor der Stadt abzufangen.

Sie erwarteten ihn in Villeneuf-Saint-Georges vor dem Haus von Bellièvre, der sich zu ihnen gesellt hatte. Der König war verwundert über diesen Aufmarsch. Was? Sie wollten ihm den Zutritt zu seiner Stadt

verweigern? Er mußte zu ihr. Unwirsch fuhr er die drei an, sie sollten ihm den Weg freigeben. Da trat Bellièvre vor den König und reichte ihm das Billett von La Varaine.
»Die Herzogin ist tot, Sire.«
Und fügte hinzu: »Ihr könnt nicht zu ihr, man würde so eine Handlung nicht verstehen. Es schadet Eurem Ansehen.«
Doch sein Ansehen war das letzte, was den König in diesem Augenblick kümmerte. Die Nachricht war noch zu neu, zu frisch. Um ihn herum sangen die Vögel, die Sonne schien an einem wolkenlosen Himmel, und in der Entfernung lag seine Stadt. Er begriff nicht. Wie durch einen Nebel hörte er die Schilderung ihrer letzten Stunden aus dem Mund von Bassompierre, ihre schrecklichen Krämpfe, das entsetzlich entstellte Gesicht.
»Eure Majestät würden sich mit einem Besuch die Erinnerung an die Schönheit der Herzogin für alle Zeiten verderben. Nichts von dem, was Ihr an ihr liebtet, ist übriggeblieben. Die Krankheit hat alles genommen. Erspart Euch den Anblick.«
Und im gleichen Maße, wie ihm die Wahrheit langsam ins Bewußtsein drang, schnürte sich sein Herz zu. Er stieg vom Pferd, ging einige Schritte nach links, nach rechts, warf sich dann abseits ins Gras und weinte wie ein Kind. Gedanken flossen an ihm vorbei, doch keiner, so schien ihm, war einfach genug, um seinem einfachen Schmerz zu entsprechen. Und grenzenlos war sein Erstaunen, daß ihr Bild in seiner Erinnerung bereits verschwamm. War es die Trauer, die ihm die Tränen in die Augen trieb, oder die Scham über die Erleichterung, die er verspürte? *Die Wurzel meines Herzens ist tot. Sie wird nicht wieder treiben.* So schreibt er am Abend an seine Schwester Catherine. Man wird sehen, welcher neuen Geliebten er in ein paar Wochen die Ehe versprechen wird. Schriftlich diesmal. Und wird es wieder nicht halten, denn ein König ist zuerst mit seinem Staat verheiratet, das weiß sogar einer wie er. Und wenn wirklich einmal die Gefahr eintritt, daß er es vergessen könnte, dann findet sich schon der eine oder andere, der ihn daran erinnert.
Schließlich erhob er sich. Bassompierre hielt sein Pferd. Die beiden anderen standen abseits. Der Bote Puipeyroux machte Anstalten, dem König beim Aufsitzen zu helfen, doch der winkte müde ab, öffnete sich

das Wams und rieb sich mit dem Zipfel seines Hemdes das Gesicht. Keiner sprach ein Wort. Blicke gingen hin und her, aber alle spürten: Es ist abgetan. Der Blick des Königs ging zum Himmel, da konnte er sich verlieren in endlos weitem Blau. Gott liebt diesen Staat, so dachte er, und wollte ihn nicht verlieren. Er lenkte seine Schritte in Richtung Fontainebleau, winkte Puipeyroux heran, der Bassompierre die Zügel seines Pferdes aus der Hand nahm und dem König folgte. Sang jemand ihr Lied? *Grausames Abschiednehmen. Tage voll Schmerz. Hätt' ich dies Leben nicht oder kein Herz.* Dann saßen sie auf und ritten davon.

Gabrielle mußte noch einen ganzen Tag und eine ganze Nacht hindurch am Leben bleiben, so sehr erwartete sie die Ankunft des Königs. Am Samstag früh, gegen fünf Uhr, starb sie endlich. Als ihre Tante kurz darauf eintraf, hatte sich das Haus bereits wieder mit Neugierigen gefüllt. Schließlich kam der Arzt. Man machte eine Gasse für ihn frei, und er trat ans Bett der Toten. Die Spuren des Todeskampfes waren überdeutlich, und das schwarzgefärbte, schrecklich entstellte Gesicht hob sich furchterregend von den frisch bezogenen weißen Kissen ab.

La Rivière nahm den Anblick stumm in sich auf. Dann trat er vom Bett zurück und wandte sich der Menge zu. In einer Ecke kümmerte man sich um die ohnmächtige Madame de Sourdis. Immer mehr Menschen drängten herein. Plötzlich trat Stille ein. La Rivière blickte in die Gesichter der Umstehenden. Alle Augen ruhten auf ihm. Was wollten sie von ihm? Er warf einen letzten Blick auf die Tote. Dann sprach er den erlösenden Satz:

»Hic est manus Dei.«

Da lief ein Raunen durch die Versammlung. Kreuze wurden geschlagen. Das Klicken von hastig hervorgeholten Rosenkränzen erfüllte den Raum. La Rivière verließ das Haus, gefolgt von den Neugierigen, welche die Furcht und der Drang, die Neuigkeit in der Stadt zu verbreiten, hinaus auf die Straßen trieben.

Wenige Stunden später, am Vormittag des 10. April 1599, verließ Papst Clemens in Rom nach tagelanger Meditation plötzlich seine Privatkapelle und erklärte seine Zwiesprache mit dem Herrn für beendet. Ein Zeitzeuge hat seine Worte vermerkt: »Gott hat vorgesorgt.«

Zwei
Ein Brief

Claude Dembourg an die Herzogin der Toskana.
Medici-Archiv, Mediceo Filza Nr. 5948

Madame,
Am Mittwoch kam ein Bote in Rom an mit der Neuigkeit, daß Madame de Monceaux am Vorabend des Osterfestes gestorben ist ... Der König befand sich zu diesem Zeitpunkt in Fontainebleau. Als er von ihrer Krankheit hörte, brach er sofort nach Paris auf, doch sie war bereits gestorben, wie ihm Marschall d'Ornano versicherte, der ihm entgegengeritten war.
Soweit ich weiß, hat er die Tote nicht mehr gesehen. Er versäumte es nicht, am darauffolgenden Tag das Osterfest zu begehen und den Kranken die Hand aufzulegen, ohne von diesem Todesfall zu sehr erschüttert zu sein. Es scheint, als führe ihn der Herr an Seiner Hand, um alle Übel und Mühsal von ihm abzuwenden, denn nach der Meinung aller ist die Wahrheit, daß nur dieses Hindernis auf seinem Wege stand.
Der Herzog von Savoyen wird durch diese Neuigkeit sehr bekümmert sein, denn die Herzogin war seine wichtigste Stütze, um das Marquisat Saluzzo zurückgewinnen zu können.
Er hat der Herzogin schöne und große Geschenke gemacht in der Hoffnung, auf diese Weise diese Provinz zurückzuerlangen. Der Botschafter und die Agenten des Herzogs von Savoyen bemühen sich nun über alle Maßen, von Herrn de Sillery empfangen zu werden in der Hoffnung, die Sache mit ihm behandeln zu können.
Der Papst seinerseits ist jedoch auf der Hut. Gestern empfing er Herrn de Sillery zu einer zweistündigen Unterredung. Gott hat den König

inspiriert, daß er diesen Botschafter gesandt hat, der hier sehr gut angesehen ist und der es wohl versteht, die Vorzüge des Königs und Frankreichs zu vertreten. Jetzt breche ich auf, um Herrn de Sillery bei seinen Unterredungen zu begleiten.

Gegeben zu Rom, den 2. Mai 1599

Ihr ergebenster Diener
Claude Dembourg

Drei
12. April 1599

Der Zeuge heißt Gaston Bartholomé. Er ist siebenunddreißig Jahre alt, von Beruf Holzhändler, ansässig in der Rue de Deux Portes zu Paris.

Die Tür wurde gewaltsam geöffnet?
Ja. Es bedurfte einiger Axtschläge, aber schließlich sprang sie auf. Wir hatten Flammen erwartet und zögerten einen Augenblick einzutreten, da es stockfinster war im Haus.
Es brannte kein Licht? Nirgends?
Nein. Im Haus herrschte völlige Finsternis. Ein paar von uns gingen schnell hinein, ich kann mich nicht erinnern, in welcher Reihenfolge, und von draußen kamen Neugierige nach, aber der schmale Eingang und mehr wohl noch die Furcht hielten die meisten zurück.
Beschreiben Sie den Raum.
Zunächst war nicht viel zu erkennen. Der Schein der Fackeln war uns nur um Armeslänge voraus. Wir steckten rasch einige Fackeln an den Wänden fest. Die Luft war stickig und heiß, und es roch verbrannt. Aber ansonsten ist mir nichts aufgefallen. Die Stube sah unbewohnt und verlassen aus. Es war Staub in der Luft, den wohl die hereinfallende Tür aufgewirbelt hat.
Weiter also.
Dann ging alles sehr schnell. Wir wollten wissen, wo der Brandgeruch herrührte. Im Haus war kein Feuer zu entdecken. Dennoch breitete sich draußen immer noch überall Rauch aus. Ich selbst war es, der auf den Gedanken kam, daß sich der Brandherd vielleicht im hinteren Teil des Hauses befand. Als ich die Tür zum Hof hin gefunden und geöffnet

hatte, bestätigte sich meine Vermutung. Im Innenhof stand eine dicke Rauchdecke. Zunächst konnten wir gar nicht entdecken, von wo die Schwaden herrührten. Die Augen tränten uns, und der Rauch raubte uns den Atem. Es stellte sich schließlich heraus, daß der Rauch aus einem Schuppen hervorquoll, der am Haupthaus angebracht war. Ein roh zusammengezimmerter, fensterloser Verschlag, der vielleicht als Stall oder Scheune gedient haben mag. Der Rauch trat aus seinen Ritzen hervor. Einige von uns liefen sofort ins Haus zurück, um nach Wasser zu rufen, aber die Brandglocken läuteten längst, und von überall her kamen Menschen mit Wasserschläuchen herbeigelaufen. Bevor wir uns noch recht besinnen konnten, brachen Äxte auf die Bretter des Verschlages hernieder, denn die zahlreichen Fackeln konnten zwar die Finsternis durchdringen, nicht jedoch den würgenden Rauch, der immer dichter wurde. So blieb keine Zeit, nach einem Eingang zu suchen, sondern die Luft reichte gerade aus, um mit geschlossenen Augen auf die Bretterwand zuzulaufen, schnell ein paar Schläge mit der Axt auszuführen und wieder durch das Haupthaus hinaus auf die Straße zu hasten, um Luft zu schöpfen. Glücklicherweise gaben die Bretter bald nach, doch hatten wir in unserer Eile völlig vergessen, über die Folgen unseres Tuns nachzudenken. Kaum waren nämlich einige Bretter herabgefallen, schossen uns plötzlich gelbe Flammen entgegen. Wie groß auch immer der Brandherd vorher gewesen sein mag, durch die Luft, die nun durch die Öffnung in das Innere des Verschlages gelangte, brach das gewaltige Feuer aus, das sicherlich Haus und Hof und vielleicht sogar die ganze Straße verzehrt hätte, wenn Gott nicht dazwischengetreten wäre.

Konnten Sie in den Schuppen hineinsehen, nachdem Sie das Loch in die Außenwand geschlagen hatten?

Ich trat gerade wieder in den Hof, als die ersten Flammen aus dem Rauch emporzüngelten. Wir wußten, daß nun unverzüglich Wasser durch die Öffnung gegossen werden mußte, wenn wir nicht alle verderben wollten. Ich eilte mehr blind als sehend auf die Öffnung in der Wand zu, aus der nunmehr die Flammen schlugen, und schüttete auf gut Glück mein Wasser in den Schuppen hinein.

Konnten Sie dabei etwas im Inneren erkennen?

Es war grauenvoll. In dem kurzen Augenblick, da ich an der Öffnung vorübereilte, erkannte ich eine menschliche Gestalt, die dort im Raum stand. Natürlich glaubte ich, meine Sinne spielten mir einen Streich. In den Rauchschwaden stand, vom Feuer zuckend beleuchtet, ein Mensch, der sich wie ein Geist langsam der Öffnung zuwandte. Ich sage, ich sah ihn, aber das ist schon zuviel gesagt. Vielmehr huschte sein Bild vor mir vorüber wie ein Gesicht im Nebel. Auch wurde ich sogleich von anderen zur Seite gestoßen, die ihrerseits Wasser auf das Feuer schütten wollten, und als ich wieder an die Reihe kam, brannte es schon so lichterloh, daß ich nichts mehr erkennen konnte. Es gelang uns, das Feuer so lange einzudämmen, bis durch Gottes Hilfe das Gewitter niederging, das, wie Sie sicher wissen, letztlich den Brand gelöscht und verhindert hat, daß unser aller Heim und Hof in Flammen aufging, denn dies wäre sicher unser Los gewesen, und Gott sei es gedankt, daß es ihm gefiel, uns zu verschonen, so es doch keiner verdient hat.
Sie wissen, was es mit der Erscheinung auf sich hatte, die Ihnen solch einen Schreck eingejagt hat?
Wie ich gehört habe, fand man in den Trümmern des Verschlages eine Leiche.
Haben Sie eine Erklärung dafür, warum der Mensch nicht versucht hat, sich aus den Flammen zu befreien? Es gab doch im Haus unter der Treppe eine kleine Tür zu dem Verschlag? Warum hätte er in den Flammen stehenbleiben sollen? Und Sie haben ihn doch dort stehen sehen, nicht wahr?
Beschwören kann ich es nicht. Ich sah eine schemenhafte Gestalt, die sich langsam der Öffnung zuwandte, welche wir in die Außenwand geschlagen hatten.
Sahen Sie sein Gesicht?
Nein.
Seine Kleidung?
Ich könnte sie nicht beschreiben, alles ging so schnell.
Sie können also nicht sagen, ob es sich bei der Person um einen der Bewohner gehandelt hat?
Nein, Herr.
Aber Sie kannten die Bewohner des Hauses?
Ja. Flüchtig.

Jedoch hinreichend, um sie wiederzuerkennen, selbst wenn sie Ihnen in solch außerordentlichen Umständen wie den hier vorliegenden begegneten?
Ich sah den Menschen ja nur kurz von der Seite, umgeben von Flammen und Rauch.
Wie war die Person bekleidet?
Mit einem Hemd, einem Wams vielleicht. Alles zerfloß mir vor den Augen. Selbst Träume sind deutlicher als dieses flüchtige Bild.
Aber es stand tatsächlich dort jemand im Raum und drehte sich langsam zu Ihnen um?
Ja, sehr langsam. Wie jemand, der zur Tür geht, sich dann anders besinnt und noch einmal umkehrt.
Und das Feuer ließ ihn völlig unbeeindruckt?
Die Person, die ich sah, bewegte sich wie jemand, der in Gedanken versunken ist.
Konnten Sie seine Haarfarbe erkennen?
Nein, auch den Kopf sah ich überhaupt nicht richtig, da er vom Rauch verhüllt war. Was ich sah, war der Umriß einer Gestalt, die sich mir zuwandte.
Man drängte Sie dann zur Seite, und kurz darauf kehrten Sie mit neuem Wasser zurück?
Ja.
Was sahen Sie diesmal?
Nichts. Flammen.
Die Gestalt war verschwunden?
Jedenfalls war sie nicht mehr zu sehen. Die Flammen hatten das ganze Innere des Verschlages erfaßt.
Glauben Sie, es wäre möglich gewesen, unbemerkt aus dem Verschlag hinauszugelangen?
Die Eingangstür, so haben Sie ja bereits gesagt, befand sich unter der Treppe, die in den ersten Stock des Hauses führte. Jemand hatte den ursprünglichen Eingang im Hof mit Latten zugenagelt, so daß man nur durch die verborgene Tür unter der Treppe in den Verschlag gelangen konnte. Die Fensterläden waren gleichfalls verschlossen. Wenn jemand in dem Verschlag gewesen wäre und unbemerkt hätte entkommen wollen, so hätte er nur über die Dächer gehen können. Wäre er durch die

Tür ins Haus gegangen, wäre das sicher bemerkt worden, da dort viele Menschen aufgeregt durcheinanderliefen.
Haben Sie irgend jemandem von Ihrer Entdeckung berichtet?
Ja, natürlich. Ich rief es laut herum, wodurch ich mich später nur zum Gespött der Leute gemacht habe. Denn der, den man nachher in der Trümmern fand, hat sicher nicht nachdenklich den Raum durchmessen, während um ihn herum die Flammen loderten.
Also, fassen wir zusammen, was Sie bisher ausgesagt haben. Am 10. April, in der Nacht zum Ostersonntag, bricht aus ungeklärten Gründen im Hause Perrault ein Feuer aus, das gegen Mitternacht aufgrund der Rauchentwicklung bemerkt wurde. Die Anwohner kommen zu dem Schluß, daß einzig das unbewohnte Haus des Perrault als Brandherd in Frage kommt. Man bricht die Tür auf und stellt fest, daß im Haupthaus kein Feuer brennt. Sie selbst entdecken die Brandquelle im Hinterhaus. Man schlägt ein Loch in den Schuppen, wodurch der Brand gefährlich aufflammt. Bevor der Verschlag völlig in Flammen steht, sehen Sie im Innern den Schemen eines lebendigen Menschen, der durch die Flammen schreitet. Ob er sich aus dem Feuer noch befreien konnte, ist ungewiß. Kein Zeuge hat jemanden aus dem Schuppen herauskommen sehen, und so kann man annehmen, daß der Mensch, den Sie gesehen haben, mit der Leiche identisch ist, die man später unter den Trümmern fand. Weiter haben Sie nichts beobachtet, und allein der göttlichen Vorsehung ist es zu verdanken, daß kein großer Schaden entstand. Ist das so richtig?
Ja, so ist alles geschehen.
Das Haus Perrault, sagten Sie, sei unbewohnt gewesen?
Ja. Perrault verließ Paris nach den unglücklichen Ereignissen im Sommer letzten Jahres. Seine Frau verstarb im Kindbett, und er …
Das tut jetzt nichts zu Sache. Seitdem stand das Haus also leer?
Nein, nicht gleich. Die Herren Lussac und Vignac wohnten den Winter über darin. Perrault hat es ihnen überlassen, weiß der Himmel, warum.
Sie kannten Perrault gut?
Wie man so sagt, ja. Zwar einer von der Religion, aber ein ehrenwerter Mann. Das Schicksal prüfte ihn mehr, als billig erschien. Er stammte aus der Picardie, und dorthin ist er wohl nach dem Tod seiner Frau zurückgekehrt. Aber viel Geschäft hatten wir nicht zusammen.
Und die Herren Vignac und Lussac?

Kamen im Juni letzten Jahres hier an, gerade zu der Zeit, als die Tragödie im Gang war.
Noch einmal zum besagten Abend, als Sie in das Haus eindrangen. Sie haben ausgesagt, die Tür sei abgesperrt gewesen. Das Hoftor war ebenso verschlossen, und die Fensterläden waren von innen verriegelt. Somit gab es keinen freien Zugang zum Haus?
Das ist richtig.
In diesem Zustand befand sich das Haus, seit die Herren Lussac und Vignac es im März oder April verließen?
Ja.
Die beiden verriegelten das Anwesen, und seitdem wohnte niemand darin?
So ist es.
Und das war im März?
Einige Wochen ist das her. Ich bin mir des Datums nicht sicher.
Und niemand kam jemals vorbei? Sie haben die Herren nie wiedergesehen?
Nein, Herr.
Was wissen Sie über den Verbleib dieses anderen Mannes?
Lussac?
Ja.
Er verschwand mit Vignac. Ich habe ihn nie wiedergesehen.
Sie sagten vorhin, am frühen Abend des Tages, an dem Sie in das Haus eindrangen, habe man im Haus Geräusche gehört?
Ja, das stimmt.
Aber das Haus war doch unbewohnt. Wie erklären Sie sich das?
Dort wohnt jemand, der braucht keine Türen.
Haben Sie selbst etwas gehört?
Den ganzen Nachmittag war ein Rauschen in der Luft. Am Abend vernahm man auch Geräusche von zerreißendem Stoff, brechenden Zweigen und ein dunkles, unbestimmbares Pochen, das nach dem Abendläuten allerdings aufhörte.
Sie machen sich lustig?
Fragen Sie jeden Bürger in der Straße, und man wird Ihnen meine Rede bestätigen.
Dennoch kam niemand auf die Idee nachzusehen, was da vor sich ging?
Nein.

Kann es sein, daß die Geräusche von der Verwüstung der Werkstatt herrührten?
Vielleicht.
Kehren wir zu den Personen zurück und was Sie von ihnen wissen. Vignac und Lussac kamen im Sommer letzten Jahres nach Paris?
So ist es.
Woher kamen sie?
Aus dem Süden. Aus La Rochelle, soviel ich weiß. Nach dem Edikt fühlten sie sich wohl sicher genug, die lange Reise anzutreten.
Wissen Sie, warum sie nach Paris kamen? Das Edikt verbot doch, die Religion in der Stadt auszuüben.
Mit Verlaub, ich denke nicht, daß es den beiden um die Religion zu tun war.
Wann sahen Sie sie zum erstenmal?
Im Juni, am Tag der Niederkunft von Perraults Frau. Ich sah sie am Morgen, wie sie von der Rue de Haute Fuelle in die Rue de Deux Portes einbogen.
Dann sind sie wohl von St. Germain her in die Stadt gekommen?
Das ist wahrscheinlich, man wird es dort am Tor registriert haben.
Sie kamen zu Fuß?
Ja, doch in Begleitung eines Stallmeisters, der ihnen den Weg zeigte.
Und der Stallmeister brachte sie bis zum Haus.
Ja.
Haben Sie mit ihnen gesprochen?
Nein, keineswegs. Es war früh am Morgen, und ich hatte dringende Geschäfte am Quai. Ich kannte die Herren ja nicht.
Und am gleichen Abend verstarb Perraults Frau im Kindbett?
In dieser Nacht, ja. Die Schreie erstarben erst, als der Morgen sich anschickte, das Unglück zu beleuchten. Am Nachmittag begrub man Mutter und Kind. Perrault verließ tags darauf die Stadt und ist seither nicht zurückgekehrt.
Die beiden Herren blieben jedoch zurück?
Ja. Sie lebten den ganzen Winter dort.
Sind Sie jemals während dieser Zeit im Haus gewesen?
Ja, einige Male. Ich suchte sie auf wegen des Kerzengeldes. Ich mußte ihnen erklären, daß jeder Anwohner seinen Anteil für die Straßenbe-

leuchtung zu entrichten habe. Dann sprachen wir noch über eine Bestellung von Brennholz. Die jungen Herren baten mich, die Holzvorräte zu schätzen und nötigenfalls aufzustocken. Ich besichtigte daraufhin den Innenhof und die reichlich vorhandenen Holzstöße. Während ich die Stöße maß, trat dieser Vignac in Begleitung eines jungen Mädchens in den Hof und fragte mich, ob ich das Holzlager für ausreichend hielt. Ich bejahte, worauf er mir erklärte, ich solle bei meiner Schätzung nicht nur an das Haus, sondern auch an den Verschlag denken.
Er wollte den Verschlag beheizen?
Ich war ebenso verwundert wie Sie und fragte, ob denn überhaupt ein Kamin vorhanden sei. Dabei kicherte seine Begleiterin und riß ihre Augen weit auf, um sich über mein Erstaunen lustig zu machen. Herr Vignac wies mich an, die Vorräte um ein Drittel aufzustocken, und entließ mich ohne eine weitere Erklärung.
Wann war das?
Nun, das Kerzengeld wird stets um St. Michael herum eingesammelt.
Und wissen Sie etwas über dieses Mädchen?
Nicht viel. Es hieß, die beiden hätten sie unterwegs irgendwo aufgesammelt. Sie war ebenso schön wie ungezogen, und man erzählte, sie sei Italienerin, was stimmen mag, wenn man ihr Aussehen und ihre üblen Manieren in Erwägung zieht. Ihre Sprache war jedoch wie die unsere. Sie trat erst in Erscheinung, als Perrault Paris verlassen hatte, und ich denke nicht, daß er es gebilligt hätte, daß solch eine Frau bei ihm verkehrt. Es hieß, sie logiere bei einem Verwandten in der Nähe des Arsenal. Aber ich weiß nur, was man sich erzählte.
Wissen Sie, was aus ihr geworden ist?
Nein. Seit die beiden Herren verschwunden sind, ist auch das Mädchen nicht wieder hier im Viertel aufgetaucht. Sie wird wohl mit ihnen fortgegangen sein. Es kamen überhaupt seither keine Besucher mehr.
Keine Besucher? Was meinen Sie damit?
Nun, es kam einmal jemand, der wissen wollte, wo die Herren aus La Rochelle wohnten. Im Dezember ist das wohl gewesen. Es war gegen fünf Uhr abends, nach Einbruch der Dämmerung. Ich erinnere mich, es war der Tag, an dem man den Wolfsmenschen aus Angers an der Brücke St. Michel ausgestellt hatte, bevor man ihn in die Conciergerie brachte.

Ich hatte mir diesen Teufel angesehen und trug das Herz voller Furcht und die Seele voller Gebete. Wie ich gerade ins Haus gehen wollte, trat mir jemand in den Weg und fragte mich, ob ich ihm das Haus Perrault nennen könne. Ich erschrak nicht schlecht, war ich doch noch voll düsterer Vorahnung darüber, daß Mensch und Tier die Form tauschten und alles sich verkehrt hatte mit der neuen Religion. Die Person, die mich angesprochen hatte, war von kleinwüchsiger Gestalt, aber edel gekleidet. Ich gab Auskunft, woraufhin er auf die andere Straßenseite zurückkehrte, wo er schon erwartet wurde. Dort angekommen, wechselte er ein paar Worte mit einer Dame, wobei er mehrmals zu mir herüber gestikulierte. Die Dame nickte mir zu, was ich als Dankesgeste deutete, und ich verbeugte mich ebenso. Dann gingen sie die Straße hinab und verschwanden im Haus, das ich ihnen beschrieben hatte. Ich sehe sie noch vor mir, denn trotz der fortgeschrittenen Dämmerung sah ich ihr Haar unter der Kapuze hervorscheinen. Sie trug einen schwarzen Umhang mit weiter Kapuze, die ihren Kopf umhüllte. Doch ihr Haar schimmerte glutrot darunter hervor, als trage sie die Dämmerung im Kleide und den Tagesanbruch auf dem Haupt.
Wissen Sie, wie lange dieser Besuch dauerte?
Nein, ich sah sie nicht weggehen.
Kennen Sie den Namen dieser Frau?
Nein, Herr.
Kam sie stets in Begleitung?
Ich habe ihren damaligen Begleiter niemals wiedergesehen, was ich auch nicht bedauere, denn, ehrlich gesagt, er hat mich nicht wenig erschreckt an jenem Abend, und das nicht nur, weil mir ohnehin die Furcht in den Gliedern steckte des Wolfsmenschen wegen. Im ersten Moment dachte ich sogar, er sei mir gefolgt und stehe nun leibhaftig vor mir. Ich habe selten einen so häßlichen Menschen gesehen. Seine edle Kleidung stand im auffallendsten Widerspruch zu seiner natürlichen Ausstattung, von der ich nur hoffe, daß sie nicht den Zustand seiner Seele spiegelte. Er reichte mir gerade eben bis zur Brust, und es strengte ihn offensichtlich an, den Kopf zu heben, so daß seine gebückte Haltung ihm wohl die eigentliche war und das aufrechte Gehen eine ihm nicht gerade eben angenehme Angelegenheit. Er sprach mit einem ausländischen Akzent,

rollte das R auf eine Weise, als habe er mehr als eine Zunge und keine rechte Verfügungsgewalt über beide.
Ein Spanier?
Möglich.
Kennen Sie seinen Namen?
Nein, Herr.
Und diese Besuche wiederholten sich?
Sie kam noch einmal. Im Januar.
In Begleitung des Dieners?
Nein, den Diener habe ich nicht wiedergesehen, und ich wünsche, daß es so bleibt. Die Dame kam allein, kannte ja nun auch den Weg. Ich wunderte mich ein wenig, daß sie zu Fuß kam, denn auf den aufgeweichten Straßen war im Winter kaum ein Durchkommen, wie Sie sich sicher erinnern werden. Allerdings mangelte es nicht an Stroh, das man vor ihr auf die schlimmsten Pfützen warf, damit sie halbwegs trockenen Fußes vor das Haus gelangte. Es geschieht nicht oft, daß solch eine Dame in unsere Straße kommt. Um so seltsamer erschien der Umstand, daß sie ohne Begleitung erschien, denn offensichtlich war sie zu den Herren aufgrund irgendeines Auftrages geschickt worden.
Woraus schließen Sie das?
Nur eine Vermutung, Herr. Warum sollte eine solche Frau, deren Äußeres so wenig mit dem Leben der Leute hier gemein hatte, sich freiwillig die Mühe machen, in dieses Viertel zu kommen?
Was wissen Sie sonst noch über die beiden Herren? Was waren ihre Geschäfte?
Niemand wußte etwas Genaues über sie. Wenn man sie befragte, so gaben sie stets an, sie hätten Aussichten auf irgendein Amt und seien daher nach Paris gekommen. Allerdings ziehe sich die Entscheidung noch in die Länge, und so seien sie zunächst mit Perrault, ihrem Verwandten, übereingekommen, für die Dauer, bis sich eine Entscheidung ergeben hätte, in seinem Hause wohnen zu können.
Und? Hatte es damit seine Richtigkeit?
Das entzieht sich meiner Kenntnis. Wenn Sie meine Meinung wissen wollen, so ist kein Deut Wahrheit daran.
Und was ist Ihrer Ansicht nach die Wahrheit?
Ich habe mich nie besonders darum gekümmert, was die Leute auf der

Straße erzählen. Es gingen allerlei Gerüchte um in der Nachbarschaft. Fragen Sie doch Allheboust.

Allheboust?

Der Apotheker. Ich habe die beiden Herren oft zu ihm gehen sehen, und einmal habe ich alle drei bei Verrichtungen beobachtet, die ich Ihnen lieber nicht schildern will, denn dergleichen Beschäftigungen sind mir nicht geheuer. Es bestand eine gewisse Heimlichkeit um das Treiben in diesem Haus. Weiß der Himmel, was die Herren mit den Töpfen und Säcken und Stoffen und Hölzern zu schaffen hatten.

Was hat Ihnen Allheboust erzählt?

Er hat mir niemals etwas erzählt. Allheboust ist so gesprächig wie ein Fisch. Wenn er mit seinem Karren durch die Straßen zieht, dann ist es sein Gehilfe, dieser Sébastien, der für ihn die Reden schwingt. Meistens treibt er sich ohnehin in den Wäldern, auf den Feldern oder in den Steinbrüchen herum, wenn er nicht in seinem Laden sitzt und über seinen Mixturen brütet. Ich weiß auch nicht, wie die beiden Herren es angestellt haben, mit diesem alten Kauz Kontakt zu bekommen. In der Straße erzählte man, sie hätten sich mehrmals bei Allheboust mit allerlei Arzneien versorgt und ihn bei dieser Gelegenheit nach anderen Händlern und Märkten in der Stadt gefragt, wo sie verschiedene Öle und andere Tinkturen bekommen könnten. Allheboust sei natürlich neugierig gewesen und habe gefragt, wozu sie diese Dinge benötigten, worauf dieser Vignac ihm erklärte, ein Verwandter in La Rochelle, der auch der Apothekerszunft angehörte, habe sie gebeten, sich in der vom Handel viel besser versorgten Hauptstadt nach einigen Stoffen umzusehen, die er für die Erprobung neuer Rezepte benötige. Seltsam genug, zeigte dieser Vignac überhaupt ein reges Interesse an Allheboust Geschäften und sprach mit ihm über das Zusammenwirken der Elemente und Stoffe der Natur und war dabei so kenntnisreich, wie es allgemein nicht vorkommt. So kannte er angeblich die lateinischen Bezeichnungen allerlei fremdländischen Gesteins, ebenso wie die Namen von Pflanzen und Mineralien sowie die aus ihnen gewonnenen Stoffe und Extrakte und Verbindungen.

Woher wußten die Leute das?

Sébastien, der Schreihals, hat es herumerzählt.

Und die Verrichtungen, die Sie eben erwähnten? Was hatte es damit auf sich?
Das war Ende Oktober. Ich hatte eine Tagesreise von Paris entfernt meine Geschäfte erledigt und befand mich auf dem Nachhauseweg. Es regnete stark, und der Weg war so schlecht, daß ich nur mühsam vorankam. Zu allem Überfluß lahmte auch noch mein Pferd, und ich war gezwungen, eine Rast einzulegen. Es war fast niemand unterwegs bei diesem schrecklichen Wetter. Ich vertrieb mir die Zeit damit, meine durchnäßten Kleider wenigstens notdürftig zu säubern, und von Zeit zu Zeit schaute ich in die Umgebung, ob nicht an irgendeiner Stelle am Horizont ein Stück blauer Himmel zum Vorschein kommen wollte. Dabei fiel mir plötzlich auf, daß sich auf einem der Felder, die sich zwischen mir und der Stadt erstreckten, einige Personen an einem Stück Acker zu schaffen machten.

Ich dachte mir zunächst nichts dabei, fand es dann aber eigenartig, daß an solch einem Tag Bauern auf dem Feld zugange sein sollten. Ich dachte, ein kurzes Gespräch mit den Bauern würde mir die Zeit kurzweiliger machen. Ich lief also auf das Feld hinaus, einen Graben entlang, blieb aber bald im Schlamm stecken und wollte schon umkehren, da sah ich, wie die Bauern sich plötzlich beeilten, irgend etwas, das sich dort am Boden befand, hastig zuzudecken. Jetzt erkannte ich auch, daß es gar keine Bauern waren, sondern Leute aus der Stadt. Ich weiß nicht, ob sie mich gesehen hatten und deshalb die Flucht ergriffen oder ob sich von irgendeiner Seite Gefahr näherte und sie deshalb das Feld schnell verlassen wollten. Ihr Verhalten signalisierte jedenfalls Gefahr, und so kauerte ich mich einen Augenblick lang in den Graben.

Als ich mich wieder halb aufrichtete, um zu sehen, was sich dort abspielte, da war die Gesellschaft schon auf einen Steinwurf an mich herangekommen. Ich erschrak nicht schlecht, denn nicht nur erschienen sie mir wie aus dem Nichts vor die Augen gepflanzt, sondern jetzt erkannte ich auch, daß es Allheboust war, der da in Begleitung der beiden Fremden über den Acker kam. Es regnete in Strömen, und alle drei hielten die Köpfe gesenkt, um einen sicheren Tritt auf dem aufgeweichten Erdreich zu finden, und so liefen sie an mir vorüber, ohne mich zu bemerken. Ich wollte ihnen noch hinterherrufen, doch etwas an ihrem Gebaren stimmte mich mißtrauisch, und ich fürchtete, mein Erscheinen hier hätte sie ärgerlich gemacht. Recht besehen mußte es ja so aussehen, als hätte ich ihnen hinterherspioniert. Während ich unschlüssig in meinem Graben saß, verschwanden die drei in Richtung Stadt.

Ich wollte gleich zu meinem Pferd zurück und den Nachhauseweg antreten, doch dann siegte die Neugier. Ich wartete noch einige Minuten, bis ich sicher sein konnte, daß sich niemand mehr in der Nähe befand, und suchte dann die Stelle auf, an der ich die drei vorher gesehen hatte. Als ich dort ankam, war ich nicht schlecht enttäuscht, denn ich hatte mich durch den Schlamm gekämpft und von oben bis unten schmutzig gemacht, nur um auf einen Haufen Pferdemist zu stoßen, in dem sich noch allerlei Unrat befand. Es lagen außerdem noch einige Stöcke herum, mit denen Allheboust wohl in dem Haufen herumgestochert hatte. Weiß der Himmel, warum. Vielleicht suchte er einen Schatz oder versteckte ausländische Soldaten. Ich nahm einen der Stöcke und stieß ihn mehrmals an verschiedenen Stellen in den Haufen hinein, nur um nicht völlig untätig gewesen zu sein. Natürlich sank der Stock jedesmal tief ein und traf weder auf einen Goldklumpen noch auf einen verängstigten Deutschen. Ich hätte auch gar nichts gefunden und wäre wohl schon bald wieder umgekehrt, wenn mir nicht plötzlich dieser scharfe Geruch in die Nase gekommen wäre. Ich lief mehrmals um die Stelle herum und versuchte herauszufinden, wo dieser Geruch herkam. Aber ich konnte die Quelle nicht entdecken. Ich wischte mir die Regentropfen aus dem Gesicht und bemerkte mit Schauder, daß es meine eigene Hand war, die diesen ekelhaften Geruch angenommen hatte. Schließlich entdeckte ich auch den Grund dafür. Der Stock, den ich aufgesammelt hatte und immer noch in der Hand trug, war mit Essig getränkt.

Sie können sich vorstellen, wie mir zumute war. Allheboust mit seinen teuflischen Experimenten! Was hatte ich hier zu suchen auf diesem gottverlassenen Acker, wo nichts zu finden war außer Pferdemist und einem Dummkopf. Schon im Weggehen begriffen, stieß ich den Stock noch einige Male in den Haufen. Etwa eine Elle tief traf die Spitze auf etwas Hartes. Ich tastete den Gegenstand ab, so gut ich konnte, und begann dann, die darüber liegenden Dungschichten abzutragen. Zum Vorschein kam ein Tongefäß, etwa von der Größe eines Abendmahlkelches, dessen Wände sich nach unten ein wenig verengten. Es bestand, genauer gesagt, aus einem Ober- und einem Unterteil, die mit einer dicken Schnur zusammengebunden waren. Dies war schon seltsam genug, doch noch erstaunlicher war, was ich darin vorfand, nachdem ich das Gefäß vor mir auf den Boden gestellt und den Knoten gelöst hatte. Kaum hatte ich das Oberteil entfernt, sprang ich mit einem Satz nach hinten, denn ich dachte nicht anders, als daß ich eine Schlange vor mir hätte, die jeden Moment aus dem Topf schnellen würde. In dem Gefäß lag – aufgehängt zwischen mehreren Vorsprüngen auf der Innenseite, die wohl zu diesem Zweck angebracht worden waren – ein breites graues Band, das zu einer Spirale gewunden war. Das Band war so dick wie ein kleiner Finger und maß etwa eine halbe Handbreite. Ich wagte nicht, es aus dem Gefäß zu entfernen, denn zweifellos handelte es sich hier um einen bösen Zauber oder sonst eine Teufelei, und ich hatte mich schon viel zu lange hier aufgehalten. Ich fand noch die Erklärung für den Essiggeruch, denn unterhalb der Spirale war das Gefäß mit Essig gefüllt. Aber ich untersuchte diesen Gegenstand nicht weiter, sondern verschloß das Gefäß wieder, so schnell ich konnte, richtete alles wieder so her, wie ich es angetroffen hatte, und beeilte mich, zu meinem Pferd und dann in die Stadt zurückzukommen.

Wann ist all das geschehen?

Wie ich schon gesagt habe, Ende Oktober ...

Besinnen Sie sich, wann genau?

Ich kann mich nicht erinnern.

Was für ein Wochentag war es?

Warten Sie. Ich erinnere mich, daß es zu der Zeit war, als man in der ganzen Stadt von der Krankheit des Königs sprach. Der Hof hatte die Stadt verlassen und befand sich auf Monceaux. Es war der Tag, an dem man die Tore der Stadt bis spät in die Morgenstunden geschlossen hielt. Überall herrschte Unruhe, und auf beiden Seiten der Tore war ein gewaltiger Andrang von Menschen, die hinein- oder hinauswollten. Es gingen Gerüchte um, dem König sei etwas Ernstes zugestoßen und es sei nur noch eine Frage der Zeit, bis die Kämpfe wieder beginnen würden.

Das war am 30. Oktober, einem Freitag. Man hatte die Tore geschlossen, weil man den Gouverneur von Cran festnehmen wollte, das war der Grund.

Dann war es wohl Freitag.
Und an diesem Tag haben Sie Allheboust und die beiden anderen Herren auf dem Feld beobachtet?
Nein. An diesem Tag verließ ich die Stadt, mit einiger Verspätung allerdings, so daß ich gezwungen war, die Nacht auswärts zu verbringen, und erst am darauffolgenden Tag zurückkehren konnte. Wenn es nun so ist, wie Sie sagen, dann hat sich diese Sache an einem Samstag ereignet, dem 31. Oktober.
Haben Sie Allheboust jemals darauf angesprochen?
Nein.
Kehren wir zu diesem Tongefäß zurück, das Sie auf dem Feld gefunden haben. Es war mit Essig angefüllt, und darin lag ein graues Band, das zu einer Spirale gewunden war?
Ja, so ist es.
Haben Sie das Band berührt?
Bei meiner Seele, nein.
Konnten Sie erkennen, ob es einen organischen Ursprung hatte?
Ich verstehe nicht.
Sie haben gesagt, es sah aus wie eine Schlange. War es tatsächlich eine Schlange? Stammte der Gegenstand von einem Tier oder einem Menschen? Oder war es vielleicht nur ein gewundener Zweig, und Sie haben sich getäuscht?
Nein, es sah gewiß aus wie eine Schlange. Allerdings sah ich keinen Kopf. Weiß der Himmel, was es war, eines von Allhebousts verrückten Rezepten vielleicht, die er diesem schwachsinnigen Sébastien einflößt? Dem können sie ja auch nicht schaden.
Und Sie sind sicher, daß es Essig war, der sich in dem Gefäß befand?
Es stank wie Essig, aber ich habe das Gefäß ja sofort wieder verschlossen.
Konnten Sie erkennen, ob die drei etwas mit sich forttrugen, als sie an Ihnen vorübergingen?
Einer der beiden Herren trug eine Tasche bei sich, und Allheboust schleppte seinen Sack, den er immer bei sich hat, wenn er sich in der Gegend herumtreibt. Aber ich kann nicht sagen, ob sie dort etwas geholt haben. Vielleicht hatten sie das Gefäß ja auch gerade erst dort vergraben und waren überhaupt deshalb dorthin gegangen?
Fällt Ihnen sonst noch etwas ein, das vielleicht von Interesse sein könnte?

Nein, Herr, so wahr mir Gott helfe, ich kann mich sonst an nichts erinnern. Das ist alles sehr lange her.
Schwören Sie bei Gott unserem Herrn, die Wahrheit gesagt zu haben und nichts als die Wahrheit?
Ich schwöre, daß alles sich so zugetragen hat, wie ich es gesagt habe. Außerdem erkläre ich, daß mir dieses Protokoll laut verlesen wurde und ich keinerlei Einwände gegen die Richtigkeit der darin gemachten Angaben erheben möchte. Der Herr sei mein Zeuge. Amen.

Aufgezeichnet und unterschrieben zu Paris
diesen Montag, den 12. April 1599

Vier
Post Scriptum

Charles Lefebre an seine Exzellenz ...
Mediceo Filza Nr. 5963

Exzellenz,

Sie haben gut daran getan, mich unverzüglich mit der Untersuchung des Feuers in der Rue de Deux Portes zu betrauen, denn wie Sie lesen werden, waren Ihre Befürchtungen mehr als berechtigt. Leider sind wir zu spät gekommen, und meiner unmaßgeblichen Meinung zufolge wird über den Toten und die verschwundene andere Person allein durch die Befragung der Anwohner nur wenig in Erfahrung zu bringen sein.

Wie Sie dem beigefügten Protokoll entnehmen können, pflegten die in Rede stehenden Personen keinerlei Verkehr mit den Bewohnern der Straße. Aus den Aussagen der Nachbarn ergibt sich, daß sie gegenüber ihrer Umgebung falsche Angaben gemacht haben. Die wenigen Tatsachen, die Sie mir bezüglich der beiden in Frage stehenden Subjekte mitzuteilen beliebten, decken sich in keiner Weise mit den Informationen, die der Zeuge über sie zu Protokoll gegeben hat.

Ich habe am selbigen Tage auch noch den Arzt befragt, der die Leiche untersucht hat. Es handelt sich um einen gewissen Giaccomo Ballerini, gebürtig aus Padua und erst seit einigen Monaten hier in Paris. Er war der erste, der den Leichnam besichtigt hat, nachdem dieser unter den Trümmern hervorgezogen worden war. Er gab an, sich am Morgen nach dem Feuer an den Ort des Geschehens begeben zu haben. Die Wache hat sein Eintreffen gegen acht Uhr dreißig vermerkt. Er erklärte, er sei Arzt, und so machte man ihm eine Gasse frei und ließ ihn durch.

Man führte ihn durch das Haus hindurch in den Hof und dort zu den verkohlten Resten des Schuppens. Er gab an, dort seien einige Personen damit beschäftigt gewesen, schwelende Balken aus dem Schutt zu ziehen, die zum Teil noch qualmten. Sie seien mit Wasser übergossen und gegen die Mauer gestapelt worden.

Auf meine Frage, ob er die Bewohner des Hauses gekannt habe, antwortete er, die Person namens Vignac habe vor Jahren als Gehilfe für ihn gearbeitet. Nach der zweiten Person namens Lussac befragt, gab er an, den kenne er nicht. Ich bat ihn, mir mitzuteilen, wo jener Vignac sich befinde, woraufhin er mich verwundert anblickte und sagte, das sei eine eigenartige Frage, da man seine sterblichen Überreste doch schließlich unter den verkohlten Resten des Schuppens gefunden habe. Ich wies ihn darauf hin, daß der Tote, den man dort gefunden habe, bis zur Unkenntlichkeit verbrannt und es daher zwar wahrscheinlich, aber keineswegs sicher sei, daß es sich bei der Leiche um die besagte Person handle.

Auf meine Frage, ob er jemals zuvor in diesem Haus gewesen sei, gab der Befragte zu Protokoll, er habe es niemals zuvor betreten.

Woher er dann gewußt habe, daß Vignac dort wohnte?

Er erklärte, er sei Vignac drei Monate zuvor zufällig auf dem Markt bei den Hallen begegnet. Sie hatten sich seit vielen Jahren nicht gesehen und nichts vom Verbleib des anderen gewußt. Vignac habe ihm erzählt, er wohne im Haus eines Freundes in der Rue de Deux Portes und arbeite außerhalb der Stadt für einen Flamen. Er, Ballerini, sei später einmal zufällig in dieser Straße gewesen, sei aber nicht in das Haus hineingegangen.

Ich bat ihn dann, auf den Zustand der Leiche selbst zu sprechen zu kommen.

Hierzu gab der Befragte folgendes an: Der Körper war zu etwa drei Vierteln verbrannt. Das Gesicht des Menschen war nicht mehr zu erkennen. Haare, Augenbrauen und Wimpern waren von den Flammen völlig verzehrt worden. Zudem hatte sich die Haut so fest um den Kopf gelegt, daß man nur noch von einem umspannten Schädel sprechen konnte. Der Körper sei nur mit großer Mühe zu bergen gewesen.

An dieser Stelle unterbrach ich den Zeugen, da den Schreiber eine Unpäßlichkeit überkam. Ich bat den Befragten, uns diese Einzelheiten zu ersparen, und er möge uns das Wesentliche in knappen Worten schildern. Daraufhin gab der Arzt an, die Leiche habe auf einem Tisch gelegen, der wohl unter der Last des eingestürzten Daches zusammengebrochen war. Seiner Ansicht nach sei der Mensch jedoch bereits nicht mehr am Leben gewesen, als das Feuer ausbrach. So habe er nämlich bei einer genaueren Untersuchung festgestellt, daß der Hals des Toten in einer Schlinge steckte. Diese Schlinge sei durch ein etwa drei Fuß langes Seil am Dachbalken befestigt gewesen, der nur wenige Handbreit neben dem Toten zu Boden gegangen war, als der First einstürzte. Der Arzt folgerte aus diesem Umstand, daß der Mensch sich erhängt hat, bevor er verbrannte. Vermutlich habe er selbst das Feuer gelegt und dann, Gott möge ihm vergeben, diesen schnellen Tod gewählt.

Diese Schlußfolgerung hat den Vorzug, der etwas rätselhaften Behauptung des Zeugen Bartholomé Rechnung zu tragen, der, wie Sie lesen werden, behauptet hat, er habe jemanden in den Flammen stehen sehen. Vermutlich sah er den am Strick aufgehängten Körper des Toten. Durch die Flammen, den Rauch und die Aufregung kam es zu der Sinnestäuschung, es stehe dort jemand im Raum »wie in Gedanken versunken«. So jedenfalls drückte der Zeuge sich aus.

Als ich den Arzt entlassen hatte, waren mir noch einige Fragen eingefallen. Vor allem jedoch hatte ich es versäumt, ihn nach dem Namen des Flamen zu fragen, bei dem jener Vignac gearbeitet hat. Als ich jedoch eine Wache zu ihm schickte, war er nicht in seinem Haus anzutreffen. Die Wache hinterließ Order, der Arzt solle sich umgehend zu einer weiteren Befragung einfinden. Er leistete dieser Aufforderung jedoch keine Folge und ist seither nicht mehr gesehen worden. Weitere Nachforschungen ergaben, daß er die Stadt sofort nach dieser Unterredung verlassen hat, was Zufall sein mag oder ein Anzeichen dafür, daß weitere Befragung ihm unangenehm wäre.

Sicher ist Ihnen nicht entgangen, daß lediglich eine einzige Person für die weitere Klärung des Falles überhaupt in Frage kommt. Daher halte ich es für unerläßlich, Perrault, den Eigentümer des Hauses, ausfindig zu machen und ihn zu den beiden Personen zu befragen. Selbstverständlich

werde ich bei meinen weiteren Nachforschungen mit der Diskretion verfahren, die angesichts der Vorkommnisse geboten ist.
Es dürfte nur eine Frage von Tagen sein, bis wir die flüchtige zweite Person gefunden haben werden.
Möge Gott Sie vor den Übeln bewahren, die um uns herum am Werke sind.

Gegeben zu Paris, diesen 12. April 1599

Ihr untertänigster Diener
Charles Lefebre

Fünf
Die Aufzeichnungen des Vignac

La Rochelle, 18. Oktober 1628

Ich komme soeben von einem Spaziergang durch die Stadt zurück, die schon jetzt einem Totenhaus gleicht. Auf den Straßen, wo zwischen den Pflastersteinen das Gras herauswächst, irren ausgemergelte Gestalten umher, die ihrer Stimmen und Gesten nicht mehr mächtig sind. In den letzten sechs Monaten sind achttausend gestorben, allein in den letzten zwei Wochen waren es zweitausend. Wir haben keine Kraft mehr, die Toten zu begraben. Mit Mühe und Not schleppt man sie zum Friedhof oder läßt sie an der Stadtmauer an Seilen herunter, wo sie dann unbegraben liegenbleiben. Viele sterben unbemerkt in ihren Häusern, und sie verwesen nicht einmal, so ausgetrocknet sind ihre Körper von den Entbehrungen. Einige Unglückliche, die auf keine Vorräte mehr zurückgreifen können, essen jegliches Kraut, das ihnen in die Finger kommt, vom Bilsenkraut bis zur Tollkirsche, und sie werden krank oder verlieren den Verstand, wanken nackt durch die Straßen oder bekommen Tobsuchtsanfälle. Grausame Szenen werden berichtet von Menschen, die sich an Menschenfleisch vergangen haben.

Seit Wochen sind die letzten Vorräte verbraucht, und man hat damit begonnen, Felle zu kochen. Die Haare werden abgesengt, die Haut wird gut abgeschabt, gewaschen und gebrüht, und kocht man sie dann lange genug, so erscheinen sie uns wohlschmeckend wie frisches Wild. Wenn man zu den Glücklichen gehört, die noch etwas Fett haben, so kann man Fleischklöße daraus machen. Ich hatte zunächst gedacht, Esel- und Pferdehaut zu essen sei das äußerste, worauf der Hunger uns Appetit

machen würde, doch seit selbst der letzte Hund auf diese Art und Weise aus dem Straßenbild verschwunden ist, sind einige Gewitzte darangegangen, Pergament zu verarbeiten und Versuche damit anzustellen. Nicht nur weißes Pergament wird auf diese Weise verspeist, sondern auch solches mit Buchstaben. Man scheut sich auch nicht, alte Bücher zu verzehren. Man legt sie ein oder zwei Tage ins Wasser und läßt sie aufquellen. Sodann kocht man sie einen Tag lang, bis sie weich und zart sind, und macht Frikassee oder Klöße aus ihnen, indem man sie mit Kräutern oder Gewürzen vermengt. Da das Pergament knapp wird, essen wir nun die Trommelfelle, die man ablöst, kocht und dann verspeist. Gleiches geschieht mit den Böden von Lochsieben, und wenn diese Quelle versiegt sein wird und wirklich nichts mehr in der Stadt zu finden ist, kehrt man gewiß zu den Misthaufen zurück, um zu sehen, ob man in der Eile und der Unachtsamkeit des Überflusses nicht vielleicht etwas weggeworfen hat, das noch eine Verwendung finden könnte. Wie ich gehört habe, werden nun schon die Hufe von Pferdefüßen gesammelt, und da wir nun einmal damit begonnen haben, Horn zu zermahlen und zu essen, verschwinden allmählich die Laternen. Sie werden der Hornscheiben wegen heruntergerissen und alsbald gebraten und verzehrt. Es gibt fast nichts, was wir nicht essen würden. Selbst Gegenstände, die Schweine und Hunde unbeachtet liegenlassen, werden gesammelt, zermahlen, gekocht, gebraten und verzehrt. Halfter, Brustriemen, Sattelzeug, Schwanzriemen, so alt sie auch sind, werden in Stücke geschnitten und zubereitet. Auf den Schlachtbänken, wo sie recht teuer und unter großer Nachfrage zum Verkauf angeboten werden, kann man noch die Nahtlöcher erkennen.
Heute fand man einen Sprengsatz am Haus des Bürgermeisters. Die Verschwörer, so unglaublich es sich anhören mag, scheinen jedoch nicht einmal mehr die Kraft gehabt zu haben, ihn zu entzünden. Woraus sich leicht ersehen läßt, wie es um die Stadt und die in ihr eingeschlossene Bevölkerung bestellt ist. Bei jedem Morgenappell ist die Truppe weiter zusammengeschmolzen, und man kann sich angesichts der hageren Gestalten, die teilweise nicht einmal mehr ihre Waffen zu tragen vermögen, nicht des Eindrucks erwehren, ein Gespensterheer aufmarschieren zu sehen. Fast niemand ist mehr in der Lage, auch nur hundert Schritte

hintereinander zu tun, ohne danach erschöpft zu Boden zu sinken. Es findet sich nicht einmal mehr ein Freiwilliger, der bereit oder fähig wäre, die großen Glocken für die Predigt zu läuten.
Angesichts unserer aussichtslosen Lage kommen mir diese Aufzeichnungen sinnlos vor, als schriebe ich auf Buchenblätter, die der Herbst schon welkt. Der Kessel um die Stadt herum ist undurchdringlich, und es dürfte nur noch eine Frage der Zeit sein, bis wir fallen werden. Es ist nur wenig wahrscheinlich, daß irgend etwas von dem, was ich hier niederschreibe, jemals die bald verbrannten Mauern dieser Stadt überdauern wird. Ich denke nicht, daß der König und sein strenger Kardinal die Gelegenheit verstreichen lassen werden, jede Erinnerung an uns auf immer und ewig zu tilgen. Gott hat uns verlassen. Nur von Zeit zu Zeit findet er sich noch ein, um diesem oder jenem die Augen zu schließen. Ansonsten scheint er in unseren Gegnern seine besseren Diener zu erblicken.
Müde bin ich, nach all den unruhigen Jahren. Am Ende meines Daseins scheinen mir nur Rätsel auf, die ein fahles Licht auf mein verrinnendes Leben werfen. Ich stehe in meinem sechsundfünfzigsten Jahr und fühle mich von den zwei Jahrhunderten, zwischen die meine irdische Zeit gespannt war, gleichermaßen zerteilt. Alles um mich herum scheint sich auf etwas zuzubewegen, für das die Welt noch keinen Namen hat. Wieder und wieder nehme ich das Buch des Philosophen zur Hand und finde darin alles, was ich denke und fühle, in schönster Sprache gesagt. Doch zugleich überkommt mich die Furcht vor einem Zeitalter, in dem man nur noch Gedanken lesen will, die sich – an ihrem Ende – zu einem großen Fragezeichen zusammenrollen. Ja, manchmal kommt mir der Verdacht, daß Religionen und Philosophien vielleicht der Ort sind, wo die Wahrheiten sich hinbegeben, wenn sie sterben. Dort fristen sie dann noch eine Weile lang ihr Dasein in gelehrten Büchern und Ritualen, bis sie schließlich gänzlich vergessen sind, weil keiner sie mehr versteht.
Mir bleibt nicht mehr viel zu tun. Die Gicht lähmt mir die Hände. Die Augen versagen mir schon wenige Stunden nach dem Aufstehen den Dienst, und meine Nächte verbringe ich damit, dem stummen Geschäftigsein meines Körpers zu lauschen. Oft frage ich mich, was sich in der Nachtdunkelheit meiner Brust ereignet, und wundere mich bisweilen, warum ich jahrelang keine Anstrengung mehr unternommen habe,

mich mit diesem fremdesten Teil meines Selbst mehr vertraut zu machen. Ich betrachte meine Hände, meine Fingernägel und den kleinen Halbmond darunter, und wahrscheinlich ist es die Gewißheit, diesen Körper bald nicht mehr bewohnen zu dürfen, die mich mit einer unstillbaren Neugier auf seine Natur erfüllt.

Der Kardinal Richelieu hat den Hafen zumauern lassen. Bisweilen tauchen englische Schiffe vor der Küste auf, doch sind sie nicht in der Lage oder – wie ich eher zu vermuten geneigt bin – nicht willens, die französische Belagerungsflotte anzugreifen und den Hafen zu befreien. Der König verhandelt nicht mehr, was ein schlechtes Zeichen ist und mich in der Annahme bestärkt, daß er sich seiner Sache sicher ist. Warum soll man über etwas verhandeln, das man früher oder später ohnehin bekommt? Keine Königswahl in Polen wird uns diesmal retten.

Da stehen sie wieder in ihren glänzenden Rüstungen vor unseren Toren. Welch seltsames Spiel des Schicksals, daß ich meine letzten Tage dort verbringe, wo mein sündhaftes Leben seinen Ausgang nahm. Alles liegt verworren in mir. Die wenigen Zeugnisse, die ich hinterlassen habe, wird man nicht verstehen. Ja, ich fürchte fast, ich verstehe sie selbst nicht mehr.

Deshalb will ich fürderhin die wenigen Tage, die mir noch bleiben, dazu nutzen, Mitteilung zu machen von den Hintergründen meines Werkes, dessen Verbleib mir unbekannt und dessen Wert mir zweifelhaft ist. Und so Gott will, wird er mich vor der Versuchung bewahren, mit diesen Blättern meinen Hunger zu stillen, wenn ich sie beschrieben habe, und mir statt dessen einen raschen Tod schicken. Obschon ich bisweilen glaube, daß es unserem Hochmut heilsam wäre, wenn wir alles, was wir schreiben, am Ende unseres Lebens verzehren müßten.

Ich bin Vignac. Ich habe meine ersten Seufzer ins Jahr 1570 geblasen, zwei Jahre vor der Schlachtung der Andersgläubigen. War auch mein Vater dabei damals in Paris, als Catherina die Sense blitzen ließ an Bartholomäus. Meine Mutter verlor fast den Verstand, als sie die Nachricht erfuhr. Wir flohen nach La Rochelle, das damals wohl die sicherste Festung gegen die katholischen Mordbrenner war. Die Reformierten waren freilich nicht besser. Ich habe nie begriffen, welcher Unterschied besteht zwischen einem katholischen oder einem protestantischen

Schwert, das irgendeinem armen Teufel ins Gedärm gerammt wird. Nur Morden und Stehlen scheint allen Religionen heilig zu sein. Schon die erste Belagerung von La Rochelle, die im Frühjahr 1573 begann, kostete mich fast das Leben. Meiner Mutter gelang es nur mit größter Mühe, mich während der vier Monate der Belagerung zu ernähren, und als die Truppen endlich abzogen, weil der König nach Polen gerufen wurde, war sie so geschwächt, daß sie wenige Wochen später starb. Da sie nichts besaß, begrub man sie mit hundert anderen draußen vor der Stadt in einem großen Graben. Dies ist meine erste, lebendigste Erinnerung: der Anblick dieses Grabens, in dem sich die in Säcke eingenähten Toten übereinander stapelten, dann der weiße Löschkalk, den man darüber streute, bevor der Graben zugeschüttet wurde.
Wie alle Waisen führte man mich in die Kirche, wo wir darauf warteten, daß sich jemand unserer annahm. Nach einigen Tagen erschien ein älteres Paar und maß mit prüfendem Blick die Knaben und Mädchen, die in der Kirche auf dem Boden hockten. Die beiden nahmen mich mit, gaben am Portal ihre Namen an, die der Kirchendiener mit großen schwarzen Lettern in ein Buch eintrug, und führten mich schweigend durch die Straßen zu ihrem Haus.
Wir waren kaum angekommen, da führte man mich in eine Werkstatt, die zum Haus gehörte, wies mir einen Platz zu, an dem allerlei Geräte herumstanden, und erklärte mir, was ich zu tun habe. Man gab mir eine Steinschale und ein handgroßes, glockenstielartiges Instrument, das aus dem gleichen Material gefertigt war. Dann holte man ein Säckchen, legte es vor mir auf den Tisch, öffnete es und ließ einige Muskatnüsse herausrollen. Der Herr, dessen Namen ich nicht einmal wußte, zeigte mir, wie man mit dem Pitril die Nuß zerstampfte und zermahlte. Nachdem er sich davon überzeugt hatte, daß ich leidlich mit dem Gerät umzugehen verstand, sagte er nur: »Wenn alle Nüsse gemahlen sind, gibt es etwas zu essen«, und verschwand.
Ich weiß nicht mehr, wie viele Nüsse, Knochen, Kerne, Kohlen, Steine, Samen und was sonst noch alles ich in den ersten zehn Jahren meines Lebens zermahlen habe. Früh am Morgen wurde ich geweckt, bekam eine Tasse heiße Milch und ein Stück Brot und verbrachte dann den ganzen Tag in der Werkstatt des Apothekers damit, irgendwelche Dinge zu

zermahlen. Als ich älter wurde, schärfte Bollier, so nannte er sich, mir ein, niemals irgend jemandem mitzuteilen, was für Stoffe und Materialien er mir zu zermahlen gab. Ich hielt natürlich Wort, machte mir jedoch später aus der Erinnerung viele Notizen über Rezepte und Techniken, die mir bei meiner eigenen Arbeit sehr zustatten kamen.

Bollier muß sich wohl gedacht haben, daß er in der Kirche einen guten Fang gemacht habe. Ich hatte eine geschickte Hand, und neben der mühseligen Zubereitung der Pulver und Öle ließ er mich auch allerlei Werkzeuge und Instrumente zeichnen, die ihm bei der Arbeit in den Sinn kamen, die er jedoch selber nicht in Striche und Linien zu übersetzen vermochte. Manchmal kam er aus dem Laden in die Werkstatt gelaufen und diktierte mir eine seiner Erfindungen direkt aufs Pergament. Er beschrieb mir die Funktionsweise und die Form des Werkzeugs, das er brauchte, und ich übertrug, begleitet von seinen ungeduldigen Zwischenrufen wie »Länger!, Breiter!, Mehr gekrümmt!« die Idee in ein Bild, das er dann zu einem Schmied brachte, um mit diesem die Einzelheiten und Kosten der Herstellung zu besprechen.

Bollier war in der ganzen Stadt bekannt für seine Werkzeuge, und auch sein Gehilfe wurde bisweilen erwähnt, der so vorzüglich die Ideen seines Herrn in Zeichnungen umzusetzen verstand, daß es nur noch eines geschickten Schmieds oder Schreiners bedurfte, um die Zangen und Zwingen herzustellen, die aus Bolliers unablässig arbeitender Imagination entstanden. La Rochelle, das seinen Namen dem Umstand verdankte, daß es auf einem schier unerschöpflichen Steinuntergrund angesiedelt war, besaß eine florierende Kohle- und Kalkbrennerindustrie. Entlang der Ringmauern grub man stets neue Kohle- und Kalkvorkommen aus, die dort sogleich gebrannt wurden. Bollier interessierte sich sehr für diese Technik der Kalkgewinnung, wie er überhaupt für alles Interesse zeigte, von dem man sich auch nur im entferntesten vorstellen konnte, daß ein Gewinn damit zu erzielen wäre. Er studierte jeden Handschlag und jede Verrichtung des Brennverfahrens, und wenn ihm eine Idee kam, wie man einen Vorgang vereinfachen oder besser ausführen konnte, so eilte er in die Werkstatt und hieß mich seine Pläne auf Papier zu bannen.

Was mich betraf, so war ich es bald leid, immer nur Werkzeuge und

Schmelzvorrichtungen zu zeichnen. Ich spürte bereits, daß die Zeichnungen in mir eine Leidenschaft entfesselt hatten, die mit jedem Schlag meines Herzens gegenwärtig war und an Stärke zunahm. Immer öfter legte ich, wenn ich unbeobachtet war, die leidigen Steintöpfe zur Seite und zeichnete. Sobald ich damit begann, eine Form vor mir daraufhin abzumessen, wie ich sie auf dem Papier wiedergeben konnte, vergaß ich alles, was um mich herum vor sich ging. Nichts erschien mir geheimnisvoller, als sämtliche Schattierungen des Faltenwurfs eines Rockes, der neben der Tür achtlos über einen Stuhl geworfen war, mit dem Zeichenstift zu verfolgen. Welch zahllose Einzelheiten verbargen sich in diesem einfachen Gegenstand. Das satte Indigoblau, das in den Wölbungen in tiefes Schwarz überging, die feine Maserung des Stoffes, der ziselierte Saum, die Art und Weise, wie der Kragen aus der Halskrause ragte, die ihrerseits unter einem Pelzbesatz verschwand, den immer wieder zu betrachten ich nicht müde wurde. Ich zeichnete alles, was mir vor die Augen kam. Wie flüchtig hatte ich die Welt betrachtet! Alles, was mich umgab, hatte ich nur mit einem oberflächlichen Blick gestreift. Nur wenn ich zeichnete, nur wenn ich den Formen und Farben hinterherspürte, hatte ich überhaupt einen Kontakt mit den Dingen.

Es blieb nicht aus, daß Bollier auf mein Treiben aufmerksam wurde, und es kam zu einer ersten großen Auseinandersetzung, als er meine Zeichnungen entdeckte. Ausgestattet mit einer Krämerseele, sah er keinen Sinn darin, Mäntel oder Gräser zu zeichnen, wenn man mit der Zeichnung eines guten Werkzeuges gleich ein paar Geldstücke verdienen konnte. Ich konnte ihm auch nicht erklären, warum ich diese Zeichnungen anfertigen mußte, woraufhin er sie kurzerhand ins Feuer warf und mir zu verstehen gab, ich solle künftig von derartigen Beschäftigungen absehen. Ich verzog keine Miene, obwohl ich innerlich mit der Versuchung rang, Bollier selbst ins Feuer zu stoßen.

Nach geraumer Zeit legte sich mein Zorn. Ich blieb, wo ich war, und dies auch aus dem einfachen Grunde, daß ich überhaupt nicht wußte, wohin ich hätte gehen sollen. Schon die Durchquerung der La Rochelle vorgelagerten Sümpfe flößte mir Grauen ein. Ganz Frankreich lag im Krieg. Überall zogen Truppen durch das Land, und die Greuel, über die berichtet wurde, konnten einem jeden Mut rauben, die Stadt zu verlassen. Ich besaß allein, was ich auf dem Leibe trug, denn von dem Geld, das Bollier mit meinen Zeichnungen verdiente, bekam ich nichts zu sehen. Er betrachtete diese Einnahmequelle wohl als gerechte Entschädigung dafür, daß er mich in sein Haus aufgenommen hatte. Je länger ich darüber nachdachte, desto mehr stieg in mir Wut über mein Schicksal auf. Ich neidete ihm nicht das Geld. Ich war ihm zu Dank verpflichtet und auch einverstanden damit, daß er sich auf diesem Umwege für seine Mühen mit mir entlohnte. Aber ich spürte, daß er mich in seiner Werkstatt festketten wollte, damit ich ihm Jahr um Jahr Zeichnungen von Werkzeugen anfertigte. In mir jedoch wuchs ein gewaltiger, nicht aufzuhaltender Drang nach Gestaltung. Alles, was ich sah, formte sich mir unmittelbar zu einer Ordnung von Linien, Rundungen und Abständen. Wenn ein Gegenstand meinen Blick auf sich zog, so nur, um von diesem Blick sofort zerlegt und neu zusammengesetzt zu werden. Die Dinge erschienen mir nur insofern interessant, als ich sie mit meinem Stift auf dem Papier nachformen konnte, um sie und das Geheimnis um ihre Schönheit völlig neu zu gestalten.

So folgte ich meiner Leidenschaft im geheimen. Da ich jeden Moment damit rechnen mußte, von Bollier entdeckt zu werden, hatte ich mir angewöhnt, sehr schnell zu zeichnen. Wenn ich ihn draußen hantieren hörte oder er mit einem Kunden über irgendeine Mixtur beriet, zog ich schnell meinen Skizzenblock hervor und zeichnete mit raschen, sicheren Strichen den nächstbesten Gegenstand, der mir vor Augen kam. Das konnte ein Schuh sein oder meine eigene Hand oder das Gesicht eines Menschen, der eben draußen vorbeigegangen war. Kaum verstummten die Geräusche im Laden, ließ ich augenblicklich die Zeichnung verschwinden.

Dieser Fähigkeit, schnell und genau zu zeichnen, hatte ich es schließlich zu verdanken, daß ich aus Bolliers Haus entkommen konnte. Alles, was ich bei ihm gelernt habe, hat mir später unschätzbare Dienste erwiesen, und es bekümmert mich, daß ich ihn so schmählich verlassen mußte. Aber im Grunde hatte er mich immer nur ausgebeutet. Er hatte mich aus der Kirche geholt, weil er einen billigen Gehilfen brauchte. Seine Wahl war nur deshalb auf mich gefallen, weil ich das älteste und damit das größte Waisenkind war und er somit keine Zeit darauf zu verschwenden brauchte, mir erst noch das Laufen beizubringen. Er konnte mich sofort in seine Werkstatt stecken, und dort säße ich heute noch, beschäftigt mit dem Zerstampfen von Leinsamen und dem gelegentlichen Zeichnen eines Gewindestücks, wenn nicht eines Tages ein gewisser Ballerini in der Stadt erschienen wäre.

Ich hörte seinen Namen zum erstenmal von Bollier, der in heller Aufregung vom Hafen zurückkehrte und berichtete, dort sei ein Mann angekommen, der zu den berühmtesten Chirurgen der Welt gehöre. Aus Padua stamme er oder vielleicht auch aus dem Orient, was keiner so genau wisse. Jedenfalls habe er in Padua studiert und schon dort Ruhm und Ehre geerntet für seine Gelehrtheit und Geschicklichkeit. Gleich nach seiner Ankunft hatte er einigen Bürgern Geschwüre weggeschnitten, und dies mit solchem Geschick, daß nach einhelliger Meinung aller Zuschauer kein Tropfen Blut geflossen war. Dann habe er mit einer neuartigen Zange einen Hauptmann von zwei entzündeten Zähnen befreit und dies so kunstfertig getan, daß der Hauptmann noch mit offenem Mund erwartungsvoll dasaß, als Ballerini längst fertig war, und man konnte nicht unterscheiden, ob das Gelächter der Umstehenden dem Hauptmann galt, der verdutzt den Arzt anstarrte, oder der Freude darüber, daß man solch einen geschickten Wundheiler in der Stadt hatte. Von allen Seiten kamen die Menschen herbei, um sich behandeln zu lassen, und mit jedem Tag rankten sich phantastischere Gerüchte um diesen großen Schüler des Hippokrates, so daß man am Ende den Eindruck hatte, der leibhaftige himmlische Vater sei im Hafen von La Rochelle abgestiegen, um von dort aus die Gesundung der Welt einzuleiten.

Bollier wollte es sich um nichts in der Welt nehmen lassen, diesen Genius der Heilkunst bei sich zu bewirten, und so geschah es, daß an einem Junitag im Jahre 1586 der große Giaccomo Ballerini an unserem Tisch zu Mittag speiste, während draußen vor dem Haus die Nachbarschaft zusammenströmte, um den berühmten Mann zu sehen. Bollier zeigte ihm stolz seine Apotheke, und die beiden riefen sich eine Menge lateinischer Namen zu, die außer ihnen keiner verstand. Ballerini interessierte sich besonders für die Werkzeuge, die Bollier hergestellt hatte, und als Bollier ihm die Zeichnungen der Instrumente zeigte, da fiel der Blick des Italieners plötzlich auf mich, und er sprach: »Ich höre, du bist ein begabter Zeichner. Was ich hier sehe, stellt mich sehr zufrieden. Übe deine Kunst, denn es gibt nicht viele, die so scharf zu beobachten verstehen und zudem mit der Begabung ausgestattet sind, diese Beobachtungen so wohlgefällig wiederzugeben.« Mit diesen Worten wollte er sich abwenden. Wie ein Blitz durchfuhr mich plötzlich der Eindruck, daß vor mir die Göttin Fortuna stand in der Verkleidung dieses hochgewachsenen und edlen Menschen, und ohne daß ich noch wußte, aus welcher Seelentiefe mir die Worte entschlüpften, rief ich ihm zu: »Herr, so nehmt mich mit Euch, damit ich Euch dienen kann mit meiner Kunst.«

Kein Falke stürzt so schnell vom Himmel, wie Bolliers Hand auf mich niederschlug. Als ich mich von der Ohrfeige wieder erholt hatte, war die Versammlung schon ins Haus zurückgekehrt. Ich war wie gelähmt vor Wut und mußte mit all meiner Kraft gegen die Versuchung ankämpfen, ihnen hinterherzueilen, Bollier zu Boden zu werfen und ihm mit meinen bloßen Händen sein grausames Herz aus der Brust zu reißen. Mehr noch als der brennende Schmerz auf meiner Wange versetzte mich die Erniedrigung, die er mir vor allen Umstehenden zugefügt hatte, in kalt glühende Raserei. Doch irgendein Instinkt befahl mir, nichts von dem zu tun, was mein Herz mir gebot, und statt dessen meinen Verstand zu gebrauchen. All mein blinder Groll und Zorn machte plötzlich einem Einfall Platz. Ich nahm einen Bogen Papier zur Hand, und während die Gesellschaft das Mittagessen zu sich nahm und der berühmte Ballerini sich von dem miserablen kleinen Apotheker Bollier bewirten ließ, zeichnete ich in fieberhafter Eile ein Porträt des Chirurgen, so wie es mir in dem kurzen Augenblick, da er zu mir gesprochen hatte, in Erinnerung geblieben war.

Ich brauchte nur etwa eine halbe Stunde dafür und war danach selbst erstaunt über das Ergebnis. Nur selten sind mir solche Porträts später so schnell wieder gelungen, und es scheint etwas Wahres daran zu sein, daß im Begeisterungsfeuer naiver Anfänger Dinge entstehen können, die ein Meister selbst nach Jahren der Perfektion und Beherrschung nicht wieder zu erreichen vermag. Selbst der große Michelangelo hat auf seinem Karton, auf dem er das badende Volk überrascht aus dem Arno heraus und zu den Waffen springen läßt, eine Darstellungskraft gefunden, die er

später nie wieder erreichte. Und wenn ich auch weit davon entfernt bin, mich mit diesem größten aller sterblichen Künstler vergleichen zu dürfen, so verbindet mich mit ihm doch das Wissen darum, daß wir mit den Jahren zwar klüger und kunstfertiger werden können, doch kein noch so langes Studium und kein noch so eifriges Bemühen die Grazie wiederzubringen vermag, die der unbewußten Jugend im Schlaf gelingt.
Als ich hörte, daß der Arzt aufbrechen wollte, huschte ich zwischen den Umstehenden hindurch, kniete vor ihm nieder, und noch bevor Bollier dazwischentreten konnte, überreichte ich ihm die Zeichnung. Von allen Seiten hörte ich anerkennende Kommentare. Bollier war hin- und hergerissen zwischen der Freude über die schmeichelhaften Bemerkungen des Arztes und seinem Zorn darüber, daß ich seinen Gast belästigte mit meinen Schmierereien. Er hatte längst durchschaut, was ich mit meinem Verhalten bezweckte, und wartete nur darauf, bis die Menge sich verlaufen hatte, um mir auf seine Weise zu sagen, was er von meinem Betragen hielt. Ich fürchte, er hätte mich totgeschlagen oder mir beide Beine gebrochen, um mich am Weggehen zu hindern, wenn Ballerini mir das Bild nicht schließlich zurückgegeben hätte mit den Worten: »Bleibe bei deinen Instrumenten. Solche Zeichnungen nähren bestenfalls Ruhm, füllen aber keinen Magen.« Und im gleichen Augenblick, da er das Haus verließ, umschloß eine kalte, feste Hand mein Genick und zog mich beiseite in ein abseits gelegenes Zimmer.
Die Wochen, die auf diesen Zwischenfall folgten, waren die schlimmsten meines Lebens. Bollier schlug so lange auf mich ein, daß mich diejenigen, die mich danach überhaupt zu Gesicht bekamen, für ein Gespenst hielten. Er unterbrach seine Züchtigungen erst, als ihm dämmerte, daß ein halbtoter Werkstattgehilfe recht nutzlos ist. So hielt er mich, mit dem Notwendigsten versorgt, in seiner Werkstatt eingesperrt. Nur einen Steinwurf von hier entfernt, wo ich jetzt sitze und diese lange zurückliegenden Ereignisse beschreibe, hockte ich in meinem sechzehnten Jahr, geschunden und eingesperrt wie ein Hund, den Blick auf das Fenster gerichtet und auf den Brunnen, den ich auch von hier aus sehen kann. Den ganzen Juli und August hindurch verließ ich das Haus nicht und fristete meine Tage in der stickigen, dämmerigen Werkstatt, während draußen die Gassen in der Sommerhitze verödet dalagen.

Ich dachte über das üble Los nach, das mein Geschick mir zugewiesen hatte, und an meinen armen Vater, den ich nie gekannt hatte und dessen Asche der Wind durch die Vorstädte von Paris blies. Ich dachte an meine Mutter, die wenige Schritte vor der Stadt in ihrem Graben bei den Würmern wohnte und von der kalten Erde mehr Wärme und Ruhe sich erhoffen durfte als von dieser pest- und kriegsdurchtobten Welt, in der wir umherirren und uns nur insofern vom Ungeziefer unterscheiden, als wir den Kopf zu heben vermögen, um den Himmel um Gnade anzuflehen. Jede Bewegung tat mir weh. Das ewige Herumsitzen im Halbdunkel schläferte meine Sinne ein. Meine Hoffnung, jemals aus diesem verfluchten Hause entkommen zu können, schien eitle Träumerei. Ich war niemand und besaß nichts.

O Herr, hätte mir das Schicksal wenigstens einen Namen und ein Stück Boden unter den Füßen geschenkt, so wäre ich niemals in jenes Räderwerk geraten, in das mein Ehrgeiz mich getrieben hat.

Eines Tages im September klopfte ein Straßenjunge an das Fenster der Werkstatt. Kaum hatte ich geöffnet, schnellte seine Hand nach vorn und griff nach meiner Brust. Ich erschrak, wich zurück und stieß einige Verwünschungen aus, bis ich bemerkte, daß er einen Zettel in mein Hemd hatte fallen lassen. Ich schrie ihm noch einige Beleidigungen hinterher, um keinen Verdacht aufkommen zu lassen, schloß dann das Fenster und wartete bis zum Abend, um ungestört den Zettel zu lesen. Diese Vorsichtsmaßnahme hätte mich fast die Flucht gekostet. Es war bereits neun Uhr, als ich den Zettel glattgestrichen und überflogen hatte: »Die Wissenschaft rastet nicht und folgt dem wassergefüllten Sarg von St. Severin.«

Ich wußte sofort, was das zu bedeuten hatte. Mein Entschluß stand fest. Lieber sterben, als in dieser Werkstatt schwindsüchtig werden und die Tage damit zu verbringen, Leinsamen zu zerstampfen. Ich zog meine Schuhe aus und steckte sie geräuschlos in eine Ledertasche, die Bollier zum Kräutersammeln benutzte und auf einem Stuhl abgestellt hatte. Es war der einzige Gegenstand, den ich aus dem Haus entwendete und den ich Jahre später zurückbringen sollte.

Das Wetter war mild, so daß ich keine schwere Kleidung mitzunehmen brauchte. Es wäre auch kaum möglich gewesen, die Schränke zu durchwühlen, ohne die Aufmerksamkeit der Bewohner zu erregen. Bollier war nicht da. Vermutlich saß er in der Schenke an der Ecke und erzählte zum hundertstenmal die Geschichte, wie er den großen Ballerini bei sich bewirtet hatte. Seine Frau schlief, und das Gesinde hatte sich bei Einbruch der Dunkelheit in die Gassen verlaufen oder trieb sich auf den Plätzen herum. Ich war bereits an der Werkstatttür angelangt, die in den Hof führte, kehrte dann aber noch einmal in die Schlafkammer zurück, legte eine Hose und ein Hemd über den Stuhl, stellte meine Schuhe daneben, wickelte ein schwarzes Tuch so zusammen, daß es in etwa die Form eines Kopfes hatte, und staffierte das Bett zweckdienlich aus, damit von weitem der Eindruck entstand, daß jemand darin schlafe. Dann schlich ich wieder nach unten.

Die Wohnräume lagen in völliger Dunkelheit, aber ich kannte jeden Winkel meines Gefängnisses. Im Nu war ich am Eßtisch vorbei, glitt durch die Tür ins Kontor und am Tresen vorbei durch die Öffnung, die in die Werkstatt führte. Hier mußte ich vorsichtiger sein, denn es lagen überall Geräte und Behälter herum, die großen Lärm verursacht hätten, wenn ich dagegen gestoßen wäre. Die Hände suchend nach vorne gestreckt, tastete ich mit den Zehen vorsichtig über den kalten Lehmboden, und ich glaubte ernsthaft, mein Herz habe zu schlagen aufgehört, als meine Hand plötzlich in der Dunkelheit gegen etwas Weiches stieß und augenblicklich von einer fremden Hand umschlossen wurde. Bevor ich noch einen Schrei des Entsetzens ausstoßen konnten, spürte ich, wie eine andere Hand sich auf meinen Mund legte, und mit einer gleichsam fürsorglichen Wucht umfing mich der unbekannte Körper und nahm mir jede Möglichkeit, mich zu bewegen. Es waren jedoch nicht Bolliers Hände, die hier in der Dunkelheit nach mir griffen. Gelähmt vor Schreck und Entsetzen, spürte ich doch keine Gefahr, und als die Hände von mir abließen und kurz darauf der Lichtschein einer Öllampe das Zimmer erhellte, erblickte ich vor mir das müde, abgehärmte Gesicht von Bolliers Frau.

Sie sprach kein Wort, betrachtete mich nur. Ich war nicht fähig, auch nur ein Wort zu stammeln. Mit einem Sinn, der nur den Frauen eigen ist, mußte sie gespürt haben, daß ich fortlaufen wollte. Aber sie hatte nicht Alarm geschlagen, sondern mich hier im Dunkeln überrascht.

Doch wozu? Ich kam nicht mehr dazu, lange über diese Frage nachzudenken, und es bleibt hier nur mitzuteilen, daß ich sie damals, wenn sie nur den leisesten Anschein erweckt hätte, mich verraten oder aufhalten zu wollen, ohne zu zögern erwürgt hätte. Gott wird mich eines Tages für diesen Gedanken strafen, denn sie, gleich einem Engel, der aus der Maske eines bösen alten Weibes schlüpft, drückte mich nur fest an sich, steckte mir dann einen kleinen Beutel zu und führte mich zur Eingangstür, die sie lautlos entriegelte. »Gott sei mit dir«, flüsterte sie und schob mich sanft hinaus in die mondhelle Nacht, während mir vor Scham Tränen in die Augen schossen.

Ich beeilte mich, durch die engen Gassen zum Hafen zu kommen. Den Weg am Rathaus vorbei und über den Marktplatz hinweg mußte ich meiden, obwohl es der schnellste Weg gewesen wäre. Aber die Pforten zum Hafen hin, der dort gegen die Stadt mit einer Mauer bewehrt war, wären ohnehin geschlossen gewesen. An der Nordseite der Stadt jedoch war die Mauer noch nicht vollendet, und hier hatte ich nur eine kleine Einfriedung zu passieren, die um diese Zeit menschenleer und unbewacht sein würde. Im Schutz der Dunkelheit erreichte ich den Platz und sah vor mir die Windmühle, die sich gegen den Nachthimmel abzeichnete. Nicht weit davon entfernt erblickte ich auch schon den Laternenturm, der den Hafen ankündigte. Die frische Luft des Ozeans blies mir um den Kopf. Es war Vollmond. Die Flut stand hoch und füllte den Hafen mit Wasser. Die Schiffe wiegten sich erwartungsvoll im leichten Seegang.

Erst jetzt kam mir zu Bewußtsein, daß ich im Begriff stand, mich auf ein Schiff zu begeben, das über das Meer fahren sollte, und ein kaltes Entsetzen durchfuhr mich. In einem solchen winzigen Holzgefährt sollte ich mich in das gewaltige, flüssige Niemandsland begeben? Fast hätte mich diese Aussicht dazu verleitet, schon hier mein Unternehmen abzubrechen, doch der Gedanke an Bolliers Werkstatt erfüllte mich mit noch weitaus größerem Entsetzen, und so fragte ich mich zu den Schiffen durch, die nach Bordeaux ausfahren sollten – denn daß es nach Bordeaux ging, das hatte ich in Ballerinis Mitteilung sofort entdeckt.

Der Zweimaster, den man mir beschrieben hatte, lag fest vertäut an der

Anlegestelle. Der Kai war leergeräumt, die Ladung befand sich längst an Bord, und das niederländische Schiff wartete nur den Höhepunkt der Flut ab, um mit der einsetzenden Ebbe auszulaufen. Ballerini befand sich wahrscheinlich bereits an Bord. Allerdings konnte ich nicht erkennen, ob die Mannschaft überhaupt auf dem Posten war. Der Holzsteg, der vom Kai auf das Schiff führte, war leer und unbewacht. Mit zwei kurzen Sprüngen war ich darüber hinweg, und ehe noch zwei Wellen gegen die Hafenmauer geschlagen hatten, kauerte ich bereits hinter einem Haufen Fässer, die unweit des Bugs an der Backbordseite des Schiffes festgezurrt waren.

Ich weiß nicht, was mich zu diesen Heimlichkeiten bewog. Ballerini hatte mir schließlich zu verstehen gegeben, daß er mich mitzunehmen gedachte. Doch ich war so aufgeregt und derart von der Furcht beseelt, daß im letzten Moment doch noch etwas dazwischenkommen konnte, daß ich fest entschlossen war, mich erst dann zu zeigen, wenn die Stadt, in der ich fast mein ganzes bisheriges Leben als Gefangener verbracht hatte, außer Sichtweite sein würde. Ich kauerte in meinem Versteck und wartete darauf, daß mit den Auslaufvorbereitungen begonnen wurde. Aber nichts geschah. Angestrengt achtete ich auf jedes Geräusch und jede Bewegung, die ich von meinem Versteck aus beobachten konnte, doch die Zeit verging, ohne daß sich etwas ereignete. Schließlich übermannte mich die Müdigkeit, und umgeben vom Geruch weingetränkten Holzes, der den Fässern entströmte, schlummerte ich ein.

So angenehm mein Einschlafen vom Duft vergorener Trauben begleitet war, so unangenehm war mein Erwachen, in kaltes Salzwasser getaucht, das von allen Seiten auf mich hereinbrach. Vor Schreck sprang ich auf und wäre wohl über die Reling und dort in mein sicheres Verderben gestürzt, wenn mich nicht eine Hand ergriffen und hinter den Fässern hervor, über die Planken hinweg zur Schiffsmitte gezogen hätte. Ehe ich mich versah, war ich von einer Gruppe Matrosen umstellt, die mich, ein mir völlig unverständliches Kauderwelsch johlend, mit Fußtritten traktierten, daß mir Hören und Sehen vergehen wollte. Schließlich ließen sie von mir ab, richteten mich auf, und als ich die Augen öffnete, blickte ich in das wutentbrannte Gesicht eines bärtigen Menschen, aus dessen Mund mir nicht nur Aaseshauch, sondern überdies eine Flut kehliger

Zorneslaute entgegenschlug. Auf jedes empörte Gurgeln, das aus der Kloake seines Rachens heraufstieg und mich ebensosehr in ungläubiges Staunen wie auch in einen Zustand höchsten Ekels versetzte, ließ er eine schallende Ohrfeige erfolgen, unter deren Wucht mein Kopf abwechselnd nach links und rechts flog. Diese tätliche Entladung seiner Gereiztheit schien seinen Zorn jedoch keineswegs zu lindern, sondern ließ nur geschwürartig immer weitere Wort- und Fluchpusteln im Abort seiner Kehle platzen, von wo sie sich – umschwebt von Afterdünsten – über mich ergossen. Ich dachte nicht anders, als daß der Jüngste Tag herangekommen sei und vor mir ein Höllenfürst stehe, der meine Sünden und Strafen herunterbetete. Es handelte sich aber nur um einen stinkenden holländischen Maat, der glücklicherweise von mir abließ, als zwei weitere Personen hinzutraten, um mich aus dieser vorgezogenen Verdammnis zu erlösen.

Ich hörte Ballerini auf den Kapitän einreden, der wiederum dem Maat in den Arm fiel und mit einigen barschen Worten die Matrosen auseinandertrieb, worauf diese, enttäuscht darüber, daß das schöne Schauspiel bereits sein Ende erreicht hatte, sich über das Schiff verstreuten. Ballerini und der Kapitän wechselten einige Worte, die ich nicht verstand. Dann verschwand der Kapitän, und ich wurde unter Deck geführt, wo der Chirurg eine Kabine hatte.

Als ich mich gesetzt hatte, reichte er mir ein Tuch, damit ich mich abtrocknen konnte, und als dies geschehen war, gab er mir ein Stück Brot und etwas Wein in einem Tonbecher. Er schien belustigt darüber, wie ich plötzlich auf dem Schiff aufgetaucht war. Er hatte wohl nicht mehr mit mir gerechnet, nachdem ich ihn am Abend im Hafen nicht aufgesucht hatte, und war nun um so mehr überrascht, mich wider Erwarten doch auf seinem Weg zu finden. Jetzt schien er zufrieden zu sein, daß es ihm gelungen war, den blinden Passagier, den man üblicherweise zu den Fischen wirft, auf dem Trockenen zu behalten. Er sah mir zu, wie ich das Brot kaute, schenkte mir noch etwas Wein ein und wies mich an, die Kabine nicht zu verlassen. Dann ging er nach draußen, um dem Kapitän mein Fährgeld zu entrichten.

Während der kurzen Reise bis Bordeaux blieb ich in der Kabine. Ich verspürte wenig Neigung, die Mitglieder der Mannschaft wiederzusehen, die mir so übel mitgespielt hatten, und ich war froh, als wir im Hafen endlich von Bord gingen und diesen seltsam daherredenden Kreaturen den Rücken kehren konnten. Kaum war ich an Land, umfing mich das bunte Treiben des Hafens. Menschen aus aller Herren Länder strömten durch die Straßen der Stadt, von der man sagte, sie beherberge mehr als dreißigtausend Menschen. Die Gassen waren breiter als die meiner Heimatstadt, und wir überquerten eine Reihe prächtig angelegter Plätze, bis wir zu einem Gasthaus gelangten, wo Ballerini sich für die Nacht einzuquartieren gedachte. Er entließ mich bis zum Abend, da er einige Geschäfte zu erledigen hatte, und so durchstreifte ich Bordeaux, noch ganz benommen von der Tatsache, daß meine Flucht geglückt und ich dem üblen Los, das mir zugedacht schien, entkommen war. Ich wußte ja noch nicht, zu welchem Zwecke Ballerini mich überhaupt mitgenommen hatte, und so genoß ich unbeschwert die Eindrücke, die sich mir darboten.

Ich stieg auf den Schirmplatz und schlenderte zwischen den mächtigen römischen Säulen umher, die von dem gewaltigen Bauwerk zeugten, das hier einst gestanden hatte. Ich erklomm sogar den Garten, der sich oben auf den Säulen befand, und machte einige Skizzen von den Stukkaturen. Als ich den Blick nach Osten schweifen ließ, sah ich in einiger Entfernung die Kirche von St. Severin liegen. Ballerinis Notiz kam mir wieder in den Sinn, und ich beschloß, in den Kirchgarten zu gehen, um der Legende nachzuforschen. Man erzählte nämlich, in St. Severin sei der heilige Christus selbst in Gestalt eines Bischofs erschienen. Im Hof der Kirche stehen eine Menge steinerner Särge, die übereinandergestapelt und mit eisernen Klammern verbunden sind. Einer dieser Särge füllt sich bei Vollmond mit Wasser und trocknet dann langsam aus, bis er bei Neumond ganz trocken ist. Das Eigenartige ist, daß der Sarg gut vier Fuß über der Erde auf einem anderen ruht.

Als ich auf den Kirchhof gelangt war, hatte sich der Himmel im Westen bereits orange gefärbt. Aus den umliegenden Wiesen erklang tausendfach das Quaken von Fröschen und das Zirpen und Sirren unsichtbarer Insekten. Schwalben schossen zwischen dem Gemäuer hin und her und schwangen sich pfeilschnell zum Himmel hinauf. Von allen Seiten strömte der Duft von Gräsern und Blumen heran, der sich mit der

Abendfeuchtigkeit von den Pflanzen löste und die Luft mit einem schweren, herbstlichen Aroma erfüllte. Es war ganz still in der Einfriedung des Kirchhofes, und ich ging langsam an den kreuz und quer übereinandergeschichteten Steinsärgen entlang. Es waren einfache, ausgehöhlte Steinquader. Die Meißelspuren waren noch zu sehen, denn man hatte sich nicht die Mühe gemacht, den Stein zu polieren. Es war niemand da, den ich hätte fragen können, wie sie hierhergelangt waren.

Ich kletterte über die oberen Särge hinweg, und zu meinem Erstaunen stieß ich tatsächlich auf einen, der bis auf eine Handbreit unter dem Rand mit Wasser gefüllt war. Ich ließ meine Hände hineingleiten und sah, wie mein Spiegelbild in den Wellen verrann und langsam wieder Gestalt gewann. So saß ich lange an diesem Sarg des St. Severin, betete still und dankte Gott für meine Errettung.

Als ich in die Stadt zurückkehrte, fand ich Ballerini im Gasthaus damit beschäftigt, mit einigen Fuhrleuten zu verhandeln, die uns auf unserer Weiterreise begleiten sollten. Wie ich dem Gespräch entnehmen konnte, sollten sie uns bis Toulouse begleiten. Dort würden wir einige Tage verweilen und dann unseren Weg durch die Rouergue fortsetzen bis Montpellier. Viel war die Rede von den Gefahren und den marodierenden Banden, die durch die Lande zogen und unbehelligt Reisende ausraubten, so daß es an Selbstmord grenze, eine so lange Reise ohne bewaffnete Begleitung zu unternehmen. Den Fuhrleuten, die zum Markt von Toulouse unterwegs waren, war es nur recht, daß sich ihnen noch ein zahlungskräftiger Reisender anschließen wollte, denn so konnte man eine stattliche Summe zusammenbekommen, um vier bewaffnete Gascogner zu bezahlen, die uns vor Überfällen und sonstigem Unheil schützen sollten.

Diese vier Waffenbrüder machten jedoch dem Ruf, den die Bevölkerung dieses Landesteils genießt, alle Ehre, denn wir waren kaum einige Stunden unterwegs, da hießen sie uns plötzlich anhalten und erklärten, wir mögen einen Augenblick warten, damit sie ein Stück voranreiten könnten, um die Sicherheit des Waldstückes zu prüfen, das wir nun gleich zu durchqueren hätten. Als sie nach einer Stunde nicht zurück

waren, setzte sich unser Zug in Bewegung, da wir dachten, sie würden uns wohl am Anfang des Waldstücks erwarten. Doch weder an den ersten Bäumen noch am Ausgang des Waldes trafen wir auf sie. Ihre Spuren, die eine Weile lang noch auf dem Weg erkennbar waren, verloren sich schließlich auf einer Lichtung im Unterholz.
Da gab es nicht wenig Geschrei in unserer Gruppe. Ein Spanier zerriß sich sogar das Hemd vor Wut und Verzweiflung, und wie so oft suchte man in Ermangelung der Übeltäter die Schuld beim Nächstbesten, dessen man habhaft werden konnte. Ehe man sich's versah, umringten einige aufgebrachte Kaufleute den Gewürzhändler, der die vier Geleitpersonen angeworben hatte, und drohten, ihn umgehend aufzuknüpfen, wenn er nicht für den Schaden aufkommen wolle. Nach langen Streitereien, in deren Verlauf dem armen Gewürzhändler die Lippe aufgeschlagen wurde, beruhigten sich schließlich die Gemüter wieder, und wir beeilten uns, nach Cadillac zu kommen, wo wir uns, klüger geworden, vom Hauptmann der Garde eine zuverlässige Eskorte besorgen ließen. Ballerini, der an der Schlichtung nicht unwesentlichen Anteil gehabt hatte, meinte, wir könnten noch von Glück sagen, daß sich die vier Tagediebe mit dem Geld begnügt hatten, das wir ihnen für unseren Schutz bezahlt hatten, und nicht auf den Gedanken gekommen waren, uns völlig auszurauben. Schließlich seien die Welt und ihre Bewohner so beschaffen, daß man sich nicht über ein Unglück wundern solle, sondern vielmehr darüber, daß es nicht schlimmer gekommen sei. Sei man aus einem Unheil halbwegs unversehrt hervorgegangen, solle man nicht mit Gott hadern, sondern dem Himmel danken, daß er wenigstens größeren Schaden verhütet habe.
Die Städte und Landschaften, die wir durchquerten, erschienen mir damals wie die Seiten eines rätselhaften Buches, auf die ein unendlich phantasiebegabter Autor die seltsamsten Gestalten und Erscheinungen gebannt hatte. In jedem Dorf und jeder Stadt gab es andere Trachten, Bauwerke und Sitten zu bestaunen. Aber auch links und rechts unseres Weges stießen wir auf sonderbare Erscheinungen. So erblickten wir eines Tages eine Herde Ochsen, die alle ein großes hölzernes Rad am Hals trugen. Als wir einen Bauern befragten, was es mit dieser eigenartigen Halskrause auf sich habe und ob es sich vielleicht um Ochsen handele,

die Adelsdiplome erhalten hätten und nun der Mode der europäischen Höfe folgten, erklärte man uns, diese Holzräder hinderten die Ochsen daran, sich zu lecken, wodurch ihr Fleisch ganz besonders zart gerate. Als wir dies vernommen hatten, bemerkten einige unter uns, daß es sich dann vermutlich umgekehrt verhalte und die Höflinge mit ihren Halskrausen wohl eher den Ochsen nacheiferten in der Hoffnung, ihre blassen Leiber geschmeidig zu halten.

Am zwölften Tag erreichten wir Toulouse. Schon aus weiter Ferne sahen wir im Abendlicht die rotgebrannten Ziegelmauern der Befestigungen, die so gewaltig sind, daß man den Eindruck gewinnt, im Heer des Agamemnon auf das uneinnehmbare Troja zuzureiten. Die Mauern der Stadt sind so fest gefügt, daß auch die wuchtigsten Geschosse in ihnen nicht viel mehr als die Spur ihrer eigenen Größe zu hinterlassen vermögen. Viele starke Ringmauern, Wälle und Bollwerke sind um die Stadt gelegt, die zudem durch einen tiefen Graben geschützt wird. Die Gassen, durch die wir alsbald zogen, waren mit scharfen, spitzen Steinen gepflastert, und man durfte sich glücklich schätzen, Schuhwerk zu besitzen.

Gar manch Bemerkenswertes wäre von der Stadt zu berichten, insbesondere von ihrem Markt, auf dem es alles Erdenkliche zu bewundern gab. Vor allem das berühmte Färberwaid, dem die Provinz so viel Reichtum zu verdanken hatte, war damals noch nicht vom Indigo verdrängt worden. In den Pastellmühlen wurden noch die gekneteten Isatisblätter gemahlen und zu harten Kugeln geformt, aus denen man eine schöne blaue Farbe gewinnen konnte. Ich hatte schon in Bolliers Werkstatt einige dieser Kugeln zu Gesicht bekommen, doch niemals zuvor hatte ich solche Mengen dieses einstmals so begehrten und heute fast vergessenen Farbstoffes gesehen.

Doch das Bemerkenswerteste dieses Aufenthaltes war, was sich am nächsten Tag ereignete. Wir saßen um die Mittagszeit in unserem Gasthaus, als sich plötzlich auf der Straße ein wildes Geschrei erhob. Im Nu hatte sich ein großer Menschenauflauf gebildet, aus dessen Mitte herzzerreißende Schreie zu hören waren, die das allgemeine aufgeregte Rufen durchschnitten. Ballerini sprang sofort auf und glitt behende durch das Menschenknäuel hindurch. Ich eilte ihm nach, und als ich mich schließlich durch die zusammengepferchten Leiber gedrängt hatte, sah ich Ballerini über ein kleines Mädchen gebeugt, dessen beide Beine unter einem gewaltigen Faß begraben lagen. Das Fuhrwerk, von dem das Faß herabgestürzt war, stand daneben und oben drauf der Fuhrmann, der bekümmert herabblickte. Einige kräftige Männer versuchten, das Faß aufzuheben, aber aufgrund seines immensen Gewichts gelang es ihnen nicht. Sie machten Anstalten, es vom Körper des Mädchens wegzurollen, doch Ballerini fuhr sie zornig an, ob sie durch solch ein Vorgehen vielleicht auch noch die Füße des Kindes zermalmen wollten? Er befahl ihnen, schnell zwei Keile heranzuschaffen, und als dies geschehen war, legte man sie links und rechts neben die Beine des Mädchens auf den Boden und rollte das Faß einige Zoll die Keile hinauf. Dann zog man das arme Kind unter dem Holz hervor.

Ballerini nahm es auf den Arm. Ich eilte vorweg, drängte die Menschen auseinander, und Ballerini folgte mir, auf den Armen das Kind, dessen zertrümmerte Beine vom Rumpf herabbaumelten wie die leblosen Glieder eines Gehenkten. Ein neuer Aufschrei ging durch die Menge, als wir in die Gaststube traten. Man sprang von den Tischen auf, fegte Teller und Becher zu Boden, und Ballerini legte das Kind auf einem der Tische ab.

Das Gesicht des Mädchens war kreideweiß. Die Augen hielt es starr auf den Arzt gerichtet, der in beruhigendem Ton auf es einsprach, um dem Kind zu versichern, daß alles gut werden würde. Ballerini ergriff ein weißes Tuch, welches er zwei der Umstehenden links und rechts des Tisches in die Hand gab damit sie es in Bauchhöhe des Mädchens so zwischen sich gespannt hielten, daß dem Kind der Blick auf seine Beine verwehrt war. Und während am oberen Ende des Tisches alles Erdenkliche getan wurde, um dem unglückseligen Mädchen Leib und Seele für das Bevorstehende zu stärken, schickte mich Ballerini los, seine Instrumententasche zu holen.

Als ich zurückkehrte, war vor dem Gasthaus erneut Tumult ausgebrochen. Die Mutter des Kindes war eingetroffen und gebärdete sich wie eine Wahnsinnige, um zu ihrer Tochter durchgelassen zu werden. Man ließ sie ein, und wunderbarerweise kam sie zur Besinnung, kaum daß sie das Ausmaß der Zerstörung gesehen hatte. Schützend legte sie ihre

Hände um den Kopf des Kindes und begann leise zu singen, so daß den Umstehenden vor Trauer und Mitleid die Augen naß wurden.

Ballerini hatte mittlerweile die zertrümmerten Gliedmaßen abgetastet, die bereits in den abscheulichsten Farben zu schillern begannen. Das Faß war beim Herunterfallen mit der Kante zuerst aufgeschlagen und hatte die Beine des Mädchens oberhalb der Knie völlig zermalmt. Dann war es umgestürzt, hatte sich auf die Seite gelegt und so auch noch die Schienbeine unter sich begraben. Aus der zerquetschten Masse von Haut, Muskeln und Knochenstückchen quoll Blut hervor und sickerte auf den Tisch. Arme und Oberschenkel des Mädchens waren nun am Tisch festgebunden, so daß die Schmerzensschreie bei jeder Berührung nur von einem schauderhaften Zucken des ganzen Körpers begleitet wurden. Mir wurde bang, als Ballerini eine Schere zur Hand nahm und bis in Höhe des Bauchnabels die Bekleidung wegschnitt. Als dies getan war, wusch er die Ausscheidungen ab, die sich aus dem angsterfüllten kleinen Körper überallhin ergossen hatten. Er zog einen zweiten Tisch heran, befahl dann, die Fesseln zu lösen, und ließ das Kind, das sich die ganze Zeit über in grausamen Schmerzen wand, erneut so über den beiden Tischen festbinden, daß die Oberschenkel in der Luft hingen. Als dies geschehen war, öffnete er seine Instrumententasche und schickte nach dem Priester.

Er winkte die Mutter heran und wechselte einige Worte mit ihr. Ich konnte nicht verstehen, was sie miteinander besprachen. Anscheinend stellte er ihr einige Fragen, woraufhin die verängstigte Frau den Kopf schüttelte. Plötzlich wich sie vor ihm zurück und starrte den Arzt entsetzt an. Ballerini wandte sich schroff von ihr ab, zuckte mit den Schultern und ging daran, seine Instrumententasche wieder zu schließen. Da stürzte die Frau vor ihm zu Boden, umklammerte seine Beine und flehte ihn an, doch nur alles zu tun, was in seiner Macht stehe, um ihre arme Tochter zu retten. Ballerini hob sie unsanft auf, zischte ihr zornig etwas ins Ohr, woraufhin die verzweifelte Frau nur immer wieder nickte und beteuerte, er könne alles haben, was er wünsche, er möge nur schnell seine Kunst anwenden, damit um Gottes willen ihr Kind gerettet werde.

Die ganze Szene dauerte nur etwa eine Minute, und ich konnte gar nicht begreifen, was sich zwischen den beiden abgespielt hatte. Ich hatte auch keine Zeit, noch lange darüber nachzudenken, denn nun ging ein Raunen durch die Menge, als der Chirurg seine Tasche wieder hervorholte und damit begann, seine Instrumente auf dem Tisch auszubreiten. Während er Hautmesser, Lederriemen und Brenneisen neben sich in Reichweite bereitlegte, befahl er, einen Kessel mit glühenden Kohlen herbeizuholen und die Brenneisen zu erhitzen. Ich betrachtete mit Verwunderung die Werkzeuge, die wie türkische Folterinstrumente aussahen. Die Messer staken in geschnitzten Holzgriffen, die unten jeweils in einem dicken Knauf endeten und auf diese Weise sicher in der Hand lagen. Die Klingen waren unterschiedlich lang und teils dünn und sichelförmig gebogen, teils liefen sie unterhalb der Spitze breit auseinander wie ein geschliffener Doppelsäbel. Die Brenneisen, die armlang waren und von Ballerini am Griff mit Tuch umwickelt wurden, unterschieden sich durch ihre Stempel. Eines war rund und breit, wie eine dicke Münze, und diente wohl dazu, die aufgeschnittenen Blutbahnen auszubrennen. Das andere Brenneisen, das den Knochen veröden sollte, war am Ende herzförmig gegossen und konnte somit in den aufgesägten Knochen eindringen und ihn mit seiner glühenden Hitze verschließen. Daneben lagen einige Zangen, die durch den Einfallsreichtum eines Werkzeugmachers zu feststellbaren Klammern geworden waren. Was jedoch den meisten Eindruck auf mich machte, war das unheilvoll glänzende Instrument, das in einem mit rotem Samt ausgeschlagenen Etui zum Vorschein kam. Zwei finster blickende Raubvögel hielten zwischen sich einen Rahmen aus gegossenem Eisen, in den eine lange, fein gezahnte Klinge eingespannt war. Ich konnte meine Augen lange nicht von den Ungeheuern abwenden, aus deren spitzen Schnäbeln gewundene Reptilienzungen herabhingen. Die beiden Köpfe zierten den Spannschaft der Säge, auf dem in großen Buchstaben PATERE UT SALVERIS geschrieben stand.

Der Priester traf ein in Begleitung zweier Bürger, die Ballerini vom Tisch wegdrängten. Was ihm einfalle, hier eine Operation zu veranstalten? Wer er sei, und ob er überhaupt Qualifikation vorweisen könne für das Amt, das er auszuüben im Begriff stehe? Ballerini nannte seinen Namen und Titel. Er sei auf dem Weg nach Montpellier, wo er auf

Einladung des bekannten Mediziners Saporta an der Universität die Kunst der Chirurgie unterrichten solle. Er sei zufällig zugegen gewesen, als sich dieser Unfall ereignet habe, und man möge nicht länger zögern, eine zwar traurige und bedauerliche, jedoch unverzichtbare Operation durchzuführen, da andernfalls das Leben des unglücklichen Kindes in wenigen Stunden dahin sei. Ob er beweisen könne, was er sage? Ballerini zog ein Schreiben hervor, und während die beiden Bürger den Brief studierten, brachte man den Kessel mit den glühenden Kohlen herein. Der Chirurg steckte die Brenneisen in die Esse und wandte sich dann dem Mädchen zu, das, nur halb bei Bewußtsein, die lateinischen Worte nachstammelte, die der Priester ihr vorsprach. Das Gesicht des Kindes war mittlerweile aschfahl. Schweißnasses schwarzes Haar fiel vom Kopf herunter über die Arme der Mutter, die das Haupt ihrer Tochter schützend umschlungen hielt. Je näher die Operation rückte, desto stiller, ja andachtsvoller wurde es im Raum. Der Priester murmelte seine Gebete, die beiden Bürger studierten Ballerinis Schreiben, die Kohlen knackten im Kessel und entließen dünne Rauchfäden.

Die beiden Bürger hatten den Brief gelesen, blickten sich ernst an und reichten ihn Ballerini zurück. Der zögerte keine weitere Sekunde, ergriff ein Messer und führte rasch einige Schnitte aus. Man hörte nur ein kurzes, dumpfes, klatschendes Geräusch, das sofort in einem gellenden Schrei unterging. Augenblicklich drehte Ballerini sich um und griff mit blutüberströmten Händen nach der Säge. Das vor Schmerz und Qual rasende Geschöpf wand sich in seinen Fesseln wie eine Furie, und in die Pause eines jeden Atemholens fraß sich das zerreißende Geräusch der drachenbesetzten Klinge. Ballerini arbeitete schnell und scheinbar unbeeindruckt von den grauenhaften Schreien des Kindes. Kaum hatte er das linke Bein entfernt, ließ er die Brenneisen heranbringen, drückte das rotglühende Metall auf die zahlreichen Stellen, aus denen zornig das Blut hervorschoß, und brachte sie nacheinander zum Versiegen. Der Raum füllte sich mit dem süßlich-fauligen Geruch verbrannten Fleisches, und als er daranging, das zweite Bein abzutrennen, da brach das Schreien des Kindes plötzlich ab, sein Kopf fiel zurück in die Arme der Mutter. Einige Minuten lang hörte man nichts anderes als das schmatzende Geräusch der Säge und kurz darauf das Zischen des heißen

Metalls, das jede aufgebrochene Blutbahn mit einem glühendheißen Kuß auf immer verschloß.
Nach einer halben Stunde war alles vorüber. Die Stümpfe staken in weißem Leinen. Das Kind war immer noch bewußtlos, doch sein Herz schlug, und es war nun eine Frage der Gnade Gottes und der Geschicklichkeit der Apotheker, ob das arme Geschöpf wieder erwachen und gesunden würde.
Wir verließen die Stadt noch am selben Tag. Ballerini befürchtete, es werde ihm übel ergehen, falls sich das Kind nicht erhole. Wir gingen in Richtung Castres davon, wanderten mit der Sonne im Rücken so lange weiter, bis unsere Schatten weit vor uns herliefen, und verbrachten die Nacht unter freiem Himmel. Am nächsten Tag schien wieder die Sonne, und gegen Mittag erreichten wir eine Lichtung, wo wir eine Pause einlegten. Ballerini befahl mir, es mir im Gras bequem zu machen. Ich ließ mein Bündel zu Boden fallen, legte mich daneben und ließ meinen Blick in das helle, mittägliche Blau des Himmels schweifen. Ich hörte, wie Ballerini neben mir mit seinem Gepäck beschäftigt war, ließ mich jedoch durch die Geräusche nicht aus meinen Träumereien reißen, bis er plötzlich das Wort an mich richtete.
»Auf, mein Junge, es wird Zeit, daß du zeigst, was du kannst.«
Ich drehte mich schläfrig zu ihm herum. Doch kaum hatte ich gesehen, was er da vor sich im Gras ausgebreitet hatte, wich ich entsetzt zurück. Dieser Teufel! Das hatte er der armen Frau also abgerungen in ihrer Not. Ich spürte ein Würgen im Hals, doch Ballerini sah mich streng und voller Unwillen an.
»Stell dich nicht so an. Los, an die Arbeit. So eine Gelegenheit bekommt man nicht alle Tage.«
Ich erwiderte noch immer ungläubig seinen Blick. Erst nachdem er mir mehrmals zugezwinkert und mit einigen Handbewegungen bedeutet hatte, daß ich meine Federn hervorholen solle, begriff ich, was er mit der Ungeheuerlichkeit, die da vor uns im Gras lag, vorhatte; und während ich von Ekel und Schauder geschüttelt Federn, Tinte und Papier aus meiner Tasche hervorholte, ging er bereits daran, bei den Zehen beginnend, mit feinen, wohlüberlegten Schnitten die abgetrennten Kinderbeine behutsam zu sezieren.

Sechs
Befragung des Marquis de Rosny

CHARLES LEFEBRE: Herr Marquis, Sie wissen, daß der König mich beauftragt hat, eine Untersuchung bezüglich der Todesumstände der Herzogin durchzuführen. Sind Sie bereit, uns einige Fragen zu beantworten?

ROSNY: Walten Sie Ihres Amtes.

C. L.: Wo befanden Sie sich zum Zeitpunkt des Todes der Herzogin von Beaufort?

ROSNY: Auf meinem Schloß Rosny, wohin ich mich für die Ostertage mit der Prinzessin von Orange und einigen anderen hochstehenden Persönlichkeiten begeben hatte.

C. L.: Sahen Sie die Herzogin vor Ihrer Abreise?

ROSNY: Ja. Ich verabschiedete mich von ihr bei Herrn Zamet, wo sie abgestiegen war.

C. L.: Wie verlief dieser Besuch?

ROSNY: Die Herzogin war leidend und durch ihre Schwangerschaft in Mitleidenschaft gezogen. Dennoch bezeigte sie sich mir sehr verbunden und bat mich sogleich, unsere alten Streitigkeiten zu vergessen. Sie selbst, so sagte sie mir, habe dies bereits getan.
Sie beteuerte, sie sei stets meine beste Freundin gewesen, und versicherte mich ihrer Freundschaft. Sie fügte hinzu, die großen Dienste, die ich dem König und dem Staat erbracht hätte, verpflichteten sie mehr als je zuvor, sich für mein Fortkommen einzusetzen. Genaueres hierzu wolle sie mir bei meiner Rückkehr auseinandersetzen, und sie versprach mir, künftig nichts zu unternehmen, ohne vorher meinen Rat eingeholt zu haben.

C. L.: Was erwiderten Sie auf dieses Entgegenkommen?

ROSNY: Ich dankte ihr sehr anständig, ohne jedoch durchscheinen zu lassen, daß ich ahnte, worauf sie anspielte, obgleich ich dies natürlich wußte.

C. L.: Die Herzogin spielte offenbar auf ihre baldige Eheschließung mit dem König an. Dieses Vorhaben war bekannt. Keiner wußte besser darüber Bescheid als Sie. Wie konnten Sie also vorgeben, nicht zu verstehen, was die Herzogin sagte?

ROSNY: Trotz des vorgerückten Stadiums dieser Angelegenheit glaubte ich nicht, daß die Absichten der Herzogin von Beaufort von Erfolg gekrönt sein würden. Ich war Zeuge der Schwankungen des Königs gewesen, der stets hin- und hergerissen war zwischen der Loyalität zu seinem Herzen und zu seinem Staat. Außerdem wußte ich aus drei Briefen, welche die Königin mir geschrieben hatte, daß sie fest entschlossen war, diese Eheschließung zu verhindern.

C. L.: Der König zweifelte nicht mehr. Er hatte eine Entscheidung getroffen, wie Sie wissen mußten, und was den Widerstand der Königin Margarete von Valois betrifft, könnten Sie uns die Briefe zeigen, die sie Ihnen geschrieben hat?

ROSNY: Hier ist der letzte. Die Königin sagt mit ihren eigenen Worten, ihr Zögern und Zweifeln sei darauf zurückzuführen, daß sie nicht willens sei, einer Frau von so zweifelhaftem Ruf ihren Platz zu überlassen.

C. L.: Ich muß Sie darauf hinweisen, daß dieser Brief, in dem man keinesfalls den Stil der Königin erkennen kann, völlig den Tatsachen widerspricht. Die Königin hatte der Scheidung zugestimmt und zur Einleitung des Verfahrens am 3. Februar 1599 eine entsprechende Ermächtigung unterzeichnet, die sechs Tage nach diesem Datum in Paris eintraf.

ROSNY: Dieses Schriftstück ist mir nicht bekannt.

C. L.: Das ist schwer vorstellbar angesichts Ihrer Stellung im königlichen Rat und des großen Vertrauens, das Sie bei Seiner Majestät genießen. Doch sagen Sie uns zunächst, ob Ihre Gemahlin, die Marquise de Rosny, nicht ebenfalls die Herzogin von Beaufort aufgesucht hat, um sich von ihr zu verabschieden.

ROSNY: Ich habe sie selbst geschickt.

C. L.: Was geschah bei dieser Zusammenkunft?

ROSNY: Die Herzogin empfing Madame de Rosny sehr freundschaftlich. Sie sagte ihr, daß sie sie liebhaben wolle wie ihre beste Freundin. Sie bat sie außerdem, sie ihrerseits zu lieben, ungezwungen mit ihr zu leben und, wenn es ihr Wunsch sei, bei ihrem Aufstehen und Zubettgehen zugegen zu sein.

C. L.: Welchen Eindruck machte dieses Begegnung auf Ihre Gemahlin?

ROSNY: Sie kehrte sehr zornig zurück. Sie fragte mich, ob die Marquise von Rosny die Freiheit, beim Aufstehen und Zubettgehen der Herzogin von Beaufort anwesend sein zu dürfen, für eine Ehre zu halten habe. Sie empfand das Angebot als beleidigend. Schließlich sei dies eine Ehre, die sie nur einer würdigen und tugendhaften Königin von Frankreich entgegenbringen könne.

C. L.: Was antworteten Sie Ihrer Gemahlin?

ROSNY: Ich sagte ihr, ich wisse wohl, was solche Reden zu bedeuten hätten, und daß ich zu einem anderen Zeitpunkt mehr darüber sagen würde. Doch sie solle sich vorsehen, in der Zwischenzeit zu niemandem darüber sprechen und ihre Gedanken für sich behalten, vor allem gegenüber der Prinzessin von Orange, die ein großes Interesse an der Sache zu haben glaubte.

C. L.: Ein Zeuge meint, noch andere Worte von Ihnen gehört zu haben.

ROSNY: Nun, ich fügte hinzu, daß man schon noch sehen werde, wie die Sache ausgehen werde und ob der Strick nicht reiße.

C. L.: Wir werden Sie gleich bitten, diese Worte zu erläutern, denn sie sind vieldeutig und lassen sich gar übel auslegen. Doch fahren wir zunächst mit Ihrer Aussage fort. Wie erfuhren Sie von Madame de Beauforts Tod?

ROSNY: Zwei Tage nach unserer Ankunft auf Schloß Rosny, am Samstag vor Ostern, sehr früh am Morgen vor Tagesanbruch, plauderte ich mit meiner Gemahlin, die noch zu Bette lag. Wir sprachen über die Hoffnungen der Madame Herzogin, sich mit dem König zu vermählen. Ich begann damit, ihr meine Gedanken auszubreiten, sprach von den großen Hindernissen, die meiner Ansicht nach einer solchen Eheschließung im Wege standen, und von den Nachteilen und Katastrophen, die sich zweifellos aus ihr ergeben würden. Plötzlich hörte ich die Türglocke, deren lange Kordel bis über den Graben reichte, und eine Stimme, die laut rief: »Im Namen des Königs! Im Namen des Königs!«

Ich befahl alsbald, die Brücke herabzulassen und die Tür zu öffnen. Als ich die Treppe herunterkam, traf ich auf einen Boten, der mir erregt mitteilte: »Monsieur, eine Botschaft des Königs. Ihr mögt Euch noch heute nach Fontainebleau begeben.«

»Jesus, mein Freund«, erwiderte ich, »ist der König krank?«

»Nein, Monsieur, aber er ist bekümmerter und erzürnter als jemals zuvor. Die Herzogin ist tot!«

»Die Herzogin ist tot«, entfuhr es mir. »Aber wie das? Welch eine rasche Krankheit hat sie denn dahingerafft? Und woher weiß er das? Komme er mit hinauf in mein Zimmer, zumal mich hier Trübnis umfängt, und bei einem Bissen, denn Hunger hat er sicher, erzählt er mir alles.«

Im Zimmer angekommen, berichtete uns der Bote, was er über den Tod der Herzogin wußte. Er war auf dem Weg nach Rosny durch Paris gekommen und hatte dort Herrn de la Varaine getroffen, der ihm einen Brief für mich mitgab.

C. L.: Wir werden Herrn de la Varaine gleich anhören. Doch vorher teilen Sie uns bitte mit, welche Worte Sie an Ihre Gemahlin gerichtet haben, als Sie, noch voller Erregung über die Neuigkeit, ins Zimmer traten. Der Bote hat diese Worte gehört und uns mitgeteilt.

ROSNY: Ich fand meine Gemahlin noch im Bett vor und sagte zu ihr, indem ich sie umarmte: »Mein Kind, es gibt gute Neuigkeiten. Ihr werdet weder zum Zubettgehen noch zum Aufstehen der Herzogin gehen, denn der Strick ist gerissen. Doch da sie nun einmal tot ist, gebe ihr Gott ein gutes, langes Leben. Viele unentschiedene Fragen und viel beschwerliches Nachdenken bleiben dem König so erspart.«

C. L.: Dies sind wohl die Worte, die man von Ihnen gehört hat, und viel ist darüber spekuliert worden. Menschen, die durch Verdienste und Würde andere überragen, haben stets Feinde. Die Ihrigen haben diesen Worten eine Tragweite beigemessen, die sie wohl in Ihren Gedanken niemals gehabt haben dürften. Könnten Sie uns bitte genau sagen, was Sie mit diesen Worten ausdrücken wollten? Zuerst sagten

Sie im Gespräch mit Ihrer Gemahlin, man werde schon sehen, wie die Sache ausgehen und ob der Strick nicht reißen werde.

ROSNY: Das ist eine Redensart im übertragenen Sinne, die man im allgemeinen benutzt, um auszudrücken, daß etwas eine überraschende Wendung nehmen kann. Ich rechnete stets damit, daß diese Hochzeit im letzten Augenblick verhindert werden würde, sei es von seiten des Papstes, der Königin Margarete oder durch den König selbst. Ich glaubte, daß er im entscheidenden Moment den Schritt nicht wagen würde. Dies veranlaßte mich zu sagen, daß der Strick vielleicht reißen würde. Doch ich gebe zu, der einzige Ausgang, an den ich niemals geglaubt hätte, ist jener, den die Vorsehung herbeigeführt hat. Ob das Hindernis von Gott oder den Menschen kommt, meine Voraussagen trafen ein, und das ließ mich später sagen: Der Strick ist gerissen.

C. L.: Der Gedanke, daß alle Gefahren, die Frankreich bedrohten, durch den Tod der Herzogin abgewendet werden konnten, ist Ihnen also erst nach dem Ereignis gekommen?

ROSNY: Gewiß! Ich sehe wohl, worauf Sie mit Ihren Fragen hinauswollen. Man vermutet, daß gegen das Leben der Herzogin ein Komplott im Gange war. Man wagt zwar nicht, mich öffentlich anzuklagen, daran teilgenommen zu haben, aber man nimmt an, daß ich davon gewußt und nichts unternommen hätte, um es zu verhindern. Ich hätte nicht gehandelt, sondern handeln lassen.

C. L.: Nun?

ROSNY: Hätte ich etwas von dem Verbrechen gewußt und nichts getan, um es zu verhindern, wäre ich ebenso schuldig. Ich stehe nicht im Ruf, zimperlich mit niederträchtigen Subjekten umzugehen, und ich glaube nicht, daß man mir vorwerfen kann, mich jemals mit Verbrechern eingelassen zu haben, um einen Vorteil zu erringen oder mein Ansehen zu steigern. Um ein langes und ausschließlich dem Wohlergehen des Staates gewidmetes Leben mit solch einem Verdacht anzuschwärzen, bedarf es schon etwas mehr als solch eines hastig dahingesprochenen Wortes, das erklärt werden kann, ohne daß man sich der Erklärung zu schämen bräuchte. Bevor man Komplizen sucht, müßte man außerdem zunächst einmal beweisen, daß es überhaupt einen Schuldigen gibt. Das hat man jedoch nicht getan und wird es auch nicht vermögen. Sie haben Herrn Zamet befragt, doch was haben Sie erfahren? Es gibt nichts, was ihn belasten würde. Er erklärte, die Herzogin sei eines natürlichen Todes gestorben. Die beträchtliche Eile, mit der sie sein Haus verließ – das einzige Indiz, das man bisher gegen ihn vorgebracht hat –, kann sehr einleuchtend auf den Wunsch der Herzogin zurückgeführt werden, näher beim Louvre zu sein, wo sie den König erwartete. Herr de Chiverny, dessen Aussage Sie gelesen haben dürften, bestätigt Herrn Zamets Angaben in diesem Punkt. Herr Chiverny verlor viel durch den Tod der Herzogin, und als er von dem Ereignis erfuhr, klagte er öffentlich über sein Unglück, sich so eng an die Herzogin gebunden zu haben. Doch hat er auch nur den geringsten Verdacht eines Verbrechens geäußert, an dessen Nachweis ihm doch so sehr gelegen sein müßte? Die anderen Verwandten der Herzogin, ihre Schwestern, ihre Tante de Sourdis, haben sie den leisesten Zweifel hinsichtlich des Übels geäußert, das die Herzogin dahinraffte? Der König selbst, der sie doch so sehr liebte, hat er vielleicht die Verdachtsmomente geteilt, über die man heute nachzudenken wagt? Nein. Weiterhin beehrt er Herrn Zamet mit seiner Freundschaft. Wenn er heute diese Untersuchung durchführen läßt, so geschieht dies aus Respekt vor der Justiz. Was mich betrifft, so hat er mir die große Ehre zuteil werden lassen, mich nach dem Tod der Herzogin zum Finanzminister zu ernennen …

C. L.: … und zum Großartilleriemeister, ein Amt, das bis zum Tode der Herzogin dem Vater der Verstorbenen vorbehalten war und aus dem der König diesen erst zu entfernen wagte, als seine Tochter sich nicht mehr schützend vor ihn stellen konnte.

ROSNY: Es steht Ihnen frei, derart perfide Gedankenverbindungen herzustellen. Meinen Sie wirklich, ich wäre so niedrig, daß ich eines Amtes wegen meinem König den Menschen ermorde, den er am meisten geliebt hat? Ich gebe zu, es war eine Schmach für mich, ein Amt, für das ich allein die Qualifikationen besaß, in den Händen einer so unfähigen Person zu sehen. Doch wenn Ihr Verdacht gegen mich auf jenes Motiv gegründet ist, so könnten Sie ebenso den König selbst verdächtigen, denn er war es, der sich durch das völlige Unvermögen von Monsieur Antoine d'Estrées ständig bloßgestellt sah. Und hat der König selbst vielleicht jemals auch nur den Hauch eines Verdachtes gegen mich geäußert? Keineswegs. Im Gegenteil. Am Tag der Katastrophe schickte er voller Sorge nach mir und suchte in aller Öffentlichkeit und vor den Augen des Hofes Trost bei mir anläßlich dieses traurigen Ereignisses. Dies gestattete mir, zu ihm über die göttliche Vorsehung zu sprechen, die unsere Gesundung oft in Mißgeschicke legt, in denen wir unser Verderben erblicken. Zeigt all dies nicht zur Genüge, daß ihm niemals ein Verdacht in den Sinn gekommen ist und er niemals geglaubt hat, daß ich für sein Unglück verantwortlich sei?

C. L.: Nach dem Tode der Herzogin von Beaufort haben Sie zwei ihrer Hausangestellten verhaften und in die Bastille bringen lassen, eine Frau, die man La Rousse nennt, und ihren Ehemann. Warum taten Sie das?

ROSNY: Die beiden besaßen intime Kenntnisse über das Privatleben der Herzogin und standen tief in ihrer Schuld. Doch anstatt ihr Andenken zu wahren, begannen sie, es anzuschwärzen, und verbreiteten über sie allerlei verleumderische oder zumindest unwahre Geschichten. Ich bereitete diesem Skandal ein Ende.

C. L.: Bezweckten Sie mit ihrer Verhaftung nicht etwas anderes?

ROSNY: Nein. Die Herzogin von Beaufort und ich hatten uns überworfen. Das ist eine Tatsache, die ich gar nicht verbergen will. Oft hatte ich schwerwiegende Auseinandersetzungen mit ihr aufgrund ihrer Forderungen und ihres übersteigerten Ehrgeizes. Soweit ich konnte, habe ich auf den König eingewirkt, von einer Handlung Abstand zu nehmen, die mir als seinem Ruhm und der Sicherheit des Staates abträglich erschien. In Übereinstimmung mit seinen besten Beratern wünschte ich mir eine andere eheliche Verbindung für ihn. Dies alles tat ich öffentlich vor aller Augen, denn wie ich es bereits wiederholt unter Beweis gestellt habe, bin ich keineswegs ein Freund von Tücken und Schlichen. Die Vorsehung hat Gefahren von uns genommen, die ich kommen sah. Ich habe den Ausgang als Segnung empfunden und gleich dem Arzt La Rivière ausgerufen: *Hic est manus Dei.* Doch zugleich erinnerte ich mich daran, was ich dem König schuldig war, der diese Dame mit seiner Freundschaft beehrt hatte.

Aus Respekt vor ihr und ihren Kindern, die ja auch die Kinder des Königs sind, und zum Andenken an die große Liebe, die dieser Fürst ihr entgegengebracht hat, habe ich ihre Verleumder bestraft. Daran möge man beurteilen, wie ich gegen vermeintliche Mörder vorgegangen wäre, wenn ich geglaubt hätte, daß es für den Tod der Herzogin eine andere Ursache gab als den göttlichen Willen.

Aufgezeichnet zu Paris, diesen 4. Mai 1599

Sieben
Ein Gesicht

Demutsvoll lag das Land unter schwarzen Wolken. Schwalben schossen in Kopfeshöhe über die Felder, stiegen plötzlich steil empor und zeichneten ihre dunkle, rasch verlöschende Spur in noch tieferes Dunkel. Kein Windhauch kreuzte ihren Flug. Silbergrau, als sei ein Gott darin ertrunken, wälzte sich der Fluß lautlos dem Horizont zu. Flußabwärts brannte der Himmel. Rot und Gelb rangen dort miteinander, umschlangen sich leidenschaftlich in ihrem blauschwarzen Gefängnis zu dunklem Zinnober. Dann ließen sie voneinander ab, Karmesin und Safran, Lapislazuli, ermüdete Kämpfer, bis sie, aufgestachelt von grell niedergehendem Weiß, sich ein letztes Mal dem hereinbrechenden Schwarz selbstmörderisch entgegenwarfen in verschwenderischem Purpur.

Die beiden Reiter rissen ihre Pferde herum und stoben in der Richtung davon, aus der sie gekommen waren. Krachend zerriß ein Donner die Stille. Die Pferde schnaubten angsterfüllt und gruben ihre Hufe tief in das aufgewühlte Erdreich. Die Köpfe fest an den Hals ihrer Tiere gelegt, preschten die Reiter auf das Dorf zu, das hinter den Hügeln lag. Vignac erreichte es zuerst. Lussacs Pferd hatte zu lahmen begonnen. Vignac war schon abgesessen, als sein Gefährte die zerfallene Einfriedung passierte. Die Luft war zum Zerreißen gespannt, doch noch immer fiel kein Wassertropfen vom Himmel.

Die verstreut stehenden Häuser waren unbewohnt. Rußgeschwärzte Mauern erhoben sich aus der braunen Erde. Über den Mauerresten ragten zerborstene Dachbalken aus eingestürzten Firsten hervor. Das Dorf mußte schon vor Jahren zerstört worden sein. Lussac machte sich an einem der Hufe seines Pferdes zu schaffen und entfernte geschickt einen

Stein, der sich unter das Hufeisen geschoben hatte. Unterdessen ging Vignac von Haus zu Haus, um zu sehen, ob nicht eine der Ruinen Schutz vor dem heraufziehenden Unwetter bot. Schließlich entdeckte er eine überdachte Tränke, die der allgemeinen Zerstörung entgangen war. Kaum hatte er sein Pferd angebunden und Lussac herangewinkt, da begann der Regen.

Bereits nach kurzer Zeit war die Erde um sie herum vollständig aufgeweicht. Die ausgebrannten Häuser standen wie dunkle Schemen hinter dem Regenschleier. Windböen trieben den Regen vor sich her und sparten auch den kleinen Unterstand nicht aus. Die abgerissene Kleidung der beiden Reisenden saugte gierig die Feuchtigkeit auf und färbte sich langsam dunkel.

Lussac blickte mißmutig in den Himmel hinauf, wo graue, windzerfetzte Nebelschwaden vorüberzogen. Er kniff die Augen zu und entblößte seine Zähne, als wollte er dem Wetter eine Grimasse schneiden. Vignac starrte vor sich auf den Boden, den Kopf tief zwischen die Schultern gezogen, um seinen Kragen gegen die Regentropfen zu verschließen.

Lussac setzte sich auf den Rand der Tränke und stieß seine Stiefel in den Schlamm. »Mein Gott. Wie müssen sie hier gehaust haben.«

Vignac ließ seinen Blick über die Ruinen gleiten und stellte sich vor, was sich hier abgespielt haben mußte. Er sah Menschen, die stumm und verschüchtert aus den Häusern traten, die Hände erhoben, die Köpfe tief gesenkt. Um sie herum jede Menge Reiter. Einer von ihnen prescht die Straße hinauf und hinunter, schreit wütend, jeder, der sich in den Häusern verberge, werde augenblicklich geköpft. Aber sie kommen ja alle heraus. Stellen sich vor ihre Häuser hin und warten zitternd, was mit ihnen geschehen wird. Die Hauptstraße ist übersät mit Toten. Fast nur Bauern, spärlich bewaffnet. Der junge Hauptmann prescht wieder heran, brüllt so laut, daß sich seine Stimme überschlägt: »Lutheranos, fuera, Lutheranos!« Plötzlich steigt er ab, ergreift eine Frau, die sich voller Entsetzen gegen eine Hauswand drückt. Er reißt ihr die Kapuze herunter und hält gleich die ganze Haarpracht in der Hand. Das wutentbrannte Gesicht des jungen spanischen Hauptmanns ist das letzte, was der verkleidete Bauernsohn von der Welt zu sehen bekommt, denn sogleich spürt er, wie sich ein Schwall Wärme über seine Brust ergießt, und er sieht den Spanier zurücktreten, das blutige Messer in der Hand, im Namen des Vaters, des Sohnes und des hei... Jetzt sitzen auch die restlichen Soldaten ab und machen sich über die anderen her, egal, ob es wirklich Frauen sind oder verkleidete Männer.

Vignac schloß die Augen. Aber die Bilder wollten nicht weichen. Als er wieder aufblickte, erstreckte sich vor ihm wieder nur die leere Straße, gesäumt von verbrannten Häusern. Doch es dauerte nicht lange, bis das Rauschen des Regens abermals überging in das Klirren von Waffen, in das sich grauenerregend das Geschrei von Kindern mischte, und irgendwo dazwischen immer wieder das trockene, dumpfe Geräusch eines Schwertes, das auf einen Nacken niederfährt.

Das Schloß, zu dem sie unterwegs waren, lag noch drei Tagesreisen entfernt. Drei Tage bei trockenem Wetter. Eine ganze Woche, falls es so weiterregnen würde. Aber schlimmer noch als das Wetter waren diese gespenstischen Siedlungen, an denen sie immer wieder vorbeikamen. Obwohl die meisten Brandschatzungen Monate oder vielleicht sogar Jahre zurücklagen, umgab diese Orte noch immer eine Aura erschrokkener Stille. Hier waren sie durchgezogen, die katholischen und protestantischen Heere, das Kriegsglück mal auf der einen, mal auf der anderen Seite, und dazwischen die armseligen Hütten der Bauern, die das vielbeinige Monstrum gleichgültig niederwalzte.

Jetzt redeten alle vom Frieden. Das Unglaubliche war eingetreten. Navarra hatte sie alle niedergerungen: erst Farnese, dann die Truppen des Kaisers, schließlich Mayenne und am Ende Mercœur. Spanien, das riesige Weltreich, das auf keiner Weltkarte ganz verzeichnet war, führte nur noch zuckende, kraftlose Schläge aus, bedeutungslose Scharmützel in den unsicheren Provinzen. Hier und da nahm man eine Stadt, obwohl man wußte, daß man sie nicht würde halten können.

Vignac schaute verdrießlich in die Umgebung.

Lussac spuckte in hohem Bogen in eine der Pfützen. »Verwünschtes Land!«

Vignac antwortete nicht gleich. Dann, als sei es ihm soeben von höchster Stelle eingegeben worden, sprach er: »Irgendwann einmal leben wir in beheizten Gemächern in Paris.«

Lussac brummte. »Was macht dich so sicher?«

»Es ist vorüber. Wir haben einen König, der die Spanier zum Frieden zwingt, und wir werden ein Edikt bekommen, das uns gegen die Papisten schützt. Wenn dieser elende Krieg vorüber ist, wird es viel Arbeit geben in Paris.«

»Wenn, wenn ... vor allem haben wir nicht mehr viel zu essen und noch mindestens drei Tagesreisen vor uns.«

Lussac kniff die Augen zusammen und zog mit einer ruckartigen Bewegung an den Zügeln seines Pferdes. Er war der Größere von den beiden. Seine schwarzen Locken hingen naß herunter und umrahmten ein junges, bartloses Gesicht, das ständig in Bewegung war. Die tiefbraunen Augen glitten unentwegt umher und erfaßten mißtrauisch alles, was sich in der Umgebung befand. Seine Nase war schmal und stand unauffällig über den breiten, vollen Lippen, zwischen denen weit auseinanderstehende Zähne sichtbar wurden, wann immer Lussac irgend etwas in Augenschein nahm. Man hatte den Eindruck, als schmerze es ihn, sich auf etwas zu konzentrieren.

Vignac war von mittelgroßer Statur. Sein dunkelbraunes Haar trug er der Läuse wegen kurz. Obwohl mit sechsundzwanzig Jahren jünger als sein Gefährte, erweckte er den Anschein eines Menschen, dessen Jugend bereits lange zurücklag. Seine Augen waren von zahlreichen Falten umgeben. Auf seinem Gesicht lagen stets Mißtrauen und Neugier miteinander im Kampf. Nur wenn er malte, lösten sich seine Züge, denn dann sprach er mit Gott und spürte die Gewißheit, daß dieser ihn hörte.

Schweigend starrten sie vor sich hin, während der Regen auf das kleine Holzdach prasselte. Die Tropfen zerstoben zornig und versprühten hauchfeine Gischtschleier. Die Pferde zitterten. Lussac strich ihnen beruhigend über die Nüstern und zog sie näher heran unter den Schutz der Überdachung. Vignac schaute versonnen in die großen, traurigen Augen der Tiere und ließ sich dankbar von der Wärme einhüllen, die ihre gewaltigen Leiber verströmten. Dann ging der Trommelwirbel, den die niedergehenden Tropfen veranstalteten, in ein ohrenbetäubendes Stakkato über. Hagelkörner, so groß wie Kieselsteine, zerplatzten allenthalben im Schlamm und auf den Mauern der Ruinen. Wenige Meter von ihnen entfernt hüpfte eine flügellahme Amsel zwischen den Furchen umher und blieb plötzlich still liegen. Irgendwo brach knirschend eine

Mauer ein. Die Pferde schnaubten, beruhigten sich jedoch wieder, als Lussac ihnen ein paar Rübenschnitze hinhielt, die er hastig aus einer der Satteltaschen geholt hatte.

Endlich ließ die Gewalt des Gewitters nach. Das Grau lichtete sich, zerfloß nach allen Seiten hin und machte den ersten Farben Platz. Kurz darauf ließen sich Vögel vernehmen, deren Gesang sich in das Glucksen und Gurgeln des abfließenden Wassers mischte.

Sie brauchten eine Weile, bis sie die Pferde durch den knietiefen Morast wieder auf die Straße geführt hatten. Dort war das Erdreich nicht weniger schlammig, so daß sie nicht aufzusitzen wagten. Immer wieder strauchelten die Tiere und bespritzten die beiden Reisenden, die fluchend ihren Weg fortsetzten.

»Erzähl mir etwas über deinen Onkel Perrault«, sagte Vignac nach einer Weile.

Lussac wischte sich den Schweiß aus dem Gesicht und rieb sich die Hand an der Hose trocken. »Was willst du über ihn wissen? Ich kenne ihn kaum. Hab' ihn nur einmal gesehen, als meine Schwester getauft wurde. Das war vor acht Jahren. Er ist mit Navarra in Paris eingezogen und dort geblieben.«

»Soldat?«

»Ja, das war er. Jetzt ist er wieder Steinmetz. Alle in unserer Familie sind Steinmetz. Außer mir ...«

»... dem Bildhauer.«

»Jawohl«, bestätigte Lussac stolz und fügte hinzu: »Die einzige Kunstform, die den Menschen ganz zeigen kann.«

»Das haben schon vor hundert Jahren die Bildhauer von Venedig behauptet und sind von Giorgione eines Besseren belehrt worden.«

»Ein Gemälde kann immer nur eine Seite eines Gegenstandes zeigen. Selbst der geschickteste Maler kann es mit keiner Statue aufnehmen.«

»Eben das sagten auch die Bildhauer damals. Giorgione schloß daraufhin eine Wette mit ihnen ab. Er behauptete, es sei möglich, auf einem Gemälde eine Person oder Sache so darzustellen, daß man sie von allen Seiten bewundern könne, ohne seinen Standpunkt zu verändern. Die Malerei sei der Bildhauerei sogar noch überlegen, denn man müsse sich nicht einmal um das Werk herumbewegen und könne es dennoch von allen Seiten betrachten.«

»Ha, ein rechter Aufschneider.«

»Hör zu. Er malte einen nackten Mann, der dem Betrachter den Rücken zukehrt. Vor ihm, zu seinen Füßen, malte er einen Quell, worin sich die Vorderseite des Mannes spiegelte. Zu seiner Linken hatte er seinen glänzenden Brustharnisch abgestellt, auf dessen polierter Fläche das linke Profil des Dargestellten zu sehen war. Und das rechte Profil konnte man in einem auf der anderen Seite aufgestellten Spiegel betrachten. Als die Bildhauer das Gemälde sahen, mußten sie zugeben, daß die Malerei viel kunstvoller und schwieriger ist und auf einen Blick mehr überschauen kann als die Bildhauerei.«

»Pah!«

Vignac lachte.

Der Weg ging in festen Sandboden über, und sie saßen auf. Links und rechts erstreckten sich brachliegende Felder, auf denen hoch das Unkraut stand. So war das schon seit Wochen. Entvölkerte Landstriche. Nirgends ein bestelltes Feld. Nur Löwenzahn und Brennesseln, durch die der Wind strich.

Was für ein trauriger Kontrast zu den Landschaften, die er in den letzten Jahren durchquert hatte. Vignac dachte an die Tage zurück, da er mit Ballerini durch Languedoc auf Montpellier zugeritten war. Welch prächtige Landschaft war das gewesen, strotzend vor Fruchtbarkeit und Leben. Selbst der Wein war dort so stark, daß man ihn mit Wasser verdünnen mußte.

»Warum bist du damals aus Montpellier weggegangen?« Lussac schien seine Gedanken erraten zu haben.

»Ballerini konnte mir nichts mehr beibringen. Und ich dachte, vier Jahre seien genug als Dank für meine Errettung aus La Rochelle. Manchmal bereue ich es. Ich war dort sehr glücklich. Kennst du Montpellier?«

»Nein. Aber die Frauen sollen dort sehr schön sein.«

»Das kann man wohl sagen. Deshalb ja auch der Name. *Mons puellarum*, Berg der Frauen. Die Mädchen dort haben eine Haut wie reife Pfirsiche.«

»Und er hat dich einfach so gehenlassen?«

»Die Abmachung war, daß ich ihm als Zeichner dienen sollte, bis sein Lehrbuch der Chirurgie fertiggestellt sein würde. Mein Gott, nie mehr in meinem Leben werde ich Organe oder Knochen zeichnen. Ballerini zwang mich, mit ihm bei aufgeschnittenen Leichen zu sitzen, die ihm unter den Händen wegfaulten. Den Geruch werde ich nie vergessen. Ich mußte immer dabeisein und nach jedem Schnitt Zeichnungen anfertigen. Mich überlief jedesmal ein Schauder, wenn er wieder einen Körper bekommen hatte. Ich stand im Anatomietheater neben Ballerini und wartete, bis er seinen einleitenden Vortrag gehalten hatte. Dabei mußte ich immer diesen Körper ansehen, der neben mir lag und bald aufgebrochen sein würde wie eine tote, faule Frucht. War es nicht Sünde, die Brust zu öffnen, die doch der Sitz der Seele ist? Vielleicht steigt die Seele gar nicht gleich zum Himmel auf, sondern wartet, eingeschlossen in unserem leblosen Körper, auf den Jüngsten Tag. Und wo soll unsere Seele den Erlöser erwarten, wenn nicht in unserem Leib? Doch das Schlimmste war, daß das Körperinnere sich ausnahm wie eine klug erdachte, aber seelenlose Maschine. Es war überhaupt nichts menschlich daran. Schneide ein Schwein auf und du vermeinst, das Innere eines Menschen zu sehen.«

Lussac gab ein unbestimmtes, schnaubendes Geräusch von sich. Eine Weile ritten sie schweigend. Doch Vignac war mit seiner Geschichte noch nicht fertig. Schließlich sagte er:

»Einmal sezierten wir eine Frau, die guter Hoffnung gewesen war. Als wir den Unterleib öffneten, fanden wir darin den Ort, an dem das Kind wohl hatte heranwachsen sollen. Doch als wir das kleine Geschöpf aus dem Fleisch geschält hatten, da sah es aus wie ein durchsichtiger Lurch. Es entbrannte ein Streit unter den Studenten, ob die Frau vielleicht mit einem Tier Unzucht getrieben oder ein gräßlicher Teufel sie befruchtet habe. Ich dachte nur, wie kann Gott es zulassen, daß Tiere und Monstren in uns heranwachsen. Ballerini meinte, das sei barer Unsinn, jedes Kind, das man in diesem Stadium in einer toten Mutter finde, habe dieses Aussehen. Darauf entgegnete man ihm, alle diese Frauen seien gestorben, was beweise, daß es sich um eine krankhafte Schwangerschaft gehandelt habe. Wie solle man sich außerdem erklären, daß ein Kind erst wie ein Lurch aussieht und später wie ein Mensch zur Welt kommt?

Worauf Ballerini entgegnete, ein Küken, das aus einem Ei schlüpfe, sehe schließlich auch anders aus als die Kreatur, die man finde, wenn man das Ei schon nach der halben Zeit aufschlage. Darauf wurde erwidert, man könne doch nicht von Hühnern auf Menschen schließen, das verstoße gegen die Regeln der Schrift, nach denen feststehe, daß der Mensch einmalig und nach dem Bilde Gottes geformt sei.«
Lussac schnaubte abermals. »Einmalig und nach dem Bilde Gottes geformt! Vor allem die fetten Pfaffen in ihren Roben. Und der Pöbel erst. Diese stinkenden Gestalten, die einem am Leibe und an den Fersen kleben, sobald man in irgendeine Stadt kommt. Und die Schrift? Sag mir bitte, wie kann man es erklären, daß in der Bibel nichts über jenes sagenhafte Land gesagt ist, das dieser Genueser entdeckt hat? Wenn Gott allwissend ist und den Evangelisten die Schrift eingegeben hat, dann hätte doch etwas gesagt werden müssen über das Seelenheil der Wilden in diesem fernen Land? Alles ist so verworren. Hör' ich den Pfaffen zu, dann klingt immer alles einleuchtend. Doch wenn ich meinen eigenen Kopf gebrauche, dann stimmt hinten und vorne gar nichts.«
»Denke halt nicht so viel und bete lieber öfter.«
Der Weg fiel steil ab und wurde steinig. Wieder saßen sie ab und führten die Pferde vorsichtig eine Böschung hinab. Als sie unten angekommen waren, sahen sie linkerhand in einiger Entfernung Rauch aufsteigen. Lussac kniff die Augen zusammen, vermochte aber nicht zu erkennen, wo der Rauch herrührte.
»Was meinst du?« fragte Vignac.
Lussac zuckte mit den Schultern. »Ich bin noch nie in dieser Gegend gewesen. Vielleicht ein Dorf. Oder ein paar Bauern, die ein Feld abbrennen.«
»Nach einem solchen Regen?«
»Ja, eigenartig. Der Weg führt in großem Bogen um die Stelle herum. Wahrscheinlich ist es nicht sehr klug, dort hinzureiten.«
Sie ritten ein halbe Meile weiter, stets die Rauchsäule im Auge, die sich nun pechschwarz gegen den Himmel abzeichnete. Ein leichter Wind wehte, aber dort hinten schien sich kein Lüftchen zu regen, denn der Rauch stieg pfeilgerade zum Himmel hinauf.
Dann hörten sie Hufschlag.

»Verdammt«, zischte Vignac. »Los, dort in die Büsche!«
Sie rissen die Pferde herum und preschten den Abhang hinab auf ein Waldstück zu. Kaum angekommen, sprangen sie aus den Sätteln, trieben die Pferde in das Dickicht und verbargen sich zwischen den Blättern. Das Klopfen der Hufe kam näher. Die Pferde machten nervöse Bewegungen.
»Wir sind verloren«, flüsterte Lussac. »Die Spuren werden sie direkt hierher führen ... Verflucht! Warum sind die Pferde so unruhig?«
Jetzt war schon das Klirren der Geschirre zu vernehmen. Der Boden begann zu vibrieren, und schließlich ging das Zittern in ein Beben über. Vignacs Stute wieherte angsterfüllt und trat mit den Hufen um sich.
»Lussac, bei allen Heiligen, sie bricht aus!«
Doch Lussac hatte genug mit seinem eigenen Pferd zu tun.
Dann ging alles sehr schnell. Wenige Meter entfernt stoben Reiter an ihnen vorüber. Vignacs Stute, von den vielen Tieren zu Tode erschreckt, wollte ausbrechen, doch plötzlich schoß etwas Schwarzes aus dem Gebüsch, umschlang den Kopf des Tieres und brachte es zu Fall. Vignac war starr vor Schreck. Ein wildes Tier, schoß es ihm durch den Kopf. Doch er wagte nicht aufzublicken. Entsetzen lähmte ihm die Glieder. Einen Steinwurf entfernt preschten noch immer die unbekannten Reiter vorüber. Jede Bewegung konnte sie verraten. Doch die Stute regte sich nicht mehr. Lussac zog sein Messer. Vignac starrte ihn mit weit aufgerissenen Augen an. Dann blickten beide auf das Bündel, das sich um den Kopf von Vignacs Pferd gewunden hatte. Es lag völlig still und schien ganz mit dem reglosen Tier verwachsen zu sein. Vignac erkannte schwarzes Haar, und neben ihm, auf dem Waldboden hingestreckt, erblickte er einen zierlichen Fuß. Wie war das möglich? Er machte Lussac ein Zeichen, indem er den Zeigefinger an die Lippen hielt. Dann legte er den Kopf so flach auf die Erde, daß ihm der Geruch des Bodens in die Nase stieg. Doch es war schon ausgestanden. Noch fünf, sechs Reiter stoben vorbei. Dann waren sie vorüber.
Lussac schlug zu, kaum daß der Hufschlag verhallt war. Mit einem Satz war er bei Vignacs Pferd und grub seine Hände in das dunkle Bündel. Ein schwarzer Haarschopf flog brutal nach hinten, und Lussacs Klinge fuhr auf den weißen Fleck nieder, der darunter aufblitzte. Der kleine

Körper schnellte zur Seite, doch Lussac bekam den Kopf erneut zu fassen und schmetterte ihn zu Boden. Dann hob er abermals die Klinge, doch da traf ihn ein Fußtritt, der ihm für Sekunden die Luft raubte, und sogleich ein Faustschlag, der ihn nach hinten kippen ließ. Als er wieder aufblickte, sah er, daß Vignac ein Mädchen bei den Schultern hielt. Doch sie schüttelte ihn ab mit einem Schrei, machte einen Satz nach hinten, lag plötzlich auf den Knien vor ihnen und starrte sie an.
Lussac fühlte den bitteren Geschmack von Blut im Mund. Vignac ging langsam in die Knie, und ohne die Augen von dem Mädchen zu nehmen, hob er beschwichtigend die Hände. Das Gesicht des Mädchens war aschfahl, und auf ihrer linken Wange zeichnete sich dunkelrot die dünne Spur von Lussacs fehlgegangener Klinge ab. Sie atmete röchelnd, ihr Unterleib fing an, wild zu zucken, ihre Züge verzerrten sich, und ohne den Blick von Lussac zu nehmen, begann sie, wie ein Kind zu schluchzen. Kurzzeitig schien es, als werde sie augenblicklich ersticken. Während ihr Gesicht von Tränen und Schleim, der ihr aus der Nase trat, zu einer einzigen, klagenden Maske verwüstet wurde und ihr zierlicher Körper wie unter Faustschlägen zuckte, sah sie unablässig Lussac an, mit bebenden Lippen, die kaum mehr die Zähne bedeckten. Man sah, daß sie aufspringen und weglaufen wollte, doch sie mußte da sitzen bleiben wie ein gestelltes Tier, eingeschnürt in ihr wachsendes Grauen, dem ihr tapferes Herz nichts mehr entgegenzusetzen hatte.
Ihr Schluchzen wurde schwächer. Vignac ging zu ihr, nahm sie in die Arme und hielt sie fest, bis auch das nächste Aufbäumen ihrer Angst vorüber war und auch das darauf folgende. Lussac sah schweigend zu und rieb sich den Schweiß aus dem Gesicht. Dann war wieder Hufschlag zu hören.
Dem Mädchen entfuhr ein Schrei. Vignac ließ sich mit ihr zu Boden fallen und hielt ihr den Mund zu. Lussac sprang zu Vignacs Pferd, das sich wieder aufgerichtet hatte und benommen den Kopf wandte.
Die heranrückenden Reiter hielten an, als sie den Weg auf der Böschung erreicht hatten. Lussac erkannte, daß es Landsleute waren. Sie standen unschlüssig herum und schienen zu beraten, ob sich die Verfolgung lohne. Schließlich machten sie kehrt und verschwanden in die Richtung, aus der sie gekommen waren. Dann herrschte wieder Stille.

Lussac schlug ein Kreuz.

Vignac war aufgestanden und neben ihn getreten. »Spanier?«

»Nein. Franzosen.«

»Und die anderen?«

»Ich weiß es nicht. Wie Spanier sahen sie nicht aus. Weiß der Himmel. Es treiben sich Soldaten aus aller Herren Länder bei uns herum.«

Dann wandte er sich um, trat vor das Mädchen hin, das immer noch auf dem Boden saß und zu keiner Bewegung fähig schien. Sie war vielleicht sechzehn oder siebzehn Jahre alt und von magerer Gestalt. Ihre Gesichtszüge erinnerten ihn an die Mädchen, die er im Süden gekannt hatte. Ihr Haar fiel weit über die Brust herab und schimmerte blauschwarz. Ihre Augenbrauen waren schmal und geschwungen. Ihre Augen glänzten matt und waren vom Salz der Tränen an den Rändern leicht gerötet. Das schwarze Bauernkleid, das sie bis über die Hüfte bedeckte, war unter dem Hals aufgerissen, und man konnte unter der Haut die hervortretenden Schlüsselbeine sehen. Ihre Hände waren schmutzig und von Schürfwunden übersät. Ihre Beine staken in einer grobgewebten Leinenhose, die an den Fesseln eng um die Beine geschnürt war. Schuhe besaß sie nicht, und ihre Füße schienen niemals in den Genuß weichen Leders gekommen zu sein.

Lussac trat heran und verbeugte sich. »Ich habe nur ein Leben und schulde Euch doch zwei. Wär' ich ein Gott, so könnte ich's entgelten. Doch bin ich nur ein Mensch und schuldig außerdem. So bitt' ich Euch, verzeiht mir.«

Sie sprach kein Wort, betrachtete nur furchtsam den Mann, der ihr soeben noch nach dem Leben getrachtet hatte.

Vignac näherte sich ihnen. »Mein Freund ist kein schlechter Mensch und befand sich in ebenso großer Angst wie Ihr jetzt. Verzeiht ihm und laßt uns alle drei Gott danken, daß er uns ausgespart hat.«

Das Mädchen schwieg. Ihre Augen, in denen immer noch Tränen standen, schienen durch die beiden Männer hindurchzusehen wie durch einen unglaublichen Spuk. Von fern drangen diese Stimmen an ihr Ohr, doch sie konnte keinen Sinn in den Worten der beiden entdecken.

Vignac kümmerte sich um die Stute. Ihre Beine zitterten, aber sonst schien sie unversehrt. Er betrachtete verwundert das Mädchen und frag-

te sich, wie sie es angestellt hatte, das Pferd zu Fall zu bringen. Dann schnallte er die Satteltasche ab, holte Brot und Wein hervor und reichte beides dem Mädchen. Sie aß und trank schweigend. Keiner der drei sprach ein Wort.
Nach zwei Stunden brachen sie auf. Lussac ritt voran, Vignac und das Mädchen folgten in einigem Abstand. Die Rauchsäule, die immer noch am Himmel stand, wies ihnen den Weg. Als sie auf Rufweite an das zerstörte Dorf herangekommen waren, blieb Vignac zurück und beobachtete aus sicherer Entfernung, wie Lussac zwischen den niedergebrannten Hütten hin und her ritt.
Kurz darauf kam er zurück und berichtete: Spuren vieler Hufe zeichneten sich überall auf dem umliegenden Feld ab. Von dem Dorf war nichts geblieben außer einem halben Dutzend schwelender Aschehaufen und in der Mitte ein Hügel frisch aufgeworfener Erde, der den aasfressenden Tieren sicher nicht lange widerstehen würde. Die Räuber hatten offenbar keine Zeit gehabt, ihre Beute mitzunehmen, waren sie doch vor der Zeit überrascht worden. So hatten sich dann wohl die zu spät gekommenen Retter bedient und sich einen Bestattungszoll auserbeten. Ein paar tote Katzen und Hunde lagen verstreut herum. Wie zum Hohn blühte der Ginster.
Das Gesicht des Mädchens war ausdruckslos. Die beiden Männer sprachen still ein Gebet, dann lenkten sie ihre Pferde nach Westen. Rauchschwaden griffen nach ihnen. Wieder und wieder wandte das Mädchen den Kopf, um das Bild der langsam am Horizont verfließenden Stelle, wo ihr Dorf gestanden hatte, in sich aufzunehmen.
Am Waldrand fanden sie eine leerstehende Hütte. Sie ließen die Pferde noch eine Weile grasen, führten sie dann in die Hütte, wo sie die Nacht zusammengekauert in feuchtem Stroh verbrachten.
Vignac erwachte als erster. Ohne seine Begleiter zu wecken, ging er nach draußen und spazierte einige Schritte in den umgebenden Wald hinein. Augenblicklich umfing ihn eine schwere, gedankenversunkene Stille, die durch das leise Rascheln der Blätter noch eindringlicher wurde. Seine Schuhe versanken lautlos im Moos. Morgenlicht schimmerte durch die Baumkronen und versprühte gelbe, flimmernde Tupfen. Dann brachen schräge Lichtsäulen in den Raum ein und weiteten ihn.

Vignac war müde, doch er konnte nicht mehr schlafen. Er wußte nicht, woher die merkwürdige Unruhe rührte, die ihn seit Monaten umtrieb. Sollte er sich nicht glücklich schätzen, die Empfehlungsschreiben in der Tasche zu tragen, die ihm für den Winter Arbeit, Brot und Unterkunft versprachen? Nein, er verachtete sein Tagelöhnerdasein. Doch die verwünschten Zünfte ließen ihm keine andere Wahl, als sich mit anderen herumziehenden Kunsthandwerkern um die wenigen Arbeiten in abseits gelegenen Gebieten zu streiten. Die Schloßherren wußten sich diese Notlage der freien Künstler zunutze zu machen. Wer an den harten, ungerechten Bedingungen etwas auszusetzen hatte, fand sich schon bald wieder auf der Landstraße oder bekam es gar mit den Schergen der Auftraggeber zu tun und mußte unter Gefahr für Leib und Leben das Weite suchen. Vignac hatte oftmals beobachtet, wie es den auf ihre Bezahlung pochenden Handwerkern ergehen konnte. Eine gehörige Tracht Prügel war noch das geringste Übel. In der Auvergne hatte er mit ansehen müssen, wie man einem Steinmetz die Hand, die dieser seinem Brotgeber zur Faust geballt entgegengestreckt hatte, einfach abschlug.
Doch er, Vignac, würde sich eine ehrenvolle Anstellung zu verschaffen wissen. Um nichts anderes kreiste sein Denken. Die Zeit würde kommen, da sich ihm eine Gelegenheit bieten würde, sein Können unter Beweis zu stellen.
Er erreichte eine Lichtung, ließ sich im Gras nieder und betrachtete die Umgebung. Um ihn herum war alles still. Er öffnete eine Ledertasche, die er immer bei sich trug, holte ein Skizzenbuch hervor, blätterte die Seiten um und betrachtete prüfend seine Notizen der letzten Monate. Schließlich vertiefte er sich in eine Doppelseite, auf der zwei Gemälde in feiner Federzeichnung wiedergegeben waren. Ein ungeübtes Auge hätte die Skizzen für weitgehend identisch gehalten. Doch Vignac erinnerte sich genau an die feinen Unterschiede in den beiden Gemäldeversionen, die er vor Monaten auf einem Schloß im Süden gesehen hatte. Irgend etwas an den Bildern hatte seine Aufmerksamkeit gefangengenommen, und daher hatte er sie sorgfältig abgezeichnet. Dabei waren die Gemälde keineswegs außergewöhnlich.
Auf einer Waldlichtung stand eine Frau an einem Quell, dem sie soeben entstiegen war. Wassertropfen glitzerten auf ihrem schneeweißen Kör-

per und rollten von ihren Schultern, Brüsten und Schenkeln hinab. Zu ihrer Linken im Gras saß ein junges Mädchen und schaute belustigt zwei Männern zu, die wenige Schritte entfernt zwischen den Büschen hervortraten. Einer der Männer trug eine Flöte in der Hand. Hinter der Badenden befanden sich zwei weitere Mädchen, im Begriff, der Frau ein Tuch umzulegen. Im Hintergrund war ein Reiter zu sehen, dem ein Rudel wild bellender Hunde vorauseilte. Die Jagdszene war lebendig gestaltet, so daß man fast das Gekläffe der Hunde und das Schnappen ihrer Kiefer zu hören vermeinte. Zwei Dutzend Läufe schnellten in atemberaubendem Tempo hinter der Badenden vorbei auf einen Hirsch zu, der, mit bereits eingeknickten Vorderläufen, vergeblich versuchte, sein Geweih hochzureißen, um der Meute entgegenzutreten. Schon war der erste heran, grub seine Zähne tief in die weiche, ungeschützte Seite des Tieres und riß mit einem wütenden Knurren ein faustgroßes Stück heraus. Zwei schwarze Hunde stürzten sich gleichzeitig auf die Kehle. Kiefer schnappten zu und erstickten jäh das aufheulende Röhren des Hirsches. Nun waren auch die gescheckten herangekommen. Ein kurzes, knirschendes Geräusch, und die Hinterläufe des Bullen knickten zusammen. Er fiel, rollte zur Seite. Überall hingen die Hunde an ihm wie wahnsinnig gewordene Welpen und rissen ihn in Stücke. Die Beine des Tieres ruderten hilflos in der Luft. Das letzte Fünkchen Leben erlosch in einem kalten Zittern.

Das alles ging so schnell, daß der Reiter noch nicht einmal die Mitte der Lichtung erreicht hatte. Auf dem ersten Gemälde trug er ein schwarzweiß gestreiftes Gewand, das ihn als einen hohen Herrn auswies, der um einen entfernten Verwandten trauerte. Auf dem zweiten Bild war er dunkel gekleidet und trug die Gesichtszüge des Königs Heinrich. Aus der Ferne blickte er befriedigt auf das Werk, das seine Hunde für ihn verrichteten. Die Damen waren aufgeschreckt. Der Flötenspieler hob sein Instrument an die Lippen. Der andere Mann lag ungerührt im Gras und betrachtete die dem Quell entstiegene Dame.

Vignac musterte die beiden Skizzen. Die Szene war zweifellos der Aktaion-Erzählung aus Ovids *Metamorphosen* nachgebildet. Ein von Hunden zerrissener Hirsch. Die einem Quell entsteigende Dame. Die Bilder zeigten die furchtbare Rache der Göttin Diana an dem unglücklichen

Aktaion, der die Göttin nackt im Bade erblickte und, von ihr zur Strafe in einen Hirsch verwandelt, seinen eigenen Hunden zum Fraß wurde. Doch welche Funktion hatte der Reiter im Hintergrund? Was hatte er in dieser Szene zu suchen? Diana und Reiter des ersten Gemäldes waren Vignac unbekannt. Vermutlich waren sie einem fürstlichen Liebespaar nachempfunden, dessen Liebe durch diese Darstellung eine allegorische Überhöhung zuteil wurde. Was Vignac jedoch an den Gemälden so faszinierte, war der Umstand, daß der Maler des zweiten Bildes den Figuren Diana und Reiter die Gesichtszüge Gabrielles d'Estrées und Heinrichs IV. verliehen hatte. Vignac spürte, wie ihn diese feinsinnige Veränderung in Unruhe versetzte. Sollte es ihm nicht möglich sein, diese Idee für seine eigenen Pläne zu nutzen.

Er erhob sich und schritt über die einsame Waldlichtung. Die Sonne war höher gestiegen, und das Unterholz knackte unter der aufsteigenden Feuchtigkeit. Als er wieder bei der Hütte eintraf, schliefen Lussac und das Mädchen noch immer. Lautlos verließ er abermals die Schlafstätte, setzte sich draußen unter einem Baum ins Gras und starrte gedankenversunken vor sich hin.

Acht
Befragung von La Varaine

Der Zeuge heißt Guillaume Fouquet, Herr von La Varaine und Sainte-Suzanne, Oberster Postmeister und Staatsrat, neununddreißig Jahre alt. Er ist derjenige, der vom König beauftragt wurde, die Herzogin von Beaufort zu Zamet zu geleiten.

CHARLES LEFEBRE: An welchem Tag begab sich die Herzogin in die kleine Kirche Saint-Antoine, um das Tenebrae zu hören?

LA VARAINE: Das war am Mittwoch.

C. L.: Überkam sie nicht eine Unpäßlichkeit, bevor sie sich auf den Weg machte?

LA VARAINE: Ihre fortgeschrittene Schwangerschaft bereitete ihr seit geraumer Zeit Beschwerden. Außerdem wurde ihre Seele, wie alle Welt weiß, von allerlei abergläubischen Ängsten heimgesucht. Dennoch speiste sie an jenem Tag mit einigem Appetit.

C. L.: Sie haben in der Tat in Ihrem Brief an Herrn de Rosny auf diese Tatsache besonders hingewiesen. Ich lese in Ihrem Brief vom 9. April, daß sich die Herzogin in die Kirche begab, um das Tenebrae zu hören, nachdem sie gut und mit einigem Appetit gespeist hatte, denn, so fügten Sie hinzu, »ihr Gastgeber verwöhnte sie mit den leckersten und köstlichsten Gerichten, von denen er wußte, daß sie zu den Lieblingsspeisen der Herzogin gehörten«. Das hätte Sie eigentlich nicht zu erstaunen brauchen. Es war ja nicht das erste Mal, daß die Herzogin bei Zamet speiste. Der Tisch des Finanzmannes war stets reichlich und geschmackvoll gedeckt. Diesmal tat er zweifellos das, was er immer tat, wenn er den König oder eine hochstehende Persönlichkeit bei sich empfing. Ich kann mir also Ihre Bemerkung nicht ganz erklären. Was ich noch weniger begreife, sind die Worte, die darauf folgen: »... was Ihrer Aufmerksamkeit nicht entgangen sein dürfte, denn die meinige reicht nicht aus, um Vermutungen zuzulassen über Dinge, die mir nicht aufgefallen sind.« Was wollten Sie mit diesen Worten sagen? Hier scheint sich eine Anspielung zu verbergen.

LA VARAINE: Die Krankheit der Herzogin kam sehr plötzlich und erschien daher vielen Personen als außergewöhnlich. Doch gab es Grund für irgendwelche Verdächtigungen? Ich weiß es nicht, und ich wollte lediglich sagen, daß ich nichts beobachtet hatte, was solche Rückschlüsse zuließ.

C. L.: Dennoch trifft es zu, daß Sie auf etwas anspielen, das Sie zwar nicht nennen, aber doch andeuten wollen. Verdächtigen Sie Herrn Zamet?

LA VARAINE: Niemals habe ich etwas Derartiges geäußert.

C. L.: War Herr Zamet nicht Ihr Freund?

LA VARAINE: Ich war ihm in der Tat sehr verbunden. Als die Armee von Herrn Mayenne vor Dieppe stand, hatte mich der König in die Champagne und die Picardie geschickt, um den Marschall von Aumont und den Herzog von Longueville herbeizuholen. Ich fiel jedoch den Leuten von de Soissons in die Hände. Herr Zamet stellte das Lösegeld für meine Freilassung bereit.

C. L.: Das hätte Sie eigentlich dazu bewegen müssen, sich ihm gegenüber loyal zu verhalten und keine Bemerkung zu machen, die müßig ist, wenn sich dahinter keine Anspielung verbirgt, die nur auf ihn gemünzt sein kann. Man könnte glauben, aus Angst davor, in eventuelle Untersuchungen verwickelt zu werden, hätten Sie sich schon zuvor absichern wollen, um später sagen zu können: Ich war der erste, der Zweifel angemeldet hat.

LA VARAINE: Warum hätte ich solche Vorsichtsmaßnahmen ergreifen sollen? Ich hatte mit Herrn Zamet nur wenig zu tun. Der Dienst, den er mir einst erwiesen hatte, kam eher dem König zugute als mir, und der König hat das Geld ja auch zurückerstattet. Ich wußte überhaupt nichts über Zamets Geschäfte. Auch mußte ich nicht fürchten, in die Sache hineingezogen zu werden, falls man wirklich einen

Prozeß gegen ihn anstrengen würde, denn jeder wußte, daß ich das Vertrauen sowohl der Herzogin als auch des Königs genoß, der Madame meinem Schutz unterstellt hatte. Noch am Vorabend ihrer Abreise von Fontainebleau wußte ich nicht, daß ich sie begleiten sollte. Wie hätte ich mich also an einem Komplott gegen ihr Leben beteiligen sollen und aus welchem Interesse heraus? Meine wahren Interessen schrieben mir eher vor, ihr Leben zu schützen, als ihr Verderben zu fördern. Ich mußte also überhaupt keine Vorkehrungen treffen noch irgendwelche Zweifel ausräumen.

C. L.: Wann begann die Krankheit der Herzogin?

LA VARAINE: Bei ihrer Rückkehr aus der kleinen Kirche Saint-Antoine. Sie erging sich ein wenig im Garten von Herrn Zamet, und während dieses Spaziergangs überraschte sie plötzlich ein gewaltiger Krampf, der sie zu ersticken drohte.

C. L.: Gingen diesem Krampf keine Anzeichen voraus?

LA VARAINE: Ja. Doch. Während des Tenebrae hatte die Herzogin einen Schwächeanfall, deshalb kehrte sie ja auch früher als geplant in Zamets Hôtel zurück. In der Kirche war es sehr eng und heiß. Außerdem waren dort viele Menschen.

C. L.: Das ist richtig. Es scheint festzustehen, daß die Herzogin, die durch die Schwangerschaft geschwächt war, unter der außergewöhnlichen Hitze sehr litt. Hat die Herzogin nach ihrer Rückkehr zu Zamet eine Frucht gegessen, eine große, zitronenartige Frucht, die man Quitte nennt?

LA VARAINE: Das ist möglich, doch ich habe es nicht bemerkt.

C. L.: Mehrere Personen haben dies bestätigt und das plötzliche Fieber darauf zurückgeführt, daß sie im Zustand der Erhitzung eine rohe, kalte und bittere Frucht zu sich nahm, die erst eine Kolik und schließlich eine Rippenfellentzündung ausgelöst habe.

LA VARAINE: Die raschen, gewaltigen Krämpfe, denen die Herzogin zum Opfer fiel, lassen eine solche Annahme nicht zu.

C. L.: Wie sahen diese Anfälle aus?

LA VARAINE: Erstickungsanfälle und Krämpfe, die regelmäßig wiederkehrten.

C. L.: Das Fräulein Guise sprach in der Tat von Krämpfen, und die Ärzte bestätigen, daß diese Art von Krankheit bei Frauen in fortgeschrittener Schwangerschaft recht häufig ist. Fahren Sie fort.

LA VARAINE: Schon nach den ersten Anfällen verlor sie vorübergehend das Bewußtsein und das Sehvermögen. Würgen, Ersticken und Krämpfe begleiteten jeden Anfall. Wir glaubten, sie werde jeden Augenblick sterben. Doch es gelang, sie aus der Bewußtlosigkeit zurückzuholen, und als sie wieder zu sich gekommen war, sprach sie von nichts anderem als davon, daß sie augenblicklich das Haus Zamets verlassen und zum Kloster St. Germain gebracht werden wolle, ins Haus ihrer Tante, die zu diesem Zeitpunkt auf ihren Ländereien in Alluye weilte.

C. L.: Herr Chiverny behauptet in seiner schriftlichen Aussage, die Herzogin habe, nachdem man sie behandelt hatte, eine ruhige Nacht in Zamets Hôtel verbracht, und sie habe erst am Donnerstag morgen hartnäckig darauf bestanden, ins Haus ihrer Tante gebracht zu werden.

LA VARAINE: Der Kanzler irrt. Am Mittwoch abend, gleich nach ihrem ersten Anfall, befahl die Herzogin, ins Haus ihrer Tante gebracht zu werden. Sie bezeugte ein so leidenschaftliches Interesse daran, sich aus Zamets Haus zu entfernen, daß uns keine Wahl blieb, als die Herzogin unverzüglich ins Dekanat zu geleiten.

C. L.: Was geschah, nachdem man die Herzogin ins Haus ihrer Tante gebracht hatte?

LA VARAINE: Sie ging sofort zu Bett, und man schickte eiligst nach den Ärzten. Doch als ihre Anfälle heftiger und häufiger wurden, beschloß ich, den König zu benachrichtigen und ihm mitzuteilen, daß die Ärzte um das Leben der Herzogin bangten. Aufgrund der Schwangerschaft konnte man keine Mittel verwenden, die der Gewalt des Übels angemessen waren.

C. L.: Den ersten Brief an den König schrieben Sie also am Mittwoch?

LA VARAINE: Nein, am Donnerstag.

C. L.: Schrieb die Herzogin nicht auch einige Briefe?

LA VARAINE: Das ist möglich, obschon ich nichts dergleichen beobachtet habe. Sie war von ihren Kammerfrauen und von einigen Edeldamen umgeben, die herbeigeeilt waren, als sie von der Krankheit gehört hatten. Allmählich zogen sie sich jedoch wieder zurück, als sie sahen, in welch verzweifeltem Zustand die Herzogin sich befand. Ich selbst war auch nicht die ganze Zeit in ihrem Gemach.

C. L.: Herr Chiverny berichtet, sie habe dem König während ihrer Krankheit drei Briefe geschrieben. Während sie den dritten Brief beendete, suchte sie ein Anfall heim, der schwerer war als die vorangegangenen. Erst zu diesem Zeitpunkt verlor sie das Bewußtsein und einige Stunden später schließlich das Sehvermögen, das Hörvermögen und die anderen Sinne.

LA VARAINE: Ich glaube nicht, daß es ihr am Donnerstag abend in den kurzen Pausen zwischen den Anfällen möglich gewesen ist, drei Briefe zu schreiben. Der Kanzler befand sich zu diesem Zeitpunkt nicht in Paris. Er kennt den Verlauf der Ereignisse nur aus zweiter Hand.

C. L.: Gewiß ist, daß sie mindestens *einen* geschrieben hat. Herr Puipeyroux hat ihn dem König überbracht. Sie bittet darin den König, ihr zu gestatten, nach Fontainebleau zurückzukehren. Sie war überzeugt, er würde ihr diese Strapaze ersparen wollen und statt dessen selbst sogleich nach Paris kommen. Und tatsächlich, kaum war Puipeyroux eingetroffen, schickte der König ihn nach Paris zurück mit dem Auftrag, eine Fähre bei den Tuilerien bereitzuhalten, damit er von Saint-Germain aus direkt zum Louvre übersetzen konnte, ohne Paris durchqueren zu müssen. Seine Majestät ritt los und war sehr ungehalten, als er Puipeyroux schon bald einholte. Er fuhr ihn an, warum er sich nicht mehr beeilt habe, doch als sie weiterritten, erfuhr Seine Majestät plötzlich auf halbem Wege durch eine Nachricht von Ihnen, daß die Herzogin tot sei. Daher versperrten ihm seine Diener den Weg nach Paris und veranlaßten Seine Majestät, nach Fontainebleau zurückzukehren. Zu welchem Zeitpunkt verfaßten Sie diese Nachricht?

LA VARAINE: Am Freitag vormittag.

C. L.: Die Herzogin starb jedoch erst am nächsten Morgen. Wie konnten Sie also dem König am Freitag schon mitteilen, daß sie gestorben sei?

LA VARAINE: Das Gesicht der Herzogin war gräßlich entstellt. Ihr

Kopf war fast völlig nach hinten gedreht. Als ich sie in diesem Zustand sah, dachte ich, daß es für den König nicht ziemlich wäre, sie derart entstellt zu sehen. Außerdem hatten die Ärzte bereits jegliche Hoffnung aufgegeben. Ich wollte dem König den großen Schmerz und Kummer ersparen, den er sicher erlitten hätte, wenn er sie in solch einem Zustand gesehen hätte. Daher wagte ich es, ihm zu schreiben, er möge nicht kommen, da die Herzogin so gut wie tot sei und ihr Anblick seinen Schmerz nur vergrößern würde.

C. L.: Das sind wenig überzeugende Gründe. Es ist unverzeihlich, daß Sie den König in einer so ernsten Situation derart getäuscht haben. Sie haben ihn um den höchsten Trost gebracht, derjenigen, die er über alles liebte, in ihren letzten Stunden beizustehen. Ihr Brief traf ihn wie ein Blitzschlag. Seine Diener, die Herren Roquelaure und de Fontenac, brachten ihn in die Abtei von Saussaye bei Villejuif und legten ihn zu Bett. Bald jedoch erhob er sich wieder und sagte, er bestehe darauf, sie tot zu sehen und sie noch einmal in seinen Armen zu halten. Man mußte fast Gewalt anwenden, um ihn dazu zu bewegen, die Kutsche nach Fontainebleau zu besteigen. Welche Gründe hatten Sie also, Seine Majestät davon abzuhalten, an das Bett der Sterbenden zu kommen, damit er sich selbst ein Bild davon machen konnte, was geschehen war?

LA VARAINE: Keine anderen Gründe als die bereits genannten. Der König hätte von der Herzogin nichts erfahren können, da sie bewußtlos darniederlag. Ich wollte den König vor einem nutzlosen Schmerz schützen und ihm einen gräßlichen Anblick ersparen, der ihn vielleicht zu einer unklugen Handlung verleitet hätte. Ich habe nicht anders gehandelt als die vertrautesten Diener des Königs, die ihn daran hinderten, nach Paris zu reiten. Herr Bellièvre, der Seiner Majestät auf dem Weg begegnete, sagte ebenfalls, daß die Herzogin tot sei, obwohl er es besser wußte. Alle diese Herren folgten dem gleichen Impuls wie ich: Dem König zuliebe hielten sie ihn von dem grauenvollen Schauspiel fern, das ihn in Paris erwartete.

C. L.: Ich sehe wohl, daß es Ihnen darum ging, die Empfindsamkeit des Königs zu schonen. Doch die Herren d'Ornano und Bassompierre hatten keine solche Schonung verlangt. Dennoch erzählten Sie ihnen die gleiche Geschichte wie dem König. Am Freitag suchten Sie die beiden während des Ostergottesdienstes in Saint-Germain-l'Auxerrois auf und sagten ihnen, die Herzogin sei gestorben. Dann baten Sie die beiden Herren, dem König, der sicher bereits auf dem Wege sei, entgegenzureiten und Vorsorge zu treffen, daß Seine Majestät nicht nach Paris kam.

LA VARAINE: Diese Herren haben meine Worte falsch überbracht oder falsch verstanden. Ich habe nicht gesagt, daß die Herzogin tot sei, sondern daß man sie für so gut wie tot hielt. Herr de Rosny ist auch ein Freund Seiner Majestät und genießt weit größeres Vertrauen als die Herren d'Ornano oder Bassompierre. Habe ich ihm vielleicht die Wahrheit verheimlicht? Sie haben ja den Brief in Händen, den ich ihm am Freitag abend schrieb und durch den Kurier überbringen ließ, den der König an den Marquis de Rosny entsandt hatte, um ihn nach Fontainebleau zu bestellen. Habe ich ihm in diesem Brief vielleicht nicht gesagt, warum ich glaubte, Seiner Majestät gegenüber entsprechend handeln zu müssen? Habe ich mein Verhalten ihm gegenüber nicht gerechtfertigt? Ließ ich ihn im unklaren darüber, daß Madame de Beaufort noch atmete, während der König sie bereits beweinte? Dies sind meine Worte gewesen: »*Und hier bin ich und halte diese arme Frau wie tot in meinen Armen und glaube nicht, daß sie noch länger als eine Stunde zu leben hat angesichts der schrecklichen Anfälle, denen sie ausgesetzt ist.*« Bitte achten Sie auf meine Worte: *wie tot!* Ich schrieb diesen Brief gegen neun Uhr abends. Doch seit dem Vormittag, als ich dem König schrieb, hatte sich die Situation nicht mehr verändert, und wir rechneten jeden Augenblick mit dem Eintreten des Todes, was jedoch erst am darauffolgenden Morgen erfolgte.

C. L.: Das Fräulein von Guise behauptet jedoch, daß die Herzogin zu diesem Zeitpunkt aufgrund der Mittel, die man ihr verabreicht hatte, niederkam.

LA VARAINE: Das Fräulein von Guise irrt sich. Sie war ja auch keine Augenzeugin, da sie die Herzogin nach den ersten Behandlungen im Haus ihrer Tante verlassen hatte. Das Gegenteil ist wahr. Aufgrund der fortgeschrittenen Schwangerschaft konnten die Ärzte keine Maßnahmen ergreifen, die der Schwere des Übels angemessen waren.

Man ließ die Herzogin nicht niederkommen, und erst nach ihrem Tode wurde ihr Leib geöffnet und das Kind in Stücken und Fetzen daraus hervorgeholt. Das Kind war bereits am ersten Tag der Krankheit gestorben.

C. L.: Die Ärzte haben den Leichnam also geöffnet. Sie suchten wohl nach der Ursache der Krankheit. Kennen Sie das Ergebnis dieser Untersuchung?

LA VARAINE: Nein. Aber die besten Ärzte von Paris waren dort versammelt, einschließlich zweier Ärzte, die der König geschickt hatte. Es handelte sich um Personen, die aufgrund ihres Wissens und ihrer Stellung einiges Ansehen genossen. Niemals hätten sie die Wahrheit verschwiegen. Hätten sie Anzeichen für einen unnatürlichen Tod gefunden, so wäre es schon außergewöhnlich, daß sie sich abgesprochen haben sollten, nichts darüber verlauten zu lassen. Wenigstens der König hätte davon erfahren. Jedoch ist Seiner Majestät nichts dergleichen zu Ohren gekommen.

C. L.: Was zur Genüge beweist, wie leichtsinnig es von Ihnen war, Verdachtsmomente zu schüren, deren Nichtigkeit Sie nun selbst eingestehen müssen.

Gegeben zu Paris, diesen 7. Mai 1599

Neun
Der Plan

Drei Tage später erreichten sie das Schloß. Wie ein gestrandetes Schiff lag es auf den karg bewachsenen Hügeln der Bretagne. Sie überreichten die Empfehlungsschreiben, und man wies ihnen eine Kammer bei den Werkstätten zu. Nach einigen Verhandlungen setzten sie durch, daß das Mädchen für die Dauer ihres Aufenthaltes ohne Bezahlung in der Küche mithelfen sollte und dafür ein Bett und Verpflegung erhalten würde.
Überall waren Reparaturarbeiten im Gange. Die Wassergräben waren versandet. Zahllose Geschoßeinschläge übersäten die äußeren Mauern und hatten auch die Gebäude im Innern schwer beschädigt. Das Hauptportal war völlig zerstört, alle Darstellungen waren abgeschlagen worden, und Lussac stand schon am nächsten Tag über die alten Zeichnungen gebeugt und studierte die Köpfe, Gesichter, Fresken und Ornamente, die das Portal bald wieder schmücken sollten. Vignac gesellte sich zu den Malern, die schon darangegangen waren, einige beschädigte Gemälde zu reinigen und zur Neubemalung vorzubereiten. Es stellte sich jedoch heraus, daß in den meisten Fällen die alte Pracht nicht mehr zu retten war, und so ging man daran, neue und prächtigere Bilder nach den alten Vorlagen zu malen.
Sie blieben den ganzen Winter über dort. Die kürzer werdenden Tage waren angefüllt mit hundert Tätigkeiten, und in den länger werdenden Nächten hockten die aus halb Europa zusammengewürfelten Künstler und Kunsthandwerker beieinander in ihren dünnwandigen Verschlägen, die nach Essen, Schweiß und Ausdünstungen rochen, und lauschten dem Wind, der draußen über die Felder strich. Gerüchte über die Vorgänge im Reich trieben an ihnen vorüber. Amiens war im Novem-

ber gefallen. Eine weitere Niederlage für Spanien, das die Stadt im Frühjahr besetzt hatte. Heinrich schickte Du Plessis Mornay, den Papst der Protestanten, in die Normandie, um Mercœur, den letzten widerspenstigen Lothringer, zur Unterwerfung aufzufordern. Der würde bleich werden vor Wut in seiner meeresfeuchten Burg am Rande der Welt. Man nahm die Neuigkeiten zur Kenntnis, doch in den Herzen wohnten zuviel Schrecken und zuviel Erinnerung an dreißig Jahre Krieg, als daß man sich angesichts dieser Nachrichten allzu große Hoffnungen gemacht hätte. Wer konnte schon wissen, was das Frühjahr bringen würde? Was, wenn Navarra doch noch einem der vielen Messer, die gegen ihn in Umlauf waren, zum Opfer fallen würde? Irgendwo hinter dem verhangenen Horizont wurden Geschicke besiegelt, die morgen schon wieder gelöst sein konnten. Verläßlich waren nur der Wind, der Regen, die Wärme des Feuers und der nagende Hunger.
Als der erste Schnee fiel, quartierte man sie in die Keller um, die sich nur insofern von Verliesen unterschieden, als die Türen nicht verriegelt waren und trockenes, sauberes Stroh die kalten Böden bedeckte. Warmes Essen und – wenngleich bescheidene – Bezahlung verwandelten die dunklen Gelasse jedoch in luxuriös anmutende Gemächer, die Schutz boten gegen die Unwägbarkeiten der frostigen Freiheit, welche sich ungewiß um das Schloß herum erstreckte.

Vignac arbeitete an der Holztäfelung des Speisesaals, die bemalt werden sollte. War diese Arbeit beendet, gab es noch so manches Zimmer im Schloß, dessen Wandverzierungen auf ihn warteten.
Innerlich war er jedoch mit anderen Eindrücken beschäftigt. Die Waldszene, jene zwei Gemälde, die er auf einem der Schlösser im Süden gesehen hatte, ließ ihm keine Ruhe. Aber warum suchten ihn diese Bilder mit solcher Hartnäckigkeit heim? Immer wieder spiegelte ihm seine Seele jene Szene auf der Waldlichtung vor, und wenn er die Augen schloß, sah er, wie das schöne, jugendliche Gesicht einer unbekannten, von Waldnymphen umringten Dame sich den Zügen der Herzogin von Beaufort anverwandelte. Die Einzelheiten der Darstellung standen ihm so klar vor Augen, als habe er die Bilder erst gestern gesehen. Er hatte die Gemälde damals eingehend betrachtet, vielleicht nur deshalb, weil die

beiden Bilder sich so ähnlich waren. Eine Dame stand, von drei Nymphen umringt, an einem Bach und hielt schamvoll ein Tuch vor ihren Schoß. Zu ihrer Linken kauerte ein Pan, der verschlagen den Betrachter anblickte, während im Mittelgrund ein weiterer Pan die Flöte spielte. Links im Bildhintergrund ritt ein Edelmann auf einen Hirsch zu, den seine vorauseilenden Hunde bereits zu Boden gerissen hatten. Ja, es gab keinen Zweifel. Es war die Aktaion-Szene aus dem dritten Buch von Ovids *Metamorphosen*, das schaurige Ende des Enkels des Cadmus, der die Jagdgöttin Diana im Bade überraschte, von ihr aus Rache in einen Hirsch verwandelt und sodann von seinen eigenen Hunden zerrissen wurde. Vignac vermeinte fast, die eindringlichen Worte des Dichters zu hören, während er sich die Bilder deutlicher und deutlicher in Erinnerung rief.

Da, sobald er die quelldurchrieselte Grotte betreten,
Schlagen die Nymphen beim Anblick des Mannes, nackt wie sie waren,
Jäh ihre Brüste, erfüllen mit lauten klagenden Rufen
Plötzlich den ganzen Hain. Mit den eigenen Leibern sie deckend,
Drängen sie rings sich eng um Dianen. Doch höheren Wuchses,
Ragt über alle hinaus um Haupteslänge die Göttin.
Purpurglut, wie Wolken sie eigen, die von der Sonne
Widerschein überstrahlt, wie sie eigen der Röte des Morgens,
Färbte Dianas Gesicht, da sie ohne Gewand sich erschaut sah.
Und, obgleich sie so dicht umringt von der Schar ihrer Treuen,
Stellt sie sich doch zur Seite gedreht und wendet das Antlitz
Rückwärts, und wie sie verlangt, einen Pfeil in Händen zu haben,
Schöpft sie, was ihr zur Hand, das Naß, besprengt des Mannes
Antlitz mit ihm, und, sein Haar mit den rächenden Fluten benetzend,
Spricht sie die Worte dazu, die das kommende Unheil ihm künden:
»Jetzt erzähle, du habest mich ohne Gewande gesehen,
Wenn du noch zu erzählen vermagst!« Sie drohte nicht weiter,
Gab dem besprengten Haupt des langelebenden Hirsches

Hörner, die Länge dem Hals, macht spitz das Ende der Ohren,
Wandelt zu Läufen um seine Hände, die Arme zu schlanken
Schenkeln, umhüllt seinen Leib mit dem fleckentragenden Vliese,
Gab auch die Furcht ihm dazu. Es flieht Autonoës tapfrer
Sohn und wundert sich selbst im Laufe der eigenen Schnelle.
Als er aber Gesicht und Geweih in den Wellen erblickte,
Wollte er: »Weh mir!« rufen – es folgt keine Stimme, ein Stöhnen
Nur! (Dies ist seine Stimme fortan.) Das Antlitz – nicht seines
Mehr – überströmen die Tränen ...

Entsetzliches Ende, gejagt von den eigenen Hunden. Und hinten im Bilde war dieses Ende zu sehen.

Rings umdrängten sie ihn, in den Leib die Schnauzen ihm
   tauchend,
Reißen im trügenden Bild des Hirsches ihren Herrn sie in Stücke.
Erst, als in zahllosen Wunden, so sagt man, geendet sein Leben,
War ersättigt der Zorn der köcherbewehrten Diana.

Doch wer war der Edelmann, der hinten auf der Lichtung vorüberritt? Hatte der Maler sich hier nicht von der mythologischen Erzählung entfernt und in der Darstellung jenen Reiter zum Rächer für Aktaions Vergehen gemacht? Ja, so mußte es sein. Deshalb war das Antlitz der Göttin der Herzogin von Beaufort nachempfunden. Das Gemälde stiftete einen allegorischen Zusammenhang zwischen jenem Reiter und Gabrielle d'Estrées. Der Edelmann war kein anderer als der König selbst, Heinrich von Navarra. Niemand nähert sich ungestraft der Geliebten des Königs! Diese Botschaft war in beiden Gemälden enthalten.
Diese Entdeckung erregte Vignac aufs äußerste. Denn kaum hatte er durchschaut, durch welche feinsinnige Veränderung der Maler das Diana-Motiv für seine Darstellung der Liebe zwischen Navarra und Gabrielle genutzt hatte, durchfuhr in ein ungeheuerlicher Gedanke. Er glaubte auf einmal, erkannt zu haben, welche großartige Idee er in den beiden Darstellungen erspürt hatte. Ja, er vermeinte plötzlich, einen

Weg gefunden zu haben, der ihn aus seiner kümmerlichen Existenz herausführen würde.

Er legte den Pinsel beiseite und starrte versonnen vor sich auf die Holztäfelung. Doch erst ganz allmählich, in den Nachtstunden, formte sich in ihm eine klare Idee aus: Der Schlüssel zu seinem Schicksal lag in dieser Vision verborgen. Heimlich ging er daran, ihr nachzuspüren.

Im Frühjahr bestätigte sich, was vorbeiziehende Reisende den ganzen Winter über prophezeit hatten: Heinrich schickte sich an, den letzten noch verbliebenen lothringischen Rebell zu unterwerfen. Bis zuletzt weigerte sich Mercœur, auf die mannigfaltigen Vermittlungsangebote und das Flehen seiner Schwester einzugehen. Aufzuhalten war der Sieg des Königs nicht mehr, lediglich sein Preis war auszuhandeln und die Frage, ob er in Blut oder Geld zu entrichten war.

Der bretonische Adel fiel von Mercœur ab und schlug sich scharenweise auf die Seite Heinrichs. Stadt um Stadt öffnete und unterwarf sich dem König. Eine militärische Auseinandersetzung, die der widerspenstige Herzog schwerlich überleben würde, schien unvermeidlich zu sein. Doch anstatt von Musketenfeuer und Sturmglocken, waren die ersten Apriltage schließlich von Feuerwerk und Hochzeitsgeläut erfüllt. Während zahllose Schaulustige aus allen Winkeln der Provinz Schloß Angers umlagerten, wurde in der reichgeschmückten Kapelle des Königs erstgeborener Sohn Caesar mit Mercœurs einziger Tochter vermählt.

Eine Woche darauf begab sich der Hof nach Nantes. Mercœur hatte einige Tage zuvor das Schloß übergeben. Die Herzogin von Beaufort gebar dort am 13. April 1598 Alexander, ihren zweiten Sohn. Sie verblieb noch einige Wochen in der Bretagne, um sich von der Niederkunft zu erholen und ihren älteren Sohn, der durch die Vermählung mit Mercœurs Tochter nun Gouverneur der Bretagne geworden war, seinen neuen Untertanen zu zeigen.

Um diese Zeit herum muß es gewesen sein, als Lussac eines Nachts erwachte und bemerkte, daß der Schlafplatz neben ihm leer war. Er schloß die Augen, spürte jedoch, daß er instinktiv auf herannahende Schritte lauschte. Nachdem einige Minuten verstrichen waren, ohne daß ein Geräusch die Rückkehr Vignacs ankündigte, erhob er sich und begab sich über die Kellertreppe nach oben in die Eingangshalle. Auch hier war alles ruhig. Das Mondlicht, das durch die hohen Fenster in den geräumigen Saal fiel, verbreitete einen schwachen Lichtschimmer. Lussac ging unschlüssig ein paar Schritte in die Halle hinein, blieb stehen und lauschte.

Kein Laut war zu hören außer dem Schnarchen und dem rasselnden Atem der Männer, die unten in den Kellerräumen schliefen. Wo mochte Vignac zu dieser nächtlichen Stunde sein? Freilich war er schon seit Wochen oft nicht auffindbar und von einer merkwürdigen Unruhe erfüllt. Aber dieses nächtliche Verschwinden war doch seltsam, und Lussac hoffte, daß sein Freund es sich nicht hatte einfallen lassen, seinen kärglichen Lohn durch unrechtmäßige Handlungen aufzubessern. Lief er womöglich nachts im Schloß herum, um zu stehlen? Der Gedanke hatte sich kaum in ihm ausgeformt, da bot sich ihm ein Anblick, der ihm eine andere, nicht weniger beunruhigende Erklärung aufdrängte. Ohne daß auch nur das leiseste Geräusch ihr Erscheinen angekündigt hatte, sah er plötzlich Vignac in Begleitung des Mädchens aus einem der seitlichen Gänge heraustreten. Lautlos durchschritten sie die Lichtpfützen, die der Mond zu ihren Füßen über den Steinboden ausgoß, traten in die Vorhalle und verharrten dort still im Schatten einer Säule. Kurz darauf löste sich das Mädchen aus der Dunkelheit und verschwand.

Vignac verweilte noch einen Augenblick, bis sich die Tür hinter dem Mädchen geschlossen hatte, und machte dann Anstalten, sich in den Schlafsaal zu begeben. Doch schon nach wenigen Schritten traf ihn die flüsternde Stimme Lussacs.

»Wo zum Teufel kommst du her?«

Vignac fuhr herum. »Still, still. Du schläfst nicht?«

»Und du? Willst du dafür sorgen, daß sie uns in Ketten legen und aufknüpfen?«

Vignac legte ihm den Finger auf den Mund. »Nicht so laut!«

Lussac spuckte aus. »Was zum Teufel hast du an den Fingern?«

Vignac kicherte. »Verzeih. Da ist wohl noch etwas Essig hängengeblieben. Aber so sprich doch endlich leise.«

»Wo bist du gewesen?«

»Komm. Laß uns zu Bett gehen. Ich bin müde.«

»Ach ja? Und sie? Ist sie auch müde?«
»Was lauerst du mir auch auf mitten in der Nacht?«
»Und du? Was hast du an den Händen? Warst wohl in der Speisekammer, um dich für deine Galanterien zu stärken? Wie kannst du es wagen, hier wie ein Dieb im Haus herumzuschleichen?«
»Ein Dieb? Ich? Dummes Zeug. Der einzige, der hier bestohlen wird, bin ich selber, da ich mir den Schlaf raube. Aber komm. Ich will ohnehin etwas mit dir besprechen. Hör zu. Ich möchte, daß du Perrault nach Paris schreibst, daß wir im Juni kommen werden.«
Lussac traute seinen Ohren nicht. »Im Juni? Wieso im Juni? Warum willst du weg von hier? Ich denke nicht daran. Hier gibt es noch für mindestens zehn Monate Arbeit. Und was um alles in der Welt sollen wir in Paris?«
Vignac zog ihn hinter sich her die Treppe hinunter. Die anderen Männer schliefen. Niemand hatte ihre Abwesenheit bemerkt. Als sie sich niedergelegt hatten, ergriff Vignac seinen Freund am Arm, zog ihn nahe an sich heran und sprach mit leiser Stimme:
»Ich will Hofmaler werden.«
Lussac starrte ihn an. Sein Freund hatte offensichtlich den Verstand verloren, aber Vignac fuhr unbeirrt fort:
»Schau uns an, Lussac. Hier sitzen wir wie die Mäuse im Keller und sind dankbar für jeden Bissen und jede dumme Arbeit, die man uns hinwirft. Und wenn alles getan ist, weist man uns die Tür, und schon sind wir vergessen. Wer weiß schon noch in zwanzig Jahren, wer diese Dinge hier gemacht hat? Die Welt hat einen Schöpfer, das ist Gott, und jeder Mensch weiß, er hat einen Vater und eine Mutter, und die schauen uns an und sagen, das ist mein Sohn, das meine Tochter. Doch unsere Werke kommen schon verwaist zur Welt, sind namenlos und elternlos. Seit Jahren wandere ich von Schloß zu Schloß, bemale hier eine Decke oder repariere da ein paar Simse, damit sie nächstes Jahr wieder zerschossen werden. Willst du dein Leben damit verbringen, verwüstete Portale auszuhämmern? Hör zu, Lussac. Ich habe die Gespräche der anderen hier belauscht. Es ist nur noch eine Frage der Zeit, bis es Frieden geben wird. Heinrich schuldet uns die Freiheit des Glaubens. Es wird ein Edikt geben, feste Plätze für die reformierte Partei und Beteiligung an Regierung

und Rechtsprechung. Der Spuk wird endlich vorüber sein. Tausend Teufel auf Philipp und die Katholiken. Er hat die italienische Krankheit. Ein schöner Führer der Christenheit.
Doch was wird geschehen, wenn Friede ist? Man wird aufbauen. Der König hat einen klugen Berater. Rosny heißt er und hat schon die Pläne fertig. Und jetzt stell dir vor, man sagt, Heinrich wolle Schloß Louvre vergrößern. Lussac, er will eine Galerie errichten, die es ihm gestattet, über der Seine bis in die Tuilerien zu spazieren. In dieser Galerie werden Werkstätten eingerichtet für Maler, Bildhauer, Holzschnitzer, Zeichner, Gartenmaler, Uhrmacher, Porträtisten, alles, was man sich vorstellen kann. Und denke nur an all die ruhmvollen Arbeiten, die Heinrich in Auftrag geben wird! Was glaubst du, wie viele Steinmetze nötig sein werden, um diese gewaltige Arbeit zu tun? Und wer soll die Skulpturen behauen, die die Friese schmücken werden? Die Kapitelle der Säulen? Die Engel und Putten auf den Simsen? Und wer bemalt die Decken und die Wände? Du und ich, mein Lieber. In Paris wird es Arbeit geben, und nicht so etwas wie hier, wo man im Keller haust wie die Schweine und tagsüber die Wandtäfelung im Speisesaal mit Trauben und Äpfeln vollschmiert. Ich habe es satt, dergleichen unwürdige Arbeiten auszuführen. Und dieses Material! Es fehlt hier an allem. Was ich heute male, wird schon zerfallen sein, bevor ich ins Grab sinke, so Gott mir noch ein halbes Leben schenkt. Die Kreide ist schlecht, das Öl unrein. Es wird die Pigmente in kürzester Zeit verätzen. Ich weiß nicht, ob sie's hier nicht besser verstehen oder ob der Geiz sie dazu treibt, diese miesen Farben zu benutzen. Wie dumm, ist ja dann doch alles umsonst, und die Nachkommen können gerade wieder von vorne beginnen, da braucht's gar keinen Krieg. Ich werde mich natürlich hüten, meine Rezepte preiszugeben für des Herrn Marquis lachhafte Wandtäfelung.«
»Die dich immerhin vor dem Verhungern bewahrt.«
»Solche Arbeit findet sich immer. Aber ich habe den Schlüssel zu Paris gefunden. Erinnerst du dich noch an die Gemälde, von denen ich dir einmal erzählt habe? Die beiden Aktaion-Szenen? Ich sehe sie immer vor mir, das allegorisch verknüpfte Liebespaar. Heinrich und Gabrielle. Lussac, was wird geschehen, wenn Friede ist? Heinrich wird die Herzogin von Beaufort heiraten. Daran besteht kein Zweifel. Gabrielle

d'Estrées wird Königin werden. Und du weißt, wie die Dinge stehen am Hof und in der Politik. Wer etwas vom König will, muß sich an die Königin wenden. Unablässig gingen mir diese Gedanken im Kopf herum, und plötzlich sah ich es ganz klar vor mir. Als ich die Herzogin in Angers erblickte, vor wenigen Wochen, erinnerst du dich?«

»Bei der Vermählung der Kinder?«

»Ja. Du hast sie ja auch gesehen während der Prozession. Welch göttliches Gesicht! Was für ein Zauber um sie ist. Kein Wunder, daß halb Europa von ihr spricht. Hast du ihr Haar gesehen, mit zahllosen Brillanten durchsetzt, die in das Gold ihres schönen Zopfes eingeflochten waren? Ihr weißes Seidenkleid schien schwarz im Vergleich zum Schnee ihres schönen Busens. Und sind dir nicht ihre Augen aufgefallen? Sie hatten die Farbe des Himmels und leuchteten so, daß es schwerfiel zu unterscheiden, ob sie ihren lebendigen Glanz der Sonne schuldeten oder nicht vielmehr jener schöne Stern ihnen zu Dank verpflichtet war. Ihre Augenbrauen, so gleichmäßig geschwungen und von einer liebenswürdigen Schwärze. Die Nase, ein wenig in der Art eines Adlers. Rubinrot war ihr Mund und ihr Hals so glatt und weiß wie Elfenbein. Auf ihren Händen mischt sich die Farbe von Rosen und Lilien, und sie sind so wohlgestaltet, daß man sie, wie überhaupt alles an diesem Wesen, für ein Meisterwerk der Natur halten muß. Und wie sie so an uns vorüberfuhr, da sah ich plötzlich alles klar vor meinen Augen. Die beiden Aktaion-Bilder, die Blicke, die Gesichter, all dies formte sich mit einem Male aus zu einer Vision, die mich seither verfolgt wie ein süßer Duft. Erinnerst du dich noch an Chenonceaux?«

»Schloß Chenonceaux?«

»Ja, das Gemälde in der Eingangshalle.«

»Das Porträt der Edeldame im Bade?«

»Ja. Komm mit, ich will dir etwas zeigen.«

Er erhob sich. Lussac wollte ihn aufhalten, doch Vignac war schon an der Tür. Sie schlichen durch die dunklen Gänge, erreichten unbemerkt das Erdgeschoß, durchquerten den westlichen Flügel und gelangten schließlich zu einer kleinen Treppe, die in einen der Türme führte. Die Treppe endete auf einem schmalen Absatz, und nach einigen Schritten standen sie in einem hochwandigen Raum, durch dessen schmale, hohe

Fenster der Nachthimmel zu sehen war. Vignac schloß behutsam die Tür und entzündete ein paar einfache, kleine Öllampen, die verstreut auf dem Steinboden standen.

Lussac blieb der Mund offenstehen vor Staunen. Wie war das möglich? Woher hatte Vignac dieses Atelier? Der Schein der Öllampen tanzte an den Wänden. Lussacs Blick fiel auf einen Tisch, wo aus Töpfen und Schalen Spatel und Pistillen ragten, die in eingetrockneten Pasten steckten.

Er trat ein paar Schritte in den Raum hinein, ergriff einige Skizzen, die am Tisch lehnten, hob sie auf und breitete sie vor sich aus. Die Darstellungen ließen sein Herz schneller schlagen. Wie von einer inwendigen Hast getrieben, ließ er Blatt auf Blatt folgen, starrte auf die Figuren, die ihn ihrerseits fixierten mit leblosen Augen. Manche der Augenpaare schauten an ihm vorbei ins Leere, andere suchten die seinen wie der Blick einer Statue, spöttisch, überlegen, kalt. Vor seinen Augen wölbte sich der Faltenwurf schwer herabfallender Vorhänge, lag eine Hand auf einem Sims und hielt – wie von einem neugierigen Blick erschreckt – ein feines Tuch. Auf einer weiteren Skizze war eine Obstschale zu sehen, angefüllt mit Birnen, Trauben, Äpfeln und Blumen, und davor eine Hand, die eine Nelke hielt.

Vignac nahm ihm die Skizzen aus der Hand und zog ihn vor die Leinwand, die am Ende des Raumes aufgestellt war. Lussac erkannte das Bild sogleich wieder. Ja, das war das Gemälde aus der Eingangshalle von Schloß Chenonceaux. Aber zugleich war es ein anderes Bild. Er trat zurück, hob eine Lampe vom Boden auf und versuchte, indem er sie leicht hin und her bewegte, den besten Lichteinfall zu erreichen.

Während Lussac das Bild vor sich auf der Staffelei betrachtete, rief er sich das Gemälde aus Chenonceaux in Erinnerung. Das fiel ihm nicht schwer, da erst einige Monate vergangen waren, seit er es dort gesehen hatte. Es zeigte eine Edeldame im Bade. Sie saß in einer steinernen Wanne, über deren Rand ein weißes Tuch geworfen war. Die Dame war nackt, und ihr entblößter Oberkörper war dem Betrachter zugewandt. Ihre Haltung indessen und auch ihr sorgsam frisiertes Haar, bedeckt mit einem dunkelblauen Samthäubchen, von dessen Scheitelpunkt ein Diadem auf die Stirn der Dame herabhing, verliehen ihr eine

Würde, die sie der häuslich-privaten Umgebung eigenartig entrückte. Überhaupt deuteten die purpurroten Vorhänge, die die Szene gleichsam umrahmten, darauf hin, daß dieser majestätisch anmutenden Zurschaustellung des Privaten eine öffentliche Bedeutung zuzumessen war.
Die Edeldame schaute am Betrachter vorbei ins Leere. Zwischen Daumen und Zeigefinger ihrer linken Hand hielt sie ein Stück des weißen Tuches gerafft, das die Wanne bedeckte, wodurch ein Stück der steinernen Umrandung sichtbar wurde. Ihre rechte Hand lag auf einer gleichfalls von einem Tuch verhängten Holztafel, welche auf dem umlaufenden Wannenrand ruhte und so einen Tisch bildete, auf dem eine mit Früchten gefüllte Obstschale stand. Geflochtene Goldarmbänder schmückten ihre Handgelenke, und zwischen den Fingern der rechten Hand hielt sie eine Nelke. Hinter der Edeldame war ein kleiner Junge zu sehen, der sich soeben am Wannenrand hochzog und seinen rechten Arm ausstreckte, um eine der Früchte aus der Obstschale zu ergreifen. Neben ihm, an der linken Bildseite, saß eine Amme, an deren Brust ein Neugeborenes lag. Durch Vignacs Bild sah sich Lussac nun auch an den Bildhintergrund des Gemäldes aus Chenonceaux erinnert. Dort war ein zweiter, purpurroter Vorhang zur Hälfte vorgezogen. Dahinter war ein mit einem grünen Tuch verhängter Tisch zu sehen. Eine Magd stand daneben und stellte soeben einen Wasserkrug auf ein hinter dem Tisch befindliches Holzsims. Hinter ihr befand sich ein Kamin, dessen Feuer einen schwachen Lichtschein verbreitete. Über dem Kamin war der Ausschnitt eines weiteren Gemäldes zu sehen, auf dem eine Landschaft dargestellt war. Ein neben dem Kamin befindliches Fenster war halb geöffnet und gab den Blick frei auf Bäume und einen blaugelb schimmernden Abendhimmel. Die Wand zwischen Kamin und Fenster schmückten ein Spiegel und die Darstellung eines Einhorns.
All diese Einzelheiten des Gemäldes von Schloß Chenonceaux kamen Lussac in den Sinn, während er mit Staunen das Bild Vignacs vor sich auf der Staffelei betrachtete. Mit welcher Meisterschaft hatte sich Vignac dem Original angenähert! Nicht nur angenähert, nein, er hatte die perspektivischen Verfehlungen des ursprünglichen Bildes vorzüglich korrigiert, den Körper der schönen Badenden weniger gestaucht, Gesicht und Halspartie feiner modelliert, die Unterarme verkürzt und so eine

Grazilität erreicht, die der unbekannte Maler des ersten Bildes gesucht, aber nicht gefunden hatte. Ansonsten hatte sich Vignac wenige Freiheiten erlaubt. Die Badewanne, in der die schöne Dame saß, war gänzlich dem Vorbild nachempfunden. Ebenso die Fruchtschale und der kleine Junge, der hinter dem Rücken der Badenden und unter dem wohlwollenden Lächeln der Milchamme, die im Mittelgrund das Jüngste stillte, nach dem Apfel griff. Auch der Hintergrund war fast vollkommen dem Original entlehnt. Der Kamin, das Feuer darin, der grün bespannte Tisch davor, auf dessen umlaufendem Holzsims eine Magd einen Krug abstellte, aus dem sie wohl soeben noch Wasser in die Wanne der Badenden gegossen hatte. Auch Spiegel und Einhorn fehlten nicht an der hinteren Wand, sowenig wie das geöffnete Fenster, das es dem Auge des Betrachters erlaubte, sich angenehm in der Weite des Himmels zu verlieren. Das alles war so vorzüglich nachgebildet, daß in Lussac Bewunderung und Neid sich abwechselten beim Betrachten der Arbeit des Freundes.

Doch etwas an diesem Bild war völlig anders, und Lussac begann zu ahnen, welche Pläne Vignac mit seinem Gemälde verfolgte. So war auf dem Bild nicht mehr das Gesicht einer unbekannten Edeldame zu sehen, sondern das Antlitz der schönen Gabrielle d'Estrées. Auch über dem Kamin hatte Vignac eine Veränderung vorgenommen. Lussac trat näher an das Gemälde heran und musterte das seltsame Steinrelief, welches auf dem Bild seines Freundes über dem Kaminsims erschienen war. Er entdeckte eine Sphinx, die eine Maske zwischen den Läufen hielt. Lussac schaute Vignac an und grinste. Vignac zog entschuldigend die Augenbrauen zusammen. Die Maske trug die Züge Heinrichs von Navarra.

Lussac pfiff leise durch die Zähne. Er begann zu begreifen. Wie gelungen war diese Huldigung auf die Herzogin! Waren Gabrielles Schönheit und ihre außerordentliche Bestimmung nicht längst in ganz Europa bekannt? War sie nicht die Frau, über die an allen europäischen Höfen gesprochen wurde? Drei Kinder hatte sie Heinrich bereits geboren. Ihre beiden Söhne waren dort auf dem Bild zu sehen, der sechsjährige Caesar, der nach den Früchten in der Schale greift, und der im Frühjahr geborene Alexander an der Brust der Amme. Die kleine Perlenkrone, die Gabrielles Haar schmückte, war zwar noch unvollständig, doch wie allgemein bekannt war, stand nur noch das Einverständnis Roms einer Heirat im Wege.

Lussac entgingen auch die weiteren Einzelheiten nicht, die Vignac in das Bild eingefügt hatte. Die Nelke, die Gabrielle in der Hand hielt als Symbol der Keuschheit und einer bald zu erwartenden Hochzeit. Die üppig gefüllte Obstschale neben der Favoritin, ein schönes Symbol der Fruchtbarkeit. Eine einzelne Kirsche, die neben der Schale auf das weiße Leintuch gefallen war, verwies auf eine vorübergehende Trennung vom Geliebten. Der zeichenhafte Sinn der einzelnen Kirsche wurde jedoch aufgehoben durch den daneben liegenden blütentreibenden Zweig, der den Tannenzweig, welcher auf dem ursprünglichen Bild eine düstere Zukunft ankündigte, hoffnungsvoll ersetzt hatte. Und wurde der sittlichen Reinheit der schönen Frau nicht auch durch das Einhorn im Hintergrund diskret gehuldigt? Dieses scheueste aller Tiere ließ sich der Legende nach nur mit Hilfe einer Jungfrau fangen, die vor ihm ihre Brüste entblößte, so daß der Jäger das abgelenkte Tier ergreifen konnte.

Das alles war so vorzüglich ausgeführt, daß Lussac minutenlang gar nichts zu sagen wußte.

Vignac war beiseite getreten. Er spürte befriedigt, daß sein Bild auf seinen Freund einigen Eindruck machte. Er zweifelte nicht daran, daß es seine Wirkung auf die Herzogin von Beaufort nicht verfehlen würde.

»Was hast du nun vor?« fragte Lussac nach einer Weile.

»Wir schreiben Perrault, daß wir nach Paris kommen möchten.«

Lussac nickte. »Und in Paris willst du das Bild der Herzogin zukommen lassen?«

Ein Windstoß rüttelte an den Fenstern, und ein leichter Luftzug ließ die Flammen der Öllampen tanzen. Vignac zog einen Schemel heran, setzte sich und lehnte sich gegen die feucht glänzende Steinwand. Lussac fröstelte. Aber es war nicht allein die Kälte, die ihn plötzlich schaudern ließ. Vignacs Ansinnen kam ihm vermessen vor. Wußte der Freund denn nicht, wie eifersüchtig die bei Hofe zugelassenen Künstler über ihre privilegierte Stellung wachten? Wie wollte er es überhaupt anstellen, eine Audienz bei der Herzogin zu bekommen, um ihr sein Bild zu überreichen? Schon durch den Versuch, in ihre Nähe zu gelangen, konnte er in größte Gefahr geraten. Auf die Hilfe anderer Maler durfte er keineswegs rechnen. Im Gegenteil. Sie würden alles daransetzen, jeden unliebsamen Konkurrenten fernzuhalten. Vignacs Plan war absurd. Und gefährlich. Wie hatte er es überhaupt angestellt, dieses Gemälde anzufertigen?

»Das Mädchen wird mit uns kommen. Sie soll mir weiterhin Modell stehen.«

Lussac schüttelte den Kopf. »Perrault wird es nicht zulassen, daß sie in seinem Hause wohnt.«

»Nun, dann bringen wir sie in einer Herberge unter.«

Unschlüssig schob Lussac die Hände in die Taschen und trat ans Fenster. Er hörte, wie sich sein Freund hinter ihm erhob. Dann spürte er seine Hände auf den Schultern.

»Lussac, ich bitte dich. Du kannst nicht ermessen, was es mir bedeutet, die Protektion der Herzogin von Beaufort zu gewinnen. Hast du Bedenken? So sprich sie nur aus. Ich werde sie schon zu zerstreuen wissen. Glaubst du, ich wüßte nicht, wie den Neidern bei Hofe zu begegnen ist? Meinst du, ich hatte in den Nächten, die ich hier oben verbracht habe, nicht darüber nachgedacht, wie mein Plan ins Werk zu setzen ist? Niemand wird erfahren, wessen Hand diese Huldigung an die Herzogin entstammt. Heimlich werde ich sie bezaubern mit Bildern, die das Herz des Königs höher schlagen lassen werden und ihm die Augen öffnen sollen über jenes liebreizende Geschöpf, das er zu seiner Gemahlin und zur Königin über Frankreich machen wird. Und dafür, daß ich ihre außerordentliche Bestimmung in wohlgefälligen Bildern der Welt vorgestellt habe, wird sie mich erhöhen. Endlich werde ich aus jenem dunklen Verschlag in La Rochelle heraustreten, in den das Schicksal mich geworfen hatte. Die Welt wird meinen Namen vernehmen ...«

Lussac hörte schweigend zu. Der vermessene Ehrgeiz, welcher Vignacs Rede beflügelte, machte ihn schaudern. Doch die Kühnheit des Gedankens ließ ihn nicht unbeeindruckt. Er wandte sich um und trat erneut vor das Gemälde. Dann schaute er Vignac an, seine vor Übermüdung geröteten Augen, die nun vor Erregung glänzten.

»Du bist von Sinnen«, flüsterte er. »Aber gut, ich will ihm schreiben.«

Vignac ging auf ihn zu und umarmte ihn. »Kein Wort davon zu niemandem. Schreib an Perrault und hilf uns, hier wegzukommen. Es wird auch dein Schaden nicht sein. Komm jetzt. Gehen wir zu Bett.«

Zehn
Spuren

Bonciani, der Geheimagent Ferdinands, des Großherzogs der Toskana, war schon zu Zeiten in Paris gewesen, als die Liga die französische Hauptstadt noch besetzt hielt. Er hatte stets zuverlässig von dort berichtet und seinen Dienstherrn, der die Vorgänge in Frankreich aufmerksam verfolgte, immer aufs beste informiert. Seit Heinrich von Navarra die Stadt 1594 in Besitz genommen hatte, geschah in Paris nichts, was nicht durch Boncianis Depeschen nach Florenz gemeldet worden wäre. Freilich hatte er einen Decknamen. Baccio Strozzi nannte er sich damals, und einiges wäre gewonnen, hätte man in seinen Kopf hineinschauen können.

Man kann sich leicht vorstellen, wie er unter dem Schutz von Kardinal Gondi, bei dem er unterm Dach zwei Zimmer bewohnte, in der Stadt herumschlich, um herauszufinden, wie es um die Herzensangelegenheiten des Königs von Frankreich bestellt war. Denn vor allem für diese interessierte sich Boncianis Brot- und Auftraggeber Ferdinand de Medici. Je mehr Mätressen, desto weniger Aufmerksamkeit für diese Estrées, die Bonciani so langsam unheimlich wurde.

Er machte der Beischläferin von Königs Gnaden, wie er sie in vertrauten Gesprächen mit den Spionen aus Venedig zu betiteln pflegte, regelmäßig seine Aufwartung, wartete unten in der Halle, abschätzigen Blickes die türkischen Wandteppiche betrachtend, die Konfektdose in der Hand, bis die Diener ihn hochbaten. Abends saß er beim schummerigen Licht rußender Talgkerzen und beschrieb mit der ihm eigenen Insektenschrift die großen Bögen.

»Madame, die Herzogin von Beaufort, verspricht ihre guten Dienste. Man könnte ihr noch gewisse Nettigkeiten zukommen lassen.« *Certe gentilezze*. Am nächsten Tag gingen die Depeschen ab, an die Casa Tibério Ceuli in Rom. Schließlich konnte man nicht vorsichtig genug sein. Deshalb lief die geheime Korrespondenz in die Toskana über eine Deckadresse in der Heiligen Stadt.

Bonciani brauchte Stunden, bis er die langatmigen Berichte in den komplizierten Zahlencode übersetzt hatte, den er beim Abfassen der Depeschen benutzen mußte. Selbst wenn die Briefe abgefangen worden wären, hätte keine Gefahr bestanden. Das System war so ausgeklügelt, eine auf eine Handschrift bezogene codierte Ziffernfolge, daß der entschlüsselte Zahlencode allein die Botschaft noch nicht preisgab.

Während er seine Beobachtungen Satz für Satz mühsam in Zahlenreihen verpackte, arbeitete sein Geist unablässig an den großen Fragen der Zeit, einem stetigen Auf und Ab von Gewichten, die alle ein Gesicht oder einen Namen trugen, ein endlos komplexes System miteinander verbundener Netze und Fäden, die alle verschiedene Farben hatten und unterschiedliche Allianzen eingehen konnten. Wie ein gewaltiges Korsett umschloß Habsburg die bekannte Welt. Jedoch war der katholische Panzer durch häßliche protestantische Einsprengsel überall verbogen und gekrümmt und glich mehr einem vielfach geflickten Wams als einem bruchlosen Harnisch zum Schutz der wahren Lehre. Überhaupt blieb kein einziges Fädchen in diesem gewaltigen Maschenwerk auch nur länger als unbedingt notwendig an seinem Platz. Sobald es etwas Druck ausgesetzt war, riß es auch schon, verhakte sich blitzschnell mit anderen und ließ das ganze Gebilde bis in den letzten Winkel aufs gefährlichste erbeben.

Bonciani konnte die endlosen Permutationen dieses bunt durcheinanderfließenden Tableaus der Welthändel ertragen, ohne den Verstand oder die Übersicht zu verlieren. Er war schließlich Diplomat. Sein politischer Verstand war am Hof von Florenz geschult worden, und so war ihm keine Niederträchtigkeit fremd. Das einzige, was diesen Menschen wirklich zu verblüffen vermochte, war Einfachheit, Arglosigkeit, Naivität. Mit einem Wort: Gabrielle d'Estrées.

Die Fünfundzwanzigjährige war ihm deshalb auch nicht geheuer, wenn sie mit ihm Konfekt aß und sich dabei wie ein fröhlich pfeifendes Vögelchen nach seinem Dienstherrn in Florenz erkundigte. Konnte sie wirk-

lich so naiv sein? So dumm? Nein, genau wie der Rest der ganzen Familie spielte sie natürlich nur die Arglose, um ihn in Sicherheit zu wiegen.
Er: »Man hat in Florenz ein großes Interesse am Wohlergehen des Königs von Frankreich, Eurem Herrn.«
Darauf sie, ohne mit der Wimper zu zucken: »Wie ich mich freue, mich mit Euch in solcher Einhelligkeit zu befinden.«
Die Schlange errötete nicht einmal!
»Nehmt Euch in acht vor der Verschlagenheit der Menschen hier«, schrieb er am Abend nach Florenz. »Diese Gabrielle trägt ein Engelsgesicht, ist aber eine Bourdaisière, ein Ableger der sieben Todsünden. Habe ich Euch schon vom Schicksal ihrer Mutter berichtet, die sich vor acht Jahren mit einem jungen Liebhaber, dem Gouverneur Allègre, nach Issoire begeben hat, um dort ihrer schändlichen Lust zu leben und der ganzen Gegend ein Beispiel sittlicher Verkommenheit darzubieten? Dieser Allègre, an sich völlig unbedeutend, war ein habgieriger Schinder und wurde eigentlich nur noch übertroffen durch die Raffgier und Maßlosigkeit seiner Mätresse, so daß es nicht lange dauerte, bis Nemesis in Form einiger beherzter Schlachterburschen eines Nachts in das aus Geiz nicht einmal bewachte Haus der beiden eindrang, um ihnen den Hals durchzuschneiden. Am nächsten Morgen fand man die nackten Leichen auf dem Marktplatz. Der König hatte nicht einmal genügend Einfluß in diesem Gebiet, um die Mörder fangen zu lassen. So geht es zu in diesem Land, wo Korruption und Sittenlosigkeit gerade mal zufällig von Männern bestraft werden, die selber an den Galgen gehören.«
Doch wenn er vor ihr saß und sie ansah, dann zerflogen die häßlichen Bilder. Die Verleumdungen und Beleidigungen perlten ab von dieser Schönheit wie Wasser vom gewachsten Gefieder eines Schwans, und manchmal bekümmerte es Bonciani, in ihr eine Feindin erblicken zu müssen. Wenn sie neben dem König einherschritt in ihren prächtigen, schon ins Blau spielenden dunkelgrünen Kleidern und sich Brüste und Schultern zierlich und doch prachtvoll über dem Stoffkelch erhoben, in den ihr graziler Körper eingefaßt war wie Elfenbein in Lapislazuli, da mochte man vor Entzücken verzweifeln.
Mißgelaunt wühlte er in alten Papieren herum. Was sollte er schon berichten? Da, schon vor einem Jahr hatte er mitgeteilt, wie die Dinge

lagen. Er überflog die knappen Sätze von damals: »Ohne die Herzogin von Beaufort wäre die Verheiratung Eurer Nichte Maria mit dem König in vier Monaten erledigt. Die Liebe des Königs für seine Dame nimmt indessen stetig zu. Es erwächst hier ein unheilbares Übel, wenn Gott nicht seine heilige Hand dazwischenhält.« Er warf das Blatt verdrießlich zur Seite. Konnte man sich unmißverständlicher ausdrücken?
»Was den König betrifft, so ist ihm keinesfalls zu trauen. Kein Mensch weiß, nach was ihm morgen der Sinn steht. Er ist außerdem ein geschickter Paktierer, der Euch mit der Linken nimmt, was er mit der Rechten gibt. Hütet Euch. Ihr werdet von ihm kein Angebot bekommen, das Euch nicht in den Nachteil setzt.«
Er schaute auf und richtete seine übermüdeten Augen auf den sternenlosen Nachthimmel. Nein, man erwartete klarere Beobachtungen von ihm. Natürlich war der König gerissen. Um das herauszufinden, bedurfte es keines Agenten. Doch er, Bonciani, konnte genauer beobachten. Er nahm ein neues Blatt. Was sollten diese zaghaften Heiratsverhandlungen mit Florenz? Was bezweckte Navarra damit? Alle am Hof wußten, daß der König seine Mätresse auf dem Thron haben wollte. Gleichzeitig diese zweideutigen Avancen an Maria. Aha, der Skorpion. Er mußte zunächst die Scheidung von Margarete erwirken. Doch der Papst würde ihn nicht scheiden, solange die Gefahr bestand, daß Heinrich anschließend seine Mätresse heiratete. Bonciani tauchte die Feder ein und schrieb in einem Zug:
»Der König gibt nur vor, Maria de Medici heiraten zu wollen, um die Annullierung seiner Ehe zu erreichen. Wenn die Scheidung erst einmal erfolgt ist, wird er die Herzogin von Beaufort heiraten. Haltet Augen und Ohren offen, denn es kann kein Zweifel bestehen, daß wir es mit sehr listigen Personen zu tun haben. Durch Villeroi habe ich gehört, daß Eure Exzellenz sehr wohl über diese Dinge informiert sind, doch Ihr müßt wissen, daß der König, wenn er will, so verschlagen ist wie jeder gewöhnliche Mensch. Ich wäre zutiefst betrübt, wenn Ihr Euch übervorteilt finden solltet, daher scheint es angezeigt, derartige Pläne zu vereiteln, indem Ihr Seiner Heiligkeit Mitteilung macht.«
Nach einer kurzen Pause fügte er eilig hinzu: »Der König hat an Sillery geschrieben, um sich nach dem Zustand der Prinzessin Maria zu erkun-

digen. Es kursieren hier Gerüchte, sie sei so fett, daß sie schwerlich in der Lage sein würde, Kinder zu haben. Der Connétable hat mich daher gebeten, von Eurer Exzellenz ein natürliches Bild der Prinzessin zu erbitten.«

Während Bonciani bei Kardinal Gondi in der Dachkammer saß und Depeschen schrieb, weilte der Hof in Nantes und zelebrierte die Geburt Alexanders. Kurz darauf feierte man in Angers die Unterwerfung Mercœurs und die Vermählung Caesars mit Mercœurs Tochter.

»Man kann sich gar keine rechte Vorstellung davon machen, wie hier die Dinge liegen. Die Königin Margarete de Valois sitzt auf Schloß Usson in Haft, während der König in Nantes überglücklich der Geburt des zweiten Sohnes seiner Mätresse beiwohnt. Dieser ist es sogar gelungen, die Hand der einzigen Tochter des Herzogs Mercœur für ihren Erstgeborenen zu erwirken, der damit Aussicht auf eine der gewaltigsten Erbschaften des Reiches hat. Die Spanier, so erlaube ich mir anzumerken, sind völlig fassungslos angesichts der Ereignisse. Selbigen Tages, als sei es der Ungeheuerlichkeiten noch nicht genug, unterzeichnete der König in Nantes das unselige Edikt.«

Boncianis Kopftheater arbeitete auf Hochtouren. Er sah, wie Papst Clemens VIII. aufsprang und sich gerade noch beherrschen konnte, um nicht erneut den Bannstrahl der Exkommunikation auf Navarra zu richten. Was fiel diesem konvertierten Ketzer ein? Religionsfreiheit für Protestanten? Sichere Plätze? Zugang zu Ämtern für Häretiker? Hugenottische Richter? Dann erblickte der Agent das bleiche Gesicht Philipps, das langsam an Farbe gewann, da er die habsburgischen Aktien in Rom steigen sah. Navarra spielt zu hoch, dachte Madrid, dachte Bonciani. Aber man mußte das ganze Bild berücksichtigen. Was machte der Kaiser, der Kardinal von Österreich? Was England? Wie stand es mit dem Vormarsch der Türken in Ungarn?

Bonciani überlegte kühl. Die Kurie stampfte mit den Füßen auf und schimpfte, doch sie nahm dieses Edikt hin. Wurden in Europa Fragen der Religion künftig in Paris entschieden? Wie unsicher mußte Papst Clemens sich fühlen? Welch eine Schmach. Navarra hatte Spanien zum Frieden gezwungen. Die Tinte von Vervins war noch frisch. Aber dieses Edikt! Hugenotten mit politischen Rechten? Der Spion schrieb die

ganzen Sommermonate über, hatte überall seine Ohren und versuchte, die großen Linien des einsetzenden Machtkampfes zu entziffern, stets bedenkend, daß Heinrich nun der mächtigste König der Christenheit war. Nach dem Frieden von Vervins war Heinrich von Navarra die umworbenste Figur im europäischen Machtspiel, und es würde nun unter anderem darum gehen, ihm die richtige Dame an die Seite zu stellen.
Eingehend befaßten sich Boncianis Depeschen auch mit den Nebenfiguren, die von Nutzen sein konnten. Natürliche Verbündete sind die billigsten. Da war zunächst Rosny. Kein Zweifel, dieser schwarze protestantische Rabe verfolgte das gleiche Ziel wie er, wenn auch aus anderen Motiven. Man hatte Bonciani hinterbracht, was sich im März 1598 im Garten von Rennes zwischen Rosny und dem König abgespielt hatte. Viermal lud Heinrich seinen strengen Minister auf die Jagd ein, bis er den Mut aufbrachte, diesem gegenüber das Kind beim Namen zu nennen. Jedesmal die Ankündigung, er habe Dinge von Bedeutung mit ihm zu besprechen, doch erst nach dem vierten Anlauf platzte es aus ihm heraus, nahm er seinen besten Diener, wie er Rosny zu nennen pflegte, bei der Hand und sagte zu ihm:
»Kommt, laßt uns allein spazierengehen, denn ich habe länger mit Euch zu sprechen über Dinge, die mir schon viermal auf der Zunge lagen, habe ich Euch doch schon ebenso viele Male mit mir auf die Jagd gebeten. Erinnert Ihr Euch? Doch stets ist mir so vieles dabei in den Sinn gekommen, daß ich nicht frei zu sprechen vermochte.«
Alsbald begann Navarra, das düstere Bild des Königreichs zu malen, wie er es angetroffen hatte, in welch jämmerlichem Zustand, und welche ungeheuren Anstrengungen er unternommen hatte, es zu befreien und zu ordnen. Er schilderte die Mühen und Gefahren, denen er sich ausgesetzt, Anfechtungen jeglicher Art, die er erduldet hatte und durch die er nun schließlich der friedenspendende König geworden sei, nach innen wie nach außen. Dann jedoch klagte er, daß all diese Mühe vergeblich gewesen sei, wenn er sich nun nicht direkter Nachkommen und Erben versichern könne angesichts der zu erwartenden Ansprüche seines Neffen, des Prinzen von Condé, und der anderen Prinzen von Geblüt. Seine Gemahlin, von der er sich scheiden zu lassen gedenke, sei niemals in gesegnete Leibesumstände gekommen.

Nun ließ er alle möglichen Kandidatinnen Revue passieren und fand bei jeder etwas auszusetzen. Die Infantin in Madrid war häßlich und verkniffen. Daran könne er sich vielleicht gewöhnen, wenn er mit ihr gleich noch die Niederlande heiraten könnte. Die Cousine von Johann I., Prinzessin Arabelle Stuart, wäre ihm ja auch recht, wenn sie nur wenigstens als mögliche Erbin des Reiches auf der Liste stünde, aber die Königin von England war weit von solch einem Gedanken entfernt. Von den anderen ausländischen Prinzessinnen waren die einen Hugenotten, die anderen, die deutschen, bessere Weinschläuche. Der Großherzog der Toskana habe eine Nichte, die ganz hübsch sein solle. Sie stamme jedoch aus niedrigem Hause, gehöre einer Kaufmannsfamilie an, sei der Sproß von Emporkömmlingen, die vor sechzig oder achtzig Jahren nichts anderes waren als raffgierige Lokalberühmtheiten. Außerdem gehöre sie zu dieser Rasse der Catherina de Medici, die Frankreich und ihm, Heinrich, solchen Schaden zugefügt habe.

Dann kam er auf die französischen Prinzessinnen zu sprechen. Seine Nichte, das Fräulein von Guise, würde ihm ja gefallen, wenn sie nicht im Ruf stünde, humorlos und verstockt zu sein, und er suche doch eine Frau, der der Sinn nach Liebe und nicht nach Kopfweh stehe. Blieben schließlich noch die Prinzessinnen der geringeren Häuser, zwei aus dem Hause Maine, zwei aus Aumale, drei aus Longueville und noch eine Reihe anderer von noch niedrigerer Geburt. Doch stets gab es etwas einzuwenden, und selbst wenn sie ihm gefallen hätten, blieben doch die gewichtigsten Bedenken bestehen:

»Wer garantiert mir, daß ich in ihnen die drei Bedingungen erfüllt finde, ohne die ich keine Frau zu meiner Gemahlin nehmen würde? Nämlich, daß sie mir Söhne schenken wird, daß sie ein sanftes und wohlgefälliges Wesen hat und daß sie außerdem geistig beweglich genug ist, im Falle meines Todes die Geschicke des Staates und meiner Kinder zu lenken. Denn sie muß Geist und Urteilskraft genug besitzen, um meinem Beispiel nachzueifern. Denkt selbst ein wenig nach, ob Ihr nicht jemanden kennt, der alle diese Eigenschaften in sich vereinigt.«

Rosny hatte längst durchschaut, worauf der König hinauswollte, hütete sich jedoch, es zuzugeben. Lieber wäre er in die Hölle gefahren, als seinem Souverän zu ersparen, die Ungeheuerlichkeit selbst auszusprechen.

»Ich kenne weder eine Prinzessin noch eine Frau, die solche Vorzüge aufweisen könnte.«

»Und was würdet Ihr sagen, wenn ich Euch eine nenne?«

»Sire, ich würde sagen, daß Ihr dann besser mit ihr bekannt sein müßtet als ich und daß es wohl eine Witwe sein müßte, andernfalls Ihr nicht sicher sein könntet, daß sie in der Lage ist, Kinder zu haben.«

»So? Meint Ihr? Wenn Ihr jedoch keine zu nennen wißt, ich kann es wohl.«

»So nennt sie mir bitte, denn ich muß zugeben, daß mein Geist hierfür nicht weit genug reicht.«

Der König drehte sich schroff zu Rosny herum und rief: »Ah, Ihr seid ein gewitzter Bursche! Ich sehe wohl, worauf Ihr hinauswollt, indem Ihr hier den Niais und den Unwissenden spielt. Ich soll sie Euch selber nennen, das ist Euer Ziel, aber bitte, ich tu's, denn Ihr werdet zugeben müssen, daß alle diese drei Bedingungen in einer Person vereinigt sind: meiner Geliebten.«

Rosny wurde steif.

Heinrich, als wollte er von seinen eigenen Worten Abstand nehmen, fügte hinzu: »Ich will damit nicht gesagt haben, daß ich daran gedacht habe, sie zu heiraten. Ich möchte nur erfahren, wie Ihr darüber denkt, falls es mir eines Tages, in Ermangelung anderer Möglichkeiten, in den Sinn kommen sollte.«

Rosny sah wohl den Abgrund, an dem der König ihn entlangführte. Er wußte, daß Navarra einen Boten nach Usson zu schicken gedachte, um von Margarete die Scheidungseinwilligung zu erhalten. Sie würde natürlich zustimmen. Das Angebot, aus der Verbannung nach Paris zurückkehren zu dürfen und der Krone ihre immensen Schulden aufzubürden, würde sie nicht ausschlagen. Von Rechts wegen konnte Heinrich sie wegen Hochverrats und Ehebruchs hinrichten lassen. Doch Rosny spürte, der König wollte die Wahrheit hören, und so sollte er sie bekommen.

»Sire, Ihr spracht vorhin von den Gefahren, die Ihr durch diese Eheschließung abwenden wollt. Wenn Ihr sichergehen wollt, daß Frankreich nach Eurem Ableben in Krieg und Chaos versinkt, so rate ich Euch zu. Abgesehen einmal von der allgemeinen Empörung, die ein solcher Schritt auslösen würde, gebe ich die Intrigen und Prätentionen zu bedenken, die sich wegen der Kinder ergeben würden, die auf solch mannigfaltige und ungewöhnliche Weise entstanden sind. Darf ich bemerken, daß Eure Vaterschaft in der Öffentlichkeit stark in Zweifel gezogen wird? Abgesehen von den Schauermärchen um jenen Apotheker, der angeblich von Madame de Beaufort vergiftet wurde, weil er ihr gesegnete Leibesumstände diagnostizierte zu einer Zeit, da Eure Majestät von Madame noch gar keinen Gunsterweis dieser Art erhalten hatten. Der Herzogin erstes Kind kann nicht leugnen, aus einem doppelten Ehebruch hervorgegangen zu sein. Das zweite, das die Herzogin soeben bekommen hat, wird sich bevorteilt fühlen, da es, in Anbetracht der Tatsache, daß Madame de Beaufort mittlerweile von Monsieur de Liancourt geschieden ist, nur einem einfachen Ehebruch entstammt. Und was wird mit denjenigen sein, die vielleicht später noch folgen werden, wenn Ihr die Herzogin von Beaufort geheiratet habt? Werden diese Kinder sich nicht für die einzig legitimen halten? All diese Schwierigkeiten bitte ich Euch zu bedenken, bevor ich diesbezüglich weitere Ausführungen mache.«

»Nicht schlecht, aber Ihr habt fürs erste schon genug gesagt und werdet diesbezüglich meiner Geliebten gegenüber tunlichst zu schweigen wissen.«

Weitere Ausführungen. Das konnte er sich schon selber zusammenreimen. Er kannte seinen Rosny, stets die Hand auf dem Beutel und ein klarer Rechner. Nimmt er die Bankiersnichte aus Florenz, ist Frankreich seine Schulden los.

Soweit zu Rosny. Bonciani notierte.

Dann nahm er den nächsten ins Visier. Das war Nicolas de Neufville, Herr von Villeroi. 1542 in Paris geboren, übernahm er 1567 von seinem Schwiegervater das Amt des Staatssekretärs. Dann schloß er sich Mayenne an, den er 1593 verließ, als die Sache der Liga immer aussichtsloser wurde. Heinrich ernannte ihn 1594 zum Staatssekretär für Außenangelegenheiten. Oft war er gegen Rosny und selbst gegen den König eingestellt, der ihn übrigens für einen verkappten Freund der Spanier hielt. Überhaupt schien Heinrich, was Villeroi betraf, mehr auf die Fähigkeiten als auf die Loyalität des Staatssekretärs zu setzen.

Bonciani überflog die Weisungen aus Florenz: »Wir wünschen, daß Sie im geheimen versuchen, ein Einverständnis mit Villeroi zu erwirken, indem Sie ihm einen Anteil an den uns zustehenden Abgaben aus der Salzsteuer versprechen. Es heißt, Villeroi wäre dann bereit mitzuhelfen, andere Prinzen wieder in ihre alten Rechte einzusetzen. Handeln Sie unter vier Augen und in vollstem Vertrauen auf Villeroi. Gondi und Zamet haben berichtet, sie hätten ihm Geschenke gemacht, um ihre Güter zurückzubekommen. Doch falls Sie befürchten, ihn hiermit zu brüskieren, so wird sich Madame de Beaufort für den gleichen Anteil darum kümmern, wenn Sie über Madame de Sourdis bei ihr vorsprechen.«
Bonciani pfiff durch die Zähne. So lagen die Dinge also. Während Rosny für den König bemüht war, den Steuerpächtern Großherzog Ferdinands das Pachtrecht für die Salzsteuer zu entwinden, besaß Gabrielle die Dreistigkeit, den so enteigneten Vasallen Ferdinands insgeheim wieder in die Hände zu spielen in dem naiven Glauben, sie könne sich dadurch in Florenz Freunde machen, die die Scheidung des Königs beim Papst befürworten würden. Den Herzog von Savoyen hatte sie mit dem Versprechen geködert, man werde ihm Saluzzo abtreten, wenn es ihm gelinge, die Spanier in der Scheidungsfrage auf ihre Seite zu ziehen. Nicht ganz dumm, dachte er und schüttelte gleich darauf bekümmert den Kopf angesichts solch tapsiger Diplomatie. Villeroi würde sich zu hüten wissen, Spuren derart gefährlicher Geschäfte zu hinterlassen. Was die Herzogin betraf, so reichte ein kleiner Hinweis an Rosny, um sicherzustellen, daß der König davon erfuhr.
Der nächste auf Boncianis Liste war Zamet, der Schuster aus Lucca. Selbst Sohn eines Schusters, war er im Gefolge Catherinas de Medici nach Frankreich gekommen und unter Heinrich III. Kammerdiener geworden. Er war anscheinend der einzige, der das Geheimnis kannte, für die winzigen Füßchen des letzten Valois bequeme Schuhe zu nähen. Dies war der Grundstock seines Reichtums. Durch kluge Geldanlage schon bald vermögend geworden, finanzierte er die Liga, lieh zunächst Mayenne und später Heinrich IV. Geld gegen hohe Zinsen. Doch Bonciani hatte vor allem das Hôtel des Italieners im Auge. Durch eine hohe Mauer von neugierigen Blicken geschützt, lag es versteckt in der Rue de Cerisai, unweit des Arsenals. Verborgen durch einen üppigen Garten,

bot das prächtig ausgestattete Hôtel denjenigen, die dort Eingang fanden, alle erdenklichen Annehmlichkeiten. Der König fand dort ein offenes Ohr für alle seine Wünsche: Freizügigkeit und Zwanglosigkeit, die Möglichkeit, sich seinen Bedürfnissen hinzugeben, eine immer offene Geldbörse für seine Einbußen beim Glücksspiel, eine stets reichgedeckte Tafel für seine Mätresse und schließlich verborgene Zimmer für gelegentliche anderweitige Liebschaften.
Bonciani schrieb:
»Zamet sichert Eurer Exzellenz seine untertänigste Verbundenheit zu. Ich habe ihm vor einigen Tagen einen Besuch abgestattet. Dabei kamen wir auch auf das leidige Problem der Steuerpacht zu sprechen. Er bestätigte mir, was Eure Exzellenz mir in Eurem letzten Brief mitteilten. In Zukunft wird die französische Krone selbst die Steuerpacht per Ausschreibung vergeben und die Anteile direkt an Euch abführen. Zamet sieht keine Möglichkeit, dies zu verhindern, meint aber, die Geschädigten seien nur die ehemaligen Pächter wie er und Gondi. Euch entstünden durch diese Neuerung keinerlei Verluste, und er selber werde sich anderen Geschäften zuwenden, wenn diese Quelle versiegen sollte.
Der eigentliche Zweck meines Besuches bei ihm war jedoch ein anderer, wie Ihr Euch leicht vorstellen könnt. Ich fragte ihn glatt heraus, wie es um sein Verhältnis zur Herzogin stehe. Wie erwartet, wand sich der Schuster um eine klare Antwort herum und meinte, die große Gunst, die sie beim König genieße, lasse ihn zuversichtlich vermuten, daß sie ihren Verpflichtungen ihm gegenüber stets nachkommen werde. Ihr wißt, daß er ihr das Geld geliehen hat, das sie benötigte, um das Herzogtum Beaufort zu kaufen? Die beiden werden sich in Geldfragen stets schnell einig, denn sie ist es außerdem gewesen, die ihn beschwatzt hat, Seiner Majestät das Geld für den Feldzug gegen Amiens zu leihen. Im Augenblick revanchiert sich der König. Es geht um vierzigtausend Taler für die Renovierungsarbeiten auf Schloß Monceaux, die Zamet der Herzogin vorstrecken soll.
Als ich deutlicher wurde und ihn fragte, ob er sich der etwas unglücklichen Situation bewußt sei, die durch diese wachsenden Gunstbeweise des Königs der Herzogin gegenüber für das Haus Florenz entstehe, antwortete er, er sei sicher, daß eine Regelung gefunden werden könne,

durch die alle beteiligten Seiten ausreichend zufriedengestellt werden könnten. Auf meine Frage, wie er sich eine solche Lösung vorstelle, erwiderte er, er vertraue auf die diplomatischen Fähigkeiten der Herren Sillery und Villeroi, die vom König mit der Aushandlung einer solchen Regelung betraut seien.

Ich wies ihn darauf hin, daß manche der Beteiligten einer solchen mit größter Reserviertheit entgegensähen und vielleicht eine Zeit kommen könne, wo es schwierig werden dürfte, sich auf das Geschick anderer zu verlassen, und es unter Umständen angezeigt sein könnte, sich auf seine eigene Urteilskraft zu besinnen. Auf meine abschließende Frage, wie er sich in solch einem Falle zu verhalten gedenke, bekam ich keine Antwort, sondern jene nichtssagende Versicherung, die ich Euch eingangs mitgeteilt habe.

Ich habe es mir nun zur Gewohnheit gemacht, mich einmal pro Woche in Zamets sehr geschmackvoll eingerichtetem Hôtel bewirten zu lassen, und darf Euch mitteilen, daß die dort aufgetragenen Speisen von vorzüglichster Qualität sind. Der Hausherr empfängt mich stets mit den Zeichen höchsten Respektes und aller gebührenden Hochachtung vor einem Gesandten Eurer Exzellenz. Die Angst steht ihm ins Gesicht geschrieben, aber er sucht sie zu verbergen. Vielleicht wäre es jedoch an der Zeit, die reichhaltige Speisekarte unseres erfolgreichen Landsmannes hier in Paris durch ein paar ausgefallenere florentinische Gerichte zu ergänzen. Ich bin sicher, daß man zum gegebenen Zeitpunkt nicht versäumen wird, auf sie zurückzugreifen.«

Der Diener hatte bereits zweimal angeklopft.

»*Si*«, erklang es aus dem Inneren des Raumes, gefolgt von einem rasch hinterhergelieferten »*Entrez!*«.

Der Diener öffnete und verbeugte sich tief. »Verzeiht die Störung, Herr. Eine unangemeldete Besucherin. Sie ließ sich nicht fortschicken.«

»Weiß er, wie spät es ist? Um wen handelt es sich?«

»Es ist Madame de Mainville.«

»Mainville? Was will sie hier um diese Zeit?«

Der Diener verbeugte sich erneut. »Ich werde ihr ausrichten, daß Ihr sie nicht empfangen könnt.«

»Nein, führe er sie herein. Ich komme gleich.«

»Wie Ihr wünscht.«

Bonciani überflog noch einmal die letzten Zeilen der Depesche vor sich auf dem Tisch. Dann verschloß er die Papiere sorgsam in seinem Sekretär und begab sich nach unten in den Salon.

Die Frau hatte in einem Fauteuil neben dem Kaminfeuer Platz genommen. Sie trug einen dunkelblauen Umhang. Ihr schmaler, etwas länglich geformter Kopf ruhte auf einem kräftigen Hals. Sie hatte soeben ihre Haube abgenommen, und wie schon die Male zuvor, da Bonciani sie bei anderen Anlässen flüchtig gesehen hatte, ruhte sein Blick einen Augenblick lang erstaunt auf dem feuerroten Haar der Hausvorsteherin der Herzogin von Beaufort. Sie spürte, daß ihr Besuch ihm mißfiel. Seine Bewegungen verrieten ihn. Die Art und Weise, wie er die Treppe herunterkam, unten einen Augenblick lang stehenblieb, sie aus der Ferne kurz musterte und erst dann die letzte Stufe nahm, die Hand so lange wie möglich am Geländer, als wolle er sich eines letzten Rückhaltes versichern, bevor er den freien Raum zwischen sich und ihr durchquerte – all dies war ein Gebaren, das Unsicherheit und Ratlosigkeit ausdrückte, die kaum eingestandene Bereitschaft, jede noch so unwahrscheinlich anmutende Möglichkeit einer Lösung zu prüfen.

Sie streckte ihm die Hand entgegen. Bonciani verbeugte sich zurückhaltend.

»Ich bitte vielmals um Entschuldigung, daß ich Euch zu so später Stunde aufsuche.«

Der Italiener nickte. »Darf ich Euch eine Erfrischung holen lassen?«

»Nein, danke, sehr liebenswürdig. Doch ich habe nicht viel Zeit.«

Bonciani setzte sich. »Wie geht es der Herzogin? Alles zum besten, wie ich hoffen darf?«

»Madame la Duchesse wähnt mich auf dem Wege nach Monceaux, wohin ich mich auch heute nacht noch begeben muß.«

Dann, nach einer kurzen Pause, fügte sie hinzu: »Es wird Euch freuen zu hören, daß sie durch das regnerische Herbstwetter sehr inkommodiert ist und, von Ärzten und Astrologen umlagert, unruhige Nächte verbringt.«

Boncianis Augen verengten sich. Er erhob sich, ging zur Tür, öffnete sie kurz, um sich davon zu überzeugen, daß kein ungebetener Lauscher dahinter stand. Dann schloß er die Tür wieder und trat ans Fenster. Wind rüttelte an den Scheiben, und Regentropfen schlugen schwer gegen das grob geschliffene Glas. Wie trüb und schwermütig war dieser Oktoberregen in der französischen Hauptstadt. Man schrieb das Jahr 1598. War er wirklich schon acht Jahre hier? Noch immer empfand er alles um sich herum als bedrückend. Die stets tief hängenden Wolken, der nicht enden wollende Regen, die Stumpfheit der Menschen. Selbst die Künstler vermochten es nicht, sich über diese wuchtige Schwerfälligkeit zu erheben. Plump und ungeschlacht baute man hier. Zu hoch, zu breit, mit viel gutem Willen und ohne Blick für das rechte Maß. Und erst die Gemälde! Jeder italienische Bäcker hatte mehr Sinn für Proportionen als diese Nordländer mit ihren teigig zusammengeklumpten Körpern. Und nun kam diese Frau zu ihm und glaubte, ihn mit ein paar dahingeworfenen Worten verunsichern zu können.

»Ihr kennt meinen Rang und meine Stellung?«

Bonciani wandte sich um und betrachtete die Frau. Doch sie ließ sich von seinem strengen Blick nicht beirren.

»Ich bin Marie Hermant, Madame de Maineville. Würde ich behaupten, mehr als dies zu sein, so wäre das nicht nur vermessen, sondern auch ein Zeichen großer Undankbarkeit gegenüber demjenigen, dem es gefallen hat, mir diesen Platz zuzuweisen. Gefiele es einem Fürsten, mich zu erheben, so wäre ich dankbar und fügte mich unterwürfig. Doch käme es ihm in den Sinn, mich über das hinaus zu erheben, als was der Fürst dieser Welt mich geschaffen hat, so bäte ich ihn inständig, diese Ehre derjenigen vorzubehalten, die von der Vorsehung dafür ausersehen wurde. Diese natürliche Bescheidenheit ist nicht allen gegeben. Mein Geschlecht, ohnehin mit dem schlimmsten Vergehen der Weltgeschichte belastet, neigt unglücklicherweise dazu, anmaßend und unersättlich zu sein. Beispiele gibt es genug. Nein, unterbrecht mich bitte nicht. Ich weiß, um welche schwierige Frage Euer Denken kreist. Seid versichert, daß mich ähnliche Gedanken und Sorgen bewegen. Endlich herrscht Friede. Frankreich atmet auf. Seit Vervins kennt Frankreich nur eine Gefahr. Ihr wißt, wovon ich spreche. So hört, was ich Euch vorzuschlagen habe ...«

Elf
Perrault

Ihr Name?
Perrault. Pierre Paul Perrault.
Geboren am 14. Mai im Jahre des Herrn 1557. Von Beruf Steinmetz, wenn ich mich nicht irre.
Sie sagen es.
Gebürtig aus Lyon. Dienst im Heere des Königs von Frankreich. Ehrenhafte Entlassung im Jahre 1594 in Paris. Sie wurden verwundet?
Ja, Herr. Der Tag des Triumphes der königlichen Truppen war für mich weniger glücklich, da ich von einer feindlichen Armbrust getroffen wurde. Doch ich beklage mich nicht. Der König hat mich fürstlich belohnt für meine Dienste und den Schaden, den ich davontrug, um ein vielfaches aufgewogen. So konnte ich, da der Soldatendienst mir selbst nach Abheilen der Wunde nicht mehr möglich gewesen wäre, zu meinem alten Handwerk zurückkehren.
Das freut mich. Sie wissen, warum wir hier sind?
Das Feuer …?
Man hat Sie also bereits unterrichtet?
Vor zwei Tagen erreichte mich eine Depesche.
Von wem?
Von meinem Neffen.
Lussac?
Ja.
Entschuldigen Sie, daß wir Sie mit dieser Befragung belästigen. Doch ich habe den Auftrag, die Umstände zu ermitteln, die zu dem Feuer in Ihrem Haus geführt haben. Sind Sie bereit, uns hierzu einige Angaben zu machen, die bei der Aufklärung des Falles dienlich sein könnten?

Ich werde Ihnen gerne Ihre Fragen beantworten. Obgleich ich befürchte, daß ich Ihnen nicht weiterhelfen kann.
Was wissen Sie über den Verbleib Ihres Neffen?
Vor zwei Tagen erreichte mich ein Brief von ihm. Sie können ihn gerne lesen. Der Taugenichts hat meine Gastfreundschaft schändlich quittiert. Er schrieb mir, er sei gegen Mitternacht in Paris angekommen. Die Straße sei voller Menschen gewesen. Im Schuppen war ein Feuer ausgebrochen, doch durch das tapfere Einschreiten der Nachbarn und durch das Gewitter, das durch Gottes Vorsehung über dem Feuer niederging, sei es rechtzeitig gelöscht worden. Er schrieb weiter, daß er sich große Sorgen um seinen Freund mache, der nicht auffindbar sei, und daß er sich auf den Weg gemacht habe, ihn zu suchen. Dann folgten einige Entschuldigungen und Dankesworte, die ich aber nur überflogen habe, da mir die Hände zitterten vor Wut und ich den Brief schließlich zerknüllt in eine Ecke warf.
Kam der Brief aus Paris?
Ja, ich denke schon. Woher sonst? Ein Bote brachte ihn. Den Preis von zwei Broten habe ich bezahlt, um ihn auszulösen.
Heute schreiben wir Mittwoch, den 21. April. Der Brief erreichte Sie, wie Sie sagen, vor zwei Tagen. Ein Bote legt die Strecke von Paris nach Clermont in wenigen Stunden zurück. Dann hat er den Brief am 19. geschrieben, also erst neun Tage nach dem Feuer.
Nein. Das Datum auf dem Schreiben lautete 13. April. Dieses Datum steht neben der Grußformel.
Vom Dienstag also.
Ja, Dienstag letzter Woche.
Aber abgeschickt wurde er erst eine Woche später?
Ja. Das ist freilich seltsam.
Sie erfuhren erst neun Tage nach dem Brand, daß Sie um ein Haar Ihr Haus in Paris verloren hätten?
Verdammter Lump!
Warten Sie. Wir wissen ja noch nicht, wie es dazu gekommen ist. Lussac schrieb Ihnen also, er sei spät in der Nacht in der Stadt angekommen, fand die Straße voller Menschen und das Haus in Flammen.
Das ist richtig.

Wohnte er denn nicht in Ihrem Haus in Paris?
Ja, schon. Aber den ganzen März über war er hier.
Bei Ihnen?
Ja.
Dann war er an jenem Tage, als sich das Unglück ereignete, gar nicht in der Stadt?
Nein. Er war auf dem Wege dorthin. An der Kutsche war ein Rad gebrochen, und so verzögerte sich seine Ankunft. Er kam erst gegen Mitternacht in der Rue de Deux Portes an, aber das sagte ich Ihnen ja bereits.
Und vorher war er bei Ihnen?
Ja, wie gesagt, den ganzen März über. Er tauchte am Donnerstag nach Fastnacht hier auf. Ich dachte mir nichts weiter dabei.
Und sein Begleiter?
Sie meinen diesen Vignac?
Ja.
Lussac kam allein. Er hatte die Kutsche nach Clermont genommen und dann den restlichen Weg zu Fuß zurückgelegt. Wir waren alle beim Abendessen, als er plötzlich in die Stube trat. Wir waren überrascht, freuten uns aber, ihn zu sehen, luden ihn gleich zu Tisch, wie es üblich ist unter Verwandten und Christenmenschen.
Was für einen Eindruck machte er auf Sie?
Nun, er war hungrig und müde von der Reise. Ich hatte ihn seit dem Sommer des vergangenen Jahres nicht gesehen, und so gab es viel zu erzählen. Ich war neugierig, wie es ihm in Paris ergangen war. An jenem Abend fiel mir nichts weiter an ihm auf. In den nächsten Tagen und Wochen war das schon anders. Aber ich führte dies auf die unsichere Situation zurück, in der er sich befand. Er stand in Verhandlungen mit Marchant und Petit. Sie wissen vielleicht, daß der König letztes Jahr die Patente unterschrieben hat, um die Fertigstellung des Pont Neuf anzuordnen. Lussac war bei ihnen vorstellig geworden, und es bestand die Aussicht, daß man ihm einige der Masken, die die Brücke schmücken sollten, in Auftrag geben würde. Ein einträgliches Geschäft. Er sollte jedoch erst Entwürfe vorlegen, bevor man sich entscheiden würde. Einige hatte er schon dabei, erste Skizzen, Gesichter von Männern und Frauen, einfallsreich mit

Flußmotiven verziert, Wasserpflanzen, Blätter, Palmetten, Muscheln. Aber er war nicht sicher, ob er den Geschmack der Bauherren treffen würde, und schließlich gab es noch eine Reihe anderer Bewerber. Ich sprach ihm Mut zu. Doch er wirkte bedrückt, ein wenig verschlossen.
Hat er Ihnen gesagt, warum er Paris verlassen hatte?
Das habe ich ihn natürlich gefragt, denn ich war nicht wenig beunruhigt, hatte ich ihm doch das Haus in Obhut gegeben und mußte nun fürchten, es unbewacht zu wissen. Aber er zerstreute meine Bedenken mit dem Hinweis, daß Vignac zuverlässig und vertrauenswürdig sei und das Anwesen wohl bewachen werde.
Und warum kam Lussac also zu Ihnen?
Nun, einmal wegen der Zeichnungen. Er wollte meinen Rat hören. Er klagte über Paris, den Schmutz, den Gestank, die Gefahren überall in den Straßen. Das Edikt verbot die Religionsausübung in der Stadt. Aus allem, was er erzählte, schloß ich, daß er der Stadt keinen besonderen Reiz abgewinnen konnte. Die Preise für Brot waren im Frühjahr durch die Mißernten stark angestiegen. Alles klang so, als habe er sich hierher nach Clermont zurückziehen wollen, um an seinen Zeichnungen zu arbeiten und nicht der Unruhe in der Stadt ausgesetzt zu sein. Mir selbst sind diese Beweggründe so einleuchtend, daß ich gar nicht weiter in ihn drang, auch wenn er mit seinen eigenen Worten nicht erklärt hat, warum er gekommen war.
Aber er kehrte wieder nach Paris zurück?
Ja, an jenem besagten Tag, dem 10. April, einem Samstag.
Ostersamstag?
Ja.
Sie sagen, er sei am Ostersamstag nach Paris zurückgekehrt? Aber warum denn ausgerechnet an diesem Tag?
Die Menschen sind frei zu kommen und zu gehen. Ich weiß es nicht. Er brach einfach auf.
Hatte er eine Nachricht bekommen, oder hatte Vignac ihm vielleicht geschrieben und ihn gebeten zu kommen?
Nein, das hätte ich erfahren. Wir erhielten keine Nachricht von Vignac. Ich fragte Lussac bisweilen, ob in Paris alles in Ordnung sei, aber er beruhigte mich stets mit den gleichen Worten.

War sonst eine Neuigkeit im Umlauf, die seinen Aufbruch erklären könnte?
Nun, an Neuigkeiten war in dieser Zeit weiß Gott kein Mangel. Überall in der Gegend sprach man von dieser Marthe, die man aus Loches nach Paris gebracht hatte. Ein paar Durchreisende hatten sie an der Place St. Geneviève gesehen, wo man sie dem Volk vorführte. Die Metze schrie, ein Teufel stecke in ihrem Leib und flüstere ihr ein, die Hugenotten seien alle Fleisch des Satans und er gehe täglich herum in La Rochelle und anderswo, um eine neue Seele für den Feuerofen zu holen. Kein Wunder, daß man in Paris gerne an dieses aufrührerische Geschwätz glaubte. Angeblich sei ihre Mutter schon des Teufels gewesen, aber die Ärzte des Königs führten die eindeutigen Prüfungen mit ihr durch und kamen zu dem Schluß, daß kein Teufel in ihr sei. Wir hörten befriedigt, daß der König Herrn Estrées Befehl gegeben hatte, die Wahnsinnige der Justiz zu überantworten, und das ganze wilde Geschrei der Kapuziner vor der Conciergerie konnte den König nicht von seiner Entscheidung abbringen. Herr Estrées hatte ja wenige Tage später selbst ein großes Unglück zu verschmerzen, da seine Tochter, die Herzogin von Beaufort, einer rätselhaften Krankheit zum Opfer fiel. Doch wie ich höre, hat ihn der Tod seiner Tochter nicht davon abgehalten, noch selbigen Tages ihr Hab und Gut auf seine Wagen zu verpacken und nach Cœuvres zu bringen. Nein, an Neuigkeiten gab es allerlei, aber ich wüßte nicht, was an ihnen Lussac bewegt haben mochte, nach Paris zurückzukehren. Im Gegenteil. Welcher aufrechte Christenmensch wendete sich nicht erschrocken ab von solchen Vorkommnissen?
Ihr Neffe brach also am Ostersamstag auf und ward seither nicht mehr gesehen?
Seit seinem letzten Brief bin ich ohne Nachricht. Aber ich denke, daß er bald kommen wird, um mir eine Erklärung für das Feuer zu liefern.
Ich hoffe es, für Sie wie für uns, denn eigentlich sollte er mir Rede und Antwort stehen und nicht Sie, die Sie an diesem Vorfall überhaupt nicht beteiligt waren.
Haben Sie ihn denn nicht gesprochen?
Nein.
Ist er nicht in Paris?
Das wissen wir nicht. Wir fanden keinen lebenden Menschen im Haus vor.
Keinen lebenden Menschen …?
Dann wissen Sie also doch noch nicht alles?

Ist jemand bei dem Feuer zu Schaden gekommen?
Man fand in den Trümmern einen Toten.
Heiliger!
Das Feuer wurde gegen Mitternacht bemerkt. Nachbarn drangen in Ihr Haus ein, entdeckten das Feuer im Schuppen und versuchten es zu löschen. Als man die Bretterwand einschlug, um an den Brandherd zu gelangen, flammte die Feuersbrunst erst richtig auf und wäre sicher auf die anderen Häuser übergesprungen, wenn nicht kurz darauf ein Gewitter niedergegangen wäre. Die Leiche des Menschen fand man erst am Morgen, als man die Trümmer beiseite räumte. Wir wissen jedoch nicht, wer der Tote ist. Die Leiche ist völlig verbrannt. Was von ihr übrigblieb, paßt in jene Kiste dort.
Großer Gott.
Sie werden verstehen, daß wir gerne Ihren Neffen sprechen würden. Wahrscheinlich handelt es sich bei dem Toten um jenen Vignac, was sich freilich kaum mehr feststellen lassen wird. Aber bitte sagen Sie mir doch, was sich in dem Schuppen befand.
In dem Schuppen hinter der Küche?
Ja.
Nichts weiter. Besen, Eimer, Brennholz, allerlei Gerümpel.
Gab es eine Tür?
Eine Tür? Ja, natürlich gab es eine Tür. Zwei, um genau zu sein.
Wo befanden sich diese Türen?
Eine war im Hof, gleich links, wenn man aus dem Haus trat. Und dann gab es noch einen Zugang unter der Treppe. Aber ich verstehe nicht. Warum fragen Sie mich das?
Die Tür im Hof war zugenagelt. Den Eingang unter der Treppe hat man wohl übersehen, sonst hätte man die Bretterwand im Hof nicht einschlagen müssen. Sie wissen also auch nicht, was sich tatsächlich in dem Schuppen befand?
Großer Gott, ich muß sofort nach Paris. War womöglich Lussac ...?
Nein, das kann nicht sein. Er hat Ihnen ja nach dem Feuer noch eine Depesche geschickt. Obgleich es natürlich verwunderlich ist, daß er sich noch nicht bei Ihnen gemeldet hat, um Ihnen Dinge mitzuteilen, die Sie nun auf so unangenehme Weise von uns erfahren müssen.
Dieser undankbare Nichtsnutz. Ich werde sofort losreiten und ihn zur Rede stellen.

Nein, bitte, so setzen Sie sich doch. Ich befürchte, wenn er mir und meinen Männern bisher nicht ins Netz gegangen ist, wird es Ihnen auch nicht gelingen, ihn zu finden. Es tut mir leid, daß ich Ihnen so bestürzende Neuigkeiten überbringen muß. Aber bitte beantworten Sie mir zuerst meine Fragen. Ich habe Ihnen einiges über die Vorkommnisse in Paris berichtet, aber ich weiß so gut wie nichts über Ihren Neffen oder diesen Vignac, dessen Leiche wir vermutlich in den Trümmern des Verschlages gefunden haben. Wenn wir unsere Erkenntnisse zusammentragen, kommt unterm Strich vielleicht eine Summe heraus, die Ihnen und mir weiterhelfen wird. Ich bitte Sie, Ihre Reise wäre vergeblich. Ihr Haus in Paris wird von meinen Leuten bewacht. Von Ihrem Neffen fehlt jede Spur. Es wäre sinnlos, nach Paris zu reiten.

Nun gut, ich will Sie anhören. Verwünscht sei der Tag, da ich die beiden in mein Haus ließ!

Aber so sagen Sie mir doch bitte, was Sie in dem Verschlag gefunden haben.

Es hat den Anschein, als hätten die beiden in dem abgebrannten Verschlag eine Werkstatt eingerichtet. Man fand zwischen den Trümmern die Überreste von Leinwand sowie Schalen und Töpfe zum Anrühren von Farbe, außerdem grundierte Holztafeln, Spatel, Pinsel, Dosen mit allerlei Pulvern, Flaschen mit Tinkturen, eine silberne Dose mit Tierhaaren, gewachstem Faden und dergleichen mehr.

Mein Gott. Ein Atelier?

Haben Sie dafür eine Erklärung?

Verwünschter Leichtsinn. In drei Gottes Namen! Deshalb ist er verschwunden. Wie konnte er mich nur so hintergehen? Und jetzt befürchtet er natürlich, meinen Zorn auf sich gezogen zu haben. Mit Recht!

Sie wußten also nichts davon?

Ich? Davon gewußt? Am gleichen Tag hätte ich sie aus dem Haus und aus der Stadt gejagt. Ich weiß nicht, was in Lussac gefahren ist. Wie konnte er das nur zulassen. Sicher hat ihn dieser Vignac beschwätzt. Deshalb war der Schuppen vermutlich von außen vernagelt, damit niemand auf das Treiben darin aufmerksam werden konnte. Jetzt begreife ich.

Könnten Sie mir das bitte erklären?

Dabei hatte ich sie ja noch gewarnt. Aber hören Sie. Die beiden kamen im Juni letzten Jahres nach Paris. Lussac hatte mir einige Wochen zuvor geschrieben und mich gefragt, ob ich ihm und seinem Freund Gastfreundschaft gewähren könnte. Sie rechneten damit, in der Stadt gutbezahlte Arbeit zu finden. Wir sprachen kurz darüber, aber die Umstände ihrer Ankunft waren so unglücklich gewählt, daß ich mich kaum um sie kümmern konnte. Meine Frau lag im Sterben. Ich hatte das Herz voller Gram und Verzweiflung, verlor ich doch in einer Nacht die Frau und dazu das Kind, das sie im Leibe trug. Wir wollten ohnehin längst nach Clermont gehen. Diesen Winter noch, und Paris hätte uns zum letzten Male im Kreis seiner verdrossenen Bewohner gesehen. Doch nach diesem schrecklichen Zwischenfall konnte ich nicht länger bleiben und zog wenige Tage später hierher. Es war mir sogar recht, daß Lussac und sein Freund im Haus zurückblieben. Ich war zu bekümmert, lenkte meinen Wagen nach Norden und bin bis zum heutigen Tag nicht zurückgekehrt.
Was wollten die beiden in der Stadt?
Wie ich schon sagte, sie wollten sich eine Stelle verschaffen. Ich sagte ihnen gleich, daß das recht aussichtslos sei. Ohne Zulassung bei den Zünften und ohne Protektion und Beziehungen zu einflußreichen Personen ist es unmöglich, Aufträge zu bekommen. Die Konkurrenz ist mörderisch. Und für Maler wie diesen Vignac war es gar völlig hoffnungslos. Deshalb siedeln sich die Neuankömmlinge auch in den Vorstädten an, wo die Zünfte keine Kontrolle haben. Wie mir Lussac später berichtete, hatte Vignac bei einem Flamen außerhalb der Stadt Arbeit gefunden, deshalb dachte ich, daß alles in Ordnung sei. Doch wenn es stimmt, was Sie sagen, wenn sie ein Atelier in meinem Haus eingerichtet haben, dann wundert es mich nicht mehr, daß dort ein Unglück geschehen ist.
Wie soll ich das verstehen?
Es ist gefährlich, ohne Zulassung zu arbeiten. Laufend werden Künstler aufgegriffen, die gegen die Gesetze verstoßen und ohne Zulassung arbeiten. Wenn sie das Glück haben, dem Zorn der aufgebrachten Zunftmeister und ihrer Schergen zu entgehen, dann trifft sie doch sicherlich die Strafe des Gesetzes. Und dann gibt es noch eine Menge Hitzköpfe, die auch vor Anschlägen nicht zurückschrecken, wenn ihnen der Weg

über eine Anzeige zu lange dauert. Wenn ich das nur gewußt hätte. Lussac! Wie konnte er das nur zulassen?
Niemand wußte von dem Atelier.
Woher wissen Sie das?
Wir haben Untersuchungen angestellt.
Nun, die, die es interessiert hat, werden es schon erfahren und dem Treiben wohl ein Ende gesetzt haben. Eine andere Erklärung habe ich nicht.
Und Lussac, aus Angst vor Vorwürfen, hat Ihnen all dies verschwiegen.
Dieser Lump.
Hat er nie darüber gesprochen, was sie in Paris taten?
Lussac bemühte sich um Arbeit beim Anbau der Galerie des Louvre. Dann hatte er davon erfahren, daß Marchant und Petit die Pont Neuf weiterbauen würden. Aber das habe ich Ihnen ja schon gesagt. Er hatte Skizzen dabei.
Und Vignac, sagten Sie, arbeitete außerhalb der Stadt bei einem Flamen. Kennen Sie seinen Namen?
Nein. Wir sprachen kurz darüber, als Lussac hier war. Ich fragte ihn, wie es seinem Freund ergehe. Lussac wurde stets sehr einsilbig, wenn die Rede auf Vignac kam.
Und? Was antwortete er auf Ihre Frage?
Genau das, was ich Ihnen bereits gesagt habe. Er arbeite in Villejuif.
Das war alles?
Ja. Er sprach nicht über ihn, und ich fragte auch nicht weiter danach.
Wissen Sie, woher sie sich kannten?
Sie sind sich in Lyon begegnet.
Wie lange ist das her?
Zwei Jahre vielleicht. Oder auch länger.
Aber Sie haben diesen Vignac damals gesehen in Paris, als die beiden ankamen.
Ja. Natürlich.
Würden Sie ihn wiedererkennen?
Ich denke schon. Aber ist er nicht in dem Feuer ... ?
Wovon lebte Ihr Neffe?
Bevor sie nach Paris kamen, hatten sie den Winter über in der Bretagne gearbeitet. Nicht weit von Angers entfernt. An den genauen Ort

erinnere ich mich nicht. Sie werden wohl ihren Lohn bekommen haben, als sie von dannen zogen, um nach Paris zu kommen.

Kann es sein, daß Lussac im März nach Clermont gekommen ist, weil es ein Zerwürfnis zwischen den beiden gegeben hatte? Oder lassen Sie es mich anders formulieren. Hatten Sie den Eindruck, als hege Lussac einen Groll gegen seinen Freund?

Worauf wollen Sie hinaus?

Die Frage drängt sich auf, wenn man betrachtet, wie die Dinge liegen. Ihr Neffe verläßt ohne ersichtlichen Grund Anfang März Paris. Er erscheint hier bei Ihnen, verliert kaum ein Wort über seinen Begleiter und kehrt nach einigen Wochen ohne erfindlichen Grund nach Paris zurück. Als er dort ankommt, steht Ihr Haus in Flammen, und in den Trümmern findet sich die Leiche eines Menschen. Lussac schreibt Ihnen einen Brief, teilt Ihnen, freilich unvollständig, mit, was geschehen ist, und bleibt daraufhin unauffindbar. Lussac hat Ihnen nicht die Wahrheit gesagt, was die Vorgänge in Ihrem Hause betrifft. Wäre es nicht möglich, daß an seinem Bericht noch andere Teile unwahr sind? Sie haben natürlich recht, wenn Sie sagen, daß die Zünfte, wenn sie von dieser Werkstatt etwas gewußt hätten, eingeschritten wären, und ich will gar nicht ausschließen, daß erzürnte Leute, die sich im Recht glauben, bisweilen dazu neigen, dieses auch selbst zu vollstrecken, anstatt es den Behörden zu überlassen, den Gesetzen Geltung zu verschaffen. Aber die beiden haben im Wissen um ihr unrechtmäßiges Handeln Vorkehrungen gegen eine Entdeckung zu treffen gewußt. Außerdem war das Anwesen verschlossen. Wäre ein Unbekannter eingedrungen, um Feuer zu legen, so hätte er die Tür oder ein Fenster erbrechen müssen. Sämtliche Riegel und Schlösser waren jedoch unversehrt. Haben Sie dafür eine Erklärung? Besaß außer Vignac und Lussac noch jemand einen Schlüssel?

Nein. Jedenfalls ist mir nichts davon bekannt.

Außer Vignac und Lussac wohnte niemand in diesem Haus?

Soviel ich weiß, nicht.

Sie kamen zu zweit an im Juni?

Ja doch.

Ein Zeuge sagte aus, er habe Vignac in Begleitung einer jungen Frau im Haus gesehen. Er beschrieb sie als dunkelhaarig und wohlgestaltet, eine vorlaute, anscheinend etwas ungezogene Person von südländischem Aussehen. Kennen Sie eine Person, auf welche diese Beschreibung passen würde?

Solch ein Frauenzimmer, wie Sie es beschreiben, könnte sich schwerlich meiner Bekanntschaft rühmen. Nein, eine solche Person verkehrte nicht in meinem Hause.
Bedauerlicherweise scheint das nicht ganz richtig zu sein. Aber kehren wir zu Lussacs Abreise zurück. Er verließ Clermont am Samstag, dem 10. April, nicht wahr?
Ja.
Um welche Tageszeit?
Gleich nach Sonnenaufgang. Er ging zu Fuß in die Stadt. Von hier braucht man etwa eine Stunde, um an die Poststation zu gelangen. Die Kutsche aus Noyon kommt allerdings erst gegen Mittag vorbei und erreicht Paris normalerweise vor Einbruch der Dunkelheit. In Lussacs Brief stand etwas von einem gebrochenen Rad und daß er daher erst gegen Mitternacht das Ziel seiner Reise erreichte.
Wie war er bekleidet?
Er trug eine braune Hose, ein Hemd aus flämischem Tuch, ein rotes Wams und einen Umhang ohne Kapuze; außerdem einen grauen Wollschal, der zum Umhang gehörte und auch dessen Farbe hatte.
Hatte er Gepäck bei sich?
Eine Tasche und ein Lederfutteral für seine Zeichnungen.
Besaß er ein Pferd?
Nein. Die Pferde hatten sie schon im Sommer verkauft. Aber hier, schauen Sie, das ist er. Es ist eine Zeichnung seines Freundes. Das Haar trägt er nun etwas länger, aber ansonsten ist dies ein getreues Abbild meines Neffen. Wenn Sie eine Kopie anfertigen lassen möchten, überlasse ich Ihnen das Blatt gerne einige Tage.
Ich danke Ihnen. Sie sind sehr freundlich. Sie können sich also nicht erklären, was Lussac dazu bewegt haben könnte, Paris erst zu verlassen, später dorthin zurückzukehren und Ihnen die Vorkommnisse dort so unvollständig zu schildern?
Nein, ich verstehe sein Verhalten nicht. Ich kann gar nicht glauben, was Sie mir erzählt haben. Wenn Sie ihn nur finden könnten, ließe sich die Sache bestimmt schnell aufklären. Tadel hat er verdient dafür, daß er mich so hintergangen hat.
Wer weiß. Wir können noch nicht einmal sicher sein, daß Lussac etwas über die geheime Werkstatt wußte. Vielleicht hat dieser Vignac Sie beide hintergangen

und Lussac deshalb aus Paris fortgeschickt. Aber bitte. Noch eine letzte Frage. Kennen Sie einen Mann namens Giaccomo Ballerini?
Ballerini, sagen Sie?
Ja.
Ich habe in meinem Leben viele Menschen kennengelernt, doch keiner trug diesen Namen, so wahr mir Gott helfe.
Nun gut. Sie haben aufrichtig gesprochen, und mit Gottes Hilfe werden wir der Wahrheit auf den Grund kommen. Ich danke Ihnen.
Ja. Mit Gottes Hilfe mag sich einer durch diesen Wirrwarr hindurchfinden. Ich kann's nicht.

Aufgezeichnet zu Clermont, diesen 21. April 1599

Zwölf
Ein Gespräch

Vignac verließ Perraults Haus nach Einbruch der Dunkelheit. Es war ein kalter, unwirtlicher Novemberabend des Jahres 1598. Er folgte der Rue de Deux Portes und bog dann in die Rue de Haute Fuelle ab. Abgerissene Blätter schlugen ihm ins Gesicht, und ein ungeduldiger Herbstwind sichelte durch die Straßen. Die Kirche St. André zeichnete sich dunkel gegen den Nachthimmel ab. Obwohl die Straßen vereinsamt dalagen, blieb Vignac oft stehen, verharrte im schützenden Dunkel der unbeleuchteten Gassen, lauschte auf Geräusche und tastete in regelmäßigen Abständen nach dem Dolch, den er unter der Jacke verborgen trug. Er wußte, daß er ihm im Ernstfall wenig nutzen würde, aber die schwere, kalte Waffe hatte eine beruhigende Wirkung auf ihn.

Die Luft war feucht. Es hatte den ganzen Tag geregnet. Die ungepflasterten Straßen waren aufgeweicht und wie zu jeder Jahreszeit mit Unrat und Abfällen übersät. Ein Kunststück war es, hier im Dunkeln seinen Weg zu finden, ohne auszurutschen und in einem Haufen von Fischabfällen oder noch unangenehmeren Überbleibseln zu versinken. Erst als er sich dem Fluß näherte, ließ der Gestank etwas nach.

Nach Einbruch der Dunkelheit fuhren keine Boote mehr, und so hätte er eigentlich den Weg durch die Cité wählen müssen. Doch es war nicht ratsam, das enge Gassengewirr der Cité nachts zu durchqueren. Selbst die städtischen Wachen wagten sich nach Einbruch der Dämmerung nur schwer bewaffnet und gruppenweise in diesen berüchtigten Stadtteil. So folgte Vignac der Seine flußabwärts und stand kurz darauf vor dem Gerippe der Pont Neuf. Zu seinen Füßen sprudelte schwarz das Wasser zwischen den aufgeschütteten Fundamenten hindurch, die seit zwanzig Jahren wie verwaiste kleine Inseln aus dem Fluß ragten. Erst in den letzten Monaten hatte man die Arbeiten wieder in Angriff genommen und ein erstes, spinnenzartes Gewebe aus zusammengebundenen Holzplanken zwischen die Pfeiler gespannt. Darunter lagen vertäute Boote nebeneinander. Knapp über der Wasseroberfläche war um den Fuß jedes Pfeilers ein Kranz aus verzapften Bohlen gelegt, aus denen im Frühjahr die Stützkonstruktion für die zu errichtenden Bögen herauswachsen sollte.

Er ließ sich die Böschung hinabgleiten und betrat die feuchten Bohlen, die bei jedem Schritt unter dem Fuß wegzurutschen drohten. Das Rauschen des tosenden Wassers unter ihm betäubte sein Gehör, und die heraufsprühende Gischt nahm ihm die Sicht. Die Hände fest um die dicken Hanfseile gelegt, arbeitete er sich langsam voran und zögerte lange, bevor er einen Fuß nach vorn auf die schwankenden Balken setzte. Schon nach wenigen Metern war er von Schweiß bedeckt. Sein durchnäßtes Hemd schlug kalt gegen seinen Rücken und machte ihn frösteln.

Er verharrte einige Minuten auf dem ersten Pfeiler. Die beiden Ufer stachen wie schwarze Ränder eines riesigen Maules von den Häuserfronten ab, und unter ihm leckte eine gefräßige, dunkle Zunge. Seine Zähne schlugen aufeinander.

Warum nur diese Heimlichkeit? Die Botschaft der Herzogin, die ihm Valeria vor drei Tagen überbracht hatte, war unmißverständlich gewesen. Zwei Stunden nach Sonnenuntergang möge er sich am Guichet St. Nicolas einfinden. Ihm obliege es sicherzustellen, daß niemand ihm folge oder von dieser Zusammenkunft erfahre, andernfalls man davon absehen müsse, ihm den Auftrag, dessen genauer Inhalt bei der Zusammenkunft zu besprechen sei, zu erteilen.

Er tat einen weiteren Schritt auf den glitschigen Bohlen, glitt ab und stürzte. Sein Kopf schlug hart auf, und während er mit den Händen ins Leere griff, spürte er, wie sich sein Fuß in einem Seil verfing und ihn am Fallen hinderte. Er schwang sich nach oben, spürte einen Schlag am Oberarm und sah sein Messer nur wenige Zentimeter an seinem Kopf vorbei in die Fluten stürzen. Vignac fluchte leise und schwang sich an der Takelage auf den schmalen Steg zurück. Nach wenigen Minuten hatte er sich aus dem Strick befreit, der ihn so glücklich vor dem Sturz bewahrt hatte. Nun ging er noch vorsichtiger voran, hielt nach jedem Schritt inne und vergewisserte sich, daß die Bohle, der sich anzuvertrauen er im Begriff stand, fest in den Seilen hing, ehe er den nächsten Schritt wagte. So kroch er durch die nach Teer und Pech riechende Takelage und erreichte schließlich das andere Ufer.

Ohne auf seinen schmerzenden Schädel zu achten, lief er die etwa hundert Meter zur vereinbarten Stelle und verharrte dort wartend in einer Mauernische. Das Tor, das hier in die Mauer eingelassen war, blieb geschlossen. Man hatte ihm keine Weisung gegeben anzuklopfen, und so verhielt er sich ruhig und wartete.

Nach einer Weile gewahrte er eine Veränderung an der dunklen Pforte. Etwas Dunkles bewegte sich dort. Vignac kniff die Augen zusammen, konnte jedoch nur einen Schatten erkennen, der sich dunkel gegen die feucht glänzende Mauer abzeichnete. Dann hörte er seinen Namen.

»Maître Vignac?« flüsterte jemand scharf hinter vorgehaltener Hand. Kaum war er aus der Mauernische herausgetreten, huschte der dunkle Schatten auf ihn zu und zog ihn hastig durch die Pforte, die sich mit einem satten Geräusch sogleich hinter ihm schloß.

Vignac schaute verwundert auf den Menschen, der ihn so unsanft auf diese Seite der Mauer befördert hatte. Der Unbekannte steckte in einem weiten schwarzen Umhang. Sein Gesicht war nicht zu sehen, da eine Kapuze es verhüllte. Der Mensch kümmerte sich nicht weiter um ihn, sondern zog ihn hinter sich her die stille Straße entlang, bis vor ein stattliches Hôtel, dessen Rückseite an den Louvre grenzte. Er pochte kurz an die Tür, die sich sogleich öffnete und die beiden Besucher verschluckte.

Rasch durchquerten sie einen unbeleuchteten Innenhof, traten durch eine weitere Tür und fanden sich plötzlich in einer hell erleuchteten Eingangshalle wieder. Als sich Vignacs Augen an das Licht gewöhnt hatten, war der verhüllte Mann, der ihn am Guichet St. Nicolas abgeholt hatte, verschwunden.

Vignac schaute sich um. Am Ende der Halle führten zwei gewundene Steintreppen zu einer Galerie hinauf, von der aus man wohl die Zimmer in den oberen Stockwerken erreichen konnte. Zwei livrierte Diener bewachten die Aufgänge. Im Kamin unter der Galerie brannte ein Feuer und verströmte wohlige Wärme. Roter und weißer Marmor war in den Boden eingelassen. Prächtige Sessel säumten die Wände der Eingangshalle, die mit türkischen Teppichen geschmückt waren.

Die Livrierten verharrten bewegungslos. Vignac blieb unschlüssig an der Stelle stehen, wo der Unbekannte ihn zurückgelassen hatte, und wartete. Irgendwo waren Stimmen zu hören, die bemüht schienen, gedämpft zu sprechen. Dann trat plötzlich Ruhe ein. Eine Tür fiel ins Schloß. Ein Vorhang wurde auf- oder zugezogen. Draußen entfernten sich Schritte. Vignac schlug das Herz bis zum Halse. Er wußte selbst nicht, warum. Er machte Anstalten, sich von der Stelle zu bewegen, ohne zu wissen, wohin er sich begeben sollte. Doch schon bei der ersten schüchternen Bewegung vernahm er ein leises, jedoch unerbittlich strenges »Tss« des Dieners zu seiner Rechten. Er blickte erschrocken in dessen ausdrucksloses Gesicht. Doch mehr als dieser gezischte Befehl schien für seinesgleichen nicht vorgesehen. Nach einem langen, fragenden Blick in die kalten Augen des Livrierten wandte Vignac die Augen zu Boden und verharrte bewegungslos.

Nochmals vergingen einige Minuten. Dann erschien ein weiterer Diener und bedeutete Vignac, ihm zu folgen. Der Maler tat, wie ihm geheißen, schritt auf eine Tür zu, die der Diener ihm wies, wartete, bis sie sich öffnete, und betrat das dahinter liegende Zimmer.

Der Raum war klein und niedrig. Auch hier brannte ein Feuer, verströmte jedoch mit der Wärme zugleich einen angenehmen, süßlichen Duft. Auf einem Sessel am Ende des Raumes saß eine Frau und musterte ihn. Vignac verbeugte sich und ließ einen Kniefall folgen, bemüht, das rechte Maß an Unterwürfigkeit zu finden. Der Blick, der ihn traf, nachdem er sich wieder aufgerichtet hatte, sagte ihm, daß er keineswegs das richtige Maß gefunden hatte. Die Augen dort wandten sich mit kaum verhohlener Empörung von ihm ab, fixierten ihn jedoch sogleich wieder mit einem Anflug resignierter Selbstbeherrschung. Eine Hand, zaghaft, als fürchte sie Ansteckung, erhob sich leicht und wies ihn an, sich zu setzen.

»Ich hoffe, Euer äußeres Erscheinungsbild nicht so auslegen zu müssen, als hättet Ihr auf Eurem Wege hierher in irgendeiner Form die Aufmerksamkeit einer anderen Person erregt? Die Weisungen, die Ihr bekommen habt, waren, so hoffe ich doch, unmißverständlich, und deren strikte Einhaltung ist die Grundvoraussetzung für jedes weitere Wort zwischen uns. Darf ich mich diesbezüglich versichert wissen, daß Ihr unserer Abmachung vollständig entsprochen habt?«

»Ich war gezwungen, einen Weg zu wählen, der es nicht gestattete, der Bekleidung gebührende Aufmerksamkeit zukommen zu lassen. Außer einigen Fischen sah mich niemand hierherkommen.«

»Was ja auch in Eurem Interesse sein dürfte. Habt Ihr das Schreiben mitgebracht, das Euch hierhergeführt hat, oder ist es ein Opfer Eurer mutigen Überquerung geworden?«

»Der Brief Eurer Exzellenz ...«

Eine Hand erhob sich und schnitt ihm das Wort ab. »Habt Ihr das Schriftstück bei Euch?«

»Es ruht hier an meinem Herzen.«

»Gut. Gebt es mir. Ich gehe davon aus, daß außer Euch niemand von der Existenz eines solchen Schreibens weiß. Hier. Nehmt es zurück und legt es dort ins Feuer. Unsere Unterredung wird nicht viel Zeit in Anspruch nehmen. Zuviel Zeit ist schon verstrichen. Ungenutzte Zeit. Ich habe die Aufgabe, Euch in wenigen Worten die Natur Eures Auftrages zu erklären. Warum die Wahl auf Euch gefallen ist, entzieht sich meiner Kenntnis. Die betroffene Person und ihre Berater pflegen sich denjenigen, die sie mit der Ausführung ihrer Aufträge betrauen, nicht weitschweifig zu eröffnen. Aber dafür hat man uns ausgewählt. Wir alle sind Diener Gottes. Doch nur wenigen ist es vorbehalten, Seine Ratschlüsse zu erkennen und Seinem Willen gemäß zu handeln. Daher auch stets das Murren und Geschrei der kleinen Geister, die sich anmaßen, besser zu wissen als die wenigen Auserwählten, was in Seinem Namen zu geschehen habe. Und wir, die wir jenen dienen, die Er als Seine Stellvertreter eingesetzt hat nach ewigem Recht und Gesetz, haben gleichermaßen jenem Willen zu gehorchen und in Ermangelung eines klaren Gebotes den Geist dieses Willens zu erfüllen. Dabei obliegt es dem Arm nicht, sich zu fragen, was der Kopf will. Aufgabe des Armes ist es, zu gehorchen und richtig zu gehorchen. Versteht Ihr mich?«

»*Denn der Herr, der Allerhöchste, ist heilig, ein großer König über die ganze Erde* ...«

Die Augen der Frau verengten sich. Vignac hielt dem unergründlichen Blick stand und nutzte die Gelegenheit, die ganze Person in Augenschein zu nehmen. Das weiße Gesicht war fein geschnitten, jugendlich und wirkte doch auf seltsame Weise alt. Der selbst beim Sprechen bewegungslos verharrende Kopf thronte über einer mächtigen Halskrause aus weißen Spitzen, die den oberen Abschluß eines korallenroten Kleides bildete, dessen Schulterpartie weit nach oben gezogen war und den Eindruck erweckte, als sei der restliche Körper ein wenig nach unten gerutscht. Den Kopf schmückten zwei ineinandergeflochtene Zöpfe, die vom gleichen Rot waren wie das schwere, faltendurchflutete Kleid der unbekannten Frau. Ihr weißes Gesicht nahm sich gar gespenstisch aus, und als wieder Worte zäh aus ihrem Mund hervorflossen, erkannte er auch, warum das eigentlich junge Gesicht vorzeitig gealtert schien: Eine dicke, weiße Paste war über die Haut gelegt und warf um den strengen Mund herum verräterische Falten.

»*Lobsinget, lobsinget Gott, lobsinget, lobsinget unserem König.* Fürwahr. Mir war aufgetragen, nach einem Maler zu schicken, und man bringt mir einen Psalmensänger. Habt Ihr sonst noch Talente zu bieten? Es wäre bedauerlich, wenn wir in Euch nur einen geschickten Handwerker suchten und dabei vielleicht einen Engel übersehen sollten.«

»Was ich zu Markte trage, ist meiner beiden Hände Werk und ein Auge, dem es Gott gefallen hat, die Gabe der Beobachtung zu schenken. Hätte Er anderes beabsichtigt, stünde ich nun schwerlich vor Ihnen.«

Er spürte förmlich, wie seine Worte langsam in den Körper hinter dem roten Stoff einsanken. War er zu weit gegangen? Hatte er zu frei gesprochen, nicht genügend Respekt gezeigt? Aber was sollte diese gestelzte Pfaffensprache? War dies hier eine Veranstaltung zur Überprüfung seiner Glaubenssätze? Er hatte den Psalm hergesagt, weil er auf die eigenartigen Ausführungen dieser Frau nichts zu erwidern wußte. Überall schienen Fallstricke und Untiefen in ihrer Rede versteckt zu sein. Vignac schaute unschlüssig vor sich hin. Insgeheim aber studierte er jede Einzelheit an dieser Person mit äußerster Aufmerksamkeit. Ihr Gesicht war ihm durch die Schminke weitgehend verborgen. Doch ihre Körperhaltung, die Art, wie sie ihre Hände hielt, und die eng zusammengestellten Füßchen, die unter dem roten Stoff hervorlugten, ließen ihn den

Körper hinter der Verkleidung ahnen. Ein alter Lehrsatz kam ihm in den Sinn: *Keine menschliche Regung, und sei sie noch so unfaßbar, die nicht ihre Entsprechung in einer Form fände; und keine Form, in der nicht eine Absicht verborgen wäre.*

»Nun, es obliegt mir auch nicht, Euch auf Zwecke zu prüfen, die nicht gefordert sind. Ihr habt Wohlgefallen erregt mit Eurem Porträt meiner Herrin. Diesem Umstand verdankt Ihr es wohl, daß man nach Euch geschickt hat. Eine ausgezeichnete Arbeit, wie man neidlos anerkennen muß. Neidlos, was mich betrifft, die ich ja nicht in Euren Kreisen mein Brot verdiene. Ich muß sagen, ich bin erstaunt über Euren Mut. Als die Schreiner das gerahmte Bild auf Schloß Monceaux aufstellten und Madame de Beaufort es den Leuten zeigte, hättet Ihr die Gesichter der anwesenden Maler sehen sollen. Einer erhob sogar die Stimme und bemerkte, wie unerhört es sei, daß ein Gemälde, dessen Urheber nicht bekannt sei und der möglicherweise ohne Zulassung im verborgenen schaffe, zum Gespött der rechtschaffenen Maler bei Hofe ausgestellt werde. Wobei Madame Euch zu Hilfe kam, indem sie jenen Maler fragte, ob es seiner Ansicht nach möglich sei, die Mutter der Kinder des Königs von Frankreich zum Instrument eines wie auch immer gearteten Spottes zu machen – worauf der vorlaute Dummkopf natürlich verstummte. Aber diese kleine Episode zeigt Euch vielleicht, daß es von beiderseitigem Interesse ist, vollkommene Verschwiegenheit über unsere Zusammenkunft zu wahren.«

»Mein Bild war ein Geschenk und eine Huldigung an die Herzogin. Es ist nicht in Paris gemalt worden. Der Vorwurf dieses Malers trifft mich nicht.«

»Halten wir uns nicht bei solchen Einzelheiten auf. Was immer Ihr bezweckt habt mit Eurer Handlung, man wird ihr einen Sinn unterlegen. Ist es nicht auch so mit Gott unserem Herrn? Er schaut direkt in unser Herz und mißt uns nach unserem wahrhaftigen Glauben, nicht nach zweifelhaften Taten, die mal das eine, mal das andere bedeuten. Nicht wahr, so lautet doch die Lehre bei den Leuten, denen Ihr angehört?«

Sie kam schon wieder auf diese Glaubensfragen zurück. Aber Vignac spürte, daß dies nur der Staub war, den sie ihm in die Augen streuen wollte, um ihn an anderer Stelle in eine viel gefährlichere Falle zu führen. Aber in welche? Man hatte sein Bild bei Hof zur Kenntnis genommen, er hatte Aufmerksamkeit erregt und natürlich auch Neid. Damit hatte er gerechnet. Nun war sein sehnlichster Wunsch in Erfüllung gegangen. Man wollte weitere Bilder von ihm. Denn daß es darum ging, daran bestand kein Zweifel. Warum sonst diese Audienz bei der Herzogin? Auch wenn sie ihn nicht persönlich empfing; die Frau, die vor ihm saß, war zweifellos von ihr beauftragt. Sie war der Arm und Mund der einflußreichsten Dame Frankreichs, der zukünftigen Königin. An allen Fürstenhöfen Europas sprach man von ihr und von der gewaltigen Liebe, die der König für sie empfand. Er, Vignac, hatte sie gemalt, in seinem Gemälde alle erdenklichen Attribute der Schönheit, der Fruchtbarkeit, des Liebreizes und königlicher Würde zu einem großartigen Gesamtbild gefügt, und es hatte sie nicht unberührt gelassen. Er hatte gespürt, daß das Vorbild der unbekannten Edeldame die schöne Gabrielle bezaubern würde wie ein großartiger Perlenschmuck.

Der Köder war klug gelegt und hatte sein Ziel erreicht. Das wollte man ihn natürlich nicht spüren lassen. Unterwerfung und Demut wollte man von ihm, und weitere Bilder. Diese Glaubensfragen waren nichts als Blendwerk, um ihm angst zu machen. Dabei wußte doch jeder, daß die Herzogin selbst Protestantin war, und der König erst recht. Vignac hörte sich sagen:

»Gute fromme Werke machen nimmermehr einen guten frommen Mann, sondern ein guter frommer Mann macht gute fromme Werke. Gleich wie Christus sagt: ›Ein böser Baum trägt keine gute Frucht. Ein guter Baum trägt keine böse Frucht.‹«

»Ja, ja, das vorlaute teutsche Mönchlein habt Ihr gut studiert. Doch wollen wir von Euch keinen Rat in Glaubensfragen. Ihr habt bewiesen, daß Ihr über ein außergewöhnliches Talent verfügt. Woran es Euch indessen mangelt, das ist ein rechtes Verständnis für den Sinn der Formen, deren äußere Ausgestaltung Ihr so mühelos beherrscht. Ihr werdet mir zweifellos zustimmen, wenn ich Euch sage, daß es nicht die Aufgabe des Malers sein kann, die Dinge nur abzubilden, nicht wahr? Das vermag jeder Spiegel, und dies besser und schneller als der Beste Eurer Zunft. Die wahre Kunst besteht darin, dem Abgebildeten durch seine Darstellung etwas abzugewinnen, das selbst zu zeigen er nicht in der Lage ist.

Bräuchte man sonst überhaupt eine gemalte Fassung eines Waldes, einer Landschaft oder eines Gesichtes, wenn es nur darum gehen sollte, diese Dinge der Tyrannei der Vergänglichkeit zu entreißen? Nein, gar sündig wäre es zu versuchen, mit dem Zyklus der Schöpfung in Wettstreit zu treten und sich mit bunten Tafeln gegen die Unaufhaltsamkeit des göttlichen Planes aufzulehnen. Das Wesen der Dinge zu zeigen ist die Aufgabe der Kunst. Ihr Streben ist es, das Einzigartige im vorbeiziehenden Strom der Erscheinungen zu erfassen.

Ganz fremd sind Euch diese Einsichten nicht, denn wer das Bild betrachtet, das Ihr von der Herzogin gemalt habt, bemerkt natürlich Euer zwar schülerhaftes, aber doch nicht ganz einfältiges Bemühen um einen augenfälligen Sinn. Ihr habt Euch dabei einer Vorlage bedient. Ein sehr kluges Vorgehen, ist es doch nie mit einem großen Risiko verbunden, auf Pfaden zu wandeln, auf denen andere nicht gestrauchelt sind. Ihr seid schlau, Maître Vignac, das gefällt uns. Doch in der Kunst ist Schläue Gift. Sie ist die Mutter der Vorsicht und damit ein Feind aller großen Werke. Sie vermag keine Wahrheiten zu finden, sondern günstigstenfalls eine Pointe, eine Überraschung, die uns rasch ermüdet, da wir den kurzen Genuß sogleich mit einer Erkenntnis bezahlen sollen, die man uns hinhält wie einen tollen Fund, dessen man schon überdrüssig ist, bevor man ihn recht wahrgenommen hat. Man sieht die Gestelle, die Seile und Streben hinter den Kulissen. Man hört das Knarren und Quietschen der verborgenen Rädchen und wünscht sich alsbald ein kolossales Erbeben der Erde, das dem schön gemeinten Spuk ein kurzes Ende bereiten möge.

In Euch steckt Können, doch Euch mangelt es an Führung. Euer Blick vermag die kleinsten Einzelheiten zu erfassen und ist doch beklagenswert blind für das Ganze. Ihr habt Euch eines Vorläufers bedient, zu dessen Zeit diese gutgemeinten Gaukelspiele im Schwange waren, und das mag zu Eurer Rechtfertigung gereichen. Doch Ihr habt gleichermaßen Witz bewiesen, indem Ihr auf solch unerhörte Weise die Aufmerksamkeit auf Euch zu lenken versuchtet. So mag man das stumpfe Werkzeug verzeihen, da ihm eine weniger stumpfe Absicht unterlegt war.«

Vignac starrte wie gebannt auf den Mund, aus dem diese Worte auf ihn zuflossen. Der strenge, leise Ton tat eine einschläfernde Wirkung.

Zugleich schien irgendwo zwischen diesen endlosen Wortfäden von etwas ganz anderem die Rede zu sein, das ihm auf keinen Fall entgehen durfte. Er fühlte Empörung in sich aufkeimen angesichts der Geringschätzung, mit der diese Person über seine Arbeit sprach. Was für ein unerträgliches Geschwätz maßte sie sich ihm gegenüber an? Seinen Stand, seinen Glauben, seine Herkunft, all dies konnte man ihm vorhalten. Doch ihn einen billigen Kopisten zu nennen, dieser Vorwurf ließ seine Augen kalt werden. Was wußte diese Person schon über ihn und seine Fähigkeiten? Doch gleichzeitig spürte er, daß ihre Worte in ihm ein zustimmendes Echo fanden. Zwar erstickte er es sofort, doch ein Zweifel huschte durch seinen Zorn und brach diesem, noch bevor er recht angeschwollen war, die Spitze.
Plötzlich stockte ihr Redefluß, und er spürte, daß er einen unverzeihlichen Fehler begangen hatte. Verzweifelt spürte er der Frage hinterher, die soeben noch im Raum geschwebt war, doch er hatte sie durch seine kurze Unaufmerksamkeit verloren. Furcht und Bewunderung hielten sich in ihm die Waage, als er erkennen mußte, mit welchem Geschick diese Unbekannte seine kurze gedankliche Abwesenheit erspürt und für eine weitere Erniedrigung genutzt hatte. Also gut, man wollte ihm hier keinen Raum zum Nachdenken geben. Was immer sie von ihm wollten, er würde keine Zeit haben, sich die Bedingungen zu überlegen. Er atmete ein, um seinen Worten vollen Klang zu verleihen, doch sie kam ihm zuvor.
»Ich bin es nicht gewohnt, mit Euresgleichen zu sprechen, und bedauere es, wenn ich Eure Konzentrationsfähigkeit überfordere. Ich fragte Euch, wo Ihr Eurem Beruf nachgeht.«
»Ich arbeite für einen Flamen in Villejuif.«
»Hat jemand das Bild der Herzogin gesehen, bevor Ihr es auf das Schloß geschickt habt?«
»Nein, Madame. Nur mein Freund, ein gewisser Lussac. Ich zeigte es ihm, nachdem ich es fertiggestellt hatte. Wir hielten uns damals in der Bretagne auf, und ich habe das Bild im verborgenen angefertigt. Niemand hat es gesehen, das heißt, ein Mädchen namens Valeria, das mir einige Male als Modell diente, weiß natürlich von diesem Bild. Sie hat es der Herzogin …«

»Ich weiß. Seid Ihr vertraglich an den Flamen gebunden?«
»Nein.«
»Gut. Dann sagt ihm, daß Ihr nicht länger für ihn arbeiten werdet.«
»Wie soll ich das verstehen?«
»Die Herzogin bedarf Eurer Dienste. Ihr könnt nicht zwei Herren gleichzeitig dienen. Wenn Ihr nachher das Haus verlaßt, wird man Euch einen Geldbetrag aushändigen, der es Euch gestatten wird zu arbeiten, ohne daß Ihr Euch um weiteren Erwerb kümmern müßt. Die Situation bei Hofe läßt es im Augenblick nicht geboten scheinen, daß Ihr in Erscheinung tretet. Daher werdet Ihr die Euch angetragenen Arbeiten im verborgenen erfüllen, was Euch nicht schwerfallen dürfte, da Ihr damit ja bereits Erfahrung gesammelt habt. Es steht mir nicht an, Euch Weiteres über die Beweggründe der Herzogin mitzuteilen. Die Verhältnisse am Hofe dürften für Euch ohnehin fremd und undurchsichtig sein, und für die Aufgabe, die Euch zugedacht ist, braucht Ihr nicht mehr zu wissen, als ich Euch bereits mitgeteilt habe. Die Herzogin und der König schweben in großer Gefahr. Gleich Euch verfolgen sie ein großes Ziel, und je näher sie ihm rücken, desto zahlreicher werden die Gefahren, die um sie herum entstehen. Der König ist blind für diesen Abgrund, der sich vor ihm auftut, und er sieht nicht, daß das Wesen, welches in ihm diese sinnesbetäubende Liebe entfacht hat, auf allen Seiten von Verderben bedroht ist.
Eure Aufgabe wird es sein, ihm die Augen zu öffnen, denn wenn dies nicht gelingt, so droht uns allen Vernichtung und Frankreich unermeßliches Leid. Auch Eure Hoffnungen sind dann dahin, daher geschieht es zu Eurem eigenen Schutz, wenn Ihr im verborgenen bleibt und unerkannt die Arbeiten ausführt, die wir Euch antragen werden. Nein, sprecht jetzt nicht. Hört mich an und merkt Euch meine Worte: Wenn ich Euch entlassen habe, so begebt Euch zunächst in den Raum, den Euch der Diener in der Empfangshalle weisen wird. Erschreckt nicht, wenn Ihr dort eintretet. Ihr werdet zunächst nur einen geschlossenen Vorhang sehen. In der Mitte des Raumes, den der Diener Euch weisen wird, befindet sich ein Stuhl, auf dem Ihr Platz nehmen mögt. Wenn sich der Vorhang öffnet, werdet Ihr dort etwas sehen, das Euch rätselhaft erscheinen mag. Wie ich bereits angedeutet habe, ist die Zeit zu knapp

für weitschweifige Erläuterungen. Prägt Euch gut ein, was Ihr dort sehen werdet. Wenn das geschehen ist, hebt die rechte Hand. Der Vorhang wird sich dann wieder schließen, und Ihr könnt den Raum verlassen.

Ihr habt sechs Wochen Zeit, die Szene zu malen. Wenn Ihr die Arbeit vollendet habt, laßt Ihr mir über das Mädchen bei Zamet Nachricht zukommen. Ich werde die Arbeit dann besichtigen und abholen lassen. Weitere Einzelheiten findet Ihr in dem Beutel Geldes, den Euch der Diener aushändigen wird. Solltet Ihr Euch nicht in der Lage sehen, das Werk auszuführen, so nehmt das Geld nicht an, wenn Ihr das Haus verlaßt. Wir gehen dann davon aus, daß diese Begegnung nie stattgefunden hat. Man wird Euch nicht weiter behelligen, und Ihr vergeßt alles, was Ihr hier gesehen und gehört habt.«

»Verzeiht, aber ich verstehe nicht …«

»Ihr werdet ein reicher Mann werden, Vignac. Ihr wißt, was Ihr wissen müßt, und ich bin sicher, daß Ihr verstanden habt, was man von Euch fordert. Weitere Kenntnisse wären Euch bei Eurer Arbeit nur hinderlich. Arbeitet sorgfältig und benutzt nur bestes Material. Ihr werdet genügend Geld bekommen, um die notwendigen Zutaten zu kaufen. Wie Ihr es anstellt, daß niemand Euch bei der Arbeit beobachtet, überlassen wir Euch. Doch seid versichert, daß Ihr alleine verantwortlich seid für die absolute Verschwiegenheit hinsichtlich der Urheberschaft des Gemäldes. Geht jetzt hinaus. Ich danke Euch im Namen der Herzogin für Euren Besuch. Enttäuscht sie nicht, und es wird Euch nur von Vorteil sein.«

Er sah sich um. Die Tür, durch die er eingetreten war, stand weit geöffnet. Er suchte noch einmal die Augen seiner Gesprächspartnerin, doch sie hatte sich bereits erhoben und ihm den Rücken zugekehrt. Noch einmal ließ er seine erstaunten Augen über das korallenrote Kleid schweifen, wandte sich dann entschlossen um und folgte dem Diener in die Halle hinaus.

Der Livrierte wies ihn an zu warten und verschwand. Im Haus herrschte Totenstille. Das Feuer im Kamin war vollständig niedergebrannt. Leere Sessel starrten ihn an, und ein Hauch von Kälte umspielte seine Beine. Sein Kopf war zugleich angefüllt und leer. Die fremde Stimme geisterte noch darin herum. Er ging zur Eingangstür und drückte die Klinke. Sie bewegte sich nicht. Im gleichen Augenblick vernahm er den leisen Zischlaut des Dieners, und als er sich umblickte, gewahrte er, daß sich die Tür, durch die er soeben in die Empfangshalle getreten war, wieder geöffnet hatte. Vignac überdachte die letzten Worte der Unbekannten, ergriff die Maske, die der Diener ihm entgegenhielt, setzte sie auf und betrat den Raum.

Dreizehn
13. Oktober 1598

Geh noch nicht. Halte mich fest. Gönne mir noch eine kurze Weile deine Wärme an meinem Rücken, die Zartheit deiner Hände auf meinem Leib, der dein ist, dein und immer nur dein. Ja, ich weiß, er gehört einem anderen, doch der ist fern. Meine Gedanken und meine Seele sind bei ihm, denn er bedarf meiner. Doch mein Herz und all das, wofür die arme Sprache keine Worte hat, sind bei dir, mein über alles geliebter Freund. Und nur dir öffnet sich rauschhaft mein Verlangen, meine Sehnsucht buchstabiert stammelnd deinen Namen, und ich bin die Einsamste unter den Menschen, wenn dein Blick nicht auf mir ruht, deine Stimme mich nicht umfängt und ich die Wärme deines Atems nicht auf meiner Haut spüre. Entfernst du dich, so lähmt kaltschwarze Nacht meine Sinne, und ich fliege leblos durch eisige Räume in unendliche Weite, wo nicht einmal ein Saturn sein grausiges Mahl verrichtet. Doch wenn du zu mir kommst, so ist alles erfüllt von Zukunft und Versprechen. Ein köstlicher Schauer durchläuft mein Wesen, und ich weiß, ich werde geboren, deine Gegenwart verwandelt dieses Fleisch und beseelt es. Komm, mein Geliebter, und küsse mich tausendfach.

Ein Strom von Glückseligkeit durchfuhr sie und brach sich Raum in einem leisen Aufschrei, den hastig herbeifliegende Hände erstickten. Der Mann über ihr hielt die Augen geschlossen, atmete schwer und verharrte angespannt, bis die Gesichtszüge des geliebten Wesens unter ihm weicher wurden. Als er die Tränen sah, da meinte er nicht anders, als daß ihn ein gewaltiger, unbekannter Gott umfasse und sein ganzes winziges, kümmerliches Sein um einen riesenhaften Körper spanne. Seine Lippen suchten ihre salzigen Tränen, und seine Zunge flog über das heiß glühende, in völliger Auflösung begriffene Gesicht. Dann lagen sie still, wie zwei kleine, eng ineinander verschlungene Tiere, über die ein grobes Unwetter hinweggezogen ist.

Nach einiger Zeit löste sich die Frau aus der Umarmung des Mannes, ließ sich behutsam aus dem Bett gleiten und trat ans Fenster. Sie zog die schweren Vorhänge einen Spalt auseinander und genoß die Wärme des hereinfallende Sonnenlichtes auf ihrer Haut. Draußen schienen die Dinge wie Spielzeug in die Landschaft hineingestellt zu sein. Die beiden Türmchen links und rechts auf der Mauer, das aufgeschichtete Heu dahinter auf dem abgemähten Feld und dunkel am Horizont der angrenzende Wald. Ausgelassen streckte sie ihm die Zunge heraus, doch heute prallte ihr Übermut von der grünen Wand ab und fiel schwer auf sie zurück.

Auf Schloß Monceaux war alles ruhig. Der Innenhof lag verlassen da. Schwere Quader italienischen Marmors lagen allenthalben herum und warteten auf die Steinmetze, die sich für ihre abendliche Ruhepause aus dem Schloß entfernt hatten. Eine Kutsche stand verloren am Brunnen, als hätten die Pferde sich zum Trinken aus dem Geschirr befreit und anschließend vergessen, ihr Gefährt mit in den Stall zu nehmen. Hundebellen und der Ruf eines Kindes ließen für Augenblicke die Nähe eines Dorfes ahnen. Dann versank es wieder hinter einer schmalen Baumreihe und einer ewigen, gottgefügten Ordnung.

Sie spürte, daß er hinter sie getreten war. Die Wärme seines Körpers strahlte über ihren Rücken, und sein Atem floß über ihren Nacken hinweg. Ihre Brüste spannten sich, als er sie an sich drückte und seine Hände mit der Zartheit von Wimpern ihren Körper hinabgleiten ließ, dorthin, wo seine Männlichkeit sich heiß drängend zwischen ihre Schenkel schob. Da vermeinte sie plötzlich, Reiter aus dem Wald hervorpreschen zu sehen. Sie wurde starr. Die Hände des Mannes hielten fragend inne. Dann war die Vision vorüber, hing noch wie ein böser Spuk zwischen ihren Lidern, die angstgeweitet der Erscheinung gleichsam nachlauschten.

Bellegarde trat ins Zimmer zurück. Sie hörte das Rascheln der Laken und den dumpfen Klang eines zu Boden fallenden Kissens.

»Kommt«, flüsterte er. »Es war nichts.«

Sie wandte sich um und ging langsam auf das Bett zu. Da hob er plötzlich die Hand.

»Nein, bleibt«, rief er, »bleibt dort stehen.«
Gabrielle schaute ihn fragend an, hielt jedoch inne.
Der Mann ließ sich vor dem Bett auf den Boden gleiten. Ein Stück rotes Laken fiel zwischen seine Beine und warf eine dunkle Spur um seine Lenden. So saß er da, sog ihre Schönheit ein wie einen Duft. Vor ihm, über ihm, im Halbschatten des Herbstabends stand sie und betrachtete ihn mit einem leichten, spöttischen Lächeln. Dann verschwand sie durch eine tapezierte Tür ins Nebenzimmer. Als sie zurückkam, trug sie eine dunkelgrüne Seidenrobe. Ihre Haut schimmerte wie Marzipan darunter hervor.
Bellegarde saß aufgerichtet im Bett.
Sie setzte sich neben ihn und legte den Kopf an seine Brust.
»*Du bist schön, meine Freundin. Siehe, schön bist du. Dein Haar ist wie eine Herde Ziegen, die herabsteigen vom Gebirge Gilead. Deine Lippen sind wie eine scharlachfarbene Schnur, und dein Mund ist lieblich …*«
Der liebliche Mund küßte ihn und ließ ihn verstummen.
»Sprecht nicht, Bellegarde, ich bitte Euch. Mein Kopf ist voller Wörter und Gedanken, und ich will gar nichts denken oder sagen. Eben, als wir am Fenster standen, vermeinte ich, er sei bereits zurückgekommen und würde uns hier finden wie damals auf Cœuvres. Wie stünde ich vor ihm? Und dabei fühle ich noch nicht einmal eine Schuld. Sollen wir nicht unserem Herzen folgen? Doch was ist zu tun, wenn ein König ein Herz beansprucht, worin schon ein anderer König ist?«
»Teile und herrsche«, flüsterte Bellegarde und schloß seine Arme fest um die zierliche Frau.
»Das sagt Ihr so und flieht durch den Garten, wenn sich der andere nähert.«
»Was verlangt Ihr? Soll ich mir meinen König zum Nebenbuhler machen? Außerdem liebt Ihr ihn ebenso wie mich und ebenso, wie ich ihn liebe.«
Sie schloß die Augen und drückte ihren Kopf fest gegen seine Brust.
»O ja, ich liebe Euch, Bellegarde, mit all meiner Seele, und doch liebe ich auch meinen Herrn und König. Kann das sein? Warum vergällt mir nicht die eine Liebe die andere, macht mich nicht die eine satt und verschafft mir statt dessen Hunger auf den anderen?«

Der Mann lachte. »Euch kann stets nur der eine geben, was dem andern mangelt. Ich kann Euch zur Königin meines Herzens machen. Zur Königin des Reiches allerdings werdet Ihr nur an der Seite des andern.«
»O Bellegarde, Ihr sprecht das so aus, als wär's schon abgemacht.«
Er küßte zärtlich ihr Haar, suchte dann mit seinen Lippen die Nähe ihrer Ohren und flüsterte: »Während wir hier liegen, verhandelt der Rat in Fontainebleau darüber, wer nach Rom und wer nach Usson zu schicken ist, um die Scheidung des Königs einzuleiten.«
Gabrielle richtete sich auf. »Woher wißt Ihr das?«
Bellegarde küßte ihre Lippen. »Von La Varaine. Er ist gestern nach Fontainebleau geritten und heute schon zurückgekehrt. Der Rat war eigentlich zusammengetreten, um die Ausgaben fürs nächste Jahr festzusetzen, doch die Rede kam auf Eure Eheschließung. Obwohl die meisten gegen solch eine Verbindung sind, wurde beschlossen, Herrn Langlois nach Usson zu schicken, um von Margarete die Einwilligung in die Scheidung zu erwirken. Sobald die Prokuration da ist, wird Sillery nach Rom reisen. Die Einzelheiten konnten nicht mehr besprochen werden. Der Anfall des Königs kam dazwischen, wie Ihr wißt.«
»O Schande, und hier liege ich mit Euch, während der König in Fontainebleau krank darniederliegt.«
»Bedenkt man die Natur seines Übels, dürfte er mich ohnehin nur schwerlich ersetzen können.«
»Bellegarde!«
»Pssst, man könnte Euch hören.«
»Ich gestatte es nicht, daß Ihr so von ihm sprecht. Er hat Euch nie etwas Böses getan und Euch stets Eure Fehler verziehen.«
»Auch den Fehler, Euch zu lieben?«
»Nein. Aber wo kein Fehler ist, ist auch kein Tadel. Heinrich ist ein großer König. Frankreich verdankt ihm alles und dankt ihm nichts. Aber man darf von einem großen Menschen nicht erwarten, was selbst Götter nicht vermögen. Er liebt mich, und er weiß doch, daß derjenige, der ihn zu mir führte, niemals aus meinem Herzen schwinden wird. Er könnte Euch vernichten und tut es nicht, weil Ihr sein Freund seid. Und wir danken ihm sein Vertrauen, indem wir ihn hintergehen. Wie schlecht sind wir doch ... und wie süß fühlt sie sich an, diese Schlechtigkeit.«

Bellegarde strich über ihr Haar und ließ seinen Kopf in die Kissen zurücksinken. Eine Weile lang sprachen sie nicht und lauschten nur den Atemzügen des andern. Gabrielle schloß die Augen und versuchte die Gedanken zu vertreiben, die das Gespräch in ihr ausgelöst hatte. Als ihr das nicht gelang, suchte sie ihre Sinne zu zerstreuen, indem sie ihre Atemzüge dem Atem des Geliebten anpaßte. Dabei erschien es ihr wie ein böses Omen, als sie feststellte, daß sie ersticken müßte, wenn sie länger als einige Minuten seinem Rhythmus folgen würde.
»Roger, ich habe Angst. Was geschieht, wenn ihm etwas zustößt? Was wird mit meinen Kindern sein? Niemand im Umkreis des Königs vertritt meine Sache.«
»Das ist gar nicht nötig, da der König selbst dies tut. Ich sage Euch doch, liebste, schönste, reizende Gabrielle, Ihr seid um ihn Tag und Nacht wie die Wärme im Licht. Zweifelt nicht an seiner Treue. Ich kenne den König wie mich selbst. Lest seine Briefe, betrachtet seine Augen, wenn er hereintritt und Euch sieht, umgeben von Euren Kindern. Wäre nicht diese verwünschte, unzüchtige Ehe mit Margarete, morgen höbe er Euch auf den Thron.«
Sie wußte, daß er recht hatte. Die Briefe des Königs. Gab es einen beredteren Beweis seiner Liebe? *Mein teures Herz, Ihr habt Euch beklagt, zwei Tage ohne Nachricht von mir gewesen zu sein, doch geschah dies nur, weil ich außerhalb weile und so krank gewesen bin. Kaum bin ich hier angekommen, schreibe ich Euch einen Gruß. Ich kann mich nicht von meiner melancholischen Stimmung befreien und glaube wohl, morgen ein Mittel nehmen zu müssen. Doch nichts wird mir so sehr helfen als Euer Anblick, der das einzige Mittel gegen all meinen Kummer ist. Morgen käme ich zu Euch, wären da nicht diese dringlichen Angelegenheiten für das nächste Jahr mit dem Rat zu regeln. Bei unserer nächsten Zusammenkunft erzähle ich Euch alle Neuigkeiten. Ich schicke Euch den Brief für Fourcy, für den Marmor, und Monsieur de la Rivière ist für Euch da, sobald es Euer Wunsch ist. Gute Nacht, mein teures Herz. Ich küsse Dich eine Million mal. Gegeben diesen 13. Oktober 1598...*
Bellegarde schaute sie neugierig an.
»Ich will es ja glauben.« Sie schmiegte sich fest an ihn und atmete tief. Dann, kaum hörbar, sprach sie wie im Gebet begriffen: »Gott, wenn ich ihm noch einen Sohn schenkte ...«

Die Sonne war untergegangen, und unter den schweren Vorhängen war nur noch ein schmaler Streifen Licht zu sehen. Bellegarde schaute nachdenklich auf das dunkle Bündel, das in seinem Schoß ruhte, ließ sich jedoch nichts von der Unruhe anmerken, die ihr letzter Satz in ihm ausgelöst hatte.

Der König würde vermutlich erst in einigen Tagen zurück sein. Doch selbst wenn er früher eintreffen sollte, so würde ihm, Bellegarde, genügend Zeit bleiben, sich unbemerkt aus den Gemächern der Herzogin zu entfernen. La Varaine hatte ihm berichtet, wie es um Heinrich stand. Am Sonntag abend, nach der ersten Ratssitzung in Fontainebleau, hatte sich das alte Übel wieder eingestellt, Urinstau und schnell einsetzendes, hohes Fieber. Seit Monaten schon bereitete dem König ein Auswuchs am Genital Beschwerden beim Reiten, und nun hatten sich auch die Blasensteine so weit verschlimmert, daß Übles zu befürchten stand. Der Arzt des Königs, La Rivière, wartete ungeduldig auf Navarras Weisung, eine Behandlung einzuleiten, doch Heinrich fürchtete sich vor dem Eingriff. Bellegarde hatte dies stets auf die verständliche Angst vor einer Operation geschoben, doch Gabrielles Worte ließen die Krankheit plötzlich in einem ganz anderen Licht erscheinen. Bestand die Möglichkeit, daß der König …? Nein, das konnte nicht sein. Er holte tief Luft, als könne er den Gedanken damit verscheuchen. Doch statt dessen tauchte nur ein anderer Gedanke auf, der ihn gleichermaßen erstaunte. Kaum wagte er es, sich den Satz im stillen vorzusprechen: Was würde geschehen, wenn der König durch die Operation seine Zeugungskraft verlieren würde? Der Gedanke ließ sein Herz schneller schlagen. Er spürte, daß hierin eine ungeahnte Gefahr lag, eine Verkettung von Möglichkeiten, die ganz zu durchdenken ihm jedoch nicht sogleich gelang.

Oder war ein solcher Zustand schon längst eingetreten? Die Erbfolge war Heinrichs oberste Sorge. Er konnte Gabrielles Kinder über seinen Tod hinaus nur schützen, wenn er sie zu legitimen Erben seiner Krone erhob. Doch die beiden Söhne waren in Sünde empfangen worden. Ihr Thronanspruch war anfechtbar. Heiratete Heinrich jedoch jetzt Gabrielle und bekäme sie einen weiteren Sohn, so könnte niemand die Legitimität dieses Prinzen anzweifeln.

Kaum gedacht, zerfaserte die Konstruktion auch schon vor der Möglichkeit, daß Heinrich durch die Operation seine Zeugungskraft einbüßen könnte. Der schöne Plan wäre dahin. Hing nicht alles davon ab, daß die Frau, die in seinem Schoße schlief, vom König noch einmal in gesegnete Leibesumstände gebracht und ihm vor der Niederkunft als Ehefrau zugeführt wurde?

Bellegarde spürte, wie ihm der Schweiß ausbrach. Hatte sie ihm deshalb diese unerhörte Gunst gewährt? Nach all den Jahren? Und war vielleicht ... aber nein, das war undenkbar. Sollte Heinrich selbst ...? Mit einem Ruck riß er die Frau hoch und zog ihren Kopf nah vor sein Gesicht. Doch er sah nichts. Die Dunkelheit lag zwischen ihnen, und er spürte nur ihren heißen Atem und roch den Duft ihrer Haut, und ehe er ein Wort herausbrachte, fiel er in diese Dunkelheit aus weichen Lippen, kundigen Händen und einer flinken, raupenzarten Zunge, die gierig nach der seinen suchte.

Aus der Entfernung erklang leise das Trappeln und Geklingel herbeieilender Pferde. Bellegarde fuhr hoch und lauschte. Im Schloß wurden Türen geschlagen. Schritte eilten durch den Hof, und der Geruch brennender Fackeln drang durchs Fenster ins Zimmer hinein. Noch bevor die schweren Eisen vom Tor zurückgezogen waren, stand Bellegarde bekleidet an den Vorhängen und schaute hinaus. Dort trabten sie am Waldrand entlang. Etwa acht bis zehn Tiere mußten es sein, die Kutsche nicht mitgerechnet, die die Reiter zwischen sich führten. Als er ans Bett zurückkehrte, fand er es bereits verlassen vor. Lautlos huschte er zur Tür, öffnete sie einen Spalt, schloß sie jedoch sogleich wieder, eilte erneut zum Fenster und war mit einem Satz auf der Balustrade. Er hörte noch das heftige Klopfen an der Tür, dann sprang er auf das moosbewachsene Vordach, lief flink darüber hinweg und verbarg sich, bis die ersten Pferde lärmend in den Hof trabten. Erst dann wagte er den Sprung vom Dach hinunter und mischte sich sogleich unter die wild durcheinanderlaufenden Menschen, die auf einmal den Innenhof bevölkerten.

Der Herzog von Montbazon und der Gardekapitän de Mainville führten die Truppe an. Die Reiter saßen sogleich ab und umringten die Kutsche. Zwei Diener, die hinten auf der Kutsche gestanden hatten, sprangen herab und beeilten sich, die Tür zu öffnen und das darin eingelassene Treppchen herunterzuklappen. Schon wurde eine Bahre herangetragen, doch als der König bleich und fiebrig aus der Kutsche stieg, schwenkte er nur kurz und abweisend die Hand und ließ sich, auf Montbazon gestützt, zum Haus führen. Noch bevor er die Treppe erreicht hatte, stürzte ihm Gabrielle entgegen.

Bellegarde hielt sich abseits und hörte nicht, was gesprochen wurde. Als er sich umwandte, sah er Rosny auf sich zukommen. Dessen finstere Miene sprach Bände. Er ging direkt auf Bellegarde zu und kam ohne Umschweife zur Sache.

»Seit Sonntag abend Erbrechen und hohes Fieber. Wo ist La Rivière?«

»Ich dachte, er wäre nach Fontainebleau gerufen worden. Meines Wissens hat La Varaine nach ihm schicken lassen.«

»Dann haben wir uns verpaßt. Schöne Bescherung. Ich werde sogleich noch einen Boten zu Bérault nach Paris schicken lassen. Wir werden ohnehin alle beide benötigen.«

»Steht es so schlimm?«

»Meinem ärgsten Feinde wünsche ich nicht dergleichen Übel.«

Er schaute hinüber zur Eingangstreppe, wo der König und Gabrielle einige Worte wechselten. Rosny schwieg, aber dieses Schweigen war beredter als hundert Worte. Dann fixierte er Bellegarde.

»Ich wußte gar nicht, daß die Herzogin so früh zu Bett zu gehen pflegt.«

»Es ist kalt im Schloß. Die Kamine ziehen schlecht.«

Rosnys Blick fiel wie ein Eisregen auf den überraschten Mann. »Ihr solltet Euch einen neuen Kammerdiener suchen. Eurem jetzigen scheinen die Hände derart zu zittern, daß er nicht einmal mehr in der Lage ist, das Wams seines Herrn ordentlich zu knöpfen.«

Damit ließ Rosny ihn stehen. Er lief auf die Reiter zu, die noch bei der Kutsche standen, und befahl zweien von ihnen, nach Fontainebleau zu reiten, um La Rivière abzufangen und nach Monceaux zurückzubringen.

Bellegarde schaute ihm nach. Mit einem leisen Fluch auf den Lippen knöpfte er sein Wams zurecht und folgte dann gemessenen Schrittes dem Troß der Höflinge, die durch das Portal in die Vorhalle des Schlosses drängten.

Einige Stunden später traf La Rivière ein. Im Morgengrauen erschien Bérault in Begleitung weiterer Ärzte und Chirurgen aus der Hauptstadt. Ein heißes Bad und Einläufe aus Süßmandelöl hatten die Beschwerden des Königs gelindert, doch nach einer eingehenden Untersuchung durch die versammelte Ärzteschaft kam man zu dem Schluß, daß eine operative Entfernung der Blasensteine unvermeidlich sei.

In den folgenden Tagen dozierten die Ärzte vor dem versammelten Hof und stritten über die richtige Diagnose. Zunächst war der Zeitpunkt der Operation zu bedenken. Man war sich einig darüber, daß die Jahreszeit günstig sei. Da Kälte und Trockenheit als Hauptelemente der Blase galten, empfahl es sich, für eine Operation an diesem Organ einen Zeitpunkt zu wählen, da Mars und Saturn nicht dem Mond gegenüberstanden. Uneinig war man sich indessen über den Ort des Eingriffes selbst. Einige plädierten dafür, die Operation am Glied vorzunehmen. Der Stein wäre dort gefahrloser zu entfernen. Die Erfahrung habe gezeigt, daß der Einschnitt zwischen Anus und Skrotum riskant und zudem schmerzhafter sei als der seitliche Einschnitt am Glied. Außerdem könne man sich bei einem solchen Vorgehen den Umstand zunutze machen, daß die Vorhaut, die beim Einschnitt weit nach vorne über den Penis zu ziehen wäre, nach erfolgter Operation über die Wunde zurückgleiten und einen natürlichen Schutz gegen Entzündungen bieten würde. La Rivière verteidigte einen ganzen Nachmittag lang diese Methode, mußte aber dann Bérault gegenüber eingestehen, daß, erstens, der Stein sich noch gar nicht bis in die Harnröhre vorgearbeitet hatte und man, zweitens, auch nicht wissen könne, ob seine Größe dies überhaupt zulasse. Außerdem sei unbekannt, mit wie vielen Steinen man es überhaupt zu tun habe, und es wäre bedauerlich, einen Stein aus der Harnröhre entfernt zu haben, nur um später feststellen zu müssen, daß sich in der Blase noch weitere befänden, die binnen kurzem wieder zu den gleichen Beschwerden führen würden.

Das Ärztekollegium kam schließlich überein, die Operation unter der Leitung von Bérault vorzubereiten. Am Morgen des 20. Oktober trat die Versammlung in der Schloßbibliothek zusammen. La Rivière und Bérault führten den Vorsitz. Neben den Medizinern Marescot, Martin und Roset sowie dem Chefchirurgen Regnault, der den König bereits von einer Fistel im Genitalbereich befreit, nun aber für die anstehende Operation Bérault die Leitung überlassen hatte, befanden sich noch einige andere Kollegen der Zunft im Raum. Sie hatten jedoch hinten an der Wand Platz genommen und machten sich eifrig Notizen.

La Rivière ergriff als erster das Wort und wies seine Kollegen auf die außerordentliche Wichtigkeit des Eingriffes hin. In einer langen, einleitenden Rede, die er mit zahlreichen rhetorischen Einschüben trefflich zu schmücken verstand, ließ er die Verdienste und Leistungen des Königs vor den Versammelten aufscheinen: welche Dienste er dem Reich und allen darin lebenden Menschen erbracht habe und daß es nun die Pflicht eines jeden sei, für den König zu beten und Gott um Gnade anzurufen für das Heil ihres Herrschers. Ihnen selbst sei jedoch mehr aufgetragen, als nur zu beten. Denn so wie der Herr einem jeden ein besonderes Talent in die Wiege gelegt habe, dem einen, über das Meer zu fahren, dem anderen, Brot zu backen, und wieder einem anderen, besonders kundig in der Schrift und ihrer Bedeutung für die Menschheit zu sein, so habe es Gott gefallen, den hier im Raum Versammelten Kenntnisse des menschlichen Körpers zu verleihen.

Als er endlich zum Schluß gekommen war, bat er seinen Kollegen Bérault, den Anwesenden zu erklären, nach welcher Methode er den König von seinem Übel zu befreien gedenke, damit ein jeder, wenn es soweit sei und schnelle, kundige Handlungen zu tätigen seien, Bescheid wisse und seine Pflicht tun könne.

Bérault erhob sich von seiner Bank, begab sich an das Rednerpult und sprach:

»Der große Marianus Sanctus Barolitani und sein hervorragender Schüler Ambroise Paré haben uns die wunderbaren Erkenntnisse hinterlassen, die es uns gestatten werden, mit Gottes Hilfe das Übel, das unseren geliebten König heimgesucht hat, zu entfernen. Der Natur, Gottes Wille und dem Geschick der anwesenden Wundärzte wird es obliegen, die Verletzungen, die wir hierzu dem Körper des Königs zufügen müssen, zu heilen. Ich brauche Ihnen nicht zu erklären, in welcher Weise der Patient auf den Eingriff vorzubereiten ist. Ebenso wie die Seele sich durch Gebet und Beichte zu reinigen hat, bevor sie die heilige Kommunion empfangen kann, so ist vor der Operation das Körperinnere zu

purgieren und zu reinigen, die Gallenblase zu entleeren, das Blut durch
Aderlaß zu verdünnen und jede Medizin vom Körper fernzuhalten, damit er nicht geschwächt sei. Die Scham des Patienten ist zu säubern, zu
rasieren und durch Bäder und Öle geschmeidig und weich zu halten,
wodurch der Eingriff erleichtert und die Extraktion des Steines vereinfacht wird. Wir haben den Urin des Königs untersucht und diesen klar,
jedoch mit Blut durchsetzt gefunden. Daraus haben wir geschlossen, daß
es sich um einen scharfen, kantigen Stein handelt und sich außerdem
keine weiteren Steine in der Blase befinden dürften. Wir können uns
dessen nicht sicher sein, doch die Erfahrung lehrt uns, daß mehrere Steine sich gewöhnlich aneinander reiben und dadurch glatt werden. Diese
feinen Abschabungen werden über den Urin ausgeschieden und trüben
ihn zu einer milchigen Flüssigkeit, was hier jedoch nicht der Fall ist.
Warteten wir jedoch, bis sich der Stein in die Harnröhre vorgearbeitet
hat, so bestünde die Gefahr, daß er auf dem Wege im Körperinneren
weitere Verletzungen verursacht. Auch kennen wir seine Größe nicht.
Daher haben wir empfohlen, den Eingriff an der Blase selbst und nicht
erst am Glied vorzunehmen. Doch Sie werden mit Recht fragen, wie
solch eine schwierige Operation vonstatten gehen soll. Auf welche Weise können wir den richtigen Ort für den Einschnitt finden? Ich antworte
Ihnen, daß die Natur uns selbst den Weg weist, an die Brutstätte des
Übels zu gelangen. Doch lassen Sie mich zunächst einiges über die Aufbahrung des Patienten sagen, damit die Vorbereitungen getroffen werden können.

Wir werden einen Tisch benötigen, der fest an einer Wand zu verankern
ist. Einige Kissen werden in Höhe der Nieren den Rücken des Kranken
stützen, während sein Gesäß auf weichen, mit Haferstroh oder Kleie gefüllten Decken ruht, die das Blut und den Urin empfangen und aufsaugen. Die Knie des mehr sitzend als liegend ausgestreckten Patienten sind
aufzurichten und mit Lederriemen so zu fixieren, daß die Operationsstelle völlig frei daliegt. Vier starke und beherzte Männer sind weiterhin
vonnöten. Zwei halten die Arme, zwei die Knie und Füße des Patienten, damit dieser nicht durch eine falsche Bewegung den Eingriff
erschwert. Bevor wir den Kranken jedoch in diese wenig angenehme
Haltung bringen, sind die Instrumente vorzubereiten, die da sind: die

gekerbte Schienensonde, Skalpell, Führungskanüle, Erweiterungseisen wie die Dehnungsscheren, Kanalzwingen und Entenschnabel, weiterhin die geschliffenen oder gezahnten Schnabelzangen zum Schneiden oder Zertrümmern der Steine sowie weitere kleinere Zangen und Scheren. Die vier wichtigsten Instrumente werde ich unter der Robe in den Ärmeln tragen. Das ist notwendig, um den Patienten nicht durch deren Anblick zu beunruhigen. Außerdem sind sie auf diese Weise ausreichend vorgewärmt und können im Körperinneren keinen Schaden tun. Die Ärmel sind mit Kompressen zu verschließen, damit kein Blut die Instrumente vorzeitig beschmutzt.«

Während er so sprach, hob er die verschiedenen Instrumente hoch und ließ sie, nachdem er sie erläutert hatte, auf ein mit schwarzem Samt bezogenes Tischchen legen, wo die Kollegen sie später besichtigen konnten. Keines der Instrumente war mehr als handgroß. Wie seltene Schmuckstücke lagen sie dort neben Bérault, und die Anwesenden reckten neugierig die Köpfe. Alle Instrumente trugen ihrer Funktion angemessene emblematische Verzierungen. So war der Griff der Sonde aus zwei Schlangenköpfen gearbeitet, die Kanalzwingen nahmen sich wie Duelldegen aus, und in die Griffe der Dehnungsschere waren kleine, schillernde Plättchen eingelassen, die an die Panzer von Krebsen oder Hummern erinnerten.

Bérault fuhr fort:

»Wenn soweit alles vorbereitet ist, kann die Operation beginnen. Ich kehre nun zu meiner eingangs gestellten Frage zurück: Wie können wir sicherstellen, daß das Operationsmesser gleich beim erstenmal die richtige Stelle trifft? Hierzu ist es notwendig, die mit Öl geschmeidig gemachte Hohlschienensonde durch die Harnröhre bis in die Blase vorzuschieben. Dort angekommen, muß der Chirurg sicherstellen, daß die gebogene, stumpfe Spitze der Sonde leicht nach links versetzt ist und nach unten weist, was durch behutsame Drehbewegungen leicht zu bewerkstelligen ist. Wir verfügen nun innerhalb der Blase über einen festen Schneidgrund: die Kerbe auf der Hohlschienensonde. Der Assistent zu meiner Rechten hat nun die Aufgabe, das Skrotum des Patienten nach rechts hochzuhalten, damit die Einschnittstelle frei liegt. Damit sind wir beim Einschnitt selbst angelangt. Er hat etwas links vom Damm und nicht zu nahe am Sitz zu erfolgen. Verletzte man beim Einschnitt den Blasenmuskel, so wäre unkontrollierte Harnentleerung die Folge. Erfolgt der Einschnitt zu nahe am Anus, so besteht die Gefahr, daß man sogleich oder beim Entfernen des Steines die blutreichen Hämorrhoidalvenen verletzt, was zu starken, unstillbaren Blutungen und damit unweigerlich zum Tod des Patienten führt. Selbst wenn dies nicht eintreten sollte, würde bei einem zu nah am Anus angesetzten Schnitt die spätere Weitung der Wunde zu Rissen im Blasengewebe führen. Daher setzen wir den Schnitt exakt in der Mitte zwischen Anus und dem äußersten Punkt des Hüftbeines an. Der Schnitt erfolgt längs der Gewebefaser und ist nicht mehr als daumengroß. Die Dehnungsscheren werden die Wunde später weiten, und da gerissenes Gewebe besser heilt als geschnittenes, ist der Einschnitt so klein wie möglich zu halten.

Mit den Fingern suchen wir nun den harten Widerstand der in der Blase befindlichen Sonde. Wenn wir die Stelle genau erfaßt haben, führen wir einen raschen, kräftigen Schnitt aus, wobei das Metall der Klinge auf das Metall der Sondenkerbung treffen muß. Auf diese Weise durchtrennt die Klinge zugleich die Haut und die Blasenwand. Die Sonde hat ihre Funktion erfüllt und kann nun entfernt werden. Wir führen sodann zwei Kanalzwingen durch die Wunde bis in die Blase hinein und weiten den Operationskanal. Dazu ist es notwendig, diese beiden Zwingeisen mit Kraft auseinanderzuziehen, um ausreichend Platz für die weiteren Instrumente zu schaffen. Wenn der Platz nicht ausreicht, um den Entenschnabel einzuführen, so ist die Dehnungsschere zu benutzen. Daraufhin weiten wir mit dem Entenschnabel den Blaseneinschnitt nach Belieben. Manchmal ist es bereits möglich, mit diesem Instrument den Stein zu entfernen.

Wenn nun die Wunde groß genug ist, reichen wir mit der Schnabelzange in die Blase hinein und erfassen behutsam den Stein. Der Stein darf nicht herausgerissen werden, sondern wird durch leichtes Hin- und Herbewegen aus der Blase gelöst und entfernt. Sollte er zu groß sein, um auf diese Weise entfernt werden zu können, muß der Stein zertrümmert und anschließend in Stücken extrahiert werden. Hierzu dient die gezahnte Schnabelzange. Wenn der Stein zertrümmert ist, verfahren wir wie bei einem gewöhnlichen Stein. Vor Abschluß der Operation ist

sicherzustellen, daß sich keine weiteren Steine oder Blutgerinnsel, die zu neuen Steinen führen können, mehr in der Blase befinden. Hierzu untersuchen wir den bereits extrahierten Stein sorgsam auf Abrieb und polierte Stellen. Wenn solche nicht vorhanden sind, können wir sicher sein, daß sich keine Steine mehr in der Blase befinden.
Die Wunde ist nun schnellstmöglich zu verschließen. Wenn nötig, führt man einige Nadelstiche aus und wählt hierzu einen festen Seidenfaden, der gewachst sein muß, um nicht ins Fleisch zu schneiden und nicht von Urin und Wundausfluß zersetzt zu werden. Die Naht ist tief im Fleisch anzusetzen, damit sie nicht ausreißt und so der Schmerz, den der Patient ertragen hat, ganz umsonst war. Es muß jedoch eine kleine Öffnung bleiben, worin eine silberne Kanüle bis zur Blase zu legen ist, durch welche Blut und Urin aus der Blase abfließen können. Diese Kanüle darf jedoch nicht zu lange in der Blase bleiben, da sich die Natur sonst daran gewöhnt, sich dieses Ausgangs für die Ausscheidung des Harns zu bedienen. Daher verbleibt die Kanüle nur so lange in der Wunde, bis der Urin klar und ohne Blutspuren aus ihr hervorfließt. Dann ist sie zu entfernen und die Wunde endgültig zu verschließen.
Damit endet die Arbeit des Chirurgen. Der Patient ist zu verbinden und mit gekreuzten Beinen in ein dunkles, warmes Zimmer zu legen, damit Morpheus ihn umfange und ihm Linderung von den ertragenen Qualen bringe. Nach einigen Tagen ist ein Balsam aus Wegerich, Nachtschatten und Rosenwasser in die verheilende Blase einzuspritzen. Sollte der Blasenausgang nach der Operation durch Klumpen geronnenen Blutes und andere Partikel verstopft sein, so ist erneut die Sonde zu legen, um den Harnweg frei zu machen. Dies, so wahr mir Gott helfe, muß getan werden, um unseren König vor dem Verderben zu bewahren. Gott stehe ihm bei. Amen.«
Bérault verließ das Rednerpult und begab sich auf seinen Platz zurück. Am anderen Ende des Raumes war noch das Kratzen eilig über Papier fliegender Federn zu hören. Dann verstummten auch diese. La Rivière erhob sich und wandte sich der Versammlung zu.
»So sei es. Gelobt sei der Herr. Laßt uns beten.«
Andächtige Stille breitete sich über der Versammlung aus. Die Köpfe waren gesenkt, und es gehörte nicht viel Phantasie dazu, sich auszu-

malen, was in ihnen vorging. Wenig später verlief sich die Versammlung, ein jeder beflissen, die ihm zugewiesene Aufgabe gewissenhaft vorzubereiten.

Doch abgesehen von Bérault selbst, den fürderhin stets zwei ausgesuchte Wachen umgaben, war nach diesem Vortrag wohl niemand im Schloß, der die Tage des Königs nicht für gezählt hielt.

Vierzehn
Post Scriptum

Exzellenz,
sündig und schuldbeladen ist der Mensch, von Gottes Gnade erwartet er sein Heil, und stets trage ein jeder ein stummes Gebet in seinem Herzen: Herr, vergib mir, denn ich bin sündig. Schwankend ist mein Glaube, hoffärtig und schmutzig sind meine Gedanken, und ein leichtes Opfer für dunkle Mächte ist meine unbeständige Seele. Nur gut, daß wir wissen, wie schlecht und heimtückisch, wie listig und verschlagen die menschliche Kreatur beschaffen ist, andernfalls wir ihren Schlichen und Tücken ausgeliefert wären wie die Lämmer den Wölfen. Nicht genug, daß ich im Verlaufe dieser Untersuchung in die stumpfen, irrsinnigen Abgründe einer Alchimistenseele zu blicken gezwungen war, denn was ich im Hause jenes Apothekers Allheboust erleben mußte, spottet jeder Beschreibung. Kein vernünftiges Wort war aus diesem Bewohner des Mikrokosmos herauszubringen, ganz abgesehen von seinem närrischen Gehilfen Sébastien, den wir im Anschluß an unseren Besuch in der Kröten- und Kräuterküche auch gleich mitgenommen haben, um ihn von verständigen Ärzten daraufhin prüfen zu lassen, ob im dunklen Labyrinth seiner Seele überhaupt noch ein Schimmer des göttlichen Lichtes glimmt.

Was Allheboust betrifft, so war wohl jenes Ingredienz, das wir gemeinhin als Verstand bezeichnen, schon bei seiner Erschaffung nicht vorgesehen. Eher wächst ein Baum in einer Nuß heran, als daß ein Gran Vernunft in seinen Schädel dringt. Doch wo kein klares Bewußtsein ist, ist auch keine Schuld zu suchen, obgleich es unserer Untersuchung sehr förderlich gewesen wäre, wenn wir schon damals erfahren hätten, zu welchem Zwecke sich der Apotheker und die beiden verschwundenen

Personen damals im Oktober auf dem Feld vor der Stadt zu schaffen machten.

Daß wir es schließlich doch erfuhren und noch einiges mehr, ist der Anlaß für meinen heutigen Bericht. Wie Ihr aus dem beiliegenden Protokoll der Befragung des Herrn Perrault entnehmen könnt, erfuhr der Besitzer des Hauses erst zwei Tage vor meinem Eintreffen durch eine Depesche von dem Vorfall, der für uns alle mit solchen Unannehmlichkeiten verbunden ist. Der Neffe des Herrn Perrault, sein Name ist Lussac, unterrichtete in diesem Schreiben seinen Onkel von dem Feuer, das bereits ausgebrochen war, als er die Stadt erreichte. Ihr könnt die Ausführungen des Befragten nachlesen. Ebenso übersende ich Euch eine Kopie des Briefes, den der Befragte mir nebst einem gezeichneten Porträt des Gesuchten überlassen hat. Ihr werdet in diesem Brief die Angaben bestätigt finden, die der Befragte gemacht hat, nämlich daß Lussac gegen Mitternacht das Ziel seiner Reise erreichte, die Straße in heller Aufregung und das Haus seines Onkels in Flammen vorfand, daß er ohne Angabe von Gründen die Unglücksstelle verließ, um nach seinem Freund zu suchen. Der Brief trug als Datum den 13. April, war jedoch erst zwei Tage vor meiner Ankunft überbracht worden.

Bereits auf dem Weg nach Clermont überkamen mich die ersten Zweifel, ob es mit diesen Angaben seine Richtigkeit hatte. Da ich jedoch keinen Anhaltspunkt für einen Verdacht und Herr Perrault zudem einen lauteren Eindruck auf mich gemacht hatte, begab ich mich, nachdem der Postmeister mir bestätigt hatte, daß an jenem Samstag tatsächlich ein gebrochenes Rad die Ankunft der Postkutsche in Paris bis spät in die Nacht verzögert hatte, in meine Herberge, um dem Schreiber eine Kopie des besagten Briefes zu diktieren. Als ich jedoch an jene Stelle kam, an welcher der Verfasser des Briefes von seiner Ankunft in Paris berichtete, da durchschaute ich plötzlich das Lügengebilde, das man mir aufgetischt hatte. Mit keinem Wort erwähnte das Schreiben ein gebrochenes Rad. Sogleich suchte ich erneut den Postmeister auf und fragte ihn, ob er seit dem Osterfest mit Herrn Perrault gesprochen habe. Der Postmeister verneinte und fügte hinzu, Perrault komme nicht mehr oft in die Stadt, da nun wohl sein Neffe Botengänge für ihn erledige. So sei er ja auch am Ostersamstag für ihn nach Paris gefahren und, ich traute meinen Ohren nicht, am Montag oder Dienstag wieder zurückgekehrt.

Ob er das beschwören könne? Der Postmeister war sich sicher und gab mir sogar eine Beschreibung der Person, in der ich die Angaben des Perrault sogleich wiedererkannte.

Ich rief umgehend einige Wachleute zu mir und ritt erneut die vier Meilen zu dem abseits gelegenen Gut hinaus. Als wir auf Sichtweite heran waren, wies ich die Reiter an, sich außer Hörweite um das Gut herum zu verteilen und jede Person anzuhalten, die sich vom Hof entfernen wollte. Ich selbst schlich mit zwei Wachen zu Fuß an das Haus heran. Ein kurzer Blick in die hell erleuchteten Fenster bestätigte mir, was ich längst vermutet hatte. Während die Familie in der Stube um das Kaminfeuer herum saß, ging im Nebenraum ein wütend gestikulierender Perrault auf und ab. Der Klang seiner Stimme drang bis an mein Ohr, unterbrochen bisweilen von einer anderen Stimme, die sich nicht weniger aufgebracht gegen Perraults Wutgeschrei aufzulehnen suchte.

Die beiden stritten so hitzig miteinander, daß sie die Ausrufe der Überraschung und des Schreckens, den unser Erscheinen in der Stube auslöste, gar nicht bemerkten. Erst als wir die Tür zum Nebenraum aufgerissen hatten und die Wachen mit aufgepflanzten Hellebarden hereinstürmten, verschloß ihnen die Angst den Mund, und sie wichen bleich und mit erhobenen Händen vor mir zurück, um sich sogleich, um Gnade flehend, zu Boden zu werfen.

Ich ließ sie binden und einsperren. Doch lest selbst, was ich am nächsten Tag erfahren mußte.

Fünfzehn
Ein Gedicht

Niemals würde Vignac diesen Aschermittwoch vergessen.
Hatte er geahnt, daß er betrogen worden war? Oder gaukelten ihm seine überreizten Sinne etwas vor?
Bestürzt starrte er auf die Zeichnung, die ihm von dem Flugblatt ins Gesicht sprang wie eine Spinne. Hatte er das getan? Sein Bild war es, eilig und grob in einen Holzstock geschnitten. Aber nein, es war ja nur die getreue Wiedergabe dessen, was er an jenem Abend im Haus der Herzogin gesehen und in den darauffolgenden Wochen gemäß den Anordnungen, die er in dem Beutel Geldes fand, ausgeführt hatte. Doch welch ein diabolischer Sinn hatte sich in der Zeichnung nun dieser Darstellung bemächtigt. Fassungslos überflog er die Vierzeiler, die wie groteske Fratzen darunter prangten ...

Herr, vermählt Euch, in Gottes Namen!
Euer Geschlecht kennt man ja schon.
Ein Tröpfchen Blei und Wachs aufgetragen
Macht Euch den Hurensproß zum Sohn.

Eine Hure nebst hurenden Schwestern.
Wie's auch schon der Mutter gefiel.
Gleich wie die Kusinen und Tanten
Nebst Madame de Sourdis.

Fürwahr, käme doch die Lorraine
und fiele das Reich an sie.

Als an den Bankert von La Varaine
Oder den Bastard von Stavahi.

Willenlos ließ sich Vignac von dem Strom der Passanten in eine der umliegenden Schenken treiben, und ehe er sich recht versah, fand er sich in einer dunklen, von Dutzenden Menschenleibern überschwemmten Kaschemme wieder. Um ihn herum wurde gelacht. Aus zahnlosen Mündern ergossen sich lauthals die Verse, die sich wie eine Springflut von Tisch zu Tisch verbreiteten, und jeder Neuankömmling, der prustend und kichernd in den überfüllten Schankraum eintrat, stimmte begeistert in die Melodie ein, die sich wie aus dem Nichts um die schneidenden Verse gesponnen hatte.
»Einen Lorbeerkranz für den Dichter!« brüllte einer.
»Ein Hoch auf die Herzogin von Schweinsheim«, grölte ein anderer.
Röhrendes Lachen der ganzen Versammlung umjubelte das gelungene Wortspiel. Von allen Seiten kamen neue Gäste hinzu und drängten sich zwischen die ausgelassenen Menschen, die gar nicht genug bekommen konnten von dem beißenden Spott.
Vignac nahm all dies wie durch einen Nebel wahr. Unablässig hielt er die Augen auf das Papier in seiner Hand und die darauf abgebildete Zeichnung gerichtet. Er durchbohrte sie geradezu mit seinem Blick. Schweiß trat ihm auf die Stirn. Man drängte ihn in eine Ecke. Wein wurde umgeschüttet und floß ihm über die Jacke. Fast wäre er in dem Gedränge über einen Schemel gestürzt. Aber die ganze Unruhe war nichts im Vergleich zu dem Aufruhr, der in seiner Seele tobte.
Wie konnte er nur so dumm gewesen sein? Der ganze Aufwand hatte nur dazu gedient, mit seiner Hilfe die Herzogin aufs niederträchtigste zu beleidigen. Aber er verstand nicht. Er war doch im Hause der Herzogin empfangen worden. Sie selbst hatte ihm doch befohlen, dieses Bild zu malen. Sie hatte ihn sogar bezahlt. Doch zu welchem Zwecke?
Oder war es gar nicht die Herzogin gewesen, die ihn gerufen hatte? War es möglich, daß es in ihrer engsten Umgebung Personen gab, die ein Interesse daran hatten, sie so zu beleidigen? Was für eine Ungeheuerlichkeit, die künftige Königin mit solch schneidendem Spott zu überziehen.

Und zu allem Unglück prangte ein Holzschnittabzug des von ihm gemalten Bildes über diesen Zeilen.

Sein Herz verkrampfte sich vor Angst. Wenn sie ihn fanden, hatte sein letztes Stündlein geschlagen. Nicht nur das Bild, die Verse selbst würde man ihm anlasten. Dummer Gedanke. Wenn sie ihn fanden. Sie wußten doch, wo er zu finden war. Irgend etwas stimmte hier nicht. Wollten sie ihn vernichten? Aber was hatte er denn getan? Niemand in der Stadt kannte ihn.

Je länger er darüber nachdachte, desto ratloser wurde er. Und je ratloser er wurde, desto mehr schnürte die Angst ihm die Luft ab. Er schloß die Augen und rief sich den Oktoberabend in Erinnerung, als man ihn in das Haus der Herzogin bestellt hatte. Das reißende Geräusch der Vorhänge. Die davoneilenden Schritte. Dann das Gespräch mit dieser Frau. Nie würde er den Klang ihrer Stimme vergessen. Warum war er nicht gegangen, wie er es vorgehabt hatte? Statt dessen war er auf den Raum zugeschritten, den der Diener ihm wies, hatte die Maske aufgesetzt, die dieser ihm wortlos hinhielt, war dann eingetreten und hatte sich wie befohlen auf den Stuhl gesetzt und auf die roten Vorhänge geschaut, die am Ende des Raumes vorgezogen waren. Purpurrote Vorhänge waren es gewesen, aus einem schweren, mit Goldborte gesäumten Stoff, dem Karmesinrot der Könige. Dann waren sie zur Seite geglitten und hatten die rätselhafteste Szenerie enthüllt, die ihm je vor Augen gekommen war. In der Erinnerung nahm es sich wie ein unergründlicher Traum aus, vielleicht wie jene Vision, die ihn ein Jahr zuvor im Wald ereilt hatte. Doch während seine Seele ihm damals die Erinnerung an Gemälde vorgespiegelt hatte, verhielt es sich hier umgekehrt. Was er in jenem Raum vor sich gesehen hatte, war ja keine Erinnerung, sondern eine Wirklichkeit gewesen, wie mysteriös auch immer, die erst noch ein Bild werden sollte.

Zwei Frauen saßen dort vor ihm in einer steinernen Wanne, über deren Rand ein weißes Tuch geworfen war. Im Hintergrund war ein zweiter roter Vorhang sichtbar, vor dem sich die beiden weißen Leiber überdeutlich abhoben. Die beiden Frauen waren nackt, und es verging einige Zeit, bis es Vignac gelang, von der makellosen Schönheit der beiden Körper abzusehen, um seine Aufmerksamkeit auf das merkwürdige Ge-

stenspiel zu lenken, das sie mit ihren Händen veranstalteten. Die Frau zu seiner Rechten saß aufrecht und schaute an ihm vorbei ins Leere. Nur ihr Oberkörper war zu sehen. Ihre linke Hand ruhte auf dem Wannenrand und hielt dort ein Stück des weißen Tuches gerafft zwischen Daumen und Zeigefinger. Er erkannte die Geste sofort wieder. Es war eben jene Geste, die er der Herzogin in seinem ersten Bild verliehen hatte. Diese Frau, deren Körper zwar ebenso schön und vollkommen wie der Gabrielles war, deren Gesicht jedoch nichts mit ihr gemein hatte, sollte also die Herzogin darstellen. Doch was, um alles in der Welt, tat sie mit ihrer rechten Hand? Sie hielt sie mit angewinkeltem Arm auf Schulterhöhe. Daumen und Zeigefinger führten eine greifende Bewegung aus, als hielten sie einen Ring. Aber es war kein Ring zu sehen. Zur Linken saß eine zweite Frau auf dem Wannenrand. Sie hatte ihm den Rücken zugekehrt, doch ihr Gesicht war ihm zugewandt, und sie schaute ihn an. Ihr Blick war völlig ausdruckslos, und doch schien es, als wolle sie ihm ein Geheimnis verraten. Mit der Rechten stützte sie sich auf der Umrandung ab. Die linke Hand hatte sie wie zur Vermählung der Herzogin hingestreckt, die ihr den unsichtbaren Ring auf den Finger steckte.
Wer war diese Frau? Welch eine imaginäre Hochzeit sollte hier geschlossen werden? Wo er auch hinsah, die Szene strahlte einen zugleich verführerischen und abstoßenden Reiz aus. Er nahm den Anblick in sich auf wie einen schweren, unbekannten Duft, dessen Verlockung ein Teil von ihm sich erfolglos zu widersetzen suchte. Dann betrachtete er wieder die Gesichter, in der Hoffnung, dort ein Zeichen, einen Hinweis zu entdecken. Doch er wußte sogleich, daß man nicht diese Gesichter würde sehen wollen. Die Frau zu seiner Rechten verriet sich durch ihre Hand, die das Tuch gerafft hielt. Doch wer war die andere? Ihr Körper war ebenso schön und makellos wie der Leib der Herzogin. Es sah so aus, als stehe sie im Begriff, das Bad zu verlassen, und als warte sie nur noch, bis die andere Dame die Bewegung ihrer Hand vollendet und ihr den Ring angesteckt hatte. Jetzt fiel ihm auch die Blässe der Herzogin auf, die weißliche, helle Tönung ihrer Haut, verglichen mit der wärmeren Färbung des anderen Körpers. Und während er noch mit vor Staunen geweiteten Augen nach dem Geheimnis forschte, das unsichtbar zwischen diesen beiden Gestalten schwebte, während Fragen und

Ahnungen durch seine Seele huschten wie aufgescheuchte Rehe in der Dämmerung, da wußte er schon, daß er dieses Bild malen würde, und sei es nur, um für das Geheimnis, das sich seinen Augen darbot, wenn schon keine Antwort, so doch eine Form zu finden.

Gesprächsfetzen drangen an sein Ohr. Was? Dem König hatte man die Verse schon gezeigt. Potzblitz. Ja, am Montag. Vorgestern also. In St. Germain? Gut, daß er's weiß. Wird sich's noch einmal überlegen, diese Schlampe zu heiraten. Schmach und Schande auf das Königshaus. Ach was. Ein schöner Fastnachtsscherz. Die andre war auch nicht besser. Auf einen Ketzerthron gehört ein Hurenarsch. Ha, ha, ha. Wo hat er's gefunden? Im Orangenhain von Saint-Germain-en-Laye? Ja, einem der Bäume in die Rinde gesteckt, so daß er's nicht übersehen konnte. Und? Was hat er gesagt, der König? Er werde den Verfasser wohl auch aufpfropfen, aber nicht auf einen Orangenbaum, sondern auf eine Eiche. Ha, ha. Gut gesagt. Es lebe der König. Nieder mit der Herzogin.

Vignac hielt es nicht mehr aus. Er sprang auf, stieß die Leiber auseinander, die ihm im Weg waren und deren schwere Ausdünstungen ihm den Atem nahmen. Mühsam drängelte er sich zur Tür vor. Das Geschwätz schwoll unvermindert an. Jeder brüllte heraus, was ihm in den Sinn kam. Noch bevor Vignac am Ausgang angekommen war, traf ihn dieser Satz wie ein Hieb: »Und nach Quasimodo will er sie heiraten.«

Vignac fuhr herum und packte den Menschen am Kragen. »Was hast du gesagt?«

»Gestern hat er's verkündet. Beim Bankett. Nimm die Finger von mir, sonst ...«

Zwei Schritte, und er war draußen. Ohne zu wissen, wohin, lief er die Straße hinab. Überall lagen die Flugblätter herum und standen kleine Gruppen von Menschen beisammen und redeten wild durcheinander.

Verstört bahnte er sich einen Weg zwischen den Karren hindurch, die die Straße verstopften. Eine schwache Märzsonne schimmerte hinter weißgrauen Wolken. Die Rue de Deux Portes lag nur etwa fünf Wegminuten entfernt, doch Vignac ertappte sich dabei, daß er die Straße unwillkürlich mied. Er lief in südlicher Richtung die Rue St. Jacques entlang, gelangte an das gleichnamige Tor, lenkte seine Schritte unschlüssig nach rechts, dann wieder nach links und lief schließlich den Weg zurück, den er gekommen war.

Sein Geist arbeitete fieberhaft, und obwohl er wußte, daß er sich, um geordnet nachdenken zu können, besser an einen stillen, ruhigen Ort hätte begeben sollen, zwang ihm doch die innere Aufregung, in die ihn das Flugblatt versetzt hatte, ständige Bewegung ab. Plötzlich durchfuhr ihn ein Gedanke. Jäh wechselte er die Straßenseite, überquerte wenige Momente später den Fluß und bog in die Rue de Vennerie ein, die auf den Grèveplatz vor das Hôtel de Ville führte. Kurz darauf hatte er den Platz hinter sich gelassen und folgte der Rue de la Martellire bis zum Arsenal. Nur wenige Schritte entfernt begann die Rue de Cerisai, und kurz nachdem er in sie eingebogen war, erhob sich neben ihm die hohe Mauer, welche das Hôtel des italienischen Finanzmannes gegen die Straße abschirmte. Er nannte der Wache am Eingang seinen Namen und bat, man möge für ihn nach einem Mädchen namens Valeria schicken, das zum Hauspersonal gehörte. Die Wache teilte ihm jedoch mit, es sei des Feiertags halber kein Personal im Hause, er möge morgen wieder vorsprechen.

Vignac überlegte kurz, zog dann eine Münze aus der Tasche, gab sie dem Wächter und bat ihn, Valeria bei ihrer Rückkehr zu sagen, sie möge alsbald Herrn Vignac aufsuchen. Es sei sehr dringend.

Der Mann nickte, steckte die Münze ein und trat achselzuckend in seinen Unterstand zurück.

Vignac konnte weiter nichts tun, und so trat er den Rückweg an. Unaufhaltsam senkte sich die Dämmerung in die Gassen, und als er wieder an der Ecke stand, wo die Rue de Deux Portes von der Rue St. Jacques abzweigte, hatte sich bereits der Abend über die Stadt gelegt. Ratlos verharrte er noch einige Minuten an der Straßenecke. Doch als der Abend mit feuchten Fingern nach seinen Knochen zu greifen begann, bog er schließlich in die Straße ein.

Im Haus war alles still. Lussac war noch nicht zurückgekehrt. Er verschloß die Tür, eilte, ohne Licht zu machen, durch den Wohnraum auf die dunkle Ecke unter der Treppe zu, öffnete eine Tür, die dort im Schatten verborgen war, und betrat den dahinter liegenden Raum. Erst als er die Tür hinter sich zugezogen und verschlossen hatte, entzündete er eine Öllampe, stellte sie auf den großen Tisch, der in der Mitte des Raumes stand, und ließ sich auf einer Holzkiste nieder, die an der Wand lehnte.

Sein Blick glitt über die Gegenstände, die auf dem Tisch lagen, und erfaßte prüfend jede Einzelheit. Aber nichts deutete darauf hin, daß jemand in seiner Abwesenheit das Atelier betreten hatte. Die gegenüberliegende Holzwand war mit Skizzenblättern bedeckt, die ihn nun fragend anzustarren schienen. Hinter einem Raster aus senkrechten und waagrechten Linien schwebten die Umrisse zweier Frauenkörper. Weitere Linien, die zwischen den beiden Körpern gezogen waren, liefen genau dort zusammen, wo die Hände der beiden Damen in jenem seltsamen Gestenspiel begriffen waren.

Verdrießlich wandte er den Blick ab und nahm die Werkzeuge und Utensilien in Augenschein, die überall herumlagen. Nein, hier würde er nur finden, was seiner eigenen Hand und seiner eigenen Phantasie entsprungen war. Vielleicht war dies alles nur ein Irrtum. Möglicherweise bestand zwischen den Spottversen und der Zeichnung seines Bildes nur eine zufällige Verbindung. Was war überhaupt mit dem Gemälde geschehen, seit es abgeholt worden war? Wenn er nur Valeria angetroffen hätte! Gleich morgen würde er noch einmal bei Zamet vorsprechen. Langsam beruhigte er sich. Nein, wenn man ihm in irgendeiner Weise schaden wollte, bedurfte es dazu keines solchen Aufwands. Wer könnte ein Interesse daran haben, ihm solch einen üblen Streich zu spielen?

Erneut überdachte er die Möglichkeiten, soweit sich seine verwirrten Gedanken überhaupt in irgendeine Ordnung fügten. Wollte jemand durch das Gemälde die Herzogin beleidigen, so hatte schwerlich sie selbst ihm den Auftrag erteilt. Jemand in ihrem Hause hatte ihn folglich getäuscht. Aber wer? Am Montag, vor zwei Tagen also, hatte der König die Flugschrift gefunden, beim Inspizieren der Orangenbäume. Welche Beleidigung. Seine Geliebte wurde als Hure, ihre Familie als Hurenstall diffamiert. Lieber würde man der verhaßten katholischen Liga das Thronerbe anvertrauen als den vermeintlichen Söhnen des Königs, den angeblichen Bastarden von Höflingen wie La Varaine oder diesem Bellegarde. Die Gerüchte waren so alt wie die Liebesgeschichte zwischen dem König und der Herzogin selbst und ebenso unwahrscheinlich wie dumm. Das übliche höfische Gift, das jedem entgegenspritzte, der in der Gunst des Königs zu weit nach oben stieg. Kein wahres Wort war daran. Würde der König einer Frau die Ehe versprechen, von der er glauben mußte, daß sie ihm Kinder von anderen Männern zur Taufe in den Arm legte? Die Geschichte mit diesem Bellegarde lag Jahre zurück. Und La Varaine? Dieser heimliche Jesuit. Mit ihm sollte die Herzogin angeblich ... Der Gedanke war völlig abwegig. Man wußte ja, wie so etwas zustande kam. Ein aufschneiderisches Wort, im Rausch hinausgeplärrt von einem, der kurzzeitig seine umnebelten Sinne mit den Farben seiner verborgenen Wünsche ausfärbt, und schon eilt das Gerücht von Mund zu Mund, durch alle Flure, in alle Kammern bis ans Ohr des Königs, der es lachend wegwischt wie eine störende Fliege.

Am Montag also hatte er die Schmiererei gefunden. Und am Tag darauf, beim Fastnachtsbankett, versprach er ihr öffentlich die Ehe. O Heiliger! Was hatte sich bei diesem Bankett abgespielt? Was immer die Absicht hinter der Beleidigung gewesen sein mochte, ihre Wirkung stand nun allen klar vor Augen. Der König würde die Herzogin heiraten. Gabrielle war offiziell zur Königin erkoren. Keine Macht der Welt konnte sie fürderhin davon abhalten, die französische Krone zu empfangen.

Vignac fuhr sich nervös mit der Hand über das Gesicht. Welcher Teufel hatte ihn geritten, diesen verfluchten Auftrag zu übernehmen? Man hatte ihn benutzt. Von Anfang an war jenes Gemälde dazu ausersehen, die Herzogin aufs schändlichste zu beleidigen, und nur der Wille des Königs hatte jene Verleumdung durch einen beherzten Schritt im Keim erstickt und allen Spekulationen um seine Heirat ein Ende gesetzt.

Nein, wie dumm war er gewesen. Wie hatte er nur glauben können, die Herzogin selber habe ein derart unerhörtes Porträt von sich verlangt? Was hatte man ihm an jenem Abend im Herbst gesagt? Der König und die Herzogin schwebten in höchster Gefahr. Was für eine Gefahr? Der König sei blind für den Abgrund, der sich vor ihm auftue und sein Wohlergehen und das des ganzen Reiches gefährde. Verfluchtes Lügengespinst. Gefahr drohte von jenen, die ihn so reichlich für dieses Bild entlöhnt hatten. Was immer mit dem Gemälde selbst geschehen war, es sollte nicht nur bei Hofe, sondern zugleich in den Straßen der

241

Hauptstadt und bei den Bürgern von Paris sein verleumderisches Werk verrichten.

Doch der Plan war fehlgeschlagen. Die als Hure verunglimpfte Herzogin ging als zukünftige Königin aus dem Streich hervor. Man bewarf sie mit Schmutz, und dieser Schmutz verwandelte sich in Gold. Doch sie würde den Verschwörern nachstellen, herauszufinden suchen, wem sie diese heimtückische Intrige zu verdanken hatte. Und jene, die im Hintergrund die Fäden gezogen hatten, würden sich des einzigen Zeugen, der sie belasten konnte, alsbald entledigen.

Vignac sprang auf. Er mußte weg, fort aus diesem Haus, aus dieser Stadt. Ohne sich weiter zu besinnen, riß er die Skizzen von den Wänden und verwahrte sie zusammengerollt in einem Lederfutteral. Die restlichen Zeichnungen schichtete er locker im Kamin übereinander. Nach wenigen Minuten hatten die Flammen sie verzehrt. Vignac hatte die Zeit benutzt, um eine große Ledertasche mit Malwerkzeug zu füllen, das er nicht zurücklassen wollte. Dann nahm er das Flugblatt und beschrieb hastig die Rückseite. Er verschloß sorgsam das Atelier, schob eine Kommode vor die Tür und begab sich schnell in den ersten Stock, um ein paar Kleidungsstücke zu holen. Als er bepackt und gestiefelt wieder in die Stube trat, legte er das Flugblatt unter den Kerzenleuchter auf den Tisch und knickte es leicht, so daß seine eiligen Schriftzüge auf der Rückseite zu sehen waren. Dann öffnete er vorsichtig die Haustür und spähte nach draußen.

Die Straße war menschenleer. Es schlug sieben Uhr. Bevor er hinaustrat, ließ er den Weg, den er vor sich hatte, vor seinem geistigen Auge vorüberziehen. Durch die Rue de Deux Portes zur Rue de la Harpe, dann die Rue du Foin bis zur Rue St. Jacques. Geradeaus weiter über Noijer und St. Geneviève bis zur Porte Saint Marcel. In der Vorstadt würde er die Nacht verbringen und am nächsten Tag den Weg fortsetzen bis nach Villejuif, wo er freundliche Aufnahme und Sicherheit erwarten durfte.

Der Schemen war nur den Bruchteil einer Sekunde sichtbar gewesen, doch Vignac erkannte die Gestalt sofort. Leise glitt er in die schützende Dunkelheit der Stube zurück und verschloß die Tür. Mit einem leisen Klicken schnappte das Schloß zu. Den Rücken gegen die Tür gelehnt, ließ er den Schlüssel in die Tasche seiner Weste gleiten und verharrte bewegungslos. Nichts geschah. Er hielt den Atem an, lauschte. Als seine Lungen zu brennen begannen, atmete er zweimal tief durch und erstarrte erneut. Dann hörte er die Schritte direkt hinter seinem Rücken. Ein Schlüssel wurde ins Schloß geschoben. Ein feines, knirschendes Geräusch zeugte davon, wie die Zähne des Bartes den Widerstand des Schlosses prüften. Dann sprang die Tür auf. Von seinem eilig gewählten Versteck unter dem Tisch sah Vignac die Beine eines Mannes, die sich im Türrahmen kurz gegen die nachtgraue Fassade des gegenüberliegenden Hauses abzeichneten. Dann fiel die Tür ins Schloß, und er sah nichts mehr.

Der Eindringling atmete stoßweise, als sei er gelaufen. Die Dielen knarrten unter seinen zögernden Schritten. Mit weit aufgerissenen Augen starrte Vignac in die Dunkelheit. Der Fremde ging am Tisch vorbei und auf die hintere Eingangstür zu. Ein leichtes Rascheln und Klopfen signalisierte Vignac, daß er die Wandtäfelung abtastete. Dann wurde eine Klinke hinuntergedrückt, und ein kalter Luftzug zeigte ihm an, daß der Fremde die Tür zum Hof gefunden hatte. Stiefel knirschten im Sand. Wieder das Geräusch von Händen, die suchend über Holz strichen.

Er sucht den Eingang, fuhr es ihm durch den Kopf. Er weiß nicht, wo der Eingang zum Atelier ist. Vignac sprang auf. Mit einem Satz war er an der Haustür und Augenblicke später die Straße hinab. Er lief, ohne zu wissen, wohin, eilte durch kleine, enge Gassen, wechselte mehrmals die Richtung, bis er plötzlich am Fluß stand. Er wußte nicht einmal, ob der Unbekannte ihm gefolgt war, denn in seiner Angst hatte er nicht gewagt, sich umzusehen.

Er wartete, bis er wieder bei Atem war, und lief dann im Schutze der Dunkelheit in Richtung Porte St. Marcel. Es bestand für ihn kein Zweifel, daß es sich bei dem Eindringling um denselben Mann handelte, der ihn damals im Herbst am Guichet St. Nicolas empfangen hatte. Sie waren hinter ihm her. Matt vor Erschöpfung und geplagt von bösen Ahnungen, taumelte er durch die verlassenen Straßen, stets die Gestalt vor Augen, die kurz zuvor schemenhaft an ihm vorübergeglitten war.

Sechzehn
Lussac

CHARLES LEFEBRE: Sie haben es sich selbst zuzuschreiben, daß Sie hier in Ketten vorgeführt werden. Wache! Nehmt dem Menschen die Ketten ab und schließt die Tür. So, setzen Sie sich. Nein, dort auf den Stuhl neben dem Tisch. Schreiber, notiere er: Gaston Lussac, geboren am 27. April 1568 in Lyon. Befragung durchgeführt am vierundzwanzigsten Tag des Monats April des Jahres 1599 auf dem Hof des Pierre Paul Perrault, Gemarkung La Roque, in der Nähe von Clermont. Beginn der Befragung um drei Uhr nachmittags. Der Gefangene ist in körperlich unversehrtem Zustand. Seit seiner Festsetzung am Vorabend erhielt er eine Mahlzeit und ausreichend Trinkwasser. Befragung durchgeführt durch den Unterzeichnenden Charles Lefebre in Gegenwart des Schreibers Bartholomé Lerroux und der Wachen Michel Castel und Nepomuk de Vries.

Herr Lussac, sind Sie bereit, die Ihnen gestellten Fragen heute zu beantworten, und versichern Sie, dies nach bestem Wissen und Gewissen zu tun, so wahr Ihnen Gott helfe?

LUSSAC: Ja. Ich bin bereit.

C. L.: Es wird Ihnen nichts geschehen. Es handelt sich um eine polizeiliche Untersuchung im Zusammenhang mit dem Feuer in der Rue de Deux Portes …

LUSSAC: Sparen Sie sich Ihre Tricks. Ich weiß nicht, wer Sie geschickt hat, aber ich bin nicht so dumm zu glauben, es gehe hier um ein läppisches Feuer. Aber bitte, spielen wir halt Ihr kleines Stückchen hier. Dafür bezahlt man Sie ja wohl, nicht wahr? Das Ende kennen Sie ohnehin besser als ich.

C. L: Ihr Onkel hat mich bereits gewarnt, daß Sie belieben, in Rätseln zu sprechen ...

LUSSAC: ... also gut, dann eben eine Komödie. Sie spielen den Kaiser, und ich ...

C. L.: Schluß jetzt.

LUSSAC: Ach ja? Schluß jetzt. Das meine ich auch. Ein feines Spiel. Hübsch eingefädelt. Ein Streich sollte es ja wohl sein, nicht wahr? Man sucht sich einen Dummen, der die Sache ins Werk setzt. Der ist völlig ahnungslos, auf was er sich da eingelassen hat. Als die Sache dann geschehen ist, ist es zu spät. Aber es ist nicht nur zu spät. Nein. Dieser Streich war nämlich gar keine unschuldige Neckerei. Oder sind sich gar zwei, die nichts voneinander wußten, in die Quere gekommen? Ist da ein Narr einem Teufel auf den Schwanz getreten? Wer weiß? Sie wollen von mir gar nichts wissen, dessen bin ich mir so sicher, wie ich den Schweiß auf Ihrer Stirn sehe. Sie wollen nur klaren Aufschluß darüber, was ich alles *nicht* weiß, und das ist eine ganze Menge. Mir fehlt vor allem das letzte Steinchen, um mir einen Reim auf diese ganzen Ereignisse zu machen. Sehen Sie, so liegen die Dinge. Von Rechts wegen müßte ich hier die Fragen stellen, damit ich nicht so bockdumm in mein Grab sinke, wie ich jetzt hier sitze, den Kopf voll halber Gewißheiten und Hörensagen.

C. L: Nun, vielleicht können wir gemeinsam Ihrem Unwissen abhelfen ...

LUSSAC: Damit ich um so schneller zur Hölle fahre, nicht wahr?

C. L.: Hüten Sie Ihre Zunge. Ich bin mir noch nicht darüber im klaren, worauf Sie mit Ihren Äußerungen anspielen, doch ich versichere Ihnen, daß ich mir geduldig alles anhören werde, was Sie zu sagen haben, vorausgesetzt, Sie befleißigen sich in Ihren Darlegungen einer gewissen Ordnung.

LUSSAC: Bitte, walten Sie Ihres Amtes.

C. L.: Wo ist Vignac?

LUSSAC: Ah, Sie reden nicht um den heißen Brei herum. Ja, wo ist er nur? Wenn ich das wüßte, glauben Sie mir, ich wäre vor Ihnen dort, um ihn zu lehren, was ich von seinen geheimen Machenschaften halte.

C. L.: Wann haben Sie ihn zuletzt gesehen?

LUSSAC: Am Morgen des Aschermittwoch.

C. L.: Am 3. März also.

LUSSAC: Ja, März war es schon, ob's der dritte war, kann ich nicht beschwören.

C. L.: Und wo trennten Sie sich von ihm?

LUSSAC: Er ging morgens aus dem Haus.

C. L.: Wissen Sie, wohin er ging?

LUSSAC: Nein.

C. L.: Er ging weg, ohne ein Wort zu sagen?

LUSSAC: Ja.

C. L.: Fiel Ihnen irgend etwas an ihm auf?

LUSSAC: Nein.

C L.: Hatte er eine Verabredung, oder hatte jemand nach ihm geschickt?

LUSSAC: Wenn dem so war, dann wußte ich nichts davon.

C. L.: Um welche Uhrzeit verließ er das Haus?

LUSSAC: Zwei Stunden nach Sonnenaufgang.

C. L.: War Ihnen in den Tagen zuvor irgend etwas an ihm aufgefallen?

LUSSAC: Nein. Er war genauso wortkarg wie immer.

C. L.: Wortkarg? Ist Ihr Freund stets wortkarg gewesen?

LUSSAC: Nein, erst seit diesem Auftrag im Herbst.

C. L.: Was für ein Auftrag?

LUSSAC: Als wüßten Sie das nicht! Damit fing doch alles an, damals im Herbst, als Valeria diesen Brief überbrachte. Und dann dieses scheußliche Bild. Hundertmal habe ich ihn gefragt, was er damit bezweckte, aber es war ja nichts aus ihm herauszubringen. Der Teufel soll ihn holen.

C. L.: Eins nach dem anderen. Sie beide kamen im Juni letzten Jahres nach Paris. Zuvor waren sie auf einem Schloß in der Bretagne, nicht wahr?

LUSSAC: Ja, auf Schloß Bellefort. Wir verbrachten den Winter dort.

C. L.: Woher kannten Sie sich?

LUSSAC: Wir trafen uns vor zwei Jahren in Lyon. Vignac war gerade aus Italien zurückgekehrt. Er stammt aus La Rochelle, wo er bei einem Apotheker aufgewachsen ist. Ein paar Jahre lang arbeitete er als

Zeichner für einen Chirurgen. Um 1590 trennte er sich von ihm und reiste nach Italien, um die alten Meister zu studieren. Er arbeitete in verschiedenen Werkstätten in Norditalien. Vignac kennt wertvolle Rezepte, die ihm so manche Tür geöffnet haben dürften. Einige Jahre später traf er wieder mit dem Chirurgen zusammen, da dieser ihn gebeten hatte, ihm beim Transport der Manuskripte behilflich zu sein.

C. L.: Welcher Manuskripte?

LUSSAC: Ein Lehrbuch der Chirurgie. Die Manuskripte mußten von Montpellier nach Lyon gebracht werden, weil sie dort gedruckt werden sollten. Vignac hatte außerdem den Auftrag, die Illustrationen zu überarbeiten. Sie brachen im Frühjahr 1596 auf und kamen im Sommer in Lyon an. Ich half ihnen, die Maulesel abzuladen, als sie in der Druckerei in Lyon angekommen waren. So lernten wir uns kennen.

C. L.: Wann verließen Sie Lyon?

LUSSAC: Im darauffolgenden Frühjahr. Die Illustrationen waren im Dezember fertig. Vignac hatte immer Aufträge, und ich schloß mich ihm an, denn wo für einen Arbeit ist, ist auch noch für einen zweiten etwas zu tun. Ich kann mit Stein und Holz umgehen, auch Schmieden, Bleilöten und Glasschneiden sind mir nicht fremd. Ich wollte weg aus Lyon.

C. L.: Und warum kamen Sie nach Paris?

LUSSAC: Das war Vignacs Idee. Er hatte es sich in den Kopf gesetzt, Hofmaler zu werden. Fast kein Tag verging, ohne daß er davon sprach. Er wußte natürlich, wie aussichtslos das war. Außerdem war er zu stolz, sich an die anderen Maler zu wenden, die schon eine gewisse Bekanntheit bei Hofe genossen und ihm vielleicht behilflich sein konnten. Er war überzeugt, daß ihm von dieser Seite nur Feindschaft und Neid entgegenschlagen würden und es völlig sinnlos wäre, mit ihnen Kontakt aufzunehmen. Würde sein Können gering geachtet, würde man ihn sofort wegschicken. Im umgekehrten Falle war zu erwarten, daß die etablierten Maler eifersüchtig darüber wachen würden, daß kein Konkurrent bei Hofe Einlaß finde, zumal einer, der sie womöglich überflügeln könnte. Vignac war sehr von sich überzeugt. Er suchte einen direkten Weg, um bei Hofe Protektion zu bekommen, ohne den Umweg über die Maler. Ein aberwitziges Unterfangen. Doch es gelang ihm.

C. L.: So?

LUSSAC: Er malte ein Porträt der Herzogin von Beaufort. Er trug es im Gepäck, als wir im Juni nach Paris ritten. Das Bild gelangte über Valeria zur Herzogin, und kurz darauf erhielt Vignac den Auftrag für ein weiteres Bild.

C. L.: Wann war das?

LUSSAC: Im Oktober.

C. L.: Das Porträt wurde im Oktober übergeben?

LUSSAC: Nein, im Oktober kam die Einladung der Herzogin. Das Porträt war schon im September an den Hof gelangt.

C. L.: Sie erwähnten einen Namen … Valeria?

LUSSAC: Bevor wir Schloß Bellefort erreichten, hatten wir ein junges Mädchen aufgegriffen, deren Familie bei einem Überfall ums Leben gekommen war. Sie heißt Valeria. Ihr Vater, ein Italiener, hatte sich einige Jahre zuvor im Süden von seiner Truppe entfernt, um sich hugenottischen Flüchtlingen anzuschließen. Ich weiß nichts Genaues darüber. Sie war beim Holzsammeln, als das Dorf überfallen wurde. Vignac und ich waren zufällig in der Gegend, und als wir die Rauchsäule am Horizont sahen und Reiter in unsere Richtung kommen hörten, versteckten wir uns in einem Dickicht. Dort trafen wir auf das Mädchen, das sich ebenfalls versteckt hatte. Als die Reiter vorüber waren und wir einige Stunden später an der Unglücksstelle vorbeiritten, fanden wir nur noch schwelende Haufen und hastig zugeschüttete Gräber vor. Eine Patrouille des Königs hatte die Plünderer überrascht und vertrieben. Aber es gab keine Überlebenden. Das Mädchen blieb bei uns.

C. L.: Und sie ging mit Ihnen nach Paris?

LUSSAC: Ja. Aber wir quartierten sie in einer Herberge ein. Ich wollte sie nicht im Haus meines Onkels haben, da er das sicher nicht gebilligt hätte. Sie war es jedoch, die auf den Gedanken kam, sich bei Zamet als Küchenhilfe anzudienen und dort auf eine Gelegenheit zu warten, der Herzogin das Bild zukommen zu lassen. Es ist ihr auch irgendwie gelungen, fragen Sie mich nicht, wie. Ein Küchenjunge namens

Andrea hat sie eingeschleust, und im Hôtel von diesem Zamet boten sich wohl Schliche und Wege genug, der Herzogin das Porträt zuzuspielen. Soviel ich weiss, gelangte es von dort nach Monceaux und machte bei der Herzogin grossen Eindruck.

Einige Wochen später kam Valeria mit einer Botschaft der Herzogin, worin Vignac aufgefordert wurde, sich am Abend des darauffolgenden Tages am Guichet St. Nicolas einzufinden. Er solle Sorge tragen, dass er von niemandem gesehen wurde. Vignac war viel zu erfreut, um irgendeine Gefahr zu vermuten. Er ging zur verabredeten Zeit an die vereinbarte Stelle, kehrte erst weit nach Mitternacht zurück und war seither ein verschlossenes Buch. Schon dafür, dass ich Ihnen all dies erzähle, ziehe ich mir seinen Zorn zu. Er schärfte mir ein, zu niemandem ein Wort über diese Zusammenkunft verlauten zu lassen. Zu niemandem. Ich wollte natürlich eine Erklärung für sein absonderliches Gebaren, aber ich hab's Ihnen ja schon hundertmal gesagt und werde es wohl noch bis zur Wiederkunft des Erlösers vor mich hin murmeln: Er sagte mir nichts. Statt einer Erklärung zeigte er mir einen Beutel mit Goldstücken. Ich weiss nicht, wieviel Geld man ihm gegeben hatte, doch für solch einen Betrag lässt sich wohl jeder Mund verschliessen. Er gab mir zwei Goldstücke und bat mich, nicht weiter in ihn zu dringen. Das war alles.

C. L.: Was geschah dann?

LUSSAC: Er begann mit der Arbeit. Zuerst musste er natürlich die Farben und sonstige Malstoffe besorgen, was einige Wochen in Anspruch nahm. Dann musste das Atelier ausgebaut werden. Mir gefielen diese Heimlichkeiten nicht, denn es ist gefährlich, ohne Zulassung der Zünfte eine Werkstatt in der Stadt zu betreiben. Deshalb hatte Vignac ja auch bis dahin in Villejuif bei einem Flamen gearbeitet.

C. L.: Kennen Sie diesen Flamen?

LUSSAC: Nein. Aber wenn Sie in Villejuif herumfragen, werden Sie ihn zweifellos ausfindig machen. Vignac hat immerhin drei Monate dort gearbeitet, und man wird sich sicher an ihn erinnern. Wie ich schon sagte, Vignac kennt viele sehr begehrte Rezepte.

C. L.: Dann hängen die seltsamen Essigkrüge, die man vor der Stadt in dem Misthaufen gefunden hat, mit den Vorbereitungen der Arbeit für das Bild zusammen?

LUSSAC: Sie wissen davon?

C. L.: Ja. Sie wurden beobachtet.

LUSSAC: Dann hat wohl dieser unbekannte Neugierige den Essig verschüttet.

C. L.: Es stimmt also, daß Sie mit Allheboust zusammen mit Essig gefüllte Tonkrüge im Mist vergraben haben?

LUSSAC: Ja. Vignac benötigte Bleiweiß für die Grundierung, und da man ihm eingeschärft hatte, nur bestes Material zu verwenden, bestand er darauf, es selber herzustellen. Allheboust besorgte die Krüge. Gott sei Dank hat der Einfaltspinsel, der den einen Krug ausgeleert hat, nicht auch noch die anderen gefunden, sonst wäre das Bild nicht rechtzeitig fertig geworden.

C. L.: Der Zeuge, der Sie beobachtet hat, gab an, er habe in dem Krug eine Schlange gefunden.

LUSSAC: Eine Schlange. Ha, so ein Dummkopf.

C. L.: Was befand sich denn in dem Gefäß?

LUSSAC: Blei natürlich. Ein breitgehämmertes Bleiband. Man hängt es in die Essigdämpfe und vergräbt das Ganze verschlossen im Mist. Durch die Mischung der Dämpfe zerfällt das Blei zu einem weißen Pulver, das Sie in jeder Malerwerkstatt finden können. Eine Schlange? Du liebe Zeit.

C. L.: Der Zeuge gab außerdem an, er habe Sie am 31. Oktober auf dem Feld vor der Stadt beobachtet. Stimmt das?

LUSSAC: Nun, wenn er sich so genau erinnert, wird es wohl so gewesen sein. Es regnete in Strömen, und in der Stadt herrschte große Aufregung wegen der Krankheit des Königs.

C. L.: Dann war der Auftrag wenige Tage zuvor erteilt worden?

LUSSAC: Ja, wenn es so ist, wie Sie sagen, hat es wohl damit seine Richtigkeit. Könnte ich bitte etwas Wasser bekommen?

C. L.: Castel. Hol er dem Mann ein Glas Wasser. Also weiter. Vignac wurde im Oktober von der Herzogin empfangen. Sie sagen, man sprach in der Stadt von der Krankheit des Königs. Zu diesem Zeitpunkt weilte Seine Majestät auf Monceaux. Die Herzogin ebenfalls.

Daraus dürfen wir schließen, daß Vignac nicht von der Herzogin selbst empfangen wurde.

LUSSAC: Das entzieht sich meiner Kenntnis.

C. L.: Wie wurde der Auftrag erteilt? Beschrieb man ihm das Bild? Gab man ihm eine Skizze?

LUSSAC: Ich habe keine Skizze gesehen, die nicht von seiner eigenen Hand stammte.

C. L.: Und als das Bild fertig war, kam jemand, das Gemälde abzuholen?

LUSSAC: Nein. Valeria nahm es mit ins Hôtel des Italieners.

C. L.: Zu Zamet?

LUSSAC: Ja. Dort sollte es übergeben werden, genauso wie das andere Porträt zuvor. Der König und die Herzogin verkehrten ja nicht selten dort.

C. L.: Wußte Zamet etwas von diesen Transaktionen?

LUSSAC: Das weiß ich nicht. Ich denke schon.

C. L.: Haben Sie das Gemälde gesehen?

LUSSAC: Ja.

C. L.: Ja, und?

LUSSAC: Was soll ich schon dazu sagen. Eine Abscheulichkeit, die mir nicht wenig mißfiel. Ich glaube, er war sich selber nicht im klaren darüber, was damit geschehen sollte. Er malte es wohl des Geldes und der Hoffnung wegen, sich dadurch bei der Herzogin Protektion zu verschaffen.

C. L.: Beschreiben Sie das Gemälde.

LUSSAC: Es waren zwei Frauen darauf zu sehen. Der Bildhintergrund war durch schwere rote Vorhänge verschlossen. Davor hingen noch weitere Vorhänge von der gleichen Farbe, die jedoch auseinandergezogen waren und die eigentliche Szene einrahmten. Es sah aus wie eine Theaterbühne, denn vom oberen Rand hingen Bordüren oder Quasten herab. Die beiden dargestellten Damen waren unbekleidet und saßen in einer steinernen Wanne, über deren Rand ein weißes Tuch gelegt war. Von der Herzogin war nur der Oberkörper zu sehen. Sie saß rechts in der Wanne, hatte den Kopf leicht zur Seite gewandt und schaute am Betrachter vorbei. Ihre linke Hand ruhte auf der Wannenumrandung und hielt dort das weiße Tuch zusammengerafft zwischen Daumen und Zeigefinger, so daß die Oberkante der Wanne an dieser Stelle unbedeckt war. Vignac hatte diese Stelle direkt aus dem ersten Bild übernommen, vielleicht um sicherzustellen, daß der Bezug zum vorherigen Gemälde augenfällig wurde, denn das Gesicht der Herzogin unterschied sich deutlich von der ersten Fassung. Vignac hatte die Herzogin damals sehr jugendlich, fast mädchenhaft gemalt. Jetzt war ihr Gesicht reifer, und auch ihr Körper war voller, weiblicher gehalten mit stärker ausgewölbten Brüsten und breiter auseinanderlaufenden Schultern. Ihre Frisur war nach der neusten Mode hochfrisiert und nicht zu einem Kranz hochgesteckt, wie das früher Mode war.

Zur Linken saß eine andere Dame auf dem Wannenrand. Man sah nur ihren Rücken, doch sie hielt den Kopf durch eine leichte Drehung des Oberkörpers dem Betrachter zugewandt. Dies alles war an sich schon recht merkwürdig. Doch was sollte man erst von dem seltsamen Spiel der Hände halten, die über der Wanne schwebten? Der rechte Arm der Herzogin war erhoben. Ihre Hand war gespreizt, als wollte sie dort mit Daumen und Zeigefinger nach etwas greifen. Es sah so aus, als halte sie einen unsichtbaren Ring, den sie dort auf den Finger der anderen Dame stecken wollte, die ihre Hand anscheinend in ebendieser Absicht der Herzogin entgegenstreckte. Die Dame zur Linken trug die gleiche Frisur wie die Herzogin, hatte jedoch nicht blondes, sondern dunkelbraunes Haar. Mit der rechten Hand stützte sie sich auf dem Wannenrand ab und hielt ihre Linke wie zur Vermählung der Herzogin entgegen, die ihr diesen unsichtbaren Ring auf den Finger schob. Das war alles.

C. L.: Wer war die andere Frau?

LUSSAC: Das weiß ich nicht. Das ganze Gemälde war so eigenartig. Wie soll ich sagen? Die an sich würdevolle Geste stand zu sich selber in so auffallend unzüchtigem Gegensatz. Die Ausführung war meisterhaft. Man hatte den Eindruck, als würden die beiden Damen augenblicklich lebendig werden. Ich habe mir oft den Kopf zerbrochen, was es mit dieser eigenartigen Geste wohl auf sich haben mochte, aber vergeblich. Vignac ist mir ein Rätsel und dies Bild nicht minder.

C. L.: Und diese Valeria, hat sie das Bild gesehen?

LUSSAC: Ja, natürlich. Sie stand ihm ja Modell. Ohne sie hätte er das Bild niemals so rasch vollendet.

C. L.: Und Valeria nahm es mit zu Zamet?

LUSSAC: Ja.

C. L.: Wurde das Bild dort ausgestellt?

LUSSAC: Das weiß ich nicht. Einige Wochen später waren auf einmal diese Pamphlete mit Spottversen gegen die Herzogin im Umlauf, worauf das Gemälde abgebildet war. Deshalb sollte ich ja auch Paris verlassen.

C. L.: Vignac hat Sie weggeschickt?

LUSSAC: Ja.

C. L.: Wann?

LUSSAC: Ich kam am Aschermittwoch nach Einbruch der Dunkelheit nach Hause. Ich wußte gleich, daß etwas nicht in Ordnung war, denn obwohl sich niemand im Haus befand, war die Tür unverschlossen. Ich betrat die Wohnstube und rief nach ihm, da ich dachte, er sei vielleicht im Atelier. Aber dort war niemand. Die Skizzen an den Wänden waren verschwunden. Als ich in die Stube zurückkehrte, fand ich eine Nachricht auf dem Tisch. Auf der Rückseite eines der Pamphlete, die noch am nächsten Tag in den Straßen zu finden waren, stand eine kurze Nachricht zu lesen. Ich brauchte keine Erklärung. Als ich das Flugblatt mit dem Bild und den Spottversen gelesen hatte, war mir klar, daß er es mit der Angst bekommen hatte. Er bat mich, die Stadt sofort zu verlassen und in Clermont auf ihn zu warten.

C. L.: Und? Taten Sie das?

LUSSAC: Ja. Doch ich wurde aufgehalten.

C. L.: Aufgehalten?

LUSSAC: Ich stand noch am Tisch, auf dem ich die Nachricht gefunden hatte, als es plötzlich an der Tür klopfte. Ich erschrak nicht schlecht, denn ich befürchtete, daß man sich bei der Suche nach dem Autor der Verse zunächst an den Urheber des Gemäldes halten würde. Da ich jedoch nicht mehr unbemerkt aus dem Haus gelangen konnte, öffnete ich und sah einen Unbekannten vor mir stehen, der dringend Einlaß verlangte. Ich fragte ihn, was ihn herführe und wer er sei. Da stieß er mich einfach beiseite, trat ein, schloß die Tür und verriegelte sie. Bevor ich ihn zurechtweisen konnte, schloß er hastig die Fensterläden und flüsterte, er müsse sofort Vignac sprechen. An seiner Stimme erkannte ich ihn schließlich wieder. Es war der Arzt, mit dem Vignac damals nach Lyon gekommen war. Giaccomo Ballerini.

C. L.: Ballerini!

LUSSAC: Ja.

C. L.: Verwünschte Täuschung!

LUSSAC: Wie meinen?

C. L.: Nichts. Was geschah dann?

LUSSAC: Ich fragte ihn erneut, zu welchem Behufe er sich plötzlich hier eingefunden hatte. Der Mann machte einen gar wenig vertrauenerweckenden Eindruck auf mich. Er lief aufgeregt durch die Stube, blieb immer wieder an der Tür stehen und lauschte, ob draußen nicht ein Geräusch zu hören war. Sein sonderbares Gebaren war geeignet, mich mächtig nervös zu machen, und als ich ihm dies mit einigen Worten bedeutet hatte, trat er vor mich hin und sagte: Wenn ich wüßte, was für ein Unheil sich dort draußen zusammenbraue, würde ich nicht so teilnahmslos herumstehen. Da war es mir dann doch zuviel, und ich fuhr ihn an, was er sich herausnehme, hier aufzutauchen wie ein schlechtes Wetter und mich mit derartigen Fragen zu bestürmen. Ich weiß nicht, ob er sich dann zusammenriß oder ob ihn meine offensichtliche Unwissenheit resignieren ließ. Jedenfalls bat er mich, ihm mitzuteilen, wo er Vignac finden könne. Ich erwiderte, ich würde nichts dergleichen tun, solange er mir nicht erklären wolle, warum er wie aus dem Nichts plötzlich hier auftauche. Er erwiderte, dazu sei jetzt nicht genug Zeit, doch da er wohl einsah, daß er andernfalls nichts von mir erfahren würde, erzählte er mir in einigen schnell dahingesprochenen Sätzen, daß Vignac in großer Gefahr schwebe und es daher unbedingt notwendig sei, daß er ihn sprechen könne. Er selbst weile seit Oktober in Paris, da man ihn zu einer schwierigen Operation an den Hof befohlen hatte. Er könne mir nun aber unmöglich alle Einzelheiten mitteilen, die dazu geführt hätten, daß er über Vignacs Aufenthalt in der Stadt unterrichtet sei, und ich möge ihm zum Wohle meines und seines Freundes nun doch bitte sagen, wo er Vignac finden könne, da er andernfalls das Übel, das bereits gegen ihn im Gange sei, nicht aufhalten könne.

Etwas in der Art seiner Rede sagte mir, daß er tatsächlich über alle Maßen bekümmert und besorgt war, und so erzählte ich ihm, was ich bei meiner Rückkehr vorgefunden hatte. Ballerini kannte das Flugblatt bereits, das ich ihm zur Erläuterung meiner Ausführungen übergeben hatte, doch bevor wir unser Gespräch fortsetzen konnten, hörten wir plötzlich ein Geräusch, und dann klopfte es. Ballerini war mit einem Satz an der Tür. Er machte mir ein Zeichen, daß ich öffnen solle. Ich ging auf die Tür zu und sah, daß er auf einmal einen Schürhaken in der Hand hielt. Ich schaute ihn fassungslos an, doch sein Blick duldete keinen Widerspruch. Ich drückte die Klinke herunter. Als ich jedoch sah, wer da draußen stand, gab ich Ballerini sofort zu verstehen, daß er seine Waffe sinken lassen sollte. Vor mir auf der Schwelle stand ein dunkelhaariger Junge von vielleicht siebzehn Jahren. Er war ärmlich gekleidet und beugte artig den Kopf, bevor er das Wort an mich richtete. Andrea heiße er, und er bitte vielmals um Entschuldigung, daß er ohne Anmeldung oder Einladung vorspreche, doch er suche nach einem Mädchen namens Valeria, von dem er wisse, daß sie bisweilen hier verkehre.

Weiter kam er nicht, denn mittlerweile war Ballerini hinter der Tür hervorgetreten und bat den Knaben, doch einzutreten. Sodann entspann sich zwischen den beiden ein Gespräch, das in etwa folgendes beinhaltete: Andrea war ein Küchenjunge aus dem Hôtel des Herrn Zamet. Er war es gewesen, der Valeria Eingang in das Hôtel des Italieners verschafft hatte. Wie sich herausstellte, war Andrea dem Mädchen während der Wintermonate bisweilen heimlich gefolgt, wenn sie zu Vignac ins Atelier ging, um für ihn zu sitzen. Da nun Valeria heute nachmittag nicht zu ihrer Verabredung erschienen sei, habe er sich die Freiheit genommen, sie hier aufzusuchen in der Hoffnung, etwas über ihren Verbleib zu erfahren. Ich darf vielleicht noch anmerken, daß ein Blinder sehen konnte, daß er heillos verliebt war in das Mädchen. Ballerini hörte ihm geduldig zu, stellte ihm dann einige Fragen, und auf einmal hörte ich ihn sagen, Valeria sei für einige Wochen zu Verwandten aufs Land gefahren, und er solle sich keine

Sorgen machen, da sie schon bald zurückkehren werde. Nachdem er sich mehrmals vergewissert hatte, daß der Junge aus eigenem Antrieb gekommen und nicht etwa von Zamet geschickt worden war, bat er ihn, ins Hôtel zurückzukehren und dort auf Valerias Rückkehr zu warten.

Ich muß gestehen, daß ich so langsam überhaupt nichts mehr begriff. Aber ich hatte gar keine Zeit, mir noch über irgend etwas Gedanken zu machen, denn kaum war der Junge verschwunden, drang Ballerini darauf, das Haus umgehend zu verlassen. Er sagte, es sei kein Augenblick mehr zu verlieren. Das Mädchen hätten sie anscheinend schon, und es könne nur noch eine Frage der Zeit sein, bis sie hier auftauchen würden.

C. L.: Und dann verließen Sie die Stadt.

LUSSAC: Ja, am nächsten Morgen.

C. L.: Sie verbrachten also die Nacht noch dort?

LUSSAC: Nein. Ich verbrachte die Nacht im Hause Ballerinis. Er nahm mich mit zu sich, bot mir ein Bett an und gab mir zu verstehen, daß ich mich am nächsten Morgen auf das Gut meines Onkels begeben solle. Dort solle ich warten, bis Vignac sich bei mir melden würde, genauso, wie er es in seinem Brief gesagt hatte. Ich war zu diesem Zeitpunkt so verwirrt und beunruhigt, daß ich keine weiteren Einwände vorbrachte.

C. L.: Haben Sie Ballerini nicht gefragt, welcher Zusammenhang bestand zwischen dieser angeblichen Gefahr und jenem Gemälde?

LUSSAC: Nein, wozu? Das konnte ich mir schon selber zusammenzählen. Vignac hatte die Herzogin mit seinem Gemälde tödlich beleidigt, denn wenn man die Verse las, die unter der Zeichnung prangten, konnte man zu keinem anderen Schluß kommen. Man hatte ihn hereingelegt. Ein übler Trick, wie ich ja schon eingangs gesagt habe. Das besonders Üble daran ist, daß Sie hier den Unwissenden spielen und mich über Dinge ausfragen, die Ihnen bekannt sein dürften. Ich weiß nicht, wer sich diesen Schabernack ausgedacht hat, aber schließlich mangelte es der Herzogin ja wohl nicht an Feinden. Wer hätte geglaubt, daß es gar so viele sind. Einflußreiche zumal. Nicht einmal die Hand des Königs konnte sie gegen die Verschwörer schützen …

C. L.: Schweigt!

LUSSAC: ... und wer weiß, ob nicht vielleicht von jener Seite ...

C. L.: Schluß jetzt! Ich sehe keine Veranlassung, mir Ihr phantastisches Geplärr anzuhören. Fahren Sie lieber fort mit Ihrem Bericht über Dinge, die Ihr begrenzter Verstand überschauen kann. Und ich warne Sie. Ihre Lage ist bereits schlimm genug. Wann kamen Sie hier in Clermont an?

LUSSAC: Am Donnerstag nach Fastnacht.

C. L.: Ihr Onkel hat mir bereits das Lügenmärchen erzählt, das Sie ihm aufgetischt haben.

LUSSAC: Was hätte ich ihm denn sagen sollen? Ich wußte ja nicht, was in Paris vorgefallen war. Vignac war plötzlich verschwunden. Dann das Auftauchen von Ballerini. Schließlich der Junge. Wenn mein Onkel von dem Atelier erfahren hätte, wäre er sehr zornig geworden, also mußte ich ihm einiges verschweigen. Ich dachte ja nicht, daß es so ausgehen würde.

C. L.: Und *was* dachten Sie?

LUSSAC: Vignac würde nach Clermont kommen und mir erzählen, was sich zugetragen hat. Da seine Pläne gescheitert waren, würde er wohl anderswo sein Glück versuchen. Ich wollte später nach Paris zurückkehren und die Arbeiten für den Pont Neuf beginnen.

C. L.: Aber Sie blieben fünf Wochen hier in Clermont?

LUSSAC: Ja. Ich wartete.

C. L.: Und auf einmal kehrten Sie nach Paris zurück?

LUSSAC: Ja.

C. L.: Warum?

LUSSAC: Weil ich nichts von Vignac hörte.

C. L.: Aber warum am Ostersamstag?

LUSSAC: Wegen der Herzogin.

C. L.: Was war mit der Herzogin?

LUSSAC: Sie wissen so gut wie ich, daß sie am Ostersamstag starb. Ich hatte am Freitag erfahren, daß etwas Furchtbares in Paris geschehen sein mußte. Wir waren in Clermont, um die Predigt zu hören. Die Botschaft ging schon von Mund zu Mund, als wir vor der Kirche ankamen. Ich konnte es gar nicht glauben. Ich sprach still ein Gebet für sie und betrat die Kirche. Aber ich kann mich kaum noch an den Morgen erinnern, da ich innerlich völlig abwesend war. Ich mußte an Vignac denken, an dieses eigenartige Bild und an die seltsamen Umstände seiner Entstehung, das plötzliche Erscheinen von Ballerini und die Gefahren, von denen er gesprochen hatte. Ich konnte an überhaupt nichts anderes mehr denken.

In den Wochen zuvor hatte man überall von der anstehenden Vermählung des Königs mit der Herzogin von Beaufort gesprochen. Niemand hatte die Herzogin gemocht, doch ihr plötzlicher Tod machte viele betroffen. Immerhin war sie eine von uns gewesen, auch wenn sie dem König in den katholischen Glauben gefolgt war. Je länger ich darüber nachdachte, desto mehr nahm eine unklare Vorstellung in mir Gestalt an. Ich war mir plötzlich sicher, daß Vignac nicht nach Clermont kommen würde. Deshalb beschloß ich, nach Paris zu fahren, um herauszufinden, was dort vor sich ging. Auch konnte ich meinen Onkel nicht länger hintergehen. Ich wollte nach dem Rechten sehen, das Haus in Ordnung bringen, das Atelier verschwinden lassen. Vignac schuldete mir eine Erklärung. Ich wollte mit Valeria sprechen, da ich glaubte, daß sie schon wissen würde, wo Vignac zu finden sei. Und ich würde Ballerini aufsuchen. Deshalb fuhr ich am Ostersamstag nach Paris.

C. L.: Doch Ihre Ankunft verzögerte sich, weil an der Kutsche ein Rad brach.

LUSSAC: Ja. Das ist richtig. Ich kam erst nach Einbruch der Dämmerung in Paris an.

C. L.: Nach Einbruch der Dämmerung? In Ihrem Brief schrieben Sie, es sei fast Mitternacht gewesen.

LUSSAC: Ja, ich weiß. Das entspricht nicht der Wahrheit.

C. L.: Und was ist die Wahrheit?

LUSSAC: Ich war zwei Stunden, bevor das Feuer ausbrach, im Haus gewesen.

C. L.: Und?

LUSSAC: Es war niemand da. Alles war genau so, wie ich es damals im April zurückgelassen hatte. Die Fenster waren geschlossen, in der Wohnstube war alles unberührt. Das Atelier war verriegelt.

C. L.: Haben Sie das Atelier betreten?

LUSSAC: Nein. Ich verliess das Haus sofort wieder und begab mich in die Rue Cerisai, um Valeria ausfindig zu machen. Doch das Hôtel war geschlossen. Es waren auch keine Wachen am Eingang postiert. Auf mein Klopfen erhielt ich keine Antwort. Ein paar Bettler, die sich dort herumtrieben, sagten mir, das Hôtel sei seit Gründonnerstag geschlossen. Unverrichteter Dinge zog ich wieder von dannen und lenkte meine Schritte zum Grèveplatz. Die Strassen waren wie ausgestorben. Ich war hungrig und verbrachte eine gute Stunde auf der Suche nach einer warmen Suppe und einem Stück Brot. Dann lenkte ich meine Schritte ins Universitätsviertel. Als ich vor Ballerinis Haus angekommen war, fand ich auch dort niemanden vor. Schliesslich kehrte ich in die Rue de Deux Portes zurück.

Schon als ich in die Strasse einbog, sah ich den Menschenauflauf vor dem Haus. Die Feuerglocken läuteten. Von allen Seiten kamen Menschen herbeigelaufen, um beim Löschen zu helfen. Dicker Qualm stand zwischen den Häusern, und schon hörte ich hinter mir die Pferde der Wache, die man herbeigerufen hatte. Da ergriff mich helles Entsetzen. Nach allem, was bis dahin geschehen war, konnte dieses Unglück nur eine weitere Etappe in der unheilvollen Kette der Ereignisse sein, die Vignac mit seinen Heimlichkeiten heraufbeschworen hatte. Ohne mich noch weiter um das Schicksal des verwünschten Hauses zu kümmern, machte ich auf dem Absatz kehrt und lief zu Ballerinis Haus zurück.

Nachdem ich mir fast die Fäuste blutig geschlagen hatte, öffnete man mir endlich, und ich verlangte, sofort den Arzt zu sprechen. Er war jedoch nicht in seinem Zimmer. Ich bestand darauf, auf seine Rückkehr zu warten, und so wies man mir einen Platz in der Stube zu. Ich musste wohl eingeschlafen sein, denn als ich die Augen aufschlug und er plötzlich vor mir stand, da dämmerte es bereits. Ballerini schien geritten zu sein. Er war völlig verschwitzt und sah blass und müde aus. Bevor er auch nur ein Wort gesprochen hatte, packte ich ihn am Kragen, warf ihn zu Boden und schrie ihn an, er solle mir augenblicklich sagen, wo Vignac sich aufhalte, andernfalls ich ihm den Schädel spalten würde.

Selbst jetzt konnte er sich seiner hochmütigen Art nicht enthalten, und es fehlte nicht viel, daß ich ihn mit einem Streich erschlagen hätte. Er sprach in ruhigem Ton auf mich ein, er werde mir wohl alles erklären, ich möge ihn nur bitte loslassen und ihm Gelegenheit geben, sich aufzurichten, da er es nicht gewohnt sei, auf allen vieren zu kriechen. Am Ende ließ ich von ihm ab und wartete, bis er seinen Umhang abgelegt hatte. Dann folgte ich ihm die Treppe hinauf in sein Zimmer und nahm auf dem Stuhl Platz, den er mir anbot.

Ich erzählte ihm, was in der Nacht geschehen war. Er war entsetzt und wollte sofort das Haus aufsuchen. Ich drohte ihm, ich würde ihm den Hals umdrehen, wenn er mir nicht augenblicklich meine Fragen beantworten würde. Darauf erwiderte er, ich möge mich nur so lange gedulden, bis er festgestellt habe, ob Vignac etwas zugestoßen sei. Ich sagte, das Haus sei leer gewesen, doch Ballerini beschwor mich, nicht von der Stelle zu weichen, bis er sich überzeugt habe, daß seine Ahnung ihn trog. Und ich Dummkopf vertraute ihm. Ich ließ ihn gehen, und das war das letzte Mal, daß ich ihn sah. Einige Stunden später erschienen zwei Wachen und fragten nach dem Arzt. Ich hörte sie unten mit der Wirtin reden. Da ergriff mich erneut die nackte Angst, und ich floh aus dem Hause.

Ich begab mich in die Rue de Deux Portes. Vor dem Haus herrschte großer Verkehr. Aber das Feuer schien rechtzeitig gelöscht worden zu sein und hatte keinen großen Schaden angerichtet. Da ich befürchtete, erkannt zu werden, verließ ich die Unglücksstelle sogleich und beschloß, umgehend nach Clermont zurückzukehren und meinem Onkel die Wahrheit zu erzählen. Fragen Sie ihn nur. Er wird Ihnen bestätigen, daß ich am Montag hier in Clermont eingetroffen bin. Ich flehte ihn an, mich nicht zu verraten. Ich war mir sicher, daß es eine Untersuchung geben würde, und so ersannen wir die List mit dem Brief. Das ist die Wahrheit, so wahr mir Gott helfe.

C. L.: Schluß jetzt. Es reicht. Kommen wir zum Ende. Ich habe genug von diesen Geschichten. Aber seien Sie versichert, daß ich nicht so dumm bin, den Lügenmärchen eines Diebes und Mörders aufzusitzen.

LUSSAC: Dieb und Mörder?

C. L.: Jawohl. Das sind Sie doch. Ihre ganze Geschichte ist nichts als ein schlecht gesponnenes Lügengarn, mit dem Sie Ihren Hals retten wollen. Wo ist denn das Geld, das Ihr Freund so reichhaltig von seinen Auftraggebern bekommen hat?

LUSSAC: Geld?

C. L.: Ja, das Geld. Der Beutel mit Münzen, den er erhalten hat als Lohn für seine Arbeit?

LUSSAC: Was wollen Sie damit sagen?

C. L.: Stellen Sie sich nicht dumm. Meinen Sie, es ist das erste Mal, daß einer seinen Freund bestiehlt und ihm anschließend den Kopf einschlägt? Das haben Sie sich ja schön ausgedacht, aber kein Wort ist wahr. Niemand außer Ihnen wußte von dem Atelier. Sie waren der einzige, der gesehen hat, daß Vignac einen beträchtlichen Geldbetrag für seine Arbeit bekommen hat, denn er hat Ihnen in seiner Großzügigkeit ja sogar einen Teil davon geschenkt. Aber Ihnen war das nicht genug. Sie wollten alles haben, und so haben Sie ihn, ein rechter Kain, der Sie sind, erschlagen. Und um alle Spuren zu verwischen und die Behörden mit einer phantastischen Geschichte von rätselhaften Gemälden irrezuführen, haben Sie den Toten in seiner Werkstatt an einem Strick aufgehängt und den Verschlag in Brand gesetzt. Nicht wahr, so ist es doch gewesen?

LUSSAC: Toten ...

C. L.: Spielen Sie mir hier nicht den Unwissenden vor. Das Haus war überall verriegelt. Niemand hätte dort ohne Schlüssel eindringen können. Sie aber besaßen einen Schlüssel. Es war Ihnen ein leichtes, Vignac zu überwältigen, ihn im Schuppen aufzuhängen, Feuer zu legen und dann abzuwarten, bis der Brand alle Spuren Ihres Verbrechens verzehrt hatte. Außerdem flohen Sie ja sofort, nachdem man den Brand entdeckt hatte. Gibt es überhaupt ein besseres Eingeständnis Ihrer Schuld? Sie sind nicht einmal zurückgekehrt, um herauszufinden, was sich im Hause Ihres Onkels ereignet hatte. Aber das brauchten Sie ja gar nicht, da Sie selbst der Urheber des Verbrechens waren, das zum Ausbruch des Feuers und damit zum Tod Ihres Freundes geführt hat.

LUSSAC: Mein Gott, wie wird mir. Vignac ist tot, sagen Sie?

C. L.: Ja. Tot. Verbrannt in dem Feuer, das Sie gelegt haben.

LUSSAC: Ah, Skorpion, hütet Eure Zunge.

C. L.: Wache!

LUSSAC: Sagte man mir, die Flüsse stiegen zum Himmel hinauf und Fische flögen durch die Luft ...

C. L.: Wache!

LUSSAC: ... oder daß Tiere Worte sprächen und Blut aus umgefällten Bäumen rinne ...

C. L.: So haltet ihn doch!

LUSSAC: ... ich glaubte es. Doch sagte man mir, ich habe meinen Freund gemordet ...

C. L.: So schlagt doch endlich zu, wenn er sich so windet. Nein, nicht so fest. Ihr brecht ihm ja das Genick. Los, weg jetzt mit ihm. Aus meinen Augen! – *Schreiber!*

Siebzehn
Das Bankett

Chicot, der Hofnarr, hatte alles vorbereitet. Seit Wochen probte er mit den Tänzern, Tänzerinnen und Musikanten den Ablauf der Feierlichkeiten. Auf seinem Tisch im Geräteraum lagen die Pläne des großen Ballsaales des Louvre.
Der Saal selbst war schon seit Tagen geschmückt. An der Stirnseite, abseits von den anderen Tischen und durch ein Podest leicht erhöht, befand sich die Tafel des Königs und der Herzogin. Links und rechts davon standen in zwei gegenüberliegenden Reihen die Tische, an denen die anderen Gäste Platz nehmen würden. Am anderen Ende des Raumes schloß eine zum Ballsaal hin leicht abwärts geneigte Bühne dieses offene Hufeisen ab.
An der umlaufenden Holzgalerie über den Tischen hingen große Öllampen, deren polierte Reflektoren auf die Bühne gerichtet waren. Wer hier oben stand und in den Saal hinabblickte, konnte leicht erkennen, daß das eigenartige Muster, welches auf dem Parkett vor der Bühne ausgelegt war, einer Weltkarte nachempfunden war, auf der sich das Ballett der fremdländischen Völker abspielen sollte.
Doch zunächst waren dort die Speisen aufzubauen. Ein großer, golden bemalter Wagen in Form einer riesigen Muschel, der vor einigen Tagen geliefert worden war und achthundert Livres gekostet hatte, stand vor der Bühne, und während Chicot nochmals den Ablauf des Festes durchdachte, war man in der Küche bereits damit beschäftigt, die Speisen zuzubereiten.
Auch im Innenhof des Louvre wurden die letzten Vorbereitungen getroffen. Zwei Reihen Trommler würden die Auffahrt säumen. Fackeln steckten an den Mauern, und Lampions aus buntem, gewachstem Papier

hingen an Pflöcken, die man den Weg entlang zwischen den stets gefährlich locker sitzenden Pflastersteinen in die aufgeweichte Erde gerammt hatte. Im Innenhof war ein haushoher Baum aufgestellt worden. Dicke Reisigbündel lagen darunter. Wie es der Brauch erforderte, hingen die Säcke mit den Katzen bereits an den Ästen. Bisweilen sah man sie zucken. Es war das Privileg des Königs, das Reisig zu entzünden und unter dem erbärmlichen Geschrei der verbrennenden Tiere die Feierlichkeiten zu eröffnen.

Das Wetter war mild und trocken. Der Regen war vorüber, und ein sanfter, fast schon frühlingshafter Wind strich durch die Gassen der Stadt.

Chicot besprach sich ein letztes Mal mit den Schauspielern. Dann ging er in die Küche, um den Stand der Vorbereitungen in Augenschein zu nehmen. Als er dort alles in Ordnung befunden hatte, begab er sich in die Kostümkammer und fragte nach dem Gewandmeister. Der hatte ihn schon erwartet und übergab ihm einen Stapel Leinensäcke. Chicot zählte sie kurz durch, stellte zufrieden fest, daß es sieben waren, raffte sie dann fest unter seinem rechten Arm zusammen und machte sich auf den Weg in den Ostflügel des Schlosses. Unterwegs ließ er noch einmal alle Einzelheiten des Festes vor seinem geistigen Auge vorüberziehen. Den Aufmarsch im Innenhof, das Entzünden des Baumes, den Eintritt des Königs und der Gäste. Das Bankett, dann das Ballett und schließlich den geheimen Höhepunkt, von dem außer ihm und zwei weiteren Personen niemand etwas wußte. Sein Herz schlug schneller, wenn er nur daran dachte. Schon sah er vor sich, mit welcher Freude, welchem Stolz die Herzogin auf diese Huldigung reagieren würde.

Als man vor einigen Wochen an ihn herangetreten war, um ihm die Darbietung vorzuschlagen, hatte er zunächst gezögert. Konnte er es wagen, ein solches Spiel zu veranstalten, ohne zuvor den König um Erlaubnis zu fragen, auch wenn die Herzogin selbst es ihm antrug? Schließlich hatte er sich bereit erklärt, die Gemälde wenigstens einmal anzusehen. Marie Hermant, die Hausvorsteherin der Herzogin, empfing ihn freudig, als er Anfang Februar bei ihr vorsprach. Ihre Herrin wisse es wohl zu schätzen, daß er ihr bei ihrem kleinen Streich behilflich sein wolle. Es sei bereits lange her, daß man bei Hofe zuletzt dieses vergnügliche

Bilderraten gespielt habe, und die Herzogin wolle dem König anläßlich des Karnevalbanketts diese unerwartete Freude bereiten. Chicot hatte freundlich erwidert, er wolle gerne alles tun, um sie dabei zu unterstützen, sie möge ihm nur zunächst die Exemplare zeigen, die sie für das schöne Spiel ausgesucht habe. Sie antwortete, das könne sogleich geschehen, er möge sich nur umsehen, da es sich um eben die Gemälde handele, die um ihn herum die Wände zierten.
Es waren sieben an der Zahl. Jeweils drei schmückten die gegenüberliegenden Wände. Das siebte hing an der Stirnwand des Raumes über dem Kamin. Chicot lief von einem zum anderen und betrachtete die Bilder mit ebensoviel Neugier wie Unverständnis. Auf den ersten drei Gemälden war in jeweils leicht abgewandelter Form stets die gleiche Szene zu sehen. Eine reich mit Schmuck verzierte Edeldame saß dort an einem Tisch und schien eben ihre Toilette beendet zu haben. Im Hintergrund kniete eine Zofe auf dem gekachelten Steinboden vor einer geöffneten Truhe, anscheinend damit beschäftigt, Kleidungsstücke aus ihr hervorzuholen. Die Edeldame im Vordergrund war nur mit einem hauchdünnen Schleier bekleidet, der die Reize ihres Oberkörpers unbedeckt ließ. Vor ihr auf dem Tisch, über den eine prächtige Decke aus besticktem roten Samt geworfen war, lag ein Kissen, auf dem der rechte Unterarm der Dame ruhte. Allerlei Blumen, Nelken und Rosen lagen um ein geöffnetes, reich verziertes Schmuckkästchen herum, aus dem die Dame soeben einen Ring herausgenommen hatte, den sie zwischen den spitzen Fingern ihrer rechten Hand hielt, wohl in der Absicht, ihn sogleich auf einen Finger ihrer linken Hand zu stecken. Ihr Haar war prächtig frisiert und mit Perlen und Edelsteinen durchsetzt. Zu ihrer Linken stand ein Spiegel, der von einem nackten Paar, welches sich in einem der Bilder zum Kuß umschlungen hielt, getragen wurde. Auch dieser Spiegel war mit Perlen und Edelsteinen überreich geschmückt, und eingefaßt in den geschnitzten goldenen Rahmen, konnte man darin das Profil der unbekannten Edeldame erkennen. Um den Hals trug sie eine lange Kette, die zwischen den Brüsten zusammenlief und dort von den Fingern der linken Hand zusammengehalten wurde.
Mißtrauisch betrachtete Chicot die Gemälde. Geziemte es sich, eine Edeldame in ihrer Toilette zu zeigen? Dem König würde diese Indiskre-

tion sicherlich Vergnügen bereiten, doch würden die anwesenden Edeldamen an solchen Darstellungen nicht Anstoß nehmen, allen voran die Herzogin selbst? Andererseits waren es prächtige Gemälde, die der weiblichen Schönheit huldigten. Die beigefügten Attribute der Keuschheit in Form von Nelken sowie das an die Vergänglichkeit mahnende Symbol des Spiegels, worin das Profil der schönen Damen reflektiert war, ließen eigentlich keine unzüchtige Deutung zu. Schließlich war Karneval, die Zeit der Masken, der verschlüsselten Botschaften.

Er wandte sich den Bildern an der gegenüberliegenden Wand zu und freute sich, dort zwei Darstellungen zu erblicken, deren Thema ihm wohlbekannt war. Auf einer Waldlichtung stieg soeben die Jagdgöttin Diana aus dem Bade. Nymphen umringten sie und warfen ihr ein Tuch um. Zu ihrer Rechten stand ein Satyr, der mit geblähten Backen die Flöte spielte, während zu Füßen der Göttin ein weiterer Waldgeist saß und schalkhaft den Betrachter fixierte. Im Hintergrund trieb ein königlich gekleideter Reiter sein Pferd den Waldrand entlang auf einen Hirsch zu, den einige vorauseilende Jagdhunde bereits zu Boden gerissen hatten. Grausiges Schicksal des Aktaion, von Diana, die er nackt im Bade überrascht hatte, aus Rache in einen Hirsch verwandelt und so von den eigenen Hunden zerrissen zu werden. Auch diese beiden Bilder unterschieden sich kaum voneinander. Chicot konnte nicht erkennen, wer die dargestellten Personen waren. Lediglich auf dem zweiten Bild sah er sogleich, daß die Göttin Diana die Züge der Herzogin von Beaufort trug.

Chicot begann, Spaß an dem Bilderreigen zu empfinden. Allmählich begriff er, auf welch reizvolle Weise sich die einzelnen Elemente der Gemälde zu einer großen Huldigung an die Herzogin von Beaufort zusammenfügten. Wenn im Vordergrund die reizende Gabrielle als Göttin Diana dargestellt war, so mußte der königliche Reiter im Hintergrund Heinrich von Navarra sein. Was die Allegorie auf die Aktaion-Erzählung besagen wollte, war wohl nichts anderes, als daß der König jeden, der sich unerlaubterweise seiner Geliebten näherte, sofort in seine Schranken weisen würde. War dies eine verdeckte Anspielung auf die mannigfaltigen Gerüchte über Gabrielles angebliche geheime Liebschaften?

Das letzte Bildpaar vollzog eine gleichermaßen kunstfertige Überblendung. Die beiden Gemälde, die auf die Aktaion-Szenen folgten, zeigten wiederum jeweils eine Dame im Bade, wobei einmal eine unbekannte Edeldame, das andere Mal die Herzogin Gabrielle d'Estrées Gegenstand der Darstellung war. Chicot rieb sich verwundert die Augen, während sein Blick ruhelos von Bild zu Bild wanderte. Betrachtete man die Bilder in der hier gegebenen Reihenfolge, so bündelten sich ihre zahllosen geheimnisvollen Anspielungen, um im Porträt der Herzogin ihren vorläufigen Höhepunkt zu erreichen. In welch eine illustre Genealogie war die Herzogin durch diese Darstellungen gestellt? Niemand bei Hofe würde dieser Umstand entgehen. Staunend würde man erkennen, daß der Herzogin durch die Anordnung dieser Gemälde eine allegorische Überhöhung zuteil wurde, die sie sowohl in der Kunst als auch im Leben als Inbegriff der weiblichen Schönheit auswies.

»Ich sehe, daß Euch unsere kleine Galerie nicht mißfällt.«

»Mißfallen?« Chicot klatschte vor Begeisterung in die Hände. »Man möchte glauben, die Maler dieses Zeitalters hätten stets nur darauf gewartet, ihr Können und ihren Einfallsreichtum an jener Schönheit zu messen, die das Herz unseres Königs bezaubert hat. Zweifellos wird man vor Staunen und Bewunderung keine Worte finden, und ich bin sicher, daß diese Bilderfolge großen Beifall finden wird. Doch sagt mir, wie Ihr Euch das Spiel vorstellt?«

Marie Hermant nickte zufrieden und führte den Hofnarren in die Empfangshalle hinaus. »Wir dachten eigentlich an Euch, der Ihr doch trefflich zu singen versteht. Die Herzogin wünscht, daß die Bilder nach dem Ballett der fremdländischen Völker verhüllt im Saal aufgebaut werden. Eure Aufgabe wäre es, mit einigen trefflich gewählten Reimen die Schönheit und die außergewöhnliche Bestimmung der dargestellten Damen zu besingen und im Verlauf dieses Vortrags die Bilder eines nach dem anderen zu enthüllen.«

»Oh, welch herrlicher Gedanke.« Chicot ging aufgeregt durch die Halle. »Schon weiß ich, wie ich es ins Werk setzen werde. Sorgt Euch nicht weiter. Mir klingt schon eine Melodie im Ohr, und die Worte, die sich dazu fügen werden, gesellen sich wie von selbst dazu. Die Herzogin wird zufrieden sein und der König auch.«

Er erreichte den Raum im Ostflügel, wo man die Bilder aufgestellt hatte, schloß die Tür hinter sich, legte die Leinensäcke auf den Boden und zog die Vorhänge zurück. So wie die Gemälde jetzt hier nebeneinander aufgereiht standen, verstärkte sich noch sein ursprünglicher Eindruck, daß ein geheimnisvoller Sinn diese verschiedenen Bilder miteinander verband. Er hätte nicht anzugeben gewußt, worin genau diese Verbindung bestand, aber war dies nicht schließlich der Reiz, den sich die Herzogin heute abend zunutze machen wollte?

Er breitete die Leinensäcke vor den Bildern auf dem Boden aus und suchte nach den Nummern, die an den Säumen rot eingestickt waren. Als er die Zahlen I bis III gefunden hatte, warf er die Futterale über die ersten drei Gemälde. Dann nahm er die Säcke mit den Nummern IV und V und stülpte sie über die beiden Aktaion-Szenen.

Nun waren nur noch die letzten beiden Gemälde unverhüllt. Er trat einen Schritt zurück und betrachtete sie eingehend.

Als er die Bilder einige Wochen zuvor das erstemal gesehen hatte, waren sie ihm weitgehend identisch erschienen. Eine Edeldame saß dort in einer steinernen Wanne, hielt in ihrer linken Hand ein Stück des weißen Tuches, das über die Wanne geworfen war, gerafft zwischen Daumen und Zeigefinger, während die Finger ihrer Rechten eine Nelke umfaßt hielten. Neben ihr stand eine Fruchtschale auf einem über die Wanne gelegten Holzbord, und über der Fruchtschale schwebte die Hand eines kleinen Jungen, der sich hinter der Dame an der Wanne hochzog, um eine der Früchte zu erhaschen. Chicot betrachtete die Amme, die daneben saß und ein neugeborenes Kind stillte. Dann sah er das Dienstmädchen, das im Hintergrund einen Wasserkrug auf einem mit grünem Tuch bedeckten Tisch abstellte. Zwischen Fenster und Kamin, die den hinteren Abschluß der Gemälde bildeten, hingen ein dunkler Spiegel und darunter das Bild eines Einhorns.

Jetzt, da er die Bilder genauer betrachtete, fielen Chicot jedoch feine Unterschiede zwischen den Darstellungen auf. Die unbekannte Dame auf dem ersten Bild war prächtig frisiert. Ein Samthäubchen schmückte ihr Haar, und dort, wo das Haar in der Mitte gescheitelt war, hing ein prächtiges Diadem mit einer Perle, die knapp unter dem Haaransatz auf der Stirn der Dame ruhte. Goldene Armbänder schmückten ihre Hand-

gelenke, und auf dem kleinen Finger ihrer linken Hand war ein Ring zu sehen. Das zweite Bild zeigte die Herzogin von Beaufort in der gleichen Pose. Sie war ebenfalls elegant frisiert, doch ihr Haarschmuck schien unvollkommen. Ein Perlenkranz war um ihr Haupt gelegt, aber einige Perlen fehlten. Hals und Handgelenke wurden von Perlenketten geschmückt, und ihren kleinen Finger zierte ein Ring. Doch auf ihrem Ringfinger war ein kleiner Ring zu sehen, der nur halb auf den Finger geschoben war. Chicot betrachtete erstaunt dieses eigenartige Detail. Natürlich, dachte er, es fehlt nur noch ein kleiner Schritt, und sie wird Königin sein. Ein Wort des Königs, und der Ring, mit dem sie dem Reich vermählt wird, wird ihren Finger vollends schmücken, die Perlenkrone in ihrem Haar wird vollendet sein. Dann fiel sein Blick auf den Kamin. Auch hier war der Maler des zweiten Bildes von der ersten Darstellung etwas abgewichen und hatte über dem Kamin ein eigentümliches Relief eingefügt. Eine Sphinx ruhte dort und hielt zwischen ihren Vorderläufen ... nein, wie war das möglich? Chicot trat näher an das Bild heran, um die unscheinbare Zeichnung genauer zu betrachten. Ja, kein Zweifel, die Sphinx hielt eine Maske, die große Ähnlichkeit mit dem Profil des Königs aufwies.
Chicot stutzte. Was um alles in der Welt hatte sich der Maler dabei gedacht? Er schaute auf die gleiche Stelle in dem anderen Bild, aber dort war nur der Ausschnitt aus einer Landschaft zu sehen. Chicot zog die Augenbrauen zusammen. Gleichzeitig bereitete ihm das Rätselspiel der Motive zusehends mehr Vergnügen. Ein Gedanke durchfuhr ihn. Ja, so mußte es sein. Die Sphinx, das Sinnbild der Vorsicht, hält den Kopf des Königs, während im Vordergrund die Geliebte im Kreis ihrer Kinder, umgeben von den Attributen der Jungfräulichkeit und der Fruchtbarkeit, auf ein Zeichen des Königs wartet. Entwindet Euch den lähmenden Klauen der Vorsicht und heiratet Eure Liebste. Vollendet ihren königlichen Schmuck und vermählt sie dem Reich. Das war der tiefere Sinn. Seht her, sagte das Bild, betrachtet das liebreizende Bild Eurer Geliebten im illustren Kreis der schönsten Damen des Reiches. Überwindet Euer Zögern, denn da ist nichts, was an ihr zu tadeln wäre. Sie ist es, die Euch die heißersehnten Kinder schenkt, derer das Reich so notwendig bedarf. Nelke und Einhorn bürgen für ihre Keuschheit und Treue.

Freilich, ihr kleiner Sohn greift schon nach den Früchten der zukünftigen Herrschaft, denn Eure Vermählung macht aus dem kleinen Jungen den zukünftigen König. Doch ist es das vielleicht nicht, was Ihr begehrt? Welch geheimnisvoller Zauber läßt Euch also tatenlos verharren? Ist sie nicht die Frau, die Ihr wie keine andere liebt? Warum laßt Ihr sie halb geschmückt warten? Seht doch die einzelne kleine Kirsche, die neben der Fruchtschale auf das weiße Leinen gefallen ist. Wo ist die andere Kirsche, ihr süßer Gefährte? Ist diese Frucht nicht stets ein Zwilling, das schönste Sinnbild der Freundschaft und der Liebe? Folgt Eurem Herzen, König von Frankreich.
Chicot nahm die restlichen Futterale zur Hand und verhüllte die beiden letzten Gemälde. Zufrieden verließ er den Raum, verschloß sorgfältig die Tür und kehrte freudig erregt in den großen Ballsaal zurück, um letzte Hand an die Vorbereitungen zu legen.

Pünktlich zwei Stunden nach Sonnenuntergang trafen die Gäste ein. Viel Volk hatte sich um die Auffahrt versammelt und begleitete den Aufmarsch der Hofgäste mit Rufen und Beifall. Trommler schlugen einen Marschrhythmus, der sich wie ein unsichtbares Band um die Menge zu legen schien und diese allmählich in einen Zustand verzauberter Ausgelassenheit versetzte. Plötzlich zerschnitt Posaunenklang die Luft. Von vier Schimmeln gezogen, rollte eine Kutsche, die wie ein gewaltiger Schwan ausstaffiert war, in den Innenhof und hielt wenige Meter vor dem dort aufgestellten Baum. Die Trommeln wirbelten erneut, der Wagenschlag öffnete sich und gebar einen Waldgeist und eine Nymphe. Die Umstehenden jubelten und klatschten aufgeregt in die Hände. Der Waldgeist nahm die Nymphe bei der Hand, führte sie zweimal gemessenen Schrittes um den Baum herum und grüßte nach allen Seiten, indem er mit seinen moos- und flechtenüberwachsenen Händen freudig der Menge zuwinkte. Seine wie von flüssigem Silber übergossene Begleiterin schwebte an seiner Seite. Eine Krone aus Weidenzweigen und Seidenblumen schmückte ihren Kopf, und zwischen den Blumen ragten sieben brennende weiße Kerzen empor, die die Maske auf ihrem Gesicht in ein feierliches Licht tauchten.
Der Waldgeist hatte plötzlich eine Fackel in der Hand, und ohne auf an-

feuernde Rufe aus der Menge zu warten, steckte er die Fackel kurz hintereinander an verschiedenen Stellen in den Reisighaufen. Wie auf ein verabredetes Zeichen hin trat Stille ein. Die Trommeln verstummten, und begleitet von einem stetig zunehmenden Rauschen, fraßen sich die Flammen knackend durch das dürre Reisig und griffen auf die Äste des Baumes über. Die daran aufgehängten Säcke zuckten wie bloßgelegte Herzen. Das erbärmliche Geschrei der verbrennenden Tiere eilte wie ein gefangenes Echo durch den Hof, wurde lauter und lauter, brach sich schließlich in einem irren Fauchen und zerbarst im einsetzenden Jubelgeschrei der Menge.

Das ganze Spektakel dauerte nur wenige Minuten. Ausgelassen umtanzten maskierte Menschen den lichterloh brennenden Baum, und während sich immer mehr der Umstehenden in den Reigen einreihten, zog die vielleicht hundert Personen umfassende Gästeschar unter dem feierlichen Klang der Trommeln und Posaunen durch das Westportal in den gewaltigen Ballsaal.

Der Waldgeist führte seine Nymphe zum Tisch an der Stirnseite des Raumes und beobachtete zufrieden, wie sich die anderen Tische allmählich füllten. Kaum hatten alle Platz genommen, huschten von allen Seiten weitere Waldgeister und Nymphen auf die Mitte des Saales zu, formierten sich zu einem großen Herzen und begannen unter dem nun einsetzenden Klang von Geigen, Flöten und Zithern einen zauberhaft unwirklichen Tanz. Ihre Füße, die in seltsamen Holzschuhen steckten, die Pferdehufen nachempfunden waren, schlugen den Takt zur Musik. Allmählich ging der Reigen in eine Sarabande über. Paare traten aus dem Herzen hervor, tanzten einige Schritte und blieben stehen, um sogleich einem anderen Paar Platz zu machen. Das Herz verwandelte sich langsam, und als auch das letzte Paar seinen Platz in der neuen Formation gefunden hatte, schmückte ein vielleibiges G die Tanzfläche. Sogleich zerfaserte es jedoch erneut, nur um im nächsten Augenblick zu einer Lilie zu gerinnen. Da wechselte abermals der Takt. Vierundzwanzig Hufpaare kündigten, begleitet von einem kontrapunktischen Klatschen, die letzte Konfiguration an, und wie aus dem Nichts bildete sich vor den staunenden Augen des Publikums ein großes H, das, kaum entstanden, mit den hinauseilenden Tänzern verschwand, um dem großen Bankettwagen Platz zu machen, der augenblicklich hereingerollt wurde.

Der Applaus für die Tänzer ging nahtlos über in den Beifall für die aufgefahrenen Speisen. Zu Herrenbrot und Vochezen gab es Kalbsnierenbraten mit Senf und Ingwer. Auf Pasteten und Suppen aller Art folgten Würste. Blunzen, Senfwürste, Saitenwürste und Schüblinge ergossen sich über die reichverzierten Platten. Kaum waren sie erschienen, folgten ihnen geräucherte Ochsenzungen, Wildbret wie Schnepfen, Rebhühner, Kapaune, Gockel und Enten. Sogar Reiher und Ziegen wurden gesotten und gebraten aus der Küche gebracht, doch nur, um sogleich Käse, Süßzeug, Schlagrahm und Eingemachtem Platz zu machen. Als dann der Wein hinterhergetragen worden war, folgten ihm Röstscheiben, Kaviar, frische Butter, Erbsenbrei, Spinat, Dutzende Arten von Salat, geräucherter Salm und Austern obendrein. Und als sei es damit noch nicht genug, wurden die Flüsse geplündert, Forellen, Barben, Äschen, Hecht und Schleie hinterhergetragen, bekränzt von Froschschenkeln und Krebsen, und schließlich Grießbrei, Zwetschgen, Feigen, Trauben, Datteln, Nüsse, Artischocken und alles, was man sonst vergessen haben konnte bei diesem Mahle, das einem Mandakus Ehre gemacht hätte.

Chicot betrachtete zufrieden den Verlauf des Festes. Der König und die Herzogin speisten vergnügt und flüsterten sich hinter ihren elfenhaften Masken allerlei Liebenswürdigkeiten zu. Der Saal war festlich erleuchtet, und der Duft der aufgetragenen Speisen vermischte sich aufs angenehmste mit dem Geruch von Wein und wohlriechenden Kräutern, die man in den Ecken in Messinggefäßen schwelen ließ. Die Stimmung war ausgelassen wie stets in der Umgebung dieses Königs, der sein halbes Leben in Zelten und Laufgräben verbracht hatte und, wann immer er konnte, dem steifen Hofleben entfloh, um in den Wäldern zu jagen und mit seinen Gefährten draußen in der Natur zu sein. Chicot dachte an den komischen Eindruck, den die Spanier im Vorjahr nach der Unterzeichnung des Friedens von Vervins am französischen Hof hinterlassen hatten. Sie hatten die Nase gerümpft über die lockeren Sitten, dem König pikiert beim Tennisspiel zugesehen und auf sein zerrissenes Unterhemd geblickt. Chicot mußte schmunzeln, wenn er daran dachte, wie die Spanier mit ihren tief in die weiten Halskrausen hintergezogenen Köpfen am Spielfeldrand standen und sich ausnahmen wie verregnete Pusteblumen. Ständig klagten sie darüber, wie wenig Schlaf man am französischen Hof genießen könne, da die Belustigungen kein Ende zu nehmen schienen. Als sie, früher als erwartet, die Rückreise antraten, sah man sie müde und ausgezehrt von dannen reiten. Was würden sie erst zu einem Fest wie dem heutigen sagen?

Der Blick des Hofnarren kam erneut auf dem königlichen Paar zu ruhen. Navarra war bestens gelaunt, reichte seiner angebeteten Herrin häppchenweise die erlesensten Speisen und drückte ihr hin und wieder, wie üblich unter Nichtbeachtung jeglicher Etikette, einen Kuß auf die vor Aufregung leicht geröteten Wangen. Die Herzogin selbst strahlte wie ein frisch erblühter Magnolienstrauch. Das winzige Leben, das in ihr seit einigen Monaten heranwuchs, hatte einen Glanz um ihre Schönheit gelegt, der selbst durch die Verkleidung hindurch spürbar war. Was für ein herrliches Paar, dachte der kleinwüchsige Narr in seinem Türwinkel, von dem aus er neidvoll ergriffen die beiden Gestalten betrachtete. Wahrlich, es wäre im ganzen christlichen Erdkreis keine schönere, anmutigere Königin zu finden. Wie würdevoll und doch zugleich bescheiden sie ihren schönen Kopf hielt. Mit welch unnachahmlicher, von keinerlei Prätention verfälschter Schlichtheit sie sich bewegte. Es schien fast, als habe es der Natur gefallen, in diesem Geschöpf alle nur denkbaren Vorzüge zu vereinen, doch ohne ihm abschließend ein Bewußtsein seiner Vollkommenheit zu schenken. Und dort saß sie nun, ein Geschenk der Natur, die sie geschaffen zu haben schien aus der verspielten Lust heraus, in ihr das Wunder selbstvergessener Schönheit betrachten zu können.

Er riß sich von dem Bild los und machte den Beleuchtern das verabredete Zeichen. Die Saalbeleuchtung erlosch. Zugleich wurden die Öllampen auf der Galerie entzündet. Alle Blicke wandten sich neugierig dem König zu, doch der hob nur stillegebietend die Hand und harrte der Ereignisse auf der Bühne.

Eine Nymphe eilte herein, warf sich gnadesuchend zu Boden und beschwor mit klagender Stimme Madame Catherine, die Schwester des Königs, Frankreich von einem großen Übel zu befreien. In verschlungenen Sätzen beschrieb sie, daß eine große, böse Zauberin das Reich in Aufruhr versetze und knechte, und Madame möge alles tun, um diesen Fluch vom Reich zu nehmen. Kaum hatte sie ihre Klage beendet, wurde ein schwarzer, flammenumloderter Thron aus dem dunklen Bühnenhintergrund nach vorne geschoben. Eine furchterregend häßlich hergerichtete Medea saß dort, hielt in ihrer Linken die Insignien Frankreichs und Navarras und in ihrer Rechten die Insignien Spaniens. Eine Säulenreihe erschien hinter ihr. Zwei flink herbeieilende Kobolde nahmen ihr die Insignien der beiden Reiche aus der Hand, warfen diejenigen Frankreichs verächtlich zu Boden und steckten die siegreichen spanischen an das Kapitell der äußersten Säule. Zwei französische und zwei spanische Ritter traten ein und stellten sich neben den Thron. Medea war außer sich vor Freude über ihren Sieg, den sie in einer langen Aufzählung ihrer Macht und ihres Einflusses besang.

Als sie geendet hatte, erschienen vier Nymphen. Aufgeregt trippelten sie an der Balustrade entlang, bauten sich schließlich mit dem Rücken zur Zauberin vor dem Thron auf und riefen empört, wie ungerecht der Sieg Spaniens sei, da ihm durch Medea eine überirdische Macht zu Hilfe gekommen sei. Die französischen Ritter waren mittlerweile in den Vordergrund getreten und berieten sich mimisch, wie der ungerechten Herrschaft ein Ende zu setzen wäre. Der größere der beiden schien zu zögern, während der kleinere sofort zu den Waffen greifen wollte, um auf die siegreich dastehenden Spanier loszugehen. Kaum hatten die Nymphen die beiden Ritter bemerkt, bewegten sie sich mit einem reizenden Tanz auf sie zu. Der größere der beiden empfing sie freudig und verkündete ihnen, daß die Tage der spanischen Herrschaft gezählt seien. Nach einigen Beratungen wurde beschlossen, die Prophezeiung der Sibylle einzuholen, und während sich die Ritter zu ihr auf den Weg machten, führten die Nymphen erneut einen aus zierlichen Schritten geformten Tanz auf, worin sie stumm Gott Jupiter anriefen, er möge Medeas Macht über Frankreich beenden.

Inzwischen wurde der Tempel der Sibylle herangeschoben. Violinenklänge begleiteten ihr Erscheinen, und eine mit Blattgold belegte Sonne senkte sich vom Schnürboden herab. Die Sibylle wurde von einer blonden Dame gespielt, die in auffallendem Gegensatz zur dunklen Medea weiß gekleidet war. Die beiden Ritter tanzten mit den vier Nymphen nach den Klängen der Violinen und kamen dann vor dem Tempel der Sibylle zu stehen. Diese erhob sich und verkündete mit getragener Stimme, daß ihnen baldiger Erfolg beschieden sei. Sie würden Frankreich erretten. Heinrich von Navarra werde, unterstützt von seiner Schwester Catherine, die Aufgabe vollbringen. Da zogen die beiden Ritter das Schwert, riefen die Namen des Königs und seiner Schwester aus, traten auf die beiden spanischen Ritter zu und schlugen sie nach kurzem Kampf in die Flucht. Posaunen und Trompeten erklangen, um den Triumph musikalisch zu untermalen. Die beiden gefangenen Spanier traten vor den Tisch des Königs und unterwarfen sich ihm. Medea, zornig über ihre Niederlage, sprang von ihrem Thron auf, beklagte ihr Unglück und verkündete schließlich, sie werde sich künftig dem Willen Catherines unterwerfen. Zuletzt erhob sich auch die Sibylle, führte die Schauspieler in einen Reigen und befahl im Namen Jupiters einige Tage ausgelassener Festlichkeiten.

Die Aufführung verfehlte ihre Wirkung auf das Publikum nicht. Noch bevor der letzte Ton verklungen war, erhoben sich die Gäste und beklatschten begeistert das Schauspiel. Der König führte die beiden Spanier zur Bühne zurück, herzte entzückt die Tänzerinnen und umarmte dankbar die anderen Schauspieler. Chicot hielt sich im Hintergrund, erfreut über die gelungene Aufführung. Was hätte Madame Catherine wohl von dem Schauspiel gehalten? Schließlich hatte sie ihr Herz den Belangen des Reiches untergeordnet und dem Willen des Königs gemäß den Herzog von Bar geheiratet und nicht den Grafen von Soissons, dem ihre eigentliche Liebe galt. Sie, die sittenstrenge Protestantin, war dem katholischen Hause Lothringen anvermählt worden, um die beiden Häuser zu versöhnen. Doch der Beifall des Publikums, das die politischen Hintergründe des Balletts natürlich sofort begriffen hatte, gab dem König recht. Es lebe der König! Lang lebe Madame Catherine! Chicot war zufrieden.

Während im Saal noch der Beifall erklang, eilte Chicot hinter die Bühne, um die Vorbereitungen für das nächste Ballett zu treffen. Die sechs Tänzerpaare waren bereits kostümiert und eben damit beschäftigt, letzte

Hand an ihre Schminke zu legen. Das Ballett der fremdländischen Völker hatte im Vorjahr solchen Anklang bei Hofe gefunden, daß Chicot beschlossen hatte, es anläßlich des Karnevalbanketts erneut aufzuführen. Wie er die als Perser, Inder und Türken verkleideten Schauspieler betrachtete, fiel sein Blick plötzlich auf die junge Henriette d'Entragues. Die Siebzehnjährige saß in der Gruppe der Inderinnen und war entsprechend leicht gekleidet. Ihr dunkelbraunes Haar war unter einem feuerroten Turban versteckt, ihr schönes Gesicht dunkelbraun geschminkt. Um den Hals trug sie ein mit Brillanten besetztes Samtband, von dem golddurchwirkte, schmale dunkelblaue Seidenstreifen zur Taille hinabliefen. Ihre Arme waren nackt, die Oberarme schmückten glänzende Goldreifen, die schlangengleich die schönen Glieder umfaßt hielten. Ihr Unterkörper steckte in einer weiten, strahlend gelben Samthose, die an den Fußgelenken von roten, perlenbesetzten Manschetten zusammengehalten wurde. Chicot war erstaunt, doch bevor er auf sie zugehen konnte, trat Marie Hermant heran und sprach ihn an.

»Seid gegrüßt, verehrter Herr Chicot. Mein Kompliment, die Aufführung war ganz allerliebst.«

Chicot wandte sich der Frau zu. Wie alle Anwesenden trug auch sie eine Maske, doch ihr berühmtes rotes Haar quoll verräterisch unter ihrer Elfenkappe hervor.

»Ich danke Euch.« Dann senkte er die Stimme. »Warum tanzt sie in der Gruppe der Inder?«

Die Frau blickte kurz zu Henriette hinüber und maß sie mit einem prüfenden Blick. »Ihr müßt zugeben, daß es ein Jammer wäre, wenn wir ihre Reize im Gewand einer Perserin versteckt hätten.«

Chicot fixierte Henriette erneut. Das Mädchen spürte wohl seinen Blick und drehte sich lächelnd zu ihm herum. Die dunkelblauen Seidenbänder glitten auseinander und enthüllten wohlgeformte Brüste.

»Habt Ihr diese Umbesetzung vorgenommen?«

»Nun, freilich habe ich mich mit Herrn Bassompierre besprochen. Aber ich darf Euch im geheimen mitteilen, daß es der Wunsch des Königs war, sie bei den Inderinnen tanzen zu lassen. Sagt es nicht weiter. Seine Majestät hat das Ballett ja bereits im Herbst gesehen und kennt die Vorzüge des indischen Kostüms. Ich muß gestehen, wenn ich sie mir so

ansehe, kann ich den König zu seinem Vorschlag nur beglückwünschen. Tatsächlich sollen die Inderinnen hingegen klein und häßlich sein und platte Nasen haben. Ich habe in Marseille einmal welche ausgestellt gesehen. Doch sagt mir, lieber Chicot, wie steht es mit den Vorbereitungen zu unserem kleinen Spielchen?«
Chicot warf einen letzten Blick auf Henriette und zuckte mit den Schultern. Wenn es der Wunsch Seiner Majestät war, so war wohl nichts dagegen einzuwenden. »Es wird alles so geschehen, wie wir es besprochen haben. Die Bilder sind bereits verhüllt und stehen oben auf der Galerie.«
Marie Hermant nickte zufrieden. »Die Herzogin hat mich gebeten, Euch noch einmal für Eure Liebenswürdigkeit zu danken. Ich bin sicher, Ihr werdet Eure Aufgabe gut machen. Jetzt entschuldigt mich bitte, ich möchte den Beginn des Balletts nicht verpassen.«
Er verbeugte sich und schaute ihr hinterher, wie sie in den Ballsaal zurückkehrte. Daß sie diesen jedoch durchquerte und kurz darauf die Treppe zur Galerie hinaufging, sah er nicht mehr.

Als die Saalbeleuchtung zum zweitenmal erlosch, um die nächste Aufführung anzukündigen, war es bereits Mitternacht. Eine Leinwand senkte sich vom Schnürboden herab und verwandelte die Bühne in eine gewaltige, wellendurchpflügte Meerlandschaft. Die Leinwand wackelte bedrohlich. Donnergrollen war zu hören. Ein Blitz durchzuckte den Raum, und als sich der Qualm der Explosion gelichtet hatte, rollte ein Schiff herein. Mühsam quälte es sich über die auf den Boden gezeichnete Weltkarte. Sechs Ruderer mimten schwerfällige Ruderschläge. An der Reling stand ein hoher Herr und blickte suchend über das Meer. Da ließ plötzlich das Grollen nach, und ein warmes, freundliches Licht erfüllte den Saal. Die Leinwand fuhr nach oben, und sogleich erklang türkische Musik. Kapitän und Besatzung rieben sich geblendet die Augen und betrachteten staunend die türkischen Tänzer, die auf der Bühne einen freundlichen Willkommenstanz veranstalteten. Das Meer senkte sich wieder herab, das Schiff nahm Kurs auf Persien, entkam glücklich einem Sturm, den Trommeln und Pauken mit einem ohrenbetäubenden Getöse losbrechen ließen, und wurde bei seiner Ankunft vor der persischen Küste von gleichermaßen liebreizenden Tanzpaaren

begrüßt. Das gleiche Spektakel wiederholte sich ein drittes Mal. Das Meer senkte sich herab, der Sturm nahm zu. Ein Seeungeheuer wurde besiegt. Ein Schatz glücklich geborgen. Dann erreichte das Schiff den indischen Kontinent. Fremdartige Klänge begleiteten das Weggleiten des Meeres. Ein indischer Tempel hatte die persische Küste abgelöst. Standbilder von Löwen und Tigern säumten den Tempel. Blumen fielen herab. Die Matrosen und der Kapitän ließen sich verzaubert nieder und betrachteten verzückt die Aufführung.
Sechs Tänzer stürmten herein und führten einen atemberaubenden Schwertertanz auf. Schließlich formierten sie sich in zwei Dreierreihen, hielten die Schwerter über die Köpfe, und die Tänzerinnen erschienen. Die erste setzte sich unter das Schwertergewölbe und ließ die Arme nach unten hängen. Die zweite nahm hinter ihr Platz, und als auch die anderen vier sich niedergelassen hatten, sah das erstaunte Publikum eine einzige weibliche Gestalt, die sechs Armpaare wie einen Fächer um ihren zierlichen Körper geworfen hatte. Das Publikum klatschte hingerissen. Die Tänzer traten zur Seite und machten den Tänzerinnen die Bühne frei. Jetzt standen sie nebeneinander, hielten die Arme verschränkt und ließen ihre Köpfe wie locker sitzende Kugeln hin und her rollen. Dann standen sie plötzlich unten im Zuschauerraum neben dem Schiff, bauten sich ringsum in einem Halbkreis auf, und eine jede Tänzerin tanzte mit verführerischen Bewegungen der Hüften auf das Schiff zu und kehrte wieder in den Halbkreis zurück. Dann wandten sie sich um, und das Schauspiel wiederholte sich direkt vor dem Tisch des Königs.
Chicot entging nicht, welchen Eindruck die junge Entragues auf den König machte. Schon während die anderen Tänzerinnen auf ihn zukamen, um ihm und der Herzogin mit wiegenden Hüften die erotischen Geheimnisse des fernen Indien vorzuführen, schien der König nur Augen für eine einzige Tänzerin zu haben. Als sie schließlich an die Reihe kam und ihre elfenhafte Gestalt zu den fremdartigen Klängen auf den König zubewegte, da schien es nicht anders, als sei außer ihr und dem König der Rest des Saales kurzfristig zu Stein geworden. Wie gebannt starrten hundert Augenpaare auf das schöne Mädchen. Jetzt stand sie direkt vor dem König, warf den Kopf zurück, breitete die Arme aus, spreizte ein Bein ab, ergriff den Fuß mit beiden Händen und führte ihn

an ihren Hinterkopf. Dann drehte sie sich mehrmals durch eine leichte Bewegung des auf dem Boden ruhenden Fußes um die eigene Achse. Chicot schluckte, konnte jedoch die Augen nicht von den entblößten Reizen der Tänzerin nehmen. Ihre Brüste lagen durch die akrobatische Haltung völlig frei, und zwischen den locker herabhängenden Stoffbahnen war bei jeder Seitwärtsdrehung der warme, weiche und anmutig gespannte Rücken zu sehen.
»Voilà, une autre putain pour le Roi«, flüsterte jemand.
Chicot wandte sich um, doch hinter sich sah er nur eine Reihe starrer Masken und dunkle Augenhöhlen, die auf das Schauspiel gerichtet waren.
Henriette d'Entragues beendete ihren Tanz mit einer tiefen Verbeugung und glitt in die Reihe der Inderinnen zurück. Die Gruppe gelangte wieder auf die Bühne, die Leinwand senkte sich herab, und die Schiffsbesatzung suchte gleich dem Publikum mit der leise verklingenden Musik noch einen letzten Blick auf den dahinschwindenden Zauber zu erhaschen. Doch das schöne Spiel war zu Ende. Meer- und Windesrauschen umfing die Versammlung, und schließlich erlosch das Licht.
Der Beifall ließ nicht auf sich warten. Wieder und wieder mußten die Darsteller an die Rampe treten und sich verbeugen. Chicot wurde auf die Bühne gerufen und dankbar beklatscht. Erst als die Musik wieder einsetzte und das Publikum seinerseits tanzenderweise vom Zuschauerraum Besitz ergriff, legte sich der Beifall.

Es verging wohl noch eine Stunde, bis Chicot den Dienern das Zeichen gab, die Gemälde von der Galerie zu holen. Das Fest war auf seinem Höhepunkt angelangt. Der König und die Herzogin saßen, vom Tanz erhitzt, in einem ausladenden Fauteuil. Neugierige Augenpaare folgten den sieben Dienern, die langsam die Treppe von der Galerie herabstiegen, jeder ein verhülltes Gemälde in den Händen tragend. Die Gäste traten zur Seite und ließen den eigenartigen Zug passieren. Zwei weitere Diener betraten den Saal und trugen Holzgestelle herein. Als die seltsame Fracht aufgebaut vor der Bühne stand, hatte sich eine gespannte Stille über die Versammlung gelegt. Der König blickte verwundert auf die sieben Leinensäcke und schaute fragend die Herzogin an. Diese jedoch nickte Chicot zu und lehnte sich erwartungsvoll in ihrem Fauteuil zurück.

Der Hofnarr ergriff seine Laute, begab sich vor das königliche Paar und verbeugte sich tief. Die letzten Gäste, durch dieses seltsame Gebaren verunsichert, begaben sich auf ihre Plätze und harrten stumm der Ereignisse. Chicot trat in die Mitte der Halle zurück, verbeugte sich erneut vor dem Publikum, schlug einen Akkord an und begann zu singen.

Keiner wußte später noch genau anzugeben, was sich im einzelnen abgespielt hatte. Der Schock über das unerwartete Ereignis mußte beim Publikum einen so gewaltigen Eindruck hinterlassen haben, daß jegliche Erinnerung an die vorausgehenden Minuten aus dem Gedächtnis der Anwesenden getilgt schien. Die meisten waren wohl müde wegen der fortgeschrittenen Stunde, lauschten dem Gesang nur mit halber Aufmerksamkeit und zollten den Gemälden, die nach jeder Strophe enthüllt wurden, nur geringe Beachtung. Einig war man sich nur darin, daß die Herzogin plötzlich einen gellenden Schrei ausstieß und von ihrem Sitz auffuhr. Dem Narren blieb die Stimme im Hals stecken. Auch der König war aufgesprungen und starrte Chicot haßerfüllt an. Der begriff nicht und schaute sich suchend um, ob der Grund für den plötzlichen Zorn des Königs und der Herzogin tatsächlich in seiner Person zu suchen sei. Dann schwoll plötzlich ein Raunen an, das durch die Menge ging, und Chicot glaubte nicht anders, als daß ihm das Herz zu schlagen aufhöre, als sein Blick auf das soeben enthüllte siebente Bild fiel. Wie war das möglich? Wo kam dieses schändliche Gemälde her? Er wandte sich sogleich wieder um, ging ein paar Schritte auf den König zu, die Arme entschuldigend nach beiden Seiten ausbreitend. Doch der König sah ihn gar nicht. Er war über die Herzogin gebeugt, die mit eisiger Miene auf ihrem Sitz zusammengesunken war. Schon eilten Diener herbei, die Bilder zu verhüllen und hinauszutragen. Da richtete sich der König auf. Im Nu herrschte Stille im Saal.

Und dann geschah etwas Merkwürdiges. Navarra begann zu lachen. Er ließ sein ansteckendes, grölendes Lachen ertönen, nahm die Herzogin bei der Hand, wartete, bis sie sich erhoben hatte, zog einen Ring von seiner Hand und steckte ihn ihr demonstrativ auf den Ringfinger der Linken.

Am darauffolgenden Tag war niemand in Paris, dem die Nachricht nicht entgegenflog, sobald er das Haus verließ: Nach Quasimodo wird er sie heiraten. Gabrielle d'Estrées soll Königin werden. Am ersten Sonntag nach Ostern ...

Achtzehn
Vignac

Vignac erreichte Villejuif am Donnerstag abend. Vandervelde, der Flame, bei dem er im Vorjahr gearbeitet hatte, empfing ihn überrascht, war jedoch erfreut, diesen geschickten Maler wieder im Haus zu haben. Vignac erklärte ihm, er habe es aufgegeben, in Paris sein Glück zu versuchen, und wolle nach Ostern wieder in den Süden zurückkehren. Man war sich schnell handelseinig, und Vignac versprach, sich bis zu seiner endgültigen Abreise in der Werkstatt nützlich zu machen. Mehr wurde nicht gesprochen.
Er bezog eine Kammer im Dachgeschoß des Hauses und verbrachte den Rest des Abends allein. Die wenigen Dinge, die er in der Eile aus der Rue de Deux Portes mitgenommen hatte, lagen auf dem als Bett dienenden Strohsack. Von unten quoll der Lärm herauf, den die zwölfköpfige Familie des Flamen veranstaltete.
Vignac versuchte, Ordnung in seine Gedanken zu bringen. Er hatte keine Angst mehr. Hier würde ihn niemand suchen. In einigen Wochen wäre er nach Süden unterwegs, und keiner würde jemals wieder von ihm hören. Aber bis Ostern würde er warten und beobachten. Hatte er vorletzte Nacht falsch reagiert? Hätte er den unbekannten Eindringling überwältigen und zur Rede stellen sollen? Was würde Lussac denken? Möglicherweise war er zurückgekommen und dem Unbekannten begegnet und mußte nun für die Folgen seines vermessenen Planes einstehen.
Er zog die Skizzen hervor, legte sie nebeneinander auf das Bett und studierte sie eingehend. Hier vor ihm lag irgendwo die Lösung verborgen. Welche geheimnisvolle Vermählung zelebrierten die beiden Damen in der Wanne? Warum wollte die Herzogin sich auf diese Weise dargestellt

sehen? Oder hatte er einen Fehler begangen? Hatte ihn seine Erinnerung getäuscht? Nein, das war unmöglich. Genau so, wie er es hier aufgezeichnet hatte, waren die beiden Damen ihm an jenem Abend im Herbst im Haus der Herzogin erschienen. Rechts Gabrielle, das Tuch über der Wanne gerafft zwischen Daumen und Zeigefinger; links eine unbekannte Dame, die auf dem Wannenrand saß und von der Herzogin einen unsichtbaren Ring entgegennahm. Doch wer war sie? Vignac schloß die Augen und rief sich ihr Gesicht in Erinnerung. Sie war sehr jung gewesen, vielleicht siebzehn Jahre alt, und sie hatte dunkelbraunes Haar. Doch gab es sonst noch einen Anhaltspunkt für ihre Identität? Nein, das Bild allein würde ihm die Antwort nicht geben können, denn die beiden Damen, die er an jenem Abend gesehen hatte, waren ja nur Platzhalterinnen gewesen. Doch wen sollte die Dame zur Linken darstellen?

Vignac trat ans Fenster. Die Straße lag verlassen da. Der Himmel glänzte matt wie schwarzer, sternenbefleckter Marmor. Die Geräusche in der Umgebung erstarben allmählich. Nur in der Ferne waren ein paar Hufschläge zu hören. Kurz darauf erklangen sie einige Häuser weiter und verhallten sogleich. Eine Tür wurde geöffnet. Wortfetzen wehten durch die Nacht. Dann erklang erneut das Geräusch von Hufen auf dem Pflaster. Jetzt konnte er den Reiter erkennen. Er ging neben seinem Pferd die Straße entlang und kam auf das Haus zu. Er schien fremd hier zu sein. Langsam schritt er von Haus zu Haus, den Blick suchend auf die Türbalken gerichtet. Dann entschwand er Vignacs Blick.

Kurz darauf hörte Vignac, wie unten gegen die Tür geklopft wurde. Er sprang auf. Vandervelde hatte geöffnet. Worte wurden gewechselt, doch hier oben waren sie nicht zu verstehen. Dann hörte er Schritte auf der Treppe. Vignac tastete in der Dunkelheit nach einer Waffe, bekam einen schweren Kerzenständer zu fassen und stellte sich hinter die Tür. Die Schritte kamen näher. Dann hörte er Vanderveldes Stimme.

»Maître Vignac?«

Er rührte sich nicht. Die Klinke wurde nach unten gedrückt, doch die verschlossene Tür gab nicht nach.

»Schlaft Ihr, Herr?«

Und dann erklang eine weitere Stimme. Vignac lauschte ungläubig.

Langsam ließ er den schweren Eisenleuchter sinken, entriegelte die Tür und öffnete. Vor ihm stand Vandervelde, der ihn neugierig anblickte, und hinter dem Flamen, zaghaft beleuchtet von Vanderveldes Lampe, erkannte er das Gesicht von Giaccomo Ballerini.

Vignac trat zur Seite und ließ ihn hereintreten. Vandervelde ließ ihnen die Lampe, schloß die Tür und verschwand. Ballerini warf einen kurzen Blick auf die herumliegenden Skizzen, legte dann seinen Umhang ab und blieb erwartungsvoll in der Mitte des Raumes stehen.

»Willst du mir keinen Platz anbieten? Ich bin lange geritten und würde mich gerne ausruhen, bevor ich den Rückweg antrete.«

Vignac nahm die Skizzen von dem Strohlager herunter. Ballerini setzte sich. »Wie habt Ihr mich gefunden?«

Ballerini machte eine abwertende Handbewegung. »Wenn ich dich so leicht finden konnte, so vermögen das auch andere. Es würde mich nicht wundern, wenn morgen früh einige Soldaten hier auftauchen, um nach dir zu suchen.«

Der Arzt sah sich im Zimmer um. Dann blickte er wieder den Maler an, der sich nervös auf die Lippen biß.

»Die Zeiten sind gespannt, zu gespannt für eine Majestätsbeleidigung.«

»Verfluchte Lüge. Wenn Ihr wüßtet, wie sich die Sache in Wahrheit verhält.«

»Das ist völlig gleichgültig. Die Wahrheit ist, daß du nicht der einzige bist, der sich getäuscht hat. Alle haben sich getäuscht, selbst die Verschwörer. Selbst der König. Dadurch wird alles nur noch gefährlicher für dich.«

Vignac sah ihn mit großen Augen an. »Ich verstehe kein Wort.«

Der Arzt zog ein Papier aus der Tasche und strich es glatt. Vignac erkannte das Flugblatt und die Zeichnung darauf.

»Ist dies das Bild, von dem du mir im Januar erzählt hast?«

Vignac nickte. »Es ist eine schlechte Kopie. Aber so etwa sah es aus.«

»Ich weiß, wie es aussah.«

Vignac sah ihn verwundert an.

Ballerini fuhr fort: »Ihr seid im Sommer letzten Jahres nach Paris gekommen. Du hattest ein Porträt der Herzogin im Gepäck und hast es ihr über Valeria zukommen lassen, nicht wahr?«

Vignac nickte.

»Damals im Januar, als wir uns bei den Hallen trafen, erzähltest du mir, es sei die Kopie eines Gemäldes gewesen, das du auf Chenonceaux gesehen hast. Eine Allegorie der Fruchtbarkeit und der Keuschheit.«

»Ja, die Herzogin im Bade im Kreis ihrer Kinder. Valeria brachte es zu Zamet, und von dort gelangte es nach Monceaux zur Herzogin.«

»Woher weißt du das?«

Vignac musterte den Arzt. Er hatte sich überhaupt nicht verändert. Er trug die gleiche Kleidung wie damals in Montpellier, eine enganliegende schwarze Hose und eine gleichfalls schwarze Kutte, die bis über die Oberschenkel herabfiel. Der breitkrempige Hut lag auf dem Bett neben der Ledertasche, die der Arzt niemals aus den Augen ließ.

Vignac wußte, was sich darin befand. Zu lebhaft war seine Erinnerung an jene furchterregende Amputation in Toulouse und die gräßlichen Werkzeuge, die plötzlich aus dieser Tasche zum Vorschein gekommen waren.

»Als mich die Hausvorsteherin der Herzogin empfing, sagte sie, Madame sei sehr angetan gewesen, als die Schreiner das Bild auf Monceaux ablieferten.«

Ballerini schüttelte den Kopf. Dann sagte er langsam: »Die Herzogin hat das Bild niemals zu Gesicht bekommen.«

»Was?«

»Das Bild hat Paris nie verlassen.«

»Woher wißt Ihr das?«

»Ich selbst war im Oktober und November auf Monceaux, um bei der Operation des Königs zu assistieren. Was dir die Hausvorsteherin – Marie Hermant heißt sie übrigens – berichtet hat, hat niemals stattgefunden.«

Der Maler schaute ungläubig vor sich hin. Dann wandte er sich ab und trat ans Fenster. »Schlange.« Reglos starrte er in die Nacht hinaus.

»Valeria brachte das Bild zu Zamet?«

Die Frage kam wie aus weiter Ferne. Was sollte das alles? Er hörte sich, wie er die Frage bejahte.

»Warum?«

»Sie sagte, dort wäre es ihr ein leichtes, der Herzogin das Gemälde

zuzuspielen. Der zwanglose Rahmen des Hôtels schien uns ein guter Ort zu sein, um ihr das Bild zukommen zu lassen«.
»Und Valeria hat ihr das Porträt persönlich übergeben?«
»Ja, ich denke schon. Sie sagte, sie habe das Gemach der Herzogin aufgesucht und das Bild dort übergeben.«
Vignac schwieg einen Augenblick. Wie hatte sie es eigentlich angestellt, dort hineinzukommen? »Ich hatte ein Schreiben beigelegt, um mich zu erklären. Die Herzogin möge mein Geschenk als Huldigung an ihre großartige Zukunft verstehen. Einige Tage später kam Valeria mit einer Nachricht, ich möge mich im Haus der Herzogin, Rue Froidmenteau, einfinden wegen einer Auftragsarbeit. Der Empfang war seltsam genug. Aber das habe ich Euch ja bereits im Januar erzählt.«
»Wo ist Valeria?«
»Ich weiß es nicht. Nachdem ich am Mittwoch das Flugblatt gefunden hatte, suchte ich sie in Zamets Hôtel auf. Aber man sagte mir, sie sei nicht anwesend. Ich hinterließ ihr eine Nachricht, sie solle mich sofort in Perraults Haus aufsuchen, aber ...«
»... sie ist nicht gekommen.«
»Nein. Statt dessen erschien am Abend dieser Diener der Hermant. Er hatte einen Schlüssel zum Haus ... O nein, mein Gott ...«
Ballerini schlug die Augen nieder. Vignac sank zu Boden und verharrte zusammengekauert. Draußen sang eine Amsel. Grillen zirpten. Ballerini schilderte mit einigen Worten, was sich an jenem Abend zwischen ihm und Lussac abgespielt hatte. Als er Andreas Ankunft erwähnte, entfuhr Vignac ein unterdrückter Schrei. Ballerini beugte sich vor und sprach schneller.
»Wir wissen noch nicht, was wirklich geschehen ist. Vignac, denke nach. Sie sind diejenigen, die Angst haben. Ihr Plan ist fehlgeschlagen, aber aus einer völlig unerwarteten Richtung.«
Der Maler schaute auf. »Was für ein Plan? Wovon redet Ihr überhaupt?«
Der Arzt lehnte sich zurück. »Niemand, der klar denken kann, befürwortet diese Eheschließung. Die Gefahren, die aus ihr entstehen können, sind so zahlreich, daß man einen Tag und eine Nacht bräuchte, um sie alle aufzuzählen. Es gibt im ganzen Reich nur zwei Personen, die

diese Gefahr nicht erkennen wollen: die Herzogin und der König selbst.«

Aus weiter Ferne drängten sich die Worte der rothaarigen Frau in Vignacs Bewußtsein. Was hatte sie ihm damals gesagt, bevor sie ihn weggeschickt hatte? *Die Herzogin und der König schweben in großer Gefahr. Gleich Euch verfolgen sie ein großes Ziel, und je näher sie ihm rücken, desto zahlreicher werden die Gefahren, die daraus entstehen. Der König ist blind für diesen Abgrund, der sich vor ihm auftut. Eure Aufgabe wird es sein, ihm die Augen zu öffnen.* Durch Ballerinis Rede bekamen diese Worte plötzlich einen völlig anderen Sinn. Die Herzogin eine Gefahr für den König? Was für ein bösartiger Spuk wurde ihm hier aufgetischt? Ballerini sprach unterdessen immer eindringlicher.

»Im September erhielt ich einen Brief von Bérault, dem Hofchirurgen des Königs. Er bat mich, nach Paris zu kommen, da er bald eine schwierige Operation durchführen müsse und die Hilfe erfahrener Kollegen benötige. Ich erreichte Paris im Oktober und fuhr schon wenige Tage später mit Bérault nach Monceaux, wo der König krank darniederlag. Die Operation wurde von Bérault meisterhaft durchgeführt und glückte. Seine Majestät genas rasch. Wir Ärzte erfreuten uns den ganzen Oktober und November hindurch der Gastfreundschaft des Königs und der Herzogin. Nun war die Natur des Übels, das den König befallen hatte, von ganz besonderer Beschaffenheit, und es bestand die Gefahr, daß er durch die Folgen der Krankheit und des Eingriffs seiner Manneskraft verlustig gehen würde. Während der ganzen Zeit, da ich mich auf Monceaux aufhielt, wurde über nichts anderes als die Thronfolge gesprochen. Kein Tag verging, ohne daß diese Frage unter den Anwesenden auf die eine oder andere Weise erörtert wurde.

Die Herzogin selbst war gereizt und schwächlich. Der Rat trat wiederholt zusammen, um die lästige Scheidungsfrage zu diskutieren. Es war ein offenes Geheimnis, daß Papst Clemens Heinrich niemals scheiden würde, wenn dieser in der Folge seine Geliebte zu heiraten gedachte. Die Verhandlungen mit Rom stockten. Plötzlich wurde verkündet, die Herzogin sei erneut schwanger. Da geschah etwas Seltsames. Navarra setzte endgültig durch, daß ein Gesandter nach Usson zur Königin zu schicken sei, um ihre Einwilligung in die Scheidung zu erzwingen.

Noch bevor die Prokuration vorlag, befahl der König, Sillery solle nach Rom reisen, um den Scheidungsantrag beim Papst durchzufechten. Navarra traf außerdem allerlei Vorbereitungen, um die innenpolitischen Spannungen zu lindern. Es wurden einige Ehen geschlossen. Navarra verheiratete seine Schwester, eine glühende Protestantin, mit dem katholischen Herzog von Bar. Alexander, Gabrielles jüngster Sohn, wurde im Dezember mit allen Ehrerweisungen eines Thronerben getauft.

Du kannst dir vorstellen, wie diese Ereignisse bei Hofe aufgenommen wurden. Jeder wußte, daß der König die Herzogin heiraten wollte, doch niemand hatte ernsthaft damit gerechnet, daß er diesen gefährlichen Schritt tatsächlich durchführen würde. Wollte dieser Fürst alles, wofür er jahrzehntelang gekämpft hatte, wegen einer Liebschaft riskieren? Was sollte nach seinem Tode geschehen? Noch bevor sein Leib erkaltet und aufgebahrt wäre, würden sich die Prätendenten formieren, um das Erbe der Bastarde unter sich aufzuteilen.

Und nun stelle dir einen berechnenden, aber im Grunde einfältigen Geist vor, eine Person, deren Listenreichtum und Intrigengeist nur noch übertroffen wird von ihrer abgrundtiefen Dummheit, eine Person, die um alles in der Welt verhindern will, daß dieses Unheil eintritt. Versetze dich in die Lage eines solchen Menschen, derer es am Hofe mehr gibt als Würmer in einem Kadaver. Was würde ein solcher Mensch tun? Er würde sich genau eine solche List ausdenken wie die, der du zum Opfer gefallen bist. Er, oder besser: sie, denn natürlich spreche ich von dieser Marie Hermant, die dich in die Falle gelockt hat, dieser Person, die glaubt, mit ihren klug eingefädelten Intrigen den Lauf der Dinge beeinflussen zu können. Sie läßt dich ein Bild malen, das sie zum richtigen Zeitpunkt dem König zuspielt, damit dieser, in aller Öffentlichkeit bloßgestellt, von seinem maßlosen Ansinnen Abstand nimmt. Ich sehe, du glaubst mir nicht, schaust mich an, als spräche ich Lateinisch. Doch höre, was sich am Fastnachtsdienstag, also vorgestern, beim Bankett im Louvre ereignet hat.«

Ballerini erhob sich und begann, während er sprach, im Zimmer auf und ab zu gehen.

»Mein kümmerlicher Beitrag zu Béraults ruhmreicher Operation führte dazu, daß ich während meines Aufenthaltes in Paris, den ich übrigens bald zu beenden gedenke, mit allerlei königlichen Gunsterweisen bedacht wurde. So erhielt ich vor einigen Wochen eine Einladung zum königlichen Fastnachtsbankett. Ich weiß nicht, wie diese Hermant es angestellt hat, die Darbietungen so zu manipulieren, daß am Ende der arme Hofnarr, der die Zeremonie leitete, als der Betrogene dastand. Der König und die Herzogin, beide als Waldgeister verkleidet, tafelten vergnügt an der Stirnseite des Ballsaales, während sich die Gäste im übrigen Raum verteilt hatten. Wie üblich wurden einige Tanzspiele aufgeführt, um die man den französischen Hof mit Recht überall in Europa beneidet. Ich hatte schon viel darüber gehört und muß sagen, daß meine italienischen Landsleute zwar in der Malerei und der Bildhauerei unerreicht sind, jedoch, was diese Tanzspiele betrifft, bei den Franzosen in die Schule gehen müssen.

Im letzten Ballett geschah etwas, das ich dir plastisch vor Augen führen muß. Es hieß ›Das Ballett der fremdländischen Völker‹, und es handelte sich dabei um eine Art getanzte Weltreise. Ein Schiff mit Kapitän und Matrosen kreuzte über die Weltmeere und gelangte im Verlauf der Aufführung in weit entfernte Länder. Wann immer sie dort ankamen, wurden sie von den Bewohnern willkommen geheißen und, ganz im Gegensatz zu den Berichten, die ich über dergleichen Expeditionen gelesen habe, besungen, umtanzt und schließlich friedlich wieder von dannen geschickt. Im Verlauf dieses Balletts wurde auch in Indien angelegt. Eine Schar spärlich bekleideter Inderinnen betrat die Bühne und führte einen wirklich zauberhaften Tanz auf. Schließlich bewegte sich die Gruppe auf den Tisch des Königs und der Herzogin zu, und eine jede Tänzerin ließ es sich gefallen, dem König ihre Reize vorzuführen. Das war, gemessen an den hier üblichen Sitten, nichts Besonderes. Navarra bediente sich großzügig und ließ seine Blicke dorthin wandern, wo seine Hände nicht hinreichten. Doch als die vorletzte Tänzerin an der Reihe war, änderte sich die Stimmung schlagartig.

Der ganze Saal schien den Atem anzuhalten. Eine zierliche indische Aphrodite bewegte sich tänzelnd auf den König zu. Navarra schien plötzlich in einen jungen Mann verwandelt, der zum erstenmal einen weiblichen Körper sah. Voilà, noch eine Hure für den König, flüsterte jemand in meiner Nähe. Ich sah zur Herzogin hinüber, doch ihr Gesicht

verriet keine Regung. Ich fragte Bérault, der neben mir stand, wer das Mädchen sei, und er flüsterte mir zu, es sei die junge Entragues. Henriette sei ihr Name, und ich solle mich nicht über die Aufführung wundern, man halte dem alten Löwen frisches Fleisch hin, nichts weiter. Das Ballett wurde reichlich beklatscht, und Navarra ließ es sich nicht nehmen, seine beweglichen Dienerinnen ordentlich zu herzen. Ich hätte diese Einzelheiten sicherlich nicht in Erinnerung behalten, wenn nicht kurz darauf jener unglaubliche Zwischenfall die Bemerkung Béraults in ein ganz anderes Licht gerückt hätte.
Chicot, der Hofnarr, stand plötzlich mit einer Laute im Raum und hatte hinter sich sieben Gemälde aufgebaut, die freilich zu diesem Zeitpunkt alle noch in Futteralen steckten. Er schlug ein paar Akkorde an und begann alsbald zu singen. Ich konnte die Verse, die er sang, kaum verstehen, da sie in einem Französisch abgefaßt waren, das mir nicht geläufig ist. Doch offensichtlich besang er die Schönheit der Frauen, rühmte ihre Reize, ihre Tugenden und den Zauber, den sie auf uns Männer auszuüben vermögen. Nach jeder Strophe enthüllte ein Diener eines der Bilder, und wie als Beweis für die vorausgegangenen Huldigungen erstrahlte von der Leinwand das prächtige Porträt einer Edeldame in ihrer Toilette. Ich konnte diesem Spiel nicht sonderlich viel abgewinnen, doch den Bankettgästen und vor allem dem König schien die Darbietung großes Vergnügen zu bereiten.
Allmählich fand in den Szenen, die auf den Bildern dargestellt wurden, jedoch eine interessante Veränderung statt. Chicot hatte, soweit ich es den verzweigten Strophen entnehmen konnte, die Aktaion-Sage besungen. Auf einer der Staffeleien war die Szene bereits zu sehen. Diana, wie sie dem Bade entsteigt, während im Hintergrund ein edler Reiter auf die Stelle zureitet, wo seine Hunde schon damit beschäftigt sind, den unglücklichen, in einen Hirsch verwandelten Aktaion in Stücke reißen. Als das nächste Bild enthüllt wurde, war genau die gleiche Szene zu sehen. Nur war an Stelle der Diana ...«
»... die Herzogin von Beaufort zu sehen.«
»Ja. Und der Edelmann im Hintergrund ...«
»... war Navarra nachempfunden.«
»Du kennst die Bilder?«

»Wie die Innenflächen meiner Hand.«

»Nun, so kennst du gewiß auch das folgende. Chicot sang von der ewigen Liebe, von der Treue der Eheleute, vom Glück, das die Kinder für uns bedeuten, und von der Keuschheit. Er würzte diese Ausführungen wohl mit allerlei unterschwelligem Gegensinn, denn in meiner Umgebung wurden viele seiner Strophen mit lautem Lachen belohnt. Das Futteral wurde entfernt, und das vorletzte Bild kam zum Vorschein. Es zeigte eine Edeldame im Bade, in Gesellschaft ihrer zwei Kinder, einer Amme und einer Kammerfrau, die im Bildhintergrund einen Wasserkrug auf einem Tisch absetzte.«

»Großer Gott ... das Bild aus Chenonceaux?«

»Neben der Dame stand eine Obstschale, und ihr kleiner Sohn ...«

»... der hinter der Wanne steht, greift nach dem Apfel. Bemüht Euch nicht. Ich kenne das Bild besser als Ihr Eure aufgeschnittenen Herzen und Lungen. Es diente mir als Vorlage für mein erstes Porträt der Herzogin.«

»Doch auf deinem Porträt hast du das Gesicht der unbekannten Edeldame durch das Gesicht der Herzogin ersetzt, nicht war?«

»Ja. Ich habe noch einige andere Änderungen vorgenommen, aber diese war die wichtigste.«

»Dann dachte Chicot wohl, das letzte noch zu enthüllende Bild würde die Herzogin in der gleichen Pose im Kreis ihrer Kinder im Bade zeigen.« Ballerini schwieg einen Augenblick. Dann lachte er leise. »Armer Chicot. Wie hat sie ihn hereingelegt. Wahrscheinlich traf ihn fast der Schlag, als das letzte Futteral entfernt wurde und anstelle der reizenden Gabrielle die verhaßte Hure des Königs zum Vorschein kam. Das Bild war kaum entblößt, als sogleich alle davor zurückwichen. Die Herzogin stieß einen Schrei aus und sank totenbleich in ihren Sessel. Der König starrte zornig Chicot an, dem seinerseits eine Mischung aus Scham und Wut das Gesicht abwechselnd rot und weiß färbte. Er schien nicht nur die Sprache, sondern kurzzeitig auch noch den Verstand verloren zu haben. Gute Arbeit, Vignac, wenn man bedenkt, daß du diese Entragues noch nie gesehen hast.«

»Was sagt Ihr da?«

»Man brauchte nicht viel Phantasie, um zu erkennen, daß die Frau neben der Herzogin in der Wanne sehr jener Tänzerin glich, die den König so bezaubert hatte.«

Vignac starrte den Arzt an, doch der fuhr unbeirrt mit seiner Erzählung fort.

»Der Sinn war mehr als augenfällig. Seht her, sagte das Bild, die Huren des Königs geben sich ihre imaginären Hochzeitsringe weiter, doch der König wird keine jemals heiraten, deshalb gibt es auch keinen Ring zu sehen. Jene dort hat bald schon ausgespielt. Doch die nächste sitzt schon bereit.«

Der Maler erbleichte. So also lagen die Dinge. Schweiß trat ihm auf die Stirn. »Verfluchte Schlange. Das wird sie mir büßen.«

»So warte doch, bis du auch das Ende gehört hast. Navarra beugte sich zur Herzogin hinunter und richtete sie auf. Im Saal entstand Unruhe. Keiner wußte, wie er sich verhalten sollte. Chicot ging auf den König zu, breitete die Arme aus und beteuerte, nie zuvor habe er dieses Gemälde zu Gesicht bekommen. Doch der König beachtete ihn gar nicht, sondern herzte und küßte seine Geliebte und tat gerade so, als habe sie sich nur an einem Stückchen Brot verschluckt und müsse getröstet werden. Und dann geschah das Unfaßliche.

Navarra richtete sich zu seiner vollen Größe auf. Augenblicklich kehrte Ruhe ein. Aller Augen ruhten auf ihm. Er warf einen Blick auf den unglücklichen Chicot, betrachtete dann das Bild, an dem sich gerade eben noch zwei Diener zu schaffen gemacht hatten, um es geschwind zu entfernen. Und plötzlich begann der König zu lachen. Ein freudiges, freies, aus der Tiefe seiner Seele kommendes Lachen erfüllte den Raum. Es dauerte nicht lange, da lachte der ganze Saal. Selbst die Herzogin schien von der Heiterkeit angesteckt zu werden, und ihre Gesichtszüge lösten sich zusehends. Und dann sprach der König folgende Worte: ›Ein guter Fastnachtsscherz, mein guter Chicot. Bravo! Ich danke Euch für Eure Lieder. Und besonders dankt Euch meine Herrin, die bald Euer aller Herrin sein wird, denn hört: Nach Quasimodo wird sie meine Braut und Frankreichs Königin.‹ Damit steckte er Gabrielle seinen Ring auf den Finger und blickte erwartungsvoll ins Publikum.

Die Versammelten standen wie vom Donner gerührt. Sekundenlang herrschte völlige Stille. Da erhob sich Chicot und rief mit der zittrigen

Stimme eines soeben vom Tode Begnadigten: ›Es lebe der König! Hoch lebe die Königin!‹ Der Ruf setzte sich fort, und wer anders dachte, tat gut daran, lauter als alle anderen zu brüllen.«

Ballerini lehnte sich zurück. Er betrachtete Vignac. Dieser hatte die Lippen fest aufeinandergepreßt und starrte in die Nacht hinaus.

»Das wird sie mir büßen«, flüsterte er kaum hörbar.

Ballerini sah ihn bekümmert an. »Begreifst du denn nicht?«

Vignac fuhr zornig herum. »Begreifen? Ja, ich begreife wohl. Würdet Ihr einen solchen Streich ungestraft über Euch ergehen lassen? Nicht nur, daß ich mich bei Hofe unmöglich gemacht habe, bevor ich dort überhaupt in Erscheinung getreten bin. Wie muß die Herzogin mich hassen. Wenn sie erfährt, wer dieses Gemälde angefertigt hat, wird sie dann nicht alles daransetzen, mich zu bestrafen? Ich werde sie aufsuchen, ihr alles erklären, ihr die wahren Schuldigen nennen. Ich werde zum König gehen, ihn um Verzeihung und Milde bitten …«

»Vignac!« Ballerinis Stimme fuhr auf ihn nieder. »Erkennst du denn nicht, daß gar nicht du es bist, der getäuscht wurde? Der König hat gelacht. Der ganze schön ausgedachte Plan ist für ihn zutiefst lächerlich. Und lachend versprach er ihr die Krone. Gibt dir das nicht zu denken?«

Der Maler schwieg. Worauf wollte der Arzt hinaus? Er hörte ihn nur verschwommen durch den Zorn, der in ihm tobte. Er würde nach Paris zurückkehren, ja, das würde er tun. Und er würde diese Hermant bestrafen. Außerdem mußte er Valeria finden, und wenn ihr etwas zugestoßen war, so würde er denjenigen, der ihr etwas angetan hatte, schon ausfindig machen. Was redete der Arzt da überhaupt noch auf ihn ein?

»Hör mir zu, mein Freund. Ich habe in diesem Leben viel gesehen. Ich habe Kriege und Wahnsinn, Krankheit und Leid erlebt. Ich habe gesehen, wie man Kinder als Hexen verbrannt und Tiere als Mörder vor Gericht gestellt und hingerichtet hat. Ich habe den Wahnsinn und die Unvernunft in all ihren Formen kennengelernt, nicht zuletzt in meinem eigenen Fach, das für Irrtümer und Fehlschlüsse besonders ergiebig ist. Doch niemals kannte ich einen König von solcher Geisteskraft, von solch klarer politischer Intelligenz, wie euer König es ist. Deshalb höre gut zu, was ich dir sagen werde, denn du bist zu Recht wütend darüber, daß man dich getäuscht hat. Doch in deiner Wut siehst du nicht, daß

sowohl du als auch die Feinde der Herzogin von Beaufort um eingebildete Schätze ringen.
Du wolltest von der Herzogin Protektion bekommen im Glauben, bei der zukünftigen Königin Frankreichs in ehrenvolle Anstellung zu gelangen. Ihre Feinde nutzten deinen Ehrgeiz und dein Talent, um einen Skandal augenfällig zu machen und dadurch zu verhindern, daß diese Ehe vollzogen wird. Und beide seid ihr getäuscht worden. Du, weil der Herzogin dein Bild schwerlich gefallen dürfte, und ihre Feinde, weil der König genau das Gegenteil von dem getan hat, was dein Bild erreichen sollte. Doch was tat der König wirklich? Navarra lachte nur. Verstehst du jetzt endlich?«
Nein. Vignac verstand nichts. Er wollte auch nichts verstehen. Er wollte nach Paris zurück.
Ballerini packte ihn bei den Schultern. »Der König lachte, weil für ihn diese Ehe nie wirklich in Frage kam. Gabrielle d'Estrées wird niemals Königin von Frankreich werden. Es wäre Wahnsinn, und Navarra weiß es. Auch die Herzogin weiß es. Doch sie können es sich nicht eingestehen, weil zwischen ihnen etwas existiert, das bei ihresgleichen nichts zu suchen hat: Sie lieben sich.«
Vignac legte den Kopf in die Hände, als sei dieser unter den letzten Sätzen des Arztes plötzlich unsäglich schwer geworden. Irgend etwas in ihm sträubte sich mit aller Kraft gegen Ballerinis Rede. Doch der Arzt ließ sich nicht beirren.
»Versetze dich in seine Lage. Seit acht Jahren ist sie an seiner Seite. Sie schenkt ihm die Kinder, deren sein Reich so dringend bedarf. Sie finanziert seine Feldzüge, und wenn es sein muß, verpfändet sie ihr gesamtes Vermögen für seinen Krieg, während seine wirkliche Frau, die Königin, Truppen gegen ihn aufstellt. Ich brauche dir nicht zu sagen, daß niemand im ganzen Erdkreis Gabrielle an Schönheit gleichkommt. Sie ist von sanftem, heiterem Wesen. Keinerlei Bitterkeit oder Engherzigkeit trübt ihre offene Art. Kann man es Navarra verübeln, daß er ihr so verfallen ist? Schaue dir doch an, wen man ihm der Politik halber ins Bett legen will. Die spanische Infantin. Die deutschen Prinzessinnen, eine häßlicher als die andere. Und dann gar die Medici, diese mit Golddukaten ausgestopfte Kaufmannsvettel. Die soll auf seinen Thron steigen und

Frankreich katholische Erben schenken, während seine reizende, seine treue Gabrielle am Hofe mit ihren Bastarden weiterhin nur eine Mätresse bleibt? Das kann er ihr nicht antun. Es würde ihm das Herz brechen. Und doch darf er sie niemals heiraten. Es bedeutete Frankreichs Ruin, denn wer sollte das Land nach seinem Tode regieren? Gabrielle etwa mit ihren Söhnen? Es wäre eine Frage von Stunden, bis sie geschlachtet wären und die alten Fraktionen wieder um die Krone stritten. Selbst Navarra zweifelt, daß die Kinder von ihm sind. Du hast geträumt, Vignac. Er wird sie niemals heiraten, niemals. Deshalb lachte er. Er lachte, weil er nicht weinen durfte.«

Vignac hatte stumm zugehört. Auf seinem Gesicht wechselten Ungläubigkeit und Erstaunen einander ab. Dann schüttelte er den Kopf. Nein, der Arzt täuschte sich. Oder er erzählte ihm all dies nur, um ihn von etwas abzuhalten, das er in der Tiefe seiner Seele längst beschlossen hatte. Sie würden ihm für diesen Streich bezahlen. Er ließ sich nicht ungestraft so übel mitspielen.

Ballerini machte Anstalten weiterzusprechen, doch Vignac unterbrach ihn.

»Ich habe genug gehört. Geht bitte nach unten und sagt Vandervelde, daß ich mit Euch kommen werde. Außerdem möchte ich Euch dafür danken, daß Ihr mir ein zweites Mal in einer mißlichen Lage Eure Hilfe anbietet. Ich hoffe, ich werde eines Tages Gelegenheit haben, es Euch zu vergelten. Geht jetzt bitte. Ich folge Euch sofort nach.«

Ballerini erwiderte nichts. Der Arzt ritt noch am gleichen Abend in die Stadt zurück. Vignac folgte ihm im Morgengrauen.

Die Wochen vor Ostern verbrachte er im Hause Ballerinis, wo er, von diesem mit dem Notwendigsten versorgt, der Ereignisse harrte. Durch Ballerinis gute Kontakte zum Hof erfuhr er täglich von den neuesten Entwicklungen. Der Heilige Stuhl schien Heinrichs Ankündigung ernst zu nehmen, denn aus dem Vatikan verlautete, der Papst habe sich zur Meditation zurückgezogen, um zwecks der anstehenden Scheidung des Königs von Frankreich Zwiesprache mit Gott zu halten. Rom fastete.

In Paris fieberte man dem angekündigten Datum gespannt entgegen.

Die ersten Abordnungen von Edelleuten aus allen Teilen des Reiches trafen ein. Im Logis von Madame de Sourdis, dem an den Louvre angrenzenden Dekanat, waren bereits die karmesinroten Hochzeitsgewänder der Herzogin ausgestellt.

Fast zwei Wochen verstrichen, bis Vignac sich wieder hinaus auf die Straßen wagte. Sorgsam darauf bedacht, unerkannt zu bleiben, durchstreifte er die Stadt und begab sich auch regelmäßig in die Rue de Deux Portes. Perraults Haus betrat er jedoch nicht. Stets blieb er in einiger Entfernung stehen und prüfte unauffällig die geschlossenen Fensterläden. Das Leben in der Straße nahm seinen gewöhnlichen Gang, und keiner der Anwohner schien von ihm Notiz zu nehmen.

Sein ursprüngliches Vorhaben, bei der Herzogin oder gar beim König selbst vorzusprechen, hatte er auf dringendes Anraten Ballerinis hin aufgegeben. Was hätte er ihnen auch schon sagen sollen? Nichts als Mutmaßungen und Hörensagen. In freudiger Erwartung der anstehenden Hochzeit schienen sich die Gemüter längst wieder beruhigt zu haben. Niemand sprach mehr von dem Zwischenfall während des Banketts oder von dem beleidigenden Flugblatt. Keiner schien sich mehr für den Skandal zu interessieren, den Vignac unwissentlich mit seinem Bild heraufbeschworen hatte. Die ganze Stadt harrte wie gebannt jenes magischen Datums, das der König genannt hatte: nach Quasimodo. Und je näher der Tag heranrückte, desto leiser wurden die Hetz- und Schmährufe der Gegner. Das Machtwort des Königs hatte alle Zweifel erstickt, und es wäre nicht klug, nein, sogar gefährlich wäre es, in dieser von höchster Stelle verfügten Stille das Wort zu ergreifen.

Valeria blieb unauffindbar. So beobachtete Vignac, zu Untätigkeit verdammt, nervös die Ereignisse. Am vorletzten Sonntag vor Ostern begab er sich in die Kirche von Saint Germain. Er wußte, daß der König dort sein würde, um der Predigt der Kapuziner zuzuhören. Er traute seinen Ohren kaum, als er vernahm, mit welch erzürnten Worten der Prediger das Buch des Protestanten Du Plessis bedachte. Ein gräßliches, verabscheuungswürdiges Buch sei dies, eine Beleidigung des Herrn und aller guter Katholiken, denn es enthalte falsche Passagen über die Kirchenväter. Der König, der mit dem Marquis de Rosny in der Menge stand, wurde aufgefordert, es öffentlich auf dem Grèveplatz verbrennen zu lassen. Dann mäßigte sich der Prediger und fügte hinzu, dies gelte nur für das Buch und nicht für seinen Autor, von dem man nur verlange, er möge zum wahren Glauben konvertieren. Doch was das Buch betreffe, so frage er alle vor ihm stehenden Menschen, ob die Katholiken der Stadt Paris nicht wenigstens die gleichen Rechte haben sollten wie die Hugenotten in ihren festen Plätzen, die niemals ein derartiges Buch gegen ihre Religion hätten erdulden müssen.

Als der König die Messe verließ, befahl er, man solle das Buch verbieten und es nicht länger verkaufen. Als man Seine Majestät darauf hinwies, daß es sich bei dem Kapuziner um einen Aufwiegler und Volksverhetzer handle, antwortete der König, für jeden, der dies behaupte, fänden sich beliebig viele andere, die das Gegenteil bezeugen würden. Er sei der Ansicht, der Mann habe gut gepredigt.

Die Herzogin selbst und ihre Gefolgschaft hatten Paris bereits verlassen, und mit dem Herannahen des Osterfestes folgte ihr der König nach Fontainebleau.

Ballerini hat sich getäuscht, dachte Vignac. Nur noch wenige Tage, und die Vermählung wird vollzogen werden. Aus Rom kam noch immer keine Nachricht, doch es ging das Gerücht um, der König werde in Ermangelung eines Urteils des Heiligen Stuhls einen gefügigen französischen Bischof mit seiner Scheidung von Margarete betrauen. Nur ein Wunder konnte noch verhindern, daß Gabrielle d'Estrées Königin wurde.

Doch zugleich wußte Vignac, daß sein Plan fehlgeschlagen war. Je länger er über die Umstände nachdachte, die ihn in diese mißliche Lage gebracht hatten, desto stärker wurde sein Groll. Zugegeben, er war dumm gewesen und auf eine törichte List hereingefallen. Hatte ihn nicht bisweilen eine Ahnung beschlichen, als er das Gemälde anfertigte? Eine Ahnung, daß er etwas Unerhörtes tat? Blind und auf Erfolg versessen, hatte er den Auftrag erledigt und keinen Moment über die Folgen seines Tuns nachgedacht. Aber hatte er der Herzogin letztendlich nicht doch einen Dienst erwiesen? War es vielleicht nicht sein Bild gewesen, das den wankelmütigen König überzeugt hatte, daß es an der Zeit sei, die unmögliche Situation, in der sich seine Geliebte befand, zu beenden und den erlösenden Schritt endlich zu wagen? Und sollte sein einziger Lohn sein, wie ein Dieb von dannen zu schleichen? Er zermarterte sich den Kopf. Doch je länger er über die Ereignisse nachdachte, desto deutlicher wurde ihm, daß ihn an seinem Mißgeschick nur in zweiter Linie seine gefährliche Lage beschäftigte. Was ihm weitaus mehr Verdruß bereitete, war etwas ganz anderes: Er wußte nicht, was sein Bild zu bedeuten hatte. Sein eigenes Gemälde war ihm ein Rätsel.

Zehn Tage vor Ostern kehrte er schließlich doch in die Werkstatt zurück. Im Schutz der Dämmerung gelangte er unbemerkt ins Haus. Sein Herz schlug heftig, als er die Tür hinter sich geschlossen hatte. Die Dunkelheit, die ihn umfing, tat eine beruhigende Wirkung auf ihn. Er tastete sich durch die Stube, fand die verborgene Tür unter der Treppe, entriegelte sie und betrat das Atelier.

Die dünnen Bodenbretter knarrten verräterisch, und Vignac machte nur einige zögerliche Schritte in den kleinen Raum hinein. Er erreichte den Tisch, ertastete den Kerzenständer und wollte soeben die Kerze entzünden, als seine Hand plötzlich gegen etwas Weiches stieß. Erschrocken zog er die Hand zurück. Ein leises Klirren war zu hören. Seine Muskeln spannten sich. Er hielt die Luft an und riß die Augen auf. Ein leichter Luftzug strich über sein Haar. Er verharrte bewegungslos. Doch nichts geschah. Schließlich nahm er allen Mut zusammen und entzündete die Kerze. Sie flammte hell auf und beleuchtete ein purpurrotes Bündel vor ihm auf dem Tisch.

Verwundert betrachtete er den seltsamen Fund. Er griff in die Innentasche seiner Jacke und zog den roten Samtbeutel hervor, den er damals im Herbst, nach dem Empfang in der Rue Froidmenteau, beim Weggehen von dem Diener erhalten hatte. Es war der gleiche Beutel. Doch jener auf dem Tisch war prall gefüllt. Er hob ihn auf und wog in verblüfft in der Hand. Dann stürzte er ihn kurz entschlossen auf dem Tisch um und ließ seinen Inhalt herausrollen. Ungläubig ließ er seine Hand durch die Münzen gleiten und bekam eine kleine Papierrolle zu fassen, die in dem Haufen verborgen gewesen war. Er erbrach das Siegel, entrollte das Pergament und las: *Maître Vignac, wir haben Euch zu danken für Eure guten Dienste. Da wir Eurer nicht länger bedürfen, nehmt dies als Zeichen unserer dankbaren Verbundenheit. Lebt wohl.*

Das Schriftstück trug keine Unterschrift.

Vignac setzte sich. Er hatte den Eindruck zu fallen. Er spürte den Boden unter seinen Füssen, aber das hatte keine Bedeutung. So fiel wohl der ganze Raum mit ihm, dieses ganze kümmerliche Atelier, das Haus, die Strasse. Ja, die ganze Stadt um ihn herum taumelte mit ihm abwärts in einen grossen Strudel. Träumte er? Er fuhr sich mit der Hand über das Gesicht. Nein, er war hier. Allmächtiger!

Ein Geräusch liess ihn herumfahren. Augenblicklich löschte er das Licht und eilte in die Stube hinaus. Da war es wieder. Jemand rüttelte an der Tür. Bevor er noch überlegen konnte, was zu tun sei, sprang sie auf. Sogleich flog eine Gestalt auf ihn zu, und während Vignac mit Mühe auf den Eingang zuwankte, um die Tür wieder zu verschliessen, krallte sich das Mädchen verängstigt an ihm fest und beschwor ihn mit sich überschlagenden Worten, sie sogleich von hier fortzubringen. Vignac beeilte sich zu sagen, er werde alles tun, was sie wünsche, sie solle sich nicht ängstigen, hier könne ihr nichts geschehen, doch seine beruhigenden Worte schienen ihre Erregung nur zu steigern. Er zog sie hinter sich her in das Atelier und verschloss sorgfältig die Tür. Als er das Licht neu entzündet hatte, beruhigte sich Valeria allmählich. Vignac umarmte sie freundschaftlich und sagte, er habe grosse Angst um sie ausgestanden, und sie möge ihm doch berichten, wo sie sich in diesen Wochen aufgehalten habe.

Ihr äusseres Erscheinungsbild war ein beredter Zeuge dessen, was sie ihm in einigen hastig dahingesprochenen Sätzen schilderte. Zwei Nächte habe sie gebraucht, um aus dem entfernt gelegenen Hause, in das man sie am Aschermittwoch verbracht habe, nach Paris zurückzukehren. Man habe ihr Verschwinden sicher längst bemerkt, und er möge sich mit ihr aus diesem Hause und dieser Stadt entfernen, denn es könne nur ein grosses Unglück geschehen, wenn sie jener bösen Frau und ihrem verruchten Diener wieder in die Hände fiele.

Valeria berichtete ihm, wie sie sich am Fastnachtsdienstag nach getaner Arbeit in ihrer Schlafkammer bei Zamet zu Bett begeben habe. Plötzlich wurde sie aus dem Schlaf gerissen. Sandrini, der Diener jener rothaarigen Frau, die ihr damals eine Botschaft für ihn, Vignac, mitgegeben habe, stand in gar seltsamer Verkleidung vor ihrem Bette und forderte sie unwirsch auf, sich sogleich anzukleiden und ihm zu folgen. Kaum hatte sie sich eiligst in ein Kleid gezwängt, stieß er sie auch schon vor sich her, die Treppe hinab und durch einen Hinterausgang auf die Straße hinaus, wo man sie zwang, in eine bereitstehende Kutsche zu steigen. Die Kutsche setzte sich sogleich in Bewegung, und Sandrini befahl ihr, ihm den Schlüssel zu Perraults Haus auszuhändigen. Sie habe ihm erwidert, sie besitze keinen Schlüssel. Daraufhin habe er ihr mit solcher Wucht ins Gesicht geschlagen, daß ihr für kurze Zeit das Bewußtsein geschwunden sei. Als sie wieder zu sich kam, war sie allein. Sie lag zerschunden auf dem Boden der Kutsche, die wie führerlos durch die Nacht flog. Ihr Kleid war über der Brust aufgerissen, und der Schlüssel, den sie dort an einer Kette um den Hals getragen hatte, war verschwunden.

Es dämmerte bereits, als die Kutsche zum Stehen kam. Valeria wurde durch einen Stall hindurch in ein Waschhaus geführt, wo sie sich entkleiden mußte. Man leerte einige Eimer Wasser über ihr aus, hüllte sie dann in eine Decke und führte sie über einige Treppen in ein kleines Zimmer, von dessen vergittertem Fenster aus sie auf Felder und Wiesen blicken konnte. Man brachte ihr zu essen, das man ihr in einer Schüssel wortlos vor das Bett auf den Steinboden stellte.

Am folgenden Abend erschien Sandrini in Begleitung der rothaarigen Frau. Man fragte sie, wo er, Vignac, zu finden sei. Sie antwortete, daß er in der Rue de Deux Portes ansässig sei und sie nicht wisse, wo er sich anderweitig aufhalten könnte. Dann erfragten sie beharrlich alles, was sie, Valeria, über ihn wisse. Woher er stamme, wie er nach Paris gekommen und wo jener andere Mann namens Lussac geblieben sei.

Als sie beteuerte, nicht über dessen Verbleib informiert zu sein, habe der Mann sie erneut geschlagen, während die Frau zuschaute und drohte, man werde sie totprügeln wie einen Hund, wenn sie nicht mit der Sprache herausrücke. Dann sei die Frau verschwunden, und der Mann habe sie aufs schändlichste mißhandelt, ihr Dinge angetan, die sie auf ewig in ihrer Seele eingeschlossen zu halten gedenke, bis zu jenem Tage, da das große Gericht über sie alle kommen möge, denn dann werde sie eintauchen in ihr Herz, um dort im Feuer ihres Hasses das Erz einer vernichtenden Rache zu schmieden. Nicht nur einmal, nein, jede Nacht habe sein lustdurchfaultes Fleisch auf ihr gelegen und sich an ihrer Angst und Hilflosigkeit geweidet. Bis zu jener Nacht, da sie dem vom Schlaf fürsorglich Gefesselten entglitt, die Treppe hinab und aus dem verfluchten Hause hinaus über die Felder in den schützenden Wald gelangte. Von Hunden verfolgt, schlug sie sich durch die Büsche, und nur dem aufgescheuchten Wild hatte sie es zu verdanken, daß sie entkommen war, denn wie ein Schwarm schützender Geister schob es sich zwischen sie und die jagende Meute und zerstreute sie.

Vignac lauschte stumm. Als das Mädchen geendet hatte, hob er sie auf, setzte sie auf den Tisch und suchte schnell ein paar Lumpen zusammen, die er um ihre nackten Füße wickelte. Dann verließen sie Perraults Haus und machten sich auf den Weg zu Ballerinis Unterkunft. Dort angekommen, gab Vignac dem Mädchen etwas Wein zu trinken, bettete sie auf sein Lager und wartete, bis sie eingeschlafen war.

Als Ballerini wenig später den Raum betrat, lag Valeria in tiefem Schlummer. Vignac saß am Tisch und schrieb. Flüsternd schilderte er dem Arzt, was geschehen war. Ballerini schaute sich mißmutig um, trat nervös ans Fenster und vergewisserte sich, daß draußen alles ruhig war. Dann fiel sein Blick auf die beschriebenen Bögen vor ihm auf dem Tisch.

Er erklärte dem Maler, seiner Meinung nach sei es das beste, wenn er umgehend die Stadt verlasse. Was immer in der Angelegenheit vor sich gehe, es könne ihm nur zum Schaden gereichen. Wenn zutreffe, was das Mädchen erzählt habe, könne es nur eine Frage von Tagen sein, bis man sie hier bei ihm aufspüren werde. Tatsächlich sei er, Vignac, es ja, dem die Suche gelte, und fürderhin könne er nur unter Gefahr seines Lebens überhaupt noch in der Stadt sich blicken lassen.

Vignac schüttelte den Kopf. Er habe mit diesen Leuten noch eine Rechnung offen, entgegnete er und schrieb unbeirrt weiter. Der Arzt, nicht wenig aufgebracht durch diesen Starrsinn, hielt ihm entgegen, es sei eitle Träumerei, wenn er glaube, er könne auf irgendeine Weise den Lauf der Dinge beeinflussen. Weniger als ein Nichts sei er, ein Tafelmaler, den der Zufall und das Schicksal in die Nähe einer Welt gebracht habe, in der er nicht das geringste zu schaffen habe. Wenn ihm von jener Seite für einen kurzen Augenblick Aufmerksamkeit gezollt worden sei, so sei das keinesfalls sein Verdienst. Ebensogut könne ein Blatt, das der Wind zufällig vor sich hertreibe, auf den Gedanken kommen, der Wind blase um seinetwillen. Was wisse er denn schon über die Vorgänge am Hofe? Man hatte ihm einen Auftrag gegeben und ihn dafür bezahlt. Anstatt sich glücklich zu schätzen und zufrieden von dannen zu ziehen, sinne er über eine Zukunft nach, die ihm sein übersteigerter Ehrgeiz vorgaukele. Nicht mehr lange, und eine Teufelsfratze werde ihm aus seinem Wahn entgegenlachen und ihm die Haut nach außen stülpen. Er solle Valeria heil aus der Stadt bringen und sich im Süden bei seinen Protestanten eine ehrbare Stellung suchen. Ein Wunder, daß sie diesem Sandrini durch die Maschen gegangen sei. Das nächste Mal würde es ihr nicht so glimpflich ergehen, in diesen Breiten, wo sich so mancher hohe Herr in den aufgeschlitzten Bäuchen junger Bauernmädchen die Füße zu wärmen beliebe.

Vignac blickte mürrisch auf und schnitt ihm mit einer schnellen Geste zu dem schlafenden Mädchen hin das Wort ab. Ob er ihr mit seinen Reden auch noch den heilsamen Schlaf vergällen wolle? Ballerini schaute verdrießlich vor sich hin. Vignac trat an ihn heran und ergriff seine Hand. Er wisse, daß er in großer Gefahr sei. Doch glaubte der Arzt wirklich, er werde die Stadt verlassen, ohne wenigstens versucht zu haben, die Herzogin zu warnen?

Ballerini zog seine Hand zurück und verdrehte empört die Augen zum Himmel. Doch Vignac fuhr fort:

»Bis heute habe ich geglaubt, daß Ihr recht hattet, Maître Ballerini. Die ganzen letzten Wochen, seitdem Ihr mich aus Villejuif zurückgeholt habt, habe ich über die Ereignisse nachgedacht und bin dabei immer wieder zu Euren Schlußfolgerungen gelangt. Doch nun glaube ich nicht mehr, daß der König die Herzogin nicht heiraten wird. Seht doch, im Dekanat sind schon ihre Hochzeitskleider ausgestellt. Täglich treffen neue Abordnungen von Edelleuten ein, die dem Fest beiwohnen wollen. In der ganzen Stadt spricht man von nichts anderem. Man vermietet schon die Plätze an den Fenstern und auf den Balkonen. Scharenweise kommen Händler angereist, um an der Sache ein Geschäft zu machen. Es ist unvorstellbar, daß der König all dies nur zum Schein geschehen läßt. Seht doch, wie begierig diese Hermant und ihr Diener Sandrini darauf aus sind, sich meiner zu entledigen. Würden sie sich so verhalten, wenn sie nicht befürchten müßten, daß ein Maler namens Vignac nächstens bei der neuen Königin von Frankreich vorstellig wird, um ihr zu berichten, wer aus ihrer Umgebung ihr diesen Streich gespielt hat? Warum sonst haben sie Valeria nachgestellt? Weil sie die Angst umtreibt, und dies ganz zu Recht, denn ich werde genau das tun, was sie zu verhindern suchen. Ich werde die Herzogin warnen.«

Ballerini lachte. »Du Narr. Glaubst du vielleicht, du wüßtest etwas, das der Herzogin nicht schon längst bekannt wäre? Bei meiner Seele, sie selbst wünscht, daß du Paris verlassen mögest. So lautete doch die Nachricht, die dem Geld beigefügt war?«

»Die Nachricht ist falsch.«

»Möglich. Obschon ich das nicht glaube. Aber das ist völlig gleichgültig. Man bedarf deiner nicht länger. Nimm es hin und gehe deiner Wege, bevor ein Unglück geschieht.«

Vignac sammelte die Papierbögen ein. »Ich verstehe Euch nicht. Ich werde die Herzogin warnen, und sie wird es mir danken. Sie wird mir verzeihen und diejenigen, die mich getäuscht haben, bestrafen.«

»Vignac, lieber, bester Freund …«

»Ich werde Paris nicht verlassen, ehe die Vermählung vollzogen ist, und ich werde nicht ruhen, bis ich die Herzogin gesprochen habe. Wenn sie mich nicht empfängt, so werden meine Worte durch diesen Brief an ihr Ohr dringen, und wenn nicht, dann werde ich eine andere Möglichkeit finden.«

Ballerini schüttelte unwillig den Kopf, doch Vignac fuhr unbeirrt fort: »Könnt Ihr nicht begreifen, wie wichtig es für mich ist, Klarheit in diesen Wirrwarr zu bringen? Ich habe einen langen Weg hinter mir, seit Ihr mich aus jener verfluchten Apothekerswerkstatt in La Rochelle herausgeholt habt. Ich habe Euch vier Jahre treu gedient. Obgleich ich oft dachte, die Sinne würden mir schwinden, habe ich über Euren aufgebrochenen Kadavern gesessen und Knochen und Gedärm gezeichnet. Damals habe ich mir geschworen, niemals wieder etwas Totes, Häßliches zu malen. Ich weiß nicht, wozu Ihr in aufgeschnittene Leichen hineinblickt. Sucht Ihr dort das Leben zu ergründen? Bei den Toten? Mag sein, daß Ihr ein großer Wundheiler geworden seid. Mir gähnte aus all Euren Experimenten und Untersuchungen stets nur der Abgrund der

Vergänglichkeit entgegen, der leidensschwere, jammervolle Tod, der uns alle erwartet. Und ihm wollte ich mich entgegenstemmen, dem bitteren, langweiligen, sinnlosen Tod, mit all meiner Schöpferkraft die Schönheit des Augenblicks der Vergänglichkeit entreißen ... und, ja, ich will es gerne zugeben, auch mich selbst wollte ich herausnehmen aus dem Flug ins Nichts und der Zeit, jener großen Diebin, einen Teil ihrer Beute entwinden. Wenn all meine Hoffnungen auf ein Amt bei Hofe hier zunichte sein sollen, so möchte ich doch wenigstens erfahren, wem ich es zu danken habe. Ich muß wissen, in wessen Auftrag ich das Porträt gemalt habe. Alles hängt davon ab.«

Vignac war das Blut zu Kopf gestiegen. Jetzt ließ er sich am Tisch auf einem Stuhl nieder und fuhr sich mit den Händen durch das kurzgeschorene Haar. Ballerini sah ein, daß es sinnlos war. Schweigend trat er erneut ans Fenster, blickte jedoch nur kurz hinaus, denn es kam ihm plötzlich trotz allem unwahrscheinlich vor, daß jemand auf den Gedanken kommen sollte, Vignac oder das Mädchen hier bei ihm zu suchen. Er betrachtete den Maler, der mit geschlossenen Augen am Tisch saß und nachzudenken schien. Das Mädchen hatte sich auf seinem Lager umgedreht. Ballerini bemerkte erst jetzt, daß sie aufgewacht war und ihn aufmerksam betrachtete. Ihre dunklen Augen waren starr auf ihn gerichtet und weckten in Ballerini ein unangenehmes Gefühl. Auch als sich kurz darauf ihre Lider senkten und sie anscheinend genug von ihm gesehen hatte, wich die seltsame Empfindung, die ihr Blick in ihm ausgelöst hatte, keineswegs. Er schaute von einem zum anderen, lauschte auf die Geräusche, die von der Straße ins Zimmer drangen, und nahm resigniert hin, daß seine Ratschläge hier vorerst nicht erwünscht waren. Schließlich zuckte er mit den Schultern und ging zur Tür. Bis Quasimodo war es noch eine Woche. Sollte Vignac doch bis dahin noch warten. Danach würde sich schon erweisen, wie es um die französischen Thronangelegenheiten bestellt war.

Vignac sah die Herzogin aus der Ferne, als sie am Dienstag vor Ostern in Paris eintraf und beim Arsenal an Land ging. Ein Soldat stützte sie, als sie, sichtlich geschwächt, den schwankenden Steg zum Ufer überquerte. Neugierige kamen herbeigelaufen, doch die Herzogin, umringt von ihren nächsten Angehörigen, bestieg sogleich eine Sänfte und entschwand den Blicken der Menge.

Vignac folgte dem Zug. Gabrielle verbrachte einige Stunden im Haus ihrer Schwester, der Marschallin von Baligny. Dann trug man sie in die Rue de Cerisai. Vor Zamets Hôtel angekommen, half ihr der Gardekapitän Maineville aus der Sänfte. Der Hausherr, der es sich nicht nehmen ließ, den hohen Besuch vor seinem Haus zu empfangen, ließ eine Verbeugung auf die andere folgen, während er zugleich nach allen Seiten hin zischende Befehle erteilte. Vignac betrachtete das Schauspiel aufmerksam, mußte jedoch enttäuscht einsehen, daß nicht daran zu denken war, hier an die Herzogin heranzutreten. Doch wie sollte er in das Hôtel hineingelangen? Er sah, wie die blaß und schwächlich wirkende Frau am Arm eines Edelmannes durch das Tor schritt. Das mußte wohl jener La Varaine sein. Vignac musterte ihn eingehend, wurde jedoch plötzlich abgelenkt durch ein anderes Gesicht, das im Gefolge der Herzogin aufgetaucht war. Sandrini lief mit verkniffener Miene hinter dem Gefolge des Herzogs von Montbazon. Ein Unbekannter begleitete ihn und sprach auf ihn ein, während der Diener mürrisch zu Boden blickte und bisweilen nickte. Vignac duckte sich hinter die Menschenleiber der gaffenden Menge. Als die Versammlung der Neugierigen sich aufzulösen begann, war der Troß der Hofleute im Innern des Hôtels verschwunden.

Vignac machte kehrt, lief die Rue Cerisai hinab und bog in eine schmale Gasse ein, die zu benennen sich nie jemand die Mühe gemacht hatte. Unter einer brüchigen Holztreppe, die über seinem Kopf in ein schwindelerregendes Gewirr aus ineinandergebauten Balkonen hinaufführte, schlug er einen fleckigen grauen Teppich beiseite und betrat eine dahinter liegende Suppenküche. Wie verabredet, saß Valeria in einer Ecke, doch Vignac erkannte sie erst, als sie ihm mit einem kurzen Handzeichen bedeutete, sich zu ihm zu setzen. In ihrer schwarzen Kleidung verschmolz sie gleichsam mit den rußgeschwärzten Wänden. Vignac ließ sich neben ihr auf der harten Holzbank nieder und berichtete kurz, was er vor dem Hôtel beobachtet hatte. Das Mädchen nickte und sagte dann, die Herzogin bewohne bei ihren Besuchen in Zamets Haus drei Gemächer über einem Säulengang, der das Haupthaus mit dem Garten verbinde.

Vignac fragte, ob es möglich sei, vom Garten aus in diese Gemächer zu gelangen. Valeria erklärte, es gebe einen unbenutzten Treppenaufgang, den Andrea ihr gezeigt habe, als sie damals im Herbst das erste Porträt der Herzogin abliefern wollte. Sie habe damals mit Andrea diesen Weg gewählt, sei die Treppe hinaufgestiegen, habe dann das erste Zimmer betreten, das Bild und den Begleitbrief dort abgelegt und den Raum sogleich wieder verlassen.

Vignac stutzte. Sie habe das Bild also gar nicht persönlich übergeben? Valeria schüttelte den Kopf. Nein. Das habe sie nicht gewagt. Sie schaute betreten vor sich auf den Tisch. Vignac spürte Wut in sich aufkeimen. Dann wisse sie also gar nicht, was mit dem Bild geschehen sei? Womöglich hatte ein Bediensteter es gefunden und zu Zamet gebracht? Valeria schüttelte den Kopf. Nein, die Herzogin sei kurz darauf im Hôtel eingetroffen und habe sogleich die Räume belegt. Von Zamets Personal habe vor Eintreffen der Herzogin mit Gewißheit niemand mehr die Räumlichkeiten betreten, das habe sie mit Andrea schon entsprechend geplant. Was das Personal der Herzogin betreffe, so sei freilich nicht auszuschließen, daß jemand das Gemälde vor ihr entdeckt habe. Doch da die Herzogin selbst nach ihm, Vignac, schicken ließ, habe doch wohl alles seinen vorhergesehenen Verlauf genommen?

Vignac verfolgte die Sache nicht weiter. Valeria traf keine Schuld. So hatte Ballerini also recht behalten, und die Herzogin hatte das Gemälde nie zu Gesicht bekommen. Die Hausvorsteherin, jene Hermant, hatte es gefunden und von seinem Gemälde ausgehend ihre List gesponnen. Gabrielle war völlig ahnungslos gewesen, als die Gemälde während des Bankettes enthüllt wurden, und nur der Willensstärke des Königs war es zu verdanken, daß der Streich mißglückt war.

Zweifellos hatte die Hausvorsteherin nicht alleine gehandelt, und ihre Komplizen würden nun vielleicht auch nicht davor zurückschrecken, ihr Ziel, die Eheschließung der Herzogin zu verhindern, mit anderen Mitteln zu verfolgen. Heute war Dienstag. Noch fünf Tage bis Quasimodo. Vignac wurde plötzlich unruhig. Warum war Gabrielle überhaupt nach Paris gekommen? Weshalb blieb sie nicht, wie jedes Jahr, während der Osterfeiertage an der Seite des Königs? Und warum brachte man sie in Zamets Hôtel?

Ballerini, dem er diese Fragen am Abend stellte, konnte ihm auch keine befriedigende Antwort geben. Soviel er gehört hatte, wolle der König der Vermeidung eines Skandals halber die Herzogin während des Osterfestes fern von Fontainebleau wissen. Es schicke sich nicht, Ostern in Sünde zu begehen. Vignac fügte hinzu, dann sei es doch seltsam, die Herzogin ausgerechnet im verrufenen Hause Zamets einzuquartieren, worauf Ballerini entgegnete, es sei dies nun einmal der einzige Ort, an dem die Herzogin sich wohl und sicher fühle, wenn sie alleine in Paris sei. Den Louvre betrat sie niemals ohne den König. Das Haus ihrer Tante sei verlassen, da Madame de Sourdis in Chartres weile. Blieb also nur Zamets Hôtel, mit dem sie viele angenehme Erinnerungen an gemeinsame Stunden mit dem König verband.

Was Vignac am nächsten Morgen beobachtete, schien Ballerinis Vermutung zu bestätigen. Man brachte die Herzogin in die Kirche Petit St. Antoine, wo sie die Messe hören wollte. Nur wenige Meter von ihm entfernt glitt sie vorüber. Ihr Gesicht war blaß, doch ein heiliger Glanz umgab die ganze Gestalt. Es schien ihm, als sei sie bereits eingesegnet, als sei ihr die Königinnenwürde längst zuteil geworden. Ihr schönes hellbraunes Haar entbehrte anläßlich der religiösen Feier jeglicher Perlen und Edelsteine, doch war es so kunstvoll geflochten, daß der Haarschmuck selbst einem seltenen Schmuckstück gleichkam. Wie schon die wenigen Male zuvor, da er sie aus geringer Entfernung gesehen hatte, war Vignac auch jetzt wieder wie betäubt von ihrem Anblick. Um so schmerzlicher kam ihm zu Bewußtsein, daß sein Traum, ihr einmal wirklich gegenüberzustehen, mit jeder Stunde in größere Ferne rückte. Niemals würde es ihm gelingen, eine Audienz bei ihr zu bekommen. Wenn sie ihr Ziel erst erreicht haben würde, läge ihr mit Sicherheit nichts ferner, als an jenes gräßliche Bild erinnert zu werden, das ihr Verderben gesucht und ihre Errettung bewirkt hatte. Wie er die Dinge auch drehte und wendete, er war stets der Betrogene.

Ohne recht zu wissen, warum, folgte er dem Zug zur Kirche. Er zwängte sich zwischen den Leibern hindurch und kämpfte sich in das überfüllte Gotteshaus vor, bis er von seinem Platz aus Gabrielle in ihrer reservierten Loge sehen konnte. Die Hitze in der kleinen Kirche war unerträglich. Ständig drängten mehr Menschen von draußen nach, um die schöne Musik zu hören und einen Blick auf die zukünftige Königin werfen zu können. Gabrielle saß unbeweglich in ihrer Loge und lauschte, während das Fräulein von Guise ihr Briefe vorlas, die am Morgen aus Rom angekommen waren.

Dann, als der Chor gerade zu singen begonnen hatte, brach auf der Galerie Unruhe aus. Wachen eilten die Treppe hinunter, stießen die eng gedrängt stehenden Menschen brutal auseinander und bahnten einen Weg für die Herzogin und das Fräulein von Guise. Vignac sah den Schweiß auf Gabrielles Gesicht und das kurzatmige Zucken ihrer Halsmuskeln. Fast wäre sie gestürzt, da ihre Augen sich verdrehten. Draußen fing sie sich wieder und lächelte erlöst, als sich die Sänfte in Richtung auf Zamets Hôtel in Gang setzte.

Von Ballerini erfuhr er am Abend, wie es um sie stand. Sie sei nach der Rückkehr einige Schritte in Zamets Garten gegangen und dort, plötzlich von einem Krampf überrascht, zusammengebrochen. Nachdem sie sich ein wenig erholt hatte, begab sie sich in ihr Gemach, um sich von der Unpäßlichkeit auszuruhen. Sie habe begonnen, einen Brief an den König zu schreiben, habe diesen jedoch nicht beenden können, da ein zweiter Krampf sie mit solcher Wucht heimgesucht habe, daß sie minutenlang gekrümmt auf der Erde lag. Der Anfall sei so schlimm gewesen, daß es nicht gelungen sei, sie aufzurichten. Als der Krampf nachgelassen hatte, habe sie mit Nachdruck verlangt, sofort Zamets Haus zu verlassen und in die Rue des Poulies in das Haus ihrer Tante gebracht zu werden. Man entsprach der Anordnung und brachte die Herzogin unverzüglich ins Dekanat. Dort jedoch habe ein weiterer Anfall, der die beiden vorhergegangenen an Stärke um ein vielfaches übertraf, den ersten Verdacht aufkommen lassen, daß die Herzogin an einem außergewöhnlichen Übel leide und ernsthaft in Gefahr sei. In den Abendstunden habe sich ihr Zustand jedoch wieder gebessert, und gegen acht Uhr sei sie eingeschlafen.

Vignac sah den Arzt vielsagend an. Doch der schüttelte den Kopf. Ein Gift sei es wohl, das ihr diese Krämpfe bescherte, doch wohl keines, das man ihr verabreicht hätte. Er kenne keinen Fall einer künstlich hervorgerufenen Vergiftung, die nicht mit Erbrechen begänne. Das Übel, an dem die Herzogin leide, komme von innen, sie produziere es selbst.

Vignac glaubte kein Wort. Ohne das Ende von Ballerinis Ausführungen abzuwarten, eilte er auf die Straße hinaus und fand sich kurz darauf auf dem Platz vor dem Dekanat ein. Die Nachricht von der Krankheit der Herzogin war wie ein Lauffeuer durch Paris gegangen und hatte dazu geführt, daß sich die Rue de Poulies binnen weniger Stunden mit Neugierigen angefüllt hatte. Die Bürger von Paris starrten ungläubig zu dem kleinen, erleuchteten Fenster hinauf, hinter dem sich ihre zukünftige Königin in unheilvollen Krämpfen wand. Aus den Soldaten, die am Mittwoch noch die Eingänge bewachten, war nichts herauszubekommen. Denen hatte wohl die Angst und das Entsetzen die Sprache verschlagen. Bürgten sie nicht alle mit ihrem Leben für die Sicherheit der Herzogin?

Als an jenem Abend weiter nichts geschah, zerstreute sich die Menge, jedoch nur, um sich am nächsten Tag um so zahlreicher um das Dekanat zu scharen. Allmählich setzte sich die Ansicht durch, daß ein schnelles Ende dort oben vielleicht das Wünschenswerteste wäre. Vignac fühlte sich an jenen furchtbaren Morgen erinnert, als die Hetzschrift gegen Gabrielle die Pariser Bürger in hellstes Entzücken versetzt hatte. Wie sehr sie hier gehaßt wurde, mußte er jetzt erneut vernehmen. Da war keiner, der sie an der Seite des Königs, geschweige denn auf dem Thron sehen wollte. Der König, ja, das sei ein guter Mann. Aber seine Mätresse und ihre Familie saugten das Reich aus wie unersättliche Spinnen. Der König wisse es doch. Noch vor wenigen Wochen, als er und die Herzogin in Bauernkleidern und unerkannt auf der Fähre zum Louvre übersetzten, habe Navarra den Fährmann gefragt, was er über den König denke. Und der habe ihm ehrlich erwidert, der König sei schon recht, aber seine Geliebte sei maßlos und brauche mehr Schmuck und Kleider als die Königin von Saba, weshalb ihm von jedem Taler, den er mit seiner Fähre verdiene, kaum etwas bleibe, um sein Leben zu bestreiten. Gabrielle sei wütend geworden und habe befohlen, den Mann streng zu bestrafen, doch der König habe nur gelacht und Befehl gegeben, dem Fährmann in Zukunft die Steuer zu erlassen.

Sollte sie doch der Teufel holen dort oben! Navarra schien auch nicht anders zu denken, denn er ließ sich den ganzen Donnerstag über nicht blicken, verharrte untätig in Fontainebleau und ließ die Dinge ihren

Lauf nehmen. Als am Nachmittag der Leibarzt erschien, da war es für die meisten schon abgetan. Wo erst ein Arzt auftauchte, da war auch der Totengräber nicht mehr fern. Und der Schweiß auf der Stirn von Herrn de la Varaine, der sich am Abend einen Weg durch die Menge bahnte, um nach Fontainebleau zu reiten, war ein untrügliches Zeichen für bald zu erwartende große Neuigkeiten.

In der Nacht zum Freitag schien ein seltsamer Spuk das Haus in der Rue de Poulies ergriffen zu haben, dergestalt, daß am nächsten Morgen keine der dort aufgestellten Wachen mehr aufzufinden war. Wie ein Schiff ohne Besatzung lag das Dekanat im Frühlicht, die Eingangstüren geöffnet, die Räume verlassen. Nur im oberen Stock, einen Steinwurf vom Louvre entfernt, den sie beim Blick aus dem Fenster ständig vor Augen gehabt haben muß, lag Gabrielle, kaum bei Bewußtsein, fast schon vernichtet von den hartnäckig wiederkehrenden Krämpfen. Ein langer Tag und eine lange Nacht würde es werden, dieser Karfreitag, dem kein Ostern mehr folgen sollte, ihre letzten Stunden vor Quasimodo.

Am Nachmittag, nachdem sich die ärztliche Kunst restlos an ihr erschöpft hatte, begann ihr Gesicht, sich schwarz zu färben. Da wurde es dann auch denen zuviel, die bisher noch neben ihr ausgeharrt hatten in der Hoffnung, dem Übel doch noch Einhalt gebieten zu können. Das Durcheinander war vollständig. Diener, Geistliche, Höflinge, Lakaien, Kutscher, Kammerfrauen, Zofen, Soldaten, ja, wer immer in den letzten Tagen im Sterbezimmer der Herzogin aufgetaucht war, verließ nun, eilig sich bekreuzigend, den unheimlichen Ort. Statt dessen strömte das Volk ins Haus hinein und scharte sich, beseelt von schauriger Neugier, um den eigenartig verkrümmten, am Bett festgebundenen Leib der sterbenden Frau. Wär's ein Vieh gewesen, man hätte es gnädigst totgeschlagen. Sie jedoch mußte langsam vergehen, in kleinen, heimlichen Schüben, von Anfall zu Anfall weniger werdend.

So trat Vignac ihr schließlich gegenüber, als er am Freitag abend allen Mut zusammennahm und das Sterbezimmer betrat. Der Raum war voller Menschen, und dennoch herrschte fast vollständige Stille, die von dem Bett und der darin wie aufgebahrt daliegenden Frau auszugehen schien. Vignac betrachtete bestürzt ihr auberginefarbenes Gesicht, die zerbissenen, von blauschwarzen Blutkrusten durchfurchten Lippen, die weiß starrenden Augenhöhlen. Er hatte kurzzeitig den Eindruck, als versuchten die Augen der Sterbenden rückwärts in ihren Körper hinabzublicken, um dort der Krankheit, der sie machtlos ausgeliefert war, bei ihrem Vernichtungswerk zuzusehen. Vignac wurde übel. Er sank zurück in die Menge der Umstehenden und atmete flach. Als er seiner Sinne wieder Herr war, bemerkte er, daß ihm Tränen in den Augen standen. Er wischte sie ab, lauschte dem Flüstern, das den Raum erfüllte, und blickte immer wieder nach jenem schwarzen Etwas hin, das dort am Ende des Raumes lag, manchmal zuckte oder sich leicht aufbäumte, dann wieder in sich zusammenfiel und bisweilen eine Mischung aus Speichel, Blut und anderen Säften auswürgte, als schaufelten kleine Teufel umsichtig das Gedärm aus ihr heraus.

Wie durch einen Nebel hindurch sah er plötzlich die Hausvorsteherin der Herzogin vor dem Bett niedersinken. War sie schon die ganze Zeit hier gewesen? Er hatte ihre Ankunft nicht bemerkt. Als er zum Eingang schaute, blickte er in das Gesicht Sandrinis, der unbewegt die Szene vor dem Bett verfolgte und ihn sicherlich noch nicht entdeckt hatte. Warum hatte er keine Angst? Waren sie denn nicht hinter ihm her? Hatte ihn der Anblick dieses gräßlichen Todes mit einem betäubenden Gleichmut erfüllt? Doch was tat die Hausvorsteherin dort an dem Bett? Vignac hörte ihr Wehklagen, wie schrecklich es sei, was hier geschehe. Sie umarmte die Leblose, küßte und herzte ihre schlaff herabhängenden Hände und trat schließlich, vom Schmerz der Trauer überwältigt, von der Sterbenden zurück, um sich den tröstenden Armen ihres Mannes anzuvertrauen.

Der Szene haftete etwas Unwirkliches an. Vignac sah, wie die Schmuckstücke, die Madame Hermant der Bewußtlosen abgestreift hatte, in die Tasche ihres Mannes glitten.

Dann traf eine weitere Hofdame ein, die gleichfalls erschüttert vor der Bettstatt zu Boden ging. Vignac ertrug es nicht länger und schlich unbemerkt aus dem Zimmer.

Als Gabrielle am Samstag morgen endlich tot war, blieb Vignac den ganzen Tag über bei Ballerini in der Stube sitzen und rührte sich nicht. Die Stunden flossen zäh vorüber. Valeria war bei ihm. Sie fürchtete sich. Sie beschwor Vignac, er möge sie aus der Stadt wegbringen, und rang ihm schließlich das Versprechen ab, am Sonntag abzureisen. Auch sie verstand nun nicht mehr, was Vignac noch zurückhielt. Vignac hüllte sich in Schweigen. Er hörte gar nicht zu. In dem Labyrinth, durch das er hindurchirrte, erreichten ihn keine gutgemeinten Ratschläge. Er saß am Fenster und starrte vor sich hin. Am Abend schließlich, als der Arzt bei Einbruch der Dämmerung noch nicht zurückgekehrt war, verließ er das Haus.

Die Stadt war in ein gespenstisches Zwielicht getaucht. Tiefdunkles Lila überzog den Himmel. Eine für die Jahreszeit unnatürliche Hitze staute sich in den engen Gassen. Er begab sich in die Rue de Deux Portes. Eine Weile lang beobachtete er Perraults Haus aus sicherer Entfernung. Als es dunkel geworden war, ging er hinein. Er betrat die Werkstatt, verschloß die Tür und wartete. Worauf? Er wußte es nicht. Angespannt lauschte er auf Geräusche draußen auf der Straße und im Innenhof vor dem Schuppen. Doch alles blieb still. Hundebellen. Das Zirpen von Grillen. Bisweilen das Wiehern eines Pferdes.

Er überdachte sein Leben, sein vermessenes Streben nach Ruhm und Anerkennung. Es erschien ihm sinnlos. Welcher Dämon hatte ihm aus den Bildern der badenden Diana entgegengelacht? Hätte er sich nicht zufriedengeben sollen mit der Arbeit, die er besaß und die ihm zwar keinen Ruhm, aber ein gesichertes Einkommen versprach? Hatte das Leben ihm nicht immer wieder gezeigt, daß gute und schöne Werke wohl die Frucht menschlichen Bemühens sein können, ruhmvolle, über die Zeiten hinaus gültige Werke jedoch einem Akt der Gnade entspringen, der weit über das menschliche Vermögen hinausreicht? Wollte Gott ihm diese bittere Wahrheit vor Augen führen, indem er ihm ein Talent gab und ihm die Gnade seiner Verwirklichung vorenthielt? Sollte er sein Leben lang dazu verdammt sein, Gestaltungskraft in sich zu spüren, die niemals in einer Form erschöpfend sich verschwenden durfte?

Um acht Uhr schlugen die Glocken. Was tat er hier noch? Er suchte einige Gerätschaften zusammen, die er vier Wochen zuvor in der Eile des Aufbruchs nicht mitgenommen hatte. Die kostbaren Pigmente, wie hatte er sie nur zurücklassen können? Auch die Ölsiebe waren noch brauchbar. Doch kaum hatte er die Gerätschaften vor sich auf dem Tisch zusammengestellt, da waren sie ihm auch schon wieder gleichgültig. Wohin sollte er nun gehen? Zu Lussac nach Clermont? Oder zurück in den Süden? Paris war ihm für immer verschlossen. Solange die Herzogin am Leben gewesen war, hatte noch Hoffnung bestanden, daß sich der üble Streich zu seinen Gunsten wenden würde. Nun lagen die Dinge anders. Welch ein Haß war Gabrielle in ihren letzten Stunden entgegengeschlagen. Niemand hatte sie geliebt. Jedermann verachtete ihre Familie. Ein Tor war er gewesen, sein Glück von ihrem Erfolg abhängig zu machen. Sollte Ballerini doch recht gehabt haben? Der König kam nicht einmal nach Paris, um ihr in ihren letzten Stunden beizustehen, ließ drei Tage untätig verstreichen, bis er sich zu ihr aufmachte, nur um auf halber Strecke wieder umzukehren, als er hörte, daß sie bereits gestorben war.

»Ich sehe, daß Ihr im Begriff steht abzureisen?«
Vignac fuhr herum und erblickte Sandrini in der halb geöffneten Tür. Sandrini hob beschwichtigend die Hand und blieb ansonsten unbeweglich auf der Schwelle stehen. Hinter ihm, im Haupthaus, herrschte völlige Dunkelheit. Vignac konnte nicht erkennen, ob sich dort noch weitere Personen befanden. Er wich erschrocken zurück und suchte unwillkürlich nach einem Gegenstand, der als Waffe tauglich sein könnte. Sandrini betrachtete ihn mit bekümmerter Neugier. »Erschreckt nicht. Ich bin ein schwächlicher, kranker Mann und ohne Begleitung. Erlaubt Ihr, daß ich eintrete?«
Schweigend musterte Vignac den Mann, der die Tür schloß und auf einem Stuhl am Ende des Tisches Platz nahm.
»Ich verstehe Eure Scheu und Eure Reserviertheit. Mit Verlaub, Sandrini ist mein Name. Wir hatten ja bereits das Vergnügen, obgleich wir einander nie vorgestellt wurden.«
Er streckte ihm die Hand entgegen, doch Vignac rührte sich nicht von der Stelle.
»Was wollt Ihr?«
»Nichts, Maître Vignac. Wir wollen nichts mehr von Euch. Ihr habt alles, was Euch aufgetragen war, zu unserer vollsten Zufriedenheit erledigt. Daß die Vorsehung den schön erdachten Plan schließlich doch

noch vereitelt hat, ist ein Unglück, das niemand vorhersehen konnte. Doch das Seil ist gerissen. Die Herzogin lebt nicht mehr. Der Himmel weiß, wie es sich damit verhält. Doch Ihr sollt wissen, daß wir Euch nicht mißbraucht haben. Madame wäre zutiefst unglücklich, wenn sie wüßte, mit welchem Groll Ihr die Stadt verlaßt. Habt Ihr ihre letzte Aufmerksamkeit gefunden?«

Der Mann zog die Augenbrauen fragend nach oben und wies mit den Augen auf die Stelle, wo Vignac vor einigen Tagen den Beutel Geldes gefunden hatte. Der Maler nickte stumm. Ein gewaltiges Rauschen ging ihm durch den Kopf. Die Angst verdrehte ihm die Sinne. Er versuchte, der Rede des Menschen zu folgen, und konnte doch nichts anderes denken, als daß er jetzt gefangen war.

»Nun, so ist damit alles in Ordnung. Ich habe großen Respekt vor Eurem Können, Maître, und ich bedaure es sehr, daß wir in Zukunft keine Verwendung mehr für Eure Dienste haben werden. Doch vielleicht tröstet es Euch zu erfahren, daß auch meine Tage bei Hofe gezählt sind. Das Hauspersonal der Herzogin ist heute vom König entlassen worden. Madame Hermant und ihr Mann wurden verhaftet. Der Fall der beiden war indessen absehbar. Die Liste ihrer Verfehlungen ist recht lang. Doch durch den plötzlichen Tod der Herzogin ist die Situation bei Hofe äußerst angespannt. Ihr seht, daß es nur in Eurem Interesse ist, wenn Ihr die Stadt verlaßt.«

Vignac musterte den Menschen, der vor ihm auf dem Stuhl saß. Warum war er hierhergekommen? Er betrachtete das schmale, blasse Gesicht und die dunkelbraunen Augen, die ihn neugierig ansahen. Die Augenbrauen waren aus einem unerfindlichen Grunde schmal rasiert. Die Stirn stand hoch über den Brauen und lief aus in einen mächtigen Schädel, auf dem sich nur noch wenige Haare befanden.

Der Mensch schien Gedanken lesen zu können.

»Ich habe mir gedacht, daß ich Euch hier antreffen würde. Wir haben uns oft über Euch unterhalten und uns gefragt, wie Ihr auf die Verwendung Eures Gemäldes reagieren würdet. Die Herzogin wollte Euch vollständig eingeweiht wissen, doch sie ließ sich leicht umstimmen, als man ihr erklärte, wie unklug es gewesen wäre, Euch über alle Einzelheiten des Planes aufzuklären. Womöglich hättet Ihr abgelehnt oder das

Ansinnen als riskant verworfen. Zweifelsohne hätten Euch beim Malen die Hände gezittert, wenn Euch die wahre Bestimmung des Gemäldes bekannt gewesen wäre. Respekt. Ihr habt unser kleines Theaterstückchen vorzüglich wiedergegeben.«

Vignac war zu keiner Antwort fähig. Die Knie zitterten ihm. Was betete der Mensch ihm da vor? Solche Reden hatten ihm schon einmal die Sinne verwirrt. Zahllose Fragen schossen ihm durch den Kopf, doch er widerstand der Versuchung, mit dem Mann ein Gespräch zu beginnen, das seine Aufmerksamkeit von der Person ablenken und auf den zweifelhaften Inhalt seiner Rede richten würde. Er hatte seine Erfahrungen gemacht und würde kein zweites Mal einem Wortnebel aufsitzen.

Sandrini setzte indessen seine Ausführungen fort. »Ich kann verstehen, daß Ihr uns nicht gewogen seid nach allem, was geschehen ist.«

Er rutschte von seinem Stuhl herunter und ging einige Schritte in den Raum hinein. Vignacs Muskeln spannten sich unwillkürlich.

»Bleibt, wo Ihr seid!« sagte er drohend.

Sandrini blieb stehen und lächelte. »Eure Angst ist völlig unbegründet, aber ich respektiere Euren Wunsch. Seht Ihr, Euer Gemälde war das letzte Mittel, um dem König die unmögliche Situation der Herzogin vor Augen zu führen. Er war blind für die gefährliche Lage, in die er seine Geliebte durch sein leidiges Zögern brachte. Freilich, die Art und Weise war etwas grob, doch, wie Ihr zugeben müßt, höchst wirksam. Hätte er diese öffentliche Beleidigung hingenommen, so hätte er damit vor aller Welt zugegeben, daß er die Herzogin aufgegeben hatte. Der Schritt war gewagt, aber wir zweifelten im Grunde nie daran, daß er zum gegebenen Zeitpunkt die Vermählung vollziehen würde. Doch auf welche Weise konnte Seine Majestät dazu gebracht werden, dies unwiderruflich in aller Öffentlichkeit bekanntzugeben? Ihr müßt zugeben, daß der Plan ausgezeichnet war, bis ins feinste zugeschnitten auf die zögerlich-zupackende Art unseres geliebten Königs und Herrn. Konnte er diese Schmach auf ihr sitzenlassen? Er wußte ja nicht, daß sie sich selbst in die Grube geworfen hatte, aus der er sie nun erretten mußte. Ja, wer käme den Frauen an Listenreichtum gleich? Wäre Euch dergleichen in den Sinn gekommen?«

Vignacs Geist arbeitete fieberhaft. Er spürte, daß der Mann dort vor ihm log. Nichts von alledem entsprach der Wahrheit. Es war nur eine unbestimmte Ahnung, doch er war sicher, daß sie ihn nicht trog. Oder waren es Ballerinis Worte, die ihn gegen dieses Geplärr immun gemacht hatten? Wenn er nur wüßte, warum der Mensch ihn überhaupt aufgesucht hatte. Ballerinis Worte kamen ihm in den Sinn. *Alle* haben sich getäuscht.

Der Mann stand wenige Schritte von ihm entfernt und schaute ihn neugierig an. Vignac bemerkte, daß er schwer atmete und sich scheinbar nur mit Mühe auf den Beinen hielt. Plötzlich schwankte er, hielt sich mit der Hand am Tisch fest und sank schwerfällig auf den Stuhl zurück. Vignac ging auf ihn zu, doch er hob abwehrend die Hand, griff sich dann an die Brust, atmete tief ein und kniff bei jedem Atemzug schmerzlich die Augen zusammen.

»Laßt nur. Es ist gut. Ich weiß, daß Ihr mir nicht glauben werdet. Doch nun, da alles vorüber ist, ist dies nicht mehr von Bedeutung.« Seine Rede ging über in ein leichtes Röcheln. Sein Kopf fiel vornüber, erhob sich sogleich wieder und verharrte in einer unnatürlichen, leicht angehobenen Stellung.

Vignac trat noch näher heran. »Soll ich Euch Wasser holen?«

»Nein, laßt nur. Der kleine Teufel, der an meinem sündigen Herzen nagt, wird schon bald genug haben. Doch wenn Ihr das Fenster ein wenig öffnen könntet, wäre ich Euch dankbar. Wie alle bösen Geister meidet er die frische Luft.«

Vignac machte sich am Fenster zu schaffen, drehte den Riegel hoch, der quietschend nachgab, und rüttelte an den von der Feuchtigkeit verzogenen Rahmen. Als der Fensterflügel schließlich aufsprang, strömte ein leichter Luftzug durch die geschlossenen Fensterläden.

Die ganze Zeit über hatte er den Fremden nicht aus den Augen gelassen. Sandrini saß zusammengesunken auf dem Stuhl und atmete schwer. Vignac zog sich wieder an das andere Ende des Raumes zurück und lehnte sich gegen die Wand. Nein, für den Augenblick war er sicher vor ihm. Sandrini konnte sich offensichtlich kaum auf den Beinen halten. Nach einer Weile beruhigten sich die Atemzüge des Italieners.

»Ich glaube Euch kein Wort«, sagte Vignac schließlich. »Sicher ist nun alles gleichgültig. Doch nichts von dem, was Ihr mich glauben machen wollt, ist wahr. Euer Plan war es, die Herzogin in aller Öffentlichkeit zu beleidigen, damit der König von dieser Vermählung Abstand nehme. Nur Navarra war es zu verdanken, daß der Streich nicht glückte. Und Ihr hattet Angst, ich könnte der Herzogin berichten, wem sie diesen Schlag zu verdanken hat. Daher habt Ihr das Mädchen gegen seinen Willen aus Zamets Hôtel entfernt, es geschlagen und mißhandelt, damit es meinen Aufenthaltsort verrate. Ihr habt ihr den Schlüssel zu diesem Hause vom Hals gerissen und mir hier aufgelauert. Meint Ihr wirklich, ich sei so dumm, auf Euer Lügengarn hereinzufallen?«

Sandrini lächelte. »Ach ja, das Mädchen. Valeria heißt sie, nicht wahr?«

Vignacs Augen wurden kalt. Er griff hinter sich und bekam ein Holzscheit zu fassen.

»Die Herzogin von Beaufort war außer sich vor Freude, als der Streich geglückt war. Aber seht Ihr, Ihr kanntet diese Frau nicht, deshalb versteht Ihr auch ihre Handlungsweise nicht. Es überkam sie plötzlich die Furcht, jemand könne das schön eingefädelte Stückchen durchschauen. Sie wollte Euch am nächsten Tag holen lassen und Euch bitten, die Stadt bis auf weiteres zu verlassen. Da ich Euch nicht finden konnte, hielt ich mich in Ermangelung des Malers an das Mädchen und befahl ihm, mir mitzuteilen, wo Ihr Euch aufhieltet. Sie war störrisch und verstockt, wollte mit der Sprache nicht heraus. Ich bin es nicht gewohnt, mit Gesinde zu verhandeln. Die paar Ohrfeigen werden ihr nicht geschadet haben. Als die Herzogin erfuhr, daß wir Euch nicht auffinden konnten, bekam sie einen Wutanfall und befahl, das Mädchen festzusetzen und Euch, koste es was es wolle, unverzüglich herbeizuschaffen.«

»Und Ihr habt das Geschäft wohl zu verrichten gewußt.«

»Ich sagte bereits, daß mir störrische Domestiken zuwider sind.«

»Genug jetzt. Erspart mir Eure Geschichten. Nichts davon ist wahr.«

Sandrini verzog das Gesicht. »Ihr seid ein mißtrauischer Mensch, Maître Vignac. Vielleicht wäre ich es an Eurer Stelle ebenso. Doch versetzt Euch für einen Augenblick in die Lage von Madame de Beaufort. Ihr Ziel lag plötzlich zum Greifen nahe. Die Post aus Rom war günstigen Inhalts. Navarra hatte sich entschieden und seine Vermählung öffentlich angekündigt. War es verwunderlich, daß die Herzogin jede noch so kleine Gefährdung ihrer großen Pläne ausgeschlossen sehen wollte?

Hättet Ihr Euch nicht versteckt, sie hätte Euch mit Gold überschüttet und aus Paris wegbringen lassen, so wahr ich hier vor Euch sitze. Niemals hatten wir im Sinn, demjenigen, dem wir den Erfolg der ganzen Unternehmung zu verdanken hatten, Übles anzutun. Der, der über uns alle herrscht, hat anders entschieden. Die Herzogin wurde ein Opfer ihres überreizten Zustandes. Man hat heute ihren Leib geöffnet und das Kind, das sie darin trug, tot geborgen.«

Vignac ließ sich langsam zu Boden sinken. Sandrini kauerte auf seinem Stuhl, betrachtete ihn müde und schien wieder mit seinem Herzen zu kämpfen. Vignac sperrte sich beharrlich gegen den Eindruck, den der Fremde auf ihn machte. Er wollte ihn hassen, ihm für das, was er Valeria angetan hatte, die Glieder brechen, und ihm für seine verruchten Lügen den Mund mit seinen Fäusten stopfen. Doch der ruhige Ton seiner Stimme, die besonnene, sachliche Art seiner Rede ließen Zweifel in Vignac aufkommen. Hatte man ihn denn wirklich verfolgt? War man ihm jemals in feindlicher Absicht begegnet, oder hatte er sich all diese Bedrohung nur eingebildet? Sandrinis Besuch am Aschermittwoch. Vignac war vor ihm geflohen, ohne auch nur ein Wort der Erklärung von ihm gehört zu haben. Sie hatten Valeria mißhandelt, doch war die Furcht der Herzogin nicht verständlich? Vielleicht hatte sie geglaubt, er würde aus lauter Angst eine Dummheit begehen, und hatte deshalb um so dringlicher nach ihm suchen lassen.

Die Bewegung war so rasch und behende wie das plötzliche Vorschnellen eines Reptils. Erst als die Klinge brennend in seine Schulter stieß, begriff er, daß der Mensch wie wild auf ihn einstach. Mit einem lauten Aufschrei stürzte er seitwärts, fuhr herum und stieß dabei gegen den Tisch. Ein dumpfes Krachen war zu hören, dann erlosch das Licht. Ein dunkler Schatten flog knapp an seinem Kopf vorüber. Er spürte einen harten Schlag gegen sein ledernes Wams. Erst jetzt erfaßte er vollständig, daß der Mann ihn erdolchen wollte. Der nächste Stoß ging gegen seine Seite und verfing sich dort in seiner Jacke. Dann bekam Vignac die Hand zu fassen, umschloß sie mit aller Kraft, richtete sich halb auf, winkelte den freien Arm an und ließ seinen Ellenbogen mit seinem ganzen Körpergewicht in die Dunkelheit unter ihm fallen. Als er aufschlug, gab es ein knirschendes Geräusch. Die gefangene Hand wurde schlaff.

Plötzlich stieg eine andere Hand an ihm empor und krallte sich in sein Gesicht. Vignac riß den Mund auf, bekam einen Finger darin zu fassen und biß zu. Ein Blutstrom schoß ihm in den Mund und über das Gesicht. Er spuckte aus und stieß sogleich seinen Kopf mit aller Wucht in die Dunkelheit unter ihm. Dann wußte er nichts mehr. Er tauchte ein in einen dunkelroten Rausch, aus dem er erst wieder erwachte, als der Mensch mit blutüberströmtem Schädel reglos neben ihm auf dem Boden lag.

Das Weitere verlief wie eine Folge gut einstudierter Handgriffe. Er sah sich selbst, wie er den Toten entkleidete. Dann streifte er seine eigenen Kleider ab und zog sie dem Toten an. Aus einer Ecke holte er einen Topf hervor, öffnete ihn und strich den leblosen Körper mit einer dicken schwarzen Paste ein. Es war, als hätte sich ein unbekannter Wille seiner Sinne bemächtigt. Alles, alles muß verschwinden, sagte er sich leise. Nichts darf zurückbleiben. Schmier ihm das Gesicht ein. Und die Hände. Doch vor allem den zerschmetterten Kopf.

Er wälzte die Leiche auf den Bauch und strich den Rücken dick mit Pech ein. Dann kam ihm ein anderer Gedanke in den Sinn. Ruckartig ließ er von dem Körper ab und durchstreifte erneut den Raum. Als er einen groben Strick gefunden hatte, kehrte er zu dem Toten zurück, warf ihm das eine Ende zweimal um den Hals und verknotete die Schlinge. Dann wuchtete er den Körper auf den Tisch hinauf, richtete ihn auf, warf das Ende des Seiles über den Dachbalken und zog die Leiche einige Handbreit nach oben. Während der Leichnam im Raum pendelte, bestrich Vignac mit dem noch verbleibenden Pech die Wände des Schuppens. Schließlich häufte er ringsherum Stroh gegen die Wände. Dann steckte er mehrere Kerzen so in das Stroh, daß sie eine Zeigefingerlänge herausragten. Nachdem er die Kerzen entzündet hatte, begann er, die Kleider des Toten anzulegen, und erst jetzt überlief ihn ein leichter Schauder angesichts der Ungeheuerlichkeit seiner Tat. Mit zitternden Gliedern betrachtete er sein Werk. Der Tote hing an seinem Seil und drehte sich langsam nach links, nach rechts, nach links. Der Dachbalken knarrte unter seinem Gewicht. Dann, ohne sich noch einmal umzusehen, verschloß Vignac die Tür zum Schuppen und verließ in größter Eile den Unglücksort.

Wenig später saß er Ballerini gegenüber, der ihn ungläubig anstarrte. Was erzählte der Maler ihm da? Doch sein Aufzug ließ wenig Zweifel an der Wahrheit seiner Ausführungen zu. Sein Hemd war blutgetränkt, seine Hände und Unterarme waren schwarz mit Pech verschmiert. Vignacs Gesicht war ausdruckslos, der Ton seiner Stimme ruhig. Er wolle den Arzt nur um eine letzte Gefälligkeit bitten. Ballerini solle ihn und Valeria umgehend aus der Stadt bringen. Am Morgen, wenn er zurückgekehrt sei, möge er in Perraults Haus gehen und sagen, der Mensch, den man in dem Aschehaufen gefunden habe, sei er: Vignac. Nichts weiter. Nein, er habe nichts zu erklären, und er habe sich nichts zuschulden kommen lassen. Der Arzt beschwor ihn, sich zunächst von ihm behandeln, seine Wunden verbinden zu lassen und am nächsten Tag aus der Stadt zu fliehen. Doch der Maler, fest davon überzeugt, daß jedes weitere Verweilen in der Stadt ihm zu seinem sicheren Verderben gereichen würde, wollte nichts davon wissen.

ABBABAB# Dritter Teil
Die Hand des Malers

Eins

Draußen dämmerte es schon, als ich von den Papieren aufblickte. Ich hatte bis in die frühen Morgenstunden gelesen, dann, von Müdigkeit übermannt, bis elf Uhr geschlafen, mein Frühstück aufs Zimmer bestellt und mich den Rest des Tages nicht mehr von meinem Schreibtisch wegbewegt. Jetzt erhob ich mich und blickte auf die Uhr, die schon fast acht anzeigte. Ich holte eine Tüte Salzgebäck und eine Flasche Bier aus dem Kühlschrank und legte mich aufs Bett.
Ich war übernächtigt und fühlte mich zugleich erregt und niedergeschlagen. Koszinski hatte recht behalten. Die Dokumente waren keineswegs schlüssig. Ich griff nach dem Telefon, wählte die Nummer von seinem Zimmer, legte jedoch wieder auf, bevor das erste Klingeln ertönte. Dann nahm ich die Briefbögen zur Hand, auf denen ich mir während meiner Lektüre einige Fragen notiert hatte, und überflog meine Notizen. War die Herzogin vergiftet worden oder nicht? Gab es Bonciani wirklich? Wie stand es um das Louvre-Bild? War es erst später gemalt worden? Wo? Warum?
Ich wusch mir das Gesicht ab und ging in den Speisesaal hinunter. Das Abendessen war längst vorüber, doch vom Kellner hörte ich, in der Bar werde man mir sicher noch eine Kleinigkeit servieren. Koszinski war nirgends zu sehen. Wahrscheinlich war er schon zu Bett gegangen. Ich bestellte ein Sandwich, aß jedoch nur die Hälfte. Dann spazierte ich in den Park hinaus. Meine Augen schmerzten, und die Müdigkeit, die mich plötzlich umfing, ließ mich schon bald in mein Zimmer zurückkehren. Szenen des Gelesenen zogen vor meinem geistigen Auge vorüber, bis ich in einen tiefen, traumlosen Schlaf fiel, aus dem mich erst das Klingeln des Telefons am nächsten Morgen weckte.

»Ich dachte eigentlich, Sie beim Frühstück zu treffen«, hörte ich ihn sagen.
»Wie spät ist es denn?«
»Neun Uhr. Haben Sie gut geschlafen?«
»Ja, danke.«
»Das Restaurant schließt in einer halben Stunde. Treffen wir uns nachher im Lesesaal?«
Ich bejahte und beeilte mich, unter die Dusche zu kommen. Nach dem Frühstück kehrte ich in mein Zimmer zurück und sammelte die Papiere zusammen. Dann machte ich mich auf die Suche nach Koszinski und fand ihn wie verabredet im Lesesaal. Er war über ein Schachbrett gebeugt. Sein Gesicht hellte sich auf, als er mich mit dem Papierbündel auf ihn zukommen sah. Er deutete auf das Zifferblatt seiner Uhr und ließ den Finger darüber kreisen, was sich unschwer als Aufforderung übersetzen ließ, das Ende der Partie abzuwarten. Das Schachbrett war nur noch dünn besiedelt, schwere Artillerie und feststeckende Bauern, nach meiner Einschätzung ein Rezept für zähe Endspiele. Ich begab mich an die Hotelbar, bestellte einen Tee und blätterte in einer Tageszeitung.
Koszinskis Verteidigung schien indessen einen Schwachpunkt enthalten zu haben, der meinem flüchtigen Blick auf das Brett entgangen war. Der Tee war gerade erst aufgetragen worden, da trat er schon aus dem Lesesaal heraus, kam auf mich zu und sagte, das sei nun bereits das dritte Mal, daß ihn jener Chorleiter aus Nürnberg in eine Falle gelockt habe. Ein interessanter Mann sei das übrigens, der für seine Angewohnheit, kein Blatt vor den Mund zu nehmen, vier Jahre in Bautzen eingesessen und sich dort ein Plätzchen im Schachhimmel erobert habe, was ihm, Koszinski, wohl niemals gelingen werde. Aber der Tag sei ohnehin zu schön, um über komplizierten Stellungen zu brüten.
Er nahm die Papiere entgegen, hinterlegte sie an der Rezeption, und wir verließen das Hotel durch den Gartenausgang. Nach wenigen Minuten umfing uns die kühle, morgendliche Stille des Schwarzwaldes. Meine Gedanken wanderten der Zeit voraus. In einigen Tagen würde ich auf dem Weg nach Brüssel sein, beschäftigt mit der Vorbereitung meiner Lehrveranstaltungen. Ich atmete tief durch und verscheuchte die unliebsame Vorstellung.

Wir folgten dem Spazierweg und bogen dann auf einen schmalen Pfad ab. Kurz darauf gabelte sich auch dieser, und wir wählten erneut die unwegsamere Strecke, die uns bald darauf einen zauberhaften Ausblick bescherte. Nach einer halben Stunde steilen Aufstiegs erreichten wir einen Felsvorsprung, von dessen jäh abfallendem Ende aus sich die Landschaft wie ein gewaltiges Tuch weit in die Ebene hinausspannte. Bis auf ein paar Lämmerwolken, die unbeweglich über der Ebene schwebten, war der Himmel wie leergefegt.

»Und?« fragte er schließlich. »Was halten Sie von der Geschichte?«

»Ich habe sie fast in einem Zuge gelesen«, erwiderte ich. »Aber Sie haben recht. Der Schluß ist mißlungen. Eigentlich bleibt alles offen.«

»Ich bin davon überzeugt«, entgegnete er, »daß der Schlußteil nichts weiter als eine erste Skizze ist. Das Gespräch mit Ballerini hätte noch viel mehr hergegeben. Die Ungewißheit bezüglich der wirklichen Auftraggeber, das ist es doch, was den Maler letztendlich in der Stadt hält. Dieses Motiv sollte bestimmt noch ausgekleidet werden. Man stelle sich nur vor, was man aus der Szene im Sterbezimmer alles hätte machen können. Vignac steht vor der Leiche der Herzogin, und plötzlich taucht diese rothaarige Frau auf, die ihm den Streich gespielt hat. Es gab sie übrigens wirklich. In den Quellen ist bisweilen von einer gewissen *La Rousse* die Rede, einer skandalumwitterten Frau aus dem Umfeld der Herzogin. Sie und ihr Mann, der Gardekapitän de Mainville, verschwanden nach dem Tode Gabrielles für sechs Jahre in der Bastille. Niemand weiß, warum. Sie erinnern sich vielleicht, im Verhör des Marquis de Rosny wird die Sache kurz angesprochen. Um 1605 sind die beiden plötzlich wieder in Amt und Würden, wofür es auch keine Erklärung gibt. Aber die Tatsache ist urkundlich belegt.

Und dann die Schlußszene im Atelier. Man will den letzten Zeugen beseitigen. Morstadt läßt Sandrini behaupten, die Herzogin selbst habe das Gemälde in Auftrag gegeben, um den König unter Druck zu setzen. Ein seltsamer Gedanke. Vignac weiß überhaupt nicht mehr, was er glauben soll. Ein plötzliches Ende, schade. Nein, wenn ich es recht besehe, gar kein Ende. Ich hoffe, Sie waren nicht enttäuscht, aber ich sagte Ihnen ja, daß ich den Eindruck habe, daß Morstadt nicht fertig geworden ist.«

Koszinski zog seine Jacke aus.

»Ja«, sagte ich, »man würde gerne erfahren, wer das Bild nun tatsächlich in Auftrag gegeben hat. Aber völlig unklar bleibt leider auch, was es mit den eigenartigen Todesumständen der Herzogin auf sich hat.«
»Ja, das ist in der Tat das Seltsamste an den ganzen Aufzeichnungen. Gab es ein Komplott gegen die Herzogin? Oder stimmt es, was Morstadt dem Arzt in den Mund gelegt hat? Wollte der König die Herzogin in Wirklichkeit niemals heiraten? Denn wenn man das beweisen könnte, so hätte sich ein Anschlag auf ihr Leben ja erübrigt.«
»Und?« fragte ich. »Was glauben Sie?«
»Ich glaube, daß die Herzogin vergiftet wurde. Morstadt hat sich geirrt. Deshalb ist das Buch auch nicht fertig geworden. Er hat sich in eine schöne Theorie hineinfabuliert und nicht mehr herausgefunden. Er hätte die Sache nicht so kompliziert aufziehen sollen, dann wäre ein schöner Kriminalroman daraus geworden.«
»Aber er mußte doch die Fakten berücksichtigen. Oder ist das alles erfunden, was in den Aufzeichnungen steht?«
Er zuckte mit den Schultern. »Ich habe natürlich nicht alles nachgeprüft. Die meisten Ereignisse sind historisch verbürgt. Doch der Fall wurde nie aufgeklärt. Aber für mich ist es die wahrscheinlichere Lösung. Gabrielles Tod so kurz vor dem Thron, das kann kein Zufall sein.«
»Aber in dem Manuskript steht doch etwas ganz anderes«, entgegnete ich.
»Sie meinen Ballerini?«
»Ja«, sagte ich. »Der Arzt behauptet, die Herzogin sei an ihrem überreizten Zustand gestorben. Keine Anzeichen einer äußerlich herbeigeführten Vergiftung. Kein Erbrechen nach dem Essen im Haus des Italieners.«
»Lieber Freund, der Arzt ist eine Erfindung Morstadts.«
»Ja, gut, aber innerhalb der Erzählung ist es durchaus logisch, was er behauptet. Es ist doch unvorstellbar, daß die Herzogin mit Einverständnis des Königs vergiftet wurde!«
»Warum mit Einverständnis des Königs?« fragte er.
»Weil alle Passagen des Manuskriptes, die die Möglichkeit eines Giftmordes andeuten, indirekt den König selber belasten. Schauen Sie. Heinrich und Gabrielle sind auf Schloß Fontainebleau. Plötzlich beschließt er, sie über Ostern allein nach Paris zu schicken. Der Vorgang ist

einmalig. Gabrielle stürzt in helle Verzweiflung. Warum soll sie sich eine Woche vor der Eheschließung von ihm trennen? Aber Heinrich bleibt hart. Der Abschied an der Fähre in Melun ist furchtbar. Dann bringt man sie ausgerechnet zu Zamet, der offenbar dem Willen der Italiener gefügig ist. Kaum hat sie dort gegessen, bricht sie zusammen und verfällt in furchtbare Krämpfe. Als der König von ihrer Krankheit erfährt, läßt er zwei Tage verstreichen, bis er sich schließlich nach Paris aufmacht. Auf halber Strecke fängt man ihn ab und täuscht ihm vor, die Herzogin sei bereits tot, obwohl sie noch einen ganzen Tag und eine ganze Nacht zu leben hatte. Und diese Täuschung bleibt ungestraft. Alles weist darauf hin, daß der König irgendwie an dem Unglück Anteil hat.«

»Ich würde die Möglichkeit, daß Heinrich über das Komplott Bescheid wußte, gar nicht ausschließen. Allem Anschein nach war er doch froh, daß sich die Angelegenheit auf diese Weise erledigt hatte.«

Koszinskis Behauptung erschien mir monströs.

»Das kann ich mir einfach nicht vorstellen«, entgegnete ich. »Außerdem wird in den Verhören von Rosny und La Varaine die Sache klargestellt: Keiner der Zeitgenossen dachte ernsthaft an einen Giftmord.«

Er lachte. »Das ist ja nicht weiter verwunderlich. Die beiden werden sich wohl zu hüten gewußt haben, sich selber zu belasten. Rosny und La Varaine hatten beide Gründe genug, sich nach dem unerklärlichen Tod von jedem Verdacht einer möglichen Verschwörung reinzuwaschen. Rosny haßte Gabrielle über alle Maßen. Zudem fürchtete er um die Legalität der Thronfolge. La Varaine war ein heimlicher Jesuit. Der Orden war, seit ein Jesuit einen Anschlag auf Navarras Leben versucht hatte, des Landes verwiesen. Heiratete der König die Katholikin Maria de Medici, kämen in ihrem Gefolge auch die Jesuiten nach Frankreich zurück. Gabrielles Mörder hätte sich so indirekt sogar um die Rehabilitierung des Jesuitenordens verdient gemacht. Schließlich zeigte nicht einmal der König selbst Interesse, die Sache genauer zu untersuchen. Im nachhinein muß ihm Gabrielles Tod wie ein Geschenk des Himmels erschienen sein.«

»Glauben Sie das wirklich?«

»Ich will nicht sagen, daß Heinrich selbst die Hand im Spiel hatte. Aber er hat Gabrielle bewußt in Gefahr gebracht und keine Vorkehrungen getroffen, um einen Anschlag auf ihr Leben auszuschließen. Und daß der Großherzog Ferdinand de Medici in Florenz eine Giftküche unterhielt, weiß man ja.«

Koszinskis Argumente schienen mir wenig überzeugend, aber er hatte noch mit weiteren Überlegungen aufzuwarten, auf die ich zunächst nichts zu erwidern wußte.

»Für Ferdinand de Medici war die Situation klar«, sagte er. »War Gabrielle erst aus dem Weg geräumt, würde es nicht schwer sein, seine Nichte Maria auf den französischen Thron zu bekommen. Im Grunde war dies für alle die beste Lösung. Für Rom, für Florenz, und für Frankreich sowieso. Morstadt schreibt ja darüber. Die Verbindung Heinrichs mit Gabrielle wäre aus dynastischen Gründen einer Katastrophe gleichgekommen. Warum also nicht ein wenig nachhelfen? Wäre Gabrielle erst einmal beseitigt, würde man nicht lange nach den Gründen fragen, sondern froh sein, daß die prekäre Situation vorüber war. Außerdem war dies nicht der erste Giftmord, der auf Ferdinands Konto ging. Er stand im Verdacht, seinen Bruder Francesco und dessen Frau Bianca Capello vergiftet zu haben. Es ist eine merkwürdige Geschichte, die wie so viele Todesfälle in dieser Familie niemals aufgeklärt wurde. Ferdinand, sein Bruder Francesco und dessen Frau Bianca befanden sich auf ihrem Landsitz. Innerhalb weniger Stunden verstarben die beiden plötzlich an einer rätselhaften Krankheit. Jeder wußte, wie wenig Ferdinand die intrigante Bianca schätzte, und der Verdacht, daß er mit der ungeliebten Schwägerin auch gleich noch den Bruder aus dem Weg räumte, ist nie entkräftet worden. Der Mann war ein versierter Giftmörder.«

»Aber waren die Symptome, die Gabrielle aufwies, nicht einer schwangerschaftsbedingten Krankheit zuzuschreiben?«

»Da müßte man einen Gerichtsmediziner befragen. Aber glauben Sie, es wäre zu jener Zeit möglich gewesen, Vergiftungen eindeutig zu diagnostizieren? Welche chirurgischen Mittel den Ärzten damals zur Verfügung standen, haben Sie ja gelesen, und mit der Diagnostik stand es sicher nicht viel besser. Außerdem gibt es da noch diese merkwürdige Anekdote aus Rom. Sie erinnern sich, am Ende des ersten Kapitels wird berichtet, Papst Clemens VIII. sei am Samstag, dem 10. April, morgens plötzlich aus seiner Privatkapelle getreten und habe verkündet, das

Problem sei gelöst. Gott habe vorgesorgt. Ich dachte zunächst, das sei eine Erfindung von Morstadt. Aber es stimmt. Ich habe es nachgeprüft. Mehrere Zeitzeugen bestätigen den Vorfall. Eine Depesche von Paris nach Rom brauchte damals mindestens fünf Tage. Selbst eine Brieftaube kann nicht in der Morgendämmerung von Gabrielles Totenbett in Paris losfliegen und noch vor dem Mittagessen dem Papst in Rom die Botschaft überbringen, daß eines seiner schwierigsten Probleme sich erledigt hat. Wie lange es dauert, bis ein Mensch einem bestimmten Gift erliegt, kann man wohl vorausberechnen.«

Koszinskis Ausführungen hinterließen mich ratlos. In gewisser Hinsicht bekam die Geschichte dadurch eine innere Logik. Das Komplott gegen Gabrielle war von Florenz ausgegangen. Zunächst hatte man auf den Papst eingewirkt. Clemens VIII. weigerte sich, den König von Margarete zu scheiden, falls dieser in der Folge Gabrielle zu heiraten gedachte. Als Heinrich an seinen Absichten festhielt, setzte man in Paris die Propagandamaschine gegen Gabrielle in Gang. Die Herzogin wurde öffentlich beleidigt, ihre Kinder wurden als Bastarde verschrien. Flugblätter, Hetzschriften und Spottgedichte kursierten in der Stadt. Schließlich versuchte man, mit Hilfe von Vignacs Gemälde den König öffentlich bloßzustellen, um den Skandal seiner Liebschaft augenfällig zu machen. Und wo hing heute dieses Gemälde? Im Palazzo Vecchio in Florenz! Ein schönes Erinnerungsstück an Ferdinands fein gesponnene Intrige. Doch der König beharrte starrsinnig auf seinem Vorhaben. Ja, er verkündete sogar den Hochzeitstermin und bestellte die Hochzeitsgewänder. Jetzt gab es nur noch ein letztes Mittel, und das würde man der Herzogin bei Zamet verabreichen. Ob der König nun davon gewußt hatte oder nicht, jedenfalls hatte er es nicht verhindert. Der Verlust der Geliebten schmerzte ihn um so weniger, als ihm die Lösung eines schwierigen politischen Problems erleichtert worden war.

War es so gewesen? Doch wenn es Morstadts Absicht gewesen war, die Geschichte so zu erzählen, warum hatte er es nicht getan? Er hatte doch alle Elemente einer Verschwörung gegen Gabrielles Leben in seiner Erzählung versammelt. Einige Passagen aus dem Manuskript fügten sich jedoch nicht in dieses Erklärungsmuster. Im Schlußteil der Erzählung nahm die Geschichte eine völlig neue Wendung. Hatte der Arzt nicht behauptet, der König würde Gabrielle niemals heiraten? Und hatte er nicht durchscheinen lassen, daß Heinrich die Sicherheit seines Reiches niemals seinen Gefühlen unterordnen würde? Und war im Manuskript nicht wiederholt von Gabrielles vermessenem Ehrgeiz die Rede, der Frankreich erneut ins Unglück zu stürzen drohte?

Ich teilte Koszinski meine Gedanken mit. Doch er blieb bei seiner Auffassung.

»Das ist schon richtig«, sagte er. »In ebendiese Widersprüche hat sich der Verfasser des Manuskriptes verwickelt. Er hat die Kontrolle über den Stoff verloren. Dabei war die Geschichte mit dem vorgetäuschten Auftrag und dem verborgenen Sinn des Gemäldes sehr originell ausgedacht ...«

»... aber nicht fertig«, warf ich ein.

»Ja«, sagte er. »Das Erzählgerüst stimmt nicht.«

»Nein«, rief ich jetzt. »Es fehlt ja noch etwas.«

Koszinski stutzte. »So. Was denn?«

»Das Bild aus dem Louvre!«

Er wollte etwas erwidern, doch dann schaute er mich nur fragend an. Ich wußte selbst nicht, woher mir der Gedanke gekommen war. Natürlich. So mußte es sein. Die Erzählung war nicht fertig, weil der Maler noch nicht fertig war. Die Dokumente schweigen sich aus, aber es mußte noch eine Spur zu jenem letzten Gemälde führen.

»Vielleicht haben Sie ja gar nicht alle Dokumente gefunden. Möglicherweise befanden sich in einer der anderen Kisten noch weitere Papiere?«

Koszinski verzog bekümmert das Gesicht. »Ja, vielleicht. Die wurden freilich längst vernichtet.«

Er schwieg einen Augenblick lang. Dann fügte er hinzu: »Das wäre doch zu dumm, nicht wahr?«

Ich hörte ihm gar nicht richtig zu. Mir war ein ganz anderer Gedanke gekommen, der mich in höchste Erregung versetzte. Plötzlich sah ich das Bild wieder vor Augen, die beiden Damen im Bade, den Griff an die Brustspitze, den Ring, die Kammerfrau im Hintergrund und das nur halb sichtbare Gemälde über dem Kamin. Eine undeutliche Ahnung befiel mich. Nein, die Erzählung hatte hier abbrechen müssen. Es gab keine weiteren Dokumente, weil das, was in ihnen mitgeteilt war, nicht ausreichte, um den Erzählfaden zu jenem letzten Bild weiterzuspinnen. Morstadt hatte etwas geahnt. Ich spürte es förmlich. Aber er war kurz vor dem Ziel steckengeblieben. Doch der Maler hatte eine letzte Spur gelegt. Dort, auf jenem Gemälde im Louvre, irgendwo zwischen den beiden Damen im Bade, führte die Erzählung weiter. Aber wo?

Zwei

Noch am selben Nachmittag fuhr ich nach Freiburg zurück, um die Dokumente zu fotokopieren. Der Abschied von Koszinski war herzlich.
»Lassen Sie es mich wissen, wenn Sie etwas Neues herausfinden«, bat er, »und schicken Sie mir die Originale am besten gleich nach Stuttgart.«
Ich fuhr zunächst zum Gastdozentenhaus, um mein restliches Gepäck zu holen. Der Form halber fragte ich, ob es vielleicht möglich sei, für einige Tage hier noch ein Zimmer zu mieten, doch der Pförtner verneinte mit Bedauern. Ich brachte den Wagen zurück und fand wenige Schritte von der Autoverleihfirma entfernt ein Hotel. Am nächsten Morgen gab ich zuerst das Manuskript zum Kopieren und Binden. Dann fuhr ich zur Universitätsbibliothek und verbrachte den Tag mit der Suche nach den Quellen, auf die sich Morstadt gestützt hatte. Doch meine Ausbeute war gering. Lediglich die Tagebücher jenes Pierre de l'Estoile, die Koszinski erwähnt hatte, waren in der Bibliothek vorhanden. Ich bestellte die Bände und verbrachte die Wartezeit in der biographischen Abteilung. Im *Diccionario de Mujeres Celebres* stieß ich auf eine Eintragung über Gabrielle d'Estrées:
»... berühmte französische Hofdame, Marquise von Monceaux und Herzogin von Beaufort. Geboren (1573) auf Schloß La Bourdaisière. Gestorben 1599. Ihr Vater war der Marquis Antoine d'Estrées. Ihre Mutter war eine schöne Frau, die im Alter von vierzig Jahren ihren Mann und ihre Kinder verließ, um sich dem Marquis d'Allègre anzuschließen. Manchen Autoren zufolge war Gabrielle zuvor schon die Geliebte Heinrichs III., des Kardinals von Guise, des Herzogs von Longueville und vieler anderer gewesen, bevor Heinrich IV. sie kennenlernte. Der König verliebte sich leidenschaftlich in sie, wenngleich er zwei Jahre brauchte, um sie zu seiner Geliebten zu machen. Um den Skandal ihrer Liebschaft mit dem König

zu vertuschen, verheiratete sie ihr Vater, der Marquis d'Estrées, mit Nicolas d'Amerval, Herrn von Liancourt. Heinrich IV. gelang es jedoch sogleich, die Ehe unter Berufung auf die eheliche Unfähigkeit des Gemahls zu annullieren. Seit 1593 trennten sich Gabrielle und Heinrich IV. nicht mehr. Ihre Leidenschaft war unauslöschlich. Ihr erster Sohn wurde als Kind Heinrichs IV. anerkannt, der sich bereit machte, sich von Margarete von Valois scheiden zu lassen, um Gabrielle zu heiraten. Die Estrées hatte einen starken Einfluß auf Geist und Charakter Heinrichs. Und dieser überhäufte sie mit allen vorstellbaren Ehren: Titel, Besitztümer, Schmuck, Geld ... Alle Höflinge betrachteten sie als die Gemahlin des Monarchen, und das wäre sie auch geworden, hätte sie nicht eine rasche und mysteriöse Krankheit dahingerafft. Anfänglich hieß es noch, sie sei im Auftrag des Großherzogs der Toskana vergiftet worden. Vermutlich erlag sie einem Anfall von Eklampsie, denn sie war im sechsten Monat schwanger. Heinrichs Schmerz war gewaltig. Gabrielle hatte ihm zwei Söhne und eine Tochter geschenkt: Caesar, den Herzog von Vendôme, Alexander sowie Catherine-Henriette. Gabrielle war blond, hellhäutig, blauäugig, wunderschön, wie eine flämische Venus, mit sehr weiblichem Geschmack, und von frohem, sympathischem Wesen. *Délicieux*, wie die Franzosen sagten.«

Unter der Eintragung befanden sich einige Literaturhinweise.

v. ALBRECHT, J. F. E.: *Die schöne Gabrielle. Leitenstuck zu Lauretta Pisana*. 1795. – (ANONYM): *Amours de Henri IV. Avec ses lettres galantes a la Duchesse de Beaufort et la Marquïse de Verneuil*. Amsterdam, 1754; *Lebens- und Liebes-Beschreibung der weiland, wunderschönen Gabrielle d'Estrées*. Straßburg, 1709.

Ich überflog die weiteren Eintragungen.

CAPEFIGUE: *Gabrielle d'Estrées*. Paris, 1859. – COULAU: *Les Amours de Henri IV*. Paris, 1818. – CRAUFURD, Q.: *Notices sur Agnès Sorel, Diane de Poitiers et Gabrielle d'Estrées*. Paris, 1819. – DE LERNE, E.: *Reines légitimes et reines d'aventure*. Paris, 1867. – DESCLOZEAUX: *Gabrielle d'Estrées*. Paris, 1889. – LAMOTHE-

LANGON, E.: *Mémoires de Gabrielle d'Estrées, Duchesse de Beaufort*, 4 Bände. Paris, 1829.

Keines der genannten Werke war im Katalog der Bibliothek verzeichnet. Ich ging zur Fernleihe und reichte der Dame am Informationsschalter meine Liste. Sie gab die Literaturangaben in den Computer ein und gab mir die Liste kurz darauf mit bedauernder Miene zurück. Nein, in Deutschland seien diese Werke nirgends erfaßt. Lediglich für den Namen Desclozeaux habe sie eine Eintragung in Berlin. In vier bis sechs Wochen könne sie mir das Buch besorgen. Ich lehnte dankend ab und kehrte in den Lesesaal zurück. Vier bis sechs Wochen!
Die Memoiren des Pierre de l'Estoile waren mittlerweile aus dem Magazin angekommen. Ich trug die Bände zu meinem Lesepult, suchte die Eintragung vom 10. April 1599 und las die in schwerfälligem Altfranzösisch abgefaßten Sätze: *Le samedi 10e de ce mois, à six heures du matin, mourust, a Paris, la Duchesse de Beaufort; mort miraculeuse et de conséquence pour la France, de laquelle elle estoit désignée Roine, comme elle-mesme, peut auparavant, disoit tout haut qu'il n'y avoit que Dieu et la mort du Roy qui l'en peust empescher.*
Ich notierte: »Am Samstag, dem 10ten dieses Monats, um sechs Uhr früh, verstarb in Paris die Herzogin von Beaufort; ein Todesfall, rätselhaft und folgenschwer für Frankreich, als dessen Königin sie ausersehen war, wie sie selbst kurz zuvor noch laut erklärt hatte, daß nur Gott und der Tod des Königs dies nun noch verhindern könnten.«
Einige Seiten vorher entdeckte ich das Original des Spottgedichtes, das Morstadt im Manuskript mitgeteilt hatte. Aus dieser Quelle hatte er sich also freizügig bedient. Ich übersetzte auch diese Eintragung und schrieb das Originalgedicht ab.

MÄRZ. Am Montag, dem ersten dieses Monats, im Zusammenhang mit den Gerüchten, die überall kursierten, daß der König die Herzogin von Beaufort, seine Geliebte, heiraten würde, brachten die Lästerer bei Hofe, wo über nichts anderes als diese Hochzeit getratscht wurde, folgende Verse in Umlauf, die, wie man sagte, unter dem Bett des Königs gefunden worden waren.

Mariez-vous, de par Dieu, Sire!
Vostre lignage est bien certain:
Car un peu de plomb et de cire
Légitime un fils de putain.
Putain dont les soeurs sont putantes,
Comme fut la mère jadis,
Et les cousines et les tantes,
Horsmis Madame de Sourdis!

Il vaudroit mieux que la Lorraine
Votre roiaume eust envahi,
Qu'un fils bastard de La Varaine
Ou fils bastard de Stavahi.

Unter den Versen war die Szene im Orangenhain mitgeteilt.

Beim Besuch seiner Orangenbäume in Saint-Germain en Laye fand der König erneut die Verse am Fuß eines der Bäume, wo man sie, wohl wissend, daß Seine Majestät sie dort finden mußte, absichtlich angebracht hatte. Nachdem der König sie gelesen hatte, sagte er: »Ventre saint-gris! Wenn ich den Verfasser finde, werde ich ihn nicht auf einen Orangenbaum, sondern auf eine Eiche aufpfropfen!«

Ich las mit wachsender Unruhe. Morstadt hatte nichts erfunden. In den Bänden, die vor mir auf dem Tisch lagen, würde ich sicher noch auf weitere Eintragungen stoßen, die er verarbeitet hatte. Kurz entschlossen trug ich den Band, der die Jahre 1598 und 1599 der Memoiren enthielt, zur Fotokopiermaschine und lichtete die Seiten ab. Als sie jedoch neben mir lagen, überkamen mich Zweifel. Natürlich würde ich allerorten auf Spuren von Morstadts Recherche stoßen. Er war schließlich Historiker gewesen, außerdem Mitglied einer historischen Gesellschaft, der er vielleicht von seinen Nachforschungen berichtet hatte. Zweifellos hatte er die zeitgenössischen Quellen und die verfügbare Sekundärliteratur sorgfältig studiert. Ich mußte an der Stelle weitersuchen, wo er gescheitert war, wo er in seinem Manuskript Lücken gelassen hatte.

Ich brachte die Bücher zur Buchausgabe zurück und verließ die Bibliothek. Freiburg lag unter der Sommerhitze verödet da. Durch die Abwesenheit der Studenten, die sonst die Gegend um die Bibliothek herum bevölkerten, erinnerte die Umgebung an die Verlassenheit amerikanischer Colleges während der Sommerpause. Die Fahrradständer, an denen sonst zahllose Zweiräder wie an einem gigantischen Magnet hingen, waren verwaist. Außer einigen Touristen und reiseunwilligen Einheimischen war wohl niemand in der Stadt. Ich holte das Manuskript und die gebundenen Kopien ab. Dann kaufte ich einen großen Umschlag, legte die Originaldokumente hinein und begab mich auf die Suche nach einem Postamt. Bevor ich den Umschlag jedoch verschloß und am Schalter aufgab, legte ich noch einen Zettel mit dem von Estoile mitgeteilten Originalgedicht hinein. Koszinski würde seine Freude daran haben.

Im Hotel angekommen, überdachte ich mein weiteres Vorgehen. Ein ausgedehntes Quellenstudium würde mich Wochen, ja Monate beschäftigen. Das Manuskript war knapp hundert Jahre alt, die behandelten Ereignisse lagen fast vierhundert Jahre zurück. Die Sekundärliteratur mußte immens sein. Ob man jedoch seit der Jahrhundertwende zum Fall Gabrielle d'Estrées viel Neues herausgefunden hatte, war leicht festzustellen. Am einfachsten wäre es allerdings, einen Spezialisten zu fragen, einen Historiker oder einen Biographen Heinrichs IV. In einem Gespräch mit einem Historiker könnte ich mir auch bestätigen lassen, wie es um den Wahrheitsgehalt der im Manuskript mitgeteilten Einzelheiten bestellt war. Herauszufinden, welche die herausragenden Namen in der Forschung waren, würde nicht viel Zeit in Anspruch nehmen. Dergleichen Übungen hatte ich oft genug durchgeführt. Einer dieser Fachleute würde mir die Bitte um ein kurzes Gespräch über Gabrielle d'Estrées sicherlich nicht abschlagen. Doch zuvor mußte ich meine Fragen präzisieren.

Ich nahm ein Blatt zur Hand und skizzierte noch einmal die beiden Möglichkeiten, die in Morstadts Manuskript so unvereinbar nebeneinander standen. Da war zunächst die Giftmordtheorie, der sich auch Koszinski angeschlossen hatte. Ich listete seine Argumente auf. Nur Gabrielles Tod konnte die Eheschließung mit Heinrich noch verhindern. Die

Todesumstände waren mehr als außergewöhnlich. Die Ärzte hatten dergleichen noch nicht erlebt. Gabrielle nahm ihr letztes Mahl im Hause eines Italieners zu sich, der als Vasall Ferdinands betrachtet werden muß. Ferdinand hatte allem Anschein nach schon andere Probleme durch Gift gelöst. Für den Papst war das Problem Gabrielle d'Estrées schon erledigt, bevor er auf natürlichem Wege überhaupt darüber hätte informiert sein können.

Morstadt hatte jedoch Elemente in sein Manuskript eingestreut, die der Giftmordtheorie widersprachen. Freilich waren alle diese Ausführungen erfundenen Figuren in den Mund gelegt. Deshalb hatte Koszinski sie auch verworfen. Aber was hatte Morstadt damit bezweckt? Vielleicht hatte Koszinski recht, und Morstadt hatte sich in eine Theorie verrannt, die zu unauflöslichen Widersprüchen führte? Aber worauf hatte das alles hinauslaufen sollen? Die Vorstellung, Heinrich habe seine Geliebte nach Paris geschickt, um sie dort den Verschwörern auszuliefern, schien mir noch immer völlig absurd. Wenn der König seine Heiratspläne geändert hatte, warum sollte er Gabrielle dann gleich vergiften lassen? Möglich war es wohl, aber höchst unwahrscheinlich. Warum hätte er das tun sollen? Nein, der Gedanke war völlig abwegig. Dann gab es die Behauptung Ballerinis, der König würde niemals die politische Dummheit begehen, die Sicherheit seines Reiches einer Herzensangelegenheit zu opfern. Eine solche Heirat wäre politischer Irrsinn. Aus dieser Perspektive hatte Morstadt wohl auch die Intrigengeschichte um das Gemälde herum entwickelt, das man Vignac in Auftrag gegeben hatte. Interessanterweise gab es auch hier zwei Möglichkeiten. Entweder hatte Gabrielle selbst das Bild in Auftrag gegeben, um dem König ihre unmöglich gewordene Situation vor Augen zu führen und ihn zu zwingen, sich öffentlich zu ihr zu bekennen. Oder das Gemälde war ein Teil der Hetzkampagne der Italiener gegen Gabrielles maßlose Prätentionen.

Ich betrachtete verwundert die eigenartige Symmetrie der Möglichkeiten, die ich mittlerweile vor mir auf dem Papier aufgezeichnet hatte. Gabrielles ungeklärte Todesumstände und die mysteriösen Porträts bildeten eine Gleichung mit vier Unbekannten und zwei möglichen Lösungen. Entweder wollte Heinrich Gabrielle wirklich heiraten, und der Giftmord hatte dies verhindert; in diesem Fall wäre das Gemälde von den Italienern zu Propagandazwecken in Auftrag gegeben worden. Oder Heinrich hatte Gabrielle getäuscht, sie hingehalten, ihr nicht die Wahrheit gesagt, und ein Anschlag gegen Gabrielles Leben war gar nicht nötig, da die Hochzeit ohnehin nie stattfinden würde. Aus dieser zweiten Konstellation heraus bekäme auch Gabrielles List ihren Sinn. Vielleicht hatte sie gespürt, daß der König zunehmend von Zweifeln bezüglich der Ehe mit ihr geplagt war. Sie verlor die Nerven und inszenierte den Skandal während des Fastnachtsbankettes. Ja, zweifellos war dieser Erzählstrang im Manuskript angelegt. Sandrini sprach in der letzten Szene davon. Vignac glaubte ihm kein Wort. Aber die beiden Möglichkeiten wurden erzählerisch nicht mehr aufgelöst.

Verwunderlich war dies nicht, müßte man doch hierzu beweisen können, daß Heinrich Gabrielle hintergangen hatte. Er hat sie nicht vergiften lassen. Nein, viel schlimmer! Er hat sie vor dem versammelten Hof öffentlich belogen! Alles Nachfolgende, die Hochzeitsvorbereitungen, die Gewänder, die Möbel, war nur Theater gewesen, ein grausames Stück freilich, vom König inszeniert, um den Schein zu wahren, die Traumbilder eines Königs, der zu feige ist, sich die Wahrheit einzugestehen.

Doch war diese Vorstellung nicht ebenso unglaubwürdig wie der Verdacht, Navarra habe Gabrielle bewußt einem Anschlag auf ihr Leben ausgesetzt? Ich betrachtete mutlos meine Skizze.

Heinrich wollte Gabrielle heiraten	Bild von Italienern in Auftrag gegeben Hetzpropaganda
Heinrich wollte Gabrielle nicht heiraten	Bild von Gabrielle in Auftrag gegeben Druckmittel

Die Linien zwischen den vier Möglichkeiten nahmen sich aus wie ein Fadenkreuz. Ratlos starrte ich das Gebilde eine Weile lang an. Schließlich ließ ich mich auf meinem Stuhl zurücksinken und malte resigniert ein Fragezeichen auf den Schnittpunkt der Linien.

Drei

Entgegen meiner Erwartung brauchte ich doch mehrere Stunden, bis ich am nächsten Morgen die Namen der in Frage kommenden Wissenschaftler aus den einschlägigen Fachbibliographien herausgesucht hatte. Ihre Adressen und Telefonnummern ausfindig zu machen verschlang den Rest des Vormittags. Die jüngste Publikation stammte von einem Historiker an der Pariser Sorbonne, ein umfangreiches, zweibändiges Werk über die Regierungszeit Heinrichs IV. Für eine weitere, einbändige, aber doch recht dickleibige Monographie mit dem schlichten Titel »Heinrich IV. von Navarra« zeichnete ein gewisser Kurt Katzenmaier aus Zürich verantwortlich. Bei den anderen Publikationen der letzten Jahre, die ich in der Eile gefunden hatte, handelte es sich um Aufsätze und Forschungsberichte. Jetzt erst wurde mir klar, worauf ich mich einzulassen im Begriff stand. Dabei kannte ich doch die frustrierenden, endlosen Verzweigungen von Sekundärliteratur aus meinem eigenen Fach, wo kein Thema, und sei es noch so entlegen oder abwegig, nicht schon unter einem Berg von Untersuchungen begraben war. Und wie unüberschaubar mußte die Flut der Bücher und Artikel über historische Gestalten erst sein.

Schließlich entschied ich mich für den Biographen aus Zürich und hatte Glück. Wie sich herausstellte, unterrichtete er an der Universität in Basel, wo er mich am nächsten Tag während der Mittagspause in seinem Büro empfangen wollte. Ich hatte am Telefon vorgegeben, sein Buch gelesen zu haben, und dann erwähnt, daß ich gerne einige Einzelheiten bezüglich der gescheiterten Eheschließung zwischen Heinrich IV. und Gabrielle d'Estrées mit ihm besprochen hätte. Diese Geschichte, so sagte er, habe er der unklaren Quellenlage wegen nur gestreift, aber er könne schon noch das eine oder andere dazu berichten.

Den Nachmittag verbrachte ich mit der Lektüre von Katzenmaiers

Buch und stieß auf viele Szenen, die mir Koszinski auf unserem Waldspaziergang vor wenigen Tagen so lebhaft vor Augen gestellt hatte. Vor wenigen Tagen? War es erst drei Tage her, daß ich von dieser Geschichte erfahren hatte? Koszinskis Schilderungen, so mußte ich nun feststellen, waren kaum mehr als eine grobe historische Hintergrundskizze gewesen, und vor dem gewaltigen Panorama des Zeitalters der Hugenottenkriege, das sich nun vor mir entfaltete, nahmen sich die meisten Szenen und Figuren aus Koszinskis Bericht wie Sternschnuppen aus, nur kurz aufleuchtend im Wirbel der zahllosen Personen und Ereignisse, die dank Katzenmaiers Studie nun vor meinem geistigen Auge vorüberzogen.

Freilich las ich die knapp sechshundert Seiten nur quer. Diese Art des Lesens hatte ich schließlich seit meiner Studienzeit perfektioniert. Index und Inhaltsverzeichnis verwiesen mich schnell auf die Stellen, die mich interessierten. Gabrielles Schicksal war kaum mehr als eine halbe Buchseite gewidmet. Ihr plötzlicher Tod erschien als eine unbedeutende Episode und war unscheinbar in ein Kapitel über die Heiratsverhandlungen mit Florenz eingebettet. Eine Fußnote, worin auf die unsichere Quellenlage verwiesen wurde, sollte diese Kurzbehandlung wohl rechtfertigen:

> Die Frage, ob die Herzogin von Beaufort einem Giftmord oder einer Krankheit zum Opfer gefallen ist, entzieht sich m. E. historisch-wissenschaftlicher Betrachtung. Seit Loiseleur (1878) und Desclozeaux (1889) ist zu diesem Thema nichts wesentlich Neues mehr gesagt worden. Neuere Untersuchungen fallen meist sogar hinter den Erkenntnisstand der o. G. zurück oder ergehen sich in wissenschaftlich kaum noch nachvollziehbaren Spekulationen (vgl. hierzu etwa Bolle, J.: *Pourquoi tuer Gabrielle d 'Estrées?* Florenz 1955).

Loiseleur und Desclozeaux war ich schon begegnet. Aber wer war J. Bolle? Ich notierte den Namen und ging zum Katalog, der mich abermals im Stich ließ. Auch der Computer an der Fernleihe gab eine Fehlmeldung. Ich war enttäuscht. Der Titel des Buches klang vielver-

sprechend. *Warum wurde Gabrielle d'Estrees ermordet?* Es war wohl sinnlos, die Suche in Deutschland fortzusetzen. In Paris wären alle diese Titel mit Sicherheit zu bekommen.
Als die Bibliothek schloß, hatte ich genug gelesen, um auf das Gespräch am nächsten Tag vorbereitet zu sein. Ich aß in einem Restaurant zu Abend, führte dann von meinem Hotelzimmer aus einige Telefongespräche und wählte schließlich auch noch Koszinskis Nummer.
Er antwortete nach dem zweiten Klingeln. »Ah, Monsieur Michelis. Quoi de neuf?« fragte er scherzhaft.
»Ich fahre morgen nach Basel, um mit einem Historiker zu sprechen.«
Er lachte. »Sie verfolgen die Sache also wirklich weiter? Ich hoffe, ich habe Ihnen da keinen Floh ins Ohr gesetzt.«
»Ich weiß noch nicht genau, warum«, erwiderte ich, »aber ich werde den Eindruck nicht los, daß Morstadt in dem Louvre-Bild die Antwort vermutet hat. Ich habe übrigens das Original des Spottgedichtes gefunden. Es stammt aus den Memoiren von Estoile.«
»Überrascht mich nicht«, sagte er trocken. »Aus der Quelle hat er wohl reichlich geschöpft.«
»Eines der Bilder hängt doch in Basel, nicht wahr?« fragte ich.
»Ja, eines der drei Gemälde, die in der Bankettszene vorkommen.«
»Wissen Sie auch, wo?«
»Ich glaube, es hängt in der Öffentlichen Kunstsammlung. Ja, bestimmt. Öffentliche Kunstsammlung.«
Ich notierte mir den Namen des Museums.
»Vom Bahnhof sind Sie in zehn Minuten dort. Wollen Sie auch die anderen Museen besuchen?«
»Ich weiß noch nicht genau. Die Gemälde sind doch sicherlich auch irgendwo abgebildet?«
»Ja, natürlich. Habe ich Ihnen das nicht gesagt? *Les Dames de Fontainebleau.* Den Namen des Autors habe ich vergessen, da ich das Buch nicht besitze. Aber Sie finden es in jeder gutsortierten Kunstbuchhandlung. Der Herausgeber heißt Franco Maria Ricci. Es ist leider für Normalsterbliche unerschwinglich. Bis auf eine der Aktaion-Szenen sind alle Gemälde darin abgebildet.«
Ich schrieb eilig mit.

»Und danach?« fragte er schließlich.
»Wonach?« fragte ich zurück.
»Nach Basel?«
»Wahrscheinlich Paris. Ich verspüre einen unaufschiebbaren Drang, den Louvre zu besuchen. Außerdem ist in Deutschland kein Material zu bekommen.«
»Soso, alte Dokumente«, sagte er schließlich. »Na dann, viel Glück«, fügte er noch hinzu, nicht ohne eine Spur von Spott in der Stimme.

Vier

Basel bezauberte mich. Ich hatte eine fußgängerzonenbewehrte Stadt erwartet und fand mich plötzlich in einem urbanen Schmuckkasten. Ich bedauerte nur, daß ein anderer Zauber mich davon abhielt, diese Schätze eingehender zu bestaunen. Indessen konnte ich es kaum erwarten, ins Museum zu kommen, und als ich vor dem Gemälde stand, spürte ich, daß jene seltsame Porträtserie mich zu verhexen begann.

Anonym. Dame in ihrer Toilette. Ohne Datum. Ich muß das Bild wohl eine gute halbe Stunde lang betrachtet haben. Die meisten Elemente der anderen Gemälde waren hier schon vorgegeben. Eine Dame war in ihrer Toilette dargestellt. Ein durchsichtiger Schleier fiel über ihre Schultern und ließ ihren Oberkörper unbedeckt. Über den Tisch vor ihr war eine rote Samtdecke geworfen. Ihr rechter Arm war angewinkelt, und auf Höhe des Bauchnabels schwebte ihre Hand, die zwischen spitzen Fingern einen Ring hielt. Die Finger ihrer linken Hand spielten mit einer Kette, die zwischen ihren Brüsten herabhing. Zu ihrer Linken war ein prächtig gearbeiteter Spiegel zu sehen, in dem sich das Profil der schönen Frau spiegelte. Den Fuß des Spiegels bildete ein zum Kuß sich umschlingendes Paar. Im Hintergrund kniete eine Kammerfrau vor einem geöffneten Fenster und machte sich an einer Truhe zu schaffen. Der Blick der Porträtierten war auf den Betrachter gerichtet und erschien mir zugleich schamhaft und herausfordernd. Die Katalogeintragung war ebenso informativ wie vage:

> Die Komposition ist von italienischen, auf Schloß Fontainebleau erhaltenen Werken beeinflußt (Raphael und Leonardo) oder geht auf berühmte Vorläufer zurück (Tizian). Sie erinnert auch an ein verlorengegangenes Original von Clouet. Mehrere Nachbildun-

gen, Kopien und Varianten sind bekannt; die Versionen von Worcester, Dijon und die vorliegende, wahrscheinlich von deutscher Hand, sind die schönsten.

Es handelt sich hier um ein idealisiertes Porträt, wobei weder das Modell noch der Maler mit Sicherheit identifiziert werden konnten. Der Maler stand sicherlich unter dem Einfluß der zeitgenössischen Dichtung. Ronsard beschreibt das Porträt seiner nackt vor ihm stehenden Geliebten, wie sie sich in einem Spiegel betrachtet. Dieses Thema ist jedoch viel seltener (eine Kopie befindet sich im Museum von Chalons).

In den Gemälden von Dijon, Worcester und Basel hat die im Halbprofil dargestellte, hinter einem Tisch stehende junge Frau gerade einen Ring aus ihrem Schmuckkästchen ausgewählt. Sie ist mit Perlen geschmückt, und vor ihr sind Rosen ausgestreut, Blumen also, die der Venus zugeschrieben sind und mit der die Dame zweifellos verglichen wird. Im vorliegenden Porträt fehlen diese Blumen allerdings. Ein Spiegel zur Linken reflektiert das Gesicht der Dame. Ihre linke Hand, die zwischen ihren Brüsten ruht, wodurch deren Abstand und Festigkeit sichtbar wird, verdeckt entweder ein kleines Kreuz (Anspielung auf den Katholizismus von Diane de Poitiers) oder ein Medaillon. Manchmal, wie hier, verdeckt die Darstellung der Hand auch gar nichts. Im Hintergrund des Gemäldes bereitet eine Zofe die Gewänder vor: Sie näht nicht das Taufkleidchen, wie auf dem berühmten Porträt der Gabrielle d'Estrées und einer ihrer Schwestern (Louvre).

Wir sehen hier die letzten Vorbereitungen, denn die schöne Frau ist bereits sorgfältig und elegant frisiert. Um ihre Schultern trägt sie einen leichten, durchsichtigen Schleier und am Hals einen golddurchwirkten Dekolleteéeinsatz, der ihre Reize entblößt läßt. Auf keinem der drei Bilder ist die gleiche Frau dargestellt. Die Gemälde stammen von verschiedenen, bis heute unbekannt gebliebenen Malern, die jedoch jene Dame mit dem gleichen ausgeprägten Sinn für das Weibliche und einer fast religiösen Verehrung feiern. Selbst wenn die Gesten, insbesondere die den Ring haltende Hand, als erotische Anspielungen interpretiert werden konnten, so ist doch ihre Verlockung mit einer jeglicher Vulgarität abholden Eleganz und Interesselosigkeit dargestellt. Man hat in den Bildern Anspielungen auf das christliche Vanitas-Motiv entdecken wollen; das im Spiegel reflektierte Gesicht läßt eine solche Interpretation durchaus zu. Doch wenn das Motiv auch gegenwärtig ist, so bleibt doch die moralische Symbolik in diesen Bildern der Verführung vollständig von der Schönheit der Erscheinung verdeckt.

Mein Gespräch mit Koszinski über Gemäldetitel und Eintragungen in Kunstkatalogen kam mir in den Sinn: So nichtssagend wie Grabinschriften.
Zwanzig Minuten später stand ich vor dem Universitätsgebäude. Der Pförtner erklärte mir den Weg zu Katzenmaiers Büro, und kurz darauf saß ich ihm gegenüber, einem etwa fünfzigjährigen Herrn mit grauem Haar und einer athletischen Figur, die in einem hellgrauen, weitgeschnittenen Anzug steckte. Es schmeichelte ihm offensichtlich, daß jemand extra die Reise nach Basel unternommen hatte, um ihm Fragen zu seinem Buch zu stellen. Ich nannte ihm meinen Namen und erklärte ihm kurz, wer ich war, daß ich als Literaturwissenschaftler arbeitete und gewöhnlich in Amerika lebte. Als ich die Universitäten nannte, an denen ich in den letzten Jahren gearbeitet hatte, hellte sich sein Gesicht auf, und er erkundigte sich nach Kollegen, die ich jedoch alle nicht kannte. Dann fragte er, wie ich mich als Amerikanist ins Frankreich des sechzehnten Jahrhunderts verirrt hatte.
Ich erzählte ihm von Koszinskis Manuskript. Die Gemälde erwähnte ich nicht. Dann schilderte ich ihm in aller Kürze, welche Fragen mir bei der Lektüre der Papiere gekommen waren. Als ich wie beiläufig die Todesumstände der Herzogin ansprach, verzog sich sein Gesicht. Die Fußnote aus seinem Buch war mir gut in Erinnerung geblieben, und daher beeilte ich mich hinzuzufügen, daß es sich hierbei sicherlich um ein historisches Pseudoproblem handelte. Auch ich glaubte nicht, daß an der Geschichte mit dem Giftmord etwas dran sei. Deshalb hätte ich ihn ja aufgesucht. Er könne mir den Fall doch sicher durch ein paar Hintergrundinformationen erläutern.
»Sehen Sie, Herr Michelis«, sagte er, »zu diesem Thema ist unendlich

viel Tinte vergeudet worden. Seit vierhundert Jahren sucht man den Mörder dieser Frau, und niemand scheint auf den Gedanken gekommen zu sein, daß zu jedem Mord ein Motiv gehört. Aber es gibt keines. Die ganzen Spekulationen sind eine Art historische Ostereiersuche.«

Die Formulierung amüsierte mich, und ich erwiderte lachend: »Aber Heinrich wollte doch die Herzogin heiraten und hätte das auch getan, wenn sie nicht plötzlich gestorben wäre? Gabrielle stand Maria de Medici im Wege, oder?«

»Freilich«, erwiderte er kopfschüttelnd. »Aber niemand konnte im April 1599 wissen, daß Heinrich Maria de Medici heiraten würde. Ganz im Gegenteil. Die Beziehungen zwischen Paris und Florenz waren auf dem Nullpunkt.«

»Könnten Sie mir das erklären?«

»Das wird aber einen Augenblick dauern. Kann ich Ihnen einen Kaffee anbieten?«

Ich nahm dankend an. Er telefonierte kurz. Als er wieder aufgelegt hatte, fragte ich, ob ich ihn auch nicht zu lange aufhalte, worauf er erwiderte, daß er um vierzehn Uhr einen Termin habe. Aber ich solle es mir ruhig bequem machen. Er gebe mir gerne Auskunft.

»Im Grunde muß man bei der ganzen Geschichte zwei Fragen beantworten, nicht wahr?«

»Ja. Wollte der König Gabrielle wirklich heiraten?«

»Und wurde sie deshalb vergiftet?«

Ich nickte.

»Also«, begann er, »fangen wir mit der ersten Frage an. Nach den offiziellen Dokumenten zu schließen, wollte Heinrich im Frühjahr 1599 die Scheidung von Margarete und die Vermählung mit seiner Geliebten durchsetzen. Es gilt als gesichert, daß Heinrichs Unterhändler Brulart de Sillery am 20. Januar Paris verließ, um nach Rom zu fahren. Wenige Tage nach seiner Abreise schrieb der König einen Brief an den Papst, um den Empfang seines Gesandten vorzubereiten. Der Brief ist in einem unterwürfigen, eindringlichen Ton gehalten und läßt keinen Zweifel an seinen Absichten zu. Navarra schreibt dem Heiligen Vater, daß er ihm durch Herrn de Sillery etwas anzuvertrauen habe, das mehr als alles andere seine Person und seinen Staat betreffe, seit es Seiner Heiligkeit

gefallen habe, ihn in Gnade aufzunehmen und ihm seine Segnung zuteil werden zu lassen. Er bittet Papst Clemens von ganzem Herzen, ihm eine Gnade zu erweisen, um die er ihn durch seinen Gesandten ersuche.
Am 28. Januar folgte ein zweiter Brief. Heinrich bietet Geld. Ein Hospiz wollte er bauen lassen für die französischen Pilger, die in Rom die heiligen Plätze besuchen wollten. Er schlug vor, für die Finanzierung zwei Prozent Steuer auf die kirchlichen Einkünfte, die sogenannten Konsistorialeinnahmen, zu erheben. Das klingt recht einleuchtend. Heinrich macht Angebote, also liegt ihm viel an der Scheidung. Man muß also glauben, der Wille des Königs sei es, seine Ehe mit Margarete aufzulösen, um Gabrielle zu heiraten. Nur dann ist ein Komplott überhaupt plausibel. Damit kommen wir zur zweiten Frage. Wurde Gabrielle vergiftet? Und wenn ja, von wem? Wer hätte einen Mordanschlag auf die Herzogin planen und ausführen können?«
»Nun, vielleicht die Jesuiten, um eine katholische Prinzessin auf den französischen Thron zu setzen?« warf ich ein.
»Also gut, nehmen wir das einmal als Möglichkeit an. Sie verdächtigen diesen La Varaine, nicht wahr?«
»Jedenfalls hätte er leichtes Spiel gehabt, da ihm die Herzogin ja anvertraut worden war.«
»Ja, das schon«, erwiderte er, »aber hierzu muß man wissen, daß Navarras Gesandter in Rom noch mehr interessante Angebote vorzuweisen hatte. Sillery trug Pässe für die Jesuiten im Gepäck. Die Jesuitenfrage vergiftete seit Jahren die französisch-römischen Beziehungen. Sie wissen vermutlich, daß nach dem Anschlag auf den König im Jahre 1595 der Jesuitenorden aus Frankreich verbannt worden war. Während die Parlamente im Norden die Ausweisung vorantrieben, weigerten sich die Städte im Süden, insbesondere Bordeaux und Toulouse, den königlichen Erlaß umzusetzen. Gegen den Willen der regionalen Parlamente war dem Erlaß ohnehin kaum Geltung zu verschaffen.
Unfähig, in dieser Frage eine Entscheidung herbeizuführen, nutzte Navarra sie nun als Trumpf in einem größeren Handel. Heinrich machte im Grunde folgendes Angebot: Würde der Papst die Scheidung vollziehen, so wäre der König im Gegenzug bereit, den Bann gegen die Jesuiten aufzuheben. Daraus kann man umgekehrt schließen, daß die Jesuiten

es in einer so prekären Verhandlungssituation schwerlich gewagt hätten, gegen die skandalöse Verbindung des Königs mit Gabrielle d'Estrées öffentlich Einspruch zu erheben, geschweige denn, ein Mordkomplott gegen sie zu schmieden. Das Risiko, entdeckt zu werden und die Aufhebung der Verbannung zu verspielen, war immens. Sie hätten zum jetzigen Zeitpunkt, also im Frühjahr 1599, durch Gabrielles Tod zugleich das Pfand verloren, das ihnen die Rückkehr nach Frankreich in Aussicht stellte.«

»Aber Gabrielles Tod hätte doch Maria de Medici den Weg geebnet und den Jesuiten die Rückkehr nach Frankreich ebenso ermöglicht.«

Katzenmaier lächelte. »Nein, das ist eben der Irrtum. Von der heutigen Warte aus sieht das zwar so aus, aber ich sagte ja schon, daß die Ehe mit Maria de Medici um 1599 überhaupt nicht mehr zur Debatte stand. Das läßt sich auch leicht belegen. Aber alles der Reihe nach.«

Es klopfte an der Tür, und der Kaffee wurde aufgetragen. Als er dampfend vor uns auf dem Tisch stand, fragte ich:

»Wie steht es eigentlich mit den anderen Fraktionen? Rosny zum Beispiel. Gabrielle ist ja nicht nur für die Italiener ein Problem gewesen.«

»Ja, für Rosny war Gabrielle der Inbegriff allen Übels. In seinen Memoiren kommt das überdeutlich zum Ausdruck. Allen politisch hellsichtigen Köpfen war Heinrichs Ansinnen völlig unverständlich. Aber sie fügten sich seinem Willen, und zwar aus dem einfachen Grunde, weil sich im März 1599 vom Nichtzustandekommen dieser Verbindung niemand einen wirklichen Vorteil versprechen konnte. Wie gesagt, die Medici-Option gab es nicht. Frankreich brauchte aber unbedingt legitime Thronfolger. Heinrich mußte wieder heiraten. Die moralisch strengen Protestanten hatten zwar ein gespaltenes Verhältnis zu Gabrielle, aber sie hatten eher ein Interesse daran, eine französische, dem Herzen nach reformiert fühlende Königin auf dem Thron zu sehen, als eine ausländische katholische Prinzessin. Gabrielle hatte sich zudem zwei einflußreiche protestantische Edeldamen zu Freundinnen gemacht, nämlich Madame Catherine, die Schwester des Königs, und die Prinzessin von Oranien, die als Witwe des in der Bartholomäusnacht ermordeten Admirals Coligny über alle Zweifel erhaben war. Wenn sie die Herzogin tatsächlich unterstützten, so war die reformierte Seite schon fast gewonnen.«

»Aber die Katholiken waren doch in jedem Fall gegen Gabrielle?«

»Sicher«, erwiderte er. »Es gab auf katholischer Seite zwei Fraktionen, die sogenannten *Politiques*, also die Gemäßigten, und die erzkatholischen ehemaligen Anhänger der Liga. Beide Gruppen waren gegen diese Heirat. Was Gabrielle den Protestanten vertrauenswürdig machte, mußte sie den Katholiken verdächtig erscheinen lassen. Die *Politiques*, also Leute wie Rosny, fürchteten um die Legalität der Thronfolge. Die Fanatiker glaubten, Gabrielle werde auf den König einwirken, damit dieser den Protestanten über das unselige Edikt von Nantes hinaus weitere Zugeständnisse in Glaubensfragen mache. Bei genauerem Hinsehen stellen sich jedoch diese Einwände als gegenstandslos heraus. Die Thronfolge war, zumindest juristisch, eindeutig geregelt. Durch eine Ungültigkeit *ab initio* beider Ehen wären Gabrielles Kinder nach Heinrichs Scheidung und der offiziellen Anerkennung durch den König legitime Erben der Krone geworden. Ein Verfahren über Erbstreitigkeiten, das viele Jahre nach diesen Ereignissen genau diese Frage zum Gegenstand hatte, wurde in ebendiesem Sinne abgeschlossen. Alle Kinder, die Gabrielle mit Heinrich hatte, hätten nach Heinrichs Scheidung sowohl kirchenrechtlich als auch zivilrechtlich als legitim gegolten, ein Umstand, der den Zeitgenossen freilich nicht unbedingt bewußt war.

Was nun die Bevorzugung der Protestanten betraf, so existierte diese vielleicht in der Phantasie der fanatischen Katholiken; die Tatsachen wiesen aber genau das Gegenteil aus. Heinrich wachte eifersüchtig darüber, daß seine ehemaligen protestantischen Kampfgefährten als Gegenleistung für das Edikt nun in ihren Gebieten den katholischen Glauben wieder zuließen. Gleichermaßen erging das Versprechen nach Rom, man werde die in Frankreich seit Jahren verschleppte Veröffentlichung des Konzils von Trient alsbald nachholen. Nichts im politischen Handeln des Königs deutete darauf hin, daß er der protestantischen oder der katholischen Seite mehr zugeneigt gewesen wäre. Im Gegenteil. Alle seine Entscheidungen zielten darauf ab, den unter unermeßlichen Opfern mühsam herbeigeführten Zustand des Friedens aufrechtzuerhalten. Gabrielles Bemühen ging in die gleiche Richtung. Keine der beiden

großen Religionsparteien hatte von ihr etwas zu befürchten. Es ist nirgends überliefert, daß eine der Parteien nach Navarras Heiratsversprechen im März 1599 ernsthaft versucht hätte, den König von seiner angekündigten Eheschließung abzubringen. Ein Anschlag auf das Leben der Herzogin durch die Katholiken wäre politisch hochriskant gewesen.«
»Bleibt also doch nur Ferdinand de Medici als Hauptverdächtiger«, fügte ich hinzu.
Katzenmaier schmunzelte. »Nun, mit Ihrem Verdacht sind Sie zwar in guter Gesellschaft, haltbar ist er trotzdem nicht. Aber gut, verfolgen wir diese Spur. Es war ein offenes Geheimnis, daß Ferdinand de Medici seine Nichte Maria de Medici auf dem französischen Thron sehen wollte. Um 1592 hatte es diesbezüglich bereits Verhandlungen gegeben, die dann aber eingestellt worden waren. Zwei berühmte Historiker, der Schweizer Sismondi und der Franzose Michelet, haben Ferdinand im letzten Jahrhundert offen des Mordes an der Herzogin beschuldigt. Sismondi schrieb sinngemäß, die Verhandlungen bezüglich der Vermählung Heinrichs IV. mit Maria de Medici seien bereits im Gange gewesen und Gabrielle habe dem Abschluß als unüberwindliches Hindernis im Wege gestanden. Er schreibt, Gabrielle sei im Hause eines Italieners gestorben, und außerdem sei dies nicht das erste Mal gewesen, daß Ferdinand jemanden durch Gift beseitigen ließ.«
»Der Fall Bianca Capello?«
»Ja. Noch so eine unbewiesene Geschichte. Michelet schlägt in die gleiche Kerbe. Er behauptet, der Großherzog sei zweifellos bestens informiert gewesen, denn es ging um seine Interessen. Rosny, der nach Michelets Ansicht ein Verbündeter Gabrielles war, habe die Italiener aus den französischen Finanzen verdrängt. Gabrielle selbst habe Ferdinands Nichte den Weg auf den Thron versperrt. Schließlich bekommen wir wieder die Räuberpistole der Bianca Capello aufgetischt. Es sei dies nicht der erste Mord gewesen, der auf Ferdinands Konto ging, und Vergiftungen, die unauffällig waren, seien ihm allemal zuzutrauen.«
Katzenmaiers Geringschätzung derartiger Theorien machte sich in seinem Gestenspiel bemerkbar. Er nahm seine Brille ab und rieb sich die Augen.
»Und Sie halten das alles für Unsinn?« fragte ich vorsichtig.

Er breitete verständnisheischend die Arme aus. »Was soll ich schon denken, wenn die Fakten nicht stimmen? Auf den ersten Blick spricht tatsächlich einiges dafür, daß Ferdinand seine Hand im Spiel hatte. Zu viele Indizien verweisen auf ihn. Sismondi und Michelet konnten also getrost den Verdacht aussprechen, Ferdinand sei wahrscheinlich ein Giftmörder. Doch wie steht es mit den anderen Behauptungen? Gabrielle starb keineswegs im Hause eines Italieners. Es stimmt, daß sie bei Zamet ihr letztes Mahl zu sich nahm, und es bleibt jedem selbst überlassen, daraus seine Schlüsse zu ziehen. Doch wie läßt sich Michelets Behauptung rechtfertigen, Rosny, der spätere Herzog von Sully, sei Gabrielles Verbündeter gewesen und habe den Einfluß der Italiener auf die französischen Finanzen zunichte gemacht? Obwohl Rosny in der Tat die Besteuerung reformierte und die französischen Staatseinkünfte dem direkten Zugriff Ferdinands entzog, ist es doch absurd zu behaupten, Rosny habe sich dabei auf die Herzogin gestützt. Wohl niemand hat Gabrielle mehr gehaßt als Rosny. Und was die komplizierte Finanzlage betrifft, so war seit dem Frühjahr 1598 in dieser Frage alles zur Zufriedenheit Ferdinands geregelt.«

Ich runzelte fragend die Stirn und bekam sogleich die Erklärung nachgeliefert.

»Ferdinand hatte Heinrich seit Jahren unterstützt. Ebenso wie der Papst war er der Meinung, daß nur eine starke französische Krone die habsburgische Suprematie brechen konnte. Zu diesem Zwecke ließ er nichts unversucht, Frankreich und Spanien gegeneinanderzuhetzen, wo immer er konnte. Er unterstützte Navarra insgeheim durch gewaltige Kriegsanleihen. Als ehemaliger Kardinal hatte er gute Beziehungen nach Rom und spielte eine wesentliche Rolle bei den Verhandlungen, die zu Heinrichs Absolution führten. Als Navarra daranging, Paris zu belagern, schickte Ferdinand viertausend Schweizer. Später kamen noch tausend weitere dazu, und Heinrich bat außerdem um eine Anleihe von zweihunderttausend Talern, die er dringend benötigte, da seine eigenen Vasallen ihn im Stich zu lassen begannen. Weitere Anleihen folgten. Ferdinand verlangte Zinsen und Sicherheiten: achteinviertel Prozent und eine Hypothek auf die Salzsteuer. Heinrich war beleidigt, doch er willigte ein. Der Krieg war zu wichtig. Er hatte keine Wahl.

Doch der Großherzog wollte mehr. Er hatte schon längst ein Auge auf Marseille geworfen, von dem er fürchtete, daß es andernfalls den Spaniern oder dem Herzog von Savoyen, der schon seine Finger nach Saluzzo ausgestreckt hatte, in die Hände fallen würde. Daher hatte Ferdinand im Jahre 1591 damit begonnen, auf einer der Inseln vor Marseille die Burg If befestigen zu lassen.

Die Lage spitzte sich zu, und 1597 nahm Ferdinand alle drei Marseille vorgelagerten Inseln mit Gewalt ein und vertrieb die Franzosen. Die Einwohner von Marseille riefen den König um Hilfe. Der war jedoch machtlos, und so drohten die Bewohner Marseilles, sich Spanien auszuliefern, wenn der König sie nicht von den italienischen Usurpatoren befreie. Navarra war außer sich und forderte vom Großherzog Ferdinand die Herausgabe der Inseln. Dieser erwiderte, er wäre dazu erst bereit, wenn der König ihm seine Schulden bezahlt hätte. Navarra soll in seinem Zorn das Schwert gezogen haben, doch wo die Macht fehlt, muß man sich mit Diplomatie begnügen. Man handelte einen Vertrag aus, der vorsah, daß Ferdinand die Inseln binnen vier Monaten räumen würde, vorbehaltlich der Tilgung der Schulden, für die künftig zwölf französische Landesherren zu bürgen hätten, sowie der Erstattung der Kosten für den Bau der Befestigungsanlagen. Der Vertrag wurde am 1. Mai 1598 unterschrieben.

Angesichts all dieser Ereignisse darf man sich nun fragen, welche Gefühle Navarra mit dem Hause Medici verbanden. Zwischen der Schacher- und Krämerseele Ferdinands und Heinrich von Navarra ist kaum ein größerer Gegensatz denkbar. Welche Schmach für einen König, dem Mutwillen eines arrivierten Kaufmanns ausgesetzt zu sein! Würde Heinrich außerdem jemals das Grauen der Bartholomäusnacht vergessen, die er nur um ein Haar überlebt hatte? Medici! Das Blut Tausender wehrlos hingeschlachteter Hugenotten klebte an diesem Namen. Die Blüte des protestantischen Adels war in dieser Nacht auf Anordnung Katharinas de Medici heimtückisch ermordet worden, und wozu der Florentiner fähig war, hatte Navarra gerade wieder am eigenen Leibe erfahren.«

»Und dennoch hat er Ferdinands Nichte geheiratet.«

»Ja, gewiß. Aber daß Heinrich nach Gabrielles Ableben der Verbindung mit Maria de Medici schließlich doch zustimmte, läßt sich nur aus seiner Sorge um den Fortbestand des mühsam geeinten Reiches erklären. Die Furcht vor einem neuen Aufflammen des Bürgerkriegs und die Aussicht, Frankreichs Geldschulden getilgt zu sehen, wogen schwerer als der Abscheu vor dem Hause Medici. Niemand konnte jedoch vor Gabrielles Tod ahnen, daß solch eine Verbindung überhaupt noch in Betracht gezogen wurde. Die Finanzen waren geregelt, aber die diplomatischen Beziehungen waren zu gespannt. Zwischen Florenz und Paris gab es in diesem Zeitraum überhaupt keine diplomatischen Beziehungen. Der geheime Briefwechsel zwischen Ferdinand und seinem Agenten am französischen Hof bricht sogar am 2. Dezember 1598 ab und wird erst im November 1599 wiederaufgenommen. Niemand hätte sich daher von einem Anschlag auf Gabrielles Leben einen sicheren Vorteil versprechen können.« Katzenmaier beugte sich vor und nippte an seinem Kaffee.

»Was für ein geheimer Briefwechsel?« fragte ich.

»Ferdinand unterhielt mehrere Spione in Paris. Der Bestplazierte war ein gewisser Bonciani. Seine Depeschen sind erhalten geblieben, wurden aber erst im letzten Jahrhundert von einem gewissen Desjardins veröffentlicht. Für den fraglichen Zeitraum, also fast das ganze Jahr 1599, fehlt indessen jede Spur einer Korrespondenz. Ein weiterer Beleg dafür, daß die Verhandlungen mit Florenz erst Monate nach Gabrielles Tod wiederaufgenommen wurden.«

Bonciani! Ein weiteres Mosaiksteinchen im Bauplan des Manuskriptes, das sich als echt erwies.

Katzenmaier erhob sich, ging zur Bücherwand hinter seinem Schreibtisch und fuhr mit dem Finger die Bücherrücken entlang. »Ich sehe wohl, daß Sie mir nicht glauben, aber ich muß Sie enttäuschen. Es gab kein Komplott gegen die Herzogin. Sie starb mit an Sicherheit grenzender Wahrscheinlichkeit an einer gewöhnlichen, schwangerschaftsbedingten Krankheit, die man Eklampsie nennt. Seltsam an ihrem Tod war nur der Zeitpunkt. Aber warten Sie, irgendwo hier habe ich zwei Arbeiten, die Ihnen alles, was ich Ihnen soeben kurz skizziert habe, bis ins kleinste nachweisen werden. Wo stehen die Bücher doch gleich?«

Sein Blick glitt über die Regalreihen. Als er die beiden fotokopierten

Bände schließlich vor mich legte, erkannte ich sogleich die Namen der Autoren wieder. Loiseleur und Desclozeaux.

»Gestern in der Bibliothek bin ich auf diese Namen gestoßen«, sagte ich. »Aber die Bücher sind in Deutschland nicht zu bekommen.«

Er zog die Augenbrauen hoch. »Natürlich nicht. Der Fall interessiert schon seit über hundert Jahren niemanden mehr. Ich habe mir die Bücher in Paris besorgt und fotokopieren lassen. Leider habe ich nur diese Exemplare, aber in der Bibliothèque Nationale finden sie die Bände noch. Alles, was über den Fall Gabrielle d'Estrées bekannt ist, hat dieser Loiseleur meisterhaft zusammengetragen und analysiert. Was die Todesumstände der Herzogin betrifft, so hat Desclozeaux fast alles von ihm abgeschrieben. Aber bei ihm finden Sie außerdem noch eine interessante Diskussion der anderen Quellen, insbesondere zur Frage der Verläßlichkeit von Rosnys Memoiren. Warten Sie, ich schreibe Ihnen die Titel kurz auf.«

Das freundliche Angebot war wohl auch so zu verstehen, daß unser Gespräch sich dem Ende näherte. Ich bedankte mich herzlichst für die Zeit, die er mir geopfert hatte, und Katzenmaier erwiderte, es habe ihm durchaus Spaß gemacht, einmal vor einem interessierten Zuhörer zu sprechen. Wenn ich noch weitere Fragen hätte, könne ich mich gerne immer an ihn wenden. Jetzt müsse er aber leider seinen Termin wahrnehmen.

»Hier haben Sie die Literaturangaben. Sind Sie für die Bibliothèque Nationale akkreditiert?«

Ich schaute ihn verwundert an. »Akkreditiert?«

Er lachte. »Sie waren zu lange in Amerika, lieber Kollege. Ohne ein Empfehlungsschreiben kommen Sie dort nur schwer hinein. Aber warten Sie, ich sage meiner Sekretärin, daß sie Ihnen ein Empfehlungsschreiben mitgeben soll.«

Ich wollte dankend ablehnen, doch er war schon am Telefon und quittierte meine mimischen Einwände mit einer abwiegelnden Handbewegung.

»Frau Galian? Katzenmaier hier. Haben Sie noch Besuchervordrucke für die Bibliothèque Nationale in Paris? ... Ja, auf französisch.« Er legte die Hand auf die Muschel und sagte: »Das dauert fünf Minuten und erspart

Ihnen endlose Diskussionen mit der Verwaltung dort ... Ja, für Herrn Michelis. Ich schicke ihn gleich vorbei.«
Wir verließen das Büro und gingen den weißgetünchten Flur entlang. An der Treppe angekommen, wies er mir den Weg zum Sekretariat und streckte mir zum Abschied die Hand entgegen.
»Sie haben mir wirklich sehr geholfen.«
»Aber ich bitte Sie. Unter Kollegen.«
»In Ihrem Buch erwähnten Sie noch einen Namen. Einen gewissen Bolle.«
»Ja«, sagte er mit einem Anflug von Resignation, von der ich zuerst glaubte, sie richte sich gegen meine nicht enden wollenden Fragen. Aber es war der Name des Autors, der ihn das Gesicht verziehen ließ. »Den finden Sie dort auch. Eine ziemlich abstruse Studie über die Giftmordtheorie und angebliche Lücken in der Geheimkorrespondenz. Warum der überhaupt zitiert wird, habe ich noch nie verstanden. Aber so ist das nun mal in den Wissenschaften. Jedes Ei, das irgendwann mal jemand gelegt hat, wird fleißig weitergebrütet. Auch die Kuckuckseier.«
Damit war er die Treppe hinab und entschwand meinem Blick.

Fünf

Der Nachtzug erreichte Paris im Morgengrauen. In der Rue Rameau, unweit der Bibliothèque Nationale, mietete ich mich in einem Hotel ein und stand kurz darauf vor dem gewaltigen Portal, das in die hohe, die Nationalbibliothek wie ein Festungswall umschließende Mauer eingelassen war. Ich war fast zwei Stunden zu früh, und so ging ich die Rue Richelieu in südlicher Richtung entlang, auf der Suche nach einem Café. Paris erwachte. Wie ein ländliches Parfüm hing vor den Bäckereien der Duft von frischem Brot. Museal anmutende Autos knatterten vorbei, bepackt mit Zeitungsstapeln oder mit Baguettebroten, die zu hellbraunen Garben gebündelt waren. Die Gehsteige schimmerten feucht, und mit den ersten Sonnenstrahlen, die von den Dächern in die engen Straßenschluchten hinabkrochen, löste sich der Nachttau von den Steinen und erfüllte die Luft kurzzeitig mit mediterraner Klarheit.
Ich fand ein Café an der Place du Palais Royal und genoß die letzten Momente dieses *levés* der Dame Paris. Nur einen Steinwurf von meinem Platz entfernt erhob sich die mächtige Nordfassade des Louvre, und irgendwo dahinter hing das Gemälde der beiden Schwestern im Bade. Ich vertrieb mir die Zeit bis zehn Uhr, indem ich die Notizen überflog, die ich mir nach dem Gespräch mit Katzenmaier gemacht hatte. Das Empfehlungsschreiben, in einem geschraubten Französisch abgefaßt und mit einem Briefkopf der Universität Basel versehen, nahm sich aus wie eine diplomatische Urkunde, doch als ich wenig später den Innenhof der Bibliothek durchquert und die gläserne Drehtür zum Hauptgebäude durchschritten hatte, mußte ich feststellen, daß es dergleichen Referenzschreiben tatsächlich bedurfte.
Man reichte mir einen *laissez-passer*, auf dem eine Platznummer angegeben war. Dem ganzen Verfahren haftete etwas Verbotenes an. Ich ging

in den Katalogsaal, füllte die Leihscheine aus, brachte sie zur Buchausgabe und nahm den mir zugewiesenen Platz ein. Der Lesesaal strahlte die ernste Stille eines mönchischen Skriptoriums aus. Bisweilen durchmaß ein Bibliotheksbediensteter den Raum und trug dickleibige, in Leder gebundene Folianten an einen Platz, wo er sich die Lieferung quittieren ließ. Ein jeder Arbeitsplatz war mit einer Schreibtischlampe mit dunkelgrünem Glasschirm versehen. Das Holz der Tische schien Jahrhunderte alt zu sein. Generationen von Wissenschaftlern und Schriftstellern hatten hier gesessen, über Bücher gebeugt, irgendeiner Frage auf der Spur.

Während des Wartens war ich wieder in meine Notizen versunken und schreckte auf, als mir jemand auf die Schulter klopfte. Ein junger Mann legte drei Bände neben mir ab, bedeutete mir, die Leihscheine zu quittieren, und sagte schließlich mit leiser Stimme, daß eine meiner Bestellungen in der Rara-Abteilung auf mich warte. Ich bedankte mich und nahm den Leihschein der betreffenden Bestellung entgegen. Abel Desjardins: *Négociations diplomatiques de la France avec la Toscane*.

Zwei Stunden später hatte ich zwei der drei Bücher kursorisch gelesen. Desclozeaux' *Gabrielle d'Estrées* enthielt nichts wesentlich Neues. Interessant war die Darstellung der Scheidungsverhandlungen zwischen Gabrielle und ihrem ersten Ehemann, Nicolas d'Amerval, Herrn von Liancourt. Anscheinend war es von Anfang an darum gegangen, bei der Auflösung dieser Ehe sicherzustellen, daß Gabrielles und Heinrichs Kinder später legitimiert werden konnten. Gabrielle, so erinnerte ich mich, verließ d'Amerval im Jahre 1592, um sich endgültig Heinrich anzuschließen. Zwei Jahre später, so las ich nun, anläßlich der Scheidung, hatte d'Amerval in sein Testament geschrieben:

> ... weil ich dem König Gehorsam schulde und um mein Leben fürchte, so bin ich bereit, der Scheidung meiner Ehe mit der besagten d'Estrées gemäß dem Verfahren vor dem Magistrat in Amiens zuzustimmen, doch erkläre und beschwöre ich vor Gott und den Menschen, daß diese Scheidung gegen meinen Willen, unter Zwang und aus Respekt vor dem König erfolgt und es unwahr ist, falls ich behaupten, aussagen und erklären

sollte, daß ich für die fleischliche Vereinigung und Fortpflanzung unfähig und ungeschickt sei.

Eigenartig, dachte ich. Warum dieser Aufwand für eine Mätresse? Oder steckte von Anfang an mehr dahinter als nur eine Liebschaft? Freilich hatte Gabrielle dem König mittlerweile einen Sohn geschenkt, und sie wollte die Ehe lösen, in die ihr Vater sie zwei Jahre zuvor gezwungen hatte. Doch warum begnügte man sich nicht damit, die Ehe einfach zu scheiden? Aus welchem Grund bestand man auf ihrer Nichtigkeit *ab initio*, obwohl die Annullierung einzig mit so fadenscheinigen Vorwänden wie d'Amervals angeblicher Impotenz begründet werden konnte? Schließlich hatte er vierzehn Kinder gezeugt! Für dieses Vorgehen gab es eigentlich nur eine plausible Erklärung: Man wollte von vornherein die Möglichkeit ausschließen, daß die Legitimität der Kinder, die Gabrielle mit dem König hatte, jemals in Frage gestellt würde.
Desclozeaux erläuterte die Lage: Das zivile und kirchliche Recht der Zeit gestattete die nachträgliche Legitimierung natürlicher Nachkommen nur für den Fall, daß diese unehelichen Kinder keinem Ehebruch entstammten. Waren die Nachkommen Heinrichs und Gabrielles die Frucht eines Ehebruches? Beide waren zur Zeit der Geburt ihres ersten Sohnes Caesar noch verheiratet – Gabrielle mit d'Amerval, Heinrich mit Margarete von Valois. Wie in unseren Tagen, so bestand auch damals die Möglichkeit, Ehen für ungültig zu erklären, wenn die Unrechtmäßigkeit der Eheschließung geltend gemacht wurde. Gründe dafür fanden sich sowohl im Natur- und Zivilrecht als auch im Kirchenrecht. Zwangsheirat und Impotenz gehörten der ersten Kategorie an, unterschiedliche Religionszugehörigkeit oder Verwandtschaft bis zum vierten Grade der zweiten. Durch ein Scheidungsurteil, das sich auf einen oder mehrere dieser Gründe bezog, wurde eine Ehe nicht einfach aufgelöst, sondern rückwirkend annulliert, was bedeutete: Von Rechts wegen hatte diese Ehe niemals existiert.
Die vorangegangenen Ehen von Gabrielle und dem König waren also für null und nichtig erklärt worden, damit die aus der unehelichen Verbindung zwischen Heinrich und seiner Mätresse hervorgegangenen Kinder nachträglich legitimiert werden konnten. Obwohl d'Amerval

vierzehn Kinder aus erster Ehe hatte, berief sich Gabrielle in ihrem Antrag auf das Unvermögen ihres Ehemannes, seinen ehelichen Pflichten gerecht zu werden. Man einigte sich darauf, auf den sonst üblichen öffentlichen Nachweis der Anschuldigung zu verzichten, und holte statt dessen Gutachten von einem Arzt und einem Chirurgen ein, die beide die Richtigkeit der Behauptungen bestätigten. Zu dieser Hauptanschuldigung fügte man nun noch eine zweite hinzu, die sich aus der angeblichen Verwandtschaft der beiden Eheleute ergab. Gabrielle war im dritten Glied mit Anne Gouffier, der ersten Ehefrau d'Amervals, verwandt. Obwohl beide Rechtsmittel mehr als fragwürdig waren, wurde die eheliche Verbindung der Gabrielle d'Estrées mit Nicolas d'Amerval, Herrn von Liancourt, als im Widerspruch zu den Gesetzen der Kirche stehend befunden und daher annulliert. So schloß das offizielle Dokument mit den Worten: *Praetensum matrimonium inter dictos d'Amerval et d'Estrées, contra leges et statua Ecclesiae attentatum, ab initio nullum et ideo irritum, declaravimus et declaramus.*

Ich stutzte. Das änderte die Situation natürlich grundlegend. Die Frage der Thronfolge wäre also kein Problem gewesen. Katzenmaier hatte recht gehabt. Gabrielles erster Sohn wäre nach Heinrichs Tod legitimer Erbe der Krone geworden. Die juristischen Vorgaben bei Gabrielles Scheidung von d'Amerval hatten genau dies zum Ziel gehabt. Also hatte Heinrich doch ernsthaft erwogen, Gabrielle zu heiraten.

Aber wie konnte Morstadt dann die Figur Ballerini behaupten lassen, Heinrich werde die Herzogin niemals heiraten? Er hatte Desclozeaux' Buch doch gekannt?

Daß er mit Loiseleurs Schrift gleichermaßen vertraut gewesen war, entdeckte ich kurz darauf. Die im Manuskript mitgeteilten Verhöre von Rosny und La Varaine waren fast wortwörtlich dieser Studie entnommen. Loiseleurs Arbeit glich einer kriminalistischen Untersuchung, was sich auch im Titel schon ankündigte: *Gabrielle d'Estrées: est-elle morte empoisonnée?* Wurde Gabrielle d'Estrées vergiftet? Das Ergebnis kannte ich bereits aus meinem Gespräch mit Katzenmaier. Loiseleur wies minutiös nach, was mein Gesprächspartner in Basel mir schon skizziert hatte: Es gab kein überzeugendes Motiv für einen Mordanschlag gegen die Herzogin. Außerdem entsprachen die Symptome, die Gabrielle während ihrer Agonie aufwies, vollständig dem klinischen Bild der Eklampsie. Ich las die Eintragung aus dem *Dictionnaire des sciences médicales*, die Loiseleur zur Stützung seiner Behauptung zitierte:

> Während der Schwangerschaft und insbesondere kurz vor der Niederkunft werden Frauen oft von Krämpfen heimgesucht... Jedoch gibt es auch besondere Krämpfe, die hysterischen oder epileptischen Anfällen ähneln, obgleich sie weder das eine noch das andere sind. Sind die Krämpfe schwach und erfolgen sie vor der Niederkunft, so begleitet sie ein Druckgefühl in der Kehle oder der Eindruck eines aus der Nabelgegend zur Brust- oder Gurgelregion aufsteigenden Kloßes. Sind die Krämpfe sehr heftig, so führt dies fast immer zu Bewußtlosigkeit, ein Symptom, das man als Merkmal epileptischer Anfälle betrachtet hat. Sie unterscheiden sich jedoch hiervon nicht nur durch ihre bisweilen beträchtliche Dauer, sondern auch durch Begleiterscheinungen wie Fieberwahn, Schläfrigkeit, Schluckauf etc.

Die Schilderung eines solchen Anfalls im darauffolgenden Absatz schien Gabrielles letzte Stunden zu beschreiben.

> Manchmal hörte man alle ihre Gelenke gleichzeitig knacken, und plötzlich verdrehten sich alle ihre Glieder; dann wieder rollte sich ihr Körper zusammen, und die Kranke wurde auf ihrem Bett hin und her geworfen, wo man sie anbinden mußte, damit sie nicht herausfiel. Wenn man es am wenigsten erwartete, flog ihr Kopf nach vorn bis zu den Knien oder Füßen oder wurde bis zu den Fersen nach hinten geworfen ...

Die Beobachtung Ballerinis kam mir in den Sinn. Ich zog das Manuskript heran und suchte die Stelle. *Ein Gift sei es wohl, das ihr diese Krämpfe bescherte, doch wohl keines, das man ihr verabreicht hätte. Er kenne keinen Fall einer künstlich hervorgerufenen Vergiftung, die nicht mit Erbrechen begänne. Das Übel, an dem die Herzogin leide, komme von innen, sie produziere es selbst. Vignac glaubte kein Wort ...*

Doch Ballerini hatte wohl recht gehabt. Sowohl die Veranlagungen als auch die ersten Anzeichen stimmten mit Gabrielles Krankheitsbild überein: Müdigkeit, Frösteln und Gliederschmerzen, Erstickungsanfälle, Kopfschmerzen, Sehstörungen und Schwindel, Verlust des Seh- und Hörvermögens. Nachdem ich den letzten Teil der Eintragung gelesen hatte, zweifelte ich nicht mehr an Loiseleurs Schlußfolgerung, daß die Herzogin einem Eklampsie-Anfall erlegen war.

> Partielle Krämpfe sind nicht alarmierend. Die allgemeinen sind oft fatal, und viele Frauen sterben daran. Mauriceau erachtet insbesondere diejenigen als tödlich, die nach dem Tod des Foetus im Mutterleib erfolgen.

Ich verließ die Bibliothek und begab mich auf die Suche nach einem Restaurant. Ich hatte einem Phantom nachgejagt. Morstadts Manuskript war genau das, als was Koszinski es bezeichnet hatte: ein Sammelsurium von Texten, ein aus historischen Quellen zusammengestückeltes Romanfragment, dessen Gerüst nicht trug. Deshalb war es ihm am Ende zusammengestürzt. Heinrich hätte Gabrielle geheiratet, doch die Herzogin erlag einer zwar schrecklichen, aber durchaus bekannten Krankheit. Was immer es mit den Gemälden auf sich hatte – die letzten Dokumente, die noch in der Bibliothek auf mich warteten, eine fragwürdige Studie und verstaubte Depeschen, würden den Fall besiegeln. Den Fall? Es gab gar keinen Fall.

Meine Enttäuschung legte sich vorübergehend bei einem vorzüglichen Mittagessen. Die Nachwirkungen einer Karaffe Wein ließen sogar die anstehenden Vorbereitungen auf meine Tätigkeit in Brüssel in einem erträglicheren Licht erscheinen. Brüssel lag nur drei Zugstunden entfernt. Dort wartete im Haus eines Kollegen ein kleines Apartment auf mich. Schließlich gab es Flandern zu besichtigen, Gent, Brügge, Antwerpen, und Brüssel selbst war sicher nicht so schlimm, wie Koszinski es beschrieben hatte.

Noch ein kurzer Besuch im Louvre am nächsten Tag, und damit würde meine Exkursion in die französische Geschichte zu Ende sein. Ja, fast spürte ich eine geheime Genugtuung darüber, daß jene beiden Damen im Bade trotz aller Informationen, die ich nun über sie gesammelt hatte, ihre geheimnisvolle Aura behalten hatten. Mir war es nicht gelungen, den hermetischen Schleier, der sich im Laufe der Jahrhunderte über sie gelegt hatte, zu lüften.

Auch Morstadt hatte versucht, das Rätsel des Bildes zu lösen, aber er war falschen Annahmen erlegen. In zwei wichtigen Punkten widersprach sein Manuskript der offiziellen Geschichtsschreibung. Er behauptete, Heinrich habe Gabrielle nicht wirklich heiraten wollen und ein Giftmord an der Herzogin sei daher nicht erforderlich gewesen. Beide Annahmen waren unbeweisbar. Dennoch umrahmten sie in gewisser Weise nicht nur das Auftragsgemälde, sondern auch das eigenartige Porträt aus dem Louvre. Ich holte meine Skizze hervor, betrachtete erneut die eigentümliche Symmetrie und starrte auf das Fragezeichen auf der Schnittstelle zwischen den verschiedenen Möglichkeiten. Was hatte der Maler sich bloß bei diesem Bild gedacht? Wann hatte er es gemalt? Und warum? War dies vielleicht eine Art Antwort auf das Auftragsgemälde? Und was hatte Morstadt mit seiner Behauptung bezweckt? Hatte ich vielleicht irgendein Detail auf dem Gemälde übersehen?

Ich erhob mich. Der ganze Nachmittag lag noch vor mir, und ich hatte Zeit für einen kurzen Besuch im Louvre, der nur einige Wegminuten entfernt lag. Vielleicht würde mir ein Blick auf das Originalgemälde weiterhelfen? Meine Resignation verflog, während ich die langen Gänge des Museums durchschritt, und wich einer leichten Nervosität, die mit jedem Schritt, der mich dem Ausstellungsraum näher brachte, stärker wurde. Als ich das Gemälde schließlich aus der Ferne erblickte, verlangsamte ich unwillkürlich meinen Gang.

Die geheimnisvolle Kraft der Komposition war ungebrochen. Für einige Augenblicke verharrte ich in respektvoller Entfernung. Dann trat ich an das Gemälde heran, blickte wie hypnotisiert die Figuren an, bis mir vor lauter angestrengtem Schauen die Augen zu schmerzen, die Sinne zu flirren begannen.

Plötzlich entdeckte ich etwas, das mir zuvor nie aufgefallen war. Wie bleich, wie leichenblaß war Gabrielles Körper im Vergleich zur wärmeren, rötlichen Färbung der anderen Dame! Dieser feine Farbunterschied war auf den Reproduktionen, die ich früher gesehen hatte, nicht sicht-

bar gewesen. Am deutlichsten war diese Farbnuance an den Fingerspitzen zu sehen. Gabrielles Fingerspitzen waren deutlich weißer gemalt als die Finger der anderen Dame, deren rosige Fleischfarbe sich auffällig vom leichenhaften Weiß des Körpers der Herzogin abhob. Und war nicht auch ihr Gesichtsausdruck unnatürlich leer? Ja, war nicht ihr ganzer Körper in einer unbeweglichen, leblosen Haltung erstarrt? Der düstere Bildhintergrund verstärkte diesen Eindruck noch. Das niedergehende Feuer im Kamin, der grün bespannte Tisch, der schwarze Spiegel neben der gleichermaßen unwirklich im Hintergrund schwebenden Kammerfrau – nichts in diesem Bild war lebendig, nur die triumphierende Geste der unbekannten Dame neben Gabrielle und ihr selbstsicherer, herausfordernder Blick. Gabrielles leichenhafte Aura, ihre fast puppenartige, fratzenhafte Erstarrung strahlten zugleich etwas zutiefst Melancholisches aus.
Die letzten Szenen aus Morstadts Manuskript kamen mir in den Sinn. Vignacs Kampf mit Sandrini. Das Feuer in der Rue de Deux Portes. Die aufgeknüpfte, mit Pech eingeschmierte Leiche. Vignacs überstürzte Flucht aus Paris. Vignac mußte dieses Bild hier später gemalt haben, lange nach Gabrielles Tod. Irgendwo vor mir auf der Leinwand, verborgen in den Gesten der beiden Damen oder vielleicht verdeckt im Hintergrund des Bildes, hatte der Maler die rätselhaften Vorgänge in Paris kommentiert. Doch das Gemälde gab keine Antwort, sowenig wie Morstadts Manuskript eine Antwort auf die Unwägbarkeiten um Gabrielles Schicksal zu bieten hatte. Aber irgendwo mußte es eine Schnittstelle geben, eine Kreuzung, hinter der die Antwort aufscheinen würde. Vielleicht mußte man nur die richtige Perspektive finden, damit Bild und Manuskript sich zusammenfügten? Aber wie?
Ich durchdachte noch einmal alles, was ich gelesen und gehört hatte. Mein Blick fiel auf die Legende unter dem Bild. *Gabrielle d'Estrées und eine ihrer Schwestern*. Eine ihrer Schwestern? War die Frau neben Gabrielle nicht exakt der Dame aus Vignacs Auftragsgemälde nachempfunden? Und hatte Ballerini bei seiner Schilderung der Bankettszene nicht gesagt, man habe in ihr zweifelsfrei die Tänzerin wiedererkannt, die den König mit ihrer Darbietung so bezaubert hatte? Jene Henriette d'Entragues? Ich rief mir Ballerinis Deutung des verleumderischen

Bildes in Erinnerung: Seht her, schreit das Bild, die Huren des Königs geben sich ihre imaginären Hochzeitsringe weiter. Doch der König wird keine von beiden jemals heiraten. Jene dort hat schon bald ausgespielt, doch die nächste steht schon bereit ...

Ich trat einen Schritt zurück. Natürlich! Nichts anderes war hier dargestellt. Gabrielle war tot. Sie hatte ihr Ziel nicht erreicht. Der Ring des Hochzeitsversprechens hing noch wie ein wertloses Pfand an ihren leichenblassen Fingerspitzen, während die nächste Geliebte des Königs triumphierend ihren Platz einzunehmen im Begriff stand. Die nächste Geliebte? War dies so gewesen?

Ich riß mich von dem Gemälde los und eilte in die Bibliothek zurück. Warum war ich bloß nicht schon früher auf diesen Gedanken gekommen? Eine neue Geliebte! Diese Möglichkeit hatte ich noch überhaupt nicht bedacht. In der Handbibliothek fand ich ein Exemplar des *Diccionario de Mujeres Celebres* und las kurz darauf mit vor Staunen geweiteten Augen den Eintrag über Henriette d'Entragues:

Entragues, Catalina Henriette de Balzac de
Marquise de Verneuil. Schöne französische Edeldame. Favoritin Heinrichs IV. Geboren 1579, gestorben 1633 in Paris. Sehr gebildet, aber von kühlem, opportunistischem Wesen. Zwei Monate nach dem Tod der wunderschönen Geliebten des Königs, Gabrielle d'Estrées, verliebte sich Heinrich IV. leidenschaftlich in die Tochter von Herrn von Entragues, des Grafen von Malesherbes. Die junge Frau zögerte nicht, die Geliebte des Königs zu werden, forderte hierzu jedoch eine Summe von 100 000 Talern und ein schriftliches Versprechen, daß der König sie heiraten würde, falls sie ihm innerhalb Jahresfrist einen männlichen Nachkommen schenken sollte ...

Ich las den Passus erneut. 100 000 Taler für eine Liebschaft mit Henriette nur zwei Monate nach Gabrielles Tod? Und dann ein schriftliches Heiratsversprechen? Heinrich hatte akzeptiert. Das Dokument war im Original wiedergegeben, datiert vom 1. Oktober 1599. Heinrich schwor feierlich, Henriette d'Entragues mit allen königlichen Ehren zu heiraten, falls sie ihm innerhalb eines Jahres einen Sohn schenken würde. Wie war das möglich? Heinrich verhandelte zu diesem Zeitpunkt doch bereits wieder mit Florenz über seine Vermählung mit Maria de Medici? Aber das Dokument war echt. Die Archivnummer war authentisch und im Handschriftenkatalog der Bibliothèque Nationale verzeichnet. Heinrich hatte Henriette jedoch niemals heiraten wollen. War sein Heiratsversprechen gegenüber Gabrielle genauso unehrlich gewesen?

Ich schaute ratlos vor mich hin. Die Bücher Loiseleurs und Desclozeaux' lagen neben der Studie jenes Jacques Bolle, die ich noch gar nicht aufgeschlagen hatte. Ich öffnete das Buch und überflog das Titelblatt. Katzenmaiers Geringschätzung der 1955 auf französisch erschienenen, wundersamerweise in Florenz gedruckten Arbeit schien gerechtfertigt zu sein. Das dick auftrumpfende Vorwort ließ keine seriöse Untersuchung erwarten. Kein historischer Aufsatz wurde dort angekündigt, sondern eine Art Kriminalroman, der mit allen etablierten Traditionen der Geschichtswissenschaft zu brechen trachtete. Warum man eine so zweifelhafte Empfehlung auch noch großspurig vorausschickte, konnte ich mir beim besten Willen nicht erklären. Außerdem ging es dem Autor offenbar um den Nachweis der Giftmordtheorie, was sich ja schon im Titel des Werkes ankündigte: Warum wurde Gabrielle d'Estrées ermordet? Diese Annahme kam mir mittlerweile völlig unglaubwürdig vor. Was hatte Katzenmaier gesagt? Ein Kuckucksei! Verdrießlich legte ich das Buch zur Seite.

Mein Blick fiel auf den Leihschein für die Geheimkorrespondenz, die in der Rara-Abteilung im Kellergeschoß auf mich wartete. *Salle de la réserve* stand in roten Druckbuchstaben auf dem Laufzettel.

Nach einigem Suchen fand ich die Ausgabestelle. Ich überflog das Merkblatt mit den Anweisungen zur Behandlung alter Bücher, signierte und trug die Folianten zu einem der wenigen Tische. *Négociations diplomatiques de la France avec la Toscane. Documents recueillis par Guiseppe Canestrini et publiés par Abel Desjardins. Paris 1859–1886.* Die fünf Bände nebst Index maßen übereinandergestapelt gut einen halben Meter. Mit einigem Verdruß mußte ich feststellen, daß fast alle für mich interessanten Dokumente in italienischer Sprache abgefaßt waren. Bonciani hatte natürlich in seiner Muttersprache geschrieben. So konnte ich nicht einmal genau kontrollieren, ob die im Manuskript enthaltenen Ausführungen des Agenten aus dieser Ausgabe stammten. Ich blätterte in den Bänden herum, stieß hier und da auf einen Absatz, den ich dank meiner Lateinkenntnisse halbwegs zu übersetzen verstand, ließ jedoch bald von diesem sinnlosen Unterfangen ab. Für den wichtigsten Zeitraum gab es ohnehin keine Briefe. Die letzte von Desjardins abgedruckte Depesche stammte vom 27. September 1598. Dem Schreiben angefügt war eine Fußnote des Herausgebers:

> Wenige Tage später verkündete man den Tod des Königs von Spanien. Bonciani bestätigt diese Neuigkeit in seiner Depesche vom 8. Oktober, der unter anderem das Protokoll der königlichen Audienz der klerikalen Versammlung beigefügt war. In seiner letzten Depesche vom 2. Dezember zeigt sich der Botschafter noch einmal ob der Konsequenzen beunruhigt, die die verrückte Liebe des Königs zu Gabrielle haben könnte: *E da questo amore estraordinario si può dubitare che alla fine non nascano de' mali d'importanza.*

Ich blätterte um. Doch es gab keine weiteren Depeschen Boncianis. Aber die Sammlung war offenbar nicht vollständig. Schon die Depesche vom 8. Oktober war nur beiläufig erwähnt. Der letzte Satz des Agenten ließ mich stutzig werden: *Es steht zu befürchten, daß aus dieser außergewöhnlichen Liebe noch große Übel erwachsen.*
Das war am 2. Dezember 1598 geschrieben, vier Monate vor Gabrielles Tod. Florenz hatte also die Vorgänge in Paris sehr wohl aufmerksam beobachtet. Die drohende Verbindung Heinrichs mit Gabrielle erschien dem Agenten als alarmierend. Irgend etwas stimmte hier nicht. Ich ging in den Lesesaal zurück und suchte in Morstadts Manuskript das Kapitel über Bonciani heraus. Ich fand die Stellen und las die Absätze nach: *Da, schon vor einem Jahr hatte er mitgeteilt, wie die Dinge lagen. Er überflog die knappen Sätze von damals:* »Ohne die Herzogin von Beaufort wäre die Verheiratung Eurer Nichte mit dem König in vier Monaten erledigt. Die Liebe des Königs für seine Dame nimmt indessen stetig zu. Es erwächst hier ein unheilbares Übel, wenn Gott nicht seine heilige Hand dazwischen hält.« Weiter

unten fand ich endlich eine Stelle mit einer vagen Datumsangabe: *Der Spion schrieb die ganzen Sommermonate über, hatte überall seine Ohren und versuchte, die großen Linien des einsetzenden Machtkampfes zu entziffern, stets bedenkend, daß Heinrich nun der mächtigste König der Christenheit war.*
Ich nahm das Manuskript und kehrte ins Kellergeschoß zurück. Bonciani hatte erwähnt, daß der Hof sich in Nantes aufhielt. Also stammten die Depeschen vom Sommer 1598. Ich nahm den letzten Band der Desjardins-Ausgabe zur Hand und fand die Eintragung in einer Depesche vom 10. Juni. Bonciani hatte notiert: »Ricordando che questo è il più potente re del Cristianismo.« Morstadt hatte den Satz wortwörtlich übernommen. Ich überflog die folgenden Briefe vom Juni und Juli. Kein Schreiben, in dem nicht von Heinrichs wachsender Liebe für die Herzogin die Rede war. Ferdinand hatte offensichtlich nie die Hoffnung aufgegeben, die Heiratspläne des französischen Königs zu seinen Gunsten zu beeinflussen. Die diplomatischen Beziehungen waren keineswegs abgerissen. Die Streitereien um Marseille waren am 1. Mai 1598 beigelegt worden. In den darauffolgenden Monaten schrieb Bonciani immer häufiger aus Paris, daß nur Gabrielle einer Verbindung Heinrichs mit Maria im Wege stehe. Noch im Herbst 1598 berichtete er regelmäßig aus der Hauptstadt und erörterte die Möglichkeiten einer Eheschließung Marias mit Navarra. Der Agent wies unablässig darauf hin, daß an eine solche Verbindung nicht zu denken sei, solange der König seiner Mätresse immer mehr verfalle. Aussichtslos scheine es, ihn von seinen Absichten abbringen zu wollen. War es vorstellbar, daß Ferdinand im Frühjahr 1599 nicht über die Vorgänge in Paris unterrichtet war? Heinrichs Eheversprechen im März. Die Hochzeitsvorbereitungen. Gabrielles plötzlicher Tod, der Ferdinand wie ein Geschenk des Himmels erschienen sein mußte. All dies sollte geschehen sein, ohne daß Florenz darüber informiert war?
Wie elektrisiert sprang ich plötzlich vom Tisch auf. Lücken in der Geheimkorrespondenz! Ich ließ alles stehen und liegen und eilte in den Lesesaal hinauf. Bolles kleine, unbedeutende Schrift lag noch immer da, wo ich sie vorhin achtlos zurückgelassen hatte. Hastig schlug ich das Buch auf und hatte plötzlich das unleserliche Faksimile eines Briefes vor Augen. Die Legende darunter traf mich wie ein Schlag: *Mit Hilfe*

des Geheimcodes des Großherzogs von uns dechiffrierter Brief Boncianis vom 17. März 1599.

17. März 1599? Datierte die letzte Depesche nicht vom 2. Dezember 1598? Ungeduldig blätterte ich die Seiten um, aber die unstrukturierten, wie wild durcheinandergewürfelten Absätze erschlossen sich keiner kursorischen Lektüre. In der Hoffnung, einen Index zu finden, schlug ich die letzten Seiten des Buches auf. Statt dessen stieß ich auf eine Auflistung von Briefen und einen Absatz, der mich fassungslos auf meinem Stuhl zurücksinken ließ:

> Desjardins sagt in einer Fußnote: »In seiner letzten Depesche vom 2. Dezember zeigt sich der Botschafter noch einmal ob der Konsequenzen beunruhigt, die die verrückte Liebe des Königs für Gabrielle haben könnte.« Laut Anmerkung gibt es bis zum November 1599 keine weiteren Depeschen aus Paris. Es gibt hier also eine Lücke von elf bis zwölf Monaten.
> Unseren Nachforschungen zufolge haben wir jedoch allein für den Zeitraum vom Dezember 1598 bis Mai 1599 folgende chiffrierte Botschaften erfaßt, die sich ausschließlich mit den Befürchtungen um die drohende Eheschließung des Königs mit Gabrielle d'Estrées befassen.

Ungläubig starrte ich auf das Verzeichnis der aufgelisteten Briefe. 18. Januar 1599: Bonciani aus Paris. Dann ein Schreiben vom 31. Januar. Drei Briefe im Februar. Vom 9. März datierten gleich drei Depeschen. Für den Monat April gab es fünf. Eine davon stammte vom 10. April, dem Todestag Gabrielles. Für Mai waren zwei weitere verzeichnet. Im Nachsatz erklärte Bolle auch, warum Desjardins die Briefe in seiner Edition wahrscheinlich weggelassen hatte: Die Dokumente waren damals gerade erst im Medici-Archiv in Florenz eingelagert worden. Der gewaltige Umfang der Sammlung hatte den Herausgeber wohl dazu veranlaßt, zunächst die Briefe der bekanntesten Persönlichkeiten zu erfassen und die der weniger bekannten Personen nur auszugsweise zu behandeln. Außerdem wurde die Chiffrierung immer komplexer.

Ich blätterte zum Faksimile-Abdruck im vorderen Teil von Bolles Buch

zurück und betrachtete die Reproduktion des Briefes vom 17. März. Die Schwarzweißfotografie zeigte ein an den Rändern eingerissenes, verknittertes Pergament, das von oben bis unten mit winzigen Zahlen beschrieben war, ohne irgendwelche Lücken in den Zahlenreihen, um den Anfang eines neuen Wortes oder Satzes zu kennzeichnen.
Also hatte es doch noch Depeschen gegeben, und dieser Bolle hatte sie gefunden! Welch phänomenale Entdeckung! Die Aufregung, die den jungen Historiker damals angesichts seines einzigartigen Fundes befallen haben mußte, war in jeder Zeile seiner knapp hundert Seiten umfassenden Veröffentlichung zu spüren und sprang nun, da ich die Kapitel nacheinander las, auf mich über. Allerorten hatten sich Druckfehler und offensichtliche Irrtümer in die Abhandlung eingeschlichen. Der Aufbau der Studie war völlig unlogisch und sprunghaft. Man hatte den Eindruck, als habe der Autor befürchtet, wenn er nicht sogleich alles niederschrieb, was ihm in den Sinn kam, würde sich im nächsten Augenblick alles vor seinen Augen verflüchtigen. Ja, seine Vorgehensweise glich der eines unerfahrenen Detektivs, der auf einen Koffer voller Beweisstücke gestoßen ist und vor lauter Aufregung über seinen Fund die einzelnen Gegenstände wahllos in die Hand nimmt, betrachtet, auflistet, ohne dabei zu bemerken, daß er mit jeder Veränderung der ursprünglichen Anordnung die Beweiskraft der Indizien mindert. Völlig überwältigt von seinem tollen Fund, hatte er ihn in die Welt hinausposaunt, und dort war sein Ruf ungehört verhallt wie das zusammenhanglose Gestammel eines noch unter Schock stehenden Augenzeugen. Kein Wunder, daß die Fachwelt diese Schrift ignoriert hatte. Und hatte Katzenmaier nicht gesagt, das Thema interessiere seit hundert Jahren niemanden mehr?
Staunend las ich Zeile um Zeile der im Text verstreut zitierten Briefe Boncianis und übertrug sie Wort für Wort auf das Papier neben mir. Plötzlich ergab alles einen Sinn. Alle Vermutungen, alle Ungereimtheiten, die offenen Enden und ins Nichts weisenden Spuren fügten sich durch diese Briefe auf einmal zu einem Bild zusammen – zu einem Bild, das seinerseits zu einem Gemälde weiterführte, das keine fünfhundert Meter von mir entfernt in einem Winkel jenes Schlosses hing, dessen Pforten sich sowohl für Gabrielle d'Estrées als auch für den unbekannten

Maler, der vielleicht Vignac geheißen haben mochte, in den letzten Tagen vor Quasimodo für immer geschlossen hatten.

Ich weiß nicht mehr, wie viele Stunden ich dort saß, in Boncianis Depeschen versunken und zugleich von einer zunehmenden, kaum noch erträglichen Anspannung getrieben. Als ich schließlich den Kopf hob und um mich blickte, war der Saal um mich herum fast leer. Ich suchte meine Aufzeichnungen zusammen, brachte die Bücher zur Buchausgabe zurück, nahm meine Quittung entgegen und verließ müde und erschöpft die Bibliothek.

Ohne den Blick zu heben, ging ich durch die Straßen. Der Nachmittagsverkehr rauschte an mir vorüber. Ein nicht enden wollender Strom eiliger Passanten glitt an mir vorbei. Ich überquerte die Rue de Rivoli, folgte ihr in östlicher Richtung und gelangte auf den Platz vor dem Louvre. Wie seit ewigen Zeiten erhob sich hier die Kirche St. Germain-l'Auxerrois. Ich betrachtete die von der Abendsonne beleuchtete filigrane Fassade und ließ dann meinen Blick über die umstehenden Gebäude schweifen. Nein, diese Bauwerke stammten wohl aus jüngerer Zeit. Das Dekanat mit Gabrielles Sterbezimmer war längst verschwunden. Ich überquerte den Quai du Louvre und lehnte mich an die Brüstung über der Flußpromenade.

In einiger Entfernung spannte sich die Pont Neuf über die Seine, und in ihrer Mitte, an der Spitze der Cité, sah ich schemenhaft die Reiterstatue Heinrichs IV. aufragen. Dort drüben, nur einen Steinwurf entfernt von dem Ort, wo die Frau, die er auf seinen Thron heben wollte, den Tod gefunden hatte, war Heinrich von Navarra, dem wohl populärsten König Frankreichs, sein Denkmal gesetzt. Dort saß er nun, zu Pferd natürlich, ein Soldat eigentlich, mit einer lästigen Krone. Der Reiter kehrte dem Dekanat und dem Louvre den Rücken zu. Ja, es schien fast, als habe er zunächst eine Weile überlegt, in welche Richtung er losreiten sollte. Doch am Ende hatte er sein Pferd herumgerissen und sich nicht für das Dekanat, sondern für seine Stadt, für sein Reich entschieden.

Sechs

Wem anders als Koszinski hätte ich das Ende der Geschichte erzählen sollen? Ich erwog zunächst, ihm zu schreiben, beschloß dann jedoch, ihm vor Ende seines Kuraufenthaltes noch einen letzten Besuch abzustatten. Als der Zug Kehl passierte, mußte ich daran denken, daß Koszinski damals, vor vier oder fünf Jahren, die gleiche Strecke gefahren war, mit dem Unterschied allerdings, daß ich hier nur umsteigen würde, ohne ein altes Verlagsarchiv zu besuchen.

Franco Maria Riccis *Les Dames de Fontainebleau* lag aufgeschlagen auf meinem Schoß. Ein weiteres Exemplar der prächtigen Ausgabe lag in Geschenkpapier verpackt auf der Gepäckablage neben meiner Reisetasche. Während sich der Zug auf Freiburg zubewegte, betrachtete ich die großformatigen Gemäldereproduktionen, und obwohl mir der ikonographische Sinn der Bilder nun in all seinen Verzweigungen offengelegt war, schien mir ihre geheimnisvolle Ausstrahlung in keiner Weise gemindert zu sein. Die Damen und ihre manierierten Gesten waren beredt geworden und blieben dennoch in ein melancholisches, gedankenversunkenes Schweigen gehüllt. Einen Moment lang sprachlos war auch Koszinski, als er mein Geschenk aus Paris ausgepackt hatte. Die Szenerie ringsum war so zauberhaft wie in der Woche zuvor. Der helle Rasen vor der Terrasse erstreckte sich sanft hangabwärts, umfloß die ersten Bäume und ging in eine Landschaft über, in der jedes erdenkliche Grün zu bewundern war. Ich weiß nicht, warum mir in der Erinnerung stets dieses Grün vor Augen kommt. Vielleicht, weil es *ihre* Farbe war, die Lieblingsfarbe der Gabrielle d'Estrées, Herzogin von Beaufort und Marquise von Monceaux, der schönsten Frau ihres Zeitalters.

Koszinski hörte gespannt zu, während ich ihm von den Stationen meiner Nachforschungen berichtete. Ich erzählte ihm, warum mich die

Ungereimtheiten in Morstadts Manuskript und die kümmerliche Quellenlage in Freiburg veranlaßt hatten, nach Basel zu fahren und dort einen Historiker zu befragen. Das Resümee dieser Unterredung, den Nachweis der Unhaltbarkeit der Giftmordthese, quittierte er mit einem anerkennenden Kopfnicken.

»Nun, dann bin ich wohl Morstadts Manuskript auf den Leim gegangen.«

»Ganz und gar nicht«, erwiderte ich. »Das Manuskript läßt ja die Frage durchaus offen. Das ist ja das Seltsame an der ganzen Geschichte. Alles deutet auf einen Giftmord hin. Aber die Spur ist falsch. Doch das macht die Sache nicht klarer, denn es gibt noch eine zweite Spur, die in die Irre führt.«

»So?«

»Es gibt zwei Unstimmigkeiten in Morstadts Manuskript. Einmal läßt er Ballerini behaupten, die Herzogin sei nicht vergiftet worden. Tatsächlich starb sie mit an Sicherheit grenzender Wahrscheinlichkeit an einer schwangerschaftsbedingten Krankheit. Aber seine zweite Behauptung war noch viel verwunderlicher. Sie erinnern sich daran?«

Koszinski überlegte kurz. »Er behauptete, Navarra habe Gabrielle niemals wirklich heiraten wollen.«

»Der Vorwurf ist einmalig«, erwiderte ich. »Niemand hat jemals diese Vermutung geäußert. Wie also kam Morstadt dazu, dem Arzt diese Aussage in den Mund zu legen?«

Koszinski lehnte sich zufrieden zurück.

»Dann habe ich also doch nicht ganz falsch gelegen. Morstadt hat sich geirrt.«

»Warten wir's ab. Jetzt müssen Sie sich die Gemälde in Erinnerung rufen. Vignacs Auftragsgemälde und das Bild aus dem Louvre sind einander so ähnlich, daß es zwischen den beiden eine Beziehung geben muß. Genau dies hatte ja auch Morstadt vermutet. Aber er fand keine logische Erklärung für das Louvre-Bild. Nehmen wir zunächst einmal das Auftragsgemälde. Wer hat es in Auftrag gegeben? Es gibt eigentlich nur zwei Möglichkeiten: entweder Gabrielle, um den König unter Druck zu setzen, oder die Italiener, um die Herzogin zu denunzieren.«

»Soweit kann ich Ihnen folgen.«

»Als Hetzpropaganda macht das Gemälde nur Sinn, wenn Heinrichs Eheschließung mit Gabrielle wirklich vorgesehen war. Dann stellt sich jedoch die Frage, ob die Medici nicht, nachdem die Hetzpropaganda gescheitert war, mit drastischeren Mitteln versucht hätten, diese Hochzeit zu verhindern.«

Koszinski runzelte die Stirn. »Also doch Gift?«

»Nein«, erwiderte ich. »Die Leiche der Herzogin wurde obduziert und wies alle Merkmale einer schwangerschaftsbedingten Todesursache auf. Von Gift sprachen nur jene, die weit von den Vorgängen entfernt waren. Die Berichte der Augenzeugen und die Diagnose der Mediziner lassen sich mit an Sicherheit grenzender Wahrscheinlichkeit so auslegen, daß Gabrielle an Eklampsie gestorben ist.«

»Eklampsie?«

»Ja, das sind plötzlich auftretende, oft lebensbedrohende Krämpfe während der Schwangerschaft oder bei der Geburt. Rufen wir uns in Erinnerung, was wir über Gabrielles letzte Tage wissen. Sie befand sich mit dem König auf Fontainebleau. Sie war zu diesem Zeitpunkt im sechsten oder siebten Monat, und die Schwangerschaft bereitete ihr einiges Ungemach. Alpträume peinigten sie. Sie litt unter Nervosität und Angstzuständen, genährt durch die dunklen Vorhersagen ihrer Astrologen. Was mag in ihr vorgegangen sein? Sie weiß sich nur wenige Schritte vom Thron entfernt. In Rom laufen die Scheidungsverhandlungen. Noch wenige Tage bis Quasimodo, dem vom König in Aussicht gestellten Datum des Beginns der Hochzeitsfeierlichkeiten. Der Hof ist entlassen, und es ist vorgesehen, daß Gabrielle wie jedes Jahr Ostern mit dem König auf Schloß Fontainebleau verbringt. Wie jedes Jahr? Plötzlich beschließt der König, sie für die Feiertage nach Paris zu schicken. Ein Skandal solle vermieden werden. Schließlich sei sie noch nicht seine Frau, und es mache einen schlechten Eindruck, wenn der König die Feiertage mit seiner Mätresse verbringe. Doch warum diese Wendung? In den Jahren zuvor war niemals von einer solchen Vorsichtsmaßnahme die Rede gewesen. Alle wissen doch, daß sie heiraten werden. Man hat sich damit abgefunden und würde es nur verständlich finden, daß der König die geschwächte, schwangere Frau an seiner Seite wissen will. Doch Navarra entscheidet anders.

Gabrielle bricht zusammen, fleht, ruft, bittet, weint. Es dauert Stunden, bis der König sie beschwichtigt hat, und selbst dann beruhigt sie sich nur äußerlich. In ihrer Seele toben schlimme Vorahnungen und bittere Zweifel. In der Nacht kommt es zu einem Zwischenfall. Beide träumen den gleichen Traum. Gabrielle sieht sich von einem gewaltigen Feuer verzehrt, und der König träumt, seine Geliebte werde ein Opfer der Flammen, ohne daß er etwas dagegen unternehmen kann. Sie erzählen sich ihre Träume und weinen. Draußen vor der Tür hört der Kammerdiener die beiden schluchzen. Doch es bleibt dabei. Am Morgen brechen sie nach Melun auf, speisen dort zu Abend und verbringen in Savigny die letzte gemeinsame Nacht.

Als man am nächsten Morgen das Boot klargemacht hat, bricht Gabrielle erneut zusammen. Sie ist sich sicher, daß sie einander niemals wiedersehen werden. Die Trennung hat alle Merkmale eines endgültigen Abschieds. Der König schwankt. Wie bleich und schwach sie ist. Zärtlich umarmt er sie, hält ihren bebenden Körper fest gegen den seinen gepreßt und flüstert ihr Beschwörungen seiner unsterblichen Liebe ins Ohr. Fester und fester klammert sich Gabrielle an ihren Herrn, empfiehlt ihm ihre Kinder, versichert ihn ihrer Liebe. Schwüre und Beteuerungen werden erstickt von Tränen, die das Wams des Königs dunkel färben. Dann macht er sich los von ihr und sieht ihr bekümmert hinterher, wie sie zwischen Bassompierre, La Varaine und Montbazon auf das Boot geführt wird. Die Pferde ziehen an, das Gefährt setzt sich in Bewegung. Gabrielle steht an der Reling. Bis zuletzt klingen ihre Rufe herüber, schwächer und schwächer werdend, und Navarra schaut ihr nach, bis das Boot am Horizont verschwunden ist. Bis zuletzt sieht er sie dort stehen, ein kleiner weißer Punkt auf dem Wasser, stumm geworden durch die Entfernung, die winzige Gestalt seiner Gabrielle, der Frau, die er wie keine geliebt hat.

Wir kennen das Ende. Es beginnt mit Kopfweh und Beklemmungen. Ohnmachtsanfälle folgen, die zu den ersten Krämpfen führen. Hör- und Sehstörungen stellen sich ein. Der gepeinigte Leib gerät völlig außer Kontrolle. Muskeln verspannen sich, Gelenke knacken, die Kiefer krachen aufeinander und zerbeißen Zunge und Lippen. Die Augen treten aus den Höhlen, der Kopf dreht sich fast völlig nach hinten. Dann das

Koma und schließlich der Tod. Das Kind starb vermutlich bereits während des ersten Anfalls. Da man es nicht operativ entfernen konnte, vergiftete es den Körper der Herzogin und führte ihren Tod herbei. Die Obduktion bestätigt den Befund. Das Kind wurde tot, in Stücken und Fetzen, aus dem Uterus geboren. Lunge und Leber der Herzogin waren zerstört. Die Niere war steinhart, das Gehirn angegriffen.«
»Den Obduktionsbericht haben Sie also auch gefunden?«
»Ja. Beide Autoren, die ich in Paris gelesen habe, zitieren Berichte von Augenzeugen.«
»Also tatsächlich kein Gift«, sagte er.
»Das kommt darauf an, wie man die Sache betrachtet. Hatten denn nicht Gabrielles Ängste und Befürchtungen zu diesen Krämpfen und damit zum Tod des Kindes und der Mutter geführt? Zweifellos war es unklug und riskant, Gabrielle in ihrem überreizten Zustand nach Paris zu schikken. Warum bestand der König darauf? Das Argument, daß es nicht schicklich sei, die Feiertage mit seiner Mätresse zu verbringen, war in den Jahren zuvor nie geltend gemacht worden. Warum ausgerechnet in diesem Jahr? Hatte Gabrielle etwas geahnt? Was hatte den König dazu bewogen, sie aus Fontainebleau zu entfernen? Je länger ich darüber nachdachte, desto mehr drängte sich mir der Eindruck auf, daß Navarras Verhalten völlig unerklärlich war. Es sei denn, daß es da noch etwas gab, wovon ich nichts wußte. Wurde vielleicht doch zugleich mit Florenz verhandelt? Hatten Heinrichs Berater sich durchgesetzt und den König davon überzeugt, daß nur eine Verbindung mit Maria de Medici die Sicherung des Reiches garantieren konnte?«
»Das glauben Sie doch wohl selbst nicht.«
»Nein, ich glaubte es tatsächlich nicht. Aber im Manuskript wird diese Möglichkeit immerhin angedeutet. Und Vignacs Auftragsgemälde würde hierdurch plötzlich verständlich. Der Gedanke, die Medici hätten sich dieses Bildes bedient, um Gabrielle zu denunzieren, ist ohnehin nicht sehr glaubhaft. Was hätte das Bild schon bewirken sollen? Und wenn es wirklich ein Komplott gegen Gabrielle gab, wären die Verschwörer nach der Sache mit dem Bild sicher nicht davor zurückgeschreckt, ihre Pläne bis zur letzten Konsequenz durchzuführen.«
»Ich bin immer noch nicht überzeugt. Schließlich ist Ihre Annahme, daß

kein Gift im Spiel war, nur eine Vermutung. Beweisen läßt sich das nicht.«

»Sicher«, erwiderte ich. »Beweisen läßt sich überhaupt nichts. Aber nehmen wir einmal an, daß Ballerini recht hatte. Der Arzt ist sich völlig sicher, daß diese Ehe niemals geschlossen wird. Und nehmen wir weiter an, daß Gabrielle etwas Derartiges geahnt hat. Daher gibt sie dieses beleidigende Bild in Auftrag und zwingt den König, sich in aller Öffentlichkeit zu ihr zu bekennen. Sie spürte, daß Heinrich sie hinterging, und ersann als letztes Mittel diese Intrige, um ihm ein Versprechen abzuringen, das er ohne Gesichtsverlust nicht mehr widerrufen konnte. Falls Heinrich hinter Gabrielles Rücken mit Florenz verhandelte, hätte sich ein Anschlag auf ihr Leben doch wohl erübrigt, oder?«

»Ja, gut. Aber woher sollte Morstadt das gewußt haben?«

»Das ist genau das Problem«, erwiderte ich. »Es existierte zu Morstadts Lebenszeit kein Dokument, das diese ungeheuerliche Behauptung gestützt hätte. Wie Sie bereits sagten, er hatte sich in eine schöne Theorie hineinfabuliert, aber als Historiker, der er ja in erster Linie war, bereitete ihm die Unbeweisbarkeit einer solchen Annahme sicherlich einiges Ungemach. Ich nehme an, daß er deshalb keinen befriedigenden Abschluß fand. Das Verrückte ist, daß Vignacs letztes Gemälde ihm diese Ahnung eingeflößt haben muß. Aber er konnte sie nicht belegen. Deshalb wurde er mit der Geschichte nicht fertig. Genausowenig wie der Maler selbst, der ja auch nie erfahren hat, wer ihm letztendlich dieses Bild in Auftrag gegeben hatte. Um die beiden Perspektiven zu verknüpfen, müßte man den Beweis erbringen, daß Morstadt mit seiner Vermutung richtiglag.«

Koszinski runzelte die Stirn. Dann lachte er. »Jetzt bin ich aber gespannt.«

»Alles der Reihe nach. Diese Unstimmigkeit ließ mir keine Ruhe. Katzenmaier, der Historiker aus Basel, bestätigte mir, daß Ferdinand in Paris einen Spion namens Bonciani unterhielt und daß dessen Depeschen erhalten geblieben seien. Ich ließ mir also in Paris die Geheimkorrespondenz Ferdinands mit seinem Agenten Bonciani bringen. Der damals und auch heute bekannte Teil wurde im neunzehnten Jahrhundert von einem gewissen Desjardins dechiffriert und herausgegeben. Morstadt muß die Briefe übrigens gekannt haben, denn zum Teil finden sie sich im

Bonciani-Kapitel wieder. Dieser Briefwechsel bricht im Herbst 1598 plötzlich ab. In den Monaten zuvor berichtete Bonciani regelmäßig aus Paris und erörterte die Möglichkeit einer Eheschließung Marias mit Navarra. Der Agent weist unablässig darauf hin, daß an eine Verbindung Navarras mit der Prinzessin Maria nicht zu denken sei, solange der König immer mehr seiner Mätresse verfalle. Es scheine aussichtslos zu sein, ihn von seinen Heiratsabsichten abbringen zu wollen. Seine letzte Depesche vom 2. Dezember schließt mit den alarmierenden Worten, daß aus des Königs verrückter Liebe zu Gabrielle am Ende noch große Übel erwachsen könnten. Dann bricht der Briefwechsel ab. Nach dem 2. Dezember fehlt jede Spur von weiteren Depeschen. Hatte Florenz aufgegeben? War der Agent abberufen worden? Erst im Herbst 1599, ein halbes Jahr nach Gabrielles Tod, meldet sich Bonciani wieder zu Wort. Die Verhandlungen mit Florenz werden aufgenommen, und im darauffolgenden Jahr wird die Verbindung vollzogen.«
Koszinski schaute mich verständnislos an. »Ich sehe nicht, was dadurch bewiesen wäre. Florenz wird sich nach der öffentlichen Ankündigung der Hochzeit mit Heinrichs Entscheidung abgefunden haben. Ich glaube, das Manuskript hat Sie völlig verwirrt. Sie haben doch selbst gesagt, daß nie jemand behauptet hat, Heinrich habe Gabrielle nicht heiraten wollen. Ich sage Ihnen, mein seliger Verwandter hat sich einfach geirrt.«
»Aber so warten Sie doch. Rufen Sie sich das Louvre-Bild in Erinnerung. Die beiden Frauen gleichen den Damen auf Vignacs Auftragsgemälde bis aufs Haar. Und Sie werden sich sicher erinnern, wen die Dame neben Gabrielle in der Wanne auf dem Auftragsgemälde darstellen sollte.«
Koszinski stutzte. »Sie meinen diese Tänzerin?«
»Ja, Henriette d'Entragues. Also, wir haben folgende Situation. Gabrielle ist endlich tot. Der französische Thron ist wieder frei. Im Herbst 1599 werden die Heiratsverhandlungen mit Florenz wiederaufgenommen. Doch mittlerweile ist ein neues Problem aufgetaucht. Erinnern Sie sich noch an die Bankettszene?«
»Die Geschichte mit den vertauschten Gemälden?«
»Ja. Aber ich meine die Tänzerinnen, insbesondere jene Henriette d'Entragues, die den König so bezauberte.«

»Ja, Sie erwähnten das Mädchen ja schon. Was hat die denn mit der Geschichte zu tun?«

»Sehr viel. Stellen Sie sich vor, bereits wenige Wochen nach Gabrielles Tod war Heinrich von einer derart leidenschaftlichen Liebe zu Henriette d'Entragues ergriffen, daß man das Mädchen fast vor ihm verstecken mußte. Er warb monatelang um sie, überhäufte sie mit Geschenken, stellte ihr nach, wo er konnte. Ihr Vater schritt schließlich ein und bedeutete dem König, seine Tochter werde seine Werbung nur unter der Voraussetzung erwidern, daß er sie zu seiner Gemahlin nehme. Das Mädchen hatte dem König völlig den Kopf verdreht. Und jetzt hören Sie, was ich in der Bibliothèque Nationale gefunden habe.«

Ich holte meine Notizblätter hervor, suchte das betreffende Blatt und las Koszinski die Rohübersetzung des Heiratsversprechens des Königs vor:

Wir, Heinrich IV. von Gottes Gnaden, König von Frankreich und Navarra, versprechen und schwören vor Gott und bei Unserem königlichen Ehrenwort Herrn François de Balzac, Herrn von Entragues, Ritter Unseres Ordens, daß Wir seine Tochter, Fräulein Henriette-Catherine de Balzac, zur Gefährtin nehmen werden und Wir sie, für den Fall, daß sie innerhalb einer Frist von sechs Monaten, gerechnet ab dem heutigen Tage, in gesegnete Leibesumstände gerät und mit einem Sohn niederkommt, dann unverzüglich zu Unserer legitimen Ehefrau nehmen werden, deren Eheschließung Wir öffentlich und vor Unserer heiligen Kirche feierlich begehen werden gemäß den für die in solchen Fällen notwendigen und üblichen Feierlichkeiten. Zur weiteren Bekräftigung des vorliegenden Versprechens geloben und schwören Wir wie oben, Unser Versprechen durch Unser Siegel zu bestätigen und unverzüglich zu verlängern, sobald Wir von Unserem heiligen Vater dem Papst die Auflösung Unserer Ehe mit Margarete von Frankreich erwirkt haben mit der Erlaubnis, Uns nach Gutdünken neu zu vermählen. Zur Bezeugung von Uns geschrieben und signiert. Im Wald von Malesherbes, am heutigen Tag, dem 1. Oktober 1599.

Ich reichte Koszinski die Übersetzung nebst Originalabschrift und beobachtete seine Reaktion. Er betrachtete ungläubig das Dokument, was mich nicht wunderte. Schließlich war es mir wenige Tage zuvor in Paris genauso ergangen.

»Und das hier ist wirklich echt?« fragte er schließlich.

»Das handschriftliche Original liegt noch heute in der Bibliothèque Nationale. Das Originaldokument habe ich freilich nicht gesehen. Wahrscheinlich wäre ich gar nicht in der Lage, es zu entziffern. Aber ich habe die Quelle an mehreren Stellen abgedruckt gefunden. Es gibt keinen Zweifel.«

Er gab mir die Papiere zurück. »Aber er hat das Mädchen natürlich nicht geheiratet?«

»Nein. Er hätte sie niemals geheiratet. Die Verhandlungen mit Florenz standen kurz vor dem Abschluß. Henriette glaubte zwar, es schlauer anzustellen als Gabrielle, und ließ sich das Heiratsversprechen schriftlich geben. Aber natürlich hatte Navarra niemals vor, sein Versprechen zu halten. Er unterschrieb, um sie ins Bett zu bekommen. Henriettes Plan schlug übrigens fehl. Sie verlor ihr erstes Kind, und damit war der Vertrag nichtig. Seine Mätresse blieb sie allerdings trotzdem. Heinrich wurde mit Maria vermählt, und in den folgenden Jahren brachten Königin und Mätresse dem Monarchen in regelmäßigen Abständen Söhne und Töchter zur Welt. Navarra war auf beide stolz und meinte nur, die eine schenke ihm Erben und die andere treue Diener. Aber das ist eine andere Geschichte.«

Koszinski zündete sich eine Zigarette an und blies nachdenklich den Rauch in die Luft. »Und jetzt meinen Sie, Navarra habe auch mit Gabrielle ein doppeltes Spiel gespielt?«

»Der Verdacht drängt sich doch wohl auf. Wollte er sie vielleicht gar nicht heiraten, und hatte sie allmählich durchschaut, daß sie niemals auf den Thron gelangen und stets nur eine untergeordnete Rolle spielen würde? Brach ihr das Verhalten des Königs im doppelten Sinne des Wortes das Herz? Mangels Beweisen kam ich über diese Vermutungen nicht hinaus. Es mußten doch irgendwo Dokumente zu finden sein. War es denkbar, daß Ferdinand während der Frühjahrsmonate 1599 über die Vorgänge in Paris nicht unterrichtet war? War es vorstellbar, daß er keine Agenten dort beschäftigte, die ihn auf dem laufenden hielten? Warum gab es keine Spur von irgendwelchen Briefen? Niemand schien dieser eigenartige Umstand aufgefallen zu sein, und deshalb hatte wohl auch keiner nach Dokumenten gesucht. War es möglich, daß man eine so offensichtliche Lücke in den Quellen übersehen hatte? Ich glaubte, ehrlich gesagt, selbst nicht daran. Historiker sind gründliche Menschen. Wenn Dokumente existieren, werden sie über kurz oder lang von einem findigen Forscher zutage gefördert. Sollte es bei einem so berühmten und berüchtigten Fall anders sein?«

»Und?«

»Natürlich war es nicht so. Die Dokumente waren in den fünfziger Jahren entdeckt und teilweise entschlüsselt worden. Doch der Zufall wollte es, daß sie in einer völlig konfusen, 1955 veröffentlichten und danach nie wieder aufgelegten Schrift zwar teilweise zitiert, jedoch niemals sachgerecht ediert wurden. Den Hinweis darauf habe ich wiederum Katzenmaier zu verdanken, der das Buch in einer Fußnote erwähnt und dort als unseriöse Studie abqualifiziert. Ihr Inhalt ist sensationell, aber die äußere Form ist derart inakzeptabel, daß das Buch einfach vergessen wurde. Der Autor, ein junger belgischer Historiker namens Jacques Bolle, war in den fünfziger Jahren der Frage nachgegangen, warum die Desjardins-Ausgabe, welche die Geheimkorrespondenz enthält, im Dezember 1598 plötzlich abbricht. Er reiste nach Florenz und begab sich mit einem italienischen Kollegen ins Medici-Archiv. Schon ein erster Vergleich der Desjardins-Ausgabe mit den im Archiv vorhandenen verschlüsselten Originaldepeschen ergab, daß Desjardins nur eine Auswahl der Geheimkorrespondenz veröffentlicht hatte. Der Grund hierfür war leicht auszumachen: Die Chiffrierung wurde immer komplexer.

Wie vermutet, endete die Korrespondenz nicht am 2. Dezember, sondern deckte auch die Monate des Jahres 1599 ab, in denen Bonciani scheinbar verstummt war. Desjardins hatte diese Briefe einfach weggelassen. Bolle war es mit einiger Mühe gelungen, einen Teil der Dokumente zu dechiffrieren, und er veröffentlichte die Ergebnisse seiner Untersuchung 1955 in einer kleinen Schrift mit dem Titel *Pourquoi tuer Gabrielle d'Estrées?* Es ist ein seltsames Büchlein, hastig zusammengeschrieben und in aller Eile noch in Florenz zum Drucker getragen. Bolle ist außerdem völlig falschen Annahmen aufgesessen. Merkwürdigerweise versucht der Autor nachzuweisen, daß die Herzogin einer Verschwörung zum Opfer fiel, obgleich er doch eine Quelle entdeckt hatte, die nahelegte, daß ein Anschlag auf Gabrielles Leben gar nicht mehr notwendig war.«

»Was für eine Quelle?« fragte Koszinski.

Ich holte ein weiteres Notizenbündel aus meiner Tasche und legte die Blätter vor uns auf den Tisch. Dann suchte ich ein bestimmtes Blatt heraus und reichte es Koszinski.

»Hier, schauen Sie. Bolle zitiert einen Brief Boncianis, aus dem klar hervorgeht, daß der Agent bereits am 9. März 1599, also nur eine Woche nach dem Fastnachtsbankett, keinen Zweifel mehr hegt, daß Navarra die Prinzessin Maria heiraten wird. Hier, lesen Sie, was Bonciani am 9. März 1599 aus Paris nach Florenz berichtet.«

Koszinski beugte sich neugierig über das Blatt. Ich beobachtete ihn und ließ meinen Blick dann in die schöne Umgebung schweifen. Ich hätte ihm das Schreiben auch auswendig vortragen können, so oft hatte ich es in den letzten Tagen gelesen:

Bonciani an Seine Exzellenz,
den Großherzog der Toskana
Mediceo Filza 4613 (unveröffentlicht)

Heute morgen war ich bei Herrn de Rosny wegen des Briefes, den er an Eure Hoheit geschrieben hat. Dort traf ich seinen Sekretär, der mir über das hinaus, was ich von Herrn Villeroi bereits wußte, mitteilte, was man an Herrn de Sillery geschrieben hat. Er soll sich beim Kardinal von Florenz und bei Kardinal d'Ossat erkundigen, ob der Papst geneigt sei, dem Begehren des Königs zu entsprechen. Falls der Papst aus Furcht vor dem Zorn der Spanier nicht bereit sei, die Sache zu behandeln, so möchte der König, aus Furcht um seinen Ruf, nicht offiziell davon unterrichtet werden, sondern er wünsche einfach zu erfahren, wie er die Prinzessin heiraten könnte. Er wünsche weiterhin, der Kardinal möge mit Eurer Hoheit über die Sache sprechen. Ich habe mit Herrn de Rosny erneut die

Frage der Mitgift erörtert. Er sagte mir, er sei Euch völlig zu Diensten. Er bat mich, der Prinzessin in meinen Briefen zu versichern, daß er auf sein Ehrenwort ihr treuer Diener sei und bleibe. Er fügte hinzu, daß der König mit meinen Diensten, die ich Eurer Hoheit erbracht habe, zufrieden sei und er ihn gefragt habe, ob er der Auffassung sei, daß ich mit der Prinzessin in Frankreich verweilen solle. Rosny habe dem König geantwortet, daß er dies nicht wisse, ihm jedoch versprochen, diese Information einzuholen. Ich sagte ihm in dieser Sache, daß ich tun würde, was Eure Hoheit mir zu befehlen beliebten und was Euch zu Diensten gereichen würde, da Ihr mein Herr seid ...

Koszinski mußte den Brief anscheinend mehrmals lesen, bis er seinen Sinn erfaßt hatte. »Das ist unglaublich«, sagte er schließlich.
Ich lehnte mich zufrieden zurück.
Koszinski schüttelte den Kopf. »Am 2. März verspricht er Gabrielle die Ehe, und eine Woche später erkundigt er sich nach der Mitgift Marias de Medici.«
»Ja, nicht wahr? Am 2. März fand das Bankett statt, auf dem der König offiziell seine Heiratspläne bekanntgab. Der Zwischenfall mit den Gemälden, von dem das Manuskript berichtet, ist nicht überliefert. Aber die Ankündigung hat an diesem Tag stattgefunden. Und auch die Spottverse sind historisch verbürgt. Eine Woche später berichtet Bonciani nach Florenz, er habe mit Rosny über die Mitgift Marias de Medici diskutiert, und behauptet weiterhin, Rosny habe auf Anfrage des Königs wissen wollen, ob Bonciani nach der Ankunft Marias mit der Prinzessin in Frankreich bleiben soll. Hier, im französischen Original, steht es schwarz auf weiß: *Il a ajouté que le Roi est satisfait que j'aie bien servi Votre Altesse, et lui a demandé s'il croyait que je dusse rester en France avec la Princesse.* Noch ein Beleg, der gegen eine Verschwörung spricht. Ferdinand ist entlastet. Was kümmert ihn noch die Geliebte, wenn der König schon über Marias Mitgift verhandelt? Bewiesen ist damit freilich noch nichts. Vielleicht waren diese Verhandlungen auch nur ein Scheinmanöver Navarras, um die Scheidung durchzusetzen. Wer weiß?«
Koszinski schaute verwundert vor sich hin. Er schien nachzudenken und

blickte immer wieder auf die beschriebenen Bögen, die vor ihm auf dem Tisch lagen. Dann drückte er seine Zigarette aus, lächelte plötzlich und sagte:
»Also ist es wirklich Gabrielle gewesen, die Vignac das Bild für das Bankett in Auftrag gegeben hat. Sie hat die ganze Zeit über geahnt, daß Navarra sie hintergehen würde. Der Skandal während des Banketts, das ganze Theater mit dem Gemälde diente nur dazu, den König unter Druck zu setzen und ihm ein Heiratsversprechen abzuringen, von dem er nicht mehr abrücken konnte.«
»Ja« sagte ich. »So muß es gewesen sein. Und Morstadt hat sein Buch auf diesen Schluß hin angelegt. Aber er fand keine Beweise für seine Theorie. Als Historiker muß ihm das einige Kopfschmerzen bereitet haben, und letztlich hat er es wohl nicht gewagt, seine Fachkollegen mit solch einem kühnen, aber unbeweisbaren erzählerischen Entwurf zu konfrontieren. Das Manuskript blieb in der Schublade.«
»Ja. Heinrich IV. geht nicht besonders rühmlich aus der Geschichte hervor. Er ist immer sehr beliebt gewesen, und die französischen Kollegen hätten Morstadts Theorie sicher übel aufgenommen.«
»Navarras Situation«, entgegnete ich, »ließ ihm eigentlich keine Wahl. Die Geschichte mit Henriette d'Entragues ist schon ein starkes Stück. Aber für Gabrielles Schicksal konnte er eigentlich nichts. Was hätte er denn tun sollen? Er durfte sie auf keinen Fall heiraten. Aber er brachte es einfach nicht übers Herz, ihr die Wahrheit zu sagen. Er hat sie bestimmt über alle Maßen geliebt. Aber was zählen Gefühle, wenn es um ein ganzes Reich geht? Und wer war Gabrielle denn schon? Eine zauberhafte junge Frau, von ihrer Familie und einem verliebten König in den politischen Wirbel der Großmachtpolitik gezerrt. Sie hat ihre Rolle nach Leibeskräften so gut wie möglich gespielt. Als sie spürte, wie die Sache ausgehen würde, trat sie ab. Beweint hat sie keiner. Navarra vielleicht, aber auch nicht sehr lange, wie man nachlesen kann.«
»Eine traurige Geschichte.«
»Ja, aber sie ist noch nicht ganz zu Ende.«
»So?«
»Nicht nur Gabrielle wurde betrogen. Sondern auch der Maler. Vignac.«

»Sagen Sie bloß, den gab es wirklich?«

»Ob er so geheißen hat, weiß ich natürlich nicht. Alles, was wir von ihm haben, ist sein letztes Bild, das Porträt aus dem Louvre. Aber wird es durch all diese Zusammenhänge nicht für einen kurzen Augenblick lesbar? Sieht es nicht gerade so aus, als habe der betrogene Maler in diesem Gemälde all jene Motive versammelt, die bei dem rätselhaften Ende der Herzogin zusammenwirkten? Wie stellte sich die Situation denn für ihn dar, nachdem er aus Paris geflüchtet war? Ist es nicht vorstellbar, daß er versucht hat, auf seine Weise einen bildhaften Schlußpunkt unter sein Scheitern zu setzen?«

Ich nahm das Buch zur Hand, das ich Koszinski aus Paris mitgebracht hatte, und schlug es an der Stelle auf, wo das Gemälde auf einer Doppelseite abgebildet war.

»Schauen Sie, das Spiel der Hände, die rothaarige Parze im Hintergrund, der grün verhängte Tisch, das niedergehende Feuer. Ist man nicht versucht, den abgebildeten Personen Namen zu geben? Wir wissen, daß es Gabrielle d'Estrées ist, die zwischen spitzen Fingern den Ring hält, mit dem sie dem Reich vermählt werden sollte. Heinrich gab ihn ihr während des Fastnachtsbankettes, als Zeichen seines Heiratsversprechens. Doch wer ist die Frau neben ihr? Eine ihrer Schwestern, wie es im Katalog steht? Was für einen Sinn sollte dies haben? Ist es nicht wahrscheinlicher, daß wir hier, wie schon auf dem anderen Gemälde, Henriette d'Entragues vor uns haben, die nächste Geliebte Navarras, die gleichfalls betrogen wurde? Und die Frau im Hintergrund? Wäre es nicht zulässig, sie durch ihr rotes Haar als jene zu identifizieren, die von den Zeitgenossen stets nur *La Rousse* genannt wurde, Marie Hermant, die Hausvorsteherin Gabrielles, die Vignac im Oktober 1598 empfing, um ihn mit dem Gemälde für das Bankett zu beauftragen? Für Vignac war diese Frau der einzige Anhaltspunkt. Aber wer steckte wirklich hinter dem Auftrag? Der Maler wußte es nicht. Doch die Ungewißheit bezüglich der wirklichen Auftraggeber hat Eingang in die Darstellung der rothaarigen Frau gefunden. Wie eine selbstvergessene Norne sitzt sie im Hintergrund des Gemäldes und wirkt die Fäden des Schicksals. Sie selbst ist jedoch seltsam zusammengesunken, schwebt wie ein unwirklicher, unheilvoller Schatten vor dem schwarzen, todesumflorten Spiegel. Und über dem

Feuer, auf dem halbverdeckten Gemälde über dem Kaminsims, ist dort nicht Bellegarde zu sehen, die erste große Liebe Gabrielles, jener Mann, der den König im Herbst 1590 nach Schloß Cœuvres führte und so seine Geliebte an Navarra verlor? Behaupteten böse Zungen nicht stets, er sei der wirkliche Vater ihrer Kinder? Dürfen wir deshalb seinen Kopf nicht sehen? Der Katafalk, der in den Raum hineinragt, ist mit einem grünen Tuch verhängt. Grün. Gabrielles Lieblingsfarbe. Sind Ihnen die Finger, die sich tastend um die Brustknospe Gabrielles legen, nun noch ein Rätsel? Was bedeutet diese Geste? Sie verweist auf eine Schwangerschaft. Und wann wurde Gabrielle wieder schwanger?«
»Großer Gott«, flüsterte Koszinski. »Im Oktober, als der König seine Operation hatte!«
»Ja!« rief ich aus. »Morstadt hat die Szene ja eingehend beschrieben, wie Bellegarde und Gabrielle durch die unerwartete Rückkehr des Königs überrascht wurden.«
»Und die Operation«, warf er ein, »hat er deshalb in allen Einzelheiten geschildert, um aufzuzeigen, daß Heinrich unmöglich der Vater dieses Kindes sein konnte.«
»Ja, warum sonst? Weshalb hätte er diesen Eingriff sonst so weitschweifig beschrieben? Doch wohl nur, um zu zeigen, daß es Navarra zum damaligen Zeitpunkt physisch schlichtweg nicht möglich gewesen wäre, mit Gabrielle ein neues Kind zu zeugen. Wie konnte es also sein, daß Gabrielle im Oktober 1598 wieder schwanger wurde? Der König hatte gerade erst eine schwere Operation im Genitalbereich überstanden, und allenthalben wurde sogar befürchtet, daß er seine Zeugungskraft verlieren würde. War Gabrielles Schwangerschaft zu jenem Zeitpunkt nicht das sichere Zeichen ihrer Untreue? War ihr Stelldichein mit Bellegarde vielleicht ihr verzweifelter Versuch, der Welt Heinrichs Unversehrtheit vorzutäuschen oder ihn durch eine neue Schwangerschaft endgültig an sich zu binden? Und wird dieser Umstand auf dem Gemälde nicht voller Bitterkeit gegeißelt?
Vignac wußte durch Ballerini sehr genau über Heinrichs Operation und die möglichen Folgen Bescheid. Doch er hat nie erfahren, wem er das Scheitern seiner großangelegten Pläne letztlich zu verdanken hatte. Gabrielle oder *La Rousse*, der Herzogin oder einem Komplott der Italiener?

Deshalb hat er auf seinem letzten Bild beide in diese groteske, vom Tode überschattete Szene gesetzt. Seht her, schreit das Bild, mit ihrer Schwangerschaft glaubte Gabrielle, den König an sich zu binden, den Ring des Reiches zu erhalten! Und hat sich doch nur selbst verraten! Im Hintergrund seht ihr den wahren Vater, und neben ihr steht schon die nächste Mätresse des Königs, Henriette d'Entragues, deren Affäre mit dem König ein halbes Jahr nach Gabrielles Tod im ganzen Reich die Runde machte. Gabrielle war im sechsten Monat schwanger, als sie am 10. April 1599 starb. Das Kind muß somit nach dem 13. Oktober 1598 empfangen worden sein, denn in den Wochen zuvor waren Gabrielle und Navarra getrennt. Heinrich war mit dem Rat in Fontainebleau, Gabrielle weilte währenddessen auf Monceaux.

Es ist überliefert, daß Navarra, krank und fiebrig, am 13. Oktober spätabends unerwartet nach Monceaux zurückkehrte. Urinstau und ein Abszeß wurden diagnostiziert. Einige Tage später erfolgte die Operation. Erst Mitte November war der König wieder halbwegs gesund. Hätte die Empfängnis zu diesem Zeitpunkt stattgefunden, wäre Gabrielle an ihrem Todestag jedoch höchstens im fünften Monat gewesen. Nein, das Kind, das sie mit ins Grab genommen hat, war mit Sicherheit von Bellegarde, der den ganzen September und Oktober über auf Monceaux weilte, während Heinrich dem Schloß fern war. Wir wissen nicht, ob Navarra Verdacht geschöpft hat. Jemand aus seiner Umgebung wird es ihm sicherlich eingegeben haben. Das Gemälde spricht es spöttisch aus. Das Gemälde, sagte ich?

Fast wäre ich versucht, den Namen des Malers zu nennen. Ja, ich stelle ihn mir vor, wie er nach seiner Flucht aus Paris mit Valeria nach La Rochelle zurückkehrt. Dort, weit entfernt von den Vorgängen in Paris, brütet er über seinen Erlebnissen und seinem Scheitern, das er erst allmählich begreift. Die Monate gehen ins Land. Er hört von der neuen Liebschaft des Königs und von der Vermählung mit Maria de Medici. Er zermartert sich den Kopf und versucht, sich ein klares Bild der Vorgänge zu machen, die letztlich seine Pläne, Hofmaler zu werden, vereitelten. Er denkt über das Schicksal Gabrielles nach, von deren außerordentlicher Bestimmung er sich alles erhofft hatte. Doch von Gabrielle sollte keine königliche Linie ihren Ausgang nehmen, kein königlicher Purpur

sollte ihre Schleppe schmücken. War sie einem Komplott der Italiener zum Opfer gefallen? Hatte Heinrich sich aus politischem Kalkül von ihr abgewandt und Gabrielles verzweifelte Versuche, ihn an sich zu binden, nur bekümmert beobachtet, wissend, daß ohnehin alles vergeblich war? Gabrielles Schwangerschaft zu jenem unmöglichen Zeitpunkt, der inszenierte Skandal auf dem Fastnachtsbankett, finden sich all diese Mutmaßungen nicht auf dem Gemälde wieder?
Der Maler hat keine Antwort auf seine Fragen gefunden, doch er hat ihnen eine Form gegeben, deren geheimnisvolle Wirkung noch heute zu spüren ist. Der wirkliche Sinn seines Auftragsgemäldes ist ihm ein unerträgliches Geheimnis geblieben, das ihm keine Ruhe ließ. Und so hat er ein zweites Geheimnis darübergelegt, irgendwann, lange nach Gabrielles Tod, die ersten Skizzen angefertigt. Dann grundierte er das Holz, rieb die Farben. Bleiweiß. Spangrün. Dunklen Zinnober. Eine Ahnung diktierte ihm die Linie. Er spürte ihr nach. Sie verschwamm vor seinen Augen. Er folgte ihr dennoch, als glaubte er, an ihrem Ende sei die Antwort zu finden. Doch es gab keine. Die Lösung blieb ihm verstellt und gerann ihm zum Emblem: zwei Frauen im Bade, eine Parze, und kaum erkennbar, am oberen Bildrand, der nackte Unterkörper eines Mannes, um dessen Lenden ein rotes Laken geworfen ist. Vielleicht sah der Maler die Fäden dort zusammenlaufen, auf jenem kleinen Bild im Bilde, wo weiter nichts zu sehen ist als der Schoß eines Mannes und der Faltenwurf von rotem Stoff, dem bloßen Auge fast nicht sichtbar, kaum mehr als eine Purpurlinie?«

Epilog

Soll ich hinzufügen, daß ich auf dem Weg nach Brüssel noch einmal in Paris Station machte, um den beiden Damen im Bade ein letztes Mal meine Aufwartung zu machen? Ich ging auf die Glaspyramide im Innenhof zu, löste eine Eintrittskarte und spazierte durch die Bildersäle. Kurz bevor ich den Ausstellungsraum erreichte, überkam mich ein Anflug von nervöser Unruhe, als träfe ich gleich eine Geliebte aus Jugendtagen wieder. Als ich jedoch vor ihr stand, war meine innere Anspannung einer andachtsvollen Ruhe gewichen.

Im Halbdunkel, matt ausgeleuchtet vom gedämpften Licht des Museums, blickte sie an mir vorbei in den Raum, der sich hinter mir ausbreitete. Zu meiner Rechten stand sie, scheinbar regloser noch als das erstarrte Bild selbst. Sie hielt den Kopf hoch erhoben über dem entblößten, von starkem Seitenlicht angestrahlten kreideweißen Körper. Unter dem perückenhaft hochfrisierten Haar drückte ihr Gesicht Erstaunen aus, und man hatte den Eindruck, als wäre dort im nächsten Augenblick eine Empfindung zu lesen gewesen. Aber der Maler hatte sie uns nicht zeigen wollen.

Ich stand lange dort und ließ die Stationen, die zu diesem letzten Porträt geführt hatten, vor meinem geistigen Auge vorüberziehen. Die Aktaion-Szenen, die Vignac auf den Gedanken gebracht hatten, das Porträt der Edeldame im Bade für eine Huldigung an Gabrielles großartige Zukunft zu nutzen. Ich dachte an das seltsame Gemälde in Florenz, mit dem man ihn beauftragt hatte, die imaginäre Hochzeit der beiden Damen im Bade. Vignac hatte den wirklichen Sinn seines eigenen Gemäldes freilich nie erfahren, nicht glauben und auch nicht wissen können, daß jene beleidigende Darstellung der verzweifelte Versuch Gabrielles war, dem König ihre unmögliche Situation vor Augen zu führen und ihm ein Heiratsversprechen abzuringen, das er niemals zu halten gedachte. Und aus all den Unwägbarkeiten hatte er dieses letzte Porträt angefertigt und so für das Geheimnis um das Auftragsgemälde und Gabrielles Tod zwar keine Antwort, aber eben doch eine Form gefunden.

Und war ihm dabei nicht ein anderes Geheimnis offenbar geworden, dasjenige der Kunst nämlich, die mit Rätseln umgeht, diese jedoch keiner Lösung, sondern einer Form zuführt?

Es wäre zuviel gesagt, wenn ich behaupten würde, das Gemälde und die verzweigten Pfade seiner Entstehung hätten einen anderen Menschen aus mir gemacht. Aber die Rätsel der Kunst sind mir wieder wertvoll geworden. Bisweilen, wenn ich ihr Bild erblicke und mir seine Geschichte vergegenwärtige, bilde ich mir für einen kurzen Augenblick ein, in die Welt *hinter* dem Gemälde gelangt zu sein, in jenes Atelier in La Rochelle, wo Vignac nach seiner Flucht aus Paris einen bildhaften Abschluß seiner Erlebnisse gesucht hat, jenen jämmerlichen Schuppen, worin sich der Gestank rußender Kerzen mit dem scharfen Geruch von Firnis vermischt, in einer lautlosen Nacht des Jahres 1600. Ja, manchmal glaube ich fast, das Gesicht des Malers vor mir zu sehen, die Stellen auf dem Holz zu spüren, wo sein angestrengter, fragender, suchender Blick geruht haben mag. Und wenn dieser Eindruck längst verschwunden ist, klingt noch lange das leise, sanft kratzende Geräusch eines Pinsels in mir nach, der behutsam die letzten Striche an den Gestalten ausführt, um das Geheimnis ihrer Geschichte für immer zu verschließen und in den Zauber ihrer Form zu lösen.

Anhang

Ein kunsthistorischer Kriminalfall?

Seit dem Erscheinen der »Purpurlinie« im Jahre 1996 ist mir eine Frage immer wieder gestellt worden: Ist das denn alles wahr?

Die Antwort ist nicht ganz einfach.

Alle mitgeteilten historischen Einzelheiten, welche die Vorgänge um Gabrielle d'Estrées' mysteriösen Tod behandeln, sind zeitgenössischen Berichten entnommen. Gleichermaßen authentisch sind die im Roman erwähnten Abhandlungen sowie der wohl verblüffendste Quellenfund zu diesem Stoff: die geheime Korrespondenz zwischen Bonciani und Ferdinand de Medici.

Der Hauptteil des Romans, das sogenannte »Kehler Manuskript«, ist aus historischen Quellen zusammengefügt. Die Beschreibung der Belagerung von La Rochelle folgt Augenzeugenberichten aus den Hugenottenkriegen. Vignacs Tagebuchaufzeichnungen sind Reiseberichte (1598-1600) des Baseler Medizinstudenten Felix Platter zugrunde gelegt.

Auch die wissenschaftlichen, medizinischen und sozialhistorischen Hintergründe des Romans stützen sich auf mehrjähriges Quellenstudium. Ambroise Parés *Zehn Bücher der Chirurgie* (1563) enthalten die detaillierten Anweisungen zur Entfernung von Blasensteinen. Die damals übliche Amputationstechnik ist Fabricius Hildanus' *De Gangraena et Sphacelo* entnommen (1617), um nur zwei besonders faszinierende Werke zu nennen.

Was nun die rätselhafte Porträtserie betrifft, so habe ich auch hier eigentlich nichts erfunden. Im Gegenteil. Die Schwierigkeit bestand eher darin, die Materialfülle auf ein überschaubares Maß zu reduzieren.

Auf eine etwas paradoxe Formel gebracht, welche die Vielschichtigkeit des Falls »Gabrielle d'Estrées« treffend umschreibt, könnte man sagen: In gewisser Hinsicht ist tatsächlich alles wahr ... aber es ist bei weitem nicht alles.

Bilder oder Chiffren?

Im Oktober 1986 hielt ich mich für einen Monat in Paris auf, um meine Französischkenntnisse aufzubessern. Bei einem sonntäglichen Louvre-Besuch stand ich plötzlich vor diesem seltsamen Gemälde, das den Einband dieses Buches schmückt. Verwundert und ein wenig befremdet durch das eigenartige Motiv, versuchte ich in den darauffolgenden Tagen und Wochen eine Erklärung für die mir völlig unverständliche Darstellung zu finden. Aber in den kunsthistorischen Nachschlagewerken, die ich hierzu konsultierte, stieß ich lediglich auf jene üblichen Eintragungen, die vornehm kaschieren, daß man eigentlich überhaupt nichts Genaues weiß. Selbst der Titel des Gemäldes warf eigentlich nur Fragen auf:

Gabrielle d'Estrées und eine ihrer Schwestern.
Schule von Fontainebleau. Um 1600.

Ein anonymer Maler. Schwestern, die sich an die Brüste fassen? Datierung ungewiß. Eigenartig, dachte ich. Der Keim war gelegt. Aber das wusste ich damals noch nicht.

Ich setzte mein Studium der Literaturwissenschaft in Berlin fort, ging im Jahr darauf mit einem Stipendium für ein Jahr in die USA, kehrte wieder nach Berlin zurück, um mein Studium abzuschließen – doch wo ich mich auch aufhielt, stets hing eine postkartengroße Reproduktion dieses Gemäldes über meinem Schreibtisch. Wann immer ich etwas Zeit erübrigen konnte, stöberte ich in Bibliotheken und Archiven herum und versuchte herauszufinden, was es wohl mit diesem verstörenden Portrait auf sich hatte.
Die wenigen in Deutschland verfügbaren Quellen hatte ich bald erschöpft, und für ein ernsthaftes Quellenstudium würde ich wohl nach Frankreich fahren müssen. Ich beendete mein Studium, legte die damals

noch geplante Doktorarbeit auf Eis und zog für unbestimmte Zeit nach Paris. Den Sinn dieses Bildes zu entschlüsseln war mittlerweile schon etwas mehr als nur eine fixe Idee. Ich mußte unbedingt dieses Geheimnis lösen, und ich würde ein Buch darüber schreiben. Doch anstatt einer Erklärung für *ein* Gemälde fand ich zunächst – weitere Gemälde.

Abb. 1: François Clouet (?), Dame au bain, Washington

Abb. 2: Anonym, Dame au bain, Chantilly

Diese beiden Gemälde (Abb. 1 und 2) sind dem Romanleser bereits bekannt.

Die folgende, aus Azay-le-Rideau stammende Fassung (Abb. 3), ist eine Kopie eines ehemals auf Schloß Chenonceaux befindlichen Originals, das verschwunden ist.

Abb. 3: Anonym, Dame au bain, Château d'Azay-le-Rideau

Es gibt bzw. gab noch ein gutes Dutzend weiterer Fassungen dieser Badeszene, von denen allerdings die meisten zerstört oder verlorengegangen und nur in Beschreibungen überliefert sind. Nur vier oder fünf Exemplare sind noch vorhanden, befinden sich in Privatsammlungen oder sind im Besitz von Museen und dort aus Platzgründen meist nicht ausgestellt.

Das seltsame Motiv der Hofdamen in der Badewanne ist zweifellos einmal sehr beliebt gewesen, sonst hätte es nicht so viel Kopien angeregt und noch jahrhundertelang die Phantasie der Maler und Zeichner beschäftigt.

Bald darauf stieß ich auf zwei weitere Darstellungen.

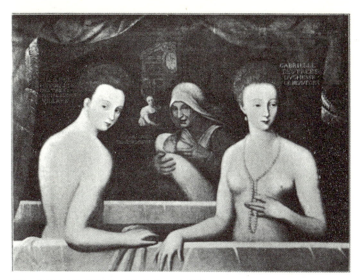

Abb. 4: Gabrielle d'Estrées et la duchesse de Villars
Anonym, ohne Datum. Collection Faucigny-Lucinge

Abb. 5: Gabrielle d'Estrées et la duchesse de Villars
Anonym, 16. Jhdt (?). Musée Languedocien, Société Archéologique de Montpellier

Diese beiden Gemälde, von denen übrigens noch zwei weitere Kopien existieren (Lyon, Collection Dr. Trillat; Paris, Hôtel Drouot) brachten mich zum erstenmal auf den Gedanken, daß es sich vielleicht überhaupt nicht um Porträts im eigentlichen Sinne, sondern vielmehr um manieristische »Montagen« handelte, um geheimnisvolle Arrangements von Zeichen und Gesten, die auf einen tieferen oder nur Eingeweihten zugänglichen Zusammenhang verweisen. Das frühe siebzehnte Jahrhundert, der Manierismus überhaupt, liebte dieses Verfahren. Die Welt wurde verrätselt. Sogar Heinrich IV. erlag dieser Mode und ließ die Wandtäfelung von Schloß Fontainebleau mit Chiffren seiner Liebe zu Gabrielle bemalen:

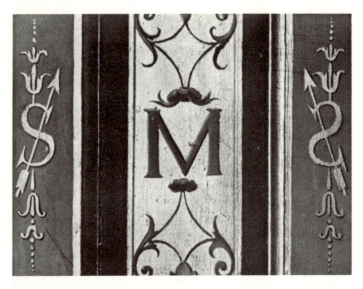

Abb. 6: Wandtäfelung von Schloss Fontainebleau
Rebus auf den Namen »Estrées«
»M« (Majestät) wird umrahmt durch:
Un **S** *percé d'un* **trait** *(von einem Pfeil durchbohrtes S)*
→ *ESS – trait*
→ *Estrées*

Auffallend bleibt, daß die Künstler die merkwürdige Badeszene immer wieder neu arrangieren. Einmal werden die beiden Damen in eine Art trautes Familienglück eingebettet (Abb. 4). Auf der Fassung von Montpellier (Abb. 5) hat eine (vermutlich von der bürgerlichen Sexualmoral des 19. Jhdts. beinflußte) um Keuschheit und Anstand bemühte Hand die Nacktheit der Damen hinter später aufgemalten Negligées verborgen. Das Rätselhaft-Unanständige der Louvre-Fassung wird gemildert. Der Griff an die Brustspitze verschwindet. Der unheilvoll anmutende Hintergrund – die zusammengekauerte Hofdame, das niedergehende Feuer, der gesichtslose Mann über dem Kamin – all dies wird ausgeblendet und durch eine Amme mit Säugling, eine Magd mit Wasserkrug und eine Gabrielle, die selbstvergessen mit einer Perlenkette spielt, ersetzt. Es handelt sich also um sogenannte *Pasticcios*, d. h. Gemälde, in denen die Manier bewunderter Vorläufer nachgeahmt wird, indem man Versatzstücke aus verschiedenen Werken kopiert und – wie hier schematisch abgebildet – neu zusammenfügt.

Louvre-Fassung

+ *Washington-Fassung*

ergibt ...

Montpellier-Fassung

Die meisten dieser »Nachahmer« kopieren die Vorlage jedoch nicht nur, sondern interpretieren sie, wie Abbildung 7 zeigt. Der gleichfalls unbekannte Urheber dieses Medaillons aus dem 18. oder 19. Jahrhundert läßt jedenfalls keinen Zweifel aufkommen, wie er die Badeszene »liest«: Der im Louvre-Gemälde gesichtslos gebliebene »Mann im Hintergrund« erhält hier eindeutig die Gesichtszüge Heinrichs IV. Er schaut hinter dem Vorhang hervor und betrachtet pikanterweise nicht seine geliebte Gabrielle, sondern die andere Frau.

Unterstellt der unbekannte Künstler, der König habe ein Auge auf Gabrielles Schwester geworfen? Der »grüne Galan«, wie Heinrich ja im Volksmund hieß, hatte eine mehr als ausgeprägte Schwäche für das weibliche Geschlecht. Seine zahllosen Liebschaften sind gut dokumentiert. Doch für Gabrielles Schwestern hatte er nachweislich nichts übrig. Mit Ausnahme Gabrielles, die er leidenschaftlich liebte, war ihm die ganze Familie d'Estrées zuwider.

Abb. 7: Vignette (Louvre, Kupferstichkabinett)
Inventar Nr. R.S. 221, um 1800?

Die Hand der Schwester?

Diese Vignette bereitete mir Kopfzerbrechen und führte wieder zu der ursprünglichen Frage zurück: Was mochte nur der Auslöser für diese durchweg anonyme Porträtserie gewesen sein? Warum um alles in der Welt sollte eine zukünftige Königin von Frankreich sich auf diese Weise darstellen lassen? Schwer vorstellbar, daß Gabrielle selbst das Porträt in Auftrag gegeben hätte. Keine Geschichte aus der Mythologie konnte als Vorwand für die Nacktheit der Dargestellten geltend gemacht werden. Recht besehen war nicht einmal eindeutig herausgearbeitet, wessen Kind die Amme im Hintergrund auf dem Arm trug.

Mittlerweile hatte ich einige Monate in der wunderschönen Bibliothèque Saint Geneviève mit intensivem Quellenstudium zugebracht und einiges über Gabrielles Schicksal nachgelesen. Um ein Haar wäre sie also Königin von Frankreich geworden, wenn sie nicht wenige Tage vor der Hochzeit mit Heinrich IV. plötzlich an einer rätselhaften Krankheit gestorben wäre. Seit vierhundert Jahren stritten die Historiker über die Frage, ob Gabrielle möglicherweise im Auftrag von Ferdinand de Medici vergiftet wurde, da dieser ja bekanntlich seine Nichte, Maria de Medici, auf dem französischen Thron sehen wollte. Warum starb Gabrielle so plötzlich? Fiel sie einem Giftmord zum Opfer oder vielleicht doch einer schwangerschaftsbedingten Krankheit (Eklampsie)? Die bis heute nicht entschiedene Debatte, die ich fasziniert nachlas, füllte Bände. Einig waren sich die Vertreter der unterschiedlichen Standpunkte lediglich in einem Punkt: Heinrich wollte im April 1599 Gabrielle heiraten und hätte das auch getan, wenn sie nicht plötzlich – sei es an Vergiftung oder an einer Krankheit – gestorben wäre.

Heinrichs Heiratspläne waren politisch hochbrisant und führten sowohl am französischen Hof als auch im Ausland zu erheblichen Spannungen. Es ist also durchaus denkbar, daß, wer immer die merkwürdigen Bilder gemalt oder bestellt hat, auf die politisch heikle Situation anspielen wollte.

Bilder sind freilich viel zu interpretationsbedürftig, um als verläßliche historische Quellen dienen zu können. Aber der Gedanke war zu verlockend, um ihn nicht wenigstens einmal zuzulassen: Enthielten die rätselhaften Porträts verdeckte Hinweise, welche die Vorgänge um Gabrielles mysteriösen Tod erhellen konnten?

Mit anderen Worten: War beim Schicksal Gabrielle d'Estrées' nicht nur die große Politik, sondern ganz einfach auch noch EINE ANDERE FRAU IM SPIEL, wie manche der Gemälde andeuten? Gab es eine Nebenbuhlerin?

Denn nirgendwo im komplizierten Geflecht von Interessenkonflikten um Heinrichs und Gabrielles Eheschließung spielt jemals eine Schwester Gabrielles auch nur eine Nebenrolle.

Was also hatte eine Schwester auf diesem Bild verloren?

Falsche Inschriften

Die Annahme, daß es sich bei Gabrielles Partnerin im Bade um ihre Schwester handelt, geht auf die Faucigny-Lucinge-Fassung zurück (Abb. 4). Schließlich wird sie hier mit ihrem Namen und Titel genannt. Daß derartige Auf- und Inschriften mit Vorsicht zu genießen sind, lernt jeder Student der Kunstgeschichte in den ersten Semestern. Oft wurden sie später angebracht, entweder um zu verhindern, daß die Identität der Dargestellten vergessen wurde, oder umgekehrt: um dafür zu sorgen. Als peinlich oder unrühmlich empfundene Darstellungen wurden oft umgewidmet und so auf elegante Weise anderen untergeschoben.

Aufschrift in goldenen Lettern:
links: JVLIETTE HIPPOLLITE DESTREES DVCHESSE DE VILLARS
Mitte: CESAR DVC DE VENDOSME
rechts: GABRIELLE DESTREES DVCHESSE DE BEAVFORT

Das Bild enthält auf den ersten Blick keine Anhaltspunkte, die eine Datierung gestatten würden. Es ist durchaus möglich, daß es erst nach Gabrielles Tod (10. April 1599) angefertigt wurde, sei es, um die Erinnerung an sie aufrechtzuerhalten, sei es, um sich am Unglück der Verstorbenen durch weitere Kopien nicht gerade schmeichelhafter oder zumindest mehrdeutiger Porträts zu weiden. Aber eine ungefähre Zeitspanne der Entstehung kann man dennoch festlegen. Es dürfte entweder gerade noch zu Lebzeiten Gabrielles oder kurz nach ihrem Tod gemalt worden sein, sagen wir zwischen 1598 und 1600. Auch die damalige Zeit war schnellebig. Gabrielles kometenhafter Aufstieg und Niedergang haben sehr viel Aufmerksamkeit erregt. Doch bald nach ihrem Tod war sie vergessen. Der König begann bereits wenige Wochen später eine neue Liebschaft und heiratete im Folgejahr Maria de Medici. Schon unter der Regentschaft der neuen Königin, spätestens jedoch nach Heinrichs Ermordung im Jahre 1610, dürfte das Thema »Heinrich und Gabrielle« endgültig aus der Mode gekommen sein. Daher ist es einigermaßen verblüffend, auf dem oben abgebildeten Gemälde eine Aufschrift zu finden, die frühestens 1627(!) aufgemalt worden sein kann.

Die Dame links im Bild, angeblich Gabrielles Schwester Juliette Hippolite d'Estrées, wird hier als *Duchesse*, als Herzogin von Villars bezeichnet. Nun war jedoch Villars bis 1627 eine Grafschaft (Comté) und wurde erst dann zum Herzogtum (Duché) erhoben. Mindestens achtundzwanzig Jahre waren also seit Gabrielles Tod vergangen, als eine unbekannte Hand die Frau zu Gabrielles Linken als deren Schwester identifizierte, was die Identifizierung zumindest als zweifelhaft erscheinen lässt. Vergleicht man außerdem das Gesicht der hier links abgebildeten Dame mit anderen Porträts der Herzogin von Villars, so stellt man fest, daß zwischen den beiden Frauen nicht die geringste Ähnlichkeit besteht.

Wer aber sollte die andere Frau sein, die auf all diesen Gemälden neben Gabrielle auftaucht?

Königsqualen

Im Frühjahr 1599 erklärte Heinrich von Navarra öffentlich, er beabsichtige, seine Mätresse Gabrielle d'Estrées zu heiraten. Dieses Ansinnen war aus einer Reihe von Gründen äußerst heikel und gefährdete den nach dreißig Jahren Religionskrieg durch einen enormen Blutzoll mühselig herbeigeführten inneren Frieden. Dennoch hat niemand die Absicht des Königs jemals in Zweifel gezogen. Warum auch? Ein Königswort ist doch wohl ein Ehrenwort. Das Brautkleid war bereits bestellt, die Balkone für den Festzug waren längst vermietet.

Doch plötzlich geschahen seltsame Dinge. Wenige Tage vor der Hochzeit schickte Heinrich Gabrielle aus Fontainebleau weg, damit sie in Paris allein das Osterfest begehe. Die Herzogin reagierte so heftig, daß gleich mehrere Brief- und Memoirenschreiber unheilvolle Schilderungen hinterließen. Genaueres über die Hintergründe der seltsamen Entscheidung erfuhr man indessen nicht. Heinrichs Beichtvater soll sich beklagt haben, es sei unsittlich, wenn der Monarch Ostern mit seiner Mätresse verbringe. Ein lächerlicher Einwand angesichts der drei unehelichen Kinder, welche die beiden bereits miteinander hatten, angesichts der anderen Osterfeste, die sie zuvor zusammen verbracht hatten, und in Anbetracht der anstehenden Vermählung.

Gabrielles letzte Minuten mit Heinrich sind von vielen Zeitgenossen beschrieben worden. Der Abschied hat alle Anzeichen einer endgültigen Trennung. Zuletzt empfiehlt Gabrielle dem König sogar ihre Kinder. Sie glaubt, daß sie geopfert werden soll.

Ist vorstellbar, daß Heinrich sein Eheversprechen gar nicht zu halten gedachte? Oder anders gefragt: Was bedeutete im sechzehnten Jahrhundert das Ehrenwort eines Königs gegenüber einer Mätresse? Zu dieser Frage gibt es eine aufschlußreiche Quelle.

Nur wenige Wochen nach Gabrielles Tod verliebte sich Heinrich IV. derart in eine gewisse Henriette d'Entragues, daß er ihr nach einigen Monaten unerwiderten Werbens schriftlich versprach, sie zu ehelichen, falls sie ihm einen Sohn gebären sollte. Das aufschlußreiche Dokument ist noch heute in der Bibliothèque Nationale de Paris aufbewahrt, und es lohnt sich, es hier ganz wiederzugeben:

Nous, Henry quatrième, par la grâce de Dieu, roi de France et de Navarre, promettons et jurons devant Dieu, en foi et paroles de Roi, à messire François de Balzac, sieur d'Entragues, Chevalier de nos ordres, que, nous donnant pour compagne damoiselle Henriette-Catherine de Balzac, sa fille, au cas que, dans six mois, à commencer du premier jour du présent, elle devienne grosse, et qu'elle en accouche d'un fils, alors et à l'instant nous la prendrons à femme légitime épouse, dont nous solemniserons le mariage publiquement et en face de notre sainte Église, selon les solennités en tels cas requises et accoutumées. Pour plus grande approbation de laquelle présente promesse, nous promettons et jurons comme dessus de la ratifier et renouveler sous notre seing, incontinent après que nous aurons obtenus de Notre Saint-Père le Pape la dissolution du mariage entre nous et dame Marguerite de France, avec permission de nous remarier où bon nous semblera. En témoin de quoi nous avons écrit et signé la présente. Au bois de Malesherbes, ce jourd'hui premier octobre 1599.

Wir, Heinrich IV. durch Gottes Gnaden, König von Frankreich und Navarra, versprechen und schwören vor Gott und geben Herrn François de Balzac, Herr von Entragues, Ritter unseres Ordens, unser königliches Ehrenwort, daß wir seine uns zur Gefährtin überlassene Tochter Henriette Catherine de Balzac, sofern sie innerhalb von sechs Monaten vom heutigen Tag ab gerechnet schwanger werden und einen Sohn gebären sollte, unverzüglich zur rechtmäßigen Ehefrau nehmen werden und die Eheschließung öffentlich und im Angesicht der heiligen Kirche feiern und gemäß den dafür üblichen und gebräuchlichen Feierlichkeiten vollziehen werden. Zur Bekräftigung des vorliegenden Versprechens, versichern und schwören wir wie oben, dieses Versprechen unverzüglich durch unser Siegel zu ratifizieren und zu erneuern, sobald wir von unserem Heiligen Vater dem Papst die Auflösung unserer Ehe mit Marguerite de France erhalten und die Erlaubnis bekommen haben, uns nach Gutdünken neu zu vermählen. Zur Beurkundung geschrieben und unterzeichnet im Wald von Malesherbes, am heutigen Tag dem ersten Oktober 1599.

Um das Ende dieser Geschichte vorwegzunehmen: Henriette wurde kurz danach tatsächlich schwanger, was Heinrich während der darauffolgenden Monate in höchste Bedrängnis brachte. Ungeachtet dieses schriftlichen Versprechens waren nämlich in Florenz die Verhandlungen fortgeführt und die Einzelheiten der Mitgift Marias de Medici ausgehandelt worden. Im Frühjahr 1600 wurde die für Herbst geplante Eheschließung mit der Florentinerin offiziell angekündigt. Henriettes Drohung, einen diplomatischen Skandal heraufzubeschwören und dabei das kompromittierende Schriftstück einzusetzen, falls der König diesen Wortbruch nicht rückgängig machen sollte, führte zu mehreren vergeblichen Versuchen von seiten des französischen Hofes, das Dokument zurückzukaufen. Die Sache erledigte sich am Ende wiederum durch einen »unglaublichen Zufall«. Während eines Aufenthaltes auf Schloss Fontainebleau erlitt Henriette d'Entragues im siebten Monat eine Fehlgeburt. Den Überlieferungen zufolge soll bei einem Unwetter der Blitz in ihrem Zimmer eingeschlagen und die Fehlgeburt ausgelöst haben. Ihr Kind, ein Sohn, wurde tot geboren.

Ein alternder König erliegt den Reizen junger Frauen und unterschreibt einer Liebschaft wegen einen Blankoscheck auf sein Reich. Der Mechanismus war immer wieder der gleiche: Leichtsinnige Hochzeitsversprechen des Königs an seine Mätresse brachten das Reich an den Rand einer Staatskrise. »Himmlische Zufälle« beseitigten die daraus entstehenden politischen Probleme wieder. Gabrielle starb »völlig unerwartet« eine Woche vor der Hochzeit an einer »mysteriösen Krankheit«. Henriette d'Entragues verlor ihren Sohn, ihr »Pfand auf den Thron«, durch »Blitzschlag«.
Zufall? Vielleicht. Henriette wurde in aller Öffentlichkeit belogen, gedemütigt und hintergangen. Hatte Heinrich mit Gabrielle ein ähnliches Spiel gespielt, sie bis zum letzten Augenblick im Glauben an eine Hochzeit gelassen, von der er genau wußte, daß sie niemals stattfinden würde? Mit anderen Worten: Wurde bereits mit Florenz verhandelt, während sich Gabrielle nur noch wenige Schritte vom Thron entfernt wähnte? Und wenn ja, warum waren diese Verhandlungen nirgends dokumentiert?
Waren sie so geheim gewesen, daß bis heute keine Spuren davon zu finden sind?

Lesezeichen

Mittlerweile hatte ich fast fünf Jahre mit diesem Stoff verbracht und war am Ende in einer Sackgasse angekommen. Ich war mir inzwischen sicher, daß der Maler oder Auftraggeber des Louvre-Gemäldes in seinem Bild auf Heinrichs doppelzüngiges Verhalten seinen Mätressen gegenüber anspielen wollte.
Nicht Gabrielles Schwester griff triumphierend nach Gabrielles Brustspitze. Die Frau zu ihrer Linken mußte Henriette d'Entragues sein, Gabrielles Nachfolgerin in der langen Reihe der »zur linken Hand« angetrauten Mätressen des Königs. Es ist die linke Hand, die Gabrielles Brust berührt, und es ist Gabrielles linke Hand, die den Ring hält. Das Bild sprach bitteren Hohn und Spott über Navarras Liebschaften aus, über die verhaßten und doch zugleich bemitleidenswerten Opfer seiner »linkshändigen Ehen«, die hier wie Wachspuppen aufgereiht sind und ihr Schicksal emblematisch zur Schau stellen.

Doch was nützte die schönste Theorie ohne Beweise?
Ich nahm mir vor, die diplomatische Post der Botschafter Ferdinands de Medici am französischen Hof noch einmal zu lesen. Ich hatte das 1991 in Paris bereits getan, einige Wochen in der Bibliothèque Nationale verbracht und mich durch die sechsbändige Ausgabe der *Négociations diplomatiques de la France avec la Toscane* durchgearbeitet. Keine leichte Aufgabe, waren viele Briefwechsel doch in altertümlichem Italienisch abgefaßt und außerdem rätselhaft verklausuliert, um bei heiklen Fragen zu verdecken, welche realen Personen sich hinter manchen Aussagen verbargen. Doch die enttäuschendste Feststellung war gewesen, daß die zwischen 1859 und 1886 von Désjardins-Canestrini besorgte Ausgabe der Korrespondenz ausgerechnet da abbrach, wo es am interessantesten wurde, nämlich wenige Monate vor Gabrielles plötzlichem Tod. Und erst ein Dreivierteljahr später setzte sie wieder ein.

Bedenkt man, welche Ereignisse in den Zeitraum dieser diplomatischen Funkstille fallen (Dezember 1598 – Oktober 1599), so ist eigentlich unvorstellbar, daß Florenz nicht über die Vorgänge am französischen Hof unterrichtet gewesen sein soll. Doch wo war die entsprechende diplomatische Post geblieben?

Meine äußeren Lebensumstände hatten mich zwischenzeitlich nach Brüssel verschlagen. Glücklicherweise war die Désjardins-Canestrini-Ausgabe in der Königlichen Bibliothek greifbar, so daß ich nicht extra nach Paris reisen mußte, um zu schauen, ob mir beim letzten Mal etwas entgangen war. Ich ahnte natürlich nicht, welche unglaubliche Entdeckung mir bevorstand, als ich die sechs dicken Folianten zu meinem Arbeitsplatz trug. Hätte ich meine Recherche anstatt in Brüssel in Paris fortgesetzt, hätte ich den Schlüssel zu all diesen Fragen vielleicht niemals gefunden. Was mir in Brüssel durch Zufall in die Hände fiel, war indessen so phantastisch, daß nur in einem Nachwort und keinesfalls in einem Roman darüber berichtet werden kann, denn Romane dulden nun einmal keine Verstöße gegen die Wahrscheinlichkeit.

Ich las erneut die Depeschen der toskanischen Botschafter, die Ferdinand de Medici aus Paris berichteten. Vor allem ein gewisser Bonciani beschäftigte sich immer wieder mit einem Thema: Heinrichs verrückter Liebe zu Gabrielle. Unermüdlich und mit Anzeichen wachsender Frustration schreibt der Abgesandte aus Paris, ohne diese Gabrielle wäre die Vermählung Marias de Medici mit dem König von Frankreich in ein paar Monaten erledigt. Doch die Zuneigung des Königs nehme ständig zu. An einer Stelle läßt Bonciani sogar durchscheinen, daß nur Gabrielles Beseitigung das Problem lösen könne, denn, so schreibt er, es stehe ein Unheil zu befürchten, wenn Gott hier nicht seine schützende Hand über die Sache halte.

Die letzte vollständig wiedergegebene Depesche datiert vom 27. September 1598, behandelt wieder das gleiche Thema und schildert Boncianis Lobbyarbeit am französischen Hof. Eine Fußnote der Herausgeber schließt den Briefwechsel mit folgender Festellung ab:

»In seiner letzten Depesche vom 2. Dezember zeigt sich der Botschafter erneut alarmiert angesichts der Konsequenzen, welche sich aus des Königs verrückter Liebe für Gabrielle ergeben könnten: *E da questo amore estraordinorio si può dubitare che alla fine non nascano de' mali d'importanza.*« (Und es steht zu befürchten, daß aus dieser außergewöhnlichen Liebe noch große Übel erwachsen.)

Damit endet die Korrespondenz, um erst im Herbst 1599 wiederaufgenommen zu werden. Aber wie sollte das möglich sein? 2. Dezember 1598! Danach überstürzten sich die Ereignisse. Gabrielles Sohn Alexander wurde im Dezember mit allem Pomp eines potentiellen Thronerben getauft. Im Januar 1599 verschärfte Heinrich den Druck auf Margarete, um seine Scheidung herbeizuführen. Im Februar schickte er einen Gesandten nach Rom, um den Papst für seine Scheidung von Margarete zu gewinnen. Im März verkündete er öffentlich, er werde Gabrielle heiraten. Im April starb diese plötzlich. Und Bonciani sollte darüber nicht berichtet haben? Undenkbar!

Ich blätterte um. Ein neuer Briefwechsel begann dort. Doch diese Dokumente hatten weder zeitlich noch inhaltlich mit meinem Thema zu tun.
Jemand hatte hier eine Art Lesezeichen hinterlassen oder möglicherweise vergessen. Ich nahm die Karte zur Hand.
Eine Einladung zu einer Ausstellungseröffnung. Kein Datum. Aber die Karte war ziemlich vergilbt. Offenbar lag sie schon ein paar Jahre in diesem Buch. Monsieur et Madame Jacques Bolle. Der Name machte mich stutzig, ohne daß mir sogleich bewußt wurde, warum. Ich betrachtete die Rückseite der Karte.

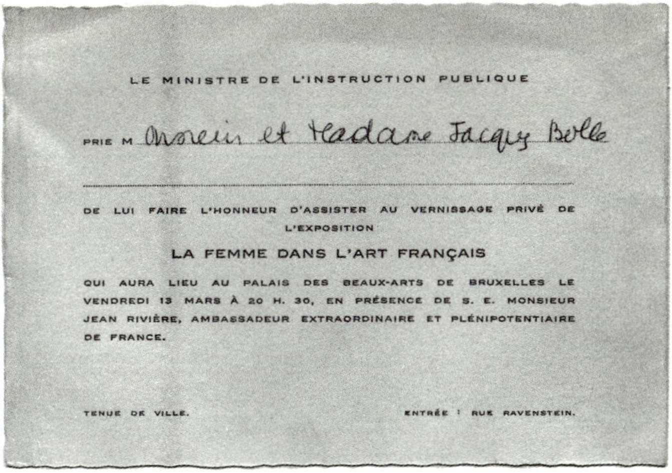

LE MINISTRE DE L'INSTRUCTION PUBLIQUE

PRIE M Monsieur et Madame Jacques Bolle

DE LUI FAIRE L'HONNEUR D'ASSISTER AU VERNISSAGE PRIVÉ DE L'EXPOSITION

LA FEMME DANS L'ART FRANÇAIS

QUI AURA LIEU AU PALAIS DES BEAUX-ARTS DE BRUXELLES LE VENDREDI 13 MARS À 20 H. 30, EN PRÉSENCE DE S. E. MONSIEUR JEAN RIVIÈRE, AMBASSADEUR EXTRAORDINAIRE ET PLÉNIPOTENTIAIRE DE FRANCE.

TENUE DE VILLE. ENTRÉE : RUE RAVENSTEIN.

Abb. 8: Eintrittskarte – Recto

L'EXPOSITION
LA FEMME DANS L'ART FRANÇAIS
EST ORGANISÉE DANS LE
CADRE DE
L'ACCORD CULTUREL
FRANCO-BELGE.

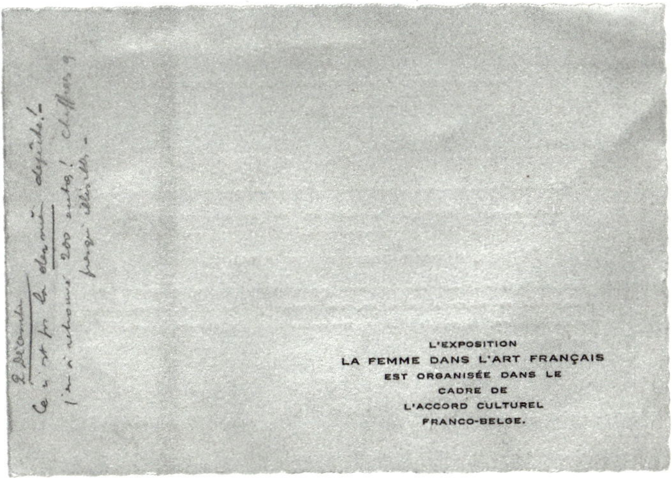

Abb. 9: Eintrittskarte - Verso

LA FEMME DANS L'ART FRANÇAIS. Offenbar verfolgte jener Herr Bolle ähnliche Interessen wie ich. Aber was hatte er da mit Bleistift an den Rand geschrieben? Ich drehte die Karte um und versuchte die handschriftliche Notiz zu entziffern. Und als mir das gelungen war, blieb ich einige Sekunden völlig reglos sitzen. Ich glaubte zu träumen:

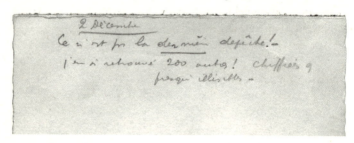

Abb. 10: Eintrittskarte – Detail

2 Décembre
Ce n'est pas la <u>dernière</u> depêche! –
J'en ai retrouvé 200 autres! Chiffrées et
presque illisibles –

2. Dezember
Dies ist nicht die <u>letzte</u> Depesche! –
Ich habe noch 200 weitere gefunden!
Chiffriert und kaum lesbar –

Man wird leicht nachvollziehen können, was in diesem Augenblick in mir vorging. Ich erinnere mich, daß die triumphale Aussicht, diese Depeschen demnächst in der Hand halten und lesen zu dürfen, mir nach dem ersten Schock einen kleinen Jubelschrei entlockte, der von der Saalaufsicht mit einem strengen Blick geahndet wurde! Ich würde Jacques Bolle ausfindig machen, seinen Fund studieren. Und ich würde meinen Roman endlich zu Ende schreiben können, denn in diesen Depeschen mußten alle noch offenen Fragen beantwortet sein.

Anhand meiner Aufzeichnungen stellte ich fest, daß ich Jacques Bolle bei meinen Recherchen in Paris drei Jahre zuvor schon einmal begegnet war. *Pourquoi tuer Gabrielle d'Estrées?* hieß die kleine Schrift, die er 1954 in Florenz herausgebracht hatte. Ein alter Leihschein belegte, daß die Studie mit vielen anderen Büchern in der Bibliothèque Nationale durch meine Hände gegangen sein mußte. Ich erinnerte mich nicht an das

Buch, hatte es vermutlich aus Neugier bestellt und offenbar nur angelesen und dann ignoriert, da es ja eine wie mir schien falsche These zu beweisen suchte. Ich war mir damals schon recht sicher gewesen, daß Heinrich Gabrielle genauso getäuscht hatte wie Henriette d'Entragues, und so hatte auch keine Notwendigkeit bestanden, sie zu ermorden, wie Jacques Bolles Buchtitel mit Bestimmtheit verkündete. Hatte ich deshalb das Buch nur kurz angeschaut und dann zur Seite gelegt?

Die Brüsseler Bibliothek verfügte über ein Exemplar der Studie, und ich las jetzt mit Staunen, daß der belgische Historiker zu Beginn der 50er Jahre das Medici-Archiv in Florenz durchsucht und die fehlenden Depeschen zutage gefördert hatte. Eine Erklärung, warum diese Briefe in der Désjardins-Canestrini Ausgabe fehlten, stand im Nachwort: Nach dem 2. Dezember 1598 begannen Bonciani und die anderen Agenten Ferdinands damit, ihre Depeschen zu verschlüsseln. Die Herausgeber, welche die Korrespondenz fast dreihundert Jahre später sichteten, wußten das offenbar nicht, so daß die verschlüsselten Depeschen nicht erfaßt wurden und unveröffentlicht geblieben waren. Jacques Bolle hatte sowohl diese Depeschen als auch den Code des Großherzogs Ferdinand gefunden. Doch selbst in Kenntnis des Codes schien es eine gewaltige Aufgabe zu sein, die Depeschen zu transkribieren. Jedenfalls entschlüsselte der belgische Historiker nur eine kleine Zahl der Depeschen und verfaßte dann eine recht unorthodoxe Studie, die dazu dienen sollte, das Forschungsinteresse für diesen Fall zu wecken. *Warum wurde Gabrielle d'Estrées ermordet?*

Ja, warum eigentlich? Wieso versuchte Jacques Bolle, ausgerechnet diese These zu beweisen, wo doch sein grandioser Quellenfund nahelegte, daß Gabrielle in Heinrichs wirklichen Heiratsplänen überhaupt keine Rolle spielte?

Die entschlüsselten Briefe belegten nämlich, daß Heinrich während des Frühjahrs 1599 geheime Heiratsverhandlungen mit Florenz geführt hatte. Jacques Bolle hatte sich offensichtlich in eine Verschwörungstheorie verrannt und den Wald vor Bäumen nicht mehr gesehen. Die etwas wirre Studie war nie ernst genommen worden. Der sensationelle Fund – wurde vergessen.

Abb. 11: Faksimile der chiffrierten Geheimkorrespondenz

In der Vergrößerung erkennt man die Funktionsweise des Codes; Buchstaben sind durch Zahlen ersetzt:

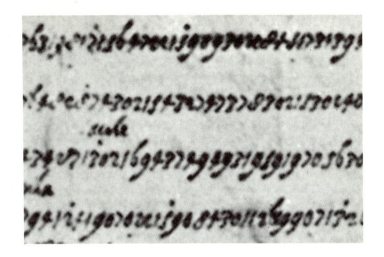

Abb. 12: Detail

Warum mir das Lesezeichen ausgerechnet in der Königlichen Bibliothek in die Hände gefallen war, klärte sich schnell. Bolle stammte aus Brüssel. Leider war er in den achtziger Jahren bei einem Verkehrsunfall ums Leben gekommen. Mit einiger Mühe gelang es mir, seine Witwe zu kontaktieren, doch auf die Nachfrage, ob sein Nachlaß noch erhalten und zugänglich sei, erhielt ich die Antwort, sämtliche Unterlagen ihres verstorbenen Mannes seien schon bald nach seinem Tod vernichtet worden.

Ein Großteil der ca. 200 Geheimdepeschen, die Jacques Bolle in seinem Buch aufgelistet hat, lagert bis heute chiffriert und unveröffentlicht im Medici-Archiv in Florenz. Einer der wenigen Briefe, die Jacques Bolle entschlüsselt und aus dem Altitalienischen übersetzt hat, wird am Ende meines Romans zitiert. Der Brief stammt vom 9. März 1599 und beweist, daß Heinrich bereits eine Woche, nachdem er öffentlich erklärt hatte, Gabrielle heiraten zu wollen, mit Ferdinand de Medici detailliert über die Mitgift Marias de Medici verhandelt hat – nach jahrelanger Suche die Bestätigung einer unbestimmten Ahnung, die das Louvre-Gemälde in mir ausgelöst hatte.

Geschichte und Geschichten

Welches Zusammenspiel von Umständen Gabrielles Schicksal besiegelt hat, beweisen natürlich auch diese Briefe nicht. Ein letzter Zweifel, daß der König nur zum Schein verhandelt hat, um Rom in Sicherheit zu wiegen und seine Scheidung voranzutreiben, kann nicht ganz ausgeschlossen werden. Hier stoßen wir an die Grenzen der Geschichtswissenschaft: Keine noch so sensationelle historische Quelle gibt uns Einblick in das Herz eines Menschen und das Geheimnis seiner Motive. Wer dorthin will, muß die Disziplin wechseln.

Eine letzte Wahrheit habe ich also nicht zu bieten, sondern lediglich ein bisher unbekanntes, verlorenes Stück des Puzzles. Allerdings gestattet dieses neue Puzzlestück eine ganz andere Sichtweise auf ein Kunstwerk, die ich in Romanform nachvollzogen habe. Ich habe zwei Rätsel – das der Gemälde und jenes der Geheimdepeschen – übereinandergelegt und dabei die Umrißlinie eines psychologischen und politischen Dramas entdeckt, das den Spannungsbogen meiner Erzählung bildet. Inwiefern diese plausibel ist, mögen die Kunsthistoriker und Geschichtswissenschaftler entscheiden. Wer weiß, vielleicht findet sich ja irgendwann einmal ein Kunsthistoriker, der Romane liest und Lust bekommt, diese apokryphe Korrespondenz im Medici-Archiv von Florenz zu entschlüsseln und herauszugeben?

Ich bin einer Intuition gefolgt und habe etwas getan, was Wissenschaftler in der Regel nicht sollen oder dürfen: der Phantasie zu glauben und den sogenannten Fakten zu mißtrauen. Dies auch als Anwort auf die mir oft gestellte Frage, warum ich keinen wissenschaftlichen Artikel über das Thema geschrieben habe oder schreiben wolle. Die Frage hat mich immer etwas ratlos und auch ein wenig traurig gemacht, klang doch darin der unausgesprochene Vorwurf durch, eigentlich sei es schade, einen so interessanten und verblüffenden historischen Fund an eine Fiktion »verschwendet« zu haben.

Meistens erwidere ich darauf nichts. Aber im stillen denke ich immer das gleiche.

Ich *habe* doch einen kunsthistorischen Aufsatz geschrieben! Nur eben in Romanform.

Eine romanhafte Bildinterpretation.
Nein, ich werde der Phantasie lieber keinen Doktorhut aufsetzen. Die Krempe verdeckt ihr den offenen Horizont. Und meinen Sie nicht auch: Solch einen Stoff in einer Fachzeitschrift abzuhandeln, mit Fußnoten und Bibliographie, nur für eine Handvoll Professoren und Doktoranden, das wäre doch wirklich schade gewesen.
Oder?

Genzano di Roma
November – Dezember 2001

Zeittafel

In der zweiten Hälfte des sechzehnten Jahrhunderts verschärft sich in Frankreich der Gegensatz zwischen Katholiken und Protestanten. Es beginnt die Zeit der Hugenottenkriege.

1572
Am Ende des vierten Hugenottenkrieges kommt es zu einer ersten Atempause. Eine Eheschließung soll den Frieden sichern. Der protestantische Heinrich von Navarra wird mit der katholischen Margarete von Valois, der Tochter Katharinas de Medici und Heinrichs II., vermählt. Die Eheschließung findet am 17. August statt. Indessen beschließt die katholische Seite, die Gunst der Stunde zu nutzen und die in Paris versammelten Hugenotten auf einen Streich zu vernichten. Am 22. August erfolgt das Attentat auf deren Anführer Coligny. In der darauffolgenden sogenannten Bartholomäusnacht vom 23. auf den 24. August werden in Paris drei- bis fünftausend, in Frankreich insgesamt mehr als zwanzigtausend Protestanten heimtückisch ermordet. Heinrich von Navarra bleibt in Paris gefangen.

1573
Belagerung der protestantischen Hochburg La Rochelle, die im Juli abgebrochen wird. Gabrielle d'Estrées auf Schloß La Bourdaisière geboren.

1574
Karl IX., von Schuldgefühlen in den Wahnsinn getrieben, stirbt in geistiger Umnachtung. Heinrich III. wird König von Frankreich. Der fünfte Hugenottenkrieg beginnt.

1576
Heinrich von Navarra gelingt die Flucht aus Paris.

1584
Durch den Tod des Herzogs von Alençon wird Heinrich von Navarra französischer Thronfolger.

1585
Die katholische Liga wählt gegen Heinrich III. den Kardinal Karl von Bourbon zum Thronfolger.

1588
Das Unionsedikt legt fest, daß der König von Frankreich katholisch sein muß. Es beginnt der »Krieg der drei Heinriche« um Paris. Im Dezember Ermordung des Führers der Liga, des Herzogs Heinrich von Guise, und seines Bruders, des Kardinals Ludwig von Guise.

1589
Heinrich III. sucht Annäherung an Heinrich von Navarra und söhnt sich im April mit ihm aus. Am 1. August fällt Heinrich III. einem Attentat zum Opfer. Durch den Tod des letzten Valois wird Heinrich von Navarra als Heinrich IV. legitimer Erbe der französischen Krone.

1590
Heinrich belagert das von Spanien besetzte Paris, muß sich jedoch im August vor den katholischen Truppen zurückziehen. Während der Winterpause führt ihn der Herzog von Bellegarde, Roger de Saint-Larry, nach Cœuvres, um dem König seine neue Geliebte vorzustellen. Erstes Zusammentreffen Heinrichs mit Gabrielle.

1592
Gabrielles Vater, Antoine d'Estrées, verheiratet Gabrielle im Juni mit Nicolas d'Amerval. Im selben Monat werden Gabrielles Mutter und deren Liebhaber in Issoire ermordet. Im September verläßt Gabrielle ihren Ehemann und wird die Mätresse des Königs.

1593
Heinrich tritt zum katholischen Glauben über.

1594
Heinrich marschiert in Paris ein. Die Bevölkerung empfängt ihn begeistert. Die spanische Besatzungsarmee räumt widerstandslos die Stadt. Gabrielle bringt ihr erstes Kind (Caesar) zur Welt. Ihre Ehe mit d'Amerval wird im Dezember annulliert.

1595
Heinrich erhält die päpstliche Absolution.

1596
Gabrielle wird Marquise von Monceaux. Der mächtige katholische Heerführer Mayenne gibt seinen Widerstand gegen Heinrich IV. auf. Friedensschluß auf Schloß Monceaux.

1597
Gabrielle wird Herzogin von Beaufort.

1598
April – Als letzter katholischer Heerführer legt der Herzog von Mercœur die Waffen nieder. Caesar wird in Angers mit Mercœurs Tochter vermählt. Gabrielle bekommt ihren zweiten Sohn, Alexander.
Mai – Friedensschluß mit Spanien in Vervins und Unterzeichnung des Toleranzediktes von Nantes, das die Gleichberechtigung der beiden Glaubensrichtungen regelt. Vorläufiges Ende der Hugenottenkriege und der Glaubensspaltung.
Oktober – Heinrich erkrankt schwer. Die Möglichkeit seines Ablebens läßt überall im Reich Unruhen ausbrechen.
November – Nach seiner Genesung konsolidiert Heinrich seine Herrschaft. Scheidungsverhandlungen mit Rom werden aufgenommen.
Dezember – Heinrichs und Gabrielles zweiter Sohn Alexander mit allen Ehren eines Kronprinzen getauft.

1599

Januar – Margarete von Valois willigt in ihre Scheidung von Heinrich IV. ein. Wenige Wochen später widerruft sie diese Einwilligung.
Februar – Abreise von Brulart de Sillery, Heinrichs Unterhändler, der über Florenz nach Rom reist, um Heinrichs Scheidungsantrag beim Papst durchzusetzen.
März – Schmähschriften gegen Gabrielle d'Estrées kursieren in Paris. Beim Fastnachtsbankett am 2. März verkündet Heinrich öffentlich, er werde Gabrielle nach Quasimodo (Weißer Sonntag) heiraten.
April – Gabrielle begeht auf Wunsch des Königs, der allein auf Fontainebleau zurückbleibt, die Osterfeierlichkeiten in Paris. Am Mittwoch, dem 7. April, wird sie von ersten Krämpfen heimgesucht, die rasch an Stärke und Häufigkeit zunehmen. Am Freitag, dem 9. April, wird der König auf dem Weg zu ihrem Sterbelager einige Meilen vor Paris abgefangen. Man täuscht ihm vor, die Herzogin sei bereits gestorben. Heinrich kehrt nach Fontainebleau zurück. Gabrielle stirbt nach entsetzlichen Qualen und bis zur Unkenntlichkeit entstellt am Samstag, dem 10. April, gegen fünf Uhr früh.

1600

Am 2. Oktober heiratet Heinrich IV., vertreten durch den Herzog von Bellegarde, in Florenz die Prinzessin Maria de Medici.

1610

Heinrich IV. wird am 14. Mai in seiner Kutsche in Paris von einem Attentäter ermordet. Der Mörder, François Ravaillac, wird am 26. Mai hingerichtet.